Salman Rushdie, 1947 in Bombay geboren, studierte in Cambridge Geschichte. Mit seinem Roman »Mitternachtskinder« wurde er weltberühmt. Seine Bücher erhielten renommierte internationale Preise, er wurde u. a. als der beste aller Booker-Preisträger ausgezeichnet, 1996 wurde ihm der Aristeion-Literaturpreis der EU zuerkannt. 2007 schlug ihn die Queen zum Ritter.

»Der große Phantast Salman Rushdie in Höchstform!«
Cosmopolitan

Außerdem von Salman Rushdie lieferbar:

Grimus, *Roman*
Mitternachtskinder, *Roman*
Scham und Schande, *Roman*
Das Lächeln des Jaguars, *Eine Reise durch Nicaragua*
Die Satanischen Verse, *Roman*
Harum und das Meer der Geschichten, *Roman*
Heimatländer der Phantasie, *Essays und Kritiken*
Osten, Westen, *Kurzgeschichten*
Des Mauren letzter Seufzer, *Roman*
Der Boden unter ihren Füßen, *Roman*
Wut, *Roman*
Überschreiten Sie diese Grenze!, *Schriften 1992–2002*
Shalimar der Narr, *Roman*
Joseph Anton, *Die Autobiografie*
Zwei Jahre, acht Monate und achtundzwanzig Nächte, *Roman*

SALMAN RUSHDIE

Golden House

Roman

Aus dem Englischen
von Sabine Herting

PENGUIN VERLAG

Die Originalausgabe erschien 2017 unter dem Titel *The Golden House* bei Random House, einem Imprint von Penguin Random House LLC, New York.

Golden House ist eine erfundene Geschichte. Namen, Orte und Handlung sind entweder der Fantasie des Autors entsprungen oder werden fiktiv gebraucht. Jegliche Ähnlichkeit mit tatsächlichen Ereignissen, Örtlichkeiten, lebenden oder toten Personen ist reiner Zufall.

1. Auflage 2019
Genehmigte Taschenbuchausgabe

Neumarkter Straße 28, 81673 München
Umschlag: buerosued.de unter Verwendung eines Motivs von GettyImages/Claudio Capucho
Satz: Uhl + Massopust, Aalen
Druck und Bindung: GGP Media GmbH, Pößneck
Printed in Germany
ISBN 978-3-328-10351-6
www.penguin-verlag.de

Dieses Buch ist auch als E-Book erhältlich.

Für Alba und Francesco Clemente,
durch deren Freundschaft und Gastlichkeit
ich die Gärten kennengelernt habe

Gebt mir eine kupferne Münze,
und ich erzähle Euch eine goldene Geschichte.

RUF DER GESCHICHTENERZÄHLER AUF DEN STRASSEN
IM ALTEN ROM, ZITIERT VON PLINIUS.

Unser Zeitalter ist seinem Wesen nach ein tragisches,
also weigern wir uns, es tragisch zu nehmen. Die Katastrophe
hat sich ereignet, wir stehen zwischen den Ruinen,
wir beginnen, uns neue, kleine Behausungen aufzubauen
und neue, kleine Hoffnungen zu hegen. Das ist harte Arbeit.
Es gibt keinen ebenen Weg in die Zukunft, aber wir umgehen
die Hindernisse oder klettern über sie hinweg. Wir müssen
leben, ganz gleich, wie viele Himmel eingestürzt sind.

D. H. LAWRENCE, *LADY CHATTERLEYS LIEBHABER*

La vie a beaucoup plus d'imagination que nous.

FRANÇOIS TRUFFAUT

Erster Teil

1

Am Tag der Amtseinführung des neuen Präsidenten, als wir Sorge hatten, er könnte, während er Hand in Hand mit seiner außergewöhnlichen Frau durch die jubelnde Menschenmasse ging, ermordet werden, als so viele von uns wegen der geplatzten Hypothekenblase kurz vor dem wirtschaftlichen Ruin standen und als Isis noch eine ägyptische Göttin war, traf ein ungekrönter etwa siebzigjähriger König mit seinen drei mutterlosen Söhnen aus einem fernen Land in New York City ein, um seinen Palast im Exil zu beziehen, dabei verhielt er sich, als gäbe es an dem Land oder an der Welt oder an seiner eigenen Geschichte nichts auszusetzen, und begann wie ein gütiger Herrscher, seine Nachbarschaft zu regieren – doch trotz seines charmanten Lächelns und der Fähigkeit, seine Guadagnini-Geige von 1745 zu spielen, trug er ein schweres, billiges Parfüm, den unverkennbaren Geruch von krasser, despotischer Gefahr, diese Art Duft, der uns warnt, hüte dich vor diesem Kerl, denn er könnte jeden Augenblick deine Hinrichtung anordnen, wenn du zum Beispiel ein T-Shirt anhast, das ihm nicht gefällt, oder wenn er mit deiner Frau schlafen will. Die nächsten acht Jahre, die Jahre des vierundvierzigsten Präsidenten, waren auch die Jahre der zunehmend unberechenbaren und alarmierenden Herrschaft des Mannes über uns, der sich selbst Nero Golden nannte, der nicht wirklich ein König war, und am Ende dieser Zeit brach ein großes – und metaphorisch gesprochen, apokalyptisches – Feuer aus.

Der alte Mann war klein, ja, man könnte sagen, gedrungen und kämmte sein Haar, das trotz seines fortgeschrittenen Alters noch durchwegs dunkel war, ölig glatt nach hinten, um seinen diabolisch spitzen Haaransatz zu betonen. Seine Augen waren schwarz, sein Blick stechend, doch was die Leute als Erstes wahrnahmen – meistens hatte er seine Hemdsärmel aufgerollt, damit sie es auch tatsächlich bemerkten –, waren seine Unterarme, die so dick und stark wie die eines Wrestlers waren und in großen, gefährlichen Händen mit klobigen, smaragdbesetzten Goldringen mündeten. Nur wenige Leute hatten ihn je die Stimme heben hören, obwohl wir nicht bezweifelten, dass in ihm eine Stimmgewalt lauerte, die man besser nicht herausforderte. Er kleidete sich teuer, doch er hatte etwas Lautes, Animalisches an sich, sodass man an das Biest im Märchen denken musste, das sich in menschlicher Kleidung unbehaglich fühlt. Wir alle, seine Nachbarn, fürchteten uns ziemlich vor ihm, obwohl er gewaltige, plumpe Anstrengungen unternahm, sich freundlich und nachbarschaftlich zu zeigen, er winkte uns energisch mit seinem Stock zu und beharrte zu unpassenden Zeiten darauf, dass die Leute für einen Cocktail zu ihm kamen. Er beugte sich vor, wenn er stand oder ging, als müsste er ständig gegen einen starken Wind ankämpfen, den nur er spürte, ein wenig in der Hüfte abgeknickt, aber nicht sehr. Das war ein mächtiger Mann; nein, mehr als das – ein Mann, der die Vorstellung, mächtig zu sein, überaus liebte. Der Stock schien eher dekorativen als funktionalen Zwecken zu dienen. Wenn er durch die Gärten ging, erweckte er den Eindruck, er versuche, unser Freund zu sein. Oft streckte er den Arm, um unsere Hunde zu tätscheln oder das Haar unserer Kinder zu verwuscheln. Aber Kinder und Hunde zuckten vor seiner Berührung zurück. So manches Mal, wenn ich ihn beobachtete, dachte ich an Dr. Frankensteins Monster, ein Abbild des Menschlichen, dem es ganz und gar misslang, wahre Menschlichkeit zu zeigen. Seine Haut war ledrig dunkel, und sein Lächeln blitzte vor Goldfüllungen. Sein Auftreten war derb und nicht unbedingt höflich, aber er war unermesslich reich, und darum war er natürlich akzeptiert; aber in unserer urbanen Gemeinschaft aus Künstlern, Musikern und Autoren alles in allem nicht beliebt.

Wir hätten ahnen müssen, dass ein Mann, der den Namen des letzten julisch-claudischen Kaisers von Rom annahm und sich dann in einer *domus aurea* niederließ, sich öffentlich zu seinem Irrsinn, seinem Fehlverhalten, seinem Größenwahn und dem bevorstehenden Untergang bekannte und dem Ganzen ins Gesicht lachte; dass so ein Mann dem Schicksal den Fehdehandschuh vor die Füße warf und den sich nähernden Tod verhöhnte, wobei er rief, »Ja! Vergleicht mich, wenn ihr wollt, mit diesem Ungeheuer, das Christen in Öl tauchte und anzündete, um des Nachts seinen Garten zu beleuchten! Das auf der Lyra spielte, während Rom brannte (damals gab es keine Geigen)! Ja: ich selbst habe mir den Namen Nero, aus dem Hause Caesars, gegeben, der letzte dieser blutigen Dynastie, und macht damit, was ihr wollt. Mir gefällt einfach der Name.« Er ließ seine Bösartigkeit vor unseren Nasen baumeln, schwelgte darin, forderte uns heraus, sie zu erkennen, voll Verachtung für unsere Auffassungsgabe und überzeugt von seiner Fähigkeit, jeden zu besiegen, der sich gegen ihn erheben sollte. Und es stimmt: Lange Zeit verstanden wir ihn nicht, und als wir ihn allmählich verstanden, stellten wir uns ihm nicht entgegen, bemühten uns nicht, ihn zu Fall zu bringen.

Er kam wie einer dieser gestürzten europäischen Monarchen in die Stadt, diese Oberhäupter von abgesetzten Häusern, die noch immer die großen Ehrentitel als Nachnamen nutzten, *von Griechenland*, *von Jugoslawien* oder *von Italien*, und die die düstere Vorsilbe *Ex-* so behandelten, als gäbe es sie nicht. Sein Auftreten zeigte, er war kein Ex-Irgendwas; er war durch und durch majestätisch, mit seinen steifkragigen Hemden, mit seinen Manschettenknöpfen, den maßgefertigten englischen Schuhen, mit seiner Art, auf geschlossene Türen zuzugehen, ohne den Schritt zu verlangsamen, da er wusste, sie würden sich für ihn auftun; auch mit seinem misstrauischen Wesen, das ihn jeden Tag Einzelgespräche mit seinen Söhnen führen ließ, um sie zu befragen, was ihre Brüder über ihn sagten; und mit seinen Autos, mit seinem Gefallen an Spieltischen, seinem unhaltbaren Aufschlag beim Tischtennis, seiner Vorliebe für Prostituierte, Whiskey und höllisch scharf gewürzte, gefüllte Eier und mit seinem oft wiederholten Spruch – an dem absolute Herrscher von Caesar bis Haile Selassie Gefallen hatten –, die einzige Tugend, die es wert sei, beachtet zu werden, sei die Loyalität. Er wechselte oft sein Handy, gab fast niemandem die Nummer und ging nicht dran, wenn es klingelte. Er verweigerte Journalisten oder Fotografen den Zutritt zu seinem Haus, aber in seiner regelmäßig stattfindenden Pokerrunde waren oft zwei Männer zugegen, silberhaarige Schwerenöter, die man stets in hellbraunen Lederjacken und mit breit gestreiften Krawatten sah, denen der Verdacht anhing, ihre reichen Ehefrauen getötet zu haben, obwohl in einem Fall keine Anklage erhoben wurde und sie im anderen Fall nicht standhielt.

Über seine eigene nicht vorhandene Ehefrau schwieg er. In seinem Haus mit den vielen Fotografien, dessen Wände und Kaminsimse von Rockstars, Nobelpreisträgern und Adeligen bevölkert waren, gab es kein Bild der Mrs. Golden, oder wie auch immer sie sich genannt hatte. Ganz eindeutig, es musste etwas mit Schande zu tun haben, und wir tratschten zu unserer Schmach darüber, was das wohl gewesen sein mochte, wir stellten uns das Ausmaß und die Schamlosigkeit ihrer Treulosigkeiten vor, beschworen sie als eine höchst wohlgeborene Nymphomanin herauf, deren Sexleben anstößiger war als das eines Filmstars, von deren Abschweifungen ein jeder wusste, nur ihr Ehemann nicht, der sie, vor Liebe blind, weiterhin anbetungsvoll betrachtete, sie für die liebende, keusche Ehefrau seiner Träume hielt, bis zu dem schrecklichen Tag, als seine Freunde ihm die Wahrheit aufdeckten, sie kamen in Scharen, um sie ihm zu offenbaren, und wie er tobte!, wie er sie beschimpfte!, er nannte sie Lügner und Verräter, sieben Mann mussten ihn festhalten und daran hindern, denen, die ihn gezwungen hatten, der Realität ins Gesicht zu sehen, etwas anzutun, und schließlich sah er ihr ins Gesicht, er akzeptierte sie, er verbannte sie aus seinem Leben und untersagte ihr, jemals wieder ihre Söhne anzusehen. Schlampe, sagten wir uns, hielten uns für weltklug, und die Klatschgeschichte stellte uns zufrieden, und wir beließen es dabei, da wir in Wahrheit mehr mit unseren eigenen Dingen beschäftigt und nur bis zu einem bestimmten Punkt an den Angelegenheiten des N. J. Golden interessiert waren. Wir wendeten uns ab und führten unser Leben weiter.

Welch schrecklichen Fehler wir machten.

2

Was ist ein gutes Leben? Was ist das Gegenteil davon? Diese Fragen beantworten keine zwei Menschen gleich. In diesen unseren feigen Zeiten leugnen wir die Größe des Universalen und verteidigen und verherrlichen unsere lokalen Engstirnigkeiten, und darum können wir uns nicht auf vieles einigen. In diesen unseren degenerierten Zeiten sind die Menschen allein auf Großtuerei und persönlichen Gewinn aus – hohle, aufgeblasene Menschen, für die nichts tabu ist, wenn es ihre kleine Sache voranbringt –, sie behaupten, große Anführer und Wohltäter zu sein, im Sinne des Gemeinwohls zu handeln, und bezeichnen alle, die sich ihnen widersetzen, als Lügner, kleingeistige Neider, Dummköpfe, *Spießer* – und in der bewussten Verkennung der Wahrheit als unaufrichtig und korrupt. Wir sind so uneins, so feindlich gegeneinander, so getrieben von Scheinheiligkeit und Verachtung, so versunken in Zynismus, dass wir unsere Großspurigkeit Idealismus nennen, so enttäuscht von unseren Herrschenden, so bereit, die Institutionen unseres Staates zu verspotten, dass genau das Wort *Tugend* seine Bedeutung und Notwendigkeit verloren hat, vielleicht, um für eine Zeit beiseitegeschoben zu werden wie all die anderen vergifteten Wörter, *Spiritualität*, zum Beispiel, *Endlösung,* zum Beispiel, und (zumindest wenn es für

Wolkenkratzer und Pommes frites angewandt wird) *Freiheit*.

Aber an jenem kalten Januartag, als der rätselhafte Siebzigjährige, den wir als Nero Julius Golden kennenlernen sollten, in einem Daimler mit drei Söhnen und keinerlei sichtbaren Anzeichen einer Ehefrau in Greenwich Village eintraf, hatte zumindest er eine feste Vorstellung davon, welcher Wert Tugend zukam und wie sich richtiges Handeln vom falschen unterschied. »In meinem amerikanischen Haus ...«, so sagte er seinen beflissenen Söhnen in der Limousine, als sie vom Flughafen zu ihrer neuen Residenz fuhren, »... richtet sich Moral nach dem goldenen Standard.« Ob er nun meinte, Moral sei überaus kostbar oder Reichtum definiere Moral oder er persönlich mit seinem glitzernden neuen Namen würde nun allein Richter über Richtig und Falsch sein, sagte er nicht, und aus langer Gewohnheit, Söhne ihres Vaters zu sein, baten ihn die jüngeren Julii nicht um Klarstellung. (*Julii*, sie alle zogen den imperialen Plural den *Goldens* vor: Sie waren keine bescheidenen Leute!) Der jüngste der drei, ein träger Zweiundzwanzigjähriger, dem das Haar in schönen Stufen bis auf die Schultern fiel und der das Gesicht eines zornigen Engels hatte, stellte dennoch eine Frage. »Was sollen wir sagen ...«, fragte er seinen Vater, »... wenn man von uns wissen will, wo wir herkommen?« Das Gesicht des alten Mannes färbte sich tiefrot. »Darauf habe ich doch zuvor schon eine Antwort gegeben«, schrie er. »Sagt ihnen, scheiß auf die Identitätsfeststellung. Sagt ihnen, wir wären Schlangen, die sich gehäutet haben. Sagt ihnen, wir wären soeben von Carnegie Hill in die Innenstadt gezogen. Sagt ihnen, wir wären erst gestern zur Welt gekommen. Sagt ihnen, wir hätten uns durch einen Zauber materialisiert oder wären mit einem Raumschiff, versteckt im Schweif eines Kometen, aus der Umgebung von Alpha Centauri eingeflogen. Sagt, wir wären von überall und nirgends oder von irgendwo, wir sind Leute, die ständig etwas vortäuschen, Schwindler, Erfinder, wandelbare Gestalten, sprich Amerikaner. Sagt ihnen nicht den Namen des Orts, den wir verlassen haben. Sprecht ihn nie aus. Nicht die Straße, nicht die Stadt, nicht das Land. Ich will diese Namen nie mehr wieder hören.«

Sie stiegen im Zentrum des alten Village aus dem Wagen, in der Macdougal Street, ein Stück unterhalb der Bleecker, in der Nähe des alten italienischen Cafés, das sich noch immer irgendwie durchschlug; und unter Nichtbeachtung der hupenden Autos hinter ihnen und der ausgestreckten flehenden Hand mindestens eines schmuddeligen Bettlers veranlassten sie, dass die Limousine mitten auf der Straße stehen blieb, während sie seelenruhig ihr Gepäck aus dem Kofferraum hoben – sogar der alte Mann bestand darauf, seinen Koffer selbst zu nehmen – und es zu dem großen Beaux-Arts-Gebäude auf der östlichen Straßenseite trugen, zur früheren Murray Mansion, die als Haus Golden bekannt werden sollte. (Nur der älteste Sohn, der sich nicht gerne im Freien aufhielt, der eine sehr, sehr dunkle Brille trug und einen ängstlichen Gesichtsausdruck hatte, schien sich zu beeilen.) So kamen sie an, wie sie zu bleiben beabsichtigten, selbstbewusst und mit schulterzuckender Gleichgültigkeit gegenüber Einwänden anderer.

Die Murray Mansion, das größte aller Häuser an den Gärten, hatte viele Jahre weitestgehend leer gestanden, nur eine auffallend schnippische, italienisch-amerikanische Haushälterin um die Fünfzig und ihre ebenso hochmütige, wenn auch viel jüngere Helferin und Lebensgefährtin hatten dort gewohnt. Oft hatten wir über die Identität des Eigentümers Spekulationen angestellt, aber die grimmigen Hüterinnen des Hauses weigerten sich, unsere Neugierde zu befriedigen. Wie auch immer, das waren die Jahre, in denen viele der reichsten

Leute der Welt Immobilien kauften, nur um sie zu besitzen, und sie auf dem ganzen Planeten leer stehen ließen wie ausrangierte Schuhe, daher nahmen wir an, dass irgendein russischer Oligarch oder Ölscheich damit zu tun haben müsse, und achselzuckend gewöhnten wir uns daran, mit dem leeren Haus so umzugehen, als stünde es gar nicht da. Eine weitere Person gehörte zu dem Haus, ein freundlicher Hispano namens Gonzalo, er kümmerte sich um alles und war bei den beiden Drachendamen angestellt, und wenn er manchmal ein wenig freie Zeit hatte, baten wir ihn herüber zu unseren Häusern, um unsere Strom- oder Leitungsprobleme zu beheben und uns zu helfen, im tiefen Winter unsere Dächer und Eingänge vom Schnee zu befreien. Diese Dienste führte er für kleines Geld, das wir ihm diskret in die Hand drückten, mit einem Lächeln aus.

Der Macdougal-Sullivan Gardens Historic District – um seinen überaus sonoren Namen vollständig zu nennen – war ein zauberhaftes, angstfreies Areal, wir lebten und zogen dort unsere Kinder groß, ein Ort des glücklichen Rückzugs von der entzauberten, beängstigenden Welt außerhalb seiner Grenzen, und wir rechtfertigten uns nie dafür, dass wir es innig liebten. Die Häuser auf der Macdougal und der Sullivan Street, um 1840 ursprünglich im neoklassischen Stil gebaut, wurden in den 1920er-Jahren im Neokolonialstil umgestaltet, von Architekten, die für einen gewissen Mr. William Sloane Coffin arbeiteten, der Möbel und Teppiche verkaufte; zugleich wurden damals die Hinterhöfe zu einem Gemeinschaftsgarten zusammengelegt, der im Norden an die Bleecker, im Süden an die Houston Street grenzt, er war ausschließlich für die private Nutzung der Bewohner der anliegenden Häuser bestimmt. Die Murray Mansion war eine Besonderheit, in vielerlei Hinsicht zu groß für die Gärten, ein elegantes Bauwerk, das zwischen 1901 und 1903 ursprünglich für den berühmten Banker Franklin Murray und seine Frau Harriet Lanier Murray von dem Architekturbüro Hoppin & Koen errichtet wurde, das, um Platz für diesen Neubau zu schaffen, zwei der ursprünglichen Häuser abreißen ließ, welche 1844 auf dem Grundstück des Händlers Nicholas Low erbaut worden waren. Es war ein Entwurf im Stil der französischen Renaissance, sollte ausgefallen und modern sein, ein Stil, mit dem Hoppin & Koen bereits an der École des Beaux-Arts und anschließend, als sie für McKim, Mead & White arbeiteten, beträchtliche Erfahrung gesammelt hatten. Wie wir später erfuhren, befand sich das Haus bereits seit den frühen 1980er Jahren im Besitz von Nero Golden. Lange war in der Gegend geraunt worden, der Eigentümer komme und gehe, er verbringe vielleicht zwei Tage im Jahr in seinem Haus, aber keiner von uns sah ihn je, obgleich manchmal in der Nacht mehr Fenster als sonst beleuchtet waren, und ganz selten sah man einen Schatten an einem Fensterladen, sodass wir Kinder zu dem Schluss kamen, das Haus sei verhext, und Abstand hielten.

Es war dieses Haus, dessen breite Eingangstür an jenem Januartag offen stand, als der Daimler die Golden-Männer ausspie, den Vater und die Söhne. Auf der Schwelle stand das Begrüßungskomitee, die beiden Drachendamen, die für die Ankunft ihres Herrn alles vorbereitet hatten. Nero und seine Söhne gingen hinein und fanden die Welt der Lügen vor, die sie von nun an bewohnen sollten: keine funkelnagelneue, ultramoderne Residenz für eine reiche ausländische Familie, die sie sich nach und nach zu eigen machte, während sich ihr neues Leben entwickelte, sich ihre Verbindungen zu der neuen Stadt vertieften, sich ihre Erfahrungen vervielfachten – nein! –, sondern vielmehr ein Ort, an dem die Zeit über zwanzig Jahre stillgestanden hatte, Zeit, die gleichgültig auf abgenutzte Biedermeierstühle glotzte, auf langsam ausbleichende Teppiche und Sechzigerjahre-Lavalampen und mit mildem Amüsement auf die Porträts von all den richtigen Leuten mit Nero Golden, er in jüngeren Jahren mit stadtbekannten Personen, René Ricard, William Burroughs, Deborah Harry, sowohl führende Wall-Street-Leute als auch alteingesessene Familien der gehobenen Gesellschaft, Träger von geheiligten Namen wie Luce, Beekman und Auchincloss. Ehe der alte Mann dieses Haus kaufte, hatte er ein großes hohes Künstlerloft besessen, zweihundertachtzig Quadratmeter groß, an der Ecke Broadway und Great Jones Street, und in seiner fernen Jugend hatte er im Dunstkreis der Factory abhängen dürfen, wo er unbeachtet und dankbar mit Si Newhouse und Carlo De Benedetti in der Ecke der reichen Jungs saß, doch das war lange her. Im Haus befanden sich Erinnerungsstücke aus jener Zeit und von seinen späteren Besuchen in den 1980er Jahren. Viele Möbelstücke waren eingelagert gewesen, und das Wiederauftauchen dieser Gegenstände aus einem früheren Leben hatte etwas von einer Exhumierung, was eine Kontinuität unterstellte, die die Geschichte der Bewohner nicht hatte. Darum empfanden wir das Haus immer als einen schönen Schwindel. Wir murmelten einander Worte von Primo Levi zu: »Die unmittelbarste Folge des Exils, der Entwurzelung, ist: die Vorherrschaft des Unwirklichen über das Wirkliche.«

Nichts in dem Haus ließ auf ihre Herkunft schließen, und die vier Männer blieben hartnäckig unwillig, etwas über ihre Vergangenheit preiszugeben. Doch unvermeidlich sickerte manches durch, sodass wir mit der Zeit ihre Geschichte herausfanden, doch zuvor hatten wir alle eine eigene Theorie über ihre verschwiegene Herkunft, wir wickelten unsere Fiktion um ihre. Obwohl sie alle helle Haut hatten, von dem milchbleichen jüngsten Sohn bis zum ledrigen alten Nero, war jedem klar, dass sie nicht traditionell »weiß« waren. Ihr Englisch war makellos, mit britischem Akzent, sie hatten nahezu sicher eine Oxbridge-Erziehung genossen, und deshalb nahmen wir, die meisten von uns, anfangs fälschlicherweise an, das multikulturelle England sei das Land, das nicht genannt werden durfte, und London, die Stadt der vielen Ethnien. Sie könnten Libanesen oder Armenier oder südasiatische Londoner sein, so mutmaßten wir, oder sogar Wurzeln im europäischen Mittelmeerraum haben, was ihre römischen Fantasien erklären würde. Welche Grausamkeiten waren ihnen dort angetan worden, welch schreckliche Kränkungen hatten sie ertragen, dass sie so weit gingen, mit ihrer Herkunft nichts mehr zu tun haben zu wollen? Nun gut, für die meisten von uns war das ihre Privatsache, und wir waren bereit, es dabei zu belassen, bis es uns nicht mehr möglich war, uns so zu verhalten. Und als dieser Zeitpunkt kam, verstanden wir, dass wir uns die falschen Fragen gestellt hatten.

Dass die Scharade mit ihren frisch angenommenen Namen überhaupt funktionierte, ja, sogar für zwei ganze Amtsperioden des Präsidenten, dass diese erfundenen amerikanischen Gestalten, die in ihrem Palast der Illusionen lebten, so fraglos von uns, ihren neuen Nachbarn und Bekannten, akzeptiert wurden, verrät uns viel über Amerika und noch mehr über die Kraft des Willens, mit der sie wie Chamäleons in ihre neuen Identitäten hineingeschlüpft waren, sodass sie in unser aller Augen zu dem wurden, was sie zu sein vorgaben. Im Rückblick kann man sich nur über das Ausmaß des Plans wundern, über die Vielschichtigkeit der Details, die beachtet werden mussten, die Pässe, die Ausweise, die Führerscheine, die Sozialversicherungsnummern, die Krankenversicherung, die Fälschungen, die Deals, die Bezahlungen, die schiere Schwierigkeit des Unterfangens – und über die Wut oder vielleicht auch die Angst, die das ganze großartige, komplizierte, absurde Projekt vorantrieb. Wie wir später erfuhren, hatte der alte Mann etwa anderthalb Jahrzehnte an seiner Metamorphose gearbeitet, bis er seinen Plan umsetzte. Hätten wir das gewusst, hätten wir begriffen, dass etwas sehr Großes verheimlicht wurde. Aber wir wussten es nicht. Sie waren ganz einfach der selbst ernannte König und seine *soi-disant* Prinzen, die in einem architektonischen Juwel der Nachbarschaft lebten.

In Wahrheit kamen sie uns nicht sonderlich seltsam vor. Leute in Amerika hatten alle möglichen Namen – im Telefonbuch, damals, als es noch Telefonbücher gab, herrschte eine nomenklatorische Exotik. Huckleberry! Dimmesdale! Ichabod! Ahab! Fenimore! Portnoy! Drudge! Ganz zu schweigen von den Dutzenden, Hunderten, Tausenden Golds, Goldwaters, Goldsteins, Finegolds, Goldberrys. Auch die Amerikaner entschieden ständig, wie sie heißen und wer sie sein wollten, sie warfen ihren Ursprung als Gatz ab, um zu feine Hemden tragenden Gatsbys zu werden und Träumen namens Daisy oder vielleicht einfach nur Amerika nachzujagen. Samuel Goldfish (ein weiterer Goldjunge) wurde zu Samuel Goldwyn, die Aertzoons wurden zu den Vanderbilts, Clemens wurde zu Twain. Und viele von uns – oder unsere Eltern oder Großeltern – hatten als Immigranten beschlossen, die Vergangenheit abzulegen, so wie es die Goldens nun beschlossen; wir ermutigten unsere Kinder, Englisch zu sprechen, nicht die alte Sprache des alten Landes: amerikanisch zu sprechen, sich amerikanisch zu kleiden, amerikanisch zu *sein*. Das alte Zeug stopften wir in einen Keller, rangierten es aus oder verloren es. Und feiern wir denn nicht, *zelebrieren* wir denn nicht jeden Tag in unseren Filmen und Comics – in den Comics, zu denen unsere Filme geworden sind – die Vorstellung einer geheimen Identität? Clark Kent, Bruce Wayne, Diana Prince, Bruce Banner, Raven

Darkhölme, wir lieben euch. Die geheime Identität mag zuerst eine französische Idee gewesen sein – Fantômas und auch *Le Fantôme de l'Opéra* –, aber unterdessen ist sie tief in der amerikanischen Kultur verwurzelt. Wenn unsere neuen Freunde Caesaren sein wollten, kamen wir gut damit klar. Sie hatten einen exzellenten Geschmack, exzellente Kleidung, sprachen ein exzellentes Englisch und waren nicht exzentrischer als, sagen wir, Bob Dylan oder andere ehemalige Bewohner. Die Goldens wurden akzeptiert, weil sie akzeptabel waren. Sie waren jetzt Amerikaner.

Aber letzten Endes löste sich das Rätsel. Gründe für ihren Fall waren: ein Streit unter den Brüdern, eine unerwartete Metamorphose, das Auftauchen einer schönen, entschlossenen jungen Frau im Leben des alten Mannes, ein Mord. (Mehr als ein Mord.) Und schließlich die gründliche Arbeit des Geheimdiensts in der Ferne, in dem Land, das keinen Namen hatte.

3

Dies hier war ihre bislang nicht erzählte Geschichte, ihr explodierender Planet Krypton: eine rührselige Geschichte, wie es Geheimgehaltenes oft ist.

Das Grandhotel am Hafen wurde von jedem geliebt, selbst von denen, die zu arm waren, um jemals durch seine Tür zu treten. Jeder hatte das Interieur in den Filmen gesehen, in Filmmagazinen, und die Träume: die berühmte Treppe, die faulenzenden Badeschönheiten am Swimmingpool, die glitzernden Flure der Geschäfte, darunter die Maßschneider, die den Lieblingsanzug innerhalb eines Nachmittags kopieren konnten, wenn man das bevorzugte Kammgarntuch oder den Gabardine gewählt hatte. Jeder wusste von dem legendär geschickten, unendlich gastfreundlichen und höchst aufmerksamen Personal, für das das Hotel wie Familie war, das dem Hotel wie einem Patriarchen Respekt zollte und das jedem, der in seine Hallen trat, das Gefühl vermittelte, eine Königin und ein König zu sein. Es war ein Ort, wo man Fremde willkommen hieß, ja, selbstverständlich, von den Fenstern sah der Fremde hinaus auf den Hafen, auf die schöne Bucht, die der unnennbaren Stadt ihren Namen gab, und staunte über das große Aufgebot an seetüchtigen Schiffen, die vor ihm auf und ab tanzten, Motor- und Segelboote und Jachten jeder Größe, jeder Form und jeder Farbe. Jeder kannte die Geschichte von der Entstehung der Stadt, wie die Briten sie eben wegen ihres schönen Hafens hatten haben wollen, wie sie mit den Portugiesen verhandelt hatten, um Prinzessin Catarina mit König Charles II. zu vermählen, und da die arme Catarina keine Schönheit war, hatte die Mitgift verdammt üppig ausfallen müssen, insbesondere da Charles II. ein Auge auf ein wunderschönes Mädchen geworfen hatte, und so wurde die Stadt Teil der Mitgift, und Charles heiratete Catarina und ignorierte sie für den Rest seines Lebens, aber die Briten verlegten ihre Marine in den Hafen und unternahmen ein großes Landgewinnungsprojekt, um ihn mit den sieben Inseln zu verbinden, wo sie ein Fort bauten und dann eine Stadt, und das Britische Empire folgte. Diese Stadt war von Fremden gebaut, und deshalb war es richtig, dass Fremde in diesem großen Hotelpalast, der auf den Hafen hinausging, der der alleinige Grund für die Existenz der Stadt war, willkommen geheißen wurden. Aber er war nicht nur für Fremde, dafür war es ein viel zu romantisches Bauwerk – aus Steinmauern, mit roten Kuppeln, zauberhaft, mit belgischen Kronleuchtern, die auf die Gäste niederleuchteten, auf an den Wänden und am Boden versammelte Kunst, Möbel und Teppiche aus allen Teilen dieses riesigen Landes, dieses Landes, das nicht genannt werden konnte – und wärest du ein junger Mann, der seine Liebste beeindrucken wollte, triebest du irgendwie das Geld auf, um sie in die Lounge am Meer einzuladen, und während die Meeresbrise eure Gesichter streichelte, würdet ihr Tee und Limonensaft trinken und Gurkensandwichs essen und Kuchen, und sie würde dich lieben, weil du sie in das magische Herz der Stadt gebracht hättest. Und vielleicht würdest du sie bei eurer zweiten Verabredung für ein chinesisches Essen hier die Treppe hinunterführen, und das würde den Handel besiegeln.

Die Granden der Stadt sowie das Land und die Welt machten sich das alte Prachthotel zu eigen, nachdem die Briten fort waren – Prinzen, Politiker, Filmstars, religiöse Führer, die berühmtesten und schönsten Gesichter der Stadt, des Landes und der Welt rangelten in seinen Fluren um Positionen – und es wurde ebenso ein Symbol für die Stadt, die nicht genannt werden konnte, wie der Eiffelturm oder das Kolosseum oder die Statue im New Yorker Hafen, deren Name *Liberty Enlightens the World* lautet.

Das alte Prachthotel umgab ein Gründungsmythos, den nahezu jeder in der Stadt, die nicht genannt werden konnte, glaubte, auch wenn er nicht stimmte, ein Mythos über die Freiheit, über das Stürzen der britischen Imperialisten, ähnlich dem der Amerikaner. Es ging die Geschichte um, dass in den ersten Jahren des zwanzigsten Jahrhunderts ein prächtiger alter Mann mit einem Fez, der zufällig der reichste Mann des Landes war, das nicht genannt werden konnte, einmal versuchte, ein anderes älteres Grandhotel im selben Viertel zu besuchen und ihm seiner Ethnie wegen der Zutritt verweigert wurde. Der prächtige alte Gentleman nickte bedächtig, ging fort, kaufte ein beträchtliches Stück Land etwas weiter die Straße hinunter und errichtete darauf das schönste und prächtigste Hotel, das die Stadt, die nicht genannt werden konnte, in dem Land, das nicht identifiziert werden konnte, je gesehen hatte, und trieb in kurzer Zeit das Hotel, das ihm den Zutritt verweigert hatte, in die Pleite. So wurde das Hotel in der Vorstellung der Leute ein Symbol der Rebellion, des Siegs über die Kolonialherren mit ihren eigenen Waffen und Des-sie-ins-Meer-Treibens, und selbst wenn es endgültig feststand, dass nichts dergleichen sich wirklich ereignet hatte, änderte es nichts daran, weil ein Symbol der Freiheit und des Siegs mächtiger ist als Tatsachen.

Einhundertundfünf Jahre vergingen. Dann legten am 23. November 2008 zehn Männer mit Maschinengewehren und Handgranaten mit dem Schiff vom feindlichen Nachbarland ab in Richtung Westen des Landes, das nicht genannt werden konnte. In ihren Rucksäcken befanden sich Munition und starke Betäubungsmittel: Kokain, Steroide, LSD und Spritzen. Auf ihrem Weg zu der Stadt, die nicht genannt werden konnte, kaperten sie ein Fischerboot, gaben ihr ursprüngliches Schiff auf, hievten zwei Schlauchboote an Bord und sagten dem Kapitän, wo er hinsteuern solle. Als sie vor der Küste angelangt waren, töteten sie den Kapitän und sprangen in die Schlauchboote. Später wunderten sich viele Menschen, warum die Küstenwache sie nicht gesehen oder versucht hatte, sie abzufangen. Die Küste war angeblich gut bewacht, aber in dieser Nacht hatte es wohl Lücken gegeben. Als die Schlauchboote am 26. November anlandeten, teilten sich die bewaffneten Männer in kleine Gruppen auf und liefen zu ihren vorgegebenen Zielen, einem Bahnhof, einem Krankenhaus, einem Kino, einem jüdischen Zentrum, einem beliebten Café und zwei Fünfsternehotels. Eines davon war das oben beschriebene Hotel.

Der Angriff auf den Bahnhof begann um einundzwanzig Uhr einundzwanzig und dauerte anderthalb Stunden. Die beiden Bewaffneten feuerten wahllos, achtundfünfzig Menschen starben. Sie verließen den Bahnhof und wurden schließlich in der Nähe eines Stadtstrands gestellt, wo einer getötet und der andere verhaftet wurde. Unterdessen jagte um einundzwanzig Uhr dreißig ein anderes Killerteam eine Tankstelle in die Luft und begann, auf die Leute im jüdischen Zentrum zu schießen, als sie an die Fenster liefen. Dann griffen sie das Zentrum selbst an, sieben Menschen starben. Zehn Menschen starben in dem Café. Innerhalb der nächsten achtundvierzig Stunden starben etwa dreißig Menschen in dem anderen Hotel.

Das Hotel, das jeder liebte, wurde gegen einundzwanzig Uhr fünfundvierzig angegriffen. Gäste im Schwimmbadbereich wurden als Erste erschossen, dann gingen die Bewaffneten zu den Restaurants. Eine junge Frau, die in der Lounge am Meer arbeitete, wohin junge Männer ihre Freundinnen einluden, um sie zu beeindrucken, half vielen Gäste, durch eine Personaltür zu entkommen, doch als die Bewaffneten in die Lounge stürmten, fand sie selbst den Tod. Handgranaten wurden gezündet, und es folgte während der drei Tage dauernden Besetzung eine Killerorgie. Draußen standen Fernsehteams und viele Menschen, als jemand schrie: »Das Hotel brennt!« Flammen züngelten aus den Fenstern des obersten Stocks, und auch die berühmte Treppe loderte. Unter denen, die von den Flammen eingeschlossen waren, befanden sich die Frau und die Kinder des Hotelmanagers. Die bewaffneten Männer hatten Grundrisse des Hotels, und ihre Grundrisse waren exakter als die, welche die Sicherheitskräfte in Händen hielten. Die Killer nahmen die Drogen, um wach zu bleiben, und das LSD – was kein Psychostimulans ist – zusammen mit den anderen Drogen, um eine manische halluzinogene Ekstase auszulösen (das war die Absicht), und sie lachten laut auf, als sie töteten. Die Fernsehteams draußen berichteten von entkommenen Hotelgästen, und die Killer sahen die Sendung, um herauszufinden, an welcher Stelle die Gäste entkamen. Am Ende der Besetzung waren über dreißig Menschen tot, darunter viele Hotelangestellte.

◇

Die Goldens lebten unter ihrem abgelegten, ursprünglichen Namen im exklusivsten Viertel der Stadt, in einer bewachten Wohnanlage auf dem exklusivsten Hügel, in einem großen modernen Haus, das Aussicht auf die Art-déco-Villen bot, die die Bucht säumten, wo die rote Sonne jeden Abend kopfüber eintauchte. Wir können sie uns dort vorstellen, den alten Mann, damals noch nicht so alt, und die ebenfalls noch jüngeren Söhne, den erstgeborenen brillanten, unbeholfenen, agoraphobischen Tölpel, den mittleren mit seiner Vorliebe, nachts unterwegs zu sein, und mit seinen Society-Fotos, den jüngsten mit Finsternis und Verwirrung in sich, und es hat den Anschein, dass der alte Mann sie jahrelang ermutigt hatte, das Spiel zu spielen und sich Namen aus der Antike zu geben, ebenso wie er ihnen von Kindesbeinen an beigebracht hatte, sie seien keine normalen Leute, sie seien Caesaren, sie seien Götter. Die römischen Kaiser und später die byzantinischen Herrscher waren bei den Arabern und Persern als *Qaisar-e-Rúm*, Caesaren von Rom, bekannt. Und wenn Rúm Rom war, dann waren sie, die Könige dieses Ost-Roms, Rumi. Das führte sie zum Studium des weisen Mystikers Rumi, alias Jalaluddin Balkhi, mit dessen Zitaten der Vater und die Söhne um sich warfen wie mit Tennisbällen, *was du suchst, sucht dich*, *du bist das Universum in ekstatischer Bewegung*, *entfalte deinen eigenen Mythos*, *verkaufe deine Klugheit und beschaffe dir Staunen*, *zünde dein Leben an und suche die, die deine Flammen nähren*, und *sei erst krank, wenn du gesund werden willst*, bis sie seiner Sinnsprüche überdrüssig wurden und sie nunmehr zitierten, um sich gegenseitig zum Lachen zu bringen, *willst du reich sein, mache dich arm*, *was du suchst, sucht dich*, *willst du aufrecht sein, stelle dich auf den Kopf*.

Danach waren sie keine Rumi mehr und wurden Latinate Julii, die Söhne des Caesar, die selbst eigenständige Caesaren waren oder sein würden. Sie waren eine alte Familie, die behauptete, sie könne ihre Ahnenreihe bis zu Alexander dem Großen zurückverfolgen – von dem Plutarch erklärte, er sei der Sohn des Zeus –, somit waren sie den Julio-Claudianern zumindest ebenbürtig, die behaupteten, Abkömmlinge des Julus zu sein, des Sohns des gottesfürchtigen Aeneas, Fürst von Troja, und folglich auch von Aeneas' Mutter, der Göttin Venus. Was das Wort *Caesar* angeht, so hatte es mindestens vier mögliche Ursprünge. Tötete der erste Caesar einen *caesai* – das maurische Wort für Elefant? Hatte er kräftiges Haar auf dem Kopf – *caesaries*? Hatte er graue Augen – *oculis caesiis*? Oder kam sein Name von dem Verb *caedere*, schneiden, weil er durch einen Kaiserschnitt, eine *sectio caesarea*, zur Welt gekommen war? »Ich habe keine grauen Augen, und meine Mutter hat mich auf normalem Wege geboren«, sagte der alte Mann. »Und mein Haar, auch wenn es noch vorhanden ist, ist schütter geworden. Ich habe auch keine Elefanten getötet. Zur Hölle mit dem ersten Caesar. Ich beschließe, Nero zu sein, der Letzte dieser Linie.«

»Wer sind dann wir?«, fragte der mittlere Sohn. »Ihr seid meine Söhne«, entgegnete der Patriarch achselzuckend. »Wählt euch einen eigenen Namen.« Als es dann Zeit war aufzubrechen, entdeckten sie, dass er für sie Reisedokumente auf ihre neuen Namen hatte ausstellen lassen, was sie nicht überraschte. Er war ein Mann, der die Dinge durchzog.

Und hier, als wäre sie auf einem alten Foto, ist die Ehefrau des alten Mannes, eine kleine traurige Frau mit ergrautem Haar, das sie zu einem nachlässigen Knoten hochgesteckt hatte, und mit der Erinnerung an Selbstverletzungen im Blick. Caesars Frau: sie sollte über jeden Verdacht erhaben sein, ja, aber sie hatte auch den schlimmsten Job der Welt am Hals.

Am Abend des 26. Novembers ereignete sich etwas in dem großen Haus, irgendein Streit zwischen Caesar und seiner Frau, sie rief nach dem Mercedes und dem Fahrer und verließ bedrückt das Haus, um Trost bei ihren Freundinnen zu suchen, und so geschah es, dass sie in der Lounge am Meer des Hotels saß, das alle liebten, Gurkensandwichs aß und stark gesüßten Limonensaft trank, als die halluzinierenden bewaffneten Männer hineinstürmten – vor Freude kichernd, mit verdrehten Augen und psychedelischen, eingebildeten, um ihre Köpfe schwirrenden Vögeln – und tödliche Schüsse abgaben.

Und ja, das Land war Indien, natürlich, die Stadt war Bombay, natürlich, das Haus gehörte zur luxuriösen Walkeshwar-Kolonie auf dem Malabar-Hügel, und ja, natürlich, das waren die Angriffe muslimischer Terroristen, die von Pakistan aus von Lashkar-e-Taiba, »der Armee der Gerechten«, gelenkt wurden, zuerst auf den Bahnhof, früher als Victoria Terminus bekannt oder auch VT und gegenwärtig, wie alles in Bombay/Mumbai, umbenannt nach dem heldenhaften Mahratta-Prinzen Shivaji – und dann auf das Leopold Café in Colaba, auf das Oberoi Trident Hotel, das Metro Cinema, auf das Cama and Albless Hospital, das jüdische Chabad-Haus und auf das Taj Mahal Palace and Tower Hotel. Und ja, nachdem die dreitägige Besetzung und die Kämpfe vorüber waren, zählte die Mutter der beiden älteren Golden-Söhne (von der Mutter des jüngsten wird später noch die Rede sein) zu den Toten.

Als der alte Mann erfuhr, seine Frau werde im Taj gefangen gehalten, gaben seine Knie nach, und er wäre die Marmortreppe in seinem Marmorhaus, vom Marmorwohnzimmer hinunter auf die Marmorterrasse, gefallen, wäre nicht ein Diener in der Nähe gewesen, um ihn aufzufangen, aber damals war immer ein Diener in der Nähe. Er blieb auf den Knien und vergrub das Gesicht in den Händen, und sein Körper wurde von so lautem, krampfartigem Schluchzen geschüttelt, dass es den Anschein hatte, ein tief in ihm verborgenes Wesen versuche, ihm zu entfliehen. Während der ganzen Dauer der Angriffe verharrte er oben auf der Marmortreppe in der Gebetshaltung, weigerte sich, zu essen oder zu schlafen, schlug sich mit der Faust auf die Brust wie ein Klageweib bei einer Beerdigung und gab sich die Schuld. Ich wusste nicht, dass sie dorthin gehen würde, rief er, ich hätte es wissen müssen, warum habe ich sie gehen lassen. In diesen Tagen war die Luft in der Stadt dunkel wie Blut, selbst am Mittag, dunkel wie ein Spiegel, und der alte Mann spiegelte sich darin, und was er sah, gefiel ihm nicht; und seine Vision hatte eine solche Kraft, dass auch seine Söhne sie sahen, und nachdem die schlechte Nachricht eingetroffen war, die Nachricht, die ihrem ganzen bisherigen Leben ein Ende setzte, verging das Wochenende an der Rennstrecke mit Repräsentanten der großen alten Familien von Bombay und auch mit den Neureichen, Squash, Bridge, Schwimmen, Badminton und Golf im Willingdon Club, Filmsternchen, Hot Jazz, alles für immer vorbei, weil es in einem Meer aus Toten untergegangen war, sie waren einverstanden mit dem, was ihr Vater beabsichtigte, nämlich dieses Marmorhaus für immer zu verlassen und die gebrochene, zerstrittene Stadt, in der es stand, und ebenso das ganze schmutzige, korrupte, verwundbare Land, alles, was ihr Vater nun plötzlich oder vielleicht nicht so plötzlich hasste, sie kamen überein, jede Einzelheit von dem, was es ihnen bedeutet hatte, auszulöschen, auch wer sie dort gewesen waren und was sie verloren hatten: die Frau, deren Ehemann sie angebrüllt hatte, sodass sie ihrem Verhängnis entgegenfuhr, die von ihren beiden Söhnen geliebt wurde und einmal von ihrem Stiefsohn so tief gedemütigt worden war, dass sie versucht hatte, sich umzubringen. Sie würden reinen Tisch machen, würden eine neue Identität annehmen, auf die andere Seite der Welt reisen und andere sein als zuvor. Sie würden dem Historischen entfliehen, sich dem Persönlichen zuwenden, und in der Neuen Welt würde das Persönliche genau das sein, was sie erstrebten und erwarteten, es wäre unvoreingenommen, individuell und einzig, jeder von ihnen würde insgeheim, außerhalb der Geschichte, außerhalb der Zeit, sein eigenes Abkommen mit dem Tagtäglichen treffen. Keinem von ihnen kam es in den Sinn, dass ihre Entscheidung einem kolossalen Anspruch entsprang, der Vorstellung, sie könnten aus ihrem Gestern aussteigen und ein Morgen beginnen, als wäre es nicht Teil derselben Woche, als könnten sie sich jenseits von Erinnerung, Wurzeln, Sprache und Ethnie in das Land des selbstkreierten Selbst begeben, mit anderen Worten, nach Amerika.

Wie unrecht wir ihr taten, der toten Lady, als wir in unserem Tratsch ihre Abwesenheit von New York auf ihre Untreue zurückführten. Es war ihre Abwesenheit, ihre Tragödie, die der Anwesenheit ihrer Familie mitten unter uns den Sinn gab. Sie war der Grund für diese Geschichte.

Als Neros Gemahlin Poppaea Sabina starb, verbrannte er bei ihrer Trauerfeier den zehnjährigen Vorrat an arabischem Weihrauch. Aber im Fall von Nero Golden konnte aller Weihrauch der Welt letztendlich den üblen Geruch nicht überdecken.

◇

Der Rechtsbegriff *benami* wirkt fast französisch, *ben-ami*, und narrt den Unachtsamen, der meint, es könne »guter Freund«, *bon ami*, oder *»geliebt«, bien-aimé*, bedeuten oder so etwas Ähnliches. Aber das Wort ist persischen Ursprungs, und seine Wurzel ist nicht *ben-ami*, sondern *bé-námi*. *Be* ist eine Vorsilbe, die »ohne« bedeutet, und *nám* bedeutet Name; also *benami*, »namenlos« oder anonym. In Indien bezeichnen »benami«-Transaktionen Eigentumserwerb, bei denen der vorgebliche Käufer, in dessen Namen das Eigentum erworben wird, nur ein Strohmann ist, den man einsetzt, um den wahren Eigentümer geheim zu halten. In altem amerikanischem Slang entspräche der *benami* einem *beard*.

Im Jahre 1988 verabschiedete die indische Regierung das Benami-Transaktions-(Verbots-)Gesetz, das solche Käufe für rechtswidrig erklärte und es dem Staat ermöglichte, »benami gehaltenes« Eigentum einzuziehen. Doch viele Schlupflöcher blieben. Eine der Maßnahmen, mit denen die Behörden diese Schlupflöcher hat schließen wollen, ist die Einsetzung des *Aadhaar*-Systems. *Aadhaar* ist eine zwölfstellige Sozialversicherungsnummer, die jedem indischen Bürger für seine oder ihre Lebenszeit zugewiesen wird, und ihre Benutzung ist zwingend bei jeder Immobilien- und Finanztransaktion, sodass die Verwicklung des Bürgers in derartige Transaktionen elektronisch nachverfolgt werden kann. Jedenfalls war der Mann, den wir als Nero Golden kannten, der über zwanzig Jahre lang amerikanischer Bürger und Vater amerikanischer Bürger war, bei diesem Spiel anderen weit überlegen. Als geschah, was geschah, und alles ans Licht kam, erfuhren wir, dass das Haus der Familie Golden Eigentum einer nicht mehr ganz jungen Lady war, derselben Lady, die Nero als die ältere von seinen beiden zuverlässigen Vertrauten diente, und kein anderes Rechtsdokument konnte vorgewiesen werden. Doch was geschah, geschah, und danach fielen sogar die Mauern, die Nero so sorgsam aufgebaut hatte, in sich zusammen, und das ganze beängstigende Ausmaß seiner Kriminalität lag offen vor uns, nackt im Licht der Wahrheit. Das sollte sich in der Zukunft ereignen. Einstweilen war er einfach N. J. Golden, unser reicher und – und wie wir entdeckten – vulgärer Nachbar.

4

Auf dem verschwiegenen rechteckigen Rasen des Gartens krabbelte ich, ehe ich laufen konnte, lief ich, ehe ich rennen konnte, rannte ich, ehe ich tanzen konnte, tanzte ich, ehe ich singen konnte, und ich tanzte und sang, bis ich Stillhalten und Ruhe erlernte, und ich stand reglos da und lauschte an Sommerabenden, an denen Glühwürmchen funkelten, dem Herzschlag des Gartens und wurde, zumindest meiner Meinung nach, ein Künstler. Um genau zu sein, ein angehender Drehbuchschreiber. Und in meinen Träumen ein Filmemacher, nach der großen alten Begrifflichkeit sogar ein *auteur*.

Ich habe mich hinter der ersten Person Plural versteckt und tue es womöglich wieder, aber ich komme nun dazu, mich vorzustellen. Ich bin. Aber in gewisser Hinsicht unterscheide ich mich nicht allzu sehr von meinen Figuren, die ebenfalls Selbstverberger sind – von der Familie, deren Eintreffen in meiner Gegend mir das große Projekt lieferte, nach dem ich mit wachsender Verzweiflung gesucht hatte. Setzten die Goldens alles daran, ihre Vergangenheit auszulöschen, so lösche ich mich, der es auf sich genommen hat, ihr Chronist zu sein – und womöglich ihr Animator, ein Begriff, der für die Entwickler von Walt-Disney-Themenparks geprägt wurde –, von Natur aus selber aus. Was sagte noch Isherwood zu Anfang von *Leb wohl, Berlin*? »Ich bin eine Kamera mit weit geöffneter Blende, passiv aufzeichnend, nicht denkend.« Doch das war damals, und jetzt ist das Zeitalter der smarten Kameras, die einem das Denken abnehmen. Vielleicht bin ich eine smarte Kamera. Ich nehme auf, aber ich bin nicht streng passiv. Ich denke. Ich verändere. Möglicherweise erfinde ich sogar. Ein Animator unterscheidet sich sehr von einem getreuen Abbildner der Wirklichkeit. Van Goghs Gemälde einer Sternennacht sieht nicht aus wie eine Fotografie einer Sternennacht, aber es ist nichtsdestoweniger eine großartige Darstellung einer Sternennacht. Kommen wir überein, dass ich das Gemälde der Fotografie vorziehe. Ich bin eine Kamera, die malt.

Nenne mich René. Es hat mir immer gefallen, dass der Erzähler des *Moby Dick* uns nicht seinen Namen verrät. Nenne-mich-Ismael mochte in »Wirklichkeit«, das heißt, im unbedeutenden Tatsächlichen, das außerhalb des großen Realen des Romans liegt, er mochte, oh, irgendwie geheißen haben. Er mochte Brad oder Trig oder Ornette oder Schuyler oder Zeke gewesen sein. Vielleicht hieß er sogar tatsächlich Ismael. Wir wissen es nicht, und darum unterlasse ich es wie mein großer Vorläufer, schlichtweg zu sagen, mein Name ist René. Nenne mich René: Mehr kann ich nicht für dich tun.

Wir fahren fort. Meine Eltern waren Hochschulprofessoren (stellst du an ihrem Sohn eine vererbte professorale Note fest?), die damals vor Urzeiten, als es noch billig war, unser Haus an der Sullivan, Ecke Houston Street kauften. Ich stelle sie dir vor: Gabe und Darcey Unterlinden, seit ewigen Zeiten verheiratet, nicht nur respektierte Geisteswissenschaftler, sondern geliebte Lehrer und wie der große Poirot (er ist fiktional, aber man kann, wie Mia Farrow in *The Purple Rose of Cairo* sagt, nicht alles haben) … Belgier. Vor langer Zeit Belgier, muss ich rasch erklären, seit Ewigkeiten Amerikaner; Gabe pflegte sonderbar beharrlich einen wunderlichen, schweren und weitestgehend erfundenen paneuropäischen, Darcey einen angenehmen Yankee-Akzent. Die Professoren waren Tischtennisspieler (sie forderten Nero Golden, als sie von seiner Vorliebe für dieses Spiel erfuhren, und er schlug sie haushoch, obwohl sie beide ziemlich gut waren). Sie trugen einander Gedichte vor. Sie waren Baseball-Fans, oh, und kichernde, süchtige Anhänger von Reality-TV, Opernliebhaber, die gemeinsam ständig eine Monografie über diese Kunstform planten, die *The Chick Always Dies* heißen sollte und niemals geschrieben wurde.

Sie liebten ihre Stadt wegen ihrer Unähnlichkeit mit dem übrigen Land. »Rom iss nicht Italien«, belehrte mich mein Vater, »und London iss nicht England, und Paris iss nicht Frankreich, und diss hier, wo wir gerade sind, diss sind nicht die USA. Diss iss New York.«

»Zwischen der Metropole und dem Hinterland«, fügte meine Mutter ihre Fußnote an, »stets Groll, stets Entfremdung.«

»Nach 9/11 versucht Amerika vorzutäuschen, es liebe uns«, sagte mein Vater. »Wie lang wird das anhalten?«

»Nicht so scheißlang«, vervollständigte meine Mutter seinen Gedanken. (Sie benutzte Schimpfwörter. Sie behauptete, sie wisse nicht, dass sie es tue. Sie würden ihr einfach so herausrutschen.)

»Iss wie eine Blase, das meinen jetzt alle«, sagte mein Vater. »Iss wie in dem Jim-Carrey-Film, nur auf das Ausmaß einer Großstadt ausgedehnt.«

»*Die Truman Show*«, erklärte meine Mutter hilfreich. »Und nicht die ganze Stadt ist in der Blase, weil die Blase aus Geld besteht, und das Geld ist nicht gleichmäßig verteilt.«

»Die Bronx, Queens, vielleicht nicht so sehr in der Blase«, sagte mein Vater.

»Staten Island, *definitiv* nicht in der Blase.«

»Brooklyn?«

»Brooklyn. Ja, vielleicht in der Blase. Teile von Brooklyn.«

»Brooklyn iss großartig …«, sagte mein Vater, und dann beendeten sie unisono ihren so oft wiederholten Lieblingswitz, »… aber es iss Brooklyn.«

»Der Punkt iss, uns gefällt die Blase und dir auch«, sagte mein Vater. »Wir wollen nicht in einem roten Staat leben, und du – du wärest erledigt zum Beispiel in Kansas, wo sie nicht an die *Evolution* glauben.«

»In gewisser Hinsicht widerlegt Kansas Darwins Theorie«, grübelte meine Mutter. »Es beweist, dass nicht immer die Fittesten überleben. Stattdessen überleben manchmal die Unfittesten.«

»Aber das sind nicht einfach verrückte Cowboys«, sagte mein Vater, und meine Mutter hakte gleich ein.

»Wir wollen nicht in *Kalifornien* leben.«

(An diesem Punkt wurde ihre Blase verworren, wurde kulturell und wirtschaftlich, rechte Küste gegen linke Küste, Biggie gegen Tupac. Die Widersprüche in ihrer Haltung schienen sie nicht zu kümmern.)

»Der also bist du«, ließ mein Vater mich wissen. »Der Junge in der Blase.«

»Das sind Tage der Zeichen und Wunder«, sagte meine Mutter. »Nicht weinen, Baby, nicht weinen, verdammt, weine nicht.«

Ich hatte eine glückliche Kindheit bei den Professoren. In der Mitte der Blase waren die Gärten, und die Gärten gaben der Blase eine Mitte. Ich bin im Zauber aufgewachsen, sicher vor Gefahren, wohlgeborgen im Kokon der liberalen städtischen Seide, und dies gab mir einen unschuldigen Mut, selbst wenn ich wusste, dass außerhalb des magischen Zaubers die dunklen Windmühlen der Welt auf den quichotischen Narren warteten. (Doch »die einzige Entschuldigung für Privilegien«, lehrte mich mein Vater, »ist, aus ihnen etwas Nützliches zu machen«.) Ich ging in Little Red zur Schule und am Washington Square aufs College. Ein ganzes Leben in einem Dutzend Blocks. Meine Eltern waren viel abenteuerlustiger gewesen. Mein Vater war mit einem Fulbright-Stipendium nach Oxford gegangen und anschließend mit einem britischen Freund in einem Mini Traveller durch Europa und Asien gefahren – Türkei, Iran, Afghanistan, Pakistan, Indien –, damals, zu den bereits erwähnten Urzeiten, als Dinosaurier durch die Welt streiften und es möglich war, solche Reisen zu unternehmen, ohne geköpft zu werden. Als er nach Hause zurückkehrte, hatte er genug von der großen weiten Welt und wurde, mit Burrows und Wallace, einer der drei großen Historiker von New York City, Coautor mit diesen beiden Herren des mehrbändigen Klassikers *Metropolis*, der definitiven Geschichte von Supermans Heimatstadt, wo wir alle lebten, wo der *Daily Planet* jeden Morgen vor der Tür lag und wo sich, viele Jahre nach dem alten Superman, Spiderman niederließ, in Queens. Wenn ich mit ihm durch das Village ging, zeigte er mir, wo einst Aaron Burrs Haus stand, und vor dem Multiplex-Kino auf der Second Avenue und der Thirty-Second Street erzählte er mir einmal die Geschichte der Schlacht an der Kips Bay und wie Mary Lindley Murray Israel Putnams fliehende amerikanische Soldaten rettete, indem sie den britischen General William Howe beschwor, die Verfolgung aufzugeben, und ihn in ihr großes Haus, Inclenberg, zum Tee bat, oben auf der Anhöhe, die als Murray Hill bekannt werden sollte.

Auch meine Mutter war auf ihre Art unerschrocken gewesen. Als junge Frau arbeitete sie im Gesundheitswesen mit Drogensüchtigen und Kleinbauern in Afrika. Nach meiner

Geburt verengte sie ihren Horizont und wurde zuerst Expertin für Kleinkinderziehung und schließlich Professorin für Psychologie. Unser Haus, gegenüber dem Garten des Hauses der Goldens, war vollgestopft mit dem bunten, gesammelten Wust ihrer beiden Leben, abgetretene Perserteppiche, geschnitzte afrikanische Holzfiguren, Fotos, Landkarten und Kupferstiche der frühen »neuen« Städte auf Manhattan Island, Amsterdam und York. Eine Ecke war berühmten Belgiern vorbehalten, das Original einer Tintin-Zeichnung hing neben einem Warhol-Siebdruck von Diane von Furstenberg und dem berühmten Hollywoodstandfoto des schönen Filmstars von *Frühstück bei Tiffany* mit ihrer langen Zigarettenspitze, früher als Miss Edda van Heemstra bekannt, später als die äußerst beliebte Audrey Hepburn; und darunter auf einem Tischchen eine Erstausgabe der *Mémoires d'Hadrien* von Marguerite Yourcenar, nebst den Fotografien meines Namensvetters Magritte in seinem Atelier, des Radrennfahrers Eddy Merckx und der Singenden Nonne. (Jean-Claude Van Damme hatte es nicht in die Auswahl geschafft).

Trotz dieser Ecke mit Belgiana zögerten sie nicht, ihr Herkunftsland zu kritisieren, wenn man sie fragte. »König Leopold II. und der Kongo-Freistaat«, sagte meine Mutter. »Der grausamste Kolonialist aller Zeiten, das räuberischste System in der Kolonialgeschichte.« »Und heute«, fügte mein Vater hinzu, »Molenbeek. Schaltstelle des fanatischen Islam in Europa.«

An besonderer Stelle auf dem Kaminsims im Wohnzimmer lag ein jahrzehntealtes, nie angerührtes Stück Haschisch, noch in seiner ursprünglichen billigen Zellophanverpackung und mit dem mondähnlichen Gütesiegel der offiziellen afghanischen Regierung. In Afghanistan war zu Zeiten des Königs Haschisch legal und wurde in drei unterschiedlichen, kontrollierten Preis- und Qualitätsklassen angeboten, Goldener, Silberner und Bronzener Afghan. Aber was mein Vater, der sich nie dem Gras hingab, an besonderer Stelle auf dem Sims aufbewahrte, war etwas viel Selteneres, etwas Legendäres, nahezu Okkultes. »Afghan Moon«, sagte mein Vater. »Wenn du das nimmst, öffnet sich das dritte Auge in deiner Zirbeldrüse, mitten auf deiner Stirn, du wirst hellsichtig, und nur wenige Geheimnisse bleiben dir verschlossen.«

»Warum hast du es dann nie genommen«, fragte ich.

»Weil eine Welt ohne Mysterien wie ein Bild ohne Schatten ist«, sagte er. »Du siehst zu viel, und es zeigt dir nichts.«

»Er meint damit …«, ergänzte meine Mutter, »… erstens, dass wir an die Fähigkeit unseres Hirns glauben und es nicht wegblasen wollen, und, zweitens, ist es womöglich mit schrecklichen Halluzinogenen verschnitten oder *cut*, wie die Hippies sagten, und drittens besteht die Möglichkeit, dass ich heftigst protestieren würde. Ich weiß es nicht. Er hat mich nie auf die Probe gestellt.« Die *Hippies*, als hätte sie keine Erinnerung an die 1970er-Jahre, als hätte sie nie eine Schafsfelljacke getragen oder ein Bandana oder nie davon geträumt, Grace Slick zu sein.

Es gab kein Afghan Sun, damit du es weißt. Die Sonne Afghanistans war der König Zahir Schah. Und dann kamen die Russen und dann die Fanatiker, und die Welt veränderte sich.

Aber Afghan Moon … es half mir im finstersten Moment meines Lebens, und meine Mutter konnte nicht mehr protestieren.

◇

Und es gab Bücher, unvermeidlich, Bücher wie eine Krankheit, sie verseuchten jede Ecke unseres gemütlichen Zuhauses. Ich wurde Autor, weil ich natürlich diese Vorfahren hatte, und vielleicht entschied ich mich für den Film statt für Romane oder

Biografien, weil ich wusste, ich könnte mit den Alten nicht mithalten. Aber bis die Goldens in das große Haus an der Macdougal Street einzogen, dessen Garten schräg gegenüber von unserem war, lag meine Nachexamenskreativität brach. Mit der grenzenlosen Ichbezogenheit der Jugend hatte ich begonnen, mir einen großen Film vorzustellen oder einen Filmzyklus im Stil eines *Dekalogs*, der von Migration handeln sollte, von Transformation, Angst, Gefahr, Rationalität, Romantik, sexueller Umwandlung, der Stadt, von Feigheit und Mut; nicht weniger als ein panoramaartiges Porträt meiner Zeit. Mein bevorzugter Stil sollte etwas sein, das ich für mich Opernhaften Realismus nannte, mein Thema der Konflikt zwischen dem Ich und dem Anderen. Ich versuchte, ein fiktionales Porträt meiner Nachbarschaft zu entwerfen, aber es war eine Geschichte ohne treibende Kraft. Meine Eltern hatten nicht das dem Untergang geweihte Heldentum von richtigen opernhaft-realistischen Hauptfiguren; unsere Nachbarn ebenso wenig. (Bob Dylan war schon lange fort.) Mein berühmter Filmprofessor, der afroamerikanische Superstar-Regisseur-mit-einer-roten-Baseballkappe, sagte herablassend, nachdem er meine ersten Drehbücher gelesen hatte: »Ja, ganz nett, Junge, aber wo ist das Blut? Es ist zu ruhig. Wo ist der Motor? Vielleicht solltest du eine fliegende Untertasse in diesen verdammten Gärten landen lassen. Vielleicht solltest du ein Haus in die Luft jagen. Da muss was passieren. Mach irgendein Tamtam.«

Ich wusste nicht, wie. Und dann kamen die Goldens, und sie waren meine fliegende Untertasse, mein Motor, meine Bombe. Ich erspürte die Aufregung des jungen Künstlers, dem sein Thema wie ein Geschenk in einem Festtagspaket zugeschickt wurde. Ich verspürte Dankbarkeit.

◇

Es sei das Zeitalter der Non-Fiction, sagte mir mein Vater. »Vielleicht solltest du aufhören, Dinge zu erfinden. Frag in jedem Buchladen«, sagte er. »Es sind die Bücher auf dem Non-Fiction-Tisch, die die Leute kaufen, erfundene Geschichten bleiben liegen.« Doch das war die Welt der Bücher. Im Film war es die Zeit der Superhelden. Im Bereich der Non-Fiction hatten wir Michael Moores Polemiken, den *Holzschnitzer Steiner* von Werner Herzog, Wim Wenders *Pina* und einige andere. Aber die dicke Kohle winkte beim Spielfilm. Mein Vater bewunderte und empfahl mir die Arbeiten und Ideen von Dsiga Wertow, dem sowjetischen Dokumentarfilmer, der Theatralisches und Narratives verabscheute. Sein Filmstil, das Kamera-Auge oder Kino-Auge, zielte auf nichts Geringeres als auf die Entwicklung der Menschheit hin zu einer höheren fiktionsfreien Lebensform, »vom sich herumwälzenden Bürger über die Poesie der Maschinen zum vollendeten elektrischen Menschen«. Whitman hätte ihn gemocht. Vielleicht auch Ich-bin-eine-Kamera-Isherwood. Ich jedoch widerstand. Ich überließ die höheren Formen meinen Eltern und Michael Moore. Ich wollte mir die Welt ausdenken.

Eine Blase ist ein fragiles Ding, und oft am Abend äußerten die Professoren ihre Sorge, sie könne platzen. Sie sorgten sich um politische Korrektheit, um ihre Kollegin, der eine zwanzigjährige Studentin im Fernsehen wegen einer Auseinandersetzung über den Campusjournalismus aus einer Entfernung von zehn Zentimetern Missbrauch ins Gesicht schrie; um ihren Kollegen in einer anderen Fernsehsendung, den man beschimpfte, weil er nicht willens war, Pocahontas-Kostüme an Halloween zu verbieten; um einen Kollegen, der gezwungen war, ein Sabbatical zumindest für ein Seminar zu nehmen, weil er den »sicheren Raum« einer Studentin nicht ausreichend vor dem Eindringen von Ideen geschützt habe, die diese Studentin zu »verstörend« für ihren jungen Verstand fand; um ihren Kollegen, der sich einer Studentenpetition widersetzte, welche die Entfernung einer Statue von Präsident Jefferson vom Campus des College forderte, obwohl bekannt war, dass Jefferson Sklaven gehalten hatte; um ihren Kollegen, der von Studenten aus evangelikalen Familien vernichtend kritisiert wurde, weil er sie aufgefordert hatte, die Graphic Novel einer lesbischen Cartoonistin zu lesen; um ihren Kollegen, der gezwungen war, eine Produktion von Eve Enslers *Vagina Monologen* abzusagen, weil das Stück Frauen als Personen mit einer Vagina definiere und es somit Personen diskriminiere, die eine weibliche Identität, aber keine Vagina hatten; um ihre Kollegen, die sich gegen Bemühungen von Studenten sträubten, abtrünnige Muslime vom Podium zu verbannen, weil deren Ansichten nicht-abtrünnige Muslime verletzten. Sie sorgten sich, dass junge Leute Pro-Zensur-, Pro-Verbots-, Pro-Beschränkungen-Anhänger würden, wie sei das nur möglich, fragten sie mich, diese Verengung des jungen amerikanischen Geists, wir fangen an, uns vor den Jungen zu fürchten. »Nicht vor dir, natürlich, Schatz, wer könnte vor dir Angst haben«, beruhigte mich meine Mutter, worauf mein Vater konterte: »Aber Angst *um* dich, ja. Mit diesem Trotzki-Bart, auf den du ja so viel Wert legst, siehst du für mich wie ein Ziel für einen Eispickel aus. Meide Mexiko-City, besonders das Viertel Coyoacán. Das rate ich dir.«

An den Abenden saßen sie in gelben Lichtkegeln, Bücher auf dem Schoß, versunken in Worte. Sie sahen wie Gestalten auf einem Rembrandt-Gemälde aus, *Zwei Philosophen in tiefer Meditation*, und sie waren wertvoller als jede Leinwand; vielleicht Mitglieder der letzten Generation ihrer Art, und wir, die wir post- sind, die danach kommen, werden bedauern, dass wir zu ihren Füßen nicht mehr gelernt haben.

Ich vermisse sie mehr, als ich in Worte fassen kann.

5

Die Zeit verging. Ich fand eine Freundin, verlor sie, fand eine andere und verlor auch sie. Meinem geheimen Filmscript, meiner höchst fordernden Geliebten, missfielen meine Versuche dieser falsch verstandenen Beziehungen zu menschlichen Wesen, und es schmollte und weigerte sich, seine Geheimnisse preiszugeben. Meine späten Zwanziger rollten wie ein dampfender Zug auf mich zu, und ich lag wie ein bewusstloser Schmierenkomödiant hilflos auf den Gleisen. (Meine literarisch gebildeten Eltern hätten ohne Zweifel vorgezogen, dass ich stattdessen Bezug nehme auf die Bahngleisszene in E. M. Forsters *The Longest Journey*, den Höhepunkt des Buchs.) Die Gärten waren mein Mikrokosmos, und jeden Tag sah ich die Figuren meiner Fantasie mich von den Fenstern der Häuser an der Macdougal und Sullivan Street anstarren, hohläugig und flehentlich bittend, geboren zu werden. Zu jeder hatte ich Bruchstücke verfasst, aber die Struktur der Arbeit entzog sich mir. An der #XX Sullivan Street, im Parterre, mit Zugang zum Garten, hatte ich meinen burmesischen Diplomaten – ich sollte sagen, aus Myanmar – angesiedelt, U Lnu Fnu von den Vereinten Nationen, dessen berufliches Herz durch seine Niederlage in der längsten Schlacht aller Zeiten um den Posten des Generalsekretärs gebrochen war, neunundzwanzig aufeinanderfolgende Abstimmungen ohne Sieger, und in der dreißigsten Runde verlor er gegen den Südkoreaner. Durch ihn wollte ich die Geopolitik ergründen, wollte den Druck der autoritärsten Regime der Welt auf die UN in Szene setzen, die darauf drängten, sie möge Religionsbeleidigung ächten, wollte die beunruhigende Frage nach dem Gebrauch des amerikanischen Vetos zur Verteidigung Israels auf die Spitze treiben und einen Besuch von Aung San Suu Kyi der Macdougal-Sullivan-Gärten arrangieren. Ich kannte auch U Lnu Fnus private herzzerreißende Geschichte, ich wusste, dass er seine Frau durch Krebs verloren hatte, und vermutete, dass er durch die doppelte Niederlage in seinem aufrechten Leben entgleist sein, die Redlichkeit ablegen und schließlich durch einen Finanzskandal zu Fall kommen könnte. Gerade als ich dieses dachte, schüttelte der hohläugige Mann am Fenster der #XX Sullivan Street enttäuscht den Kopf und zog sich ins Dunkel zurück. Niemand will der Böse sein.

Meine ausgedachte Gemeinschaft war international bunt gemischt. In der #OO Macdougal Street lebte noch ein weiterer einsamer Mensch, ein argentinischer Amerikaner, dem ich den vorläufigen Arbeitsnamen »Mr. Arribista« gegeben hatte, der Arrivist. Zu ihm hatte ich, wie auch immer sein Name schlussendlich lauten würde, Mario Florída vielleicht oder Carlos Hurlingham, folgendes Treatment:

Arribista, der neue Bürger, taucht in das große Land ein – in »sein« Land, sagt er erstaunt –, wie es ein Mann tut, der das Meer der Verheißung nach einer langen Reise durch die Wüste erreicht, obwohl er nie Schwimmen gelernt hat. Er vertraut darauf, dass das Meer ihn trägt; und das tut es. Er ertrinkt nicht oder zumindest nicht sofort.

Auch dieses hier, das noch weiter ausgeführt werden musste:

Arribista ist sein ganzes Leben schon das Eckige, das mit

aller Anstrengung ins Runde drängt. Ist es zu guter Letzt ein eckiges Loch, in das er eckig hineinpasst, oder hat er sich während seiner langen Wanderungen gerundet? (Falls Letzteres, wäre die Reise bedeutungslos, oder zumindest würde er am Ende gut in das Ausgangsloch hineinpassen. Er zieht das Bild des eckigen Lochs vor, und die Gitteranordnung der Straßen in der Stadt scheint diese Realität zu bestätigen.)

Und vielleicht lag es an meinen eigenen Misserfolgen in der Liebe, dass Arribista, wie der Gentleman von der UN, von der Frau verlassen wurde, die er liebte:

Auch seine Ehefrau ist Fiktion. Oder sie ging vor vielen Jahren von der Ebene der Tatsachen über in die der Fantasie, als sie ihn für einen anderen Mann verließ, einen jüngeren, besser aussehenden, in jeder Hinsicht eine Verbesserung zu dem armen Arribista, der, wie er bestens weiß, auf allen Gebieten, die Frauen mögen – Aussehen, Gespräch, Aufmerksamkeit, Wärme, Aufrichtigkeit –, nur mittelmäßig ausgestattet ist. *L'homme moyen sensible*, der nach ungenauen abgedroschenen Phrasen wie dieser hier greift, die ihn beschreiben soll. Ein Mann, der in alte vertraute Worte gekleidet ist, als wären sie Tweedklamotten. Ein Mann ohne Eigenschaften. – Nein, das stimmt nicht, korrigiert Arribista sich selbst. Er habe Eigenschaften, ruft er sich in Erinnerung. Vor allem hat er, wenn er im Bewusstseinsstrom versunken ist, diese Tendenz, sich selbst zu schmähen, und in dieser Hinsicht ist er ungerecht mit sich. Tatsächlich ähnelt er sehr einer exzellenten Person, exzellent in der Art seines neuen Landes, das Exzellenz feiert und es ablehnt, Supererfolgreiche zu verunglimpfen. Arribista ist exzellent, weil er exzellent reüssiert hat. Er hat es gut gemacht; sehr gut. Er ist reich. Seine Geschichte ist eine Erfolgsgeschichte, die Geschichte eines sehr beachtlichen Erfolgs. Es ist eine amerikanische Geschichte.

Und so weiter. Die erfundenen sizilianischen Aristokraten im Haus direkt gegenüber vom Garten der Goldens – vorläufig Vito und Blanca Tagliabue, Baron und Baronin von Seliunte – waren mir noch ein Rätsel, aber ich liebte ihre Vorfahren. Als ich sie mir vorstellte, wie sie eines Abends hinaustraten, stets topmodisch gekleidet, um an einem Ball im Metropolitan Museum teilzunehmen oder an einer Filmpremiere im Ziegfeld oder um die neue Ausstellung des neuesten jungen Künstlers in der neuesten Galerie auf der West Side zu sehen, dachte ich an Vitos Vater Biaggio, der

an einem heißen Tag in der Nähe der Südküste Siziliens, leicht gebräunt und im besten Mannesalter, durch das weitläufige Familienanwesen schreitet, das unter dem Namen Castelbiaggio bekannt ist, er hält sein bestes Gewehr, das an seiner rechten Schulter ruht, am Schaft. Er trägt einen breitkrempigen Sonnenhut über einem alten burgunderfarbenen Kittel, abgenutzte khakifarbene Hosen und Wanderstiefel, die so poliert sind, dass sie wie die Mittagssonne glänzen. Er hat vorzügliche Gründe zu glauben, das Leben sei gut. Der Krieg in Europa ist vorüber, Mussolini und seine Schlampe Clara Petacci hängen am Fleischerhaken, und die natürliche Lebensordnung stellt sich wieder ein. Der *barone* betrachtet die hochgebundenen Ranken seiner von Trauben schweren Rebstöcke wie ein kommandierender Offizier, der den Salut seiner Truppe entgegennimmt, dann läuft er rasch durch Wald und Bach, berg- und talwärts und wieder hinauf zu seinem Lieblingsplatz, einer Anhöhe hoch über seinen Ländereien, wo er wie ein tibetischer Lama mit gekreuzten Beinen sitzen und über die Qualität des Lebens meditieren kann, während er über das glitzernde Meer hinweg zum fernen Horizont blickt. Es ist sein letzter Tag als freier Mann, denn kurz darauf entdeckt er einen Wilderer, der mit einem prallen Sack über der Schulter sein Gelände durchquert, und ohne Zögern hebt er sein Gewehr und schießt den Kerl tot.

Und danach würde bekannt, dass der tote junge Mann ein Verwandter des örtlichen Mafia-Bosses war, und der Mafia-Boss würde erklären, auch Biaggio müsse sterben, um sein Verbrechen zu sühnen, daraufhin würden sich Unruhen und Proteste erheben, und Delegationen der politischen Obrigkeit und auch der Kirche würden anführen, sollte der Mafia-Boss den Gutsherren töten, dann sei es, nun ja, äußerst sichtbar, äußerst schwer zu ignorieren, und es würde dem Mafia-Boss mehr Schwierigkeiten als Trost einbringen, darum könne er vielleicht um seines eigenen Wohlergehens willen auf diesen Mord verzichten. Und schließlich lässt sich der Mafia-Boss erweichen,

ich weiß alles über diesen *barone* Biaggio, hmm, über seine Suite im Grand Hotel et des Palmes in Palermo, wie war das noch gleich? Suite 202 oder 204 oder womöglich beide? – da feiert er und hurt herum, hmm?, was gut ist, es ist unser Haus, uns führen dieselben Gründe dahin, wenn er also heute hingeht und für den Rest seines beschissenen Lebens da bleibt, werden wir den kleinen Scheißkerl nicht töten, doch versucht er, einen Fuß vor das Hotel zu setzen, sollte er sich daran erinnern, dass unsere Jungs durch die Flure schleichen und auch die Huren für uns arbeiten, und noch ehe sein Fuß den Boden vor dem Haus berührt, ist er tot, sein blutender Kopf mit der Kugel in der Stirn wird eher den Boden berühren als sein Scheißschuh. Hmm? Hmm? Sagt ihm das.

In den Drehbüchern und in den Treatments zu Drehbüchern, die ich in meinem Kopf herumtrug, so wie Peter Kien in Canettis *Die Blendung* ganze Bibliotheken in sich trug, blieb der »Baron in der Suite« im Grand Hotel et des Palmes, Palermo, Sizilien, gefangen; bis zum Tag seines Todes, vierundvierzig Jahre später, feierte er weiter und hurte herum, Speis und Trank wurden ihm jeden Tag aus der Küche und dem Weinkeller seiner Familie gebracht, sein Sohn Vito wurde dort bei einem der seltenen Besuche seiner leidgeprüften Frau gezeugt (geboren aber wurde er, wo seine leidgeprüfte Frau sich lieber aufhielt, in ihrem Schlafzimmer in Castelbiaggio), und nachdem er gestorben war, verließ sein Sarg das Hotel durch den Haupteingang, Füße zuerst, gesäumt von einer Ehrengarde, die aus einem Großteil des Hotelpersonals und mehreren Huren bestand. – Und Vito, der von Palermo, der Mafia und auch von seinem Vater enttäuscht war, ließ sich als junger Mann in New York nieder und war entschlossen, ein ganz anderes Leben als sein Vater zu führen, er wollte seiner Frau Blanca absolut treu sein, aber weigerte sich, auch nur einen einzigen Abend alleine mit ihr und den Kindern zu Hause zu verbringen.

◇

Ich fürchte, ich habe dem Leser womöglich einen unnötig erbärmlichen Eindruck meines Charakters vermittelt. Ich möchte nicht, dass du mich für einen faulen Typen hältst, einen Tunichtgut, der seinen Eltern zur Last fällt und noch immer, nach drei Lebensjahrzehnten auf der Erde, dringend einen richtigen Job braucht. Die Wahrheit ist, dass ich damals wie heute selten des Nachts in der Stadt ausging und ausgehe, dass ich früh am Morgen aufstand und aufstehe – trotz der mich schon mein ganzes Leben plagenden Schlaflosigkeit. Ich war auch (und bin bis heute) aktives Mitglied einer Gruppe von jungen Filmemachern – wir alle haben gemeinsam unseren Abschluss gemacht –, die unter der Führung der dynamischen, jungen, aus Indien stammenden Amerikanerin, Produzentin-Autorin-Regisseurin namens Suchitra Roy, bereits eine Menge Musikvideos gemacht haben, internetintegrierte Inhalte für Condé Nast und *Wired*, Dokumentarfilme, die auf PBS und HBO gesendet wurden, und drei geschätzte, im Kino aufgeführte, unabhängig finanzierte Spielfilme (alle drei wurden in Sundance und SXSW ausgewählt und zwei mit dem Publikumspreis ausgezeichnet), für die wir Schauspieler der A-Liga hatten überzeugen können, für kleine Gage mitzuspielen: Jessica Chastain, Keanu Reeves, James Franco, Olivia Wilde. Ich biete hier nun diesen kurzen Lebenslauf, damit sich der Leser in guten Händen fühlt, in den Händen eines glaubwürdigen und nicht unerfahrenen Geschichtenerzählers, da meine Schilderung zunehmend finstere Züge annehmen wird. Ich stelle auch meine Arbeitskollegen vor, denn ihre stetige Kritik dieses meines persönlichen Projekts war mir sehr wertvoll und wird es immer sein.

In jenem langen heißen Sommer trafen wir uns oft zum Mittagessen bei unserem Lieblingsitaliener an der Sixth Avenue, unterhalb der Bleecker Street, saßen draußen an einem Tisch auf dem Gehweg, trugen große Sonnenhüte und Lichtschutzfaktor 50, und ich erzählte Suchitra, was ich tat, und sie stellte mir die unangenehmen Fragen. »Ich verstehe, dass du deinen ›Nero Golden‹ geheimnisvoll gestalten möchtest, das ist gut, ich glaube, das ist richtig so«, sagte sie. »Aber welche Frage stellt uns dieser Charakter, die die Geschichte schließlich thematisieren muss?« Plötzlich wusste ich die Antwort, die ich mir bis zu diesem Augenblick nicht einmal selbst richtig eingestanden hatte.

»Die Frage«, sagte ich ihr, »ist die Frage nach dem Bösen.«

»In diesem Fall«, sagte sie, »muss ihm früher oder später, und früher wäre besser, die Maske vom Gesicht fallen.«

◇

Die Goldens waren meine Geschichte, und andere konnten sie mir klauen. Skandalreporter könnten sich das, was mir gehörte, durch das göttliche Recht Ich-war-zuerst-hier aneignen, durch die Rechte des Landbesetzers, der behauptet, es sei sein Gebiet. Ich war derjenige, der am längsten in diesem Dreck wühlte, und sah mich nahezu als ein heutiger A. J. Weberman – Weberman, der *soi-disant* »Müllologe« des Village der 1970er-Jahre, der Bob Dylans Abfall durchstöberte, um die geheime Bedeutung seiner Songs und Einzelheiten seines Privatlebens aufzudecken, und obwohl ich nie so weit ging, gestehe ich, dass ich darüber nachgedacht habe, mich wie eine Katze, die nach Gräten sucht, an den Müll der Goldens heranzumachen.

Wir leben in Zeiten, in denen die Menschen ihre Wahrheit verbergen, vielleicht sogar vor sich selbst und in der Lüge leben, bis die Lügen auf ungeahnte Weise diese Wahrheiten offenbaren. Und nun, da so vieles verborgen ist und wir an der Oberfläche, in Selbstdarstellungen und Selbstverfälschung leben, muss der Wahrheitssucher seine Schaufel in die Hand nehmen, die Oberfläche durchstoßen und nach dem Blut darunter suchen. Jedoch Spionage ist nicht leicht. Nachdem sie sich in ihrem großzügigen Haus niedergelassen hatten, verfolgte den alten Mann zunehmend die Angst, Wahrheitssucher würden ihn ausspionieren, er zog Sicherheitsleute zu Rate, damit sie seinen Besitz nach Abhörgeräten filzten, und wenn er mit seinen Söhnen Familiäres besprach, tat er es in ihren »Geheimsprachen«, in den Zungen der alten Welt. Er war sich sicher, dass wir alle in seinen Angelegenheiten herumschnüffelten; und natürlich taten wir es, auf die unschuldige Art des Dorftratschs, entsprechend den natürlichen Instinkten normaler Leute am Brunnen oder am Wasserspender, weil wir versuchten, neue Teile in das Puzzlespiel unseres Lebens einzufügen. Ich war der Neugierigste von uns allen, doch blind vor närrischer Besessenheit bemerkte es Nero Golden nicht, weil er mich – recht unzutreffend – für einen unbedeutenden Tunichtgut hielt, der keinen Weg gefunden hatte, sein Glück zu machen, und darum unberücksichtigt bleiben konnte, der aus seinem Blickfeld getilgt und ignoriert werden konnte; was meinen Absichten aufs Beste entgegenkam.

Es gab eine Möglichkeit, die mir, so gestehe ich, nicht in den Sinn kam, oder niemandem von uns, selbst in unserer nervösen, paranoiden Phase. Wegen ihres offenen und reichlichen Alkoholkonsums, ihres Wohlbefindens in der Gegenwart unverschleierter Frauen und ihrer offensichtlichen Nichtausübung einer der großen Weltreligionen hatten wir nie den Verdacht, sie könnten … oje … Muslime sein. Oder muslimischen Ursprungs zumindest. Meine Eltern waren es, die das zum Vorschein brachten. »Im Informationszeitalter, mein Lieber …«, sagte meine Mutter mit verständlichem Stolz, als sie ihre Arbeit am Computer getan hatten, »… ist der Müll eines jeden für jedermann sichtbar, du musst nur wissen, wie du nachschaust.«

Es mag wie eine Umkehrung der Generationen scheinen, aber in unserem Haus war ich der Internet-Depp, während meine Eltern die Superfreaks waren. Ich hielt mich von sozialen Medien fern und kaufte jeden Morgen am Kiosk an der Ecke die Printausgaben der *Times* und der *Post*. Meine Eltern jedoch lebten in ihren Desktops, sie hatten, seit diese andere Welt online gegangen war, Second Life Avatars und konnten die »sprichwörtliche Nadel im elektronischen Heuhaufen« finden, wie meine Mutter so gerne sagte.

Sie waren es, die für mich die Vergangenheit der Goldens allmählich entschlüsselten, die Tragödie in Bombay, die sie um die Welt getrieben hatte. »Es war nicht so schwer«, erklärte mir mein Vater, als wäre ich ein Einfaltspinsel. »Das sind keine zurückhaltenden Leute. Und iss jemand bekannt, dann erfüllt eine unkomplizierte Bildsuche ihren Zweck.«

»Wir mussten nichts anderes tun«, sagte meine Mutter grinsend, »als geradewegs durch die Eingangstür zu gehen.« Sie reichte mir eine Mappe. »Hier ist der aktuelle Stand, Süßer«, sagte sie in ihrer besten, abgebrühten Schnüfflermanier. »Herzzerreißendes Material. Stinkt schlimmer als das Taschentuch eines Klempners. Kein Wunder, dass sie das hinter sich lassen wollten. Als wäre ihre Welt wie Humpty Dumpty zerbrochen. Da sie sie nicht wieder zusammensetzen konnten, sind sie hierhergekommen, wo es jede Menge gebrochene Leute gibt. Ich verstehe schon. Traurige Sache. Wir schicken Ihnen unsere Abrechnung und bitten um rasche Begleichung.«

◇

Manche Leute behaupteten in jenem Jahr, der neue Präsident sei Muslim, es gab diesen ganzen erfundenen Geburtsurkunde-Scheiß, aber wir gingen nicht in die Elefantenfalle der Bigotterie. Wir wussten über Muhammad Ali und Kareem Abdul-Jabbar, und in den Tagen, nachdem die Flugzeuge in die Gebäude gekracht waren, waren wir uns einig gewesen, wir alle in den Gärten, nicht Unschuldige für die Verbrechen der Schuldigen verantwortlich zu machen. Wir erinnerten uns an die Ängstlichkeit, die Taxifahrer dazu brachte, kleine Fähnchen an ihr Armaturenbrett zu stecken und »God bless America«-Abziehbildchen auf die Trennscheibe zu kleben, und Angriffe auf turbantragende Sikhs waren uns wegen der Ignoranz unserer Landsleute peinlich. Wir sahen die jungen Männer mit ihren beschrifteten T-Shirts, Gib mir keine Schuld, ich bin Hindu, und wir gaben ihnen keine Schuld und waren unangenehm berührt, dass sie es für notwendig hielten, ihre Konfession zu bekennen, um für ihre Sicherheit zu sorgen. Als die Stadt sich allmählich beruhigte und in ihren Trott zurückfiel, empfanden wir Stolz auf unsere New Yorker Mitbürger wegen ihrer geistigen Gesundheit und so, nein, wir werden jetzt nicht hysterisch wegen dieses Worts. Wir hatten die Bücher über den Propheten und die Taliban und so weiter gelesen, und wir gaben nicht vor, alles verstanden zu haben, aber ich machte es mir zur Aufgabe, mich über die Stadt zu informieren, aus der die Goldens gekommen waren und die sie nicht beim Namen nennen wollten. Lange Zeit hatten ihre Bürger sich mit der Harmonie zwischen den verschiedenen Religionsgemeinschaften gebrüstet, und viele Hindus dort waren Nicht-Vegetarier, und viele Muslime aßen Schweinefleisch, und es war ein kultivierter Ort, die Oberschicht war säkular, nicht religiös, und selbst jetzt, wo dieses goldene Zeitalter in der Vergangenheit verblasste, waren es tatsächlich extremistische Hindus, die die muslimische Minderheit unterdrückten, darum verdiente die Minderheit unser Mitgefühl, nicht unsere Angst. Ich betrachtete die Goldens und sah Kosmopoliten, keine Bigotten, und meinen Eltern erging es ebenso, und wir beließen es dabei und fühlten uns gut damit. Was wir herausgefunden hatten, behielten wir für uns. Die Goldens waren nach einer terroristischen Tragödie und einem schmerzlichen Verlust geflohen. Sie waren willkommen zu heißen, nicht zu fürchten.

Aber ich konnte nicht die Worte verleugnen, die mir als Antwort auf Suchitras herausfordernde Frage aus dem Mund gepurzelt waren. *Die Frage ist die Frage nach dem Bösen.*

Ich wusste nicht, woher mir diese Worte gekommen waren oder was sie bedeuteten. Ich wusste aber, dass ich der Antwort in meiner Tintin-, Poirot-, post-belgischen Art nachjagen würde und dass ich, wenn ich sie gefunden hätte, die Geschichte haben würde, die ganz allein mir gehören sollte und die nur ich erzählen würde.

6

Es war einmal ein böser König, der seine drei Söhne zwang, ihr Zuhause zu verlassen, und sie dann in ein Haus aus Gold steckte, dessen Fenster er mit goldenen Läden verschloss und dessen Türen er mit Stapeln amerikanischer Goldbarren, Säcken voller spanischer Dublonen, Kübeln mit französischen Louisd'or und venezianischen Dukaten verbarrikadierte. Doch am Ende verwandelten die Kinder sich in Vögel, die gefiederten Schlangen ähnelten, und flogen durch den Schornstein hinauf in die Freiheit. Als sie jedoch in der Luft waren, merkten sie, dass sie nicht länger fliegen konnten, und stürzten bitterlich auf die Straße, wo sie verletzt und verwirrt in der Gosse liegen blieben. Menschen liefen herbei und wussten nicht, ob sie den gefallenen Schlangen-Vögeln huldigen oder sie fürchten sollten, bis einer den ersten Stein warf. Der anschließende Steinhagel tötete alle drei Wechselbälger rasch. Und der König, allein in seinem goldenen Haus, sah all sein Gold in all seinen Taschen all seine Stapel all seine Säcke all seine Kübel mit einem Mal glimmen, immer heller, bis sie entflammten und brannten. Die Treulosigkeit meiner Kinder hat mich umgebracht, sagte er, als die Flammen ihn höher und höher umloderten. Doch das ist nicht die einzige Version der Geschichte. In einer anderen flohen die Söhne nicht, sondern starben mit dem König im Feuer. In einer dritten Variante töteten sie sich gegenseitig. In einer vierten töteten sie ihren Vater und wurden Vater- und Königsmörder zugleich. Es ist sogar möglich, dass der König nicht gänzlich böse war und einige edle und viele erschreckende Eigenschaften besaß. In unserem Zeitalter von hart umkämpften Realitäten ist es nicht leicht, sich darauf zu einigen, was tatsächlich geschieht oder geschehen ist, was *zutrifft*, geschweige denn, welche Moral oder Bedeutung diese oder jede andere Geschichte hat.

◇

Der Mann, der sich selbst Nero Golden nannte, verbarg sich zunächst einmal hinter toten Sprachen. Griechisch und Latein beherrschte er fließend und er hatte seinen Söhnen auferlegt, es ebenfalls zu lernen. Manchmal unterhielten sie sich in der Sprache Roms oder Athens, als wären es Alltagssprachen, nur zwei in den Myriaden von New Yorks Wortschätzen. In Bombay bereits hatte er sie aufgefordert, »Wählt euch klassische Namen«, und an ihrer Wahl lässt sich erkennen, dass die Ambitionen der Söhne literarischer, mythologischer waren als die des Vaters, den es nach Herrscherwürde drängte. Sie wollten nicht Könige sein, auch wenn der jüngste, wohlgemerkt, sich in Göttlichkeit hüllte. Sie wurden zu Petronius, Lucius Apuleius und Dionysos. Nachdem sie ihre Wahl getroffen hatten, nannte ihr Vater sie immer bei ihrem gewählten Namen. Der grüblerische, gehandicapte Petronius hieß aus Neros Mund entweder Petro oder Petrón, sodass er wie eine Benzin- oder Tequilamarke klang, oder schließlich und ständig Petya, was ihn vom alten Rom abrückte und der Welt Dostojewskis und Tschechows näherbrachte. Der zweite Sohn, lebhaft, weltgewandt, ein Künstler und Müßiggänger, beharrte darauf, sich selbst seinen Kosenamen auszusuchen. »Nennt mich Apu«, forderte er und setzte sich über den Einspruch seines Vaters hinweg (»Wir sind doch keine Bengalen!«), er reagierte auf nichts, bis die Kurzform saß. Und der jüngste, dessen Schicksal das sonderbarste von allen sein würde, wurde einfach zu »D«.

Unsere Aufmerksamkeit gilt nun den drei Söhnen Neros, wir halten nur inne, um zu erwähnen, worauf alle vier Goldens irgendwann ganz entschieden beharrten – dass ihre Übersiedlung nach New York kein Exil, keine Flucht gewesen sei, sondern eine Wahl. Das mochte für die Söhne sehr wohl zutreffen, aber wie wir sehen werden, waren im Falle des Vaters persönliche Tragödie und private Notwendigkeiten vielleicht nicht seine einzigen Beweggründe gewesen. Es mochte Leute gegeben haben, deren Reichweite er entkommen musste. Geduld: Ich werde nicht all meine Geheimnisse auf einmal preisgeben.

Der dandyhafte Petya – konservativ, aber stets elegant gekleidet – hatte Worte seines Namensvetters Gaius Petronius, den Plinius der Ältere, Tacitus und Plutarch als den *arbiter elegantarium* oder *elegantiae arbiter*, als den Schiedsrichter des feinen Geschmacks, am Hof Neros beschrieben, auf einer Bronzeplakette über seiner Schlafzimmertür hängen: »Verlasse, o Jüngling, dein Heim und brich auf zu fremden Ufern. Die ferne Donau wird dich kennen, der kalte Nordwind und das glückselige Reich des Canopus und die Menschen, welche die Neugeburt des Phöbus erblicken oder seinen Untergang.« Die Wahl dieses Zitats war sonderbar, denn die Welt da draußen ängstigte ihn. Aber ein Mann mag träumen, und in seinen Träumen ist er ein anderer.

Ich sah sie mehrere Male in der Woche in den Gärten. Manche wuchsen mir mehr ans Herz als andere. Aber die tatsächlichen Leute zu kennen, war nicht dasselbe, als sie zum Leben zu erwecken. Mittlerweile hatte ich den Gedanken: Schreib es einfach nieder, wie auch immer es kommt. Schließ' die Augen und spul den Film in deinem Kopf ab, öffne die Augen und schreib es hin. Doch zuerst mussten sie aufhören, meine Nachbarn im Faktischen zu sein, und mussten zu Figuren werden, die im Realen lebendig würden. Ich beschloss, mit dem zu beginnen, mit dem sie selbst begonnen hatten, mit ihren klassischen Namen. Um eine Vorstellung von Petronius zu bekommen, las ich *Satyricon* und studierte die Menippeische Satire. »Kritisiere geistige Haltungen«, hieß eine Notiz, die ich mir machte. »Besser als Einzelne zu verspotten.« Ich las die wenigen vorhandenen Satyrspiele: *Der Zyklop* von Euripides, das erhaltene Fragment *Die Netzfischer* des Aischylos sowie Sophokles' *Spürhunde*, ebenso Tony Harrisons modernes »Remake« des Sophokles, *The Trackers of Oxyrhynchus*. Half mir dieser Stoff aus der Antike? Ja, insofern als er mich weg vom hohen Ton der Tragödie und hin zur Burleske und zum Unflätigen führte. Mir gefielen die in Holzschuhen tanzenden Satyrn in Harrisons Stück, und ich schrieb mir auf, »Petya – schlechter Tänzer, dermaßen absurd unkoordiniert, dass die Leute ihn lustig finden.« Auch ein Einfall für einen möglichen Plot ergab sich, denn sowohl in den *Netzfischern* als auch in den *Spürhunden* stoßen die Satyrn zufällig auf magische Babys – Perseus im ersten und Hermes im zweiten Stück. »Die Möglichkeit offen halten, Kinder mit übernatürlichen Kräften einzuführen«: schrieb ich in mein Notizbuch und daneben an den Rand, »??? oder – NEIN«. Ich war mir also nicht nur im Unklaren über die Geschichte und über das Geheimnis in ihrem Kern, sondern auch über die Form. Würde das Übernatürliche, das Fantastische eine Rolle spielen? In jenem Augenblick war ich mir unsicher. Und die Quellen der Antike waren ebenso verwirrend wie hilfreich. Die Satyrspiele waren, um das Naheliegende festzustellen, dionysisch, in ihrem Ursprung waren sie wahrscheinlich ländliche Huldigungen des Gottes. Wein, Sex, Musik, Tanz. Auf wen also in meiner Geschichte sollten sie das meiste Licht ausschütten? Petya »war« Petronius, aber Dionysos war sein Bruder … in dessen Geschichte würde die Sexfrage – oder die Genderfrage, um das Wort zu vermeiden, das seiner Geliebten, der bemerkenswerten Riya, so missfiel – eine zentrale Stellung einnehmen … Ich machte eine Notiz. »Die Charaktere der Brüder werden sich in gewissem Maße überlappen.«

Und für Apu kehrte ich zum *Goldenen Esel* zurück, aber in meiner Geschichte würde die Metamorphose zum Schicksal eines anderen Bruders gehören. (Wieder überlappen sich die Geschwister.) Dennoch machte ich mir diese wertvolle Notiz. »Eine ›goldene Geschichte‹ war zur Zeit von Lucius Apuleius ein sprachliches Bild, das eine große Erzählung, einen wilden Einfall bezeichnete, etwas, das ganz offensichtlich nicht der Wahrheit entsprach. Ein Märchen. Eine Lüge.«

Und was das geheimnisvolle Baby anging: Ich muss sagen, dass statt meines früheren »??? oder – *NEIN*«, ohne Aischylos' oder Sophokles' Hilfe, die Antwort sich zu einem JA wendete. Es würde ein Baby in der Geschichte geben. Mit Zauberkräften oder mit einem Fluch belegt? Leser: Du entscheidest.

◇

Die traurige, brillante Fremdheit des Mannes, den wir Petya Golden nannten, war jedem vom ersten Tag an klar, als er sich im schwindenden Licht eines Winternachmittags allein auf eine Bank im Garten setzte, ein schwerer Mann, gewissermaßen eine größere Version seines Vaters, kräftig gebaut, mit den scharfen dunklen Augen seines Vaters, die den Horizont zu befragen schienen. Er trug einen cremefarbenen Anzug unter einem dicken Mantel aus Fischgrättweed, Handschuhe und ein orangefarbenes Halstuch, und neben ihm auf der Bank standen ein übergroßer Cocktailshaker und ein Glas mit Oliven, in der rechten Hand hielt er ein Glas Martini, und während er in seiner monologischen Einsamkeit dasaß und sein Atem geisterhaft in der Januarluft schwebte, begann er plötzlich vor sich hin zu reden, erläuterte die Theorie, die er dem surrealistischen Filmemacher Luis Buñuel zuschrieb, laut der ein perfekter trockener Martini der Unbefleckten Empfängnis gleiche. Er war damals vielleicht zweiundvierzig Jahre alt, und ich, siebzehn Jahre jünger, näherte mich ihm zögerlich über den Rasen, bereit, ihm zuzuhören, und war auf der Stelle in ihn verliebt, so wie Eisenspäne von einem Magneten angezogen werden, so wie die Motte die fatale Flamme liebt. Als ich näher kam, sah ich im Zwielicht, dass drei Kinder in den Gärten ihr Spiel an den Schaukeln und Kletterstangen aufgegeben hatten, um diesen sonderbaren, schweren Mann zu betrachten, der mit sich selbst redete. Sie hatten keine Vorstellung, wovon dieser verrückte Neuankömmling sprach, aber ihnen gefiel die Darbietung. »Um den perfekten trockenen Martini zu mixen«, sagt er, »muss man ein Martiniglas nehmen, eine Olive hineingeben und es bis zum Rand mit Gin füllen oder nach der neuesten Mode mit Wodka.« Die Kinder kicherten über die Verruchtheit seines Alkoholgeredes. »Dann«, sagte er und wedelte mit dem linken Zeigefinger, »muss man eine Flasche Wermut so neben das Glas stellen, dass ein einziger Sonnenstrahl durch die Flasche dringt und das Martiniglas trifft. Dann trinkt man den Martini.« Er nahm einen riesigen Schluck. »Den hier habe ich schon vorher zubereitet«, sagte er zur Erklärung für die Kinder, die nun mit entzückten Schuldgefühlen lachend davonliefen.

Die Gärten waren ein sicherer Ort für all die Kinder aus den umliegenden Häusern, sodass sie dort unbeaufsichtigt umherliefen. Doch nach der Martini-Vorlesung wurden einige

Mütter aus der Nachbarschaft unruhig wegen Petya, aber es bestand kein Anlass zur Sorge; Kinder waren nicht das Laster seiner Wahl. Diese Ehre gebührte allein dem Alkohol. Und seine geistige Verfassung brachte nur ihn in Gefahr, auch wenn sie leicht zu verunsichernde Menschen verwirren konnte. Als er meine Mutter kennenlernte, sagte er: »Sie müssen eine wunderschöne junge Frau gewesen sein, heute sind Sie alt und faltig.« Wir Unterlindens streiften durch die morgendlichen Gärten, als Petya in seinem Mantel, mit dem Halstuch und den Handschuhen herüber kam, um sich meinen Eltern vorzustellen, und das sagte er? Das war sein erster Satz nach dem »Hallo«? Ich schäumte und wollte ihn gerade beschimpfen, als meine Mutter mir ihre Hand auf den Arm legte und freundlich den Kopf schüttelte. »Ja«, entgegnete sie. »Ich sehe, Sie sind ein Mann, der die Wahrheit ausspricht.«

»Im Spektrum«: diesen Ausdruck hatte ich noch nie gehört. Ich glaube, dass ich in vielerlei Hinsicht naiv war, Autismus war für mich nicht viel mehr als Dustin Hoffman in *Rain Man* und andere »idiots savants«, wie man sie grausamerweise nennt, die Listen von Primzahlen herunterrattern oder aus dem Gedächtnis unglaublich detailreiche Zeichnungen von Manhattan anfertigen konnten. Petya, sagte meine Mutter, habe bestimmt einen hohen Grad im Autismus-Spektrum. Sie war sich nicht sicher, ob das, was ihn plagte, HFA, Hochfunktionaler Autismus war, oder AS, Asperger. In heutigen Zeiten wird das Asperger-Syndrom nicht mehr als eine völlig andere Diagnose betrachtet, vielmehr hat man es auf einer Schweregrad-Skala ins Autismus-Spektrum aufgenommen. Damals, noch vor wenigen Jahren, waren die meisten Menschen so unwissend wie ich, und die von Asperger Betroffenen wurden oft abschätzig als »verrückt« eingestuft. Petya Golden mag gepeinigt gewesen sein, aber verrückt war er keinesfalls, nicht im Geringsten. Er war ein außergewöhnlicher, verletzlicher, begabter, unfähiger Mensch.

Körperlich war er schwerfällig, und wenn er aufgeregt war, schlug sich das auf sein Sprechen nieder, denn dann stammelte und stotterte er und wurde wütend über seine Unbeholfenheit. Er hatte das schärfste Erinnerungsvermögen, das mir je begegnet ist. Nannte man den Namen eines Dichters, zum Beispiel »Byron«, dann sagte er zwanzig Minuten lang mit geschlossenen Augen den *Don Juan* auf. »Mir fehlt ein Held! –›Ein Held, er sollte fehlen, / Da Jahr und Monat neu vom neusten spricht?‹ – / Ein Zeitungsschreiber mag sich schmeichelnd quälen / So sagt die Zeit: es sei der rechte nicht.« Auf der Suche nach Heldentum, sagte er, habe er sich bemüht, an der Universität (Cambridge, die er wegen seines Leidens ohne Architekturexamen verließ) ein revolutionärer Kommunist zu sein, aber er gestand ein, er habe sich nicht genügend angestrengt, ein wirklich guter zu werden, und im Übrigen habe ihn sein Reichtum benachteiligt. Auch sei sein Zustand kaum förderlich für gutes Organisieren und Zuverlässigkeit, darum gebe er keinen guten Kader ab; und ohnehin bestand sein größtes Vergnügen nicht in der Revolte, sondern in der Auseinandersetzung. Nichts gefiel ihm mehr, als jedem, der eine Meinung kundtat, zu widersprechen, und diesen Menschen in die Unterwerfung zu zwingen, indem er auf seinen offenbar unerschöpflichen Vorrat an geheimnisvollem, ausführlichstem Wissen zurückgriff. Er hätte mit einem König über seine Krone gestritten oder mit einem Spatzen wegen einer Brotkruste. Auch trank er viel zu viel. Als ich mich eines Morgens mit ihm in den Gärten zum Trinken hinsetzte – er trank schon beim Frühstück –, musste ich den Alkohol in eine Pflanze gießen, als er einen Augenblick abgelenkt war. Es war unmöglich, mit ihm mitzuhalten. Doch die industriellen Mengen an Wodka, die er in sich hineinschüttete, zeigten scheinbar keinerlei Wirkung auf dieses fehlerhaft verknüpfte, aber dennoch ungeheure Gehirn. In seinem Zimmer auf einer oberen Etage des Hauses Golden lebte er in bläuliches Licht getaucht und von Computern umgeben; es schien, als wären diese elektronischen Gehirne ihm tatsächlich ebenbürtig, seine wahrsten Freunde, und als wäre die Spielwelt, die er durch diese Bildschirme betrat, seine wahre Welt und unsere die virtuelle Realität.

Menschen waren Wesen, die er erdulden musste, mit denen er sich niemals vertraut fühlen würde.

Am schwersten fiel ihm anfangs, nicht die Familiengeheimnisse auszuplaudern, ihre richtigen Namen, ihre Herkunft, die Geschichte vom Tod seiner Mutter – in diesen ersten Monaten, bevor wir selbst die Antworten herausgefunden hatten, was ich ihm schließlich gestand, um ihm die Befangenheit zu nehmen, was es aber nicht tat. Stellte man ihm eine direkte Frage, antwortete er ehrlich, denn sein Gehirn machte es ihm unmöglich zu lügen. Doch da er den Wünschen seines Vaters entsprechen wollte, gelang es ihm, einen Weg zu finden. Er übte ausweichende Redewendungen wie »Diese Frage beantworte ich nicht« oder »Vielleicht solltest du jemand anderen fragen«, Äußerungen, die er in seinem Inneren als richtig akzeptieren und sich darum gestatten konnte. Manches Mal allerdings kam er einem Verrat gefährlich nahe. »Was meine Familie angeht …«, sagte er eines Tages aus dem Nichts heraus, was bei ihm üblich war (sein Reden war eine Aneinanderreihung von Zufallsbomben, die aus dem heiteren Himmel seines Denkens fielen), »… so denke an den ständigen Irrsinn, der sich im Palast zur Zeit der zwölf Caesaren abspielte, Inzest, Muttermord, Vergiftungen, Epilepsie, die toten Kinder, der Gestank des Bösen, und natürlich musst du auch an Caligulas Pferd denken. Gemetzel, mein lieber Junge, aber wenn der Römer auf der Straße zum Palast hinaufschaute, was sah er?« Hier eine schelmische, dramatische Pause und dann: »Er sah den Palast, mein lieber Junge. Er sah den verdammten Palast, unerschütterlich, unverändert, *da*. Drinnen fickten die Mächtigen ihre Tanten und schnitten sich gegenseitig die Eier ab. Draußen blieb die Machtstruktur unverändert, das war klar. Genau so sind wir, Papa Nero und meine Brüder. Hinter geschlossenen Türen herrscht in der Familie, das gebe ich offen zu, die Hölle. Erinnere dich an Edmund Leach in seinen *Reith*-Vorträgen. ›Die Familie bildet mit ihrer beengten Zurückgezogenheit und ihren billigen Geheimnissen die Quelle unserer Unzufriedenheit.‹ Verdammt wahr in unserem Fall, mein Freund. Doch sobald es den Römer auf der Straße betrifft, schließen wir die Reihen. Wir bilden das verdammte *testudo* und vorwärts marsch.«

Was auch immer es über Nero Golden zu sagen gibt – und wenn ich erst einmal fertig bin, wird vieles gesagt sein, darunter viel Entsetzliches –, seine Zuneigung für sein erstgeborenes Kind stand nie infrage. In gewissem Sinne würde Petya immer zum Teil ein Kind bleiben, das unvorhersehbar aberwitzigen Missgeschicken entgegentaumelt. Als wäre AS nicht genug, litt er zu der Zeit, als er mit uns lebte, unter schlimmer Platzangst. Der Gemeinschaftsgarten ängstigte ihn interessanterweise nicht. Da er zu allen vier Seiten von der Stadt abgegrenzt war, empfand er ihn in seiner sonderbaren Spiegelscherben-Wahrnehmung als »innen«. Doch auf die Straße ging er nur selten. Dann nahm er sich eines Tages vor, gegen seine geistigen Windmühlen anzukämpfen. Da er seinem Hass auf die schutzlose Welt trotzen und seine Dämonen besiegen wollte, stieg er mit ausdrucksloser Miene in die Subway. Alle im Haus reagierten panisch auf sein Verschwinden, wenige Stunden später kam ein Anruf vom Polizeibezirk Coney

Island, wo man ihn in einer Arrestzelle festhielt, da er in einem Tunnel, von seiner Angst überwältigt, für beträchtlichen Aufruhr gesorgt hatte, und als ein Sicherheitsmann an der nächsten Station hinzugestiegen war, hatte Petya ihn als bolschewistischen Apparatschik, als Politkommissar, als Agenten des Geheimdienstes beschimpft; woraufhin ihm Handschellen angelegt wurden. Nur Neros Ankunft in einer großen, dunklen, respektheischenden Limousine rettete die Lage. Er erklärte den Zustand seines Sohns, und überraschenderweise hörte man ihm zu, und Petya wurde in die Obhut seines Vaters entlassen. Das geschah, und danach geschah noch Schlimmeres. Aber Nero Golden wankte nie, suchte ständig nach neuester medizinischer Hilfe und tat sein Bestes für seinen Erstgeborenen. Wenn die Schlussabrechnung gemacht wird, muss das in Justitias Waagschalen schwer ins Gewicht fallen – zu seinen Gunsten.

◇

Was ist Heldentum in unserer Zeit? Was ist Schurkerei? Wie viel haben wir vergessen, wenn wir die Antwort auf derartige Fragen nicht mehr wissen. Eine Wolke der Ignoranz hat uns blind gemacht, und in diesem Nebel flackerte Petya Goldens sonderbarer, gebrochener Verstand unstet wie ein manisches Leitlicht. Welch eine Präsenz hätte er haben können! Denn er war dazu geboren, ein Stern zu sein; aber da war ein Fehler im Programm. Er konnte brillant reden, ja; aber er war wie eine Kabelbox, voll mit Talkshowvernetzungen, die ständig und ohne Vorwarnung den Kanal wechselte. Er war oft ungestüm heiter, obwohl ihn sein Zustand zutiefst quälte, denn er schämte sich für sein schlechtes Funktionieren, für sein vergebliches Bemühen um Besserung und dafür, dass er seinen Vater und ein Aufgebot an Ärzten nötigte, ihn am Funktionieren zu halten und wieder zusammenzüsetzen, wenn er auseinanderbrach.

So großes Leid, so nobel ertragen. Ich dachte an Raskolnikow. »Wo eine umfassende Erkenntnis und ein tief empfindendes Herz vorhanden sind, da bleiben auch Leid und Schmerz nicht aus. Die wahrhaft großen Menschen müssen, wie ich glaube, auf der Welt eine große Traurigkeit empfinden.«

An einem Sommerabend gaben die Goldens – es war ihr erster Sommer bei uns – eine prächtige Soiree, die aus ihrer Villa bis auf den Gemeinschaftsrasen hinausschwappte. Sie hatten die besten Presseleute und Partyplaner der Stadt engagiert, sodass eine ansehnliche Schar von »allen« sich einstellte, eine gute Mischung von feiner prominenter Menagerie und uns, den Nachbarn, und in jener Nacht sprühte Petya mit funkelnden Augen und redete wie ein Wasserfall. Ich sah ihn in seiner Savile-Row-Kleidung umherwirbeln und Pirouetten drehen um die Filmschauspielerin, den Sänger, den Dramatiker, die Hure und um die Geldigen, die über die Finanzkrise in Asien sprachen und die er mit meisterlicher Beherrschung von Begriffen wie »Tom Yum Goong« beeindruckte, dem thailändischen Ausdruck für die Krise, und mit seiner Fähigkeit, das Schicksal exotischer Devisen zu erörtern, den Kollaps des Baht, die Abwertung des Renminbi, und mit seiner Meinungsäußerung, ob oder ob nicht der Finanzier George Soros durch den Verkauf ungedeckter Ringgit den Zusammenbruch der malaysischen Wirtschaft ausgelöst habe. Vielleicht bemerkte nur ich – oder sein Vater und ich – die Verzweiflung hinter seiner Vorstellung, die Verzweiflung eines Verstands, der sich nicht disziplinieren kann und darum ins Karnevaleske abgleitet. Ein Verstand, der sich selbst gefangen hält, ein Sträfling auf Lebenszeit.

In jener Nacht redete und trank er ohne Unterlass, und wir, die wir dabei waren, würden uns an Bruchstücke dieser Gespräche bis an unser Lebensende erinnern. So verrückte, außergewöhnliche Gespräche! Keine Begrenzung in der Wahl der Themen, die er wie einen Sandsack behandelte: die britische Königsfamilie, insbesondere das Sexleben von Prinzessin Margaret, die eine Karibikinsel wie ihr privates Boudoir nutzte, und Prinz Charles, der der Tampon seiner Geliebten sein wollte; die Philosophie von Spinoza (er mochte sie); die Songtexte von Bob Dylan (er rezitierte in Gänze *Sad-eyed Lady of the Lowlands* so ehrfurchtsvoll, als wäre es das Gegenstück zu *La Belle Dame Sans Merci*); die Schachpartie von Spasski und Fischer (Fischer war im Jahr zuvor gestorben); der islamische Radikalismus (er war dagegen) und der Wischiwaschi-Liberalismus (der den Islam herunterspiele, sagte er, darum sei er auch gegen ihn); der Papst, den er »Ex-Benedikt« nannte; die Romane von G.K. Chesterton (er war ein Fan von *Der Mann, der Donnerstag war*); die Unannehmlichkeiten von männlichem Brusthaar; die »ungerechte Behandlung« des Pluto, der kürzlich auf den Status eines »Zwergplaneten« zurückgestuft wurde, nachdem ein größerer Himmelskörper, Eris, im Kuiper-Gürtel entdeckt worden war; die Mängel an Hawkings Theorie über die schwarzen Löcher; die anachronistische Schwäche des amerikanischen Wahlmännergremiums; die Dummheit der nicht wählenden Collegestudenten; der Sex-Appeal von Margaret Thatcher; und die fünfundzwanzig Prozent der Amerikaner – rechts außen im politischen Spektrum –, »die nachweislich geisteskrank sind«.

Oh, aber es gab auch seine Bewunderung für *Monty Python's Flying Circus*! Und mit einem Mal wurde er nervös und stammelte auf der Suche nach den richtigen Worten herum, denn einer der Gäste, ein Mitglied einer prominenten Familie von

Broadway-Theaterbesitzern, hatte als seinen Begleiter den Python Eric Idle mitgebracht, der gerade den wieder aufgeflammten Ruhm dank des Broadway-Erfolgs von *Spamalot* genoss und in dem Moment eintraf, als Petya der lässig eleganten Bildhauerin Ubah Tuur (von der später noch viel die Rede sein wird) seinen allgemeinen Hass auf Musicals darlegte; er nahm nur *Oklahoma!* und die *West Side Story* aus und hatte uns eigenwillig interpretierte Häppchen von »I Cain't Say No« und von »Gee, Officer Krupke« vorgesungen und erklärt, dass »alle anderen Musicals scheiße« seien. Als er den Python erkannte, der ihm aufmerksam zuhörte, wurde er tiefrot und rettete sich, indem er Mr. Idles Musical rasch den Ausnahmen hinzufügte und die Gesellschaft dazu brachte, in einem mitreißenden Chor »Always Look on the Bright Side of Life« zu singen.

Sein Beinah-Patzer hatte ihm die Stimmung verdorben. Er wischte sich den Schweiß von der Stirn, eilte ins Haus und verschwand. Er kehrte nicht zurück auf die Party; und dann weit nach Mitternacht, als die meisten Gäste bereits gegangen waren und nur noch wenige Anwohner die warme Nachtluft genossen, schwangen mit einem Mal die Fenster von Petyas Zimmer in der oberen Etage des Hauses Golden auf, und der schwere Mann kletterte trunken schwankend hinaus auf den Fenstersims, er trug einen langen schwarzen Mantel, in dem er wie ein studentischer Revolutionär der Sowjetzeit aussah. In seinem aufgeregten Zustand ließ er sich behäbig mit baumelnden Beinen auf dem Sims nieder und rief zum Himmel hinauf: *»Ich bin allein hier! Ich bin wegen mir hier! Ich bin wegen niemand hier! Ich bin ganz alleine hier!«*

Die Zeit stand plötzlich still. Wir in den Gärten schauten wie gelähmt zu ihm hinauf. Seine Brüder, die mit uns in den Gärten waren, schienen ebenso bewegungsunfähig wie wir. Und da trat sein Vater, Nero Golden, leise an ihn heran, packte ihn von hinten in einer großen Umarmung und fiel mit ihm rückwärts ins Zimmer. Dann erschien Nero am Fenster, verabschiedete uns wütend winkend, ehe er es schloss.

»Hier gibt's nichts zu sehen. Meine Damen und Herren, nichts zu sehen. Gute Nacht.«

◇

Eine ganze Zeit fand es Petya Golden nach seinem In-etwa-Selbstmordversuch schwierig, sein Zimmer mit den zugezogenen Vorhängen zu verlassen, es war in das Licht etlicher Bildschirme und einer Vielzahl von Lampen mit blassblauen Glühbirnen getaucht, dort blieb er Tag und Nacht, schlief kaum, tief in seine elektronische Geheimnisse versunken, wozu Schachspielen gegen unbekannte Netz-Gegner aus Korea und Japan zählte, und, wie wir später entdeckten, ein Crashkurs in der Geschichte und Entwicklung von Videospielen; er verstand die Programme von Kriegsspielen, die in den 1940er-Jahren erfunden wurden, um auf den ersten Digitalcomputern Colossus und ENIAC zu laufen, dann rauschte er mit Verachtung durch *Tennis for Two, Spacewar!* und die ersten Arcade-Spiele, durch das Zeitalter von *Hunt the Wumpus* und *Dungeon & Dragons* – die Banalitäten von *Pac-Man* und *Donkey Kong*, *Street Fighter* und *Mortal Kombat* übersprang er –, und weiter und immer weiter durch *SimCity*, *World of Warcraft* und die ausgetüftelteren Feinheiten von *Assassin's Creed* und *Red Dead Redemption* und dann hinein in Levels von Raffinement, die niemand von uns erahnen konnte; und er sah die vulgären Fiktionen des Reality-TV; und bestand auf von ihm selbst, auf einem kleinen Elektroherd zubereiteten Double-Gloucester-Käse-Sandwichs; die ganze Zeit über fühlte er sich von sich selbst und der Last, die er tragen musste, zutiefst angewidert. Dann änderte sich seine innere Wetterlage, und er schwenkte vom Selbsthass hinüber zum Hass auf die Welt und insbesondere auf seinen Vater, weil er ihn als repräsentative Autoritätsperson ansah, die der Welt am nächsten stand. Eines Nachts in jenem Sommer zwang mich die Schlaflosigkeit, meine verlässliche Freundin, gegen drei Uhr morgens aufzustehen, ich streifte irgendetwas über und ging hinaus in den Gemeinschaftsgarten, um die warme Nachtluft zu atmen. Alle Häuser waren dunkel, alle bis auf eines. In der Residenz der Goldens brannte nur in einem Zimmer im ersten Stock Licht, in dem Zimmer, das Nero Golden als Büro diente. Den alten Mann sah ich nicht, aber Petyas Silhouette mit den breiten Schultern und dem Bürstenhaarschnitt war leicht zu erkennen. Verblüffend war die extreme Lebhaftigkeit dieser Silhouette, die Arme fuchtelten, das Gewicht verlagerte sich von einem Bein aufs andere. Er drehte sich leicht, und als ich ihn im Halbprofil sah, verstand ich, dass er vor Wut schrie.

Ich hörte nichts. Die Fenster des Büros waren schalldicht. Manche von uns vermuteten, es seien mehrere Zentimeter dicke, schussfeste Scheiben, eine Annahme, der das stumme Bild des schreienden Petya große Glaubwürdigkeit verlieh. Warum verspürte Nero Golden das Bedürfnis nach Panzerglas? Darauf keine Antwort; die reichen New Yorker verspüren auf vielfache, unvorhersehbare Weise das Bedürfnis nach Selbstschutz. In meiner Akademikerfamilie begegneten wir den Verschrobenheiten unserer Nachbarn mit interessiertem Amüsement, dem Maler, der ständig in Seidenpyjamas gekleidet war, der Zeitschriftenverlegerin, die nie ihre Sonnenbrille ablegte, egal zu welcher Uhrzeit, und so weiter. Also Panzerglas – keine große Sache. Die stumme Show unterstrich gewissermaßen die Ausdruckskraft von Petya Goldens hysterischer Vorstellung. Ich bin ein Bewunderer des deutschen expressionistischen Films im Allgemeinen und des Werks von Fritz

Lang im Besonderen, und plötzlich drängten sich ungefragt die Worte »Doktor Mabuse« in meinen Kopf. Damals schob ich den Gedanken beiseite, weil mich eine andere Überlegung weitaus mehr beschäftigte: Vielleicht verlor Petya tatsächlich den Verstand. Vielleicht steckte hinter seinem Autismus und seiner Platzangst eine richtige Störung, eine Geisteskrankheit. Ich beschloss, ihn von nun an sorgfältiger zu beobachten.

Worüber stritten sie? Es gab keine Möglichkeit, es zu erfahren; aber für mich sah es aus wie Petyas wüste Klage über das Leben, das es nicht gut mit ihm gemeint habe. Am nächsten Tag sah man den alten Mann nachdenklich auf einer Bank im Garten sitzen, wie zu Stein erstarrt, still, reglos, unnahbar, mit finsterem Gesicht. Viele Jahre später, als wir alles wussten, erinnerte ich mich, dass ich in jener Sommernacht in den Gärten unter Nero Goldens erleuchtetem, schallgedämpftem Fenster an Fritz Langs großartigen Film *Dr. Mabuse, der Spieler* gedacht hatte. Der Film handelt natürlich von der Karriere eines Meisterverbrechers.

◇

Keinerlei Hinweis auf die dramatischen Ereignisse bei der Party der Goldens erreichte je die Zeitungen (oder die Tratschseiten im Netz oder eines der anderen digitalen Megafone, die die neue Technologie hervorgebracht hat). Trotz des hohen Promi-Faktors der Gästeliste, trotz des zahlreichen Personals, das vielleicht versucht gewesen sein könnte, durch einen obszönen Telefonanruf zu leichtem Geld zu kommen, schien sich der Schweigekodex, unter dem die Goldens lebten, um all die zu winden, die sich in ihre Gegenwart begaben, sodass nie auch nur der Hauch eines Skandals aus ihrem mächtigen, fast sizilianischen Kräftefeld der *omertà* drang. Nero hatte die mächtigsten Presseleute der Stadt engagiert, deren wichtigste

Aufgabe darin bestand, Öffentlichkeit nicht herzustellen, sondern sie zu unterdrücken; und darum blieb im Haus Golden, was im Haus Golden geschah.

Ich glaube unterdessen, Nero Golden wusste in seinem Inneren, dass seine Darbietung als New Yorker ohne Vergangenheit nicht lange würde bestehen können. Ich denke, er wusste, dass Vergangenheit sich letztendlich nicht leugnen lässt, dass sie ihn einholen und Wirkung zeigen würde. Ich denke, dass er seine enorme Begabung fürs Angebertum dazu einsetzte, um das Unvermeidliche abzuwehren. »Ich bin ein Mann der Vernunft«, klärte er seine Dinnergäste in der Nacht von Petyas Zusammenbruch auf. (Er hatte eine Schwäche für Eigenlob.) »Ein Geschäftsmann. Wenn Sie erlauben, ein großer Geschäftsmann. Glauben Sie mir. Niemand kennt die Geschäftswelt besser als ich, lassen Sie mich das sagen. Amerika ist heute für meinen Geschmack zu gotteslastig, geht zu sehr im Aberglauben auf, aber ich bin nicht so ein Mann. Solche Dinge kommen dem Handel ins Gehege. Zwei und zwei ist vier, das bin ich. Der Rest ist Mumpitz und Geschwafel. Vier und vier ist acht. Wenn Amerika das sein möchte, was es zu sein in der Lage ist, was es zu sein träumt, muss es sich von Gott ab- und dem Dollarschein zuwenden. Das Geschäft Amerikas ist das Geschäft. Daran glaube ich.« So war seine verwegene (und oft wiederholte) Erklärung des pragmatischen Kapitalismus; was mich nebenbei bemerkt beruhigte, war, dass wir Unterlindens recht behalten hatten, was seine ungläubige Natur anging; und doch war er, sie alle waren es, in der Gewalt einer riesengroßen Fantasie: der Vorstellung, dass Menschen nicht danach beurteilt würden, wer sie früher gewesen waren und was sie einst getan hatten, wenn sie sich doch entschieden hatten, andere zu sein. Sie wollten vor den Verantwortlichkeiten der Geschichte davonlaufen und frei sein. Aber die Geschichte ist der Gerichtshof, vor den alle Menschen, selbst Herrscher und Prinzen, letzten Endes treten müssen. Ich denke an Longfellows Paraphrase des Römers Sextus Empiricus: Gottes Mühlen mahlen langsam, doch sie mahlen trefflich fein.

7

Lucius Apuleius Golden, auch bekannt als Apu, der zweite unter Pseudonym lebende Golden-Junge – trotz seiner einundvierzig Jahre passte das Wort »Junge« irgendwie besser zu ihm als »Mann« –, war nur ein Jahr jünger als sein Bruder Petya, ihre Geburtstage lagen weniger als zwölf Monate auseinander, beide hatten dasselbe Sternzeichen (Zwillinge). Er war ein gut aussehender, kindischer Mann mit verrucht anzüglichem Übermut in seinem Lächeln, in seinem frohlockenden Kichern, das sich unwiderstehlich mit vorgetäuschter Dauermelancholie paarte und mit einem sich ständig ändernden Klagelied, in dem er sein Scheitern bei jungen Frauen vor den Toiletten von angesagten Nachtclubs auflistete (seine Art, eine lange Reihe von Erfolgen auf diesem Gebiet zu verschleiern). Sein Schädel war rasiert – ein Zugeständnis an die vordringende Kahlheit –, er hüllte sich in einen voluminösen Paschminaschal und verstand sich mit seinem älteren Bruder nicht mehr. Beide bekundeten in Einzelgesprächen mit mir, als Kinder seien sie sich sehr nahe gewesen, aber ihre Beziehung habe sich mit zunehmendem Alter wegen ihrer allzu verschiedenen Charaktere abgekühlt. Apu, ein Flaneur, der alles erforschte, was die Stadt zu bieten hatte, brachte keinerlei Verständnis für Petyas »Themen« auf. »Mein blöder Bruder«, sagt er, als wir einen trinken gingen, was wir manchmal taten. »Er ist so ein Hasenfuß.« Und er setzte hinzu: »Er sollte vorsichtig sein. Unser Vater verachtet Schwäche und will sie nicht in seiner Nähe haben. Wenn er einmal zu dem Schluss kommt, dass du ein Schwächling bist, bist du für ihn tot. Scheißtot.« Dann, als hätte er gerade gehört, was er gesagt hatte, als hätte er das Bersten der Rüstung gehört, machte er einen Rückzieher und korrigierte sich. »Achte nicht auf meine Worte. Ich habe zu viel getrunken, und so reden wir eben. Wir reden eine Menge Unsinn. Es ist ohne Bedeutung.«

Ich hörte Missgunst aus diesen Worten. Nero kümmerte sich, wie wir alle beobachteten, sehr fürsorglich und besorgt um seinen psychisch angeschlagenen, erstgeborenen Sohn. Vielleicht bekam Apu nicht die Aufmerksamkeit des Patriarchen, um die er so offen buhlte. (Ich wunderte mich oft, warum die vier Goldens weiterhin unter einem Dach zusammenlebten, insbesondere als offenkundig wurde, dass sie sich nicht gut verstanden, doch als ich den Mut fand, Apu nach dem Warum zu fragen, bekam ich nur kryptische, allegorische Antworten, die mehr mit *Tausendundeine Nacht* oder mit *Ein Diamant – so groß wie das Ritz* gemein hatten, als mit irgendetwas, das man Wahrheit nennen konnte. »Nur unser Vater«, mochte er entgegnen, »weiß, wo sich der Felsen mit der Schatzkammer befindet, der sich bei den Worten, ›Sesam, öffne dich‹ auftut. Wir bleiben, weil wir versuchen, den Weg dorthin zu finden.« Oder »Weißt du, das Haus steht buchstäblich auf einem Fundament aus purem Gold. Wenn wir etwas bezahlen müssen, gehen wir einfach hinunter in den Keller und schaben ein winziges Stückchen ab.« Es war, als übte das Haus eine Macht über sie aus – das genealogische Haus oder das richtige Haus, sie auseinanderzuhalten war manchmal schwierig. Aus welchem Dicker-als-Wasser-Grund auch immer, sie fühlten sich aneinandergebunden, selbst wenn ihre tatsächlichen Gefühle füreinander im Laufe der Zeit zu offener Feindschaft verkamen. Die Caesaren in ihrem Palast, ihr ganzes Leben ein großes Spiel, führten ihren Totentanz auf.)

Apus Heißhunger auf Amerika war allumfassend. Ich rief mir in Erinnerung, dass er und Petya in jüngeren Jahren bereits hier gewesen waren, als sie in den Schulferien mit ihren Eltern im Broadway-Loft wohnten und aller Wahrscheinlichkeit nach nichts über das Benami-Haus wussten, das nur einen kurzen Fußweg entfernt lag und das ihr Vater für die ferne Zukunft herrichtete. Wie sehr musste Apu in dieser viel jüngeren, gierigeren Stadt sexuell erblüht sein! Kein Wunder, dass es ihn freute, wieder hier zu sein.

Schon bald nach seiner Ankunft bat er mich, ich möge ihm von dieser Novembernacht erzählen, als Barack Obama zum Präsidenten gewählt wurde. In jener Nacht war ich in einer Sportbar im Zentrum, wo eine sehr bekannte Doyenne der Gesellschaft der Upper East Side, eine Republikanerin, gemeinsam mit einem überzeugten Demokraten aus Downtown, einem Filmproduzenten, eine Wahlparty gab. Um dreiundzwanzig Uhr, als Kalifornien seine Ergebnisse bekannt gab und Obama über die Ziellinie schob, explodierten die Emotionen im Raum, und ich stellte fest, dass ich es wie alle anderen nicht für möglich gehalten hatte, dass das, was geschah, wirklich geschehen würde, obwohl bereits einige Stunden zuvor die Zahlen eindeutig auf einen Sieg Obamas hingewiesen hatten. Die Gefahr einer weiteren gestohlenen Wahl lag unseren Gedanken nicht fern, und so mischte sich Erleichterung mit Jubel, als die Mehrheit feststand, *das können sie uns nicht mehr stehlen*, beruhigte ich mich und spürte, dass mir Tränen übers Gesicht liefen. Als ich zu Apu blickte, nachdem ich ihm dies erzählt hatte, sah ich, dass auch er weinte.

Nach dem großartigen Moment in der Sportbar, so erzählte ich ihm, spazierte ich die halbe Nacht durch die Straßen, ich ging zum Rockefeller Center und zum Union Square, sah, dass die Scharen junger Leute wie ich strahlten, weil ihnen bewusst war, dass sie vielleicht zum allerersten Mal durch ihr eigenes direktes Handeln den Kurs ihres Landes verändert hatten. Ich badete in dem Optimismus, der uns alle umflutete, und wie eine richtig missgünstige literarische Figur formulierte ich diesen Gedanken: »Und nun wird er uns natürlich enttäuschen.« Ich sei nicht stolz darauf, erklärte ich ihm, aber genau diese Worte seien mir in den Sinn gekommen.

»Du bist schon so ernüchtert, wohingegen ich ein Träumer bin«, sagte der noch immer weinende Apu. »Aber meiner Familie und mir sind furchtbare Dinge zugestoßen. Dir und den Deinen ist nie etwas Schreckliches geschehen.«

Dank meiner Eltern wusste ich damals etwas über Apus »furchtbare Dinge« – aber ich wunderte mich über seine Tränen. Konnte dieser Neuankömmling, der erst relativ kurz zuvor in Amerika eingetroffen war, bereits so in seinem neuen Land angekommen sein, dass ihn ein Wahlergebnis zum Weinen brachte? War er schon in seiner Jugend mit dem Land eng verbunden gewesen und empfand er nun ein Wiedererwachen dieser lang verlorenen Liebe? Waren es die Tränen eines Gefühlsmenschen oder eines Krokodils? Ich schob diese Frage beiseite und dachte, wenn du ihn erst besser kennst, bekommst du die Antwort. Und so tat ich einen weiteren Schritt hin zum Gelegenheitsspion; schon längst war mir klar, dass es sich lohnte, diese Leute auszuspionieren. Was er aber über mich sagte, war nicht ganz richtig, denn ich war alles in allem ganz ergriffen von der anfänglichen Begeisterung für Obamas Präsidentschaft, aber ich war hellsichtig, denn mit den Jahren wuchs meine Abneigung gegen das System, und acht

Jahre später, als Leute, die jünger waren als ich (die meisten waren jung, weiß und hatten einen Hochschulabschluss), ihren Wunsch kundtaten, dieses System loszuwerden und wegzuwerfen, stimmte ich nicht mit ihnen überein, denn diese Art großer Geste schien mir wie ein Ausdruck des gleichen verdorbenen Luxus, den seine Befürworter zu hassen vorgaben, und wurden derartige Gesten gemacht, führten sie ausnahmslos zu etwas, das schlechter war als das Verworfene. Aber ich verstand es, ich verstand die Abneigung und die Wut, weil sie zum Großteil auch meine waren, selbst wenn ich an einem anderen, vorsichtigeren, differenzierteren und in den Augen der mir nachfolgenden Generation verächtlichen Punkt im (politischen) Spektrum landete.

Er hatte einen Hang zum Mystischen, fühlte sich zu allem Spirituellen hingezogen, verbarg aber seine Leidenschaft großteils vor uns, obwohl dazu kein Anlass bestand, denn die New Yorker liebten verrückte Weltanschauungen ebenso wie er. Er fand eine Hexe, eine *mãe-de-santo* in Greenpoint, und in ihrem beengten *terreiro* folgte er ihr in der Verehrung ihrer geliebten Orisha (einer kleineren Gottheit) und natürlich auch des Höchsten Schöpfers Olódumaré. Doch er wurde ihr abtrünnig, obwohl sie ihn in die Hexerei eingeführt hatte, und folgte mit gleicher Begeisterung einem Canal-Street-Kabbalisten namens Idel, einem Anhänger der verbotenen Praktischen Kabbala, die danach strebt, durch die Mittel der weißen Magie die Sphäre des Göttlichen zu beeinflussen und zu verändern – und ebenso die Welt. Er vertiefte sich auch eifrig, angeleitet durch Freunde, die seinen Eifer verführerisch fanden, in die Welt des buddhistischen Judaismus und meditierte mit den wachsenden Kohorten der »BuJus« – klassischen Komponisten, Filmschauspielern, Yogis. Er machte Mysore Yoga, wurde Tarotmeister, studierte Numerologie und antiquarisch gekaufte Bücher, die

die dunklen Künste erkundeten und Anleitungen für den Bau von Pentakeln und magischen Kreisen gaben, in denen der Amateur-Hexenmeister in Sicherheit ist, wenn er seine Zauberformeln spricht.

Rasch stellte sich heraus, dass er ein überragend begabter Maler war, dessen technische Leichtigkeit der Dalís gleichkam (die er aber besser einsetzte), figurativ in einer Zeit der Konzeptkunst, seine männlichen und weiblichen Figuren, oft nackt, waren von den symbolträchtigen Ikonen seiner Geheimstudien umgeben oder trugen sie in sich, Blumen, Augen, Schwerter, Kelche, Sonnen, Sterne, Pentagramme sowie männliche und weibliche Geschlechtsteile. Bald darauf hatte er ein Atelier in einer Seitenstraße des Union Square und malte leuchtende Porträts von *tout* New York, von den Damen der Elite (ja, vornehmlich Damen, doch auch einige auffallend gut aussehende junge Männer), die hocherfreut waren, sich vor ihm auszuziehen und in einer üppigen Welt von großer spiritueller Bedeutung gemalt zu werden, in Tulpen gehüllt oder in den Flüssen des Paradieses oder der Hölle schwimmend, ehe sie in die Tempel des Mammons zurückkehrten, in denen sie lebten. Wegen seiner bemerkenswerten Technik entwickelte er eine rasche stilistische Geschicklichkeit, was bedeutete, dass er ein Porträt normalerweise innerhalb eines Tages fertigstellen konnte, und auch das machte ihn beliebt bei der Gesellschaft auf der Überholspur. Seine erste Einzelausstellung, kuratiert von der Bruce High Quality Foundation, fand 2010 in einer Pop-up-Galerie in Chelsea statt, ihren Titel lieh sie sich bei Nietzsche, *Das Privileg, sich selbst zu gehören*. Allmählich wurde er ein berühmter Künstler oder, wie er es mit zynisch komischer Bescheidenheit ausdrückte, »berühmt im Umkreis von zwanzig Blocks«.

Amerika veränderte sie beide, Petya und Apu – Amerika,

dieses gespaltene Selbst –, polarisierte sie, so wie Amerika polarisiert war, die Kriege Amerikas, die äußeren und inneren, wurden zu ihren Kriegen; traf Petya als stark trinkender Universalgelehrter in New York ein, der Angst vor der Welt hatte und in ihr zu leben als eine ständige Bürde empfand, dann kam Apu als nüchterner, romantischer Künstler und promisker Großstädter, der mit allem flirtete, was visionär war, aber mit klarem Blick, der ihm ermöglichte, Leute eindeutig zu erkennen, wie seine Porträts zeigten: die Panik in den Augen der welkenden Witwe, die verletzliche Ignoranz in der Haltung des Boxchampions ohne Handschuhe, den Mut der Ballerina mit Blut in ihren Spitzenschuhen wie die böse Schwester, die sich die Zehen abhackte, um ihren Fuß in Aschenputtels Glasschuh zu zwängen. Seine Porträts waren alles andere als schmeichlerisch; sie konnten sehr hart sein. Doch die Leute stürmten mit dicken Schecks in den Händen sein Atelier. Von Apu Golden gemalt zu werden, an seine Leinwand genagelt zu sein, wurde begehrenswert, wertvoll. Es wurde eine große Sache. Unterdessen lief er durch die Stadt, umarmte alles wie ein junger Whitman, die Underground-Szene, die Clubs, die Kraftwerke, die Gefängnisse, die Subkultur, die Katastrophen, die flammenden Kometen, die Spieler, die untergehenden Fabriken, die *dancing queens*. Er war die Antithese seines Bruders, ein unersättlicher Liebhaber öffentlicher Plätze, sodass man ihn für ein magisches Wesen halten konnte, einem Märchen entsprungen, obwohl niemand mit Gewissheit sagen konnte, ob er verzaubert oder verdammt war.

Er war bei Weitem extravaganter gekleidet als sein älterer Bruder, und sein Stil änderte sich häufig. Er trug Kontaktlinsen in vielen Farben, manchmal sogar verschiedenfarbige in jedem Auge, sodass ich bis zum Schluss nicht wusste, welche seine natürliche Augenfarbe war. Seine Kleidung umfasste alle

Moden der Erde. Im Handumdrehen legte er den Paschminaschal ab und zog stattdessen die arabische Dishdasha an, das afrikanische Dashiki, den südindischen Veshti, die leuchtenden Hemden aus Lateinamerika oder manchmal, im zurückhaltenden Petya-Modus, die zugeknöpfte Gesetztheit eines maßgeschneiderten dreiteiligen Tweedanzugs. Man konnte ihn auf der Sixth Avenue in einem Maxirock oder auch im Kilt antreffen. Diese Veränderbarkeit stürzte viele von uns in Verwirrung über seine Orientierung, doch soweit ich weiß, war er ein konventioneller Heterosexueller; obgleich es stimmt, dass er so etwas wie ein Genie im Auseinanderhalten seiner Kreise war, er hielt verschiedene Freundesgruppen in versiegelten Kisten, und keiner in einer Kiste wusste auch nur von der Existenz der vielen anderen, verschiedenartigen Behältnisse. Darum also ist es möglich, dass er ein geheimes Leben jenseits der heterosexuellen Grenzen führte, vielleicht sogar ein promiskes. Aber meines Erachtens ist das unwahrscheinlich. Wie wir sehen werden, war er nicht der Golden-Bruder, für den die Geschlechtsidentität ein Thema war. Bei seiner Erforschung des Mystischen entwickelte er jedoch gewiss eine Reihe von seltsamen, okkulten Zugehörigkeiten, über die er nicht diskutieren mochte. Aber da nun alles bekannt ist, kann ich beginnen, dieses Leben, das er verschwieg, zu rekonstruieren.

Unsere gemeinsame Freude galt den Filmen, und gerne verbrachten wir die Nachmittage am Wochenende im IFC Center oder im Filmforum, um dort *Tokyo Monogatari*, *Orfeu Negro* oder *Le Charme discret de la bourgeoisie* zu sehen. Ja, wegen der Filme bestand er auf der Kurzform seines Namens, damit er an Rays unsterblichen Apu erinnerte. Sein Vater habe protestiert, gestand er mir. »Er sagte, wir seien Römer und keine Bengalen. Aber das ist seine Sorge, nicht meine.« Nero Golden fand unsere Kinoverabredungen amüsant. Wenn ich kam, um Apu abzuholen, wartete er manchmal auf dem kleinen Gartenstreifen, der in den Gemeinschaftsgarten überging, drehte sich zum Haus und brüllte: »Apuleius! Deine Freundin ist da!«

Eine letzte Bemerkung zu seinem Namen: Er sprach voll Bewunderung über den Autor des *Goldenen Esels*, der im 2. Jahrhundert lebte. »Der Typ hat eine Million Sesterzen von seinem Vater in Algerien geerbt und dennoch ein Meisterwerk geschrieben.« Und in Bezug auf den Namen seines älteren Bruders und seines eigenen: »Wenn Petya der Satyr ist oder sogar der Satyricon, bin ich eindeutig der verdammte Esel.« (Dann ein abschätziges Schulterzucken.) Doch später am Abend, nach ein paar Drinks, kehrte er den Gedanken um. Was viel besser zu passen schien; denn, um ehrlich zu sein, von den beiden war er der unzüchtige Satyr, während der arme Petya sehr oft der langohrige Esel war.

Am Abend, als die Goldens ihre Party gaben, lernten Petya und Apu die somalische Frau kennen, und die Bande, die den Clan zusammenhielten, begannen zu reißen.

◇

Ihr Galerist, der nun auch, zwar nicht exklusiv, Apu vertrat, hatte sie mit zu diesem Abend gebracht: ein funkelnder, silberhaariger Filou namens Frankie Sottovoce, der in seinen jungen Jahren traurige Berühmtheit erlangte, weil er aus Protest gegen den Vietnamkrieg die dreißig Zentimeter hohen Lettern NLF auf eines der drei monumentalen Seerosen-Gemälde von Claude Monet im Museum of Modern Art gesprüht hatte, ein Widerhall der Tat eines unbekannten Vandalen, der im selben Jahr 1974 die sechzig Zentimeter hohen Buchstaben IRA in die rechte untere Ecke auf Peter Paul Rubens *Die Anbetung der Heiligen drei Könige* in der King's College Chapel, Cambridge, geritzt hatte, eine Tat, für die Sottovoce, wenn er sich mit seiner linksradikalen Aktivistenjugend brüstete, unglaubwürdigerweise auch noch die Verantwortung übernahm. Die Gemälde ließen sich leicht restaurieren, die IRA verlor ihren Krieg, der Vietcong gewann den seinen, und der Galerist machte eine bemerkenswerte Karriere, er entdeckte und förderte sehr erfolgreich – unter vielen anderen – die Bildhauerin Ubah Tuur, die Metallskulpturen fertigte.

Ubah bedeutet »Blume« oder »Blüte« auf Somali, manchmal wird es auch *Ubax* geschrieben, das »x« ist im Somalischen ein Kehllaut, den Englisch sprechende Menschen kaum herausbringen, ein stimmloser Rachenreibelaut. Deshalb »Ubah« – ein Entgegenkommen für nicht-somalische Racheninkompetenz. Sie war schön, so wie Frauen vom Horn schön sind, mit langem schmalem Hals und anmutigen Armbewegungen, und in der langen Sommernacht kam sie Petya wie ein blühender Baum vor, unter dessen Zweigen er für den Rest seines Lebens ausruhen könnte und wo ihn ihr kühlender Schatten heilen würde. Irgendwann an dem Abend sang sie: nicht das wehklagende somalische Lied, das er von ihren vollen Lippen erwartet hätte, sondern Patti Smiths berühmte Ode an die Liebe, voll Düsternis und Begehren, mit den tröstlichen, tückischen Wiederholungen, *can't hurt you now*, *can't hurt you now* … und als sie fertig gesungen hatte, war er verloren. Er eilte zu ihr, blieb abrupt vor ihr stehen und wusste nicht mehr ein noch aus. Da ihn eine plötzliche Anwandlung von unmöglicher, unaussprechlicher Liebe überwältigte, fing er an, seiner gerade entdeckten Traumfrau irgendetwas vorzubrabbeln, über Poesie, über subatomare Physik und das Privatleben berühmter Filmschauspieler, und sie hörte ihm mit vollem Ernst zu, da sie all seine kurzgeschlossenen, aus dem Zusammenhang gerissenen Äußerungen akzeptierte, als wäre es völlig normal, und er fühlte sich zum ersten Mal in seinem Leben verstanden. Dann begann sie zu sprechen, und er lauschte ihr gebannt – er war der Mungo vor ihrer Kobra. Hinterher konnte er jedes einzelne Wort, das aus ihrem makellosen Mund gedrungen war, wiederholen.

Ihre frühen Arbeiten, sagte sie, seien von den autochthonen Künstlern inspiriert gewesen, die sie auf einer Reise nach Haiti kennengelernt habe, die Ölfässer zerteilten, die beiden Hälften flach schlugen und sie dann mit dem einfachsten Werkzeug – Hammer und Schraubenzieher – zu komplizierten, durchbrochenen Bildern von Zweigen, Blattwerk und Vögeln schnitten und klopften. Lange erzählte sie Petya etwas über den Gebrauch eines Schweißbrenners, um Stahl und Eisen zu spitzenähnlichen, kunstvollen Gebilden zu schneiden, und zeigte ihm Fotos ihrer Arbeiten auf ihrem Handy: die Überreste von (zerbombten?) Schrottautos und -panzern, die zu höchst delikaten, filigranen Formen umgestaltet waren, deren Metall von scharf umrissener Luft durchdrungen wurde und eine ganz eigene Luftigkeit erhielt. Sie redete in der Sprache der Kunstwelt, *Krieg der Symbole*, *wünschenswerte Gegensätze*, den hoch abstrakten Insider-Jargon, sie beschrieb ihre *Suche nach empathischen Bildern, die durch gegensätzliche Ideen und Materialien sowohl eine Balance als auch eine Auseinandersetzung entstehen lassen*, und erklärte zudem, *die Absurdität, sich widersprechende, extreme Haltungen einzunehmen wie ein Wrestler in einem Tutu*. Sie war eine glänzende Rednerin, charismatisch und fast unverständlich schnell, während sie sprach, fuhr sie sich durchs Haar und drückte es sich an den Kopf; doch am Ende platzte es aus ihm heraus (sein Autismus zwang ihn, die Wahrheit zu sprechen): »Es tut mir leid, ich verstehe nichts von all dem, was du sagst.«

Er hasste sich auf der Stelle. Welch ein Narr, dem die Worte »ich liebe dich« im Hals steckten, brachte der einzigartigen Angebeteten Verachtung statt Bewunderung entgegen? Nun würde sie ihn hassen und hätte Grund dazu, und sein Leben wäre sinnlos und verflucht.

Sie sah ihn eindringlich an, bis sie in heilsames, schallendes Gelächter ausbrach. »Das ist ein Abwehrmechanismus«, sagte sie. »Man fürchtet, man könnte nicht ernst genommen werden, wenn man nicht genügend Theorie liefert, insbesondere wenn man eine Frau ist. Eigentlich spricht mein Werk ziemlich deutlich für sich. Ich treibe Schönheit ins Entsetzen, und ich will, dass es dich verstört und zum Nachdenken anregt. Komm nach Rhinebeck und sieh es dir an.«

Ich bin mir nun sicher – jetzt, da ich die Puzzleteile des Hauses Golden zusammensetze und in meiner Erinnerung versuche, die genaue Abfolge der Ereignisse jener bedeutenden Nacht zu rekonstruieren, und sie so niederschreibe, wie sie mir einfallen –, dass genau zu diesem Zeitpunkt des Abends die Dinge begannen, sich für Petya schlecht zu entwickeln, weil sein inniger Wunsch, Ubahs Einladung anzunehmen, gegen die Dämonen ankämpfte, die ihn die äußere Welt zu fürchten zwangen. Er machte eine sonderbare, teils hilflose, teils wütende Geste mit beiden Armen und fing unvermutet an, rasch über Unzusammenhängendes zu monologisieren, was ihm auch immer gerade durch den Kopf ging. Seine Stimmung wurde immer finsterer, während er sich über verschiedene Themen ausließ, wobei er zu guter Letzt auf die Broadway-Musicals und seine Abscheu der meisten zu sprechen kam. Dann folgten die peinliche Python-Episode, sein Verschwinden im Haus und dann seine Seelenqual auf dem Fenstersims. Für Petya lag die Liebe nie weit entfernt von der Verzweiflung.

◇

Den ganzen Sommer war er traurig, zurückgezogen in seinem in blaues Licht getauchten Zimmer, wo er Computerspiele spielte und (wie wir später entdeckten) auch welche von enormer Vielschichtigkeit und Schönheit entwickelte und wo er von diesem betörenden Gesicht hinter einer Schutzmaske und der Metall schneidenden Flamme träumte, die sich in ihrer Hand bewegte, als sie Fantasie und Zartheit aus grobem Metall schuf. Er dachte an sie als eine Art Superheldin, seine Schweißbrenner-Göttin, und wollte vor allem bei ihr sein, aber er fürchtete die Fahrt, ein Prinz, den zu viele Probleme quälten, um seinem entschwundenen Aschenputtel hinterherzulaufen. Auch anrufen konnte er sie nicht und ihr erzählen, was er fühlte. Er war wie ein Kontinent zielloser Geschwätzigkeit, der eine No-go-Zone von oraler Lähmung in sich barg. Und schließlich bot ihm Apu aus Mitleid an, ihm zu helfen. »Ich miete ein Auto mit geschwärzten Scheiben«, erklärte er. »Wir schaffen das schon.«

Apu schwor später, sein einziges Motiv sei gewesen, Petya über die Grenze seiner Angst hinwegzuhelfen und ihm eine Chance mit der Frau zu ermöglichen. Aber vielleicht hatte er nicht die Wahrheit gesagt. Petya riss also seinen ganzen Mut zusammen und rief an, woraufhin Ubah Tuur die beiden Brüder für das Wochenende zu sich einlud, und sie verstand genug, um ihm zu sagen: »Hier gibt es einen guten, kräftigen Zaun um das ganze Grundstück herum. Vielleicht kannst du es dir so wie euren Gemeinschaftsgarten als Innenraum vorstellen. Wenn du dir das klarmachst, kann ich dir die Arbeiten draußen und im Atelier zeigen.«

Im letzten Tageslicht stand sie da, in einem schmutzigen Arbeitsanzug, das Haar locker unter eine nach hinten gedrehte Yankees-Baseballkappe gestopft, die soeben abgestreifte Schutzmaske baumelte an ihrem Unterarm: Sie war, ohne es darauf abgesehen zu haben, eine Wucht. »Hier, ich möchte, dass du das siehst«, sagte sie, nahm Petyas Hand und führte ihn durch das dämmerige Areal mit ihren vielen riesigen, komplizierten Skulpturen, wie dem spitzendurchlöcherten Harnisch von übergroßen Göttern, wie dem Schutt von Schlachtfeldern, den langfingrige Elfen bearbeitet hatten, und er glaubte klaglos an die Existenz des Zauns, den er im schwindenden Licht nicht sehen konnte, nicht einmal im Licht des klaren Vollmonds; sie ging mit ihm um das lange niedrige Farmhaus herum, in dem sie lebte, und führte ihn zwischen das Farmhaus und die Scheune, in der sie arbeitete, und sagte: »Schau hier.« Und dort an der Kante, wo das Land schroff nach unten abfiel, nahm ihm der rauschende Fluss, der breite, silberne Hudson, den Atem. Eine ganze Weile dachte er überhaupt nicht an den Zaun, fragte nicht, ob er sicher umschlossen oder gefährlich ungeschützt dem beängstigenden Ganzen der Welt ausgesetzt sei, und als er dann zu der Frage ansetzte: »Ist hier ...« und seine Hand zitterte, hielt sie sie fest und sagte: »Der Fluss ist die Mauer. Dies hier ist ein sicherer Ort für uns alle.« Und er akzeptierte, was sie sagte, ohne Furcht schaute er ins Wasser, bis sie die Brüder zum Abendessen ins Haus bat.

Im warmen, gelben Licht ihrer Küche kehrte wieder seine redselige Seite hervor, als er ihr Mango-Curry-Huhn aß, dessen Süße in seinem Gaumen mit den Berbere-Gewürzen, die sie hineingerührt hatte, einen Kampf ausfocht. Doch während er unablässig über seine Begeisterung für die Welt der Videospiele sprach und sprach, wobei er unter dem Einfluss des glitzerndes Flusses Gedichte über Flüsse unter seine Berichte über seine letzten Spiele mischte, wanderte ihre Aufmerksamkeit ab. Die Nacht zog sich in die Länge, das Drehbuch für ihren Besuch wurde verworfen, und Ubah Tuur fühlte etwas Unerwartetes in sich aufsteigen; einen Verrat. Wie kommt es, dass du nicht verheiratet bist, fragte sie Petya, ein Mann wie du, du bist doch eine gute Partie. Doch bei diesen Worten schweifte ihr Blick zu Apu, der, wie er mir sagte, *vollkommen still dasaß, nichts tat*, aber Petya warf ihm danach vor, er habe gemurmelt, *du hast etwas vor dich hin gemurmelt, du Bastard, du hast sie mit schwarzer Magie beeinflusst*, während er, Petya, versucht habe, Ubah zu antworten, stammelnd, ja, es habe mal jemanden gegeben, vor langer Zeit, aber seither Warten, nur Warten auf einen emotionalen Imperativ, und sie redete zwar kokett mit ihm, sah aber zu seinem Bruder, und? hast du deinen emotionalen Imperativ gefunden?, aber ihr Blick ruhte auf Apu, und der soll laut Petya etwas gemurmelt haben, während er mir gegenüber immer abstritt, etwas gemurmelt zu haben.

Ich weiß, was du getan hast, du Ratte, sollte Petya später kreischen, vielleicht hast du ihr auch etwas ins Essen getan, die Gewürze haben es geschmacklich überdeckt, irgendein übles Hühncheninnereienpulver, das du von dieser Greenpoint-Hexe bekommen hast, und dieses Gemurmel, was hast du gesagt, einen Zauber, einen Zauber.

Und Apu, ohne eine Miene zu verziehen, machte es noch viel schlimmer, wo ist denn nun das Lieblingssöhnchen meines Vaters? Was ist mit zwei und zwei gibt vier? Vier und vier ist acht. Ich habe nichts getan. Nichts.

Du hast sie gevögelt, wimmerte Petya.

Ja. Stimmt. Tut mir leid.

Es mag sich ein wenig anders abgespielt haben. Ich war nicht dabei. Es ist sehr gut möglich, dass der normalerweise redselige Petya den ganzen Abend sprachlos gewesen war, vor Liebe verstummt, und der lebhafte, weltoffene Apu das Gespräch und die Frau an sich gerissen hatte. Es kann sein, dass sie, Ubah, die man allgemein für eine anmutige, liebenswürdige Frau hielt und die im Normalfall nicht unbesonnen war, sich an diesem Abend selbst überraschte, indem sie sich der plötzlichen Lust für den falschen Bruder hingab, ihrem

Künstlerkollegen, dem aufsteigenden Stern, dem Aufreißer, dem Verführer. Die Gründe des Begehrens sind selbst dem Begehrenden, dem Begehren und dem Begehrten verborgen. *Denn wie du mich betrogst, musst ich betrügen / Mein edler' Selbst zu meines gröbern Glück*. Shakespeare, Sonett 151. Ohne also in Gänze das Warum und das Weshalb zu kennen, fügen wir denen, die wir lieben, tödliche Wunden zu.

Ein dunkles Haus. Ächzende Holzdielen. Bewegungen. Es ist nicht notwendig, das banale Melodrama des Akts durchzuspielen. Am Morgen die Schuld in der Gesichtern der beiden Schuldigen, so leicht zu lesen wie eine Schlagzeile. Groß und schwer, Petya, geschmeidig und mit rasiertem Schädel, Apu, die Frau zwischen ihnen wie eine Gewitterwolke. Es gibt nichts zu erklären, sagte sie. Was geschehen ist, ist geschehen. Ich denke, ihr solltet beide gehen.

Und gefangen in seiner Angst vor der Welt, in dem von seinem Bruder geliehenen Auto mit den abgedunkelten Scheiben, zitterte Petya vor Demütigung, vor entmanntem Zorn auf dem Rücksitz, drei Stunden stiller Horror, als sie in die Stadt zurückfuhren. In solchen Momenten mag ein Mann über Mord nachdenken.

8

Achtzehn Jahre nach Apus Geburt hatte der alte Mann ein außereheliches Verhältnis und war nicht vorsichtig, sodass daraus eine Schwangerschaft entstand, die er sich entschloss, nicht abbrechen zu lassen, weil es seiner Meinung nach immer an ihm war, die Entscheidungen zu treffen. Die Mutter war eine arme Frau, deren Identität im Unklaren blieb (eine Sekretärin? eine Hure), im Tausch für ein gewisses finanzielles Entgelt gab sie das Kind ab, damit es als der Sohn seines Vaters aufgezogen würde, sie verließ die Stadt und entschwand aus der Geschichte ihres Babys. Wie der Gott Dionysos wurde der Sohn also zweimal geboren, einmal von seiner Mutter und ein weiteres Mal in die Welt seines Vaters hinein. Der Gott Dionysos war stets ein Außenseiter, ein Gott der Wiedergeburt und der Ankunft, »der Gott, der kommt«. Er war auch androgyn, »ein femininer Mann«. Dass Nero Goldens jüngstes Kind bei dem Spiel, sich einen Namen aus der Antike auszusuchen, sich für dieses Pseudonym entschied, offenbart, dass er etwas über sich wusste, ehe er es sozusagen wusste. Doch damals führte er als Gründe für seine Wahl als Erstes an, dass Dionysos kreuz und quer durch Indien gestreift sei, und tatsächlich mag der mythische Berg Nysa, sein Geburtsort, auf dem Subkontinent angesiedelt gewesen sein; und als Zweites nannte er, er sei die

Gottheit der sinnlichen Freuden, nicht nur als Dionysos, sondern auch als Bacchus in seiner römischen Inkarnation, der Gott des Weins, der Liederlichkeit und der Ekstase, was – wie Dionysos Golden sagte – alles nach Spaß klang. Jedenfalls erklärte er bald, er wolle lieber nicht mit dem vollständigen göttlichen Namen genannt werden, und hielt sich an den schlichten, geradezu anonymen, einbuchstabigen Kosenamen »D«.

Seine Eingliederung in die Familie war keine leichte Sache. Zu seinen Halbbrüdern hatte er von Anfang an ein eher schlechtes Verhältnis. Während seiner ganzen Kindheit hatte er sich ausgeschlossen gefühlt. Sie nannten ihn Mowgli und heulten komisch den Mond an. Seine Wolfsmutter war eine Dschungelhure; ihre war die Wölfin von Rom. (An dieser Stelle scheint es, als hätten Petya und Apu sich entschieden, Remus und Romulus zu sein, auch wenn Apu dies später mir gegenüber abstritt oder vielmehr nahelegte, es sei eine Vorstellung in Ds Kopf gewesen, nicht in seinem.) Die beiden beherrschten bereits Latein und Griechisch, als D noch das Sprechen lernte, und sie benutzten diese Geheimsprachen, um ihn von ihren Gesprächen fernzuhalten. Auch dies leugneten die beiden später, gaben aber zu, dass die Art, wie er in die Familie gekommen war, und auch der Altersunterschied zu ernsthaften Schwierigkeiten geführt habe, Fragen der Loyalität und der natürlichen Zuneigung. Nun als junger Mann schwankte D Golden in der Gegenwart seiner Brüder zwischen Anbiederung und Wut hin und her. Es lag schlicht daran, dass er lieben und geliebt werden musste; er hatte eine Flut an Empfindungen in sich, die Leute überschwemmen musste, und er hoffte, dass eine Welle zurückkehren und ihn überfluten würde. Als sich diese leidenschaftliche Wechselbeziehung nicht einstellte, drehte er durch, tobte und zog sich zurück. Er war zweiundzwanzig Jahre alt, als die Familie in das Haus Golden zog.

Manchmal wirkte er älter, als er war. In anderen Momenten verhielt er sich wie ein vierjähriges Kind.

Wenn er damals als Kind seinen Mut zusammennahm und seinen Vater und die Stiefmutter nach der Frau fragte, die ihn geboren hatte, hob sein Vater einfach die Hände und verließ den Raum. Seine Stiefmutter wurde wütend. »Lass es!«, schrie sie ihn eines schicksalhaften Tages an. »Das war eine Frau ohne Bedeutung. Sie ging fort, wurde krank und starb.«

Wie war es, Mowgli zu sein, geboren von einer bedeutungslosen Frau, die sein Vater so grausam abgeschüttelt hatte und dann wie Myriaden von vergessenen Armen in der äußeren Finsternis starb? Später, nachdem der Schweigekodex gebrochen war, erfuhr ich von Apu eine schockierende Geschichte. Es hatte eine Zeit gegeben, als die Beziehung des alten Mannes mit ihrer Mutter schwierig gewesen war. Er brüllte sie wütend an, und sie brüllte zurück. Ich setzte mich auf und hörte aufmerksam zu, denn dies war das erste Mal in meinen Gesprächen mit den Goldens, dass die gesichtslose, namenlose Frau, Neros Ehefrau – schon in der Antike eine unglückselige Rolle –, die Bühne betrat und den Mund aufmachte; und weil Nero laut der Schilderung gebrüllt und geschrien hatte, hatte sie zurückgeschrien und zurückgebrüllt. Das war nicht der Nero, den ich kannte, der die Macht seines Zorns stets unter Kontrolle hatte, sodass er sich nur in selbstverherrlichenden Wortschwällen äußerte.

Wie dem auch sei: Nach dem Wutausbruch teilte sich die Familie in zwei Lager. Die älteren Söhne stellten sich an die Seite ihrer Mutter, aber Dionysos Golden stand fest zu seinem Vater und überzeugte den Patriarchen, dass seine Frau, Petyas und Apus Mutter, nicht geeignet sei, den Haushalt zu führen. Nero zitierte seine Frau herbei und befahl ihr, sie möge die Schlüssel herausgeben; eine Zeit lang gab dann D die Anweisungen, bestellte Lebensmittel und entschied, welches Essen in der Küche zubereitet wurde. Es war eine öffentliche Demütigung, eine Erniedrigung. Ihr Ehrgefühl war zutiefst mit diesem Eisenring verbunden, einem majestätischen O von acht Zentimetern Durchmesser, an dem etwa zwanzig Schlüssel hingen, große und kleine, Schlüssel zur Speisekammer, zu den Tresoren im Keller, die mit Goldbarren und anderen Geheimnissen reicher Leute vollgestopft waren, zu mehreren Geheimverstecken im ganzen Haus, wo sie wer weiß was aufbewahrte: alte Liebesbriefe, Hochzeitsschmuck, altmodische Schals. Die Schlüssel waren das Symbol für ihre häusliche Autorität, und ihr Stolz und ihre Selbstachtung hingen mit an diesem Ring. Sie war die Herrin der Schlösser, und ohne diese Rolle war sie nichts. Zwei Wochen nachdem ihr Mann ihr befohlen hatte, den Schlüsselring abzugeben, versuchte die entthronte Dame des Hauses, sich das Leben zu nehmen. Sie hatte Tabletten geschluckt und wurde von Apu und Petya unten an der Marmortreppe gefunden, eine Ambulanz kam. Sie klammerte sich an Apus Handgelenk, und der Rettungssanitäter sagte, bitte, kommen Sie mit, es ist bedeutsam, dass sie sich an Sie krallt, sie krallt sich ans Leben.

In der Ambulanz spielten die beiden Sanitäter guter Bulle, böser Bulle. – Dumme Kuh, versetzt deine Familie in Angst, du glaubst wohl, wir hätten nichts Besseres zu tun, wir müssen uns um Ernsthaftes kümmern, um richtige Verletzungen, um Notfälle, die nicht selbst verursacht sind, wir sollten dich sterben lassen. – Nein, die Arme, sei nicht so hart mit ihr, sie muss so traurig sein, ist alles in Ordnung, Schätzchen, wir kümmern uns um dich, alles wird wieder gut, auf Regen folgt Sonnenschein. – Zur Hölle mit dem Sonnenschein, sie hat doch nicht einmal einen Regen erlebt, sieh dir doch nur ihr Haus an, ihr Geld, diese Leute meinen, wir gehören ihnen. – Nimm es ihm nicht übel, Schätzchen, so ist er eben, wir sind hier, um uns um dich zu kümmern, du bist jetzt in guten Händen. Sie versuchte, irgendetwas zu stammeln, doch Apu verstand kein Wort. Er wusste, was die beiden taten, sie versuchten zu verhindern, dass sie in die Ohnmacht glitt, und anschließend, nachdem ihr der Magen ausgepumpt worden war, was er wegen der sein Handgelenk umkrallenden Hand hatte mit ansehen müssen, als sie in einem Krankenhausbett wieder bei Bewusstsein war, sagte sie ihm: »Ich habe dir in der Ambulanz nur sagen wollen, mein Kind, gib diesem unverschämten Bastard eins auf die Nase.«

Gewissermaßen triumphierend kehrte sie nach Hause zurück, denn natürlich wurde sie wieder als Oberhaupt des Haushalts eingesetzt, und das Verräterkind, das nicht ihr Kind war, flehte um Vergebung, sie sagte ihm zwar, sie vergebe ihm, tat es aber tatsächlich nie und sprach den Rest ihres Lebens kaum noch ein Wort mit ihm. Zudem wollte er ihre Vergebung nicht wirklich. Sie hatte seine Mutter eine Frau ohne Bedeutung genannt und somit alles verdient, was er ihr angetan hatte. Dann knallten ihm seine Brüder die emotionale Tür vor der Nase zu und sagten ihm, er habe Glück, dass sie nicht gewalttätig seien. Er schluckte seinen Stolz hinunter und bat auch sie um Vergebung. Sie wurde ihm nicht rasch gewährt. Doch im Laufe der Jahre entwickelte sich ganz allmählich eine reservierte Herzlichkeit zwischen ihnen, eine Knappheit im Umgang, die Außenstehende als wortkarge Bruderliebe missdeuteten, die aber nicht mehr als gegenseitiges Tolerieren war.

Unausgesprochene Fragen hingen in der Luft, ungelöste Rätsel: Warum wollte der Junge, der zu D Golden heranwuchs, unbedingt den Haushalt führen, sodass er, um sich diesen Wunsch zu erfüllen, seine Stiefmutter demütigte? Wollte er beweisen, dass er dazugehörte? Oder lag ihm daran – was gut möglich gewesen sein mochte –, die tote Frau zu rächen, die ihn geboren hatte?

»Ich weiß es nicht«, sagte Apu abweisend, als ich ihn fragte. »Er kann schon ein unglaubliches Ekel sein, wenn er will.«

◇

Aus dem scharfen Gespür für sein Anderssein, dessen Ursache in seiner außerehelichen Geburt lag, konstruierte D Golden eine Art von nietzscheanischem Elitegedanken, mit dem er seine Isoliertheit rechtfertigte. (Wann immer man über die Männer der Goldens nachdachte, stieß man auf den Schatten des *Übermenschen*.) »Und wie könnte es gar ein ›Gemeingut‹ geben!«, zitierte er den Philosophen in den Gärten. »Das Wort widerspricht sich selbst: was gemein sein kann, hat immer nur wenig Wert. Zuletzt muss es so stehen, wie es steht und immer stand: Die großen Dinge bleiben für die Großen übrig, die Abgründe für die Tiefen, die Zartheiten und Schauder für die Feinen, und, im Ganzen und Kurzen, alles Seltene für die Seltenen.« Dies beeindruckte mich nicht mehr als eine jugendliche Pose; da ich nur wenige Monate älter war als er, erkannte ich in ihm meine eigene Schwäche fürs Philosophieren wieder. D war wirklich ein Meister der Pose, ein Dorian-Gray-Typ, schmal, geschmeidig, mit weiblichen Zügen. Sein Selbstbild – nur er alleine von seinem ganzen Clan besitze die Fähigkeit zur Größe, nur er allein habe die Tiefe, um tief ins Unglück zu stürzen, nur er allein sei selten – klang ganz simpel nach Defensive. Doch ich hatte großes Mitgefühl mit ihm; er hatte mit einer straffen Hand zurechtkommen müssen, und wir alle bauen unsere Mauern, nicht wahr, und womöglich wissen wir nicht einmal, wogegen wir sie bauen und welche Kraft sie schließlich erstürmen und unsere kleinen Träume zunichtemachen wird.

Manchmal ging ich mit ihm aus, um Musik zu hören. Ihm gefiel eine rothaarige Sängerin namens Ivy Manuel, die einmal in der Woche nachts in einem Lokal auf der Orchard Street auftrat, manchmal trug sie ein Diadem im Haar, als Beweis, dass sie eine Königin war. Sie sang Coverversionen von *Wild is the Wind*, *Famous Blue Raincoat* und *Under the Bridge*, ehe sie zu eigenen Liedern überging, und D, der an einem runden schwarzen Eisentischchen saß, schloss die Augen und wiegte sich zu Bowie und Cohen und wisperte eigene Worte zu den Chili Peppers. Manchmal fühle ich mich, als wäre ich noch nicht geboren, manchmal fühle ich mich, als wollte ich nicht geboren werden. Ivy Manuel war seine Freundin, weil, wie er – ohne Witz – sagte, all diese hetero Mädchen, die er kennenlerne, ihn anbaggern wollten, aber Ivy sei lesbisch, darum könnten sie tatsächlich befreundet sein. Er war der hübscheste von all den Goldens, was jeder Zauberspiegel sogleich bestätigt hätte, und er konnte auch der verführerischste sein. Wir alle aus den Häusern um den Gemeinschaftsgarten herum waren Opfer seiner gekränkten Offenheit, und auch in der erweiterten Nachbarschaft wurde er rasch zu einer bekannten Figur. Angeblich störte ihn diese Aufmerksamkeit. Überall, wo ich hingehe, schauen die Leute mich an, sagte er, immer schaut mich irgendwer an, als wäre ich jemand, als erwarteten sie etwas von mir. Steck es weg, sagte Ivy zu ihm, niemand will auch nur irgendwas von dir. Er grinste und neigte scheinbar entschuldigend den Kopf. Charme war seine Tarnung – wie auch bei Apu; unter der Oberfläche war er grüblerisch und oft traurig. Von Anfang an war er der mit der finstersten Finsternis in sich, obwohl er wie ein Sonnenschein auf die Welt gekommen war, mit vollem weißblondem Haar. Das Haar dunkelte später nach zu Kastanienbraun, und sein Gemüt trübte sich auch ein, immer wieder driftete er in die Schwermut ab.

Ivy machte kein großes Aufhebens von ihrer Sexualität, als Musikerin gefiel es ihr nicht, sich Labels umzuhängen. »Ich habe kein Problem damit, anders zu sein, aber ich glaube nicht, dass es mit meiner Musik zusammenhängt«, sagte sie. »Ich mag, wen ich mag. Ich will nicht, dass man meine Musik wegen dieser Sache nicht hört, und ebenso wenig will ich, dass Leute meine Musik wegen dieser Sache hören.« Doch ihr Publikum war schwer frauenlastig, viele, viele Frauen und der charmante junge Mann, der nicht wollte, dass man ihn ansah, und ich.

Alle Goldens erzählten Geschichten über sich, Geschichten, in denen wesentliche Angaben über ihre Herkunft entweder fehlten oder verfälscht waren. Ich hörte zu, nicht weil ich sie für »wahrhaftig« hielt, sondern weil sie Hinweise auf ihre Charaktere gaben. Das Seemannsgarn, das ein Mann aus seinem Leben spinnt, gibt mehr von ihm preis, als es ein Bericht könnte. Ich dachte an diese Anekdoten über die verräterischen »Tells« beim Kartenspielen, die unwillkürlichen Gesten, die ein Blatt verraten – das Nasereiben, wenn das Blatt stark ist, der Griff ans Ohrläppchen, wenn es schwach ist. Die Meisterspieler beobachten jeden am Tisch, um diese »Tells«, die verräterischen Anzeichen, aufzuspüren. Genau auf diese Weise beobachtete ich die Golden-Männer und hörte ihnen zu. Als ich eines Abends mit D im Lokal an der Orchard Street saß, um Ivy Manuel Bowies ch-ch-ch-ch und Mitchells don't-it-always-seem-to-go und einen lustigen, von ihr selbst komponierten Science-Fiction-Song mit dem Titel »The Terminator« zu hören, der von nützlichen Zeitreisen zu potenziellen Rettern der Menschheit handelte, und als ich anschließend mit den beiden in der leeren Kneipe ein Bier trank, verpasste ich den offensichtlichsten Tell von allen. Ich glaube, es war Ivy, die das zunehmend komplexe Thema des Genderns ansprach, woraufhin D mit einer Geschichte aus der griechischen Mythologie antwortete. Die Nymphe Salmakis verliebte sich so sehr in Hermaphroditos, Kind von Hermes und Aphrodite, dass er Zeus bat, sie beide für immer zu vereinen, und so wurden sie eins, in einem einzigen Körper mit Merkmalen beider Geschlechter. Damals dachte ich, es sei seine Art, Ivy zu sagen, wie nahe er sich ihr fühle und er ihr für immer in Freundschaft verbunden sei. Doch er erzählte mir befremdlichere Dinge, und ich wusste sie nicht zu deuten; Dinge, die unmittelbar mit ihm zu tun hatten.

Das Entscheidende bei der Metamorphose ist, dass sie sich nicht zufällig vollzieht. Philomela, von ihrem Schwager Tereus überfallen und vergewaltigt, fliegt mit herausgeschnittener Zunge als Nachtigall von ihm fort, sie ist frei und singt mit süßester Stimme. Wie in der Geschichte von Salmakis und Hermaphroditos erlauben die Götter, dass Körper sich unter dem Druck dringlicher Notwendigkeiten in andere Körper verwandeln – Liebe, Angst, Befreiung oder auch die Existenz in einem Körper, dem eine geheime Wahrheit innewohnt, die sich nur durch seine Wandlung enthüllen kann.

Er hatte stets drei Silberdollar in seiner Tasche, sodass er die alten chinesischen Hexagramme für ein Orakel werfen konnte. In jener Nacht in der Kneipe an der Orchard Street warf er eines. Fünf stabile unterbrochene Linien und darüber eine stabile durchgehende. »Dreiundzwanzig«, sagte er, »wie erwartet«, und steckte die Münzen weg. Ich hatte keine Ahnung vom *I Ging*, aber in der Nacht googelte ich die Hexagramme. Im Zeitalter von Suchmaschinen ist alles Wissen nur einen Klick entfernt. Hexagramm dreiundzwanzig heißt »Zersplitterung« und wird als das Hexagramm des Sich-Spaltens beschrieben. Eines seiner Trigramme bedeutet »Beben« und »Donner«.

»Lass uns nach Hause gehen«, sagte er und verließ das Lokal, ohne sich noch einmal umzusehen.

Ich ließ ihn gehen. Ich jage Leuten nicht hinterher, die mir zu verstehen geben, sie hätten genug von meiner Begleitung. Und vielleicht stand meine Empfindlichkeit meinem Verständnis im Wege; denn das geschah lange, ehe ich dachte, seine Angst vor Blicken der anderen habe womöglich andere Gründe als Eitelkeit, Narzissmus, Schüchternheit.

◇

Zu Anfang gilt es immer, ein Leid zu mildern, eine Wunde zu heilen, ein Loch zu füllen. Und am Ende steht immer das Scheitern – das Leid ungelindert, die Wunde nicht verheilt, der Rest melancholische Leere.

◇

Auf die Frage nach der Natur des Guten, die ich ganz zu Anfang dieser Geschichte stellte, kann ich zumindest eine Teilantwort geben: Das Leben der jungen Frau, die sich eines Nachmittags auf dem Gehweg in der Bowery in D Golden verliebte, die ihm bei allem, was folgen sollte, zur Seite stand und ihn in diese unerschütterliche Liebe hüllte – das ist für mich eine der besten Definitionen für ein gutes Leben, die ich in meinem relativ kurzen und relativ beschränkten Dasein gefunden habe. »*Le bonheur écrit à l'encre blanche sur des pages blanches*«, sagt uns Montherlant – das Glück schreibt mit weißer Tinte auf weiße Blätter – und das Gute, möchte ich ergänzen, ist so schwer in Worte zu fassen wie die Freude. Doch ich muss es versuchen; denn was diese beiden fanden und sich bewahrten, war nicht weniger als das – aus dem Guten entstandenes und auch von ihm genährtes Glück, trotz außergewöhnlich geringer Chancen. Bis das Unglück es zerstörte.

Vom allerersten Tag an, als er sie kennenlernte – sie trug eine weiße Bluse und einen schwarzen Bleistiftrock und rauchte eine filterlose französische Zigarette auf dem Gehweg vor dem Museum of Identity –, begriff er, dass er vor ihr nichts geheim halten konnte, denn sie las so klar in seinen Gedanken, als glitte eine Leuchtschrift mit Nachrichten über seine Stirn.

»Ivy hat gemeint, wir sollten uns kennenlernen«, sagte er. »Ich halte das für eine blöde Idee.«

»Warum bist du dann gekommen?«, fragte sie und wandte mit gelangweiltem Blick den Kopf ab.

»Ich wollte dich sehen, wollte sehen, ob ich dich hätte sehen wollen«, entgegnete er. Dies interessierte sie, aber anscheinend nur vage.

»Ivy hat mir erzählt, dass deine Familie aus irgendeinem Grund, über den du nicht redest, ins Exil gehen musste«, sagte sie. Ihre Augen waren so weit wie das Meer. »Aber jetzt, wo du vor mir stehst, sehe ich, dass du dich womöglich ins Exil von dir selbst begeben hast. Vielleicht sogar schon am Tag deiner Geburt.« Sichtlich verärgert, runzelte er die Stirn. »Und woher weißt du das?«, fragte er barsch. »Bist du Museumskuratorin oder eine Schamanin?«

»Es ist diese spezielle Traurigkeit«, antwortete sie und guckte wie Anna Karina in *Pierrot le fou*, als sie an ihrer Gauloise zog. »Sie enthüllt die Entfremdung eines Menschen von seiner eigenen Identität.«

»Diese moderne Obsession mit der Identität stößt mich ab«, sagte er vielleicht mit etwas zu viel Nachdruck. »Dadurch engen wir uns ein, bis wir alle füreinander Fremdlinge sind. Hast du Arthur Schlesinger gelesen? Er widersetzt sich der ständigen Marginalisierung durch die Bekräftigung des Unterschieds.« Er trug einen Trenchcoat und einen Filzhut mit gebogener Krempe, denn der Sommer stand bevor, war jedoch, wie eine Frau, die falsche Liebesversprechungen macht, noch nicht eingetroffen.

»Aber genau das sind wir, wir alle sind Fremdlinge.« Ein leises Schulterzucken und die Andeutung eines Schmollmunds. »Es geht darum, uns über die Typen von Fremdlingen, die wir sein wollen, klarer zu werden. Und ja, ich habe den alten, toten, weißen Konservativen gelesen. Du solltest dir Spivaks Arbeiten über den strategischen Essentialismus ansehen.«

»Gehst du mit mir irgendwo einen Whiskey trinken«, fragte er und klang noch immer irritiert, als er sie fragte, und sie betrachtete ihn weiterhin als einen kleinen Naivling, der dringend intellektuelle Nachhilfe brauchte. Ihre Strümpfe hatten schwarze Nähte, die sich über ihre Waden zogen. »Nicht jetzt«, sagte sie. »Jetzt solltest du hereinkommen und etwas über die neue Welt lernen.«

»Wie wäre es mit danach?«

»Danach? Immer noch nein.«

Sie verbrachten diese Nacht gemeinsam in ihrer Wohnung an der Second Avenue. Sie mussten über so vieles reden, dass sie nicht miteinander schliefen, was überschätzt werde, sagte er. Sie widersprach nicht, merkte es sich aber. Am Morgen wollte er losgehen, um Croissants, Kaffee, Whiskey, Zigaretten und die Sonntagszeitungen zu kaufen. Die Schlüssel lagen auf einem Mahagonitischchen im Flur, eine Art Kiste auf Beinen, keine Antiquität, aber eine gute Kopie. Er hob den Deckel und sah die Waffe auf einem kleinen roten Samtkissen liegen, einen Colt mit Perlmuttgriff, wahrscheinlich auch eine gute Kopie. Er nahm ihn, drehte die Trommel und hielt sich den Lauf an die Schläfe. Später sagte er, er habe nicht abgedrückt, aber sie hatte ihn durch die offene Schlafzimmertür beobachtet und das Klicken gehört, als der Hammer eine leere Kammer traf. »Hab die Schlüssel gefunden«, sagte er. »Ich besorge uns

Frühstück.« »Vergieße bloß nichts«, rief sie ihm hinterher. »Ich will keine Sauerei auf dem Flurteppich.«

Riya, so hieß sie. Ein bemerkenswertes Mädchen. Nur drei, vier Jahre älter als er, aber schon in einer leitenden Position am Museum, an manchen Abenden säuselte sie Liebeslieder in der Orchard Street, und sie hatte ihre eigene Modelinie aus alter Spitze und schwarzer Seide, oft mit floralen Brokatmotiven, im orientalischen, chinesischen und indischen Stil. Sie war halb indisch und halb schwedisch-amerikanisch, und da ihr langer skandinavischer Nachname, Zachariassen, viel zu vollmundig für amerikanische Münder war, wählte sie wie D Golden eine Abkürzung: Riya Z.

Mit dem Alphabet beginnen all unsere Geheimnisse.

»Komm rein und erfahre was über die neue Welt.« Es gab ein Museum für amerikanische Ureinwohner am Bowling Green, das Italian American Museum an der Mulberry Street, das Polish American Museum in Port Washington und zwei jüdische Museen, eines im Norden von Manhattan und eines mittendrin, und auch diese waren ganz offensichtlich Identitätsmuseen, aber das MOI – das Museum of Identity – hatte Größeres im Sinn, sein charismatischer Kurator Orlando Wolf strebte nach der Identität an sich, der starken neuen Kraft in der Welt, die bereits so mächtig war wie jede Theologie oder Ideologie, kulturelle Identität und religiöse Identität und Nation und Volksstamm und Sekte und Familie, es war ein rasant wachsendes multidisziplinäres Feld, und das Wesentliche des Identitätsmuseum war die Frage nach der Identität des Selbst, vom Anfang des biologischen Selbst bis weit darüber hinaus. Gender-Identität, sie spaltete wie nie zuvor die Geschichte der Menschheit auf und brachte ein völlig neues Vokabular hervor, das versuchte, die neuen Wandelbarkeiten zu erfassen.

»Gott ist tot, und die Identität füllt das Vakuum«, sagte sie zu ihm an der Schwelle zum Gender-Bereich mit den vor Eifer funkelnden Augen der wahrhaft Überzeugten. »Aber es stellt sich heraus, dass die Götter von Anfang an Gender-Bender waren, sie haben sich nicht ihrer Geschlechterrolle unterworfen.«

Ihr kurzes schwarzes Haar lag eng am Kopf an. »Großartiger Haarschnitt«, sagte er.

Sie standen zwischen Töpfen, Siegeln und Steinstatuen aus Akkad, Assyrien und Babylonien. »Die Große Mutter war, wie Plutarch sagt, eine intersexuelle Gottheit – sie hatte beide Geschlechter in sich, sie waren noch nicht getrennt.«

Vielleicht könnten sie, wenn er ein altes Kabriolett, rot-weiß und mit Flossen, mietete, gemeinsam einen Ausflug machen, vielleicht quer durch Amerika. »Hast du schon mal den Pazifik gesehen?«, fragt er sie. »Wahrscheinlich ist er genauso enttäuschend wie alles andere.«

Sie gingen weiter. Das Museum war dunkel, die einzelnen Schaustücke waren hell erleuchtet, wie Ausrufezeichen in einem Kloster. »Diese Objekte aus der Steinzeit könnten Transgender-Priesterinnen sein«, sagte sie. »Du solltest wirklich aufpassen. Das ist für die Cisgender genauso wichtig wie für die MTF-Community.«

Das Wort trug ihn zurück in die Kindheit; mit einem Mal lernte er wieder mit erbitterter Aufmerksamkeit Latein, um die Macht seiner Brüder niederzureißen, die ihn, wenn sie sich in der geheimen Sprache Roms unterhielten, ausschlossen. »Präpositionen, die den Akkusativ fordern«, sagte er. »*Ante, apud, ad, adversus / circum, circa, citra, cis. / Contra, erga, extra, infra*. Schon gut. Cisalpine und transalpine Gallier. Ich hab's. Die Alpen trennen die Geschlechter, den Sex.«

»Ich mag dieses Wort nicht«, sagte sie.

»Welches Wort?«

»Sex.«

Oh.

»Gott ist jedenfalls nicht tot«, sagte er. »Jedenfalls nicht in Amerika.«

MTF bedeutete von maskulin zu feminin, *FTM* vice versa. Nun ergoss sich ein Wortschwall über ihn, *genderfluid*, *bigender*, *agender*, *trans* mit Sternchen: *trans**, der Unterschied zwischen *Frau* und *Menschen weiblichen Geschlechts*, *nicht übereinstimmendes Gender*, *genderqueer*, *nichtbinär* und aus der indigenen amerikanischen Kultur *two-spirit*. Die phrygische Göttin Kybele hatte MTF-Diener, die Galloi. Im afrikanischen Saal die MTF-Okule und die FTM-Agule vom Volk der Lugbara, die transsexuellen Amazonen von Abomey, Königin Hatschepsut in männlichem Gewand und mit falschem Bart. Im Asien-Saal blieb er vor der steinernen Skulptur von Ardhanarishvara stehen, der halb-weiblichen Gottheit. »Von der Insel Elephanta«, sagte er und schlug sich die Hand vor den Mund. »Du hast mich das nicht sagen hören«, sagte er mit ungekünstelter Heftigkeit.

»Ich wollte dir gerade die crossdressing *fanchuan*-Kostüme der Pekingoper zeigen«, sagte sie. »Aber vielleicht hast du für heute genug.«

»Ich sollte gehen«, sagte er.

»Ich nehme jetzt gerne den Whiskey«, erwiderte sie.

Und beim Frühstück am nächsten Morgen, als sie in weiße Laken gewickelt ein Croissant aß, eine Zigarette rauchte und wieder ein Glas Whiskey in der Hand hielt, murmelte sie sanft: »Ich weiß den Namen des Landes, das du nicht nennen willst, und ich weiß auch den Namen der Stadt, über die du nicht sprechen möchtest.« Sie flüsterte ihm die Worte ins Ohr.

»Ich glaube, ich bin verliebt in dich«, sagte er. »Aber ich

möchte wissen, warum du in dem Tischchen im Flur eine Pistole aufbewahrst.«

»Um Männer zu erschießen, die glauben, sie seien in mich verliebt. Und mich vielleicht auch, aber dazu habe ich noch keine richtige Meinung.«

»Verrate bloß meinem Vater nicht, was du weißt«, sagte er, »oder du musst womöglich diese Entscheidung nicht mehr treffen.«

◇

Ich schließe die Augen und lasse den Film in meinem Kopf abspulen. Ich öffne die Augen und schreibe es nieder. Dann schließe ich die Augen wieder.

9

Hier ist Vasilisa, die junge Russin. Sie ist eindrucksvoll. Man möchte sagen, erstaunlich. Sie hat langes dunkles Haar. Auch ihr Körper ist lang und eindrucksvoll; sie läuft Marathon und ist eine gute Turnerin, spezialisiert auf die Bänder in der Rhythmischen Sportgymnastik. Sie erzählt, in ihrer Jugend sei sie beinahe in die russische Olympiamannschaft aufgenommen worden. Sie ist achtundzwanzig Jahre alt. Jugendlich war sie mit fünfzehn. Vasilisa Arsenyeva ist ihr vollständiger Name. Sie stammt aus Sibirien und behauptet, eine Nachfahrin des großen Entdeckers Vladimir Arsenyev zu sein, der viele Bücher über die Region schrieb, darunter eines, das Kurosawa als Vorlage zu seinem Film *Dersu Uzala* diente, aber diese Abstammung ist nicht bestätigt, denn Vasilisa ist, wie wir noch erfahren werden, eine brillante Lügnerin, eine Meisterin in der Kunst des Betrugs. Sie sagt, sie sei mitten im Wald aufgewachsen, in der unermesslich weiten *Taiga*, die einen Großteil Sibiriens bedeckt, und ihre Familie gehöre zum Volk der Nanaier, dessen Männer als Jäger, Trapper und Führer leben. Sie ist im Jahr der Olympischen Sommerspiele von Moskau geboren, und die Heldin ihrer Jugend war die großartige Kunstturnerin Nelli Kim, halb Koreanerin, halb Tatarin. Fünfundsechzig Länder, die USA inbegriffen, boykottierten diese Moskauer Spiele, aber obwohl Vasilisa im tiefen Wald weit weg von der Politik lebte, erfuhr sie im Alter von neun Jahren vom Fall der Berliner Mauer. Sie war glücklich, denn sie blätterte bereits in Zeitschriften und wollte nach Amerika gehen, bewundert werden und ihrer Familie US-Dollars nach Hause schicken.

Genau das hat sie getan. Sie hat sich aus dem Staub gemacht. Hier ist sie nun in Amerika, in New York City und auch oft in Florida, sie wird sehr bewundert und macht eine Menge Geld, indem sie das tut, was Schönheiten tun. Viele Männer begehren sie, aber sie sucht nicht bloß einen Mann. Sie will einen Beschützer. Einen Zaren.

Hier ist Vasilisa. Sie besitzt eine Zauberpuppe. Als die kleine Vasilisa von ihrer bösen Stiefmutter zum Haus der Baba Jaga geschickt wurde, zu der Hexe im tiefen, tiefen Wald, die Kinder verspeiste, hat ihr die Zauberpuppe geholfen zu entkommen, sodass sie die Suche nach ihrem Zaren aufnehmen konnte. So geht die Geschichte. Aber manche Leute erzählen sie anders, sie sagen, Baba Jaga habe Vasilisa verschlungen, so wie sie alle verschlang, und dadurch habe die hässliche alte Hexe die ganze Schönheit des jungen Mädchens erlangt – sodass sie äußerlich zum vollkommenen Ebenbild von Vasilisa der Schönen wurde, obwohl sie innerlich die scharfzahnige Baba Jaga blieb.

Das ist Vasilisa in Miami. Sie ist jetzt blond. Sie wird bald ihren Zaren kennenlernen.

◇

Aufgeschreckt durch bedrohliche Wettervorhersagen, flogen im Winter 2010, wenige Tage vor Weihnachten, die vier Männer der Familie Golden, in Begleitung von Ms. Fuss und Ms. Blather, Neros zuverlässigen Assistentinnen, und mir, in den

Süden, wir starteten vom Teterboro Airport, der, was ich nicht wusste, bis ich es von Apu erfuhr, den regelmäßigen Nutzern von PJs bestens bekannt war, und so entkamen wir dem großen Blizzard. In der Stadt, die wir hinter uns ließen, sollten sich rasch alle über die Langsamkeit der Schneepflüge beklagen, und die Behauptung ging um, diese Verlangsamung sei Absicht und ein Protest gegen die Budgetkürzungen von Bürgermeister Bloomberg. Siebzig Zentimeter Schnee fielen im Central Park, neunzig Zentimeter in Teilen von New Jersey, und selbst in Miami war es der kälteste Dezember aller Zeiten, aber das bedeutete, es waren etwa sechzehn Grad Durchschnittstemperatur, was ja nicht wirklich kalt ist. Der alte Mann hatte eine Reihe von Apartments in einem großen Herrenhaus auf einer Privatinsel vor der Spitze von Miami Beach gemietet, und die meiste Zeit war uns warm genug. Petya gefiel die Insel; ihre einzige Verbindung mit dem Kontinent bestand aus einem Fährhafen, und kein Außenstehender durfte ohne Fürsprache eines Bewohners den Fuß auf den zauberhaften Boden setzen. Pfaue – gefiederte und menschliche – stolzierten hier umher, ohne befürchten zu müssen, schief angesehen zu werden. Die Reichen enthüllten ihre Knie und ihre Geheimnisse, und niemand tratschte je darüber. So gelang es Petya, sich einzureden, die Insel wäre ein umschlossener Raum, und seine Angst vor dem Freien zog sich grollend ins Dunkel zurück.

– Oh, auch du weißt nicht, was ein PJ ist? Ein Privatjet, Schätzchen. Gern geschehen. –

Apu – der umgängliche Apu, nicht mein gleichaltriger, düsterer Freund D – hatte mich eingeladen, mitzukommen, und »mach das«, hatte meine Mutter gesagt, obwohl ich an den Feiertagen nicht zu Hause sein würde: »Ja, genieß es, warum denn nicht?« Damals wusste ich noch nicht, dass ich das fiktionale Jesuskind und das neue Jahr nie mehr wieder mit meinen

Eltern würde begrüßen können. Ich habe nicht ahnen können, was geschehen sollte, aber ich empfinde tiefe Reue.

Apu war in seinem Element, er plauderte auf der Insel mit den vielen russischen Milliardären und verleitete deren Frauen, sich vorzugsweise knapp bekleidet von ihm porträtieren zu lassen. Wie sein treuer Hund trottete ich hinter ihm her. Die Milliardärsgattinnen nahmen mich gar nicht wahr. Das war gut; Unsichtbarkeit war mir ein vertrauter Zustand, den ich meist bevorzugte.

Und D Golden: Er hatte Riya mitgenommen, die beiden gingen ganz ineinander auf und blieben meistens für sich. Und die Diener dienten – das Gefolge folgte – Ms. Fuss wuselte, und ihr jüngerer Sidekick, Ms. Blather, plapperte –, und der Aufenthalt der Goldens verlief recht reibungslos. Und ich, ihr treubraver Tintin, war auch recht glücklich. Und am Silvesterabend gab die Insel eine finanzstarke Party für ihre finanzstarken Bewohner, das übliche kostspielige Feuerwerk, Lobster der Spitzenklasse und ein aufwendiges Tanzfest, und Nero Golden bekundete die Absicht, die Tanzfläche zu betreten.

Der alte Mann war ein richtig guter Tänzer, wie ich entdeckte. »Du hättest ihn vor ein paar Jahren an seinem siebzigsten Geburtstag erleben sollen«, sagte Apu zu mir. »All die hübschen Mädchen haben Schlange gestanden, um an die Reihe zu kommen, und er hat sie alle zu Walzer, Tango, Polka, Jive herumgeschwenkt. Im Paartanz, nicht dieses Disco-Gehampel, dieses Herumgestehe, dieses Gehüpfe unserer heutigen trüben Zeit.« Da ich unterdessen die Familiengeheimnisse kenne, kann ich ihn vor meinem geistigen Auge auf die große Terrasse über dem Meer im Haus der Familie in Walkeshwar Colony versetzen und mir die Beautys der Elite von Bombays Gesellschaft glücklich in seinen Armen vorstellen. Während seine sich vernachlässigt fühlende Mauerblümchenehefrau –

ich werde sie weiterhin »Poppaea Sabina« nennen, entsprechend den julisch-claudischen Vorlieben der Familie – vom Rand missbilligend zuschaute. Nun war er älter, über vierundsiebzig, aber er hatte weder sein Gleichgewicht noch seine Gewandtheit eingebüßt. Wieder einmal warteten junge Frauen darauf, umhergewirbelt und herumgeschwenkt zu werden. Eine davon war Vasilisa Arsenyeva, deren Lebensmotto von Jesus Christus stammte, aus dem Matthäus-Evangelium, Kapitel 4, Vers 19. »Folget mir nach, ich will euch zu Menschenfischern machen.« Ihr Timing war hervorragend. Als es um Mitternacht oder zur Hexenstunde Neujahr schlug, warf sie ihren schicksalsschweren Angelhaken aus. Und als sie erst einmal mit ihm tanzte, kam niemand mehr an ihn heran. Sie war die letzte in der Reihe.

Das ist Vasilisa. Sie tanzt mit ihrem Zaren. Sie hat den Arm um ihn gelegt, und ihr steht ins Gesicht geschrieben: Ich lasse ihn nie wieder los. Größer als er, beugt sie sich etwas herab, sodass ihr Mund nahe an seinem Ohr ist. Sein Ohr reckt sich ihrem Mund entgegen, um zu verstehen, was er ihm sagt. Das ist Vasilisa. Sie steckt ihm ihre Zunge ins Ohr. Sie spricht eine Sprache, die alle Männer verstehen.

◇

Das Vanderbilt-Haus bildet das Herz der Insel. Zurück auf Anfang. Hier ist William Kissam Vanderbilt II auf seiner achtzig Meter langen Jacht, der ein Swapgeschäft mit dem Entwickler Carl Fisher macht. Die Jacht im Tausch gegen die Insel. Darauf einen Handschlag. Hier ist Bebe Rebozo, in Zeiten der Watergate-Affäre angeklagt, »Nixons Schwarzgeldbote« gewesen zu sein, der sich zu einer Gruppe gesellt, die die Insel dem Typen abkaufte, der die Insel dem Typen abkaufte, der die Insel Vanderbilt abkaufte. Die Insel hat eine Geschichte.

Sie hat ein Observatorium. Sie hat, wie zuvor schon bemerkt, Pfauen. Sie hat Diskretion. Sie hat Golfplätze. Sie hat Klasse.

Und während dieser kühlen Feiertage beginnt im Vanderbilt-Haus, nach dem Silvestertanz auf der feinen Außentanzfläche zwischen den mit Lichterketten geschmückten Bäumen und flammenden Feuertöpfen und mit Livemusik und den juwelenbehangenen Frauen und den Sicherheitsleuten, die die Juwelen bewachen, und den Männern, die die Juwelen kauften und ihren Besitz bewundern, auch eine viel diskutierte Winter-und-Frühlings-, November-und-April-Liebesaffäre. Mein Geld für deine Schönheit. Darauf einen Handschlag.

◇

An Silvester wird getanzt, und als die Musik aufhört zu spielen, fordert sie Nero auf, geh nach Hause und schlaf, ich möchte dich ausgeruht, wenn es zwischen uns richtig anfängt. Und gehorsam wie ein braver Junge geht er heim ins Bett, was seine Söhne voll Erstaunen beobachten. Das geschieht jetzt nicht wirklich, sagen ihre Blicke. Er ist doch nicht wirklich von ihr angetan. Doch seine Autorität ist so groß, dass keiner von ihnen spricht. Am nächsten Abend leert er die Wohnung, die er für sich und seine zwei Assistentinnen gemietet hat, und verbannt Angestellte und Familie in die anderen drei gemieteten Apartments, wo reichlich freie Schlafzimmer vorhanden sind. Er ist allein auf der sechsten Etage, die Ausblick bietet auf die Spitzen der Palmwedel, den halbmondförmigen Strand und das glitzernde Wasser. Das Dinner – Shrimpscocktail, kalte Platte, Avocado und Grünkohlsalat, ein Früchtekorb, Tiramisu zum Dessert – ist von einem feinen Restaurant auf der Südseite des Miami River per Motorboot angeliefert und auf dem Esstisch arrangiert worden. Es gibt Eiswürfel und Kaviar und Wodka und Wein. Genau zur verabredeten Zeit, nicht eine Minute früher oder später, steht sie vor seiner Tür, ein in Gold verpacktes Geschenk, mit einer Schleife hinten an ihrem Kleid, damit er sie leicht auspacken kann.

Sie kommen überein, dass sie nicht essen wollen.

Hier ist Vasilisa die Schöne, die sich ihrem Zaren hingibt.

In der ersten Nacht und der zweite Nacht, in den ersten beiden Nächten des neuen Jahrs präsentiert sie ihre Ware, lässt ihn die Qualität des Angebots prüfen, nicht nur körperlich, sondern auch gefühlsmäßig. Sie … und hier bremse ich mich und halte inne, schamvoll, wie Alfred Prufrock falle ich in eine plötzliche *pudeur*, denn wie hätt ichs wohl gewagt? Soll ich sagen, alle habe ich schon gekannt, ich habe gesehen, dass sie wie ein gelber Nebel ihren Rücken reibt, ihre Schnauze reibt, soll ich sagen, ich habe gesehen, dass ihre Zunge leckt und steckt in seines Abends Ecken? Wage ich es, wage ich es wirklich? Und wer bin ich letztendlich? Ich bin nicht der Prinz. Eine Nebencharge, vor Ehrfurcht, hocherfreut, wenn oft benutzt. Zuzeiten fast der Narr … Aber lassen wir die Dichtung beiseite, ich stecke zu tief drin, um jetzt aufzuhören. Ich stelle sie mir bereits vor. Vielleicht kniet sie neben ihm auf dem Bett. Ja, sie kniet, denke ich. Sie fragt, hast du das im Sinn gehabt? Oder das da? Ist es das, was du überhaupt im Sinn hast?

Er ist der König. Er weiß, was er will. Und: alles, was du dir wünschst, so sagt sie ihm, wenn du es denn willst, gehört dir. Und in der dritten Nacht redet sie übers Geschäft. Das ist für ihn kein Schock. Es macht die Dinge leichter. Das Geschäft ist seine Komfortzone. Sie zieht eine bedruckte Karte hervor, von der Größe einer Postkarte, mit Kästchen zum Ankreuzen. Lass uns die Einzelheiten besprechen, sagt sie.

Selbstverständlich sollte ich nicht im Haus an der Macdougal Street wohnen. Das ist das Zuhause deiner Familie, für dich und deine Söhne. Und ich bin nicht deine Frau, somit gehöre ich nicht zu deiner Familie. Du kannst also wählen a) eine Residenz im West Village, der Einfachheit halber, wegen der leichten Erreichbarkeit, oder b) an der Upper East Side, der kleinen Distanz und der etwas größeren Diskretion wegen. Sehr gut, b, das ist auch meine Präferenz. Jetzt, die Größe des Apartments, mindestens zwei Schlafzimmer, nicht? Und vielleicht noch einen weiteren Raum als Atelier? Gut! Und wird es mir gehören oder ist es zur Miete, und falls Letzteres, für wie viele Jahre? Okay, denk drüber nach. Wir kommen zum Wagen, und das überlasse ich dir vollkommen, a) ein Mercedes Kabriolett, b) einen BMW der 6er-Reihe, c) einen Lexus SUV. Oh, a), fein, ich liebe dich. Da stellt sich die Frage, wo ich meine Konten haben werde, a) bei Bergdorf, b) Barneys, c) oder bei beiden Vorgenannten. Fendigucciprada, das versteht sich von selbst. Equinox, Soho House Every House, du siehst die Checkliste. Nun das Thema einer monatlichen Zuwendung. Ich muss so auftreten, dass es für dich von Vorteil ist. Hier, du siehst, die Kategorien sind zehn, fünfzehn, zwanzig. Ich empfehle Großzügigkeit. Ja, in Tausendern, Liebling. Perfekt. Du wirst es nicht bereuen. Ich werde perfekt für dich sein. Ich spreche Englisch, Französisch, Deutsch, Italienisch, Japanisch, Mandarin und Russisch. Ich laufe Ski, Wasserski, ich surfe, jogge und schwimme. Die Beweglichkeit meiner Jugend als Kunstturnerin, ich habe sie mir bewahrt. In den nächsten Tagen werde ich besser als du selbst wissen, wie ich dich befriedigen kann, und sollte eine Ausstattung vonnöten sein, um dies zu unterstützen, falls ein Zimmer hergerichtet werden muss, ein Zimmer für uns, nennen wir es Spielzimmer, werde ich dafür sorgen, dass es einwandfrei und mit der größten Diskretion geschieht. Ich werde niemals einen anderen Mann ansehen. Kein anderer Mann wird mich berühren, auch werde ich unangemessene Avancen oder Bemerkungen nicht tolerieren. Du verdienst Exklusivität und musst sie haben, und du hast sie, das schwöre ich dir. Das ist alles für den Augenblick, aber es bleibt noch ein weiteres Thema für später.

Das ist das Thema der Hochzeit, sagt sie und senkt die Stimme auf ihr raustes und verführerischstes Niveau. Als deine Ehefrau werde ich Ehre und Ansehen haben. Nur als deine Ehefrau werde ich das wirklich und in Gänze haben. Bis dahin, ja, bin ich glücklich, ich bin die treueste Frau, aber meine Ehre ist mir wichtig. Du verstehst. Natürlich. Du bist der verständnisvollste Mann, der mir je begegnet ist.

10

Ich wiederhole: zu tief drin, um jetzt aufzuhören. Ich muss es mir weiter vorstellen, muss die Peepshow fortsetzen, muss einen weiteren Nickel in das Nickelodeon einwerfen. Ja, in meiner Fantasie ist es nun ein Film. Breite Leinwand, schwarz-weiß.

Die drei Söhne Nero Goldens, PETYA, APU und D, zwei von ihnen beträchtlich älter als die neue Geliebte ihres Vater und der dritte gerade mal vier Jahre jünger, sind alle miteinander ratlos. Trotz all ihrer Meinungsverschiedenheiten ist dies eine entscheidende Familienangelegenheit, und sie kommen zusammen, um sich zu besprechen, finden es aber nicht leicht, eine Strategie zu formulieren. Sie treffen sich fern der gemieteten Wohnungen und stehen eng beieinander am kleinen Strand der Insel, der wegen des unüblichen kalten Wetters, der niedrigen Temperaturen, des starken Winds, der jagenden Wolken, des drohenden und bald einsetzenden peitschenden, eiskalten Regens leer ist. Sie tragen Hüte, Mäntel, Halstücher und sehen aus wie eine Verschwörung von tschechischen Intellektuellen, die an einer böhmischen Meeresküste stehen, streng beobachtet wie Züge. Trotz des Stirnrunzelns der beiden älteren Männer ist RIYA Z mit D

da, sie klammert sich fest an ihn, als fürchte sie, sie würde fortgeweht. Riya ist genauso alt wie Vasilisa. D hat dies herausgefunden, erwähnt es aber nicht.
[Die Kamera zeigt sie in extremen Nahaufnahmen, bis sie sprechen, wechselt aber in die Totale, wenn wir ihre Stimmen hören.]

PETYA

(er drückt seine Sorgen in Form von Theorien aus, so wie es seiner unbeholfenen, unerbittlichen Art entspricht)
Die Crux im Leben eines bedeutenden Menschen ist die Wahl zwischen dem, was richtig ist, und dem, was er tun möchte. Abraham Lincoln, der ein geübter Ringer war und Gefallen an einem guten Kampf hatte, hätte womöglich lieber seine Zeit auf der Matte verbracht, als einen Krieg anzufangen, in dem rund zwei Prozent der Bevölkerung, etwa sechshundertzwanzigtausend Menschen starben, aber es war das Richtige. Zweifellos hätte Marie Curie lieber Zeit mit ihrer Tochter verbracht, statt durch Röntgenstrahlen getötet zu werden, aber ratet, wofür sie sich entschied. Oder nehmt den Fall von Mahatma Gandhi, der sich in jungen Jahren stilvoll gekleidet in einem britischen Maßanzug zeigte, der bedeutend hübscher war als das Lendentuch. Wenn auch das Lendentuch, politisch gesehen …

APU

(unterbricht, was ansonsten in eine lange Aufzählung ausarten könnte)
Unser Vater sollte eindeutig Besseres im Sinn haben, als einer russischen, lasst mich hier ein Wort vermeiden, einer russischen Kunstturnerin hinterherzulaufen.
Kreisende Nahaufnahmen, um sie herum auf dem wehenden

Sand, nur ein wenig höher als ihre Köpfe, von oben herab wie von einer Überwachungsdrohne.

D

Er wird sie heiraten. Das ist ihr Plan. Sie wird nicht lockerlassen, und er kann nicht widerstehen.

PETYA

Im Falle einer Eheschließung erhebt sich eine Reihe von rechtlichen Fragen. Der Status der nächsten Angehörigen wird problematisch, ebenso die Vollstreckung einer Patientenverfügung und das viel umfassendere Thema der Erbschaft. Auch die Frage des Ortes der Eheschließung muss besprochen werden, und die Unterschiede zwischen den Gesetzen von Florida und denen des Staats New York.

APU

Unser Vater ist nicht verrückt geworden. Er mag zwar im Augenblick verrückt nach ihr sein, aber in den Grundzügen ist er kein Narr. Er ist sein Leben lang Geschäftsmann. Er wird einsehen, wie vernünftig ein felsenfester Ehevertrag ist.

PETYA

(seine Stimme wird entsprechend dem lauter werdenden Wind zum Geschrei)
Wer redet mit ihm darüber? *(Pause)* Ich kann das nicht. *(Pause)* Es wird ihm nicht gefallen.

APU

Wir sollten es alle gemeinsam tun.

D

(zuckt mit den Schultern, macht sich bereit zu gehen)
Das Geld ist mir scheißegal. Soll der Alte doch tun, was er will.
(Er und Riya wenden sich ab.)

RIYA

(in extremer Nahaufnahme, zu Apu und Petya)
Habt ihr mal darüber nachgedacht, dass sie ihn glücklich machen könnte und sie ihn tatsächlich von Herzen liebt? Aber selbst wenn sie es nur vortäuscht, kann es dennoch gut sein. Dinge sind gut, wenn sie die Summe des globalen Elends mindern oder die Menge an Ungerechtigkeiten oder beides. Wenn sie also sein Unglück mindert, und sei es nur für kurze Zeit, und sei es sogar in betrügerischer Absicht, dann zählt das als gut.
Ich sehe, welches Leben er euch allen ermöglicht. Er ist wie ein großes Dach, unter dem ihr Schutz sucht. Tretet ihr darunter hervor, steht ihr im Sturm, ihr alle, aber jetzt ist er noch da. Er ist da, bis er nicht mehr da ist. Aber er ist nicht nur ein Haus, in dem ihr lebt. Er ist ein Mann und hat die Bedürfnisse eines Mannes, er will begehren und begehrt sein. Warum wollt ihr ihm das abschlagen? Meint ihr, dass das allein wegen des Alters erst aufhört? Lasst mich euch sagen, es ist egal, wie alt man ist. Es hört nie auf.

PETYA

(wiederholt beschämt traurig hüpfend, als der Regen einsetzt)
Es hört nie auf, es hört nie auf, es hört nie auf, es hört nie auf, es hört nie auf, es hört nie auf, es hört nie auf, es hört nie auf, es hört nie auf, es hört nie auf, es hört nie auf, es hört nie

auf, es hört nie auf, es hört nie auf, es hört nie auf, es hört nie auf …

Der Regen wird immer kräftiger. Wassertropfen auf der Kameralinse. Überblendung zu Weiß.

11

Das ist Vasilisas beste Freundin und ihre persönliche Fitnesstrainerin, und ihr Name ist, sagen wir, Masha. Masha ist zierlich, kleiner als Vasilisa, aber sehr stark, lesbisch und auch unvermeidlich blond. Masha möchte Filmschauspielerin werden. Als Nero Golden dies hört, sagt er, »Schätzchen, du hast die richtige Größe für diesen Wunsch, aber du bist vom falschen Ufer.«

Der alte Mann hat seinen Aufenthalt auf der Insel verlängert, auch die Familie und die Entourage bleiben, aber die Räumlichkeiten werden neu verteilt. Vasilisa zieht mit ihrer Freundin und persönlichen Fitnesstrainerin in Neros Wohnung, alle anderen ziehen in die anderen Wohnungen um. Niemand ist erfreut, außer Nero, Vasilisa und Masha. An dem Abend, an dem die Ladys einziehen, führt Nero sie zum Essen aus. Es gibt gute Restaurants auf der Insel, aber Nero möchte das beste, und das beste bedeutet, in seinen Bentley Sportwagen zu steigen, mit Vasilisa neben sich und Masha hinter ihnen kauernd, und mit der Fähre überzusetzen zu dem berühmten italienischen Lokal, wo er für den Abend des ersten Rendezvous' das nicht gegessene Mahl bestellt hatte. In dem berühmten italienischen Lokal trinken die Damen in ihrer Begeisterung zu viel Wodka; Nero wird fahren, er hält sich zurück. Bis die drei wieder auf der Insel sind, lachen die Damen laut und sind in Flirtlaune, was Nero gut gefällt. Im Apartment genehmigt er sich selbst einige Wodkas. Doch dann eine merkwürdige Wendung der Ereignisse: Die persönliche Trainerin neigt sich zu Vasilisa der Schönen und küsst sie auf den Mund. Und Vasilisa beantwortet den Kuss. Und dann Stille im Raum, als die beiden Ladys sich umarmen, Nero Golden sitzt in seinem Sessel, schaut zu, nicht im Mindesten erregt, schockiert, er kommt sich vor wie ein Narr, und erst recht, als die beiden Ladys sich wortlos erheben, das Licht im Wohnzimmer löschen, als wäre er nicht da, und hinüber ins Schlafzimmer gehen – in sein Schlafzimmer – und die Tür hinter sich zuziehen.

Zuerst erzürnt ihn die Unbedachtheit, mit der sie die Lichter ausgemacht haben. In seinem Haus! Während er zugegen ist! Als wäre er ein Nichts und ein Niemand! Sein Zorn offenbart ihm seinen schrecklichen Irrtum. Er sieht sich als irregeleiteter alter Mann, und nun bäumt sich sein Stolz auf und fordert, dass er zu seinem wahren Ich zurückfindet, zu dem Machtmenschen, dem Finanztitan, dem ehemaligen Bau- und Stahlmagnaten, Oberhaupt der Familie, dem Koloss, der in dem großen Hof des goldenen Hauses steht, dem einstigen und zukünftigen König. Er steht auf und überlässt es den beiden Damen, in seinem Schlafzimmer das zu tun, was ihnen gefällt, und geht geradewegs auf die Wohnungstür zu.

Neben der Tür ist eine kleine Kammer, in der auf einem Bord über den hängenden Mänteln ein Lederköfferchen steht. Der alte Mann hat stets an die Unbeständigkeit der Dinge geglaubt; er hat stets gewusst, dass, ganz gleich, wie fest der Untergrund unter den Füßen erscheinen mag, er sich in jedem Augenblick in Treibsand verwandeln und einen in die Tiefe ziehen kann. Er ist allzeit vorbereitet. Er war vorbereitet auf die große Übersiedelung von Bombay nach New York, und er ist nun vorbereitet auf diesen kleineren Aufbruch. Er holt den Handkoffer herunter, vergewissert sich, dass die Schlüssel zu den anderen Apartments sich in seiner Hosentasche befinden, wo sie sein sollen, und geht leise hinaus. Er schlägt nicht die Tür zu. Er weiß, dass es in der Wohnung nebenan, wo Petya in seiner kleinen Tranquilizerwolke schläft, ein freies Dienstmädchenzimmer gibt. Nero braucht jetzt keinen Luxus. Er braucht eine Tür, die er hinter sich schließen kann, und ein Bett, das ist alles. Am Morgen wird er sich mit dem befassen, mit dem er sich befassen muss, und dann wird er wieder über alle seine Kräfte verfügen. Sein Kopf wird dann sein Herz wieder unter Kontrolle haben. Er betritt das Mädchenzimmer, zieht seine Jacke, die Krawatte und die Schuhe aus, lässt das Übrige an und schläft sofort ein.

◇

Er hat sie unterschätzt. Er hat seine eigene Verletzlichkeit und ihre Entschlossenheit falsch bewertet. Unter all seiner Kraft liegt Einsamkeit, und sie riecht das, wie ein Jagdhund die verletzte Beute riecht. Einsamkeit ist Schwäche, und da ist Baba Jaga in der Haut von Vasilisa der Schönen. Wenn sie will, kann sie ihn verschlingen. Sie kann ihn auf der Stelle verschlingen.

Bist du wach? Oh, mein Liebling, es tut mir so leid. Ich schäme mich so. Ich war betrunken, es tut mir leid. Ich habe einen schrecklichen Kater. Es tut mir so leid. Ich habe immer gewusst, dass sie auf mich steht, aber das hätte ich nie erwartet. Ich habe sie fortgeschickt, wir sehen sie nie wieder, das schwöre ich dir, ich habe sie aus meinem Leben verbannt, sie existiert nicht mehr. Bitte verzeih mir. Ich liebe dich, bitte verzeih mir dieses eine Mal, und du wirst mir nie wieder etwas verzeihen müssen. Ich mache es auf alle erdenklichen Weisen wieder gut, das wirst du sehen, es wird meine tägliche Aufgabe sein, dich dies vergessen zu lassen und mir zu verzeihen. Ich war betrunken, darum wurde ich ein bisschen neugierig, ich mag Frauen eigentlich gar nicht, ich bin nicht so, es hat mir nicht einmal gefallen, ich bin einfach umgekippt und eingeschlafen, und als ich aufwachte, war ich natürlich entsetzt, mein Gott, was habe ich dir angetan, diesem Mann, der nur gut zu mir gewesen ist, ich entschuldige mich aus tiefstem Herzen, ich küsse dir die Füße, ich wasche sie mit meinen Tränen und trockne sie mit meinem Haar, ich habe sogar fünf Sekunden darüber nachgedacht, dass es dich vielleicht erregt, das war eine Dummheit, eine durch Alkohol hervorgerufene Dummheit, es tut mir so leid, wenn ich betrunken bin, werde ich ein wenig unzurechnungsfähig, ein wenig wild, darum will ich mich nie wieder betrinken, außer du willst es, nur wenn du mich ein bisschen wild und unzurechnungsfähig in deinen Armen haben möchtest, dann würde es mir eine große Freude sein, dich auf diesem Wege zu erfreuen, verzeih mir, akzeptiere meine Scham und meine demütige Entschuldigung, wo bist du, lass mich zu dir. Lass mich nur einen Moment zu dir und mich entschuldigen, und sagst du mir dann, ich solle gehen, gehe ich, ich hätte es verdient, das weiß ich, aber schick mich nicht fort ohne die Chance, dir von Angesicht zu Angesicht zu sagen, dass ich mich entschuldige, dass ich etwas Falsches getan habe, etwas sehr Falsches, aber ich war betrunken, und ich bitte dich, lass mich beschämt vor dir stehen, und vielleicht findest du in deinem Herzen die Möglichkeit, mir zu vergeben, und vielleicht siehst du in mir all die Liebe, all die Dankbarkeit, all die Liebe, und wegen all dem lässt du mich vielleicht zu dir, schlägst mir nicht die Tür vor der Nase zu, vielleicht siehst du die Wahrheit in meinen Augen und verzeihst mir, und falls nicht, erhebe ich keine Ansprüche, ich neige mein Haupt und gehe, und du siehst mich nie wieder, nie mehr meine nackte Scham, meinen bebenden, schluchzenden Körper vor dir um meiner Scham willen, du wirst mich nie wiedersehen, ich werde dich nie wieder berühren können, so vieles nie mehr wieder, so viele Dinge werden nie mehr wieder geschehen, wenn du mich fortschickst, ich werde gehen, aber vielleicht lässt du mich bleiben, denn du bist ein großer Mann, nur ein großer Mann verzeiht, und das war nichts, ein Fehler, eine Dummheit, und vielleicht siehst du das und lässt mich bleiben, lässt mich zu dir kommen, ich komme jetzt zu dir, so wie ich bin, wo auch immer du sein magst, wenn du willst, dass ich nackt vor deiner Tür knie, tue ich es, ich tue alles, lass mich nur kommen, wo bist du, lass mich nur zu dir kommen.

Das ist also der Moment. Er kann aufhängen, seine Verluste abschreiben, frei sein. Er hat sie erkannt, ihre Maske ist gefallen, und sie hat sich selbst entlarvt, und all ihre Worte können nicht ungesehen machen, was er sah, oder ungefühlt, was er fühlte, als sie das Licht löschten und in sein Schlafzimmer – in sein Schlafzimmer! – gingen und die Tür schlossen. Er kann einfach gehen.

Sie hat alles auf diese ihre einzige Karte gesetzt: dass er selbst diesen Anblick ungesehen und das Gefühl ungefühlt macht. Dass er das Licht wieder anknipst, die Schlafzimmertür aufstößt und sie dort findet, allein, ihn erwartend. Dass er sich selbst diese Geschichte erzählt, die Geschichte einer wahren Liebe, und in dieses Märchen hineinschlüpft.

Er hängt nicht auf, er hört ihr zu. Er geht zurück ins Apartment, wo sie ihn erwartet. Und natürlich bietet sie ihm ihre Entschuldigung auf vielfältige Weise an, und viele dieser Weisen gefallen ihm, doch das ist nur die Oberfläche. Unter dieser dünnen Schicht befindet sich die Wahrheit, die besagt, dass sie jetzt ihre Macht kennt, sie weiß jetzt, dass sie in ihrer Beziehung die Stärkere ist und immer sein wird und er nicht viel dagegen tun kann.

La belle dame sans merci hält dich in Bann!

MONOLOG DER V. ARSENYEVA ÜBER LIEBE UND BEDÜRFNIS

Bitte. Ich fordere kein Mitgefühl für meine armselige Herkunft. Nur wer nie arm war, glaubt, Armut hätte etwas Sympathisches an sich, aber Verachtung ist die einzig richtige Antwort auf diese Betrachtungsweise. Ich will mich nicht lang damit aufhalten, die Nöte meiner Familie zu beschreiben, obwohl es viele gab. Da war das Problem der Nahrung und das Problem der Kleidung und das Problem der Wärme, aber irgendwie gab es nie das Problem der Alkoholversorgung für meinen Vater, ich möchte sagen, er war überversorgt. In meiner Kindheit zogen wir in die Stadt Norilsk, in die Nähe des ehemaligen Gulags Norillag, der natürlich etwa sechzig Jahre zuvor geschlossen wurde, aber diese von den Gefangenen erbaute Stadt hinterließ. Im Alter von zwölf Jahren erfuhr ich, dass die Stadt für alle Nicht-Russen verboten und darum auch nicht leicht zu verlassen war. Ich begriff die Unterdrückung durch die Kommunisten und ebenso die sich anschließende Unterdrückung durch die Nicht-Kommunisten, aber ich möchte darüber nicht lange reden. Auch nicht über die Trunkenheit meines Vaters. Armut ist ein ekelhafter Zustand, und das Scheitern, ihm zu entkommen, ist auch ekelhaft. Zum Glück entwickelte ich mich körperlich und geistig hervorragend, sodass ich in der Lage war, nach Amerika zu kommen, und ich bin dankbar dafür, ich weiß aber auch, dass meine Gegenwart hier die Frucht meiner eigenen Anstrengung ist, sodass ich niemandem wirklich danken muss. Ich habe die Vergangenheit hinter mir gelassen, und hier in diesen

Kleidern bin ich nun ich selbst. Die Vergangenheit ist ein zerschlissener Pappkoffer, voll mit Fotos von Dingen, die ich nie mehr sehen möchte. Auch von sexuellem Missbrauch will ich nicht reden, obwohl auch er geschah. Da gab es einen Onkel und nach der Scheidung meiner Eltern den Freund meiner Mutter. Ich schließe den Koffer. Wenn ich meiner Mutter Geld nach Hause schicke, dann um ihr zu sagen, bitte lass den Koffer zu. Und meinem Vater, um die Krankenhausrechnungen für die Krebsbehandlung zu bezahlen. Ich schicke Geld, aber ich habe keine Beziehung zu ihnen. Fall abgeschlossen. Ich danke Gott für meine Schönheit, denn sie erlaubt mir, das Hässliche aus meinem Leben auszusparen. Ich konzentriere mich auf Zukünftiges, zu einhundert Prozent. Ich konzentriere mich auf die Liebe.

Was man als Liebe bezeichnet ist, wie Zyniker sagen, eigentlich Bedürfnis. Was man als »für immer« bezeichnet, ist laut der zynischen Menschen ohne Liebe, eigentlich eine Pacht. Ich erhebe mich über diese Betrachtungsweisen, die niederträchtig sind. Ich glaube an mein gutes Herz und an dessen große Liebesfähigkeit. Bedürfnis besteht, das ist klar, und muss befriedigt werden, das ist die Voraussetzung, ohne die Liebe nicht wachsen kann. Man muss den Boden wässern, damit die Pflanze gedeiht. Bei einem großen Mann muss man seiner Größe Rechnung tragen, und im Gegenzug wird er in seiner Liebenswürdigkeit Größe zeigen und einer Vereinbarung zustimmen, und das ist normal, man könnte sagen, das ist das Wässern des Bodens. Ich bin ein Verstandesmensch, darum weiß ich, ein Haus muss erst gebaut sein, ehe man darin leben kann. Erst ein solides Haus bauen, dann darin für immer ein glückliches Leben führen. Das entspricht meiner Art. Ich weiß, dass seine Söhne mich fürchten. Vielleicht haben sie Angst um ihren Vater, vielleicht um sich selbst, aber sie denken nur an das Haus und nicht an das Leben darin. Sie denken nicht über die Liebe nach. Das Haus, das ich baue, ist das Haus der Liebe. Das sollten sie begreifen, aber auch wenn sie es nicht tun, werde ich meine Bauarbeiten fortsetzen. Ja, sie nennen es das goldene Haus, aber was ist es, wenn nicht in jedem Raum, in jedem Winkel eines jeden Raums die Liebe wohnt? Die Liebe ist golden, nicht das Geld. Sie haben nie Bedürfnisse gehabt, diese Söhne, was brauchten sie je? Sie leben in einem Zauberbann. Ihre Selbsttäuschung ist sehr groß. Sie sagen, sie lieben ihren Vater, aber sie verwechseln Liebe mit Bedürfnis. Sie brauchen ihn. Lieben sie ihn? Ich muss erst mehr Beweise sammeln, ehe ich darauf antworten kann. Er sollte Liebe in seinem Leben haben, so lange es möglich ist.

Der da mit seiner Hexe sollte begreifen: Sein Vater ist der Hexenmeister seines Lebens. Der da mit der sonderbaren jungen Frau sollte begreifen: Sein Vater ist seine Identität. Der da mit seinem kaputten Kopf sollte begreifen: Sein Vater ist sein Schutzengel.

Ihre Sorge gilt dem Erbe. Drei Dinge sollten sie verstehen. Erstens, ist es gerecht, dass ich, nachdem ich diesem Mann meine Liebe geschenkt habe, auf die Straße gesetzt werden soll? Natürlich nicht, und darum müssen Vorkehrungen getroffen werden, das ist eine Tatsache. Zweitens, ich habe den Vertrag über unsere Beziehung, den er mir zu unterzeichnen gab, unterzeichnet, genau wie er es wollte, ohne Diskussionen, das ist mein Zutrauen, mein liebendes Vertrauen. Somit sind sie alle geschützt und müssen mich nicht fürchten. Drittens, was sie am meisten fürchten, ist, womöglich ein Geschwisterchen zu bekommen. Sie fürchten meinen Mutterleib. Sie fürchten den Wunsch meines Mutterleibs, gefüllt zu werden. Dabei wissen sie nicht einmal, ob ihr Vater überhaupt noch fähig ist, ein Kind zu zeugen, aber sie fürchten sich davor. Dafür habe ich nur ein Schulterzucken. Sie sollten begreifen, dass ich ein Mensch mit großer Selbstdisziplin bin. Ich bin der General meiner selbst, und mein Körper ist der Fußsoldat, der den Befehlen des Generals gehorcht. In diesem Fall verstehe ich, was er gesagt hat, der Mann, den ich liebe. Er war eindeutig. In seinem Alter sei er nicht geneigt, mit der Vaterschaft noch einmal von vorne anzufangen, ein Kind zu haben, das Geschrei, den Schiss, ein Kind zu haben, dessen Erwachsenendasein er nicht erleben werde. Das hat er gesagt. Diese Vertragsklausel habe ich unterschrieben. Ich habe das Baby durch meine Unterschrift gestrichen. Und so habe ich meinen Körper, meinen Mutterleib instruiert. Es wird mit diesem Mann, den ich liebe, kein Baby geben. Unsere Liebe ist das Baby, und dieses Baby ist bereits geboren, und wir nähren es. Dazu ist er bereit, und ich auch, sein Wunsch ist mein Wunsch. Das ist Liebe. So triumphiert die Liebe über das Bedürfnis. Diese Söhne mit all ihren Bedürfnissen, mögen sie die Liebe von ihrem Vater lernen und von mir.

MONOLOG DER BABA JAGA IM INNEREN VON ARSENYEVA

Ich warte darauf, dass meine Zeit kommt. Ich sitze, ich koche, ich spinne, ich schweige mit niedergeschlagenen

Augen und lasse ihn reden. Das ist gut. Ich warte, dass meine Zeit kommt.

Alles ist Strategie. Das ist die Weisheit der Spinne. Leise, leise spinnen. Soll die Fliege doch surren. Ehe ich sie verschlang und mir ihre Haut anlegte, lag ich in meiner Hütte auf dem Ofen, in der Hütte, die auf Hühnerbeinen steht, und ich wartete, und sie kamen zu mir und wurden meine Nahrung, und letztendlich kam auch sie, die eine, die ich wollte, und statt sie herunterzuschlucken, tauchte ich in sie hinein und ließ mich von ihr verschlucken. Es ist egal, wie das aussieht! Ich aß sie, als ich ihr erlaubte, mich zu essen. Es ist ein besonderer Verdauungstrick: eine Übernahme des Essers durch das Essen. Und somit ade, Hühnerbeinhütte im Wald! Lebewohl für immer, fauliger russischer Gestank! Nun bin ich parfümiert und in Schönheit gewandet, meine Augen hinter ihren Augen, meine Zähne hinter ihren Zähnen.

Was immer sie tut, es ist unehrlich, jedes Wort eine Lüge, denn ich bin hier in ihrem Inneren, ziehe die Strippen und werfe das Netz ihrer Worte und Taten um die kleine Fliege, den alten Narren. Er glaubt, sie liebe ihn! Ha ha ha ha ha! Kicher kicher! Der ist gut, wirklich gut.

Sieh doch, wie ich leben werde! Die Autos, die Küche, die Pelze. Keine Economy-Flüge mehr! Ich hasse es, Economy zu fliegen fast ebenso wie auf Hühnerbeinen oder Besenstielen zu fliegen. Ich spucke auf Economy-Flüge. Sieh mich wie eine Königin durch den Abfertigungsbereich der General Aviation gehen! Ich besteige meinen PJ, und alle um mich herum kriechen, suchen meine Anerkennung und kümmern sich um meinen Komfort, meine Freude, mein Wohlbefinden. Fühl mal mein weiches Bett und die Qualität meiner Trainingsklamotten. Ich habe einen neuen

Personal Trainer. Keinen Sex mit dem! Sei vorsichtig! Das war knapp.

Es ist bekannt, dass es in der traditionellen Welt für ein Weibchen der Spezies leichter ist, sich zu verwandeln, als für das Männchen. Eine Frau verlässt das Haus ihres Vaters, stößt gleich einer alten Haut seinen Namen ab und legt sich den Namen ihres Ehemanns wie ein Hochzeitskleid an. Ihr Körper verändert sich und ist fähig, andere Körper in sich zu tragen und dann auszustoßen. Wir sind daran gewöhnt, Leute in uns zu haben, die uns die Zukunft vorschreiben. Vielleicht gewinnt das Leben einer Frau seine Bedeutung durch solche Metamorphosen, durch solches Sicheinverleiben und Ausstoßen, aber für den Mann ist es genau umgekehrt. Das Aufgeben seiner Vergangenheit macht einen Mann bedeutungslos. Was also tun diese Männer der Goldens, wenn sie in die Bedeutungslosigkeit, ins Absurde flüchten? Welche Kraft ist so mächtig, dass sie diese Männer vom Sinn ihres Lebens fortführt? Sie sind jetzt lächerlich. Ein Exilierter ist ein hohler Mann, der versucht, sich wieder mit Mannhaftigkeit anzufüllen, ein Phantom auf der Suche nach verlorenem Fleisch und Knochen, ein Schiff auf der Suche nach einem Anker. Solche Männer sind leichte Beute.

– Was? Was sagt dieser Dummkopf? Der jüngste Sohn? »Es ist die Zeit vieler Metamorphosen, vieler Gender, und die Welt ist vielschichtiger, als du glaubst, Hühnerbein, Spinnenweib!« Ist es das, was er mir zu sagen versucht, wenn er mich wütend anfunkelt, während er am Arm seiner *Nouvelle-Vague*-Geliebten hängt? Wir werden sehen, Süßer. Lass uns abwarten, wie die Dinge sich entwickeln und wer letztendlich lacht und am Ende der Welt eine Zigarette raucht. Du bist Dionysos und, ich gebe zu, ein kleines bisschen sonderbar, aber ich bin Baba Jaga, die sonderbarste Schwester von allen. Ich bin Baba Jaga die Hexe. –

Ich verberge diese Stimme tief in mir, so tief, dass sie – ich – sich selbst überzeugen kann, dass sie sie nicht hört, dass es nicht ihre wahre Stimme ist. Auf der Ebene der Haut, der Zunge, spricht eine andere Stimme, und sie erzählt sich eine andere Geschichte, in der sie tugendhaft ist und ihre Taten durch moralische Standards und empirisch durch die Ereignisse um sie herum absolut gerechtfertigt sind. Durch ihn, den Alten, den König im goldenen Haus, durch seine Person, wie er sie behandelt, welche Fehler er hat. Aber da, die tiefe Stimme spricht, gebietet über sie auf der tiefsten Ebene, der molekularen Instruktionsebene, die sich in die vier spiralförmigen Aminosäuren ihres Seins windet, welches auch meines ist. Sie bin. Ich ist.

12

Für den jüngsten Golden war es schwer, die gewohnte Einsamkeit abzulegen. Seit frühesten Jahren hatte er sich als Kind aus einer illegitimen Liaison nicht zugehörig, teils akzeptiert, teils abgelehnt gefühlt in den großen Häusern, die er sein Zuhause nennen musste, zuerst in Bombay, dann in New York. Selbst unter vielen Menschen hatte er sich allein gefühlt, nun aber, mit nur Riya an seiner Seite, suchten ihn Gefühle heim, für die er anfangs kaum Worte hatte. Schließlich fand er sie. Zusammengehörigkeit, Gemeinschaft. Er wurde zu einer Hälfte eines zusammengefügten Wesens. Das Wort *Liebe* war seinen Lippen und seiner Zunge fremd, ein parasitärer Besucher von einem anderen Planeten, aber ob das Wort nun ein belagernder Marsianer war oder nicht, es war tatsächlich in seinem Mund angekommen und hatte Wurzeln geschlagen. *Ich bin verliebt*, sagte er zu sich selbst vor dem Badezimmerspiegel. Ihm schien, das Spiegelgesicht, das zeitgleich mit seinem eigenen sprach, gehöre jemand anderem, einer Person, die er nicht kannte. Er dachte, er werde zu dieser Person, zu einem ihm unbekannten Ich. Die Liebe entfachte allmählich Kräfte in ihm, die ihn schon bald vollständig und unumkehrbar verwandeln sollten. Diese Information hatte sich von selbst in seinen Gedanken eingenistet, und die Idee einer *imminen-*

ten Transformation hatte begonnen, Dinge in seinem Gehirn zu verändern, gerade als das Wort *Liebe* anfing, seine Sprache zu beeinflussen. Doch es war ein Wissen, das er eine Zeit lang verdrängte.

Er war der Erste, der aus dem Haus an der Macdougal Street auszog. »Lasst den alten Mann doch tun, was er will«, hatte er zu seinen Brüdern in Florida gesagt, aber dies bedeutete nicht, dass er dableiben und alles mit ansehen musste. Eines Tages erschien Vasilisa Arsenyeva mit einer Unmenge teurer Koffer, was darauf hindeutete, dass Nero Golden womöglich nicht ihr erster Gönner war. Sie verstieß hiermit bereits ganz eindeutig gegen die ursprüngliche Übereinkunft, die da lautete: kein eheähnliches Zusammenleben. Schon bald darauf packte Neros jüngster Sohn seine Sachen zusammen und zog nach Chinatown, wo Riya für sie beide eine kleine, saubere Wohnung im zweiten Stock eines lachsfarbenen Gebäudes mit leuchtend gelb gestrichenen Fensterrahmen gefunden hatte. Unter ihnen im ersten Stock befand sich Madame George Tarot Kristallkugel Horoskope Wahrsagerin und im Parterre die Run Run Trading Inc. mit ihren aufgehängten Enten und den blau-rosa gestreiften Sonnenschirmen, die das Warenangebot beschatteten, und ihre grimmige Besitzerin Mrs. Run, der auch das Haus gehörte und die alle Bitten, Glühbirnen im Flur auszuwechseln oder die Heizung anzustellen, wenn es kalt wurde, ablehnte. Riya lag sich mit Mrs. Run sofort in den Haaren, wollte aber das Apartment nicht aufgeben, denn draußen vor dem Wohnzimmer befand sich das Flachdach des Nachbargebäudes, und an sonnigen Tagen konnten sie das Schiebefenster öffnen und hinausklettern, und es war, als hätten sie einen Hinterhof im Himmel.

Sie begannen, sich ähnlich anzuziehen, im Winter Motorradlederklamotten, Pilotenbrillen und Brando-Kappen, und manchmal trug er hinter der dunklen Brille Lidschatten wie sie, sodass die Leute dachten, sie wären Zwillinge, beide bleich, beide körperlich zerbrechlich, beide demselben Art-House-Film entsprungen. Und im Frühjahr zeigte sie, und somit auch er, eine Vorliebe für stacheliges schwarzes Haar, und wie eine Grufti-Moreau saß sie draußen mit einer großen akustischen Gitarre auf dem Dach und sang das Lied ihrer Liebe, »*Elle avait des yeux, des yeux d'opale / qui me fascinaient, qui me fascinaient*«, mit einer im Mundwinkel hängenden Zigarette,

»*Chacun pour soi est reparti*
Dans le tourbillon de la vie …«

Denn so hatte sich ihre Beziehung entwickelt: zu etwas Liebevollem, ja, aber auch Widerborstigem, Störrischem, und das liege an ihm, sagte sie, denn sie sei ein Ganzes, sei es von Anfang an gewesen, sie lebe nach dem Motto »Alles oder nichts«, er aber sei irgendetwas dazwischen.

»Ja, ich liebe dich, darum leben wir zusammen, aber ich bin nicht dein Besitz, deine Familie versteht eine Menge vom Besitzen, aber ich bin nicht dein Eigentum, und du musst meine Freiheit respektieren. Und im Übrigen, du erzählst mir viele wichtige Dinge über dich nicht, und die muss ich wissen.«

Wenn sie so sprach, überkam ihn ein Schwindel, als flöge die ganze Welt auseinander, und er hatte große Angst vor der zerbrochenen Welt und was es für ihn bedeutete, der Song hatte Recht, das Leben war ein Wirbelwind, ein *tourbillon*. Aber er habe ihr doch alles erzählt, sagte er flehend, er habe ihr wie ein Kind bei seiner ersten Beichte die Familiengeheimnisse preisgegeben, »ich weiß nicht einmal, warum ich mich dem Willen des alten Mannes gefügt habe«, sagte er. »Geh weg, komm her, ändere deine Identität, all das. Es war nicht meine Mutter, die da im Hotel starb. Es war nicht einmal ein Mensch, den ich sonderlich gemocht habe. Ich habe keine Ahnung, wer meine

Mutter war, sie verschwand spurlos, es kommt mir vor, als hätte er sie vor langer Zeit umgebracht. Oder als hätte sie ein Z-Boss umgebracht.«

»Was ist das, ein Z-Boss?«

»Das ist die Mafia«, erklärte er. »Z steht für den Paten Zamzama Alankar. Nicht sein richtiger Name.«

Sie zuckte mit den Schultern. »Du willst von mir wissen, warum ich einen Revolver in der Schublade habe? Ich sag's dir. Es ist wie in einem schlechten Fernsehfilm. Mein Vater Zachariassen war betrunken und ermordete meine Mutter, als ich zu Thanksgiving zu Hause war, ich rannte hinaus auf die Straße und brüllte nach der Polizei, und er schoss auf mich, als ich davonrannte, und schrie, ich finde dich, ich knall dich ab. Er war ein abgedrehter Psycho. Er war Pilot bei der Northwest Airline gewesen, aber als es nach der Fusion mit Delta zu Entlassungen kam, wurde er wegen seiner sprunghaften Launen gefeuert, und dann fing er an zu trinken, was seine Launen noch viel schlimmer machte, und er wurde unheimlich. Er lebte mit meiner Mutter in Mendota Heights, Minnesota, einem ganz hübschen, wohlsituierten Vorort der Twin Cities, was aber zu teuer für seine Gehaltsklasse war. Meine Mutter war eine Waise, ihre Eltern waren gestorben und hatten ihr Geld hinterlassen, damit hatte sie das Haus und den Wagen gekauft, und ich bin dort aufgewachsen und ging auf eine gute Schule, doch nachdem er seinen Job verloren hatte, stritten sie nur noch. Als ich dann das College abgeschlossen hatte, habe ich mir bei Tufts ein Stipendium organisiert und verschiedene Jobs gemacht, und ich arbeitete in der Stadt, nach dem Mord habe ich Mendota Heights rasch verlassen und dieses Kapitel für immer abgeschlossen. Außer dass ich den Revolver aufbewahre. Er ist für Millionen Jahre im Knast ohne Möglichkeit auf Strafmilderung oder Straferlass, aber die Waffe gebe ich nicht her.«

Sie spielte das Lied noch einmal auf der Gitarre, sang aber nicht.

»Meine rührselige Geschichte ist besser als deine«, sagte sie schließlich. »Und ich sage dir, warum du dem verrückten Plan deines Vaters zugestimmt hast. Du hast zugestimmt, weil du dort, von wo du kommst, nicht frei warst, der zu sein, der du sein musst, und zu dem zu werden, der du werden musst.«

»Und was ist das?«

»Das möchte ich von dir hören.«

◇

Darauf kommt sie jedes Mal zurück, seit er ihr erzählte, was er seiner Stiefmutter angetan hatte, ihre Erniedrigung, ihren Beinahe-Selbstmord. Du bist ein liebevoller Mensch, das sehe ich, sagt sie, aber das begreife ich nicht, wie konntest du nur so tief sinken.

Ich glaube, sagt er, dass Hass ein ebenso festes Familienband sein kann wie Blut oder Liebe. Und früher war ich voller Hass, er war meine Verbindung zur Familie, und darum habe ich das getan.

Das reicht mir nicht, sagt sie. Da steckt mehr dahinter.

Der Wagen hält an einem Lagerhaus in Bushwick, wo sie einige südasiatische Kunstwerke ansehen muss, die dem Identitätsmuseum angeboten wurden. Komm, hatte sie ihn gedrängt, mindestens zwei davon haben mit Dionysos' Besuch in Indien zu tun, das dürfte dich interessieren. Sie vertraut dem Händler nicht. Ihr waren Zertifikate zugeschickt worden, die belegen sollen, dass die Gegenstände legal aus Indien exportiert wurden, aber diese Dokumente bekommt man auch auf illegalem Wege. Früher, ehe es das Gesetz für Indische Antiquitäten und Kunstschätze gab, sagt sie, war es viel schwerer, Dinge aus dem Land zu schmuggeln, da man nicht so genau wusste, wen man schmieren musste. Aber seit 1976 wissen die Exporteure, mit welchen Inspektoren sie zu tun haben, es ist also einfacher geworden. Ankäufe sind wegen dieser Fragen der Provenienz ziemlich verzwickt. Aber ein Blick lohnt sich immer.

Da ist ein Gemälde von Dionysos inmitten von Panthern und Tigern, das sie nicht interessiert. Das andere Stück ist eine Marmorschale, höchst erlesen, in die ein Triumphzug eingekerbt ist, eine wilde Schar von Satyrn, Nymphen, Tieren tummelt sich um den Gott herum. Sieh doch, wie feminin er ist, sagt sie. Er ist genau auf der Grenze der Geschlechter, man weiß nicht recht, ob man ihn als Göttin oder Gott bezeichnen soll. Dabei schaut sie D eindringlich an, mit einer ungestellten Frage im Blick, und er weicht zurück.

Was, sagt er. Was soll das. Was willst du.

Das ist aller Wahrscheinlichkeit nach ein illegaler Export, sagt sie zu dem Händler und gibt ihm die Schale zurück. Die Dokumentation ist nicht überzeugend. Wir können es nicht ankaufen.

Sie sind im Wagen auf dem Heimweg. Bauarbeiten vor der Manhattan Bridge verlangsamen den Verkehr, bis es nur noch im Schneckentempo vorangeht. Komm schon, sagt sie, du bist nicht zufällig zu mir gekommen, du bist nicht einfach so am MOI aufgetaucht, weil du null Interesse für die Dinge hast, die wir dort erforschen. Und deine Stiefmutter, vielleicht hast du etwas in dir, das sterben möchte, ein Teil von dir, der nicht mehr lebendig sein will, und darum hast du sie an den Rand des Todes getrieben. Darüber musst du mit mir sprechen. Warum wolltest du in ihre Fußstapfen treten? Welcher Teil von dir wollte sie sein, die Mutter, die Hausfrau, mit Schlüsselgewalt und häuslichen Pflichten? Warum war dieses Bedürfnis so zwingend, dass du so extrem gehandelt hast? Ja, all das muss ich wissen. Aber vor mir musst du es für dich wissen.

Lass mich aussteigen, sagt er. Halt den verdammten Wagen an.

Wirklich, sagt sie, ohne die Stimme zu heben. Du willst aussteigen.

Halt diesen gottverdammten Scheißwagen an.

◇

Anschließend fiel es ihm schwer, sich an die Auseinandersetzung zu erinnern, er erinnerte sich nur an die Empfindungen, die ihre Worte in ihm ausgelöst hatten, die Explosion in seinem Kopf, die vernebelte Sicht, das wild pochende Herz, das Zittern, alles hervorgerufen durch die offensichtliche Absurdität ihrer Bezichtigungen, durch die beleidigende Falschheit ihrer Attacke. Er wollte einen allmächtigen Richter anrufen, damit er sie für schuldig erklärte, aber da war kein himmlisches Auge, das sie beobachtete, kein aufzeichnender Engel, den man anrufen konnte. Er wollte, dass sie sich entschuldigte. Verdammt. Sie musste sich entschuldigen. *Ausgiebig*.

Wütend kehrte er in das Haus an der Macdougal Street zurück, ohne jemandem irgendetwas zu sagen, eingehüllt in eine Zorneswolke, die jedem signalisierte, man möge ihn in Ruhe lassen. Riya und er sprachen vier Tage nicht miteinander. Am fünften Tag rief sie an, sie klang wie die gelassene Erwachsene, die sie war. *Komm nach Hause. Ich will nicht allein im Bett liegen. Ich will… Zzzzzz-Begleitung*.

Er musste lachen, konnte nicht anders, und dann war es leicht zu sagen, es tut mir leid, es tut mir leid, es tut mir leid.

Wir reden darüber, sagte sie.

◇

Sie saß auf dem Boden und las ein Buch. Auf einem kleinen Bord in der Wohnung in Chinatown standen sieben Bücher, einige berühmte – von Juan Rulfo, Elsa Morante und Anna Achmatowa – und andere weniger anspruchsvolle, *Grünes Ei mit Speck*, *Twilight*, *Das Schweigen der Lämmer* und *Jagd auf Roter Oktober*. Sie hatte sich entschieden, Achmatowa zu lesen.

Du hörst den Donner und erinnerst dich:
Sie sehnte sich so sehr nach den Gewittern …
Und wieder soll das Herz vor Feuer zittern,
und starr und rot erscheint der Himmelsstrich.

»Wenn ich ein Buch fertig gelesen habe«, sagte sie, »bin ich auch fertig mit ihm, und es zieht weiter. Ich lasse es auf einer Bank im Columbus Park liegen. Vielleicht wollen die Chinesen, die dort Karten oder Go spielen, mein Buch nicht haben, der nostalgische Chinese, der sich traurig vor der Sun-Yat-sen-Statue verneigt, aber da sind all die Paare, die mit ihrer Heiratsurkunde und glänzenden Augen aus dem Rathaus kommen, mit ihrer frisch besiegelten Liebe gehen sie lächelnd einen Augenblick zwischen den Radfahrern und Kindern umher, und ich stelle mir vor, ihnen könnte es gefallen, das Buch zu entdecken, als ein Geschenk der Stadt zu ihrem besonderen Tag, oder das Buch entdeckt sie. Anfangs habe ich Bücher einfach weggegeben. Ich bekam ein neues Buch, ich gab ein altes weg. Ich behalte immer nur sieben. Doch dann fiel mir auf, dass andere Leute Bücher dort liegen ließen, wo ich meine abgelegt hatte, und ich dachte, die sind für mich. Ich fülle also meine Bibliothek mit den Zufallsgaben mir unbekannter Fremder auf, und ich weiß nie, was ich als Nächstes lesen werde, ich warte darauf, dass die heimatlosen Bücher mir zurufen: Du, Leserin, du bist für mich. Ich wähle nicht mehr aus, was ich lese. Ich streife durch die aussortierten Geschichten der Stadt.«

Er stand in der Tür, zerknirscht, verlegen. Sie sprach, ohne von ihrem Buch aufzusehen. Er setzte sich neben sie auf den Boden, mit dem Rücken gegen die Wand. Sie neigte sich zu ihm, nur ein bisschen, sodass sich ihre Schultern berührten. Ihre Arme waren verschränkt, ihre Hände hielten ihre Schultern. Sie streckte einen Finger und berührte seinen Arm.

»Wenn du rauchen würdest«, sagte sie, »hätten wir etwas gemeinsam.«

Schnitt.

»Am nächsten Tag«, sagt er. Es ist der nächste Tag, ein Tag im Präsens. »Wir sind also am nächsten Tag«, sagt er. »Morgen, einer der zwei unmöglichen Tage. Wir sind hier, und es ist morgen.«

»Ich bin ein Freigeist«, sagt sie und verzieht herablassend den Mund, *nichts Besonderes*, sagt ihr Mund. »Aber du liegst in Ketten. Du hast innere Stimmen, auf die du nicht hörst, Gefühle kochen in dir hoch, die du unterdrückst, verstörende Träume, die du ignorierst.«

»Ich träume nie«, sagt er. »Außer manchmal in einer anderen Sprache, in Technicolor, aber es sind immer friedliche Träume. Das wogende Meer, der erhabene Himalaya, meine Mutter, die mir zulächelt, und grünäugige Tiger.«

»Ich höre dich«, sagt sie. »Wenn du nicht schnarchst, heulst du oft, aber es erinnert mehr an eine Eule als an einen Wolf. Wer ... wer ... wer ... Das ist genau die Frage, die du nicht beantworten kannst.«

Sie laufen über die Bowery, deren Pflaster und Gehweg um sie herum wegen Bauarbeiten aufgerissen sind. Ein Presslufthammer beginnt zu lärmen, und es ist unmöglich, irgendetwas zu verstehen. Er wendet sich ihr zu und formt etwas mit den Lippen, tatsächlich sagt er nichts, er öffnet und schließt nur den Mund. Der Presslufthammer hält eine Minute inne.

»Das ist meine Antwort«, sagt er.
Schnitt.

◇

Sie lieben sich. Es ist noch immer morgen, noch immer Nachmittag, aber sie sind beide in der Stimmung und sehen keinen Grund, auf die Dunkelheit zu warten. Beide schließen die Augen. Sex hat viele einsame Aspekte, auch wenn eine andere Person zugegen ist, die man liebt und erfreuen möchte. Den anderen zu sehen ist nicht mehr erforderlich, wenn die Liebenden in ihren Lieblingsgesten geübt sind. Unterdessen sind ihre Körper aufeinander eingespielt, weil beide gelernt haben, sich so zu bewegen, dass es den natürlichen Bewegungen des anderen entspricht. Ihre Münder wissen, wie sie zueinander finden. Ihre Hände wissen, was sie tun müssen. Es gibt keine Ecken und Kanten; ihr Liebesspiel ist völlig harmonisch.

Meistens stellt sich eine Schwierigkeit ein. Er hat das Problem, eine Erektion zu bekommen und sie aufrechtzuerhalten. Er findet Riya unglaublich attraktiv und versichert ihr das jedes Mal im Augenblick des Versagens, des Erschlaffens, und sie nimmt es hin und umarmt ihn. Manchmal hat er einen Augenblick Erfolg und versucht, in sie einzudringen, doch genau dann wird er wieder weich, und sein schlaffes Glied quetscht sich an sie. Es spielt keine Rolle, da sie viele andere Wege zum Ziel gefunden haben. Seine Anziehungskraft auf sie ist so groß, dass sie schon bei seiner ersten Berührung dem Höhepunkt nahekommt, und durch Berührungen und Küsse, durch den Gebrauch der sekundären Organe (Hände, Lippen, Zunge), bringt er sie zum Orgasmus, bis sie in erschöpfter Verzückung lacht. Ihre Freude wird zu seiner, und oftmals ist es ihm nicht einmal wichtig zu ejakulieren. Er ist befriedigt, da er sie befriedigt. Im Laufe der Zeit werden sie verwegener miteinander, ein bisschen rauer, und auch das ist für beide höchster Genuss. Sie denkt, spricht es aber nicht aus, dass die übliche Schwierigkeit mit jungen Männern ist, dass sie sofort und wiederholt hart werden, aber aus Mangel an Geduld, Selbstkontrolle oder Höflichkeit zwei Minuten später fertig sind. Diese langen Stunden des Liebesspiels sind unendlich viel genussvoller. Tatsächlich sagt sie, und sie hat lange darüber nachgedacht, ehe sie es ausspricht: Es ist, als wären wir zwei Frauen. Es fühlt sich so sicher an und ist voller Hingabe. Das Zweite ergibt sich aus dem Ersten.

Da. Sie hat es gesagt. Es ist ausgesprochen. Er liegt auf dem Rücken und schaut zur Decke. Eine Weile antwortet er nicht. Dann:

Ja.

Wieder langes Schweigen.

Ja, was?, fragt sie ruhig, ihre Hand liegt auf seiner Brust, ihre Finger streicheln ihn.

Ja, sagt er. Ich denke drüber nach. Ich denke viel drüber nach.

Rückblende. Runde Wischblende.

Es ist das Jahr, in dem Michael Jackson in Bombay auftritt. Mumbai. *Bombay.* In den Fernsehnachrichten sieht man Männer mit pink- und safranfarbenen Turbanen am Flughafen wild zu den Klängen der *dhols* hüpfen. Ein großes Transparent hängt in der Ankunftshalle: NAMASTE MICHAEL NAMASTE FROM AIRPORTS AUTHORITY OF INDIA. Und MJ mit einem schwarzen Hut und in einer roten Jacke mit Goldknöpfen applaudiert den Tänzern. *You are my special love, India*, sagt er. *May God always bless you*. Der zwölfjährige D sieht die Nachrichten in seinem Schlafzimmer, er hat sich den Moonwalk beigebracht und singt alle berühmten Songs mit, er kennt jeden Text auswendig, hundertprozentig. Ein großer Tag! Und am nächsten Morgen sitzt er auf dem Weg zur Schule mit dem Fahrer im Wagen. Sie fahren den Hügel hinunter zum Marine Drive und geraten beim Chowpatty Beach in einen Stau. Und plötzlich ist er da, MJ leibhaftig, er läuft zwischen den stehenden Autos umher! Ohmeingott ohmeingott ohmeingott ohmeingott. Aber nein, es ist natürlich nicht Michael Jackson. Es ist ein Hijra. Ein Hijra wie ein riesiger Michael, der Michaels schwarzen Hut und die rote Jacke mit den Goldknöpfen trägt. Billige Kopien. Wie kannst du es wagen. Zieh das aus. Das gehört dir nicht. Der die das Hijra berührt mit der rechten Hand die Hutkrempe, dreht inmitten der Autos eine Pirouette und greift sich zwischen die Beine. Der Hijra hat einen verbeulten Ghettoblaster, aus dem »Bad« ertönt, der Hijra mit weiß geschminktem Gesicht und rotem Lippenstift singt mit. Es ist ekelerregend. Es ist entsetzlich. Wie kann man das zulassen. Der Hijra ist nun genau vor seiner Scheibe, der junge Milord auf dem Weg zu seiner Cathedral School, tanz mit mir, junger Herr, tanz mit mir. Er ruft durch das geschlossene Fenster und drückt seine roten Lippen auf das Glas. *Hato*, *hato*, brüllt der Fahrer und wedelt mit dem Arm, *verschwinde*, und der Hijra bricht in ein hohes verächtliches Falsettlachen aus und geht davon, der Sonne entgegen.

Runde Wischblende.

Als du mir die Statue von Ardhanarishvara gezeigt hast, platzte aus mir heraus, von der Insel Elephanta, und dann hielt ich den Mund. Aber ja, ich kenne ihn-sie seit langer Zeit. Es ist die Verschmelzung von Shiva und Shakti, die Einheit des Seins und des Handelns in der hinduistischen Gottheit, des Feuers und der Hitze in diesem einen doppelgeschlechtlichen Körper. *Ardha*, halb, *nari*, Frau, *ishvara*, Gott. Männlich die eine Seite, weiblich die andere. Seit meiner Kindheit denke ich über sie-ihn nach. Doch nachdem ich den Hijra gesehen hatte, fürchtete ich mich. Jeder fürchtete sich ein bisschen vor den Hijras, war ein bisschen angeekelt und ich auch. Doch ich war auch fasziniert, das stimmt, und ich fürchtete mich auch, weil ich fasziniert war. Was haben sie mit mir zu tun, diese Frauen-Männer? Was immer ich über sie hörte, ließ mich schaudern. Insbesondere die *Operation*. So nennen sie es, *Operation*, auf Englisch. Sie trinken Alkohol oder nehmen Opium, aber kein Betäubungsmittel. Der Eingriff wird von anderen Hijras vollzogen, nicht von einem Arzt, die Genitalien werden mit einer Schnur abgebunden, um einen glatten Schnitt machen zu können, und ein langes gebogenes Messer saust nieder. Das rohe Fleisch blutet und wird anschließend mit heißem Öl ausgebrannt. In den Tagen danach, während die Wunde heilt, hält man die Harnröhre durch wiederholtes Sondieren offen. Am Ende ergibt sich eine runzelige Narbe, die einer Scheide ähnelt und auch als solche dient. Was hatte das mit mir zu tun, nichts, ich empfand keine Zuneigung für meine Genitalien, aber das da, bäh.

Was hast du da gerade gesagt, unterbrach sie ihn. Keine Zuneigung für deine Genitalien.

Das habe ich nicht gesagt. So etwas habe ich nicht gesagt.

Schnitt.

◇

Riya sitzt auf dem Boden und liest aus einem Buch vor. »Laut den Dichterheiligen des Shivaismus ist Shiva *Ammai-Appar*, Vater und Mutter zugleich. Es heißt von Brahma, er habe die Menschheit erschaffen, indem er sich selbst in zwei Personen verwandelt habe: in den ersten Mann, Manu Svayambhuva, und die erste Frau, Satarupa. Indien hat die Androgynität immer verstanden, der Mann im Körper einer Frau, die Frau in dem eines Mannes.«

D ist in einem Zustand höchster Aufregung, er geht von einer weißen Wand zur anderen, schlägt gegen die Wand, wenn er sie erreicht, dreht sich um und geht zurück, erreicht die Wand, schlägt dagegen, dreht sich um, geht, erreicht, schlägt.

Ich weiß nicht, was du mit mir vorhast. Diese Arbeit im Museum scheißt dir ins Hirn. Ich bin, wer ich bin. Ich bin nicht irgendein anderer. Ich bin ich.

Riya sieht nicht auf, liest weiter vor. »Nur wenige Hijras leben an ihrem Geburtsort. Ablehnung durch die Familie und Missbilligung sind möglicherweise die Gründe für die Entwurzelung. Nachdem sie sich selbst als Wesen neu erschaffen haben, das ihre leibliche Familie zumeist ablehnt, nehmen Hijras an neuen Orten neue Identitäten an, wo sich neue Familien bilden und sie aufnehmen.«

Stopp, brüllt er. Ich bin nicht darauf vorbereitet, so etwas zu hören. Willst du mich etwa in die Gosse stoßen? Ich bin Nero Goldens jüngster Sohn. Hörst du mich? Der jüngste Sohn. Ich bin nicht bereit.

»›Als Kind habe ich mich wie ein Mädchen verhalten und wurde ausgelacht und gescholten für meine Mädchenhaftigkeit.‹ ›Ich habe oft gedacht, ich sollte wie ein Junge leben und habe mir alle Mühe gegeben, aber ich konnte es nicht.‹ ›Auch wir sind Teil der Schöpfung.‹« Sie sieht vom Buch auf, klappt es zu, steht vom Boden auf und stellt sich vor ihn hin, ihre Gesichter sind ganz nah voreinander, seines wütend, ihres absolut ausdruckslos und neutral.

Weißt du was?, sagt sie. Viele von denen lassen keine *Operation* machen. Sie lassen sie nie machen. Es ist nicht notwendig. Wichtig ist, dass sie wissen, wer sie sind.

Ist das ein Buch, das du auf einer Parkbank gefunden hast?, fragt er. Wirklich?

Sie schüttelt den Kopf, bedächtig, traurig. *Nein, natürlich nicht*.

Ich gehe, sagt er.

Er geht. Auf der heißen nachmittäglichen Straße ist es laut, grell und voll. Es ist Chinatown.

13

A gigantic insect. A monstrous vermin. A verminous bug. Als Gregor Samsa eines Morgens aus unruhigen Träumen aufwachte, fand er sich in seinem Bett zu einem *ungeheuren Ungeziefer* verwandelt. Man streitet sich über die beste Übersetzung in eine andere Sprache. In Kafkas Erzählung ist die genaue Art des Wesens nicht angegeben. Vielleicht eine riesige Kakerlake. Die Bedienerin sagt, es sei ein Mistkäfer. Er selbst scheint es auch nicht genau zu wissen. Etwas Grässliches auf jeden Fall mit einem Rückenpanzer und zappelnden Beinchen. »*Zu einem ungeheuren Ungeziefer*.« Nichts, was man sein möchte. Etwas, von dem sich letztendlich alle voll Entsetzen abwenden, der Prokurist, seine Familie, selbst seine geliebte und ihn früher liebende Schwester. Am Ende ein totes Etwas, das von der Bedienerin mit dem Abfall hinausgetragen und beseitigt wird. So etwas würde er werden, sagte sich D, eine Ungeheuerlichkeit, sogar für sich selbst.

In derart morbide Gedanken versunken, lief er Richtung Norden, und obwohl die Sonne schien, war ihm, als wäre er von Dunkelheit umschlossen – um genau zu sein, als wäre er hell angeleuchtet von einem Strahler, der ihn den prüfenden Blicken und dem Urteil aller aussetzte, da ihn aber ein dunkler Gifthauch umgab, konnte er unmöglich die Gesichter seiner

Richter erkennen. Erst als er vor der Haustür seines Vaters stand, begriff er, dass ihn seine Füße zur Macdougal Street gebracht hatten. Er tastete in seiner Tasche nach dem Schlüssel und ging hinein, in der Hoffnung, niemandem von der Familie zu begegnen. Er war nicht bereit. Er war nicht er selbst. Sähen sie ihn, würden sie vielleicht an seinem ganzen Körper seine Metamorphose feststellen und entsetzt aufschreien, *Ungeziefer*! Dazu war er nicht bereit.

Wie seltsam ihm jetzt das Innere des Hauses erschien! Das lag nicht allein am offensichtlichen Grund, dass nämlich die Geliebte seines Vaters, Vasilisa Arsenyeva, kaum dass sie eingezogen war, eine gründliche Renovierung nach der letzten Mode in Angriff nahm – und damit auf der Leiter der Intimität eine Stufe aufstieg, zum Status der »mit ihm zusammenlebenden Geliebten«. Der Ringfinger ihrer linken Hand war noch immer bloß, aber es würde, darin waren sich alle Golden-Söhne einig, vermutlich nicht mehr allzu lange dauern, bis dort ein Diamant funkelte, und nach dem Diamanten würde ihn sicherlich auch bald ein Goldring zieren. Tatsächlich zeigte sie inzwischen Allüren einer Besitzerin. Das ganze Haus war in einem schicken Austergrau neu gestrichen, und alles Alte war ersetzt oder wurde gerade ersetzt durch Neues und Gegenstände der »Extraklasse« – Möbel, Teppiche, Kunst, Leuchten, Tischlampen, Aschenbecher, Bilderrahmen. D hatte darum gebeten, sein Zimmer möge unberührt bleiben, und das hatte sie respektiert, sodass ihm zumindest etwas vertraut war. Doch er wusste, dass dieses Gefühl der Fremdheit seinen Ursprung nicht in der Renovierung, sondern in ihm selbst hatte. Als überkomme ihn, als er durch die Halle und die Treppe hinauf ging, eine böse Vorahnung, ein Gefühl, dass sich alles verändern und diese Veränderung ein Unheil sein würde, folglich war der Grund für seine Vorahnung nicht in austergrauer Farbe oder in mit Silbervelours bezogenen Sofagarnituren zu suchen, er hing nicht in den neuen Draperien im Wohnzimmer oder glühte in dem neuen Esszimmerlüster oder flackerte in den neuen Gaskaminen, deren Flammen im Winter modisch vergnügt ein glitzerndes Kiesbett erhitzen würden. Es stimmte, diese durchgestylte Umgebung war nicht mehr die gemütliche Lebenswelt, die Nero Golden für sie geschaffen hatte, als sie hier einzogen. Sie war erfüllt von einer verstörenden Andersartigkeit, von Ersatz, was die frühere Version, auch eine Art Imitation des Lebens, irgendwie vermieden hatte. Aber nein! Es war nicht das Haus. Die Veränderung war in ihm selbst. Er selbst war die Düsternis, die er um sich herum empfand, er war die Kraft, die – wie in einem Horrorfilm – die Wände des Hauses zusammenrücken, die Decken niedriger werden ließ und eine Atmosphäre von Bedrängnis und Klaustrophobie herstellte. Das Haus, um die Wahrheit zu sagen, war viel heller als vorher. Er war es, der düster geworden war.

Er lief weg vor dem, worauf er geradewegs zuging, was ihm sehr wohl bewusst war. Er wusste, es würde kommen, was aber nicht hieß, dass es ihm gefiel. Er hasste es, es gab kein Entrinnen, und das führte zu dem Sturm, der ihn nun umtoste. Er wollte in sein Zimmer gehen und die Tür hinter sich schließen. Er wollte verschwinden.

Wenn ich über D in diesem kritischen Augenblick nachdenke, fällt mir Theodor W. Adorno ein: »Die höchste Form der Moral ist es, sich zu Hause nicht zu Hause zu fühlen.« Ja, in der Behaglichkeit Unbehagen empfinden, beunruhigt sein über die Ruhe, die Voraussetzungen dessen, was man für gewöhnlich und zum Glück für selbstverständlich hält, infrage stellen, sich genau an dem Ort selbst herausfordern, wo die meisten Leute sich frei von Herausforderungen fühlen; ja! Das ist Moral, erhoben auf ein Niveau, auf dem man sie beinahe

Heldentum nennen kann. In diesem Fall war D Goldens »Zuhause« ein viel intimerer Ort als das Haus der Familie; es war nichts weniger als sein eigener Körper. Er war ein Außenseiter in seiner eigenen Haut, der diese für ihn seit Kurzem wichtige Variante des Geist/Körper-Problems in eindringlicher Form durchlebte. Sein nicht-körperliches Ich, der Geist, beharrte allmählich auf dem, was der Körper, sein körperliches Ich, leugnete, und das Ergebnis war körperliche und geistige Qual.

Es war still im Haus Golden. Er blieb einen Augenblick auf dem Treppenabsatz im ersten Stock vor den Räumen seines Vaters stehen. Diese Tür war geschlossen, aber die Tür zum Zimmer daneben, früher ein karges Schlafzimmer, nun Vasilisas Ankleideraum, stand offen und gab im Sonnenlicht des späten Nachmittags Stangen über Stangen mit schillernden Kleidern und Borde über Borde mit aggressiv hohen Stöckelschuhen preis. Das wird ein Problem für mich, die Worte drangen von einem unbekannten Mutterschiff, das außerhalb der Atmosphäre über der Kármán-Linie schwebte, in sein Bewusstsein, *your pedal extremities are colossal, can't use you cause your feet's too big, I really hate you cause your feet's too big.* Yeah, Fats Waller, du sagt es. Und nun haben ihn diese großen Füße aus eigenem Entschluss hierhergetragen, mitten in dieses Zimmer, wo der Patschuliduft stärker ist als irgend sonst im Haus, dieser Duft, den sie mitgebracht hatte, um all die vorherigen Gerüche zu überdecken, Vasilisa Arsenyeva, leise und hochmütig, wie Katzen eben sind, hinterlässt ihre Spur, wohin auch immer sie geht. Und seine Hände strecken sich nach diesen Kleidern, er vergräbt das Gesicht in den duftenden Pailletten, er atmet ein, atmet aus, atmet ein. Das Dunkel um ihn herum weicht zurück; das Zimmer erstrahlt in einem Licht, das sogar das Glück sein mag.

Wie lange war er schon hier? Fünf Minuten oder fünf Stunden? Er hatte keine Ahnung, so viele Gefühle durchfluteten ihn, sein ganzes Ich eine wirbelnde Verwirrung, aber wie gut es sich anfühlte, der zarte Stoff an seiner Wange, wie erstaunlich das Empfinden von … von *Glamour*, wie könnte er das leugnen, und was folgte daraus, was war nun der richtige nächste Schritt.

Und dann stand Vasilisa an der Tür und beobachtete ihn. »Kann ich dir helfen«, sagte sie.

Kann ich dir helfen, wirklich?, als wäre das hier ein Kaufhaus und sie bezichtigte ihn des Ladendiebstahls, so passiv aggressiv steht sie da, so ruhig und sogar mit einem kleinen Lächeln, sei nicht leutselig mit mir, Lady, *kann ich dir helfen*, nein, wahrscheinlich nicht. Okay, er ist hier in ihrem Ankleidezimmer, er schmiegt sich an ihre Kleider, das stimmt, und dennoch ist es nicht richtig. Oder vielleicht ist es nur ein sprachliches Problem, vielleicht hat sie diese Frage aus einem Buch mit Redewendungen gelernt, sie versteht auch nichts vom Tonfall, stell die Frage so und es klingt feindlich, wenn sie es doch vielleicht, kann ja sein, im Wortsinn meint, sie will mir im wahrsten Sinne des Wortes helfen und fragt, wie sie es tun könne, sie urteilt nicht über mich, sie ist auch nicht wütend und streckt mir tatsächlich eine helfende Hand entgegen, ich will sie hier nicht missdeuten, die Situation ist schon peinlich genug, aber ja, sie kommt auf mich zu, nun umarmt sie mich, und hier noch eine Redewendung aus dem Buch, »Lass uns mal sehen, ob wir für dich etwas finden.«

Vasilisa begann, Sachen hervorzuziehen, und hielt sie vor ihn hin, *dieses hier*? *oder das*?, fragte sie, und »du und ich«, sagte sie ermutigend, »haben die gleiche Figur. Gertenschlank, ist das ein Wort.« Ja, er nickte, es war ein Wort. »Gertenschlank wie eine Weide«, fuhr sie durch die Bestätigung beruhigt fort. »Deine Mutter muss groß und schlank gewesen sein, wie ein Model.«

Er erstarrte. »Meine Mutter war eine Hure«, sagte er. Er zitterte. »Sie hat mich an meinen Vater verkauft und ist nach Huristan verschwunden.«

»Sch, sch«, machte sie. »Sch. Darüber ein anderes Mal. Dieser Augenblick ist nur für dich. Probier das mal an.«

»Ich kann nicht. Ich will deine Kleider nicht ruinieren.«

»Das ist egal. Ich habe so viele. Hier, zieh dein Hemd aus und streif dieses hier über. Siehst du, nur ein bisschen knapp. Was hältst du davon?«

»Kann ich das da anprobieren?«

»Aber ja. Natürlich.«

(Ich möchte die beiden eine Weile allein lassen, sie in ihrer Privatheit nicht stören, diskret den Blick abwenden und meine Handykamera abstellen oder vielleicht einen Schwenk machen, hier ist der Treppenabsatz, hier ist die Treppe, die nach unten in die Eingangshalle führt, wo nun nach der Neugestaltung der »Balloon Dog« wacht, der eingelegte Piranha an der Wand wütend die Zähne fletscht und Liebesworte in grellem Neon-Pink und -Grün über der Tür leuchten, und hier ist die Haustür, sie öffnet sich. Nero Golden tritt ein. Der König ist wieder in seinem Palast. Ich sehe sein Gesicht. Er blickt sich um, verärgert. Er möchte, dass sie hier steht und ihn begrüßt, wo ist sie, hat sie seine SMS nicht gelesen. Er hängt seinen Hut und Stock an den Garderobenständer in der Eingangshalle und ruft.)

»Vasilisa!«

(Stell dir vor, wie ich-bin-eine-Steadicam die Treppe hinaufstürme und hinein in das Zimmer, wo sie und der junge Kerl in ihrem Kleid durch die väterliche Stimme gelähmt dastehen und sie, Vasilisa, D anschaut und begreift, dass er noch immer Angst vor seinem Vater hat.)

»Er bringt mich um. Er wird mich umbringen. Oh, mein Gott.«

»Nein. Er wird dich keineswegs umbringen.«

Sie reicht ihm seine Straßenklamotten.

»Zieh sie rasch wieder an. Ich werde ihn ablenken.«

»Wie?«

»Ich werde ihn nach oben lotsen.«

»Nein!«

»... ins Schlafzimmer, ich mache die Tür zu. Wenn du mich Geräusche machen hörst, dann weißt du, dass du diesen Raum ohne Gefahr verlassen kannst.«

»Was für Geräusche?«

»Du kannst dir doch denken was für Geräusche. Ich muss doch nicht ausführlicher werden.«

»Oh.«

Sie bleibt an der Schwelle stehen, ehe sie zu Nero geht.

»Und, D?«

»*Was!* Ich meine, Entschuldigung, ja, was?«

»Vielleicht bin ich nicht die tausendprozentige böse Hexe.«

»Ja, ja. Offenbar. Ich meine, nein. Offenbar nicht.«

»Gern geschehen.«

»Danke.«

Sie lächelt verschwörerisch. Ich sollte hier die Szene enden lassen, eine Nahaufnahme von diesem sphinxartigen Mona-Lisa-Lächeln.

◇

Später.

Er hat sich mit der geduldigen, verständnisvollen Riya ausgesöhnt, und hier sind sie zusammen mit Ivy Manuel in der jamaikanischen Kneipe an der Houston, Sullivan Street und trinken spätnachts gefährliche Cocktails. Oder, um es sich noch einmal vorzustellen: die drei Leute sitzen um einen einfachen runden Tisch herum in einem vollständig schwarzen Studio, schlürfen ihre Drinks (gefährliche Cocktails sind akzeptabel im Limbo), die Welt existiert für sie nicht, als sie über tiefgründige Fragen der Sprache und Philosophie diskutieren. (Bewusste Anspielung: der Film *Le gai savoir* von Jean-Luc Godard, 1969, mit Jean-Pierre Léaud und Juliet Berto. Von vielen als zu didaktisch kritisiert, aber manchmal ist Didaktik vonnöten.) Anfangs ist D in gedrückter Stimmung, er stellt, Nietzsche zitierend (Autor von *Die fröhliche Wissenschaft*), »die Schopenhauerische Frage: Hat denn das Dasein überhaupt einen Sinn? – jene Frage, die ein paar Jahrhunderte brauchen wird, um auch nur vollständig und in alle ihre Tiefe hinein gehört zu werden.« Doch allmählich muntern ihn die beiden Frauen auf, ermutigen ihn, unterstützen ihn, schmeicheln ihm und dann, als er verhalten nickend zustimmt und zögerlich lächelt, erläutern sie ihm nach und nach das Vokabular seiner Zukunft, einer Zukunft, in der das Pronomen »sein« nicht mehr seins sein wird. Das erste und wichtigste Wort ist *Transition,* Übergang. In der Musik bezeichnet es eine Modulation von einer Tonart zur anderen. In der Physik den Übergang eines Atoms, eines Nukleus, eines Elektrons etc. von einer Quantenphase zur anderen, mit Emission oder Absorption von Strahlung. In der Literatur eine Überleitung in einem Schriftstück, die zwei Themen oder Abschnitte geschmeidig miteinander verbindet. Im hier vorliegenden Fall … im vorliegenden Fall der Prozess, mit dem eine Person dauerhaft die äußerlichen oder körperlichen Merkmale des Geschlechts annimmt, mit dem sie sich identifiziert, im Gegensatz zu denen des angeborenen biologischen Geschlechts. Der Prozess kann, aber muss nicht verbunden sein mit Maßnahmen wie eine Hormontherapie und eine geschlechtsangleichende Operation.

◇

»Denk nicht über eine Operation nach«, sagen die Frauen. »Nicht einmal ansatzweise. An diesem Punkt sind wir noch gar nicht.«

(Beim Dreh dieser Szene können die Schauspielerinnen selbst entscheiden, wer was sagt. Aber einstweilen legen wir fest, das hier sagt Riya, dann kommt Ivy und so weiter.)

»Du musst herausfinden, wer du bist. Dafür gibt es professionelle Hilfe.«

»Du könnest gerade TG, TS, TV oder CD sein. Was immer sich für dich stimmig anfühlt.« Transgender, transsexuell, Transvestit oder Cross-Dresser. »Nicht nötig, weiter als bis zu dem Punkt zu gehen, wo es sich für dich stimmig anfühlt.«

»Dafür gibt es professionelle Hilfe.«

»Früher war es üblich, dass Leute ein Etikett vor ihrem Namen hatten. So wie die TS Ivy oder die CD Riya. Oder auch sex change. ›Guck, da kommt sex change Sally.‹ Inzwischen ist die Trans-Welt erwachsen geworden. Heute ist sie einfach Sally oder wer auch immer. Keine Unterteilung mehr.«

»Du solltest dennoch über die Pronomen nachdenken. Worte sind wichtig. Wenn du *er* aufgibst, wer tritt an dessen Stelle? Du könntest dich für *sie* im Plural entscheiden. Falls du zu dem Schluss kommst, dass du dich weder mit dem weiblichen noch mit dem männlichen Geschlecht identifizierst. *Sie* im Plural steht auch für unbekannte Geschlechtsidentität. Sehr persönlich.«

»Es gibt auch *ze*.«

»Auch *ey*.«

»Und *hir*, *hen*, *per*, *thon* und *Mx*.«

»Siehst du. Es gibt eine Menge.«

»*Thon* zum Beispiel ist eine Mischung aus *that* und *one*.«

»*Mx* steht anstelle von Ms. und wird ›mix‹ ausgesprochen. Das gefällt mir persönlich sehr gut.«

»Es geht natürlich um mehr als nur um die Pronomen. Einiges habe ich dir bereits bei deinem ersten Besuch im Museum gesagt. Worte sind wichtig. Du musst dir deiner Identität sicher sein, es sei denn, du bist dir sicher, unsicher zu sein. In diesem Fall bist du vielleicht genderfluid.«

»Oder vielleicht transfeminin, weil du männlich geboren bist und dich mit vielen Aspekten der Weiblichkeit identifizierst, dich aber nicht tatsächlich als Frau fühlst.«

»Das Wort *Frau* ist losgelöst von der Biologie. Ebenso das Wort *Mann*.«

»Oder falls du dich nicht mit Frau-sein oder Mann-sein identifizierst, bist du vielleicht nichtbinär.«

»Es besteht keine Eile. Du musst über vieles nachdenken.«

»Vieles lernen.«

»Transition, Übergang, ist wie Translation, Übersetzung. Du begibst dich von einer Sprache in die andere.«

»Manche Leute lernen Sprachen leicht. Andere tun sich schwer. Aber dafür gibt es professionelle Hilfe.«

»Denk an die Navajos. Sie kennen vier Geschlechter. Außer männlich und weiblich gibt es noch die Nádleehi, die Two-Spirits, sie sind männlich geboren, funktionieren aber ganz offensichtlich als Frau, oder umgekehrt.«

»Du kannst sein, wozu auch immer du dich entscheidest.«

»Sexuelle Identität ist nicht gegeben. Sie ist eine Entscheidung.«

D hat bisher geschwiegen. Endlich spricht er. »War das Argument denn nicht früher genau umgekehrt? Schwulsein ist keine Entscheidung, sondern eine biologische Notwendigkeit? Und jetzt heißt es, man hätte die Wahl?«

»Sich für eine Identität zu entscheiden«, sagt Ivy Manuel, »ist nicht so, als würdest du dich im Supermarkt für ein Müsli entscheiden.«

»›Sich entscheiden‹ kann auch bedeuten, ›es entscheidet sich‹.«

»Ja, aber ist es denn eine Entscheidung?«

»Dafür gibt es professionelle Hilfe. Mit dieser Hilfe wird dir deine Entscheidung klar werden.«

»Das wird notwendig sein.«

»Dann ist es also keine Entscheidung?«

»Das ist nur ein Wort. Warum klammerst du dich so daran? Es ist doch nur ein Wort.«

Schwarzblende.

14

Um sieben Uhr morgens an seinem Hochzeitstag, einem der heißesten Sommertage, laut Wettervorhersage mit drohendem Hurrikan, ging Nero Golden wie üblich zum Tennisspielen an der Ecke Fourth Avenue, Lafayette Street mit drei Mitgliedern seines engen Kreises aus Freunden-Schrägstrich-Geschäftspartnern-Schrägstrich-Kunden. Diese geheimnisvollen Männer, insgesamt waren es fünf, sahen alle ähnlich aus: kräftig, braungebrannt durch längere Aufenthalte im kostspieligen Sonnenschein an kostspieligen Orten, mit schütterem, enganliegendem Haar, glatt rasiert, mit starkem Kinn, breiter Brust und behaarten Beinen. In ihrem sportlichen Weiß sahen sie aus wie ein Team von pensionierten Marines, außer dass Marines sich niemals solche Uhren leisten könnten; ich zählte zwei Rolex, eine Vacheron Constantin, eine Piaget und eine Audemars Piguet. Reiche, mächtige Alphamänner. Er stellte sie uns nie vor, lud sie nie in die Gärten ein, sodass wir mit ihnen nie ins Gespräch kommen konnten. Er behielt sie für sich.

Wenn ich seine Söhne fragte, wie der alte Mann zu seinem Vermögen gekommen sei, lautete die Antwort jedes Mal anders. »Baugeschäft.« »Immobilien.« »Safes und Tresore.« »Online-Wetten.« »Kabelgarn-Handel.« »Transportwesen.«

»Risikokapital.« »Textilien.« »Filmproduktion.« »Kümmere dich um deine eigenen Angelegenheiten.« »Stahl.« Nachdem meine Eltern, die Professoren, ihn für mich im Netz ausfindig gemacht hatten, fing ich an, leise und nach besten Kräften die Wahrheit oder Sonstiges über diese extrem verschiedenen Erklärungen zu recherchieren. Ich fand heraus, dass der Mann, den wir als N. J. Golden kannten, schon lange, ehe er bei uns lebte, sich in der Kunst der Heimlichkeiten geübt hatte, aber das Geflecht aus Fassade, Vertretungen und Scheinfirmen, das er aufgebaut hatte, um seine Geschäfte vor der Öffentlichkeit zu verbergen, war viel zu kompliziert für mich – den jungen Mann, der doch nur vom Filmemachen träumte –, um es aus der Ferne zu durchdringen. Er hatte seine Hände bei vielen Dingen im Spiel und galt als furchterregender Gangster. Er hüllte sich in die »benami«-Anonymität, doch wenn er am Zug war, wusste jeder, wer der Spieler war. Er hatte damals in dem Land, das nicht genannt werden konnte, einen Spitznamen gehabt. »Die Kobra.« Sollte es mir je gelingen, einen Film über ihn zu machen, dachte ich, dann wäre das der Titel. Oder vielleicht auch *Königskobra*. Doch nach reiflicher Überlegung verwarf ich diese Titel. Ich hatte meinen Titel bereits:

Golden House.

Meine Nachforschungen führten mich zu dem berühmten 2G Spektrum-Betrug, der kürzlich in dem Land, das nicht genannt werden konnte, Schlagzeilen machte. Offenbar hatten in diesem namenlosen Land Mitglieder der namenlosen Regierung in korrupter Manier Lizenzen für Mobilfunkfrequenzen an bevorzugte Unternehmen zu überraschend niedrigen Preisen verkauft, und somit waren diesen bevorteilten Unternehmen etwa 26 Milliarden Dollar an illegalen Profiten zugefallen. Laut dem *Time Magazine*, das ein paar Leute in diesen Tagen noch immer lasen, stand dieser Handel als der zweitgrößte Machtmissbrauch auf der Top-Ten-Liste, direkt hinter dem Watergate-Skandal. Ich las die Namen und die Geschichten der Unternehmen, die die Lizenzen erstanden hatten, und fand ein ähnliches Geflecht, wie Nero es so behagte, ein verschlungenes System von Unternehmen, die im Besitz anderer Unternehmen waren, an denen wiederum andere Unternehmen beträchtliche Anteile besaßen. Ich hatte die starke Vermutung, dass Nero die Kraft hinter dem größten dieser Unternehmen gewesen war, Eagle Telekom, das mit einer deutschen Firma, Verbunden Extratech, fusioniert hatte und dann fünfundvierzig Prozent seiner Aktien an Murtasín in Abu Dhabi verkaufte, woraufhin es in Murtasín-EV Telekom umbenannt wurde. Gegen viele der neuen Lizenzinhaber wurden juristische Verfahren eingeleitet, durchgeführt von Sondergerichten, die die Ermittlungsbehörde, das Central Bureau of Investigation, kurz CBI, eingesetzt hatte. Dies war mein Aha-Moment. Ich hatte nie geglaubt, dass Nero ohne Grund solch komplizierte Pläne aufgestellt haben würde, um sein Land zu verlassen – den Tod seiner Frau bei einem Terrorangriff auf das kultige alte Hotel konnte er nicht vorhergesehen haben –, und seine mögliche Verwicklung in diesen riesigen Skandal lieferte einen viel überzeugenderen Grund, Vorbereitungen zu treffen für den Fall, dass er vor dem Knast fliehen müsste. Selbstverständlich habe ich es nicht gewagt, ihn mit meinem Verdacht zu konfrontieren. Aber mein imaginärer Film, oder meine erträumte Filmserie, wurde viel reizvoller, ein Finanz- und Politthriller, oder eine Serie solcher Triller mit meinem Nachbarn als Hauptfigur. Das war aufregend.

Bei Hochzeiten muss ich immer an Filme denken. (Alles

lässt mich an Filme denken.) Dustin Hoffmann in der *Reifeprüfung*, der in einer Kirche in Santa Barbara gegen die Glasscheibe hämmert, um Katherine Ross vom Altar zu entführen. Omas, die in Neu Delhi zur Regenzeit in *Monsoon Wedding* tanzen. Der verhängnisvoll auf das Hochzeitskleid verschüttete Wein in *The Deer Hunter*. Der Schuss in den Kopf der Braut an ihrem Hochzeitstag in *Kill Bill* Teil 2. Peter Cook, der die Hochzeitszeremonie vollzieht in *The Pwincess Bwide*. Das unvergessliche Hochzeitsessen in Chen Kaiges Film *Gelbe Erde*, bei dem den Gästen einer chinesischen Dorfhochzeit in der verarmten Provinz Shaanxi statt echter Nahrung hölzerner Fisch serviert wird, weil es im Augenblick keinen Fisch zu kaufen gibt, es bei einer Hochzeit aber wichtig ist, dass Fisch auf den Tisch kommt. Als aber Nero Golden Vasilisa Arsenyeva in den Macdougal-Sullivan Historic Gardens um vier Uhr nachmittags heiratete, fiel mir unweigerlich die berühmteste Hochzeitsszene aller Zeiten ein, nur dass es hier nicht Connie Corleone war, die mit ihrem Vater tanzte, dieses Mal tanzte der Patriarch mit seiner eigenen jungen Braut, und ich stellte mir vor, dass die üppige italienisch-amerikanische Melodie, die der Vater des Regisseurs, Carmine Coppola, für diese Filmszene geschrieben hatte, anschwoll und die tatsächliche Musik in diesem Augenblick in den Gärten übertönte, die beklagenswert banal eine Aufnahme der Beatles war, die »In My Life« sangen.

Einige Stunden zurückspulen: Nachdem Nero von seinem Tennisspiel nach Hause gekommen war, schweißgebadet wie immer, er war ein starker Schwitzer, wie er freimütig zugab, »ich muss nur die Treppe hinauf rennen, und mein Hemd ist klatschnass«, nachdem er sein Polohemd ausgezogen und sich seinen schweren schwarzen Frotteebademantel übergestreift hatte, rief er seine drei Söhne zu einem Gespräch in sein Arbeitszimmer. »Ihr habt Fragen im Kopf, die ich beantworten will. Zuerst einmal, es ändert sich nichts. Ich bin immer noch euer Vater, das ist Nummer eins, und was euch beide angeht, werde ich eure verstorbene Mutter genauso lieben wie zuvor, das ist Nummer zwei, und was dich angeht, mein jüngstes Kind, bedauere ich noch immer die Umstände, aber das weißt du, und du bist ebenso mein Sohn wie diese beiden anderen, das ist Nummer drei; also, Status quo, ihr versteht das. Um also zur Sache zu kommen: Ihr alle wisst, dass es einen recht strikten vorehelichen Vertrag gibt, den Vasilisa ohne Einwände unterschrieben hat. Entspannt euch: Euer Erbe ist euch sicher. Der Status quo bleibt bestehen. Auch für mich kommt nach so vielen Jahrzehnten, die ich euer Vater bin, die Vorstellung eines weiteren Kindes nicht in Betracht. Baby, habe ich zu ihr gesagt, Baby ist für mich ein Wort mit vier Buchstaben. Auch dem hat sie nicht widersprochen. Es wird keinen vierten Sohn geben. Und auch keine erste Tochter. Status quo. Dieses Versprechen gebe ich euch heute am Tag meiner Hochzeit. Von euch wünsche ich mir nur, dass ihr meine Frau akzeptiert. Hier wird nicht nach Gold gegraben, und es werden keine die Erbschaft schmälernden Kinder gezeugt. Ich bin nicht verpflichtet, euch über diese Angelegenheiten zu informieren, ich habe mich aber dazu entschieden. In meinem Alter bitte ich euch um euren Segen. Er ist nicht notwendig, aber ich wünsche ihn mir. Ich bitte darum, gestattet eurem Vater diesen glücklichen Tag.«

Nachdem der Friedensrichter gekommen, seine Arbeit vollbracht hatte und wieder gegangen war und Nero und Vasilisa nun Mann und Frau waren, sah ich sie in den Gärten wieder zusammen tanzen wie damals in Florida, die Jahren fielen ab von dem alten Mann, als er sich bewegte, so aufrecht, so behände, so leichtfüßig, so aufmerksam für seine Partnerin, die Sprache des Tanzes flüsterte ihre magischen Worte und ließ ihn wieder jung erscheinen. Und sie verströmte in seinen Armen die Macht ihrer Schönheit, ihre Lippen näherten sich seinem Ohr, dann bog sie den bloßen Rücken und lehnte sich zurück, und immer wieder rhythmisch vor und zurück, und überwältigte ihn mit dem mächtigsten aller Zauber, mit dem verführerischen Komm-her-geh-weg; Vasilisa, die sich von ihm halten und führen ließ, sagte uns ohne Notwendigkeit, es auszusprechen: Ich bin ohne Angst, er ist mein, mit all der Hexenkraft meines Körpers habe ich ihm befohlen, mich so fest in seinen Armen zu halten, dass er, selbst wenn er es wollte, mich nicht fallen lassen kann.

Das ist kein Tanz, dachte ich, das ist eine Krönung.

Nero Goldens Söhne sahen zu und lernten. Petya, der es fast von einem Versteck aus, hinter der Rutsche und dem Klettergerüst, beobachtete, umklammerte die Stangen, als wären sie ein Gefängnisgitter. Als ich einmal neben ihm stand, sagte er: »Die Menge der Liebe unseres Vaters ist begrenzt. Sie vermehrt sich nicht und schrumpft auch nicht. Da sie sich nun weiter teilt, bleibt für uns weniger.« Doch wann immer Vasilisa in seine Richtung sah, lächelte er breit. »Es ist am besten, sich die neue Königin nicht zum Feind zu machen«, sagte er düster, als vertraute er mir ein Staatsgeheimnis an. »Sie kann sich jederzeit dazu entschließen, uns töten zu lassen.«

Sein Bruder Apu stand inmitten seines üblichen Kreises von Künstlertypen unter einem Baum, Maler, Clubgänger und Italiener und direkt neben ihm der kettenrauchende Andy Drescher in seiner üblichen Samtjacke mit einem weißen Kläppchenkragenhemd, der berühmte professionelle Nörgler, für den Apu unerklärlicherweise eine Vorliebe hatte. Andy war eine New Yorker Ikone, der seit zwei Gedichtbänden in den Achtzigern nichts mehr veröffentlicht hatte und doch ohne sichtbare Einnahmequelle oder andere Unterstützung irgendwie auf höchstem Niveau in der Stadt lebte. Ich stellte mir vor, dass er in einer winzigen Wohnung ohne Warmwasser Katzenfutter aus der Dose aß, dann den Staub aus seinem Samtputz schüttelte und zu den angesagtesten Soireen ging, um mit begehrlicher Resignation hübschen jungen Männern zuzulächeln und sauertöpfisch seine berühmten Klagelieder anzustimmen. Die Liste der Dinge und Leute, über die er sich beklagte, wurde ständiger länger und umfasste zurzeit Kinogänge, Bürgermeister Bloomberg, das Konzept der Ehe, schwule ebenso wie hetero, das Konzept, Fernsehen zu schauen, wenn man doch Sex haben könnte, technische Geräte (aller Art, aber insbesondere das Smartphone), das East Village, die Moodboards in Ateliers von Modedesignern (die er des organisierten Diebstahls bezichtigte), Touristen und Schriftsteller, die Bücher veröffentlichten. Er beleidigte die arme Riya an diesem Tag (aber eigentlich beleidigte er *jeden*), da er sich über das Identitätsmuseum mokierte, wo Riya arbeitete, und über die Idee, dass man welches Gender auch immer annehmen könne, wenn man sich nur dazu entschließe und man sich danach fühle. »Ich kaufe nächste Woche eine Wohnung für zehn Millionen Dollar«, erzählte er Riya. »Frag mich mal, wie ich mir das leisten kann.« Riya tappte in die Falle. »Oh, ich bin jetzt Transmilliardär«, kam die Antwort. »Ich identifiziere mich als reich und folglich bin ich es.«

Anschließend blieb Riya in Ds Nähe, und gemeinsam sahen sie die Königin in ihrem Augenblick des Triumphes tanzen, die Schöne, die sich in den Armen des liebenden Biests immerzu drehte, ebenso wie alle in den Gärten, und wir alle, eingeladene und nicht eingeladene, reale und fiktionale Gäste, als es Abend wurde und die Lichterketten in den Bäumen die zauberhafte Disney-Stimmung noch steigerten. Meine Professoreneltern tanzten glücklich miteinander und hatten nur Augen füreinander, und der traurige U Lnu Fnu von den Vereinten Nationen und Mr. Arribista aus Argentinien und die wahren Aristokraten der Gartengemeinschaft, Vito und Blanca Tagliabue, Baron und Baronin von Selinunte, und ich, wir alle waren glücklich vereint, angeheitert von reichlich Champagner und beim exzellenten Essen, das der beste Cateringservice der Stadt geliefert hatte, und mit dem Gefühl, glücklich, zusammen und eins zu sein, für eine kurze selige Zeit außerhalb der Zeit, die eine Hochzeit manches Mal herstellen kann. Selbst die fünf Tennisspieler mit den teuren Armbanduhren hatten ein Lächeln auf den Gesichtern, die nicht fürs Lächeln gemacht waren, nickten in einer Annäherung von Zugehörigkeit den anderen in den Gärten zu und applaudierten dem Tanz der Monarchen.

Aber eine Gruppe hielt sich abseits, als die Musik spielte und es dunkel wurde und die Fröhlichkeit zunahm, schienen sie noch enger zusammenzurücken, als wollten sie sagen, haltet euch von uns fern, haltet Abstand, wir gehören nicht zu euch. Das waren Männer mit angeklatschten Haaren, hinten etwas zu lang, mit Stoppelbärten nach Designerart und unangenehmer Körpersprache, sie trugen schlecht sitzende Smokings mit weißen Hemdmanschetten, die viel zu weit aus den Jackenärmeln hervorlugten, Männer ohne Frauen, die Wasser, Soda oder gar nichts tranken, die mit den Füßen scharrten und heftig rauchten, sodass ich mit einem Mal dachte, meine Intuition des *Paten* sei vielleicht nicht nur darauf zurückzuführen, dass ich die Trilogie zu oft gesehen hatte, vielleicht sei ich etwas auf der Spur, denn diese Leute sahen aus, als könnten sie Bittsteller sein, Leute, die zum großen Tag des Don gekommen waren, um seinen Ring zu küssen. Oder (nun riss mich die Vorstellung eines Gangsterfilms wirklich mit sich) sie sahen aus, als hätten sie Knarren dabei. Ich spulte den Film in meinem Kopf ab, plötzlich tauchten Revolver aus den Innentaschen dieser schlecht geschnittenen Anzüge auf, Blut befleckte den Hochzeitstag mit Tragödie.

Nichts dergleichen geschah. Diese Gentlemen seien im Hotelgewerbe, so sagte man uns, sie seien Mr. Goldens Geschäftsfreunde. Mir war, als hätte man mir erzählt, sie handelten mit Olivenöl: Vielleicht wahr, vielleicht aber auch nicht die ganze Wahrheit.

Der älteste Sohn des Bräutigams stand am Buffet mit dem goldenen Tischtuch, wo die Hungrigen Tabletts mit Häppchen erwarteten, und arbeitete methodisch eine Reihe Schinkenröllchen ab. Mir kam ein Gedanke. »Hey, Petya«, ich ging zu ihm hinüber und klang so lässig, wie ich nur konnte, »was weißt du über das 2G Spektrum?« Verwirrung huschte über sein Gesicht, vielleicht weil für ihn bei dem Wort *Spektrum* etwas anderes unmittelbar mitschwang und vielleicht weil sein außergewöhnliches Gedächtnis und sein Empfinden, die Wahrheit sagen zu müssen, einen Kampf ausfochten mit dem Gelöbnis der Geheimhaltung, das die Goldens abgegeben hatten. Letztlich kam er zu dem Schluss, die Antwort falle nicht unter das Gelöbnis und stehe darum auch nicht unter dem Embargo. »Telekommunikationsgedöns«, sagte er. »Soll ich dir die Liste der darin verwickelten Unternehmen nennen? Adonis, Nahan, Aska, Volga, Azure, Hudson, Unitech, Loop, Datacom, Telelink, Swan, Allianz, Idea, Spice, S Tel, Tata. Man sollte hinzufügen, dass Telenor im Jahr 2008 einen Mehrheitsanteil an der Telekommunikationsgesellschaft der Unitech-Gruppe gekauft hat und im Augenblick als Uninor zweiundzwanzig Lizenzen innehat. Datacom operiert als Videocon. Das in Russland ansässige Unternehmen Sistema besitzt einen Mehrheitsanteil an Telelink und agiert jetzt unter dem neuen Namen MTS.

Swan war ursprünglich eine Tochtergesellschaft der Reliance-Gruppe. Idea hat Spice aufgekauft. Bahrain Telecommunications und die Sahara-Gruppe halten beide substanzielle Anteile an S Tel. Ein Verfahren ist im Gange und wird bald am Obersten Gerichtshof verhandelt. Es ist zu erwarten, dass mindestens ein Minister und mehrere Führungskräfte der Unternehmen mit ernsthaften Gefängnisstrafen zu rechnen haben. Der Wert des fünf-Megahertz-2G-Spektrums wird in Megahertz …«

»Mir fällt auf«, sagte ich, »du erwähnst weder Eagle noch Verbunden Extratech noch Murtasín.«

»Ich habe nur die Unternehmen aufgezählt, die in diesem Skandal genannt wurden«, sagte er. »Die Gesellschaften, die du erwähnst, sind nicht wegen Unregelmäßigkeiten angeklagt und gegen sie wird auch nicht ermittelt. Denkst du darüber nach, ein Drehbuch zu schreiben über die zugegebenermaßen erstaunliche und zum Teil unvermeidlich korruptionsbelastete starke Zunahme von Mobiltelefonen in diesem fernen Land? Wenn das so ist, solltest du unbedingt die Hauptrolle übernehmen. Weil du so unglaublich gut aussiehst, René, weißt du, du solltest wirklich Filmstar werden.«

Das war etwas Neues bei ihm seit diesem Sommer. Petya hatte kürzlich gegen jeden augenscheinlichen Beweis entschieden, ich sei der schönste Mann der Welt. Anfangs erklärte er, ich sei »schöner als Tom Cruise«, dann sah ich *»sehr viel besser* aus als Brad Pitt« und jetzt war ich *»hundertmal hinreißender* als dieser George Clooney«. *Sic transit gloria*, Tom, Brad, George, dachte ich. Petya drückte kein homosexuelles Verlangen aus. Er sagte es so, wie er es sah, so wie immer, und ich konnte mich nur bedanken.

»So etwas in der Art«, antwortete ich ihm. »Aber ich glaube nicht, dass es eine Rolle für mich gibt.«

»Das ist lächerlich«, entgegnete er. »Schreib sofort eine

hinein. Eine große Rolle. Den romantischen Hauptpart. Du bist so sexy, René. Das meine ich ernst. Du bist eine Sexbombe.«

Vielleicht wecken Hochzeiten in uns allen romantische Gefühle.

◇

Und zu einem bestimmten Zeitpunkt in dieser heiteren Nacht entging mir nicht, dass Nero Golden nicht zugegen war, das Fenster seines Arbeitszimmers war erleuchtet, und auch die Männer in den schlecht sitzenden Smokings waren nicht mehr da. Petya war auf der Tanzfläche. Er war ein schlechter Tänzer, dessen Bewegungen so absurd unkoordiniert waren, dass die Leute ihn lustig fanden, nur halbherzig unterdrückten die fünf Tennisspieler ihr Alphamännchengekicher, doch Petya, der ganz in der Musik aufging, schien es zum Glück nicht zu bemerken. Und dann tanzte Vasilisa mit ihren Freundinnen, alle glamourös, alle Immobilienmaklerinnen, sie zeigten ihre New-York-Version des Kosakentanzes mit Kerzen, Tüchern, Händeklatschen, mit hohen Beinwürfen und Stiefeln. Statt Pelzkappen und Militäruniformen trugen sie zarte Voilekleider und weibliche Haut, doch das beklagte niemand, wir tanzten im Kreis um sie herum, klatschten im Takt und riefen, »Hey! Hey!«, wenn wir dazu aufgefordert wurden, und tranken Wodka, den man uns reichte, und ja, Russland war gut, die russische Kultur war großartig, welch ein schönes russisches Fest wir doch alle miteinander feierten, und dann erschien Nero Golden in vollständigem Kosakenkostüm, so gab es letztendlich doch eine Pelzmütze und einen blauen Militärrock mit goldenen Tressen und goldenen Knöpfen, und die jungen Frauen tanzten um ihn herum, als wäre er ihr Oberhaupt, ihr König, was er ja war, und er schwenkte seinen speziellen *Shaska*-Säbel über ihren Köpfen, und wir tanzten um sie herum und tranken und riefen immer wieder, »Hey! Hey!«, und so waren Nero und seine Schöne verheiratet.

Die Herren des Hotelgewerbes in ihren schlecht sitzenden Smokings kehrten jedenfalls nicht zurück.

◇

Ein sonderbarer Sommernebel senkte sich in jener Nacht nach Mitternacht über die Gärten, sodass sie wie die Kulisse für eine japanische Geistergeschichte aussahen. Die Gäste waren nach Hause gegangen, und die Überreste der Feier waren vom fleißigen Personal des Cateringservices beseitigt worden, dem Nero Golden persönlich ein großzügiges Trinkgeld überreicht hatte. Ein einziger Lampion hing noch in einem Baum, dessen Kerze ihrem Ende entgegenflackerte. Ich hörte einen einzigen Schrei, vielleicht von einer Eule, aber möglich, dass ich mich irrte. Am Himmel schien ein bleicher Mond durch sich zusammenballende Regenwolken. Ein Hurrikan nahte. Es herrschte die Stille vor dem Sturm.

Wieder einmal trieb mich meine Schlaflosigkeit aus dem Bett. Ich streifte ein Sweatshirt und eine Jeans über und trat hinaus in den Nebel, plötzlich verdichtete er sich, und ich war ganz allein in dem Wirbel, als wäre das Universum verschwunden und es gäbe nur mich. Dann hörte ich aus der Ferne ein Geräusch, das sich wiederholte und jedes Mal lauter wurde. Es war das Geräusch eines Mannes, der in elender Not hemmungslos schluchzte. Ein herzbewegendes Weinen.

Ich schlich auf Zehenspitzen heran, während meine Neugierde gegen das zivilisiertere Gespür ankämpfte, dem weinenden Mann seine Privatheit zu lassen. Da ich nicht darauf vertraute, dass der Nebel mich verbarg, bemühte ich mich, durch die Sträucher hindurch zu lauern, mit ein wenig Schamgefühl (ja, aber ich muss sagen, mit nur ein wenig) über den Sieg meiner voyeuristischen Wünsche. Schließlich sah ich ihn, und ich war, muss ich gestehen, erstaunt, als ich den Star der Nacht erkannte, um den sich alles gedreht hatte, den Bräutigam, er kniete in einem teuren Pyjama auf dem feuchten Gras und schlug sich die Fäuste an die Brust, wobei er wie ein Klageweib heulte. Was konnte ihn zu dieser frühen Stunde hinausgetrieben haben, sodass er sein Ehebett verließ und den verschwindenden Mond anheulte? Ich wagte mich noch ein Stück näher an ihn heran und hörte – oder ich glaubte zu hören – diese Worte: »Vergebt mir! Ich habe euch beide umgebracht.«

Ich möchte betonen, dass ich nicht an Mystisches oder Übernatürliches glaube. Ich habe keine Zeit für Himmel, Hölle, Fegefeuer oder andere posthume Ferienziele. Ich glaube nicht daran, dass ich wiedergeboren werde, weder als Mistkäfer noch als George Clooney oder sein Nachfolger in Sachen Attraktivität. Trotz Joyces, Nietzsches und Schopenhauers Begeisterung ist für mich die Metempsychose, die Seelenwanderung, kein Thema. Der thailändische Film *Uncle Boonmee erinnert sich an seine früheren Leben* von Apichatong Weerasethakul war bestimmt mein Lieblingsfilm in jenem Jahr, aber ich glaube nicht daran, dass Uncle Boonmee oder ich hier auf Erden schon vorhergehende Einsätze hatten. Ich interessiere mich nicht für Teufelsbraten; Damien, Carrie, Rosemaries Baby, ihr könnt auf dem Regal mit der Schundliteratur bleiben. Ich habe keine Zeit für Engel oder Teufel oder Wesen aus den blauen Lagunen. All das, warum ich keine Erklärung habe für das, was ich in jener Nacht sah, und warum ich mir einzureden versuche, dass es wegen einer zu starken Dosis Ambien (die mich aber nicht umgehauen hat) eine Halluzination war und dass ich mit wirrem Kopf durch den Nebel lief: eine Art Albtraum im Wachzustand. Doch die Person des reuigen Nero war ziemlich real, und was ich sah, was ich weiß, dass ich es sah, was ich denke, dass ich weiß, was ich sah, auch wenn mein Verstand den Gedanken zurückweist, war der Nebel um ihn herum, der sich wie eine Art Ektoplasma zu zwei menschlichen Gestalten verdichtete, zu zwei Frauen, die vor dem knienden Mann standen und seiner bitterlichen Reue lauschten. Die Gestalten sprachen nicht, noch erreichten sie eine vollkommen feste Form, sie blieben schemenhaft verschwommen, aber mir kam in den Sinn, so klar, als hätte es jemand ausgesprochen, dass diese beiden die Mütter seiner Söhne waren, die Frau, die im Taj starb, und die arme Verlassene, die ihr Kind aufgab und laut Mrs. Golden an einem der Orte, wo Arme zum Sterben hingehen, einen einsamen anonymen Tod gestorben war.

Vergebt mir. Ich habe euch beide umgebracht. Wie soll man solch Flehen, das ein Mann in seiner Hochzeitsnacht von sich gibt, auffassen? Als den Ausdruck seiner Schuld im Moment seines neuen Glücks, während die unglückseligen Toten zu seinen Füßen liegen? Oder als seine Entdeckung, dass die quälende Vergangenheit mehr Macht über seine Gefühle hat als die seichte Gegenwart, auch wenn sie jung und schön ist? Und wo war sie gerade, die neue Mrs. Golden, und was hielt sie von ihrem Ehemann, der im Garten Geistern etwas vorheulte? Ein ungünstiger Anfang, das muss man schon sagen. Ich huschte durch den Nebel fort und begab mich wieder in mein Bett, wo ich merkwürdigerweise auf der Stelle in den Schlaf der Gerechten sank.

Am Morgen danach kündigte Vasilisa die nächste Etappe ihrer Reinigungs-und Renovierungspläne für das Haus an, vom Keller bis zum Dach, hinaus mit dem Alten! herein mit dem Neuen! Neue Lampen statt der alten! Und er, der alte Mann, stimmte zu. Aber ihr ging es nicht bloß um neues Dekor. »In Russland«, sagte sie, »sind wir nicht so einfältig zu glauben, es gäbe keine Dämonen.« Ich hörte es (unterdessen war ich ein häufiger und gern gesehener Gast). »Entschuldige, René, ich verstehe, dass du skeptisch bist, aber die Realität kann man sich nicht aussuchen. Deine Haltung zu ihr schert sie nicht. Die Welt ist so, wie sie schon immer gewesen ist. Geh einmal in Russland in eine orthodoxe Kirche, dort siehst du Menschen, die von ihren Familien hingebracht wurden und denen der Teufel in den Augen sitzt, Menschen voller Hass, auch lästerliche, obszöne Menschen, Menschen mit großer Gefühlskälte. Und dann fängt es an. Zuerst kommt der Priester mit dem Weihwasser und versprengt es, dazu spricht er Verse aus dem Evangelium, in denen Jesus Teufel austreibt, und mein Gott, sie kommen heraus, eine männliche Stimme dringt aus einer Frau, Körper beben und zischen und kreischen den Priester an, und das Weihwasser verbrennt sie, siehst du, und viele Menschen klingen wie Tiere, wie eine Kuh, ein Bär, ein Schwein. Es ist ein Speien und Niederfallen. Es ist entsetzlich, aber gut. In diesem Haus ist es anders. Vielleicht sind nicht die Menschen besessen, aber das Haus selber. Ihr habt das Böse aus dem alten Land mitgebracht, und nun sitzt es in den Wänden, den Teppichen, den dunklen Winkeln und auch in den Toiletten. Hier wohnen Gespenster, vielleicht sind es eure, vielleicht sind sie aber auch älter, sie müssen vertrieben werden. Wenn du zusehen möchtest, wenn der Priester kommt, bin ich einverstanden, ich weiß, du bist ein kreativer junger Mann auf der Suche nach Material, aber bleibe dort bei der Muttergottes stehen und sprich, wenn es beginnt, nur die Worte des Jesusgebets. *Herr Jesus Christus, Sohn Gottes, erbarme dich meiner*. Es spielt keine Rolle, wenn du nicht daran glaubst, nur sag es einfach, und diese Worte werden Schaden von dir abwenden.«

Neu aufgehängt an einem Ehrenplatz in dem ebenerdigen »großen Salon« im Hause Golden, das Gesicht geküsst vom auffrischenden Wind, der vom Garten her durch die französischen Fenster hereinwehte, von einem feuchten Wind, der Regen versprach: eine makellose frühe Kopie der Gottesmutter Feodorowskaja-Ikone, das Original hing im Alexanderpalast in der kleinen Kapelle links vom Schlafgemach der letzten Romanow-Zarin Alexandra, die jeden Tag viele Stunden zur Muttergottes betete. Das war überraschend. Nero Goldens Söhne machten kein Hehl aus ihrer Ungläubigkeit, und obgleich ich ihn nie etwas zu dem Thema hatte sagen hören, hatte ich angenommen, dass auch ihr Vater so denke und sozusagen der Urquell ihrer schulterzuckenden Areligiosität sei. Doch dieses Heiligenbild war Neros Hochzeitsgeschenk für seine junge Frau, und nun stand er ohne Einwände mit gefalteten Händen und geneigtem Kopf neben ihr vor der Gottesmutter und deutete an, man möge mit dem Exorzismus beginnen, und die drei jüngeren Goldens, von ihm herbeizitiert, waren wie befohlen mit ernstem Gesichtsausdruck zugegen. Und sofort begann der russisch-orthodoxe Priester, ein Zelt mit Bart, zu singen und uns mit Weihwasser zu besprengen, und genau in diesem Augenblick brach der Hurrikan Irene los, der Himmel schwarz, die Himmelsschleusen offen, und gleißende Blitze erfüllten den Raum. Der Priester schrie etwas auf Russisch, und Vasilisa übersetzte seine Worte.

Lobet den Herrn, denn es ist wohlgetan.

Woraufhin Nero ebenso laut rief: »Schließt die Türen« und seine Söhne zu den französischen Fenstern eilten, und während ich dies als eine vernünftige Reaktion auf den Wind und den peitschenden Regen auffasste, verstanden Vasilisa und der Priester es anders. Der Bart erzitterte, das Zelt um ihn herum erbebte, und aufgeregt ertönten russische Worte, welche die neue Mrs. Golden triumphierend übersetzte und paraphrasierte: »Schließt die Türen gegen den Regen, sie aber gegen die Dämonen zu schließen ist nicht vonnöten, denn sie sind meinem Manne ausgetrieben und werden nie mehr zurückkehren.«

Was auch immer an jenem Morgen geschah – ich stand der Echtheit dieses Exorzismus' höchst skeptisch gegenüber –, so stimmt es allerdings, dass Nero nie mehr wieder nächtliche Gänge unternahm und auf sommerlichem Rasen weinte. Soweit ich weiß, sind ihm die phantomhaften beiden Frauen nicht mehr erschienen. Oder falls doch, so hatte er seine Gefühle unter Kontrolle, kehrte sich von ihnen ab und erwähnte ihre Besuche gegenüber seiner Frau niemals.

Aus seinem Allerheiligsten drangen an jenem Abend Klänge seiner Guadagnini Geige, er spielte – nur hinlänglich – Bachs mächtig gefühlsbetonte Chaconne.

◇

An dem Montagabend, als der Ärger begann, begleitete Nero Golden seine Frau Vasilisa in ihr liebstes russisches Restaurant im Flatiron District zu einem Dinner zu Ehren von Michail Gorbatschow, der zu Besuch in der Stadt war, um Spenden für seine Krebsstiftung zu sammeln. Sie saßen am Ehrentisch neben dem emigrierten Milliardär und seiner künstlerisch veranlagten Frau und dem emigrierten Milliardär, der sich gerade zu dem Zeitpunkt ins Zeitungsgeschäft eingekauft hatte, als das Zeitungsgeschäft kein Geschäft mehr war, der aber zum Glück auch eine Baseballmannschaft besaß, und dem emigrierten Milliardär mit einem dicken Anteil am Silicon Valley und einer Frau mit ebenso einem dicken Anteil an Silikon, und an den anderen Tischen rundherum saßen weniger reiche Milliardäre mit kleineren Jachten und Fußballmannschaften und Kabel-TV-Sendern und Ehefrauen, die nicht ganz so beeindruckend waren. Für Vasilisa Arsenyeva, für das Mädchen aus Sibirien, war ihre Anwesenheit inmitten dieser Elite der

Beweis, dass ihr Leben sich endlich lohnte, und sie beharrte darauf, Fotos von sich mit jedem dieser russischen Granden zu machen (und natürlich auch mit deren Ehefrauen), um sie per SMS sofort an ihre Mutter zu schicken.

Ehe sie das Haus verließen, als Vasilisa bereits vollständig gekleidet war und geradezu kriminell attraktiv aussah, kniete sie zu Füßen ihres Manns nieder, öffnete den Reißverschluss seiner Hose und bediente ihn langsam und meisterlich, »weil ein Mann wie du«, sagte sie, »wenn er eine Frau wie mich an einen Ort wie diesen mitnimmt, wissen sollte, woran er mit ihr ist«. Das war eine ungewöhnliche Fehlkalkulation – für gewöhnlich war sie gut im sexuellen Kalkül –, denn daraufhin wuchs Nero Goldens Misstrauen, statt nachzulassen, sodass er im Restaurant jede ihrer Bewegungen wie ein immer missmutigerer Falke beobachtete, mit jedem Gang, der gereicht wurde, Hering im Pelzmantel, mit Rindfleisch gefüllte Golubzi-Kohlrouladen, ukrainische Warenyky-, Uszka- und Haluschky-Teigtaschen, Kalbs-Pelmeni, Bœuf Stroganoff, Wodka mit Stachelbeeren und Feigen, Blini mit Kaviar, wuchs seine Eifersucht, ihm schien, als servierte sie jedem der anwesenden Männer auf kleinen roten Papierservietten mit einer zweizinkigen Cocktailgabel ein Stückchen von sich selbst wie ein köstliches kleines Kanapee. Selbstverständlich hatten an diesem Ehrentisch alle Männer ihre Frauen dabei, deshalb verhielten sie sich diskret, der Milliardär mit der künstlerisch veranlagten Ehefrau sagte zu ihm, er könne sich glücklich schätzen, »unsere Vasilisa« erobert zu haben, der Milliardär mit der erfolglosen Zeitung und der erfolgreichen Baseballmannschaft sagte: »Sie ist wie unsere Tochter«. Der Silicon-Valley-Milliardär mit der Silikon-Frau meinte: »Weiß Gott, wie Sie sie rumgekriegt haben« und machte eine lüsterne Geste, die etwas Großes in der Hose andeutete, aber alle hatten reichlich

Wodka getrunken, niemand wollte beleidigen oder beleidigt sein, es war ganz einfach ein Männergespräch. Doch schon bald bemerkte er, dass sie quer durch das Restaurant Leuten zuwinkte, und die winkten zurück, und all diese Leute waren Männer, insbesondere ein Mann, ein jüngerer Mann, groß, muskulös, um die vierzig mit eigenartig vorzeitig ergrautem Haar, der, obwohl es Abend war, eine Pilotenbrille trug, ein Mann, der vielleicht ein Tenniscoach war oder – und dies war aus begreiflichen Gründen Nero Goldens höchster Ausdruck an Missbilligung – ein Personal Trainer. Oder vielleicht ein Friseur, ein homosexueller, das wäre gut. Oder, ja, vielleicht ein anderer Milliardär, jünger als diese hier am Tisch, einer mit zum Beispiel einer großen Jacht, von der Benetti-Werft in Viareggio, Italien, gebaut, und mit einer Vorliebe für Anderthalb-Millionen-Dollar-Supersportwagen, die nach Windgöttern in der Quechua-Sprache benannt sind, und für flotte junge Frauen, die mit ihm fahren. Diese Möglichkeit konnte nicht außer Acht gelassen werden. »Entschuldige mich«, sagte sie, »ich möchte nur rasch meine Freunde begrüßen.« Dann war sie fort, und er beobachtete sie, die Umarmungen, die Luftküsse, nichts Unschickliches, aber etwas stank gewaltig, vielleicht sollte er hinübergehen und sich diese Freunde, diese sogenannten Freunde, genauer anschauen. Vielleicht sollte er auch einen genaueren Blick auf diese Blonde werfen, die er nicht genau sehen konnte, auf diese kleine Blonde neben dem einen Typen, die ihm den Rücken zukehrte und von der er nur die muskulösen Arme sah, ja, er erinnerte sich an sie, an die Hexe. Vielleicht sollte er ihr einfach den Kopf abreißen.

Doch dann machte Gorbatschow Konversation. »Mr. Golden, mit Ihrer reizenden russischen Frau sind Sie jetzt beinahe einer von uns, und wie ich sehe, sind Sie ein einflussreicher Mann, darum erlauben Sie mir die Frage ...« Außer dass es nicht Gorbatschow war, der sprach, sondern sein Übersetzer, der vielleicht Pavel hieß und wie ein zweiter Kopf über Gorbatschows Schulter lugte und so rasch nach dem ehemaligen Generalsekretär sprach, dass er fast lippensynchron war, was bedeutete, dass er entweder der beste, schnellste Übersetzer aller Zeiten war oder dass er das Englische erdichtete oder dass Gorbatschow immer in etwa das Gleiche sagte. Jedenfalls wollte Nero Golden mit seiner unermesslichen und noch stets wachsenden Irritation über Vasilisas Verhalten nicht zulassen, vom Ehrengast befragt zu werden, und unterbrach ihn, um ihm selbst eine Frage zu stellen.

»Ich habe Geschäftspartner in Leipzig, in der früheren DDR«, sagte er. »Sie haben mir etwas Interessantes erzählt, und ich würde gerne Ihren Kommentar dazu hören.«

Gorbatschow machte ein ernstes Gesicht. »Was ist das für eine Geschichte?«, fragte sein zweiter Kopf Pavel.

»Während des Aufstands 1989«, sagte Nero Golden, »als die Demonstranten in der Thomaskirche, der Kirche Bachs, Zuflucht suchten, wollte der Kopf der ostdeutschen Kommunistischen Partei, Herr Honecker, Truppen mit Maschinengewehren hineinschicken und alle töten lassen, und damit wäre die Revolution vorbei gewesen. Aber wegen der Absicht, die Armee gegen Zivilisten einzusetzen, musste er Ihre Erlaubnis einholen, und Sie haben sie verweigert, und daraufhin war es nur noch eine Frage von wenigen Tagen, bis die Mauer fiel.«

Weder Gorbatschow noch sein zweiter Kopf sagte etwas.

»Mein Frage ist also folgende«, sagte Nero Golden. »Als Sie diesen Anruf erhalten haben und Ihnen diese Frage gestellt wurde, war da Ihre Ablehnung instinktiv und automatisch … oder mussten Sie erst darüber nachdenken?«

»Worauf zielt diese Frage?«, sagten Gorbatschow-Pavel mit grimmigen Gesichtern.

»Es ist die Frage nach dem Wert menschlichen Lebens«, erwiderte Nero Golden.

»Und was ist Ihr Standpunkt zu diesem Thema?«, fragten die beiden Gorbatschows.

»Die Russen haben uns immer beigebracht«, sagte Nero, und nun war seine vorsätzliche Feindseligkeit nicht zu missdeuten, »dass das Leben eines Einzelnen entbehrlich ist, wenn er sich der Staatsräson widersetzt. Das wissen wir von Stalin und auch durch den Londoner Regenschirmmord an Georgi Markow und die Polonium-Vergiftung des KGB-Flüchtlings Alexander Litwinenko. Und auch dieser Journalist, der überfahren wurde, jener Journalist, der auch versehentlich starb, obwohl das von zweitrangiger Bedeutung ist. Was den Wert menschlichen Lebens angeht, weisen uns die Russen den Weg in die Zukunft. Ereignisse dieses Jahres in der arabischen Welt bestätigen dies und werden es bald noch deutlicher bestätigen. Osama ist tot, damit habe ich kein Problem. Gaddafi ist weg, pah, sein Pech. Aber nun werden wir sehen, dass auch bald das Ende der Revolutionäre naht. Das Leben selbst geht weiter, für viele grausam. Die Lebenden sind für das Business der Welt nur von geringer Bedeutung.«

Es herrschte Stille am Tisch. Dann sprach Gorbatschows zweiter Kopf, obwohl Gorbatschow selbst nichts sagte. »Georgi Markow war Bulgare.«

Gorbatschow antwortete sehr langsam auf Englisch. »Hier ist nicht das passende Forum für dieses Gespräch.«

»Ich verabschiede mich«, entgegnete Nero nickend. Er hob den Arm, und auf der Stelle verließ seine Frau den Tisch ihrer Freunde und folgte ihm zur Tür. »Großartiger Abend«, sagte er in den weiten Raum hinein. »Wir danken.«

◇

TOTALE. MANHATTAN STREET. NACHT.

EIN JÜNGERER MANN, groß, muskulös, um die vierzig mit eigenartig vorzeitig ergrautem Haar, der, obwohl es Nacht ist, eine Pilotenbrille trägt, ein Mann, vielleicht ein Tenniscoach oder ein Personal Trainer, geht mit seinem Date, einer kleinen BLONDEN FRAU, die Ähnlichkeit mit einem anderen Personal Trainer hat, über den Broadway Richtung Union Square, vorbei an AMC Loews an der Nineteenth Street, vorbei am ABC Carpet, vorbei am dritten Standort von Andy Warhols Factory am Broadway 860 und dann am zweiten Standort im Decker-Gebäude an der Sixteenth Street. In Anbetracht des nicht vorhandenen Sicherheitspersonals ist er wahrscheinlich kein Milliardär und besitzt auch keine große rote Jacht oder einen Supersportwagen für anderthalb Million Dollar. Er ist einfach ein Typ mit einem Mädchen in der Stadt nach Einbruch der Dunkelheit.

Es spielt Musik. Unvermutet ist es ein Bollywood-Song, »Tuhi Meri Shab Hai«, und der Text ist untertitelt. Du allein bist meine Nacht. Du allein bist mein Tag. Der Song stammt aus einem Film aus dem Jahr 2006 mit der Schauspielerin Kangana Ranaut. Der Titel des Films ist *Gangster*.

ERZÄHLER (VOICE OVER)

Laut der *New York Times* erreichte die Anzahl von Mordfällen in Amerika einen alarmierenden Höchststand in den 1990ern, ist aber heute fast auf einem historischen Tief. Es besteht die Befürchtung, dass die grassierende Heroinsucht und ein Wiedererstarken der Bandenkriminalität die Zahl in einigen Städten wieder ansteigen lässt: Chicago, Las Vegas, Los Angeles, Dallas, Memphis. Erfreulich ist hingegen, dass in New York City über Jahre hinweg ein Rückgang von fünfundzwanzig Prozent zu verzeichnen ist.

Der MANN mit der Pilotenbrille und die FRAU mit den durchtrainierten Armen laufen durch den Park, sie befinden sich nun zwischen der George-Washington-Statue und dem Eingang zur Subway.

Das Lied spielt noch immer, wird lauter, Untertitel sind überflüssig:

SONG

Oh oh oh oh oh oh oh oh
Oh oh oh oh oh oh oh oh
Oh oh oh oh oh oh oh oh
Oh oh oh oh oh oh oh oh

Als der JÜNGERE MANN und die BLONDE FRAU am Eingang zur Subway vorbeigehen, kommt ein ZWEITER MANN heraus, er bewegt sich schnell, trägt einen Motorradhelm auf dem Kopf, zieht einen Revolver mit einem Schalldämpfer, schießt dem JÜNGEREN MANN ein Mal in den Hinterkopf; und als der fällt und die BLONDE FRAU den Mund aufmacht, um zu schreien, schießt er auch auf sie, ein Mal zwischen die Augen. Sie fällt vornüber auf die Knie und bleibt so, geneigter Kopf, auf den Knien, tot. Der JÜNGERE MANN liegt mit dem Gesicht nach unten vor ihr. Der ZWEITE MANN geht rasch weg, ohne aber zu rennen, zur Ecke Fourteenth Street und Universität, vorbei am Schachspielplatz, immer noch mit der

Waffe in der Hand. Es sind keine Schachspieler zugegen, es ist zu spät in der Nacht. Doch ein Motorradfahrer erwartet ihn dort. Er wirft den Revolver in den Abfalleimer an der Ecke, steigt hinten auf das Motorrad, und sie fahren davon. Erst jetzt, als das Motorrad fort ist, steigen POLIZEIBEAMTE aus den Streifenwagen, die rund um den Platz herum parken, und laufen rasch zu der knienden Frau und dem hingestürzten Mann.

Schnitt.

INNEN. NERO GOLDENS SCHLAFZIMMER. NACHT.

VASILISA schläft tief und fest in dem großen Bett mit dem geschwungenen, vergoldeten Rokoko-Kopfteil. Auch Neros Augen sind geschlossen. Dann »verlässt er« in einer TRICKAUFNAHME »seinen Körper« und geht zum Fenster. Sein Geist-Ich ist durchsichtig. Die Kamera hinter ihm sieht durch ihn hindurch auf die schweren Vorhänge, die er etwas beiseiteschiebt, um hinunter in die Gärten zu sehen. Der »echte« Nero schläft weiterhin in seinem Bett.

NERO (VOICE OVER)

Ich sage dies im Vollbesitz meiner geistigen Kräfte. Ich weiß, dass zu einem späteren Zeitpunkt meiner Geschichte meine geistige Gesundheit infrage gestellt wird und vielleicht zu Recht. Doch nicht jetzt, nicht gerade jetzt. Es bleibt noch Zeit, meinen Wahnwitz zuzugeben und auch zu akzeptieren, dass er ein schlechtes Licht auf mich wirft. Dass ich mir so leicht den Kopf habe verdrehen lassen von einem hübschen Gesicht. Ich begreife nun die Abgründe ihres Eigennutzes, die Eiseskälte ihres Kalküls und somit ihres Herzens.

Der Geist des NERO geht ruhig zurück zum Bett und »schlüpft« wieder in den »echten« NERO, es gibt nun nur noch einen NERO, der mit geschlossenen Augen neben seiner schlafenden Frau im Bett liegt.

Ein Anruf kommt, ihr Handy vibriert. Sie wacht nicht auf.

Es vibriert ein zweites Mal, und dieses Mal schlägt NERO, ansonsten reglos, die Augen auf.

Beim dritten Mal wird VASILISA wach, stöhnt und greift nach dem Handy.

Sie ist nun völlig wach, sitzt gerade im Bett und schlägt sich entsetzt auf die Wange. Sie spricht ein schnelles Russisch ins Handy, stellt Fragen. Dann ist sie still und legt das Handy ab.

Eine Weile verharren sie so, wie sie sind, sie sitzt aufrecht mit Entsetzen im Gesicht, er liegt mit offenen Augen ruhig auf dem Rücken und starrt an die Decke.

Dann dreht sie sich langsam zu ihm, sieht ihn an, und ihr Ausdruck verändert sich. Ihr Gesicht zeigt blanke Angst.

Sie sprechen nicht.

Schnitt.

Zweiter Teil

15

ÜBER MÄUSE UND RIESEN, PROZENTE UND KUNST

Apu Golden hörte, dass viele Demonstranten, die gegen die Arroganz der Banken protestierten, einen Platz im Finanzdistrikt besetzten, und als er hinging, um es sich anzusehen, trug er einen Panamahut, Khakishorts und ein Hawaihemd, um nicht allzu sehr aufzufallen, der Karnevalscharakter der Menschenmenge bezauberte ihn, die Bärte, die rasierten Schädel, die Leihbücherei, die Küsse, die Gerüche, die leidenschaftlichen Aktivisten, die verrückten alten Hühner, die Köche, die Jungen, die Alten. »Sogar die Polizisten schienen zu lächeln«, erzählte er mir, »Na gut, nur einige, um ehrlich zu sein, andere waren die üblichen Cro-Magnon-Typen, bei denen du lieber die Straßenseite wechselst, um ihnen aus dem Weg zu gehen.« Ihm gefielen der optische und auch der literarische Aspekt des Geschehens, die Gedichtlesungen, die Schilder aus alten Pappkartons, die ausgeschnittenen Fäuste und Victory-Zeichen, und am meisten beeindruckte ihn die Unterstützung mächtiger Toter für die Demonstranten. »Herrlich zu sehen«, sagte er, »dass Goethe sich zwischen die Schlafsäcke legt, G.K. Chesterton sich für eine Suppe in die Schlange einreiht, und Gandhi seine

Hände zum stummen Applaus bewegt, Up-Twinkels nennt man das – eigentlich steht da natürlich Gandhi, denn heute kann ja niemand mehr richtig schreiben, orthografisch richtig schreiben ist ja so spießig, so buurschwoa. Sogar Henry Ford ist dabei, dessen Worte via menschlichem Mikrofon durch die Menge wogen.« Ich ging mit ihm gemeinsam hin, da seine kichernde Begeisterung ansteckend wirkte, und beobachtete voll Bewunderung die Geschwindigkeit und Genauigkeit seines Stifts, als er die dicht gedrängte Szenerie einfing, und ja, sicher, auf seinen Zeichnungen waren die unsterblichen Geister mitten in der Menge, Goethe, der schwülstig lehrt, »Niemand ist hoffnungsloser versklavt als der, der fälschlich glaubt, frei zu sein«, und »Gandhi«, der seine alte Kamelle kundtut: »Zuerst ignorieren sie dich, dann bla bla bla, dann gewinnst du.« »Das hat er nie gesagt«, betonte Apu. »Das ist einfach ein Internet-Mem, aber was soll man tun, niemand weiß etwas, wie ich schon sagte, etwas zu wissen ist buurschwoa.« Chesterton und Henry Ford wirkten in ihren Fracks hier ganz unpassend, aber auch ihnen wurde respektvoll zugehört, denn ihre Empfindungen waren sozusagen genau aufs Geld ausgerichtet, »Enorm viel moderner Einfallsreichtum wird aufgewendet«, so erklärte der alte G.K., »Rechtfertigungen zu finden für das nicht zu rechtfertigende Verhalten der Mächtigen«, und H. Ford, der an seinem Fließband stand, rief: »Verstünden die Menschen dieser Nation unser Bank- und Geldsystem, gäbe es, so glaube ich, morgen früh eine Revolution.« »Es ist beeindruckend«, sagte Apu, »wie das Internet uns alle zu Philosophen gemacht hat.« Ich persönlich bevorzugte die Bekundungen auf Pappkarton eines anonymen Denkers, der vor allem durch Hunger motiviert schien: »Eines Tages werden die Armen nichts mehr zu essen haben, außer die Reichen«, mahnte er uns, und auf einer anderen Pappe mit Sprechblase drückte er den gleichen Gedanken etwas kerniger aus. »Friss einen Banker.« Dieser Denker trug eine Maske, die schnurbärtige, weißgesichtige, lächelnde Guy-Fawkes-Maske, bekannt geworden durch die Wachowskis in *V für Vendetta*, doch als ich ihn nach dem Mann fragte, dessen Gesicht er trug, gab er zu, nie von der Pulververschwörung gehört zu haben und sich nicht an den 5. November zu erinnern. So war diese Möchtegern-Revolution. Apu skizzierte alles.

Er zeigte seine Arbeiten in einem Raum von Frankie Sottovoce an der Bowery, in einer »raueren« Umgebung als Sottovoces Galerie in Chelsea. Es war eine Gemeinschaftsausstellung mit Jennifer Caban, der prominentesten Künstlerin-Aktivistin dieser streitlustigen Zeit, die bei der Vernissage mit einem Mal in voller Länge in einer Badewanne voll Falschgeld lag; und bald wurden sie beide bejubelt und verhöhnt für ihre Parteinahme. Apu widerstand den Badewannenfotos und auch dem Etikett des Widerständlers. »Für mich steht immer die Ästhetik an erster Stelle«, versuchte er klarzustellen, doch der Zeitgeist hörte ihm nicht zu, und letztendlich ergab er sich den Etiketten, die man ihm aufdrückte, und dem Maß an politischer Berühmtheit, das man ihm zusprach. »Vielleicht bin ich jetzt im Umkreis von mehr als zwanzig Blocks berühmt«, sinnierte er. »Vielleicht sind es schon eher fünfunddreißig oder vierzig.«

Im Haus an der Macdougal Street wurde Apus neue Agitprop-Berühmtheit nicht sonderlich gewürdigt. Nero Golden äußerte nichts, weder Lob noch Ablehnung, aber seine schmalen Lippen sagten ebenso viel wie Worte. Er überließ es seiner Frau, vom Leder zu ziehen. Vasilisa, die auf dem Boden des Wohnzimmers inmitten von Hochglanzeinrichtungsmagazinen saß, unterbrach ihre Beschäftigung, um Apu eine russische Kopfwäsche zu verpassen. »Diese Bettler auf der Straße machen nur Lärm und Dreck, und wofür? Glauben sie etwa, die Macht, die sie angreifen, sei so schwach, dass sie vor dem Pöbel zittert? Sie sind wie eine Maus, die einem Riesen auf den Fuß tritt. Der Riese spürt nichts, und er macht sich nicht einmal die Mühe, die Maus zu zerquetschen. Wen kümmert's wirklich? Die Maus wird davonlaufen. Was tut sie, wenn es Winter wird? Das Wetter wird sie fertigmachen. Also völlig überflüssig, dass jemand irgendwelche Anstrengungen unternimmt. Und diese Proletenarmee, die du so liebst, hat keine Anführer. Sie hat kein Programm. Darum ist sie ein Nichts. Sie ist eine Maus ohne Kopf. Sie ist eine tote Maus, die nicht einmal weiß, dass sie tot ist.«

Nur halb im Scherz warf sie ein Hochglanzmagazin nach ihm. »Entschuldige, was glaubst du, wer du bist? Du glaubst, wenn ihre Revolution kommt, zählen sie dich zu ihren heiligen neunundneunzig Prozent, weil du ein paar Bilder gemalt hast? In meinem Land weiß man, was geschieht, wenn die Revolution kommt. Du solltest mit mir vor der Feodorowskaja-Madonna niederknien und zur Heiligen Jungfrau für deine Errettung beten, damit wir nicht in einem fensterlosen Keller von einer Armee kopfloser Mäuse ermordet werden.«

Etwas hatte sich in Vasilisa verändert. Wenn das Licht in einem bestimmten Winkel auf ihr Gesicht fiel, erinnerte sie mich manchmal an Diane Keaton in ihrer Rolle im *Paten*, ihr Gesicht, ihr Geist und ihr Herz waren erstarrt von der täglichen Notwendigkeit, nicht zu glauben, was klar auf der Hand lag. Aber »Kay Adams« hatte »Michael Corleone« geheiratet und geglaubt, er sei ein guter Mann. Vasilisa hatte sozusagen den Charakter von Marlon Brando geheiratet, sodass sie sich keiner Illusion über seine Skrupellosigkeit, seine Unmoral und die dunklen Geheimnisse hingeben konnte, die die unvermeidlichen *consiglieri* von Machtmännern waren, und fiel das Licht aus einem anderen Winkel auf ihr Gesicht, sah sie überhaupt nicht wie Diane Keaton aus. Sie war mitschuldig. Sie verdächtigte ihn eines schrecklichen Verbrechens, und sie war mit sich selbst übereingekommen, diesen Verdacht wegen des Lebens, das sie sich ausgesucht hatte, beiseitezuschieben, wegen des Lebens, das sie als ihrer Schönheit würdig erachtete. Und vielleicht, weil sie nun Angst hatte. Sie glaubte noch immer, sie habe Macht über ihn, aber unterdessen glaubte sie auch an seine Macht und wusste, würde sie ihre Kraft mit seiner messen wollen, könnten die Konsequenzen für sie … extrem sein. Sie war nicht in dieses Haus gekommen, um sich extremen Konsequenzen auszusetzen, und deshalb musste sie ihre Strategie ändern. Sie war nie ein ahnungsloses Geschöpf gewesen. Doch nach den Schüssen am Union Square war sie härter geworden. Sie war sich deutlicher im Klaren über den Mann, mit dem sie das Bett teilte, und wusste, dass ihr Überleben ein gewisses Schweigen von ihr forderte.

ÜBER DIE FAMILIE: EINE BEFRAGUNG

– Noch einmal, Sir: Warum gibt ein Mann seine Heimat auf, ändert seinen Namen und beginnt ein neues Leben auf der anderen Seite der Welt? – Warum? Aus Kummer, Sir, wegen des Todes einer geliebten Frau, der ihn an den Rand des Abgrunds trieb. Wegen des Kummers und des Bedürfnisses, ihn hinter sich zu lassen, und das Hintersichlassen kam durch das Abwerfen des Ichs zustande. – Einleuchtend. Und doch ist man nicht vollkommen überzeugt. Es bleibt weiterhin die Frage: Was ist mit den Vorbereitungen für die Abreise, die der Tragödie vorausgingen? Dafür muss es doch bestimmt eine Erklärung geben. – Dann suchen Sie also nach einem Subtext?

Sie vermuten Schiebereien, Gaunereien, Schmu? – Es gilt die Unschuldsvermutung, bis die Schuld erwiesen ist. Keine Anklage gegen diesen Patriarchen im 2G-Spektrum-Skandal. Das wird zugestanden. Und bestimmt würde ein Typ, der vor dem Gesetz davonläuft und sich ein Pseudonym zulegt, sich eher unauffällig verhalten? Bestimmt würde so ein Typ in seiner neuen Heimat nicht verbreiten, dass er aus dem Ausland kommt? Wohingegen dieser Typ zunehmend und beharrlich und mit ständig wachsender *Brillanz*, nicht wahr, so etwas verbreitet. – Sir, ja, das tut er. Was, wie Sie sagen, auf seine Unschuld hindeuten könnte. Aber man denkt auch an die Fabel vom Skorpion und dem Frosch. Der Skorpion handelt gemäß seiner Natur, auch wenn es für ihn selbstmörderisch ist. Außerdem, oder um es zu bestätigen, ist er ein dreister Charakter, dieser Typ. Er ist sich seiner Unbesiegbarkeit gewiss, das spürt man, er wiegt sich in der Sicherheit seiner Unverletzbarkeit. Falls er tatsächlich gegen Gesetze verstoßen oder, wie soll man sagen, Menschen verprellt hat – denn die gefährlichsten Gegner sind nicht notwendigerweise gesetzestreu –, dann ist er sich sicher, außerhalb ihrer Reichweite zu sein. Die Reichweite gefährlicher Gegner ist nicht grenzenlos. Sie mögen auf ihrem eigenen Territorium gefährlich sein, aber es ist nicht leicht für sie, jenseits ihrer Grenzen zu agieren, und sie versuchen es nicht einmal. – Oder zumindest vermute ich es. Das ist nicht mein Fachgebiet. – Aber es ist klar, dass Nero sich zunehmend sicher fühlt und, gerüstet mit diesem wachsenden Glauben an sich selbst, sticht er wie ein Skorpion, quakt, wirft Nebelkerzen und etabliert, wie man heute sagt, seine Marke, sein Brand. – Ein Wort mit vielen Bedeutungen, Sir, darunter diese: ein Identifizierungszeichen, das man einst Kriminellen oder Sklaven einbrannte. Ein Usus, ein Merkmal oder eine Eigenschaft, die einem öffentliche Scham oder Ungnade einträgt. Eine Fackel. Ein Schwert. – Wir werden sehen, welche davon in diesem Fall Anwendung findet.

Und weiter: Durch die Wahl im Jahr 2012 wurde klar, dass Nero Golden nicht beabsichtigte, ein ruhiges Leben zu führen. Er hatte im Laufe seines früheren Lebens den Finger probehalber in verschiedene köstliche Speisen gesteckt (wie in dem Kinderlied), wobei ihm das Baugewerbe und die Entwicklung von neuen Geschäftsfeldern am meisten entsprachen, und sie blieben seine große Stärke, und so kam es, dass das Wort GOLDEN, ein goldenes Wort, in goldener Farbe, in leuchtend goldenem Neon, alle Großbuchstaben in Gold, allmählich auf Baustellen in der ganzen Stadt zu sehen war, und auch außerhalb der Stadt, und man sprach vom Mann dieses Namens als einem neuen Powerplayer in dieser äußerst geschlossenen Elite, einer kleinen Anzahl von Familien und Firmen, die das Bauwesen in dieser goldenen Stadt New York kontrollierten.

– Familien, Sir? Wenn Sie Familien sagen, meinen Sie dann, wenn ich es taktvoll ausdrücken darf, die *famiglie*? – Nein, Sir, oder nicht in Gänze. Das Gewerbe war 2012 viel sauberer als früher. In den 1990er-Jahren gehörten alle Bauunternehmen der Mafia, und deren Angebote waren absurd überhöht. Nun war der Einfluss der Fünf Familien schwächer geworden. Auf manchen Baustellen von Nero Golden gab es viele nicht gewerkschaftlich organisierte Arbeiter. Vor zwanzig Jahren wären diese Arbeiter umgebracht worden. – Dann sprechen Sie also von ehrbaren Personen: Doronin, Sumaida, Khurana, Silberstein, Stern, Feldman, von den Aristokraten der Immobilien. – Nein, nicht ganz, Sir, wie ich bereits sagte. Die Mafia ist noch da. Da nun alles vorüber und öffentlich ist, können wir auf Nero Goldens heimliche Geschäfte hinweisen, mit solchen Partnern wie den Abkömmlingen von Petruchio »Chicken Little« Leone in Philadelphia, mit Arcimboldo »Little Archie«

Antonioni in Atlantic City und Federico »Crazy Fred« Bertolucci in Miami. Wir dürfen ebenso erwähnen, dass in New York einige der Golden-Towers von Ponti & Quasimodo Concrete Co. gebaut wurden – von »P & Q« –, Arbeiten, an denen Francesco »Fat Frankie« Palermo, ein angeblich hochrangiger Vertreter der Genueser Gangsterfamilie, höchstes Interesse gezeigt hatte. – Das ist bekannt? – Jetzt, am Ende der *Affäre Golden*, ist es bekannt. Darüber hinaus fühlte Nero Golden sich ganz eindeutig recht wohl bei diesen Geschäften mit diesen Personen und den Familien dahinter. – Er fühlte sich wohl. – Verdächtig wohl, Sir.

Zwei letzte Fragen: Hatten Chicken Little, Little Archie, Crazy Fred und Fat Frankie auf ihrem breiten Kinn einen Drei-Tage-Bart? Und besaßen sie und trugen sie auch abends manchmal schlecht sitzende Smokings? – Ja, Sir.

Hier ist Nero Golden, der die Medien nicht länger aussperrt und den Fotografen eines kostenlosen Hochglanzmagazins in seinem schönen Haus herumführt. (Keine Geheimnisse mehr; alles wird zur Schau gestellt.) Hier ist Nero Golden, der in einer anderen Zeitschrift seine schöne Frau vorführt. Er spricht von seiner Frau als seiner Inspiration, als seinem Leitstern, als dem Ursprung seiner »Erneuerung«. Ich bin ein alter Mann, sagt er, und vielleicht ist es für Männer wie mich an der Zeit, zurückzuschrauben, sich aufs Boot zu setzen, Golf zu spielen, in Florida zu überwintern, den Staffelstab weiterzugeben. Bis vor Kurzem war ich dazu bereit, obwohl meine Söhne, weiß Gott, wenig Interesse am Familienunternehmen zeigen. Mein Jüngster, kaum zu glauben, arbeitet nun in einem Jugendklub für Mädchen an der Lower East Side, er macht gute Arbeit, und das ist prima, aber vielleicht brauche ich ihn auch, ein wenig Aufmerksamkeit, bitte. Und dann ein Künstler, und dann Petya. So ist das. Aber diese Dinge beunruhigen mich nicht mehr, weil ich als Mann neugeboren bin. Das kann eine Frau bewirken. Eine Frau wie Mrs. Golden, sie ist mein Lebenselixier, sie färbt die Haare eines Mannes wieder dunkel, sie strafft seinen Bauch, sie schafft es, dass er sich wieder ins Zeug legt, körperlich und geistig, ja, sie schärft auch seinen Geschäftssinn, messerscharf. Sehen Sie sie an! Glauben Sie mir nicht? Haben Sie ihre Fotos im *Playboy* gesehen? Natürlich nicht geschämt, warum sollte man sich dafür schämen? Seinen eigenen Körper zu beherrschen, für ihn zu sorgen, ihn zu optimieren und keine Schande in der Schönheit zu sehen, das ist Freiheit. Sie ist das Ideal der befreiten Frau und ebenso eine ideale Frau. Zwei Seiten einer Medaille. Ja: ein glücklicher Mann. Ganz gewiss: Sie ist der Jackpot, keine Frage.

16

ÜBER DIE LIEBE: EINE TRAGÖDIE

An dem Tag, als meine Eltern starben, saß ich nicht mit im Auto. Es war das Wochenende des Memorial Day, und sie fuhren zur Stadt hinaus, doch ich entschied mich im letzten Augenblick, in der Stadt zu bleiben, weil Suchitra Roy mich gebeten hatte, ich möge ihr beim Schnitt eines Videos für ein italienisches Modehaus helfen. Natürlich liebte ich Suchitra, jeder, der je den Weg dieses menschlichen Dynamos gekreuzt hatte, verliebte sich zumindest ein wenig in sie, und lange Zeit hatte mich ihre schiere Energie zu sehr geängstigt, das Kaliber dieser Frau – ihr schwarzes Haar wehte hinter ihr im Wind auf der Sixth Avenue, ihr blau-goldener Rock leuchtete über den angesagtesten Turnschuhen, ihre Arme streckten sich in dutzend verschiedene Richtungen wie die einer Hindu-Gottheit, die die ganze Stadt in die Arme schließen kann –, sie hatte mich zu sehr geängstigt, um mir einzugestehen, dass ich mich in sie verknallt hatte, doch mittlerweile gab es keinen Zweifel mehr, und die einzige Frage war, wann ich es ihr gestehen würde oder ob ich es ihr überhaupt gestehen sollte. Eine Stimme in meinem Kopf sagte, *tu es jetzt, du Dummkopf*, aber eine zweite, zumeist lautere Stimme, die Stimme meiner

Feigheit, warnte, wir seien schon zu lang gute Freunde, und ab einem bestimmten Punkt werde es unmöglich, Freundschaft in eine Liebesbeziehung zu wandeln, und scheitere man bei dem Versuch, so verliere man die Freundschaft oder die Liebe, und hier kam mir wieder Eliots Prufrock in den Sinn, der sich mit meiner inneren Stimme marterte, *Hat es Zweck*, und zu der schrecklichen und erschreckenden Frage einer Liebeserklärung, *Wär es die Sache wert, / Dass eine, ein Kissen rückend oder zum Fenster gekehrt, / Den Schal zu Boden werfend, spräche: / »Dies ist es wahrlich nicht, / Dies hab ich nicht gemeint, dies nicht.«*

Ich beschloss, zu bleiben und mit ihr zu arbeiten, und nach dem Schneiden würden wir ein Bier trinken gehen, und ich würde mich ihr offenbaren. Ja, ich würde es tun. Darum stieg ich nicht in den Wagen meiner Eltern, und darum lebe ich heute noch. Leben und Tod sind sinnlos. Sie geschehen oder geschehen nicht, aus Gründen, die kein Gewicht haben, aus denen man nichts lernt. Es gibt keine Weisheit auf der Welt. Wir alle sind Narren des Schicksals. Hier ist die Erde, und sie ist so schön, und wir sind so glücklich, miteinander hier zu sein, und wir sind so dumm, und was uns geschieht, ist so dumm, und wir verdienen unser dummes Glück nicht.

Ich rede ohne Sinn und Verstand. Lass mich von der Wegstrecke erzählen.

Der Long Island Expressway war eine Straße voller Familiengeschichten, und wenn wir im Sommer zu unserem geliehenen Haus am Old Stone Highway in The Springs hinausfuhren – der Besitzer, ein Grande von der Columbia University, der plötzlich eine satte Borreliose bekam und viele Jahre daran litt, wollte nicht mehr ins Königreich der Zecken reisen –, hakten wir alle familiären Meilensteine ab. Mineola, der Friedhof dort, wo eine Großtante und ein Großonkel lagen, in deren posthume Richtung ich respektvoll nickte. Great Neck und Little Neck weckten in uns Gedanken an Gatsby, und obwohl wir nicht durch Remsenburg fuhren, wo P. G. Wodehouse nach dem Krieg so viele Jahre während seines Exils von England gelebt hatte, stellten wir uns oft auf der Fahrt ein fiktionales Universum vor, in dem Fitzgeralds und Wodehouses literarische Figuren sich gegenseitig besuchten. Bertie Wooster und Jeeves mochten sich in die exklusive Welt der Eggs gedrängt haben, der Quatschkopf Bertie in die Schuhe des vernünftigen Nick Carraway geschlüpft sein, und Reginald Jeeves, der Fischliebhaber und Spinoza verehrende Genius und Gentleman eines Gentleman, könnte einen Weg gefunden haben, Jay Gatsby ein immerwährendes Happy End mit Daisy Buchanan zu ermöglichen, das jener sich zutiefst gewünscht hatte. Dix Hills, das mein Vater, um belgischen Vaterwitz bemüht, mit einem französischen Akzent aussprach. *Dee Heels*. Und ich sagte, ich sagte es immer, das klinge für mich nach dem Star einer nachmittäglichen Soap. Und Wyandanch; wenn wir an dieser Ausfahrt vorbeifuhren, erzählte der eine Elternteil oder der andere unvermeidlich die Geschichte des Montaukett-Häuptlings oder des *sachem* dieses Namens, der den größten Teil des Ostendes von Long Island an einen Engländer namens Lion Gardiner verkaufte und später an den Pocken starb. Wyandanch wurde oft noch einmal erwähnt, wenn wir das östliche Ende erreicht hatten und meine Eltern in Erinnerungen an die Geschichte des Stephen Talkhouse schwelgten, der ein Nachfahre Wyandanchs war und jeden Tag fünfzig Meilen zwischen Montauk, Sag Harbor und East Hampton zu Fuß ging. Und zwischen Wyandanch und Talkhouse fuhren wir an einem Schild vorbei, das uns zu einer völlig fiktiven indigenen amerikanischen Lady führte, zu Shirley Wading River. In Wirklichkeit wies dieses Straßenschild auf zwei verschiedene

Gemeinden hin, eine namens Wading River und die andere mit dem Namen Shirley, aber Shirley Wading River nahm einen großen Platz in unserem familiären Überlieferungsschatz ein. Als Science-Fiction-Fans ließen wir sie manchmal mit den postapokalyptischen Häuptlingen zusammentreffen, mit Three Hydrogen Bombs und Makes Much Radiation aus William Tenns 1958 erschienenem Klassiker *Eastward Ho!*, und andere Male stellten wir sie uns gigantisch wie Grendels Mutter vor oder wie eine riesige australische *Wandjina* oder Vorfahrin, die mit ihren Schritten die Landschaft formte.

Sie hörten Radio auf der Fahrt. Den Oldie-Sender 101.1 für Musik und WNYC für Wortbeiträge, bis das Sendesignal zu schwach wurde und sie abwarteten, bis East Hampton Music auf der Skala erschien, das Zeichen dafür, dass das Wochenende mit Abenden mit sanftem Rock and Hummer-Roll begann, auch das ein Vaterwitz. Zwischen den New Yorker Radiosendern und WEHM gab es Hörbücher, und in jenem Jahr hieß der Plan, Homer zu lauschen. Ich glaube – ich bin mir nicht ganz sicher, aber ich glaube –, dass sie zu dem Zeitpunkt ihrer Abfahrt ins Memorial-Day-Wochenende beim vierten Gesang der *Odyssee* angelangt waren, bei Telemachos, der den Palast des Menelaos an jenem Tag besucht, als dessen Tochter, die Tochter der zurückeroberten Helena von Troja, Achills Sohn heiratet.

Vielleicht hörten sie gerade die Passage, in der Menelaos den Tag schildert, als Helena an das große hölzerne Pferd herantritt und den Verdacht hegt, es könnten griechische Krieger sich darin verbergen, und verführerisch alle Stimmen von deren Frauen nachahmt (ich stelle mir vor, dass sie den Arm hebt und den hölzernen Bauch des Tieres erotisch betastet, während sie spricht), so betörend spricht, dass Diomedes, Menelaos und auch Odysseus auf der Stelle aus dem Pferd springen wollen;

doch Odysseus zügelt sich und seine Freunde, mit Ausnahme von Antiklos, der beinahe etwas geschrien hätte, und er hätte es getan, hätte ihm nicht Odysseus *unablässig den Mund zugehalten mit den starken Händen*, und laut einiger Varianten des Mythos würgt er ihn zu Tode, um die versteckten Griechen zu schützen. Ja, vielleicht klang dieser unsterbliche Moment in ihren Ohren, als das Metallrohr auf der Straße lag das einfach da lag als das scheiß Metallrohr von einem scheiß Lastwagen fiel hielt der Lastwagenfahrer an nein das tat er nicht wusste er es überhaupt nein vermutlich nicht hatte er seine Ladung anständig gesichert nein hatte er scheiße noch mal nicht getan denn da auf der Straße lag

das Metallrohr

auf der Fahrgemeinschaftsspur denn dort fuhren meine Eltern meine geliebten meine Einzigen und sie waren keine Raser nein Sir sie zogen es vor gemächlich und sicher dahinzuzockeln auf dieser Spur keine Einfahrt keine Ausfahrt auf der Spur für Wagen mit mehreren Insassen gekennzeichnet durch eine Raute weil warum wen kümmert es warum aber bei dieser Gelegenheit nicht so scheiße sicher wegen des Metallrohrs

das rollte

ich nähere mich dem Grauen und muss eine Pause einlegen, um mich zu sammeln und vielleicht später weiterzuschreiben.

Nein.

Es gibt kein Später.

Jetzt.

Das Rohr war etwas über zwei Meter lang. Es rollte auf einen anderen Wagen zu, der ihm etwas gab, was die Berichte als Streifhieb bezeichneten. Das Rohr drehte sich, irgendwie erhob es sich in die Luft, sodass es von einem Ende auf das andere sprang, die Windschutzscheibe des Autos meiner Eltern durchschlug und sich in den Kopf meines Vaters bohrte, er war sofort tot. Das Auto, außer Kontrolle, brach von der Fahrgemeinschaftsspur aus auf die Schnellspur, und meine Mutter wurde in der Karambolage, die folgte, auch getötet. Um meine Eltern aus dem Fahrzeug zu ziehen, mussten die Rettungsdienste nach den Rettungsspreizern schicken, aber sie waren beide tot. Ihre Leichen wurden ins North Shore University Hospital in Plainview, in Nassau County, gebracht, wo sie bei der Ankunft für tot erklärt wurden. Um Mitternacht, kurz nachdem ich Suchitra Roy im britischen Pub an der Ecke Bleecker Street und La Guardia Street ängstlich meine Liebe gestanden hatte und völlig unerwartet erfahren hatte, auch sie empfinde tiefe Gefühle für mich, erhielt ich den Anruf.

Den größten Teil jenes Jahres hörte ich vollständig auf zu denken. Ich hörte nichts anderes als das donnerähnliche Schlagen der gigantischen Flügel des Todesengels. Zwei Menschen retteten mich. Einer war meine neue geliebte, brillante, liebende Suchitra.

Der andere war Mr. Nero Golden.

◇

Mit der für sie typischen Sorgfalt – DIE IHNEN NICHT DAS LEBEN GERETTET HATTE, NEIN, DIE NACHLÄSSIGKEIT ANDERER LÖSCHT UNSERE SORGFALT AUS, DIE NACHLÄSSIGKEIT, DASS EIN ROHR SICH IN DIE LUFT ERHEBT, DAS GESICHT MEINES VATERS ZERSCHMETTERT, MEINES IST NUR EIN ARMSELIGES ABBILD DAVON, WIR, DIE WIR NACHFOLGEN, SIND DIE KONTERFEIS DER RICHTIGEN, DIE UNS VORANGINGEN UND FÜR IMMER TOT SIND, DÜMMLICH, SINNLOS GESCHLACHTET VON EINEM ZUFÄLLIGEN ROHR ODER EINER BOMBE IN EINEM NACHTCLUB

ODER EINER DROHNE – hatten meine Eltern ihre Unterlagen gut geordnet hinterlassen. Alle notwendigen Rechtsdokumente, die meinen Status als Alleinerbe sicherten, waren sorgsam zusammengestellt, und es gab eine Versicherung, die bezahlte, was der Staat von diesem Erbe einforderte, und es würde eine Geldsumme geben. Aus diesem Grund war ich nicht gezwungen, meine Wohnsituation zu ändern, auch wenn das Haus mittelfristig wahrscheinlich verkauft werden musste. Es war zu groß für mich, sein Wert war hoch, die laufenden Kosten teuer, und die Grundsteuern und so weiter würde ich nur schwerlich aufbringen können, ET CETERA, ES KÜMMERTE MICH NICHT. In blinder Wut lief ich durch die Straßen, und mit einem Mal war es, als würde auch all der Zorn, der sich in der Luft sammelte, in mich hineinfließen, ich spürte ihn, den Zorn der zu Unrecht Getöteten, der jungen Männer, die erschossen wurden, weil sie in einem Treppenhaus liefen, obwohl sie schwarz waren, den Zorn des kleinen Kindes, das erschossen wurde, weil es, obwohl es schwarz war, auf einem Spielplatz mit einem Plastikgewehr spielte, den Zorn all der tagtäglich in Amerika getöteten Schwarzen, die herausschrien, dass sie es verdient hätten zu leben, und ich spürte auch die Rage des weißen Amerika, das sich mit einem Schwarzen in einem weißen Haus abfinden musste, und den schäumenden Hass der Homophoben und den verletzten Zorn ihrer Ziele, die Wut der Arbeiter wegen des Immobiliendesasters, all jener, die von Fannie Mae und Freddie Mac betrogen worden waren, all die Unzufriedenheit eines wütend gespaltenen Landes, in dem alle glaubten, sie seien im Recht, ihre Sache sei gerecht, ihr Leid sei einzigartig, ihnen müsse Aufmerksamkeit zukommen, endlich müsse ihnen und allein ihnen Aufmerksamkeit zukommen, und ich fragte mich allmählich, ob wir überhaupt moralische Wesen seien oder einfach Wilde, die ihre privaten

Bigotterien als notwendige Ethik definierten, als einzig richtige Lebensweise. Ich bin von diesen geliebten verstorbenen Belgiern in dem Glauben aufgezogen worden, dass »richtig« und »falsch« Vorstellungen sind, die in dem menschlichen Wesen auf natürlichem Wege entstehen, dass diese Konzepte aus unserem Inneren stammen und nicht nur Konstrukte sind. Wir glaubten, es gebe einen »moralischen Instinkt«, der in unserer DNA ebenso fest vorprogrammiert sei, wie es laut Steven Pinker unser »Sprachinstinkt« ist. Das war die Antwort unserer Familie auf die Behauptung der Religion, Menschen ohne Religion könnten keine moralischen Wesen sein, allein die moralische Struktur eines religiösen Systems, das von einem Höchsten Richter für gültig erklärt werde, könne Menschen einen festen Bezug für das Gute und das Böse bieten. Die Antwort meiner Eltern darauf war »papperlapapp« oder alternativ dazu ein Ausdruck, den sie bei australischen Freunden gehört und frohlockend übernommen hatten: »horse pucky«, also Scheiße. Die Moral war eher da als die Religion, und Religion war die Methode unserer Ahnen diesem integrierten Bedürfnis zu entsprechen. Und wenn das so war, folgte daraus, dass es absolut möglich war, ein gutes Leben zu führen, einen ausgeprägten Sinn für Richtig und Falsch zu haben, ohne Gott und seine Harpyien je ins Zimmer zu lassen.

»Das Problem ist«, sagte meine Mutter, die auf einer Bank in den Gärten saß, »auch wenn wir darauf programmiert sind, eine Ethik zu wollen, sagt uns das Programm nicht, was eigentlich das Gute und das Böse ist. Diese Kategorien sind erst einmal leer in unserem Gehirn und wollen gefüllt werden. Aber womit? Mit Gedanken. Urteilen. Mit so etwas eben.«

»Eines der allgemeinen Prinzipien des menschlichen Verhaltens, das ich erkannt habe«, fügte mein Vater an, der vor ihr hin- und herlief, »ist, dass in nahezu jeder Situation jeder glaubt, er habe Recht und sein Gegner Unrecht.«

Worauf meine Mutter erwiderte: »Wir leben auch in Zeiten, wo kaum noch Einmütigkeit über existenzielle Fragen herrscht, wir können uns nicht einmal darauf einigen, worum es geht, und wenn die Natur des Realen so strittig ist, so muss es die Natur des Guten allemal sein.«

Wenn sie so miteinander sprachen, waren sie wie Tänzer oder Federballspieler, deren Worte sich harmonisch bewegten, ihre Schläger ließen den Federball hin und her, her und hin fliegen. »Die Vorstellung also, dass wir einen ethischen Instinkt haben, bringt nicht mit sich, dass wir wissen, was diese Ethik umfasst. Wäre es so, hätten wahre Philosophen nichts mehr zu tun und wir lebten in einer weniger streitsüchtigen Welt«, mein Vater zeigte jetzt mit dem Finger auf mich, *verstehst du? kapierst du das?*, und ich nickte wie ein Schuljunge, ja, Vater, ja, Mutter, ich kapiere es, wir sind uns einig, wir wissen diese Dinge.

»Ja, aber weißt du auch, dass es dafür ein Wort gibt?«, fragte mich mein Vater.

Ein Wort für was, Vater.

»Definition: Die angenommene angeborene Fähigkeit des menschlichen Geists, die grundlegenden Prinzipien der Ethik und Moral zu erkennen. Ein technischer Begriff der Philosophie, der das angeborene Prinzip im moralischen Bewusstsein eines jeden Menschen bedeutet und ihn zum Guten führt und vom Bösen fernhält.«

Nein, Vater, was soll das für ein Wort sein.

»*Synderesis*«, sagte meine Mutter. »Hast du je ein besseres Wort gehört?«

»Es gibt kein besseres Wort«, pflichtete mein Vater bei. »Merke es dir, Junge. Das beste Wort auf der Welt.«

Diese Stimmen würde ich nie wieder hören.

Und sie hatten unrecht. Die menschliche Spezies war roh, nicht moralisch. Ich hatte in einem verwunschenen Garten gelebt, aber die Rohheit, die Sinnlosigkeit, die Wut waren über die Mauern hineingeklettert und hatten getötet, was ich am meisten liebte.

◇

Ich hatte noch nie einen Toten gesehen, bis ich die Leichen meiner Eltern in der Trauerhalle von Mineola sah. Ich hatte Kleidung hingeschickt, einer von Suchitras Praktikanten erledigte diesen Botengang, und ich hatte die Särge online ausgesucht, wobei ich mich, wie man es so tut, für absurd teure Särge entschied, in denen sie verbrannt werden sollten. In unserem Haus tummelten sich Lehrstuhlinhaber, männliche und weibliche, die mir halfen. Ich hatte alle Hilfe der Welt von den führenden Experten für sumerische Kunst, subatomare Physik, für den ersten Zusatzartikel der Verfassung und für die Literatur des Commonwealth. Aber niemand konnte mir beim Anblick der Leichen helfen. Suchitra fuhr mich mit ihrem alten Jeep hin, und da wir nicht über das sprechen konnten, über das wir hätten sprechen müssen, verfielen wir in schwarzen Humor und erinnerten uns an ganz besonders schauerliche »Leichen der Woche« aus der alten Fernsehserie *Gestorben wird immer*. Meine liebste Szene war die mit einer Frau, die eines Abends mit ihren Freundinnen in einer gemieteten Stretchlimousine sich durch das offene Schiebedach aufrichtet, um ihr Glück hinauszuschreien, und mit dem Kopf gegen die Hebebühne eines Lasters prallt. Danach muss es für das Stammpublikum der Serie eine wahre Herausforderung gewesen sein, ihr geplättetes Gesicht anzusehen.

Und dann ein grell erleuchteter Raum mit zwei Bahren

und zwei horizontalen Wesen unter Laken, zwei horizontale Wesen, die sich einst horizontal auf einer anderen, weicheren Oberfläche freudig vereinten – vielleicht ungeschickt – vielleicht auch nicht –, ich war unfähig, mir meine Eltern als turnerische Sexteufel vorzustellen, aber ebenso wenig wollte ich, dass sie linkisch und unzulänglich gewesen wären – und das Ergebnis war diese leere, nicht denkende Person, die vor den Bahren stand, um zu bestätigen, dass sie nicht mehr zu dem Akt in der Lage waren, der ihn ins Leben gebracht hatte, noch zu etwas anderem.

Man hatte sich alle Mühe gegeben in der Trauerhalle. Ich ging zuerst zu meiner Mutter, ihr hatte man das Entsetzen aus dem Gesicht entfernt ebenso wie die Glasscherben und Metallstücke, die sie durchbohrt hatten, und obwohl sie mehr Make-up trug als zu Lebzeiten, war es sie, ich sah, es war sie, und sie sah friedlich aus, oder zumindest konnte ich es mir einreden. Ich wandte mich zu meinem Vater, und Suchitra stellte sich hinter mich, drückte ihre Wange an meinen Rücken und umschlang meine Taille. Okay, sagte ich, okay, und hob das Laken. Endlich weinte ich.

◇

Am Tag nach der Einäscherung kam Nero Golden durch die Gärten herüber zu unserem Haus – der Ausdruck »mein Haus« ergab keinen Sinn; meine Eltern waren auf jedem Quadratzentimeter präsent – und schlug mit seinem Stock gegen die französischen Fenster. Es war so unerwartet – der König klopft an die Tür des verwaisten Bürgerlichen –, dass ich ihn zuerst für eine irreale Projektion meiner Fantasie hielt. Als Nachwirkung auf den Tod hatte sich meine Beziehung zur Realität gelockert. Eine alte Dame, Mrs. Stone, die auch an den Gärten lebte (in vier Räumen mit hohen Decken auf dem ganzen *piano nobile* eines Hauses), sprach oft von Geistern. Sie habe ich bisher nicht erwähnt, und höchstwahrscheinlich werde ich sie nach diesem kurzen Gastauftritt wieder sich selbst überlassen, eine Dame, die von den Kindern in den Gärten wegen ihrer Vorliebe für breitkrempige Sonnenhüte Hut genannt wurde, seit vielen Jahren verwitwet, ihr Ehemann war Rancher in Texas gewesen, der, als er auf seinem Land auf Öl stieß, sofort die Mastrinder aufgab, auf großem Fuß lebte und sich eine international bewunderte Briefmarkensammlung zulegte. Auch Mrs. Stone hatte mich an den Kletterstangen in ein Gespräch verwickelt, um über Verlust zu reden. Ein Verstorbener in der Familie oder auch ein Neugeborenes war für Fremde oder annähernd Fremde Anlass, näher zu kommen und Monologe zu führen. »Ich habe meinen Mann nach seinem Ableben nicht mehr gesehen«, vertraute sie mir an. »Mir schien, er war froh, gehen zu können. Zu keiner Zeit ein Bemühen, Kontakt aufzunehmen. Man lernt immer noch dazu. Doch eines Abends sah ich auf der Macdougal Alley einen livrierten Teenager – einen schwarzen Jungen in einem hübschen schicken Anzug – auf den Knien gehen. Warum geht er auf den Knien, dachte ich, das ist doch keine religiöse Geschichte. Dann endlich begriff ich es. Er ging gar nicht auf den Knien. Das Niveau der Straße war über die Jahre höher geworden, und er lief auf dem alten Straßenniveau, darum konnte ich ihn nur bis zu den Knien *sehen*. Ein Stallbursche womöglich, der über die Alley zur Arbeit in die alten Pferdestallungen ging, die sich um die 1830er-Jahre dort befanden und zum Washington Square North gehörten. Oder ein junger Diener, der vielleicht bei Gertrude Whitney beschäftigt war, als sie dort lebte, Sie wissen schon, als sie ihr Museum gründete. Auf jeden Fall ein Geist, ein handfester Geist. Und das ist noch nicht alles.« Ich entschuldigte mich und ging. Aber in diesen melancholischen Tagen schienen mich die nachbarschaftlichen Geistergeschichten zu verfolgen. Der Geist von Aaron Burr ging im Village um und suchte nach Huren. Musicalgeister, Theatergeister spielten in ihren Bühnenkostümen im Winter auf der Commerce Street. Mein altes Ich war daran nicht interessiert, aber mein verwaistes neues Ich ließ die Leute ihre Geschichten erzählen, und nachts versuchte ich, das Gelächter meiner Eltern, das in leeren Räumen widerhallte, zu hören. In dieser Stimmung befand ich mich, als ich Nero Golden an die französischen Fenster klopfen sah, sodass ich glaubte, er sei eine *Erscheinung*. Aber er war aus Fleisch und Blut.

»Du erlaubst, dass ich hereinkomme«, fragte er und kam herein, ehe ich es ihm erlaubte. Und nachdem er seinen Stock an eine Wand gelehnt und sich in den Lieblingssessel meines Vaters gesetzt hatte, sagte er: »Ich drücke mich gern klar aus, Mister René, ich nehme kein Blatt vor den Mund, ich rede ohne Umschweife. Darum sage ich zu deinem Verlust, es ist *dein* Verlust. Deine Eltern sind tot, befasse dich nicht weiter mit ihnen, sie leben nicht mehr. Befasse dich mit dir. Nicht nur, dass du verletzt bist und wieder gesund werden musst. Sondern es steht nun auch kein Älterer mehr zwischen dir und dem Grab. Das ist das Mannesalter. Nun stehst du in der ersten Reihe, und das Grab öffnet sich wie ein Abgrund vor dir. Darum werde klug. Lerne, ein Mann zu sein. Ich biete dir meinen Beistand an, wenn du magst.«

Das war eine beeindruckende Rede. Sollte er die Absicht gehabt haben, mich durch Irritation aus meiner Traurigkeit zu reißen, so war es ihm gelungen. Doch ehe ich etwas sagen konnte, hob er gebieterisch die Hand. »Ich lese die Reaktion an deinem Gesicht ab, auf dem sich eine Gewitterwolke zusammenbraut und ein Unwetter ankündigt. Vertreibe es! Deine Wut ist überflüssig. Du bist jung, und ich bin alt. Ich bitte dich, von mir zu lernen. Dein Land ist jung. Man denkt anders, wenn Jahrtausende hinter einem liegen. Ihr seid nicht einmal zweihundertfünfzig Jahre alt. Ich sage auch, dass ich noch nicht blind bin, ich bin mir deiner Interessen an meinem Haus sehr wohl bewusst. Da ich glaube, dass du ein guter Kerl bist, vergebe ich dir, die Alternative dazu wäre, dich töten zu lassen, ha ha. Ich denke, dass du – da du nun ein Mann bist – von uns Goldens lernen kannst, Gutes und Schlechtes, was zu tun und was zu lassen ist. Von Petya, wie man gegen etwas ankämpft, das man nicht verschuldet hat, wie man Karten spielt, wenn man ein schlechtes Blatt hat. Von Apu, vielleicht, dass du nicht wie er sein solltest. Möglicherweise ist es ihm nicht gelungen, tiefgründig zu werden. Von Dionysos, meinem Gepeinigten, kannst du etwas über Zweideutigkeit und Leid lernen.«

»Und von Ihnen?«

»Was mich angeht, Mister René: vielleicht hast du bereits erraten, dass ich nicht immer ein Heiliger bin. Ich bin hart und überheblich und an eine gewisse höhere Position gewöhnt, was ich haben will, nehme ich mir, was ich nicht haben will, räume ich aus dem Weg. Aber wenn du mir gegenüberstehst, musst du dir folgende Frage stellen: Ist es möglich, gut und böse zu sein? Kann ein Mensch ein guter Mensch sein, wenn er ein schlechter Mensch ist? Glaubt man Spinoza und stimmt ihm zu, dass alles durch Notwendigkeit festgelegt ist, können dann die Notwendigkeiten, die einen Menschen antreiben, ihn zum falschen ebenso wie zum richtigen Handeln antreiben? Was ist ein guter Mensch in dieser deterministischen Welt? Bedeutet dieses Adjektiv überhaupt irgendetwas? Wenn du eine Antwort hast, sag sie mir. Doch vorher gehen wir heute Abend aus und trinken.«

◇

Später.

»Wir gehen mit dem Tod um, wir akzeptieren ihn, wir machen weiter«, sagte Nero Golden. »Wir sind die Lebenden, also müssen wir leben. Schuld, ja, aber das ist schlecht. Sie bleibt und schadet uns.« Wir saßen im Russian Tea Room – auf seine Rechnung – und tranken eiskalten Wodka. Er hob sein Glas; er trank, ich trank. Darum waren wir hier, und um zu essen – Blinis, Kaviar, Klöße, Hähnchen Kiew –, doch wir aßen nur, um mehr trinken zu können.

»Wenn wir nüchtern nach Hause gehen«, sagte Nero Golden zu mir, »haben wir versagt. Wir müssen einen Zustand erreichen, in dem wir nicht mehr wissen, wie wir überhaupt nach Hause gekommen sind.«

Ich neigte feierlich den Kopf. »Einverstanden.«

Noch ein Pinnchen. »Meine verstorbene Frau, nehmen wir ihren Fall.« Nero deutete mit dem Zeigefinger auf mich. »Tu nicht so, als wüsstest du nichts über sie, ich kenne die Plappermäuler in meinem Haushalt. Das macht nichts. Ihr Tod bedeutete eine große Traurigkeit, aber nicht wirklich eine Tragödie, so weit ging es nicht.« Ein weiteres Pinnchen. »Ich muss mich korrigieren. Natürlich eine persönliche Tragödie. Eine Tragödie für mich und meine Söhne. Aber eine große Tragödie ist allumfassend, nicht wahr.«

»Ja.«

»So. Mein Punkt. Der zerstörerische Aspekt, der mein Leben verändernde zerstörerische Aspekt, war für mich nicht die Tatsache ihres Todes, sondern die Tatsache der Verantwortung. Meiner. Meine Verantwortung, das ist das Thema. Sie quält mich, wenn ich nachts durch die Gärten streife.«

Zu diesem Zeitpunkt des Abends sah ich es als meine Aufgabe an, ihn zu trösten, auch wenn der Anlass unseres Ausgehens genau umgekehrt war. »Sie hatten einen Streit«, sagte ich. »Das passiert. Das bürdet Ihnen aber nicht die Last ihres Todes auf. In einem ethischen Universum ist nur der Mörder Schuld am Mord. So muss es sein, ansonsten wäre das Universum moralisch absurd.«

Er schwieg, trank, die Kellner um uns herum brachten mehr Wodka als notwendig. »Ich gebe Ihnen ein anderes Beispiel«, sagte ich, nun hochtrabend, da ich meinte, auf der Höhe des Gedankens zu sein, und mich als das wahre Kind meiner Eltern fühlte. »Nehmen wir mal an, ich wäre ein Arschloch.«

»Ein totales Arschloch?«

»Ein vollkommenes und totales. Und stinkendes.«

»Okay. Ich stell es mir vor.«

»Nehmen wir an, dass ich jeden Tag vor Ihrem Haus stehe und Sie und Ihre Familie beschimpfe.«

»Benutzt du Schimpfwörter?«

»Die schlimmsten. Ich beschimpfe Sie und ihre Liebsten mit den anstößigsten Begriffen.«

»Das wäre natürlich nicht zu tolerieren.«

»Und Sie haben eine Waffe im Haus.«

»Woher weißt du das?«

»Ich stelle nur eine Hypothese auf.«

»Ah, eine Hypothese. Großartig. Verstehe. Eine hypothetische Waffe.«

»Und Sie nehmen diese hypothetische Waffe, und Sie wissen, was Sie tun?«

»Ich erschieße dich.«

»Sie schießen mir durchs Herz, und ich bin tot, und raten Sie, was das mit Ihnen macht.«

»Es macht mich glücklich.«

»Es macht Sie zu einem Mörder.«

»Es macht mich glücklich und zum Mörder.«

»Sie sind eines Mordes schuldig, und es ist keine Verteidigung, bei Gericht vorzubringen, Euer Ehren, er war ein Arschloch.«

»Nein?«

»Selbst Arschlöcher sind, wenn sie umgebracht werden, nicht Schuld an ihrem Tod. Allein der Mörder trägt die Last des Verbrechens.«

»Das ist Philosophie?«

»Ich brauche noch einen Wodka. Die Philosophie steckt in der Flasche.«

»Kellner.«

Nach einem weiteren Pinnchen wurde er rührselig. »Du bist jung«, sagte er. »Du weißt nicht, was Verantwortung ist. Du kennst weder Schuld noch Scham. Du weißt nichts. Das ist nicht wichtig. Deine Eltern sind tot. Darum geht's.«

»Danke«, sagte ich. An alles Weitere erinnere ich mich nicht.

Ende.

◇

»Zu Anfang«, sagte Suchitra, die an meinem Bett saß, als ich vor Kopfschmerz stöhnte, »zu Anfang gab es die offizielle Kommunistische Partei Indiens – CPI. Doch Indien hat ein Bevölkerungsproblem, und auch die linken Parteien lassen Geburtenkontrolle außer Acht. Nach der CPI gab es die CPI(M), die Kommunistische Partei Indiens (marxistisch) und die Kommunistische Partei Indiens (marxistisch-leninistisch) alias CPI(M-L). Genügend Parteien? Baby, die Party geht gerade erst los. Versuch, mitzukommen. Jetzt gibt es die Kommunistische Partei Indiens (marxistisch-leninistisch) Befreiung sowie die Kommunistische Partei Indiens (marxistisch-leninistisch) Naxalbari und auch die Kommunistische Partei Indiens (marxistisch-leninistisch) Janashakti und zudem die Kommunistische Partei Indiens (marxistisch-leninistisch) Roter Stern und, nicht zu vergessen, die Kommunistische Partei Indiens (marxistisch-leninistisch) Zentralbüro oder vergessen wir nicht das Revolutionäre Kommunistische Zentrum Indiens (marxistisch-leninistisch-maoistisch) zu erwähnen, ganz zu schweigen von der Kommunistischen Partei der Vereinigten Staaten Indiens oder der Kommunistischen Partei Indiens (marxistisch-leninistisch) Rote Fahne oder die Kommunistische Partei Indiens (marxistisch-leninistisch) Neue Demokratie oder die Kommunistische Partei Indiens (marxistisch-leninistisch) Neue Initiative oder die Kommunistische Partei Indiens (marxistisch-leninistisch) Somnath oder die Kommunistische Partei Indiens (marxistisch-leninistisch) Zweites Zentralkomitee oder die Kommunistische Partei Indiens (marxistisch-leninistisch) Bolschewiki. Hör bitte freundlicherweise genauestens zu. Auch andere Splittergruppen florierten. Es gab das Maoistisch-Kommunistische Zentrum, das sich mit der Volkskriegsgruppe zusammentat, um das Maoistische-Kommunistische Zentrum Indiens zu bilden. Oder vielleicht war es das Maoistisch-Kommunistische Zentrum Indiens, das sich mit der Kommunistischen Partei Indiens (marxistisch-leninistisch) Volkskrieg zusammentat und die Kommunistische Partei Indiens (maoistisch) gründete. Diese Unterscheidungen sind nur schwer zu treffen. Ich erzähle dir all das, um die Entscheidung meiner bengalischen Eltern zu erklären, zwei unerschrockener, dem Kapitalismus zugeneigte Unternehmertypen, die in Kalkutta festsaßen unter den vielköpfigen Ravanas der Kommunistischen Partei Indiens (Uranium-Plutonium), den nuklearspaltenden Sprengköpfen der Linken, sie liefen davon und ließen sich in Alpharetta, einer Vorstadt von Atlanta, Georgia, nieder, wo ich geboren bin. Das hätte vielleicht eine gute Idee sein können, und tatsächlich war es wirtschaftlich gesehen eine gute

Idee, denn sie hatten mit einer breiten Palette an Unternehmen Erfolg, mit Schönheitssalons, Kleiderläden, einer Immobilienfirma, psychischen Heildiensten, du siehst, auch sie florierten. Doch unglücklicherweise waren um sie herum die politischen Institutionen der hinduistischen Rechten ebenso fruchtbar und vervielfachten sich auf dem fruchtbaren amerikanischen Boden, im Ausland lebende Ableger des Rashtriya Swayamsevak Sangh (RSS) sprossen in die Höhe, der Vishva Hindu Parishad erblühte, die Bharatiya Janata Partei gedieh, ebenso wie die Wohltätigkeitsorganisationen, die sie mit Dollars versorgten. Meine Eltern waren dem einen Strudel entronnen, nur um in den nächsten zu geraten, und als sie anfingen, zu den Galadinners des RSS zu gehen und voll Bewunderung von dem breitbrüstigen Mann sprachen, den sie NaMo nannten, musste ich sie trotz aller Liebe verlassen und mich aus dem Staub machen. So sauste ich nach New York, wo ich mir jetzt den Arsch abarbeite, um dich zum Lachen zu bringen, und es wäre nett von dir, wenn du zumindest ein Lächeln zustande brächtest.«

»Und das ist deine Vorstellung, wie man einen Kater kuriert«, sagte ich.

Was das den Arsch abarbeiten betrifft: Suchitra tat es jeden Tag, jede Minute eines jeden Tages. Ich habe nie jemanden kennengelernt, der so hart arbeitete und noch immer Zeit für Vergnügen fand, zum Glück gehörte ich in diese Kategorie. Sie stand früh auf, ging zum Spinning, rannte zu ihrem Büro, verbrachte einen Arbeitstag mit vollem Einsatz, joggte am Hudson oder über die Brooklyn Bridge und zurück und erschien noch immer frisch wie ein Blümchen und zweimal so stylisch zu einer der vielfältigen Abendunternehmungen, zu einer Galerieeröffnung, einer Filmvorführung, einem Geburtstagsfest, einer Karaoke-Nacht, einem Abendessen mit mir, und hatte noch genügend Energie für das anschließende

Liebesspiel. Als Geliebte war sie genauso dynamisch, wenn auch wenig originell, aber ich beklagte mich nicht. Ich war selbst nicht gerade ein Sexgott, und in jenem Moment rettete mich die Liebe einer guten Frau vor dem schwarzen Loch. Nero Goldens robuste Zuneigung und seine schwer alkoholischen Wodkanächte sowie Suchitra Roys freundliche Höchstgeschwindigkeitsliebe halfen mir durch jene Tage. Ich dachte an die Geschichte mit den Rettungssanitätern in der Ambulanz, die nach Mrs. Goldens Selbstmordversuch guter Bulle, schlechter Bulle spielten, und begriff, dass dieses Mal ich es war, der wegen Selbstmordgefahr unter Beobachtung stand.

ES WARD EINE STILLE IN DEM HIMMEL ODER DER HUND IM BARDO

Den ganzen Sommer lang war New York City Mutter und Vater für mich, bis ich lernte, ohne Eltern zu leben, und meinen Platz als Erwachsener in der ersten Reihe jener akzeptierte, die darauf warten, die Letzte Vorstellung zu sehen, wie Nero es mir empfohlen hatte. Wie üblich half mir ein Film dabei, Ingmar Bergmans *Det sjunde inseglet*, *Das siebente Siegel*, den der große Filmregisseur selbst für »unausgewogen« hielt, wir aber bewunderten. Der Ritter (Max von Sydow, später der langweilige Künstler Frederick in *Hannah und ihre Schwestern* und der unsterbliche Ming der Gnadenlose in *Flash Gordon*) spielt auf dem Rückweg von einem Kreuzzug Schach gegen den in Schwarz gehüllten Tod, um das Unvermeidliche hinauszuzögern, damit er vor seinem Tod noch einmal seine Frau wiedersehen kann. Der gebrochene Ritter und der zynische Knappe, Bergmans nicht komische Don Quijote und Sancho Pansa, suchen nach Vögeln in Nestern vom vorigen

Jahr. Bergman hatte religiöse Themen zu bearbeiten, denn er stammte aus einer zutiefst religiösen Familie, aber für mich war es nicht zwingend, den Film unter diesen Vorzeichen zu sehen. Der Titel stammte aus dem Buch der Offenbarung. »Und als das Lamm das siebente Siegel auftat, ward eine Stille in dem Himmel bei einer halben Stunde« (Offenbarung, 8,1). Für mich war die Stille im Himmel, das Nicht-Erscheinen Gottes, die Wahrheit der säkularen Sicht auf das Universum, und eine halbe Stunde bedeutete die Dauer eines menschlichen Lebens. Das Öffnen des siebten Siegels enthüllte, dass Gott nirgends war, nichts zu sagen hatte und dem Menschen die kurze Zeitspanne seines Lebens gegeben war, um wie der Ritter eine bedeutsame Tat zu vollbringen. Die Frau, die ich wiedersehen wollte, ehe ich sterben würde, war mein Traum, Filmemacher zu werden. Die bedeutsame Tat war der Film, den ich zu drehen träumte, meinen Film über die Gärten voll realer und erfundener Personen – wie ein Altman-Ensemble – und über die Goldens in ihrem Haus schräg gegenüber von meinem. Die »Tat« war der Weg, und die »Frau« war das Ziel. Irgendetwas in der Art sagte ich zu Suchitra, und sie nickte ernst. »Es ist Zeit, dass du das Drehbuch fertig schreibst und anfängst, Geld aufzutreiben.«

In der Zwischenzeit drückte mich die große Metropole an ihre Brust und versuchte, mir das Leben beizubringen. Das Boot auf dem Teich, wo Stuart Little segelte, erinnerte mich an die Schönheit der Unschuld, und der Ort auf der Clinton Street, wo Judith Malina gerade noch am Leben war und ihr Living Theatre noch immer Spaß daran hatte, sich auszuziehen, sprachen zu mir von der althergebrachten Ist-doch-scheißegal-Respektlosigkeit. Und auf dem Union Square spielten die Schachspieler, und vielleicht spielte dort auch der Tod, schnelle Spiele, Blitzschach, das nach Leben griff, als wäre es unerheblich, oder langsame Spiele, ohne Uhr, die dem schwarzen Engel die Gelegenheit boten vorzutäuschen, er respektiere das Leben, während er noch immer Mitspieler für seine *danse macabre* rekrutierte. Abwesendes sprach genauso zu mir wie Anwesendes: Das verschwundene Schuhgeschäft auf der Eighth Street, die verloren gegangene Verschrobenheit der Upper West Side, wo früher Maya Schaper einen Käse- und Antiquitätenladen führte, und wenn man sie fragte, warum, antwortete sie gerne: »Weil das die Dinge sind, die ich liebe.« Wo immer ich durch die Stadt streifte, umarmte sie mich und flüsterte mir Trost zu.

Am Abend von Apus zweiter Vernissage in Sottovoces Raum auf der Bowery, einen Block vom Identitätsmuseum entfernt (diese Bilder waren smart, flüchtig, technisch perfekt, energetisch und pop-artig, und sie berührten mich nicht) wurden in der ganzen Stadt Laurie Andersons große Gemälde gezeigt, die das neunundvierzig Tage dauernde Bardo – in der tibetisch-buddhistischen Lehre der Zwischenzustand zwischen Tod und Wiedergeburt – ihres geliebten, gestorbenen Foxterriers Lolabelle veranschaulichten. Suchitra und ich standen vor einem der größten Bilder dieses Hundes mit dem lieben Gesicht, der uns mit großen Augen aus dem Nachleben anschaute, als sich mit einem Mal in mir die Worte *Es ist in Ordnung* formten, und dann sprach ich sie aus. »Es ist in Ordnung«, sagte ich, und ein breites Grinsen ging mir übers Gesicht. »Es ist in Ordnung, es ist in Ordnung, es ist in Ordnung.« Ein Schatten hob sich von mir, und die Zukunft schien möglich und das Glück vorstellbar, und das Leben begann wieder. Erst als ich sehr viel später zurückdachte, wurde mir bewusst, dass dies am neunundvierzigsten Tag nach dem Tod meiner Eltern geschah.

Ich glaube nicht an das Bardo. Aber da war es.

»FLASH! ICH LIEBE DICH! ABER ES BLEIBEN UNS NUR VIERZEHN STUNDEN, UM DIE WELT ZU RETTEN!«

In jener Nacht hatte mich eine Art Euphorie erfasst, ein Rausch, weil ich meinen Eltern ihr Sterben verziehen hatte und mir, dass ich noch am Leben war. Suchitra und ich gingen zu den Gärten nach Hause, und ich wusste, es war die Zeit gekommen, das Verbotene zu tun. Bereits berauscht vom Leben, machten wir das lang verwahrte Päckchen Afghan Moon auf und inhalierten. Auf der Stelle öffnete sich, wie mein Vater es gesagt hatte, in unserer Zirbeldrüse das dritte Auge, und wir verstanden die Geheimnisse der Welt. Wir sahen, dass die Welt weder sinnlos noch absurd war, dass sie tatsächlich Sinn und Form hatte, dass uns aber Form und Sinn bisher verborgen gewesen waren, versteckt in den Hieroglyphen und der Esoterik der Macht, denn es war im Interesse der Herren der Welt, den Sinn allen, außer den Erleuchteten, zu verheimlichen. Wir begriffen, dass es an uns beiden war, den Planeten zu retten, und dass die Kraft, die den Planeten retten könnte, die Liebe war. Mit rauschendem Kopf verstanden wir, dass Max von Sydow als Ming der Gnadenlose, totalitär, wunderlich und schlecht gekleidet in seinem grellroten Science-Fiction-Comic-böser-Geist-Umhang, kommen würde, um die Menschheit zu unterwerfen, und dass es unfair war, wenn Mings Gesicht manchmal unscharf wurde und wie Nero Golden aussah, denn er war mit mir in letzter Zeit sehr freundlich gewesen, aber konnte ein Mann gleichzeitig gut und schlecht sein, fragten wir uns, und der Afghan Moon entgegnete, dass unversöhnlicher Widerspruch und die Vereinigung von Gegensätzlichem das tiefste aller Geheimnisse sei. Diese Nacht sei für die Liebe da, sagte der Afghan Moon, in dieser Nacht würden die Lebenden gefeiert, würde von den geliebten Toten Abschied genommen, aber nach dem Sonnenaufgang am Morgen sei keine Zeit mehr zu verlieren.

17

Schuldetest du der Bank einen Dollar, wärst du ein Schnorrer mit überzogenem Konto. Schuldetest du eine Milliarde, wärst du reich, und die Bank würde für dich arbeiten. Es war schwer in Erfahrung zu bringen, wie reich Nero Golden tatsächlich war. In jenen Tagen stand sein Name überall, auf allem von Hotdogs bis hin zu gewinnorientierten Universitäten, er streifte um das Lincoln Center herum und überlegte, eine *Einheit* zu spenden, um die Avery Fisher Hall aufzumöbeln, wenn dadurch der alte Name verschwände und der Name Golden dort oben in großen goldenen Blockbuchstaben prangen würde. Eine *Einheit* war das Kurzwort dafür, dass sein Name »hundert Millionen Dollar« bedeutete, hundert Millionen Dollar waren der Eintrittspreis in die Welt der wirklich Reichen, man war erst dann wirklich jemand, wenn man diese *Einheit* besaß. Sein Name verteilte diese *Einheit* in der ganzen Stadt, er wollte sich eigentlich an das Tribeca Film Festival heften, aber das kostete sehr viel weniger als eine ganze *Einheit*, sodass dieses Festival sich schließlich wie Peanuts fühlte; was sein Name wirklich, wirklich wollte, war, oben auf dem Yankee Stadion stehen. Das wäre der Beweis, dass sein Name New York erobert hätte. Danach könnte man ihn ebenso gut oben ans Rathaus schreiben.

Ich nahm an, dass er eine große Geldsumme mitgebracht hatte, als er nach Westen kam, doch es hielten sich Gerüchte, all seine Unternehmen stünden stark unter Druck, das ganze Megabusiness mit seinem Namen sei ein fauler Zauber und der Bankrott sei der Schatten, der seinen Namen begleite, wenn er mit ihm einen Bummel mache. Ich hielt ihn nicht für einen Bürger von New York, sondern für einen der unsichtbaren Stadt Ottavia, die Marco Polo dem Kublai Khan in Calvinos Buch beschreibt, eine Spinnennetz-Stadt, die, auf einem Netz errichtet, über einem Abgrund zwischen zwei Bergen hängt. »Das Leben der Bewohner von Ottavia ist weniger unsicher als in anderen Städten«, schrieb Calvino. »Sie wissen, dass das Netz nur ein gewisses Gewicht zu tragen vermag.« Ich dachte auch an ihn als eine der Figuren aus einem Comicfilm, vielleicht Wile E. Coyote, die ständig über die Kante des Canyons hinaus rennen, aber entgegen aller Schwerkraft sich weiter voran bewegen, bis sie in die Tiefe schauen, und dann fallen sie. Das Wissen um die Unmöglichkeit des Versuchs bewirkt sein unheilvolles Ende. Nero Golden ging weiter voran, vielleicht weil er niemals nach unten sah.

Viele Monate war ich damit beschäftigt, unser Haus auszuräumen, was ich behalten wollte, schloss ich in einem Manhattaner Mini-Lager auf der West Side ein, in dem mit den lustigen Plakaten an der Mauer, die auf den Highway ging, *New York hat sechs Profisportmannschaften und die Mets* und *Wenn du schwule Hochzeiten nicht magst, heirate keinen Schwulen* und *In meines Vaters Hause sind viele Wohnungen – Johannes, 14,2 – Jesus war eindeutig kein New Yorker* und *Denk dran, wenn du aus der Stadt wegziehst, musst du in Amerika leben*. Ja, ha ha, ich hab's kapiert, doch meistens war ich wieder in bedrückter Stimmung und gab mir alle Mühe, es Suchitra nicht merken zu lassen, aber sie wusste, was ich durchmachte. Dann war es an der Zeit, das Haus zum Kauf anzubieten, und Vasilisa kam herüber zu mir, legte ihren Arm um mich, küsste mich auf die Wange und sagte: »Lass mich das für dich erledigen, so bleibt es in der Familie«, was so nett klang, dass ich nur stumm nickte und ihr den Verkauf überließ.

Wieder einmal fiel es mir schwer, in jenem Jahr objektiv über die Goldens zu denken. Einerseits war Nero sehr freundlich zu mir und nun auch seine Frau. Andererseits gab es wenig Zweifel, dass er ein begeisterter Unterstützer von Romneys Präsidentschaftskandidatur war, und seine Bemerkungen über den Präsidenten und seine Frau streiften die Bigotterie, *natürlich mag er die Schwulen, er ist mit einem Mann verheiratet*, das war noch milde. Sehr oft erzählte er seinen »lustigen republikanischen Witz«, den über den älteren weißen Typen, der nach dem Ende der augenblicklichen Regierung mehrere Tage hintereinander zu einem Wachposten am Weißen Haus geht und jedes Mal darum bittet, Präsident Obama sehen zu dürfen. Beim dritten oder vierten Mal sagt der genervte Wachmann, Sir, Sie kommen immer wieder her, und jedes Mal sage ich Ihnen, Mr. Obama ist nicht mehr der Präsident der Vereinigten Staaten und wohnt nicht mehr an dieser Adresse. Sie wissen es und dennoch kommen Sie immer wieder und stellen mir dieselbe Frage, und Sie bekommen immer dieselbe Antwort, warum also fragen Sie immer wieder? Woraufhin der ältere weiße Typ sagt, oh, ich hör das so gerne.

Das nahm ich hin, obwohl ich für Nero fürchtete, seine dunkle Seite könnte das Licht verschlingen. Ich gab ihm die großartige Erzählung »Der Schatten« von Hans Christian Andersen zu lesen, über einen Mann, dessen Schatten sich von ihm löst, durch die Welt reist, feiner wird als sein früherer »Herr«, zurückkehrt, um dessen Verlobte, die Prinzessin, zu verführen und zu heiraten, und gemeinsam mit der (rücksichtslosen)

Prinzessin verurteilt er den echten Mann zum Tode. Ich wollte, dass er die Gefahr, in der seine Seele schwebte, verstand, falls einer gottlosen Person erlaubt sein mag, so ein Wort zu benutzen, doch er las keine Literatur und gab mir das Buch, in der die Erzählung stand, mit einer abschätzigen Handbewegung zurück. »Ich mag keine Märchen«, sagte er.

Doch dann … riefen mich die beiden, Mann und Frau, zu sich und verkündeten eine Entscheidung, die mich betraf. »Du solltest«, sagte Vasilisa Golden, »mit uns in diesem Haus leben. Es ist ein großes Haus mit vielen Zimmern, und zwei der drei Söhne sind so gut wie nie da, und der dritte, Petya, verlässt selten sein Zimmer. Hier ist also reichlich Platz für dich, und du wirst uns beiden ein großartiger Mitbewohner sein.«

»Vorübergehend«, sagte Nero Golden.

»Wer weiß, was mit dem Mädchen wird«, betonte Vasilisa. »Du willst mit ihr zusammenziehen, du beschließt, dich von ihr zu trennen, die Zeit wird es weisen. Nimm den Druck heraus. Gerade jetzt kannst du Druck nicht brauchen.«

»Für den Augenblick«, sagte Nero Golden.

Es war ein wahrhaft großzügiges Angebot – zugegebenermaßen für kurze Zeit –, absolut ernst gemeint; aber es widerstrebte mir, es anzunehmen. Ich öffnete den Mund, um zu widersprechen, als Vasilisa gebieterisch die Hand hob. »Ablehnen kommt nicht infrage«, sagte sie. »Pack deine Sachen, wir werden sie abholen lassen.«

So zog ich im Herbst 2012 ins Haus der Goldens, *vorübergehend, für den Augenblick,* und verspürte einerseits große Dankbarkeit, wie ein Leibeigner, dem ein Schlafzimmer im Palast angeboten wird, und andererseits fühlte ich mich, als wäre ich einen Pakt mit dem Teufel eingegangen. Der einzige Weg herauszufinden, was genau es war, würde darin bestehen, all die Geheimnisse um Nero herum aufzudecken, seine gegenwärtigen ebenso wie seine vergangenen, damit ich ihn wirklich beurteilen könnte, und um dieses zu erreichen, wäre es vielleicht besser, sich innerhalb seiner vier Wände aufzuhalten als außerhalb. Sie öffneten die Türen und zogen mich in ihre Welt, und dann war ich das hölzerne Pferd, das innerhalb der Stadtmauern von Troja stand. Und in mir hockten Odysseus und die Krieger. Und vor mir stand die Helena dieses amerikanischen Ilium. Und ehe unsere Geschichte beendet sein würde, würde ich sie verraten, die Frau, die ich liebte, und mich selbst. Und die Türme ohne Spitze würden brennen.

◇

Die »Jungs«, Neros Söhne, besuchten ihn jeden Tag, und es waren ungewöhnliche Treffen, was seine enorme Macht über sie zeigte, es waren nicht unbedingt Vater-Sohn-Begegnungen als vielmehr demütige Ehrbezeugungen, die Untergebene mit der Kappe in der Hand ihrem Herrn entgegenbringen. Ich verstand, dass jedes Filmtreatment, ein fiktionalisiertes selbstverständlich, dieses merkwürdige Machtgefüge berücksichtigen müsse. Ein Teil der Erklärung war zweifellos finanziell. Nero war sehr freigiebig mit seinem Geld, sodass Apu sich ein Haus in Montauk leisten konnte und dort Wochen mit Malen und auch mit Feiern zubrachte. Der junge D Golden in Chinatown machte den Eindruck, als müsste er mit wenig Geld auskommen, da er zurzeit ehrenamtlich in einem Club für junge Mädchen auf der Lower East Side arbeitete, was ihn gezwungen hätte, von Riyas Gehalt zu leben, doch in Wahrheit nahm er, wie Vasilisa mir rasch anvertraute, das Geld, das ihm sein Vater zusteckte. »Er hat im Augenblick viele Ausgaben«, sagte sie, war aber nicht gewillt, Genaueres kundzutun, wie es in der Familie Golden üblich war, deren Mitglieder sprachen nicht über wichtige Themen, als wären es Geheimnisse, obwohl sie doch alle wussten, dass jeder von ihnen alles wusste. Aber vielleicht waren die Treffen zwischen Vater und Söhnen, so grübelte ich, auch so etwas wie eine Beichte, wo die »Jungs« ihre »Sünden« gestanden und ihnen irgendwie bis zu einem gewissen Grad gegen unbekannte Buße und Sühne »vergeben« wurde. So müsste man es schreiben, dachte ich. Oder eine interessantere Möglichkeit. Vielleicht waren die Söhne die Priester der Eltern und umgekehrt. Vielleicht hatte jeder Gewalt über die Geheimnisse des anderen, und sie gewährten einander Absolution und Frieden.

Es war meist still in dem großen Haus, was mir sehr entgegenkam. Ich hatte ein Zimmer in der obersten Etage bekommen mit Dachfenstern zu den Gärten, ich war äußerst zufrieden und fleißig. Ebenso wie an meinem längerfristigen Filmprojekt arbeitete ich gemeinsam mit Suchitra an einer Serie von Kurzvideos für einen Video-on-demand-Kabelsender, bekannte Gesichter aus Independentfilmen sprechen über ihre Lieblingsfilmszenen, über jene in Jiří Menzels *Liebe nach Fahrplan*, *Closely Observed Trains* (wobei ich die größere Strenge des britischen Titels dem amerikanischen *Closely Watched Trains* vorzog), in der der Hintern gestempelt wird, über Toshiro Mifune, der die Figur seines schäbigen, wankelmütigen Samuraikämpfers in Kurosawas *Sanjuro* vorstellt, über Michael J. Pollards erste Szene in Arthur Penns *Bonnie und Clyde* (»Dreck in der Benzinleitung – hab ihn einfach weggeblasen«), über den winterlichen Pfau, der seine Schwanzfedern in Fellinis *Amarcord* spreizt, über das Kind, das in Truffauts *Taschengeld (L'Argent de poche)* aus einem Fenster stürzt und unverletzt aufhüpft, über die Schlussszenen in Robert Rossens *Haie der Großstadt*, *The Hustler* (»Fat Man, du hast ein großartiges Poolbillardspiel hingelegt.« – »Du auch, Fast Eddie.«), und über meinen persönlichen Favoriten, das

Streichholzspiel in Alain Resnais' *Letztes Jahr in Marienbad (L'Année dernière à Marienbad),* wo der draculaähnliche Sacha Pitoëff mit versteinertem Gesicht sagt: »Es ist kein Spiel, wenn Sie nicht verlieren können.« – »Oh, ich kann verlieren, aber ich tue es nicht.« Wir hatten bereits eine Reihe von jungen amerikanischen Filmschauspielern und Filmemacher gedreht (Greta Gerwig, Wes Anderson, Noah Baumbach, Todd Solondz, Parker Posey, Jake Paltrow, Chloë Sevigny), die ihre Bewunderung für diese klassischen Filme ausdrückten, und ich feilte an meinen Schnittkünsten auf meinem Laptop, wo ich das Material zu schnellen Dreiminütern zusammenmontierte, die auf einer Vielzahl von Webseiten verlinkt werden sollten. Suchitra überließ mir diese Arbeit, während sie selbst ihren ersten eigenen Film als Autorin und Regisseurin auf die Beine stellte und die Grenzen der Produktionsseite überschritt; wir beide waren tief in unsere Arbeit versunken, erst spätnachts trafen wir uns, um uns die Neuigkeiten des Tages zu erzählen, rasch und viel zu spät zu essen und uns entweder schnell zu lieben oder einfach erschöpft in den Armen des anderen einzuschlafen, entweder in meiner Künstlerklause oder in ihrem kleinen Apartment. So fand ich nach der Tragödie den Weg zurück zur Freude.

In meinen freien Momenten studierte ich die Dynamik im Hause Golden. Reinigungsdienst, Küchenhilfe, der Alleskönner Gonzalo kamen und gingen, so unaufdringlich, dass sie *virtuell* schienen, Phantomkinder im Zeitalter des Postrealen. Die zwei Hausdrachen waren fraglos zugegen, sie kamen jeden Morgen vor Tüchtigkeit surrend herein, zogen sich in einem Raum neben Neros Arbeitszimmer zurück und tauchten nicht wieder auf, bis sie am Abend davonsurrten wie Hornissen, die durch eine offene Tür entkamen. Alle Geräusche waren gedämpft, als würden sich die Gesetze der Natur innerhalb dieser Mauern gewissermaßen mit übergestreiften weißen Handschuhen vollziehen.

Nero hielt sich die meiste Zeit in seinem Arbeitszimmer auf, obwohl die Haupträumlichkeiten der Golden Enterprises sich in der Innenstadt in einem Tower befanden, der ärgerlicherweise einem gewissen Gary »Green« Gwynplaine gehörte, ein vulgärer Name, den Nero nicht über die Lippen brachte, und der sich selbst gerne »der Joker« nannte, da er unerklärlicherweise mit lindgrünen Haaren zur Welt gekommen war. Mit purpurrotem Mantel, weißer Haut und roten Lippen stilisierte er sich zum Abbild des berüchtigten Comicschurken und schien die Ähnlichkeit zu genießen. Nero fand seinen Vermieter unerträglich und verkündete mir eines Abends aus dem Nichts heraus und ohne Erklärung – so war er, sein Gedankenzug tauchte ab und zu aus seinem Tunnelmund auf, und wer immer sich gerade in seiner Nähe befand, wurde zum Bahnhof, an dem er rasch anhielt –: »One World. Wenn sie uns hineinlassen, werde ich der Erste in der Tür sein.« Es dauerte einen Augenblick, bis ich begriff, dass er nicht über die allumfassende Globalisierung sprach, sondern über das One World Trade Center, das erst in einigen Jahren bezogen werden würde, und dass er seine Absicht ankündigte, das Gebäude des Jokers zu verlassen und in den neuen Tower zu ziehen, der am Ort der Tragödie gebaut wurde. »Für die oberen Etagen kann ich einen sagenhaften Preis aushandeln«, erklärte er. »Fünfzig, sechzig Stockwerke, okay, die können sie füllen, aber darüber? Nach dem, was geschehen ist, will niemand sich in dieser Höhe einmieten. Also, ein Riesengeschäft. Das beste Geschäft der ganzen Stadt. All diese leeren Stockwerke müssen vermietet werden, aber sie werden niemanden finden. Ich gehe dahin, wo es billig ist. Hoch oben in der Luft? Prima. Senkt den Preis, und ich nehme es. Ein günstiges Geschäft. Der Blitz schlägt nicht zweimal ein.«

Seine Angestellten sahen ihn nur selten. Er ließ sich die Haare wachsen. Ich fragte mich allmählich, wie lang wohl seine Fußnägel seien. Nach Romneys Niederlage wurde seine Laune schlechter, und er war für seine Frau und den ganzen Haushalt kaum sichtbar. Er ging dazu über, auf einem Klappbett in seinem heimischen Arbeitszimmer zu schlafen und spätabends Pizza zu bestellen. In der Nacht führte er Telefongespräche mit Angestellten in verschiedenen Ländern – zumindest nahm ich an, dass es Angestellte waren – und auch in Manhattan. Seine Regel besagte, dass er zu jeder Tages- und Nachtzeit anrufen könne und vom Gegenüber erwarte, munter und bereitwillig mit ihm über alles zu reden, was ihm gerade in den Sinn kam, übers Geschäft oder über Frauen oder etwas, das in der Zeitung stand. Er sprach stundenlang mit seinen Telefonpartnern, und das mussten sie hinnehmen. Als er eines Abends in den Gärten in leutseliger Stimmung war, setzte ich mein unschuldigstes Lächeln auf und fragte ihn, ob er je über Howard Hughes nachgedacht habe. »Dieser Spinner«, antwortete er. »Du kannst froh sein, dass ich eine Schwäche für dich habe. Vergleiche mich nie mit diesem Spinner.« Doch zur selben Zeit begann er, sich menschlichen Blicken noch weiter zu entziehen. Vasilisa blieb nichts anderes übrig, als viele Tage im Spa zu verbringen oder durch die Geschäfte an der Madison Avenue zu bummeln und mit Freundinnen im Bergdorf oder im Sant Ambroeus zu Mittag zu essen. Vernachlässige eine schöne Frau zu lang, und es wird Probleme geben. Wie lange ist zu lang? Fünf Minuten. Alles über eine Stunde: die Katastrophe steht bevor.

Das Haus war zum Ausdruck ihrer Schönheit und der Stärke ihrer Bedürfnisse geworden. An austergraue Wände hängte sie große Spiegel, die sich aus kleineren Spiegelquadraten zusammensetzten, manche schief, manche nahezu dunkel gefärbt, die wie die Kubisten dem Bedürfnis nach vielen Perspektiven gleichzeitig Ausdruck verliehen. Ein großer neuer Kamin war in den Salon gebaut worden, der kaltem Wetter Glut entgegensetzte. Neue Teppiche auf den Böden, seidig weich und in der Farbe von Stahl. Das Haus war ihre Sprache. Sie sprach mit ihm, Nero, durch diese Neuerungen, denn sie wusste, dass er ein Mann war, den Umgebung beeinflusste, wortlos sagte sie ihm, wenn ein König einen Palast braucht, verlangt dieser Palast, will er angemessen prunkvoll sein, nach einer Königin.

Und allmählich setzte die Wirkung ein. Um Weihnachten herum hatte er sich vom Wahlsieg des Präsidenten erholt und eine mächtige Polemik gegen den unterlegenen Herausforderer entwickelt, der schlechteste Herausforderer aller Zeiten, sagte er beim Essen und stach, um diesen Punkt zu unterstreichen, mit seiner Gabel in unsere Richtung, nie habe es in der Geschichte des Herausforderns einen schwächeren Herausforderer gegeben, man könne ihn nicht einmal als einen richtigen Herausforderer bezeichnen, es habe kein Wettstreit stattgefunden, der Typ habe doch schon aufgegeben, ehe es zum Schlagabtausch gekommen sei, darum dürfe man beim nächsten Mal nicht den Fehler machen, sich für einen *Clown* zu entscheiden, es müsse sichergestellt sein, dass es ein Mann mit *gravitas* sei, der den Eindruck erwecke, dass er führen könne. Beim nächsten Mal. Unbedingt.

Am Tag der Amtseinführung hatte sich das Wetter im Hause Golden deutlich gebessert. Es war zwar nicht erlaubt, die Zeremonie am Fernseher zu verfolgen, aber die Stimmung des Königs und der Königin war heiter und kokett. Ich wusste, Nero Goldens innere Wetterlage war unbeständig, und seine sexuelle Empfänglichkeit für die Reize seiner Frau wurde mit zunehmendem Alter nur größer, und das Schlafzimmer war der Ort, wo sie stets die notwendige Veränderung seiner persönlichen Wetterlage erreichte. Doch damals wusste ich nicht, was ich heute weiß – dass er sich nicht wohlfühlte. Vasilisa als Meisterin des rechten Zeitpunkts hatte ihre Chance erspürt und eröffnete ihr Spiel. Weit vor uns erkannte sie, was uns später allzu traurig bewusst wurde: dass seine Kräfte nachließen, dass er bald nicht mehr der sein würde, der er war. Sie witterte den ersten Hauch dieser nahenden Schwäche wie ein Hai, der einen einzigen Blutstropfen im Wasser riecht, und rückte näher, um zu töten.

Alles ist Strategie. Das ist die Weisheit der Spinne.

Alles ist Nahrung. Das ist die Weisheit des Hais.

MONOLOG DER SPINNE ZUR FLIEGE ODER DES HAIS ZU SEINER BEUTE

Du siehst denn es ist eine Spezialanfertigung mit diesen speziellen Kristallen die auf diese spezielle Weise funkeln wenn die Flammen sich darin fangen funkeln wie Diamanten in der Höhle des Ali Baba von der ich nicht wusste dass sie tatsächlich Sesam hieß ja das war der Name der Höhle wusstest du das nun egal das habe ich in einer Zeitschrift gelesen wenn er also sagt Sesam öffne dich spricht er die Höhle mit ihrem Namen an und ich dachte immer es sei nur ein Zauberwort *Sesam!*, das macht nichts ich spreche vom Feuer von dem Feuer das ich entzündet habe als Symbol für das Feuer in deinem Herzen das Feuer in dir das ich liebe. Das weißt du.
Ich weiß, dass du es weißt. Hier sind wir also wie schon seit geraumer Zeit, bist du glücklich, dein Glück ist das große Werk meines Lebens darum hoffe ich, dass du mit

Ja antwortest, nun musst du fragen, ob ich glücklich bin, und ich antworte, ja, aber. Nun wirst du fragen, wie ich aber sagen könne da ich doch wisse wo ich gewesen bin als du mich gefunden hast und wo ich heute bin, und ich stimme dir zu du hast mir alles gegeben du hast mir mein Leben gegeben aber noch immer ist da ja aber, noch immer ein Aber. Du musst mich nicht fragen was es ist du müsstest es wissen. Ich bin eine junge Frau. Ich bin bereit mehr als eine Liebende zu sein obwohl deine Liebe zu sein mir stets das Wichtigste ist, du bist mir immer das Wichtigste, aber ich wünsche mir auch, du weißt, was ich mir wünsche, Mutter zu sein. Und ich verstehe ja dass dies gegen die Klauseln unserer Vereinbarung verstößt denn ich hatte zugesagt ich würde für dich darauf verzichten unsere Liebe würde unser Kind sein aber der Körper will was er will und das Herz ebenso, das lässt sich nicht verleugnen. Da stehe ich also mein Schatz und es ist ein Dilemma und ich sehe nur einen einzigen Ausweg auch wenn es mir das Herz bricht und so sage ich dir mit brechendem Herzen dass ich wegen meines großen Respekts für dich und auch meines Respekts für meine Ehre die mich verpflichtet unsere Vereinbarungen in Ehren zu halten gehen muss mein Schatz. Ich liebe dich so sehr aber wegen der Bedürfnisse meines jungen Körpers und meines gebrochenen Herzens muss ich gehen und einen Weg finden ein Kind zu bekommen obwohl die Vorstellung nicht mit dir zusammen zu sein mich vernichtet es ist die einzige Antwort die ich finden kann, und darum, mein Schatz, muss ich es sagen. Leb wohl.

◇

Beim Schachspiel wird der als Damengambit bekannte Spielzug nur sehr selten ausgeführt, weil er die mächtigste Figur auf dem Brett einem riskanten Stellungsvorteil opfert. Nur die wahren Großmeister wagen ein solches Manöver, da sie in der Lage sind, viele Spielzüge vorherzusehen, jede Variante zu erwägen, und sie sich zudem des Erfolgs ihres Opfers gewiss sind: der Verlust der Königin, um den König zu töten. Bobby Fischer wendete in der viel diskutierten Partie des Jahrhunderts, er spielte Schwarz, das Damengambit vernichtend gegen Donald Byrne an. In meiner Zeit im Haus Golden erlebte ich, dass Vasilisa Arsenyeva Golden eine eifrige Schülerin des »königlichen Spiels« war, sie konnte mir das berühmte Schachmatt in zweiundzwanzig Züge zeigen, bei dem der russische Großmeister Michail Tal das Königinnen-Opfer nutzte, um seinen Gegner, einen gewissen Alexander Koblenz, zu schlagen. Vasilisa und ich spielten Schach an den freien Nachmittagen, wenn Suchitra zum Drehen war, und sie gewann jedes Mal, doch anschließend zeigte sie mir, wie es ihr gelungen war, weil sie darauf beharrte, mein Spielniveau zu verbessern. Und so erkenne ich im Rückblick, dass sie mir auch das Spiel des Lebens beibrachte, sie ging sogar so weit, mir ihren nächsten Zug zu erklären, ehe sie ihn ausführte. Als sie Nero Golden um die Scheidung bat, begriff ich die Brillanz ihres Scharfsinns. Es war der Spielzug, der zum Sieg führte.

Ihre Forderung erschütterte ihn, und anfangs verschanzte er sich hinter Grobheiten, stritt mit ihr laut auf dem Flur vor seinem Arbeitszimmer, sodass die dienstbaren Geister des Haushalts in Deckung gingen, er machte ihr brutal klar, dass ihre finanzielle Übereinkunft mit ihrem Auszug beendet sei und sie mit nichts weiter als schicken Kleidern und einigem Tand das Haus verlassen würde. »Guck, wo dich das hinführt«, schnauzte er und donnerte die Tür zu. Ganz ruhig, ohne den

Versuch zu unternehmen, die zugeschlagene Tür zu öffnen, betrat sie ihr Ankleidezimmer und begann zu packen. Ich ging zu ihr. »Wo willst du hin?«, fragte ich. In diesem Moment, als die lodernde Macht ihres Blickes auf mich fiel, sah ich zum ersten Mal die unmaskierte Hexen-Königin, und ich wich einen Schritt zurück. Sie lachte, und es war nicht ihr normales mädchenhafte Lachen, sondern etwas völlig Wildes. »Ich gehe nirgends hin«, zischte sie wütend. »Er wird auf allen vieren angekrochen kommen, mich anflehen zu bleiben und schwören, mir meinen Herzenswunsch zu erfüllen.«

Es wurde dunkel; die Nacht erhöhte ihre Macht. Das Haus war still. Petya war in seinem Zimmer in blaues Licht getaucht und in sich und in die Bildschirme seiner Computer versunken. Vasilisa saß bei offener Tür aufrecht im Ehebett, auf ihrer Seite, vollkommen angezogen, ein gepacktes Köfferchen zu Füßen, die Hände im Schoß gefaltet, alle Lichter gelöscht, mit Ausnahme einer kleinen Leselampe, die ihre schlanke Silhouette umriss. Ich, der Spion, wartete an meiner Zimmertür. Und in der Mitternachtsstunde wurde ihre Prophezeiung wahr. Der alte Bastard schleppte sich geschlagen zu ihr, um Ihrer Majestät zu huldigen, sie anzuflehen, sie möge bleiben, und um ihren Bedingungen zuzustimmen. Er stand mit gesenktem Kopf vor ihr, bis sie ihn zu sich herunterzog und rückwärts in die Kissen fiel, und anschließend gestattete sie ihm wieder die Illusion, er sei der Herr im eigenen Haus, obwohl er ebenso gut wie alle anderen wusste, dass sie auf dem Thron saß.

– Ein Kind.
– Ja.
– Mein Schatz. Komm zu mir.
Sie knipste die Leselampe aus.

18

Ich hatte mir für den Aufbruch ins Leben vorgenommen, mit dem elterlichen Vorbild als Flagge, unter der ich segeln wollte, mein Bestes zu geben, um – ich bekenne mich hier öffentlich zu dem Wort, das ich bisher nur im privaten Kreis ausgesprochen habe – großartig zu werden. Was sonst wäre erstrebenswert? Weg mit den eintönigen, langweiligen, einsilbigen Renés, ich wollte mich dem vielseitig gebildeten, außergewöhnlichen Selbst zuwenden, wollte an Bord meiner imaginären Argo gehen und nach dem Goldenen Vlies suchen, ohne eine rechte Ahnung zu haben, wo mein persönliches Kolchis liegen mochte (vermutlich doch in der Nähe eines Kinos) oder wie ich in seine Richtung navigieren sollte (außer dass eine Filmkamera einem Steuerrad am nächsten kam und sie mir zur Verfügung stand). Zudem wurde ich von einer schönen Frau geliebt und stand an der Schwelle zu einem Leben als Filmer, was mir zum Herzenswunsch geworden war. Und in diesem glücklichen Zustand gab ich mein Bestes, all das zu zerstören, was ich mir aufgebaut hatte.

Der Reporter an der Kriegsfront war jeden Tag mit einer Entscheidung konfrontiert: eingreifen oder nicht? Was sehr schwierig war, wenn dein eigenes Land mitkämpfte, wenn deine Leute verwickelt waren und somit im weiteren Sinne auch du. Doch manchmal wurde nicht deine Schlacht ausgefochten. Es war nicht einmal ein Krieg, eher so etwas wie ein Preiskampf, und zufällig findest du einen Platz am Ring. Und plötzlich streckt einer der Kämpfer den Arm aus wie eine Geliebte, die dich zu einem Dreier einlädt. *Komm zu uns*. An diesem Punkt würde eine vernünftige oder zumindest vorsichtige Person den Rückwärtsgang einlegen und so schnell wie möglich das Weite suchen.

Ich tat es nicht. Ich verstehe, dass dies nicht gerade Schmeichelhaftes über mich aussagt. Und was darauf folgte, die Umstände, wie ich in den Krieg eintrat, ist sogar noch weniger schmeichelhaft. Denn nicht nur betrog ich meinen Gastgeber in seinem eigenen Haus und die Frau, die ich liebte und die mich liebte, ich betrog auch mich selbst. Und nachdem ich es getan hatte, begriff ich, dass die Fragen, über die Nero Golden mich bezüglich seiner Person gebeten hatte nachzudenken, auch für mich galten. Ist es möglich, dass ein Mensch ein guter Mensch ist, wenn er zugleich ein schlechter Mensch ist? Ist es möglich, dass das Böse und das Gute nebeneinander bestehen, und falls ja, bedeuten diese Begriffe noch etwas, wenn sie in eine so unangenehme und vielleicht unversöhnliche Allianz gedrängt werden? – Es könne sein, dachte ich, dass Gut und Böse, wenn sie voneinander getrennt wären, gleichermaßen zerstörerisch wirken; dass der Heilige eine ebenso beängstigende und gefährliche Figur abgebe wie der Erzschurke. Wenn hingegen das Richtige und das Falsche im rechten Verhältnis zueinander stünden, genau so und nicht anders, wie Whiskey und süßer Wermut, wären das die Zutaten für den klassischen Manhattan Cocktail des menschlichen Wesens (ja, mit einem Spritzer Bitter und abgeriebener Orangenschale, und du kannst diese Ingredienzien versinnbildlichen, wie du willst, und die Eiswürfel im Glas ebenso). Doch ich hatte mit diesen Yin- und Yang-Begriffen nie etwas anfangen können. Vielleicht war das Zusammenspiel von Gegensätzen, das die Natur des Menschen ausmacht, einfach das, was Menschen sich selbst vor Augen hielten, um ihre Unzulänglichkeiten wegzureden. Vielleicht war das einfach zu glatt, und die Wahrheit war, dass üble Taten die guten übertrumpften. Es war zum Beispiel ohne Belang, dass Hitler nett zu Hunden war.

Es begann so: Vasilisa bat mich, wie es manchmal in meiner Zeit als Mitbewohner im Haus Golden vorkam, sie auf einen Einkaufsbummel zu den exklusivsten Modegeschäften auf der Madison Avenue zu begleiten, *weil ich deinem Geschmack vertraue, Schätzchen, und Nero will mich immer nur sexy, je mehr Haut umso besser, aber das ist doch falsch, nicht, wir wissen das, manchmal ist verhüllt reizvoller als entblößt*. Um ehrlich zu sein, Klamotten kaufen zu gehen war eine meiner ungeliebtesten Beschäftigungen; wenn ich überhaupt Sachen kaufte, tat ich es meistens online und rasch. Meine Aufmerksamkeitsspanne in einem Modeladen war begrenzt. Suchitra war nicht gerade unmodisch – sie hatte eine Reihe Freunde in diesem Gewerbe und trug die Kleider, die sie von ihnen zugeschickt bekam, mit Haltung und Flair –, aber sie war eindeutig gegen das Vertrödeln von Zeit in Modegeschäften, was eine der vielen Eigenschaften an ihr war, die ich schätzte. Für Vasilisa hingegen waren exquisite Modehäuser ihr Theater, und mir fiel die Rolle des Publikums zu, das bei ihrem Auftritt applaudierte, wenn sie den Rücken nach hinten bog, sich über die Schulter hinweg im Spiegel betrachtete, dann im menschlichen Spiegel, den ich darstellte, und dann wieder im Spiegel, während eine kleine Schar von Verkäuferinnen klatschte und gurrte. Und es stimmte, was immer sie anzog, sie sah umwerfend aus, sie war eine der etwa zweihundert Frauen in Amerika, für die diese Kleider gemacht wurden, sie war wie eine Schlange, die in viele verschiedene Häute hinein und heraus schlüpfen und von diesem zu jenem gleiten konnte, während ihre kleine gespaltene Zunge die Mundwinkel leckte, sie reckte sich und wurde bewundert, und sie richtete sich auf, wie Schlangen es tun, um zu töten.

An jenem Nachmittag strahlte ihre Schönheit besonders auffällig, sie hatte ein Übermaß an Glanz, als hätte sie, die es gar nicht nötig hatte, zu Kosmetik zu greifen, sich viel zu viel Mühe gegeben. Die Mitarbeiterinnen in vielen Läden, die Fendivini, die Guccisti, die Pradarlings, reagierten darauf, indem sie ihr noch mehr Bewunderung zollten als in ihrem Berufsstand üblich. Sie nahm es auf, als sei es das Mindeste, das ihr zustand. Und nach dieser Anbetung im sechsten Stock von Bergdorf Goodman rauschte sie ins Restaurant, nannte die Bedienung beim Vornamen, ignorierte – aber während sie ignorierte, nahm sie sie doch entgegen – die bewundernde Aufmerksamkeit der dünnen Luxusfrauen verschiedenen Alters; sie setzte sich an »ihren Tisch« am Fenster, stützte beide Ellbogen auf den Tisch, verschränkte die Hände unter dem Kinn, sah mir eindringlich in die Augen und stellte mir die katastrophale Frage.

»René, ich kann dir doch vertrauen? Kann ich dir wirklich hundertprozentig vertrauen? Denn ich muss jemandem vertrauen, und ich glaube, es gibt nur dich.«

Das war, wie es die alten Lateingrammatikbücher nannten, eine *nonne*-Frage, auf die »ja« als Antwort erwartet wird, Vasilisa Golden stellte ausschließlich solche Fragen, Ja-Fragen, möchtest du mit mir shoppen gehen, sehe ich gut aus, kannst du mir den Reißverschluss zumachen, findest du das Haus schön, möchtest du eine Partie Schach mit mir spielen, liebst du mich. Es war unmöglich, Nein zu sagen, und darum sagte ich selbstverständlich Ja, aber ich gestehe, dass ich in Gedanken die Finger hinterm Rücken gekreuzt hatte. Was für ein junges Ekel ich doch war! Macht nichts, alle Schriftsteller sind Diebe, und in jenen Tagen arbeitete ich sehr viel. »Natürlich«, sagte ich. »Worum geht's?«

Sie öffnete ihre Handtasche, entnahm ihr einen gefalteten Brief und reichte ihn mir über den Tisch. »Pst«, machte sie. Zwei Bögen von einem medizinischen Labor auf der Upper West Side, die Ergebnisse verschiedener Tests von Vasilisa und von Nero Golden. Das Blatt, das sie betraf, nahm sie wieder an sich. »Das ist unwichtig«, sagte sie. »Bei mir ist alles hundertprozentig in Ordnung.« Ich betrachtete das verbleibende Blatt in meiner Hand. Ich bin nicht gut darin, Dokumente dieser Art zu lesen, sie muss mir meine Verwirrung angesehen haben und beugte sich weit über den Tisch. »Das ist ein Seminogramm«, zischelte sie. »Eine Untersuchung der Spermien.« Oh. Ich schaute auf die verschiedenen Werte und Kommentare. Die Worte erschlossen sich mir nicht. Motilität. Oligozoospermie. Vitalität. »Was bedeutet das?«, murmelte ich. Sie seufzte aufgebracht: ob wohl alle Männer so unbrauchbar seien, wenn man über das Material sprechen wolle, das so bedeutsam für ihre Männlichkeit ist? Sie sprach sehr leise und formte die Worte übertrieben mit den Lippen, damit ich sie verstand. *Es bedeutet, er ist zu alt, um ein Kind zu zeugen. Mit neunundneunzigprozentiger Sicherheit.*

Nun verstand ich die Anspannung, unter der sie stand, sie hatte sich daraus ergeben, dass sie zu sehr Druck gemacht hatte. Sie hatte ihr großes Spiel gespielt, und Nero hatte nachgegeben – und dann das. »Als hätte er es absichtlich getan«, sagte sie noch immer im Flüsterton. »Außer dass ich weiß, dass er es nicht weiß. Er glaubt, er sei ein Tiger, eine Maschine, er könne Kinder zeugen, allein schon wenn er eine Frau auf die falsche Art angucke. Das wird ihn hart treffen.«

»Was willst du tun?«

»Iss deinen Caesar's Salad«, sagte sie. »Wir reden nach dem Essen.«

Es lag Schnee im Park, und ein obdachloser Redner ließ sich lautstark aus, als wir auf dem Weg zum Karussell waren. Ein alter Hase war er, ein Mann, der sich an Worten berauschte: ein weißer Mann mit struppig grauem Bart, mit tief ins Gesicht gezogener Wollmütze, Jeans-Overall, fingerlosen Handschuhen, randloser runder John-Lennon-Brille, er sah aus, als hätte er auf dem Waschbrett in einer Südstaaten-Jug-Band gespielt. Seine Sprache hatte jedoch keinerlei südlichen Anklang, der Mann wollte uns eine These darlegen, und das mit recht überladenem Vokabular. Das private Leben von Männern und Frauen in Amerika, das wolle er uns sagen, werde durch das öffentliche Leben von Waffen vernichtet, sie seien zu fühlenden Wesen geworden, sie versuchten nichts Geringeres als die Dezimierung und letztendlich die Unterjochung der menschlichen Spezies. Dreihundert Millionen lebendige Waffen in Amerika, eine Anzahl, die ebenso hoch sei wie die menschliche Bevölkerung, versuchten, sich einen kleinen *Lebensraum* zu schaffen, indem sie eine signifikante Menge menschlicher Wesen vernichteten. Waffen seien zum Leben erwacht! Sie hätten jetzt ihren eigenen Kopf! Sie wollten das tun, was in ihrer Natur liege, nämlich schießen. Folglich würden diese lebenden Revolver Herren befähigen, ihren *Pimmel* wegzuschießen, während sie für Nacktselfies posieren, peng!, und sie würden Väter ermuntern, versehentlich ihre Kinder auf einem *hundertprozent sicheren Schießstand* zu töten, versehentlich? Er glaube nicht daran! peng!, und sie würden kleine Kinder dazu *verleiten*, ihren SUV fahrenden Müttern in den Kopf zu schießen, paff!, und er sei noch gar nicht dazu gekommen, über Massenmörder zu sprechen, rat-a-ta! über die

College-Campusse, rat-a-tat-ta!, über Einkaufszentren! rat-a-tat-tat-ta, über das scheiß *Florida*, rat-a-ta-rat-a-ta-ta! Er habe noch gar nicht *angefangen*, über Polizeiwaffen zu sprechen, die zum Leben erwacht seien und die *Bullen* auffordern, Schwarze zu töten, oder über verrückte Waffen von Veteranen, die die verrückten Veteranen anstiften, kaltblütig Polizisten zu erschießen. Nein! Er habe noch nicht einmal *begonnen*, davon zu sprechen. Was er uns an diesem Wintertag im Park erzähle, sei, *dass uns Killermaschinen angreifen*. Die unbelebte Waffe sei nun belebt wie ein Spielzeug, das in einem Horrorfilm lebendig werde, als könne dein Teddybär mit einem Mal denken, und was denke er? Er möchte dir die Kehle durchschneiden. Wie könne man nur über sein kleines Privatleben nachdenken, wenn doch diese Scheiße vor sich gehe?

Ich legte ein paar Dollar in die Dose zu seinen Füßen, und wir gingen weiter. Es war nicht die Zeit, den Zweiten Zusatzartikel zur Verfassung anzuführen. »Ich sage dir, was ich tun werde«, sagte Vasilisa. »Ich werde Nero vor dieser Information schützen, und du im Übrigen auch. Setz dich hier hin. Wir werden an diesem Blatt herumdoktern.« Wir saßen an einem der Tische am Karussell, das für den Winter verschalt war. Sie zog ihren Stift heraus und veränderte methodisch die handschriftlichen Zahlen. »Motilität I, eine römische Zahl, das ist schlecht«, sagte sie. »Das bedeutet, null Motilität, und ohne Motilität gibt es keine Vorwärtsbewegung, du verstehst. Aber ich schreibe ein kleines V hinter die I, das ergibt jetzt Motilität IV, das ist perfekt, das ist 1 A. Und hier die Spermienkonzentration, 5 Millionen per Milliliter, sehr niedrig, aber ich schreibe eine kleine 1 vor die 5, und 15 Millionen, das ist laut der Weltgesundheitsorganisation normal, ich habe nachgeschaut. Und so weiter, hier, hier, hier. Verbesserung, Verbesserung, Verbesserung. Siehst du? Nun ist er gut. Nun ist er absolut in der Lage, Kinder zu zeugen.«

Sie klatschte in die Hände. Das Lächeln, das ihr im Gesicht stand, hatte die Macht, denjenigen, dem es galt, beinahe davon zu überzeugen, dass Fiktion Tatsache sei, dass das Fälschen einer Diagnose diese Diagnose auch in der realen Welt verändern könne. Beinahe, nicht ganz. »Das mag sein Ego schützen«, sagte ich. »Aber das Baby wird ja nicht vom Storch gebracht.«

»Natürlich nicht«, sagte sie.

»Was dann, wirst du so tun, als versuchtet ihr es eine Weile, und dann überzeugst du ihn davon, ein Kind zu adoptieren?«

»Adoption kommt nicht in Frage.«

»Dann verstehe ich nicht, worauf du hinauswillst.«

»Ich werde einen Spender finden.«

»Einen Samenspender?«

»Ja.«

»Wie willst du ihn dazu bringen einzuwilligen, wenn er doch gar nicht weiß, dass er zeugungsunfähig ist?«

»Er würde nie einwilligen.«

»Du willst einen Samenspender, ohne ihm davon etwas zu sagen? Wie soll das gehen? Müssen denn nicht Dokumente unterschrieben werden? Ist seine Zustimmung nicht nötig?«

»Er würde nie zustimmen.«

»Wie also?«

Sie legte ihre Hände auf meine.

»René, Schatz«, sagte sie. »Hier kommst du ins Spiel.«

Später.

»Ich will kein Kind von einem Fremden«, sagte sie. »Ich will nicht von einem Spatel geschwängert werden. Ich will es auf normalem Wege, mit jemandem, dem ich vertraue, mit jemandem, der für mich wie Familie ist, mit jemandem, der ein liebvoller, hübscher Kerl ist, der mich, sei nicht peinlich berührt, wenn ich das sage, mit Leichtigkeit antörnt. Nimm es als ein Kompliment, bitte. Ich will es mit dir.«

»Vasilisa«, sagte ich. »Das ist eine schreckliche Idee. Damit würde nicht nur Nero getäuscht, auch Suchitra gegenüber wäre es unanständig.«

»Nein, nicht getäuscht«, sagte sie. »Und es wäre nicht einmal ein bisschen unanständig, mit Ausnahme von Gründen unserer persönlichen Vorlieben. Ich habe keineswegs den Wunsch, deine Liebesbeziehung zu stören. Es wäre ganz einfach etwas, das du heimlich für mich tust.«

◇

Später.

»Nero, René«, sagte sie ein wenig träumerisch. »Als hättet ihr beinahe denselben Namen, dieselben Silben, fast gleich, nur anders herum. Siehst du? Das ist Schicksal.«

Es begann, leicht zu schneien. *Leise rieselt der Schnee.* Vasilisa stellte den Mantelkragen auf, steckte die Hände ohne ein weiteres Wort tief in die Taschen und lief zielstrebig nach Westen. Von Weiß umgeben, widerfuhr deinem verblüfften Erzähler etwas, das er später als eine außerkörperliche Erfahrung beschreiben sollte. Ihm schien, als hörte er Geistermusik, als spielte das verschaltete Karussell das Lara-Thema aus *Doktor Schiwago*. Ihm schien, als schwebte er über seiner eigenen rechten Schulter und beobachtete, dass er ihr willenlos durch den Park und zum Columbus Circle hinterher ging, sein Körper hatte jede Handlungsfähigkeit aufgegeben und unterstand ihrem Befehl, als wäre sie ein haitianischer *Bokor* und als hätte er beim Lunch im Bergdorf Goodman die sogenannten Zombi-Gurke verabreicht bekommen, die seine Gedanken verwirrte und ihn zu ihrem lebenslangen Sklaven machte. (Mir ist bewusst, dass ich, indem ich in die dritte Person wechsle und das Versagen meines eigenen Willens vorschütze, mich ein wenig vom moralischen Urteil frei machen möchte. Ich bin mir außerdem bewusst, dass »er konnte nicht anders«, keine starke Verteidigung ist. Erlaube mir zumindest dies: Ich mache mir nichts vor.)

Seine – meine – Julie-Christie-Fantasie verblasste und er – ich – dachte stattdessen an den Polański-Film *Das Messer im Wasser*. Ein Paar lädt einen Anhalter ein, mit auf sein Segelboot zu kommen. Am Ende hat die Frau Sex mit dem Eindringling. Offenbar sah ich mich selbst unschwer als den Anhalter, als den Dritten in einem Dreieck. Vielleicht führt das Filmehepaar eine schlechte Ehe. Die Frau fühlt sich ganz eindeutig zu dem Anhalter hingezogen und widersetzt sich dem Sex nicht. Der Anhalter ist ein leeres Blatt, auf das das Ehepaar seine Geschichte schreibt. So erging es auch mir, ich folgte Vasilisas Spur, sodass sie ihre zukünftige Geschichte auf die Weise niederschreiben konnte, wie sie ihrer Meinung nach geschrieben werden müsste. Hier war die West 60th Street, und sie schwebte durch die Tür des Fünfsternehotels. Ich folgte ihr in den Aufzug, und wir fuhren hinauf bis zum dreiundfünfzigsten Stock, unter Umgehung der Lobby auf dem fünfunddreißigsten Stock. Sie hatte bereits den Zimmerschlüssel. Alles war geplant, und mir, der ich mich noch immer in dieser sonderbaren trägen Passivität befand, mir fehlte der Wille, das, was geschehen sollte, zu verhindern.

»Geh rasch hinein«, sagte sie.

◇

Später.

Es gibt ein Statement, das ich immer François Truffaut zugeschrieben habe, doch nun, da ich nachsehe, finde ich keinerlei Beweis, dass er es wirklich gesagt hat. Truffaut soll also gesagt haben: »Die Kunst des Films ist es, die Kamera auf eine schöne Frau zu richten.« Als ich zu Vasilisa Golden sah, deren Gestalt sich vor dem Fenster mit dem winterlichen Hudson dahinter abzeichnete, sah sie für mich wie eine der Leinwandgottheiten aus, die den Filmen, die ich liebte, entschlüpft waren, sie stiegen von der Leinwand in das Kino wie Jeff Daniels in *The Purple Rose of Cairo*. Ich dachte an Ornella Muti, die Swann in Schlöndorffs Proust-Film bezaubert; an Faye Dunaway als Bonnie Parker, die mit ihrem sinnlich geschürzten Mund Warren Beattys Clyde Barrow fesselt; an Monica Vitti, die in einem Antonioni-Film erotisch in eine Ecke zurückweicht und *No lo so* flüstert; an Emmanuelle Béart, mit nichts als ihrer Schönheit bekleidet, in *Die schöne Querulantin*. Ich dachte an all die Godard-Schauspielerinnen, an Seberg in *Außer Atem*, an Karina in *Elf Uhr nachts* und an die Bardot in *Die Verachtung*, und dann versuchte ich, mich selbst zu rügen, und erinnerte mich an heftige feministische Kritiken der Nouvelle-Vague-Filme, an Laura Mulveys »Theorie vom männlichen Blick«, in der sie erklärt, das Publikum sei gezwungen, diese Filme aus der Sicht eines heterosexuellen Mannes anzuschauen, Frauen würden zum Objekt degradiert etc. Und auch Mailer kam mir in den Sinn, *Gefangen im Sexus*, aber ich schickte ihn fast umgehend wieder fort. Zum Thema Eigenwahrnehmung: Ja, ich bin mir bewusst, dass ich zu sehr in meinem Kopf lebe, dass ich zu sehr in Filme, Bücher und Kunst versunken bin, und darum bleiben mir die Empfindungen meines Herzens, die Heimtücken meiner wahren Natur, manchmal verborgen. Bei den Ereignissen, die ich nun beschreiben muss, war ich gezwungen, mir aufrichtig klar zu machen, wer ich eigentlich war, und dann darauf zu vertrauen, dass mir weibliche Gnade beistand. Und da war sie, sie stand vor mir: meine teuflische Königin, meine Nemesis, die zukünftige Mutter meines Kindes.

◇

Später.

Ihr Verhalten anfangs war sehr nüchtern, gebieterisch, an der Grenze zum Schroffen. »Möchtest du etwas trinken? Würde das helfen? Sei nicht so kindisch, René. Wir sind beide erwachsen. Nimm dir was zu trinken. Gib mir auch etwas. Einen Wodka. Auf Eis. Der Eiskübel ist voll. Also! Lass uns auf unser Vorhaben anstoßen, das ja gewissermaßen majestätisch ist. Die Zeugung von Leben. Warum sonst sind wir auf dieser Erde? Die Spezies verlangt danach, sich fortzupflanzen. Bringen wir es hinter uns.«

Nicht nach einem, sondern nach zwei Wodka: »Heute brechen wir nur das Eis. Heute ist nicht der richtige Tag, um ein Kind zu zeugen. Nach dem heutigen Tag werde ich dich informieren, wann ich meinen Eisprung habe, und du wirst dich zur Verfügung halten. Ich weiß immer genau, wann er stattfindet, ich bin pünktlich wie die Züge im Italien Mussolinis. Diese Suite wird uns ständig offen stehen. Ich treffe dich hier insgesamt dreimal in jedem Zyklus. Zu anderen Zeiten wird unser Verhältnis so sein wie zuvor. Du willigst natürlich ein.«

Es war die Stimme, mit der sie zu den Hausangestellten sprach, und beinahe hatte sie mich aus meinem Traum gerissen. »Nein, Süßer, schmoll jetzt nicht«, sagte sie nun mit einer völlig anderen Stimme, leise, verführerisch. »Wir sind gemeinsam hier, was ja bedeutet, dass wir bereits Wichtiges entschieden haben. Jetzt ist es Zeit für die Lust, und ab sofort wirst du lustvoll genießen, das versichere ich dir.«

»Ja«, sagte ich, aber es muss sich eine Spur von Zweifel in meinen Tonfall geschmuggelt haben, denn nun drehte sie die sexuelle Lautstärke hoch. »Liebling, aber natürlich ja, und ich auch, denn sieh dich nur an, ein großartiger Junge wie du. Lass uns ins Schlafzimmer gehen. Ich kann es kaum erwarten.«

Welch eine Spielerin sie war! Wie rasch sie sich von ihren

unerwartet schlechten Karten erholt hatte! Denn es muss ein harter Schlag für sie gewesen sein, als sie die Ergebnisse des Seminogramms erfuhr, ihre Zukunftspläne waren vernichtet, doch trotz der Plötzlichkeit der Krise hatte sie sofort, intuitiv, den nächsten Schritt getan und ihrem Mann diese Information verheimlicht. Und ohne zu zögern, hatte sie auf mich gesetzt, vertraute auf ihre Einschätzung meines Charakters und auf die Macht ihrer Attraktivität (sie erkannte meine Ernsthaftigkeit, was bedeutete, sie konnte darauf bauen, dass ich ihr Geheimnis für mich behielt, und auch meine Schwäche, was bedeutete, ich würde ihren beachtlichen Reizen nicht widerstehen können). Und das, obwohl ihr klar war, sollte ihre List scheitern und ihr Mann die Wahrheit erfahren, würde ihre Position unhaltbar und sie könnte sogar in Gefahr geraten. Und ich ebenso; sie zog mich in ihre Verschwörung hinein, ohne Rücksicht auf meine Sicherheit, meine Zukunft. Aber ich kann ihr keine Schuld geben, denn ich fand sie unwiderstehlich und das Angebot ihres Körpers überwältigend, bereitwillig ging ich in ihre Falle. Und nun saß ich darin: ihr Mitverschwörer, ebenso moralisch kompromittiert wie sie, dem nichts anderes mehr übrigblieb, als es durchzuziehen und ihr Geheimnis zu wahren, das auch meines war. Ich hatte ebenso viel zu verlieren wie sie.

Sie zog mich aufs Bett. »Lust macht wunderschöne Kinder«, sagte sie. »Aber es ist auch lustvoll um der Lust willen.«

Schnitt.

19

Ich mag deine Goldens nicht«, sagte Suchitra. »Das wollte ich dir schon lange sagen. Du solltest bald ausziehen.« Bei unserem zur Gewohnheit gewordenen Abendcocktail in dem britisch gestylten Pub in der Nähe des Washington Square, irischer Whiskey on the rocks für sie, Wodka mit Soda für mich, offenbarte sie sich mir. »Eigentlich bin ich den Söhnen gegenüber gar nicht so negativ eingestellt, aber der Vater … nicht mein Fall und seine Frau auch nicht. Aber in erster Linie ist es dieses Haus. Es macht mir Angst. Ich kann nicht mal sagen, warum, aber so ist es. Als wäre es die Villa der Addams Family. Spürst du es nicht? Es ist wie ein Geisterhaus. Diese entwurzelten Reichen, die ihre Geschichte, ihre Kultur und ihren Namen abgelegt haben. Wegen ihrer Hautfarbe kommen sie davon, damit kommen sie durch. Was sind das für Leute, die ihre Ethnie verleugnen? Mir ist es egal, ob man im Land seiner Väter lebt oder nicht, ich schlage nicht so ein Anti-Immigration-nativistisches Ding vor, aber so zu tun, als ob es nicht existiere, als ob man dort nie gelebt hätte, als ob es einem nichts bedeute und es einem nichts gegeben hätte, macht auf mich den Eindruck, dass sie sich damit einverstanden erklären, in gewisser Weise tot zu sein. Es ist, als lebten sie ihr Nachleben bereits zu Lebzeiten. Womöglich legen sie sich nachts in einen Sarg. Nein, natürlich nicht wirklich, aber du weißt, was ich meine.«

Suchitra war eine atypische New Yorkerin. »Ich hatte für all meine Freunde immer drei Regeln«, hatte sie mir erzählt, als wir uns ineinander verliebten. »Verdiene dein eigenes Geld, habe eine eigene Wohnung und bitte mich nicht, dich zu heiraten.« Sie lebte bescheiden zur Miete in einer Zwei-Zimmer-Wohnung in der Battery Park City. »Im Grunde lebe ich in nur einem Zimmer«, erklärte sie. »Die Klamotten und die Schuhe belegen das andere.« Es war ein Eckzimmer mit großen Fenstern, sodass der Fluss ihr Kunstwerk an der Wand war, der Nebel, der bei Tagesanbruch hereinwaberte, die Eisschollen im Winter, denen die ersten Segelboote im Frühjahr folgten, die Frachter, die Schlepper, die Fährschiffe, das Rennboot mit der flatternden Regenbogenflagge des schwulen Segelclubs, ihr Herz füllte sich mit Liebe für ihre Stadt, wann immer sie die Aussicht bewunderte, sie war nie gleich, Wind, Licht, Regen, der Tanz von Sonne und Wasser und das Apartment im Gebäude auf der anderen Straßenseite mit dem großen Messingfernrohr am Fenster und der klaren Sicht auf ihr Bett, Gerüchte besagten, es sei Brad Pitts Zweitwohnung, in die er sich vor seiner Frau flüchte; und die grüne Lady mit der Fackel hielt aus nicht allzu großer Ferne Wache und erleuchtete die Welt. »Die Stadt ist die Geliebte, die mit mir zusammenlebt«, hatte sie mir ganz zu Anfang gesagt. »Sie wäre eifersüchtig, wenn ein Typ einziehen würde.«

Das kam mir alles sehr entgegen. Es entsprach meinem Wesen, viel Raum und Stille um mich zu haben, und ich liebte eine unabhängige Frau, somit waren ihre Bedingungen leicht zu erfüllen. Zum Thema Hochzeit war ich ganz offen eingestellt, aber ihrer strengen Haltung schloss ich mich gerne an. Jedenfalls befand ich mich jetzt unter Zugzwang, mit dem alle Lügner,

Betrüger und Schwindler irgendwann konfrontiert sind: Der Moment beim Schach, wenn man einen Zug machen muss, sich aber kein guter Zug anbietet. Es war Anfang Frühling, als der Immobilienmarkt sich in Bewegung setzte; es gab einen achtbaren Käufer für mein altes Elternhaus, mit dem der Handel so gut wie perfekt war, wenn Vasilisa mit mir darüber sprach, war sie ganz geschäftsmäßig; keine Anspielung auf unser geheimes Leben in ihrem Tonfall oder ihren Gesichtszügen. Ich hatte mein Erbe, und demnächst, wenn der Verkauf über die Bühne wäre, würde sich mein Kapital um eine bedeutende Summe erhöhen. Instinktiv wollte ich erst mal dort bleiben, wo ich war, schließlich etwas mieten und mich umsehen, bis ich die richtige Wohnung zum Kaufen gefunden hätte. Daher war Suchitras Ermutigung, ich solle ausziehen, völlig vernünftig, sie widersprach aber meinem eigenen Wunsch. Wegen drei offenkundiger und eines verdeckten Grunds sträubte ich mich. Die ersten drei nannte ich ihr natürlich. »A), das Haus ist ruhig, ich kann dort gut arbeiten. Ich habe den Platz, den ich brauche, und bin mir meist selbst überlassen. Und b), du weißt, diese Leute stehen im Mittelpunkt der Arbeit, die ich zu stemmen versuche. Gut, mit dem alten Mann läuft es nicht rund, aber allmählich gefällt es ihm, mich in seiner Nähe zu haben, ich habe das Gefühl, er könnte sich mir jeden Moment öffnen, da lohnt es sich, noch ein Weilchen zu warten. Ich glaube, Petya ist ihm eine schwere Last, und darum trifft ihn sein Alter hart, plötzlich verhält er sich wie ein Greis. Und dann ist da noch c), ich habe mein ganzes Leben an den Gärten verbracht, und wenn ich aus dem Haus der Goldens ausziehe, habe ich keinen Zutritt mehr. Ich weiß nicht, ob ich bereit bin, ohne diesen magischen Ort zu leben.«

Sie erhob keine Einwände. »Okay«, sagte sie gutmütig. »Wollte nur mal deine Meinung hören. Lass mich wissen, wenn du bereit bist.«

Der Verräter fürchtet, dass ihm die Schuld ins Gesicht geschrieben steht. Meine Eltern sagten mir immer, ich könne kein Geheimnis für mich behalten und es leuchte eine rote Lampe auf meiner Stirn auf, wenn ich lüge. Ich fragte mich unterdessen, ob Suchitra dieses Licht sah und ob ihr Drängen, ich solle das Haus Golden verlassen, ihrem Verdacht entsprang, dass ich meine Zeit unter diesem Dach nicht ganz unschuldig verbrachte. Meine größte Angst war, dass sie beim Sex Veränderungen an mir bemerken könnte. Ich war nie der Meinung gewesen, Sex sei vor allem eine olympische Disziplin; Erregung und Anziehung waren für mich das Ergebnis tiefer Gefühle zwischen zwei Menschen und der Intensität ihrer Verbindung. Suchitra sah das auch so. Sie war eine ungeduldige Geliebte. (Ihr Arbeitsplan war so dicht, dass sie keine Zeit hatte für Trödeleien.) Ein Vorspiel zwischen uns gab es kaum. In der Nacht zog sie mich auf sich und sagte: »Komm jetzt in mich, ich will das«, und anschließend erklärte sie sich für befriedigt, weil sie der Typ war, der rasch und oft kam. Ich hatte beschlossen, mich dadurch in keiner Weise herabgesetzt zu fühlen, obwohl ich mir bei diesen Abläufen hätte nahezu unerheblich vorkommen können. Sie war einfach eine zu liebevolle Person, um meine Leistung absichtlich gering zu schätzen.

Mit Vasilisa lief es ganz anders. Wir hatten immer Nachmittagsverabredungen, klassisch französisch *cinq à sept*. Wir schliefen nicht zusammen. Wir schliefen überhaupt nicht. Zudem war unser Liebesspiel strikt zielorientiert, es galt, ein neues Leben zu zeugen, was mich erschreckte und zugleich erregte, obwohl sie mich ständig beruhigte, das Baby würde mir nicht zur Last fallen, es würde mein Leben nicht im Geringsten verändern. Das war Fortpflanzung ohne Verantwortung. Seltsamerweise fühlte ich mich bei diesem Gedanken eher ein bisschen schlechter als ein bisschen besser. »Ich sehe«, sagte sie in unserem Hotelnest mit Aussicht auf den Park, »dass ich mein Bestes geben muss, damit du dich dabei gut fühlst.« Sie war der festen Überzeugung, das Kindermachen erfordere äußerste Erregung, und sie hielt sich für einen Profi auf diesem Gebiet. »Baby«, raunte sie kehlig, »ich kann ein bisschen das unanständige Mädchen sein, du musst mir nur deine geheimsten Wünsche erzählen, ich lasse sie wahr werden.« Daraufhin folgte ein Sex, wie ich ihn nie zuvor gehabt hatte, hemmungsloser, experimentierfreudiger, extremer und erstaunlicherweise vertrauensvoller. Verräter wir beide, wem konnten wir trauen außer uns?

Suchitra: würde sie während unserer weniger opernhaften Sexkämpfe bemerken, dass mein Körper sich inzwischen anders bewegte, neue Gewohnheiten angenommen hatte und stumm nach anderer Befriedung verlangte? Wie konnte sie es nicht bemerken? Denn ich musste anders sein, alles fühlte sich für mich anders an, diese drei Tage pro Monat hatten alles für mich verändert. Und was war mit meinen monatlichen Erschöpfungszuständen nach meinen nachmittäglichen Tollereien? Wie sollte ich sie erklären und die Regelmäßigkeit, mit der sie wiederkehrten? Sicher hegte sie einen Verdacht. Sie musste einen Verdacht hegen. Unmöglich vor ihr, meiner engsten Freundin, derartige Veränderungen zu verbergen.

Sie schien nichts bemerkt zu haben. Am Abend sprachen wir über unsere Arbeit und schliefen ein. Wir hatten nie eine Sex-jede-Nacht-Beziehung. Wir fühlten uns wohl miteinander, waren glücklich, uns einfach im Arm zu halten und zu schlafen. Das geschah meistens in ihrem Apartment. (Sie freute sich immer, wenn ich bei ihr war, solange keine Rede davon war, dass ich bei ihr einziehe.) Sie kam nicht gerne ins Haus Golden. Folglich verbrachten wir nicht jede Nacht zusammen; keineswegs. Unter diesen Umständen fiel es mir nicht sonderlich schwer, meine Spuren zu verwischen. Jedoch sprach sie mich immer wieder auf meinen Auszug aus der Macdougal Street an. »Du könntest doch durch andere Nachbarn Zutritt zu den Gärten bekommen«, meinte sie. »Deine Eltern waren sehr beliebt und vielen von ihnen freundschaftlich verbunden.«

»Ich brauche mehr Zeit mit Nero«, entgegnete ich. »Die Vorstellung, dass ein Mann all seine Bezugspunkte auslöscht, dass er mit nichts aus seiner Geschichte verknüpft sein möchte – dem will ich auf den Grund gehen. Kann man von so einer Person behaupten, er sei ein Mensch? Dieses frei schwebende Wesen ohne jeden Anker, ohne Bindungen? Das ist doch interessant.«

»Ja«, sagte sie, »okay«, drehte sich um und schlief ein.

◇

Später.

»Was ist mit der Kurtisane?«, fragte mich Suchitra. »Wie oft siehst du sie?«

»Sie kauft Klamotten und verkauft Penthäuser an Russen.«

»Ich wollte mal einen Dokumentarfilm über Kurtisanen machen«, sagte sie. »Madame de Pompadour, Nell Gwynn, Mata Hari, Umrao Jaan. Hab viel recherchiert. Vielleicht lasse ich das Projekt wiederaufleben.«

Sie war ganz eindeutig misstrauisch.

»Gut«, sagte ich. »Ich werde ausziehen.«

Schnitt.

◇

Wenn ich die Welt um mich herum betrachtete, hielt sie mir meine moralische Schwäche vor Augen. Meine Eltern waren in Fantasialand aufgewachsen, die letzte Generation mit Vollbeschäftigung, das letzte Zeitalter mit angstfreiem Sex, die letzte politische Zeitspanne ohne Religion, doch ihre Jahre im Märchenland hatten sie geerdet, sie gestärkt und in ihnen die Überzeugung wachsen lassen, dass sie durch ihre unmittelbaren Handlungen die Welt verändern und verbessern könnten; sie hatten die Möglichkeit, den Paradiesapfel zu essen, was ihnen das Wissen um Gut und Böse eingab, ohne in den Bann der sich spiralig drehenden Augen von Kaa aus dem *Dschungelbuch* zu geraten, der fatalen *Vertrau-mir*-Schlange. Wohingegen sich heute überall der Horror rasend schnell ausbreitete und wir die Augen vor ihm verschlossen oder ihn abwiegelten. Diese Worte waren nicht von mir. In einem dieser kuriosen Kleinstadtmomente des Lebens in Manhattan lief derselbe Redner, den ich im Central Park gesehen hatte, unter meinem Fenster über die Macdougal Street, dieses Mal sprach er über Verrat, Verrat durch seine Familie, seine Arbeitgeber, seine Freunde, seine Stadt, sein Land, das Universum … als hätte sich mein Gewissen in einen spinnerten Obdachlosen verwandelt, der mit sich selbst sprach, ohne dass ihm als Ausrede ein Handyheadset am Ohr baumelte. Warmes Wetter; kalte Worte. War er aus Fleisch und Blut, oder hatte ihn mein Schuldgefühl heraufbeschworen? Ich schloss die Augen und schlug sie wieder auf. Er ging in Richtung Bleecker Street davon. Vielleicht war es ein anderer Typ.

Es gab noch immer Momente in meinem Leben, in denen ich meinte, mein Waisendasein würde sich um mich herum ausbreiten und die Welt ausfüllen oder zumindest den Teil, der sich in meinem Blickfeld befand. Destabilisierende Momente. Ich erlaubte mir den Gedanken, ich sei gerade in einem dieser labilen Zustände gewesen, als ich Vasilisa Goldens gefährlichem Komplott zustimmte. Ich erlaubte mir den Gedanken, das Klagelied auf den Planeten, das zunehmend mein Denken bestimmte, sei meinem eigenen kleinen Verlust entsprungen und die Welt habe es nicht verdient, dass man so erbärmlich über sie denke. Würde ich mich aus meinem moralischen Abgrund retten können, würde die Welt für sich selber sorgen, das Ozonloch schlösse sich, die Fanatiker kehrten in ihre dunklen Labyrinthe unter den Baumwurzeln und in die Gräben am Meeresgrund zurück, die Sonne würde wieder scheinen und heitere Musik würde die Luft erfüllen.

Ja, es war an der Zeit auszuziehen. Aber was würde es bringen? Ich war noch immer süchtig nach meinen drei Nachmittagen pro Monat im dreiundfünfzigsten Stock. Der Plan brauchte länger, bis er fruchtete, als Vasilisa erwartet hatte, und allmählich beklagte sie sich. Sie beschuldigte mich, ich hätte eine schlechte Einstellung zu unserem Vorhaben. Ich würde es irgendwie verhexen. Ich solle mich fokussieren, konzentrieren und vor allem solle ich wollen. Wenn ich es nicht wolle, würde es nicht klappen. Das Baby, das sich nicht voll und ganz erwünscht fühle, würde nicht kommen. »Verweigere es mir nicht«, sagte sie. »Vielleicht willst du mich einfach ficken, ja? Darum verzögerst du die Sache. Gut, okay, ich kann anbieten, dass wir danach weiter ficken. Zumindest ab und zu.« Wenn sie so sprach, wollte ich am liebsten weinen, doch meine Tränen hätten sie in ihrer Überzeugung nur bestärkt, dass ich ihr aus irgendeinem Grund meinen stärksten Samen vorenthielte und ich in ihren Augen biologisch unredlich sei. Ich war in einen Irrsinn geraten, und ich wollte, dass es aufhörte, ich wollte nicht, dass es aufhörte, ich wollte, dass sie schwanger wurde, nein, das wollte ich nicht, ja, ich wollte es, nein, ich wollte es nicht.

Und dann geschah es. Und sie wandte sich für immer von mir ab und ließ mich am Boden zerstört zurück. In einer Liebesbeziehung mit einer anderen Frau, ja, aber am Boden zerstört, weil mir unsere treulosen, außergewöhnlichen Freuden verloren gingen.

In dem Film, den ich ersann, in dieser Arbeit, die der ultimative Verrat sein würde, müsste an diesem Punkt die Aktion von Vasilisa zu ihrem Ehemann hinüberwechseln. So: Sie verließ die Suite im dreiundfünfzigsten Stock und schloss die Tür, das war's.

– Kunst erfordert Verrat und triumphiert über diesen Verrat, denn der Verrat wird in Kunst gewandelt. Das stimmt doch, richtig? Richtig? –

Langsame Überblendung.

◇

»Du weißt, wo ich herkomme«, sagte Nero mit zusammengekniffenen Augen. »Ich weiß, dass du es weißt. Heutzutage kann niemand mehr die Dinge *sub rosa* halten.« Spätabends hatte er mich in sein Arbeitszimmer gebeten und wollte reden. Ich war aufgeregt und ängstlich zugleich. – Ängstlich, weil er mich womöglich mit Informationen konfrontieren würde, darüber, was ich mit Mrs. Golden veranstaltet hatte? Hatte er uns beobachten lassen, lag da die Mappe eines Privatdetektivs mit Fotos auf seinem Schreibtisch? Der Gedanke war zutiefst beunruhigend. – Und aufgeregt, weil dies auch die Öffnung sein könnte, die ich mir erhoffte, ein Moment des Bekenntnisses, wenn ein alternder Mann, der des unbekannten Selbst, in das er sich gehüllt hatte, überdrüssig war und wieder bekannt sein wollte. – »Ja, Sir«, sagte ich. »Sag das nicht zu mir!«, rief er, wenn auch im Wesentlichen freundlich. »Lass uns einfach weiter so tun, als wärest du ein ignoranter kleiner Scheißer, der überrascht ist, wenn ich ihm etwas erzähle. Okay?«

»Geht in Ordnung«, sagte ich.

Während der Schwangerschaft seiner Frau wurde uns allen

nach und nach die Verschlechterung von Nero Goldens Befinden klar. Er stand kurz vor dem Ende seines achten Lebensjahrzehnts, und sein Kopf begann seinen langsamen Verrat. Noch immer ging er um acht Uhr morgens in makelloses Tennisweiß gekleidet und mit einer weißen Baseballkappe auf dem Kopf aus dem Haus, ließ den Schläger mit seinem üblichen Ich-meine-es-ernst-Blick durch die Luft sausen und kam neunzig Minuten später verschwitzt wieder und verströmte eine gewisse kinnbetonte Zufriedenheit. Doch eines Tages, nur wenige Tage vor meiner nächtlichen Vorladung, war es zu einem unglückseligen Ereignis gekommen. Er hatte die Straße überquert, als ein Auto, eine alte Corvette, bei Rot über die Ampel an der Kreuzung Bleecker/Macdougal Street rauschte und ihn anfuhr. Es hatte ihn kaum berührt, gerade genug, um ihn umzustoßen, aber nicht fest genug, dass er sich die Knochen brach. Seine Reaktion war, gleich aufzuspringen, dem Autofahrer auf der Stelle zu verzeihen, eine Meldung oder eine Anzeige abzulehnen und den Fahrer, einen achtlosen Weißen mit einem dicken Kopf voll welliger weißer Haare, einzuladen, *auf einen Kaffee mit nach Hause zu kommen*. Dieses Verhalten war so ungeheuerlich untypisch für ihn, dass sich alle Sorgen machten. Doch es dauerte noch eine Weile, bis das Ausmaß des Problems diagnostiziert war. »Mir geht's gut, ja, gut«, sagte Nero nach dem Zwischenfall mit der Corvette. »Hört auf, so einen Wirbel zu machen. Ich habe mich nur um den Mann gekümmert, weil er sichtlich mitgenommen war. Das gehört sich doch.«

Und nun war ich nach Einbruch der Dunkelheit mit ihm allein in seiner Höhle. Was stand mir bevor? Er bot mir eine Zigarre an; ich lehnte ab. Einen Cognac; ich lehnte ab. Ich war nie ein Brandy-Trinker. »Nimm etwas«, befahl er, also akzeptierte ich einen kleinen Wodka. »Prost«, sagte er und hob gebieterisch sein Glas. »Wohl bekomm's.« Ich leerte das Glas und bemerkte, dass seine Lippen nur höchst flüchtig den Rand seines Cognacschwenkers berührt hatten. »Noch einen«, sagte er. Ich fragte mich, ob er mich wieder betrunken machen wolle. »Gleich«, entgegnete ich und legte meine linke Hand auf das Glas. »Lassen Sie es uns langsam angehen.« Er beugte sich vor, klopfte mir aufs Knie und nickte. »Gut, gut. Sehr vernünftig.«

»Lass mich dir eine Geschichte erzählen«, sagte er. »Es war einmal in Bombay – siehst du? Ich nenne die alte Stadt bei ihrem alten Namen, es ist das erste Mal, seit ich hier in Amerika bin, dass mir dieses Wort über die Lippen kommt, du solltest dich durch diese Vertraulichkeit geehrt fühlen –, da lebte ein Mann namens Don Corleone. Nein, das war natürlich nicht sein Name. Aber sein Name sagt dir gar nichts. Selbst der Name, den er eigentlich hatte, war nicht sein Name. Ein Name ist nichts, er ist eine Klinke, wie man hier sagt, nur ein Türöffner. ›Don Corleone‹ gibt dir eine Vorstellung, um welchen Typ Mann es sich handelt. Das ist meine Art, seine Tür zu öffnen. Außer dass dieser Don nie einen Mann getötet oder mit einem Revolver geschossen hat. Ich will dir von diesem Typen erzählen. Ursprünglich stammte er aus dem Süden, doch er landete wie alle irgendwann in der großen Stadt. Bescheidene Herkunft. Absolut bescheiden. Der Vater hatte eine Fahrradwerkstatt in der Nähe des Crawford Market. Der Junge half dem Vater, die Räder zu reparieren, und sah den dicken Autos nach, die vorbeifuhren, wrum! Studebaker, wrum! Cadillac, und er dachte, eines Tages, eines Tages … wie alle anderen. Er wuchs heran, arbeitete in den Docks, löschte Ladung. Ein einfacher Träger, siebzehn-achtzehn Jahre alt, aber mit einem Blick für sich bietende Gelegenheiten. Pilgerschiffe kehrten zurück von den muslimischen heiligen Stätten, die Pilger brachten Schmuggelware mit, Transistorradios, Schweizer

Uhren, Goldmünzen. Zollpflichtige Waren. Sehr zollpflichtig. Don Corleone half ihnen, die Sachen zu schmuggeln, in seiner Unterwäsche, unter seinem Turban, wo auch immer. Sie belohnten ihn dafür. Er kam zu etwas Geld.

Dann ein glückliches Treffen mit einem Fischer-Schmuggler aus Daman. Ein Mister Bakhia. Damals war Daman portugiesische Kolonie. Nachlässige Kontrollen. Bakhia und Don Corleone fingen an, Waren von Dubai und Aden über Daman, wenig bewachte Grenzen, nach Indien hinein zu schmuggeln. Gutes Geschäft. Don Corleone stieg gesellschaftlich auf. Freundete sich mit Oberhäuptern anderer krimineller Familien an. V. Mudaliar, K. Lala und so weiter. Dann Kumpanei mit Politikern, darunter ein gewisser Sanjay Gandhi, der Sohn von Indira. Das sind Tatsachen. In den 1970er-Jahren war er ein großer Zampano, ein Obermacker. Ihm war ein junger Polizeibeamter auf den Fersen, der sich nicht bestechen ließ. Ehrlicher Kerl. Ehrlichkeit ist ein Nachteil in diesem Job. Ein Inspektor Mastan. Don Corleone ließ ihn irgendwohin versetzen, und als der Polizeibeamte im Flugzeug saß, ging Don Corleone an Bord, nur um ihm zum Abschied zuzuwinken. Gute Reise, Mastan. Frech. Genau so. So selbstsicher damals.

Er lebte einerseits gut und andererseits enthaltsam. Beste Anzüge, beste Krawatten, beste Zigaretten, State Express 555, und einen Mercedes Benz. Ein großes Haus auf der Warden Road, wie ein Palast, doch er lebte in nur einem Raum oben auf der Terrasse. Drei mal vier Meter. Nicht mehr. Unten gingen berühmte Filmschauspieler ein und aus, und er steckte eine Menge Geld ins Filmgeschäft, weißt du. Und in mindestens drei Filme über sein Leben, die sein Top-Talent herausstellten. Er heiratete auch ein Filmsternchen. Ihr Name bedeutete Goldie. Doch Mitte der Siebziger kam er zu Fall. Sanjay Gandhi erwies sich als falscher Freund, und Don Corleone verbrachte anderthalb Jahre in Haft. Was ihn fertigmachte. Er gab das Schmuggeln vollständig auf. Wurde zunächst religiös wie die schmuggelnden Pilger, die ihm seine erste Chance gegeben hatten. Anschließend versuchte er es mit der Politik. Mitte der Neunziger, nach dem Aufstieg der Top-Familie, Zamzama Alankars Z-Gesellschaft, ereigneten sich die ersten Terroranschläge in Bombay, die Leute glaubten, er sei darin verwickelt, aber für so etwas war er zu ängstlich. Unschuldig. Unschuldig. Unschuldig. Im Jahr darauf Herzattacke, tot. Höllische Geschichte.«

»Ist er wirklich eines natürlichen Todes gestorben?«, fragte ich. »Er muss doch Feinde gehabt haben.«

»Zu diesem Zeitpunkt war er es nicht mehr wert, umgebracht zu werden.«

Langes Schweigen.

»Und diese Geschichte wollten Sie mir erzählen«, sagte ich schließlich. »Darf ich fragen, warum?«

Langes Schweigen.

»Nein«, sagte er.

Schnitt.

◇

Mir schien, er wollte mich wohlüberlegt zappeln lassen. In dieser Welt war er aufgewachsen, das war eindeutig Teil der Botschaft seiner Geschichte; aber gab er zu, an dieser Welt beteiligt zu sein, oder hatte er seinen endgültigen Ausstieg aus ihr erklärt, indem er sie hinter sich ließ? Oder beides? Er war an ihr beteiligt, aber nun wollte er da heraus, und das bedeutete, weit weg zu gehen, zu weit, als dass ihm jemand folgen würde. Seinen Worten war nichts Eindeutiges zu entnehmen. Überaus erleichtert, dass ich nicht mit dieser gefürchteten Mappe mit Beweisen für meine geheimen Verabredungen mit seiner Frau konfrontiert wurde, freute ich mich über die Don-Corleone-Geschichte, nach einem weiteren Wodka zog ich mich zurück. Ein alter Mann sann über die Vergangenheit nach; er war weder der Erste noch würde er der Letzte sein. Langsam vergaß er die Gegenwart – Kleinigkeiten, wo er seine Schlüssel hingelegt hatte, Termine, Geburtstage –, doch er hatte Leute, die ihn an das Meiste erinnerten, und im Gegensatz dazu schien sich sein Gedächtnis für die Vergangenheit zu schärfen. Ich vermutete – und hoffte –, es würde weitere nächtliche Begegnungen geben wie die soeben beendete. Ich wollte all seine Geschichten – ich brauchte sie, damit ich ihn am Ende erfinden könnte.

Die Nachricht von der bevorstehenden Vaterschaft schien Nero zu freuen, sie unterstrich seine fortbestehende Manneskraft, die er wohl das Bedürfnis hatte zu unterstreichen. Und im Geschäft schien diese Kraft eine Zeit lang unvermindert, wie uns allen die immensen Arbeiten bewiesen, die auf der Westseite von Manhattan vonstatten gingen. Die Neugestaltung der riesigen Hudson Yards wurde von den Related Companies L. P. und Goldman Sachs in einem Joint-Venture mit der Oxford Properties Group Inc. unternommen. Es geschah auf der Basis eines vierhundertfünfundsiebzig Millionen Dollar-Baukredits, den das Related/Oxford-Joint Venture von »verschiedenen Teilhabern« erhalten hatte. Ich bin mir zu fast hundert Prozent sicher, dass Nero Golden unter dem einen oder anderen Firmennamen zu den Kreditgebern gehörte, neben den großen Nummern wie Barry Sternlicht mit seiner Starwood Capital Group und dem Luxushändler Coach. Sein ursprüngliches Investment in das Bauprojekt von etwa einhundertzehntausend Quadratmetern war bereits einige Jahre früher zustande gekommen, unter dem EB-5 Investment-Programm, das Immigranten in den Vereinigten Staaten erlaubte, Kapital zu investieren, wofür sie im Gegenzug eine

Greencard und schließlich die Staatsangehörigkeit erhielten. Dies erklärte mir letztendlich, wie Nero und seine Söhne sich so kurzfristig nach Amerika aufmachen und mit vollem Arbeits- und Bleiberecht hier ankommen konnten. Später tätigte Golden im Jahr von Vasilisas Schwangerschaft ein weiteres Investment in Form eines Mezzanine-Darlehens, was einer zweiten Hypothek gleichkam, außer dass es durch das Kapital der Gesellschaft, die die Immobilie besaß, und nicht durch die Immobilie selbst abgesichert war. Sollte also theoretisch der Immobilieneigner nicht in der Lage sein, die Zinszahlungen zu leisten, könnte Nero innerhalb weniger Wochen gegen den Grundkapitaleigner die Zwangsvollstreckung erwirken, und durch das Eigentum am Kapital hätte er Kontrolle über die Immobilie gewonnen. Soweit ich weiß, ist das nicht geschehen. Aber ob nun kreditfinanziert oder nicht kreditfinanziert, ob Superinvestor oder Milliarden-Dollar-Schuldner, er spielte um höchste Einsätze im größten Immobilienspiel der Stadt.

Der Name der Gesellschaft, die das Mezzanine-Darlehen gab, lautete GOVV Holdings. Als der römische Imperator Nero starb (AD 68) und die Herrschaft der julisch-claudischen Dynastie endete, folgte (AD 69) das Vierkaiserjahr, in dem Neros unmittelbarer Nachfolger Galba von Otho gestürzt wurde, den wiederum Vitellius übertrumpfte, der sich nicht lang auf dem Thron hielt und dem ein Mann nachfolgte, der als Kaiser die Dynastie der Flavier begründete: Vespasian. Galba-Otho-Vitellius-Vespasian: G-O-V-V.

Als Vasilisa später in jenem Jahr Nero einen Sohn gebar, nannten sie ihn Vespasian, als wüsste Nero intuitiv, dass das Kind einer anderen Blutlinie entstammte und schließlich eine eigene Dynastie begründen würde.

Ich sagte selbstverständlich nichts.

Während der Schwangerschaft seiner Frau, als Nero Golden die Geburt des kleinen Kaisers Vespasian erwartete, entwickelte er eine Besessenheit für den Penis von Napoleon Bonaparte. Dies hätte ein ausreichendes Anzeichen für die Verschlechterung seines Geisteszustands sein sollen und Warnsignale aussenden müssen, doch stattdessen zeigte die Familie Nachsicht für das amüsante Steckenpferd eines alten Mannes. Wenn er nicht mit seinen Firmen beschäftigt war oder mit dem knospenden Leben in Vasilisas Bauch oder mit den Anforderungen seines Vaterdaseins, begab er sich auf die Suche nach dem Glied des französischen Kaisers. Diesbezüglich Folgendes: Nach Bonapartes Tod auf Sankt Helena wurde eine Leichenschau durchgeführt, bei der aus unbekannten Gründen verschiedene Organe, unter anderem der wenig beeindruckende Phallus, entnommen wurden. Der kleine Napoleon kam schließlich in die Hände (das sollte ich vielleicht umformulieren) eines italienischen Priesters und wurde dann verkauft, eine Zeit lang besaß ihn ein Londoner Buchhändler, dann machte er seinen Weg über den Atlantik, zunächst nach Philadelphia und dann nach New York, wo man ihn 1927 im Museum of French Arts ausstellte und er von einer Zeitung als »verschrumpelter Aal« und von keiner geringeren Autorität als dem *Time Magazine* als »malträtierter wildlederner Schuhbändel« bezeichnet wurde. 1977 kaufte ihn bei einer Auktion der bekannte Urologe John Lattimer, der ihn im Bestreben erwarb, seinem Berufsstand Würde zu verleihen, nach dessen Tod erbte ihn seine Tochter zusammen mit anderen Besitztümern, darunter eine Unterhose von Hermann Göring und der blutige Hemdkragen von Präsident Lincoln, den er im

Ford's Theatre getragen hatte. All diese Memorabilien wurden nun in Englewood, New Jersey, aufbewahrt; Napoleons Organ lag, in ein Tuch gewickelt, in einer kleinen Schachtel mit einem monogrammierten N auf dem Deckel, in einem Koffer, in einem Depot, und all das ärgerte Nero, er wollte, dass dem Penis die kaiserliche Ehre zuteilwürde, die ihm gebührte.

»Folgendes sollte geschehen«, sagte er mir. »Ich kaufe das Ding und gebe es dem französischen Volk zurück, und du machst den Dokumentarfilm dazu, du und deine Freundin. Ich werde den Behälter persönlich nach Paris bringen, in das Hôtel des Invalides gehen und an Bonapartes Sarkophag treten, wo ich von hohen Regierungsvertretern der Republik begrüßt werde, vielleicht sogar vom Präsidenten, und ich werde darum bitten, dass man den Behälter oben auf dem Sarkophag platziert, damit Napoleon endlich mit seiner verlorenen Männlichkeit wiedervereint ist. Ich werde in einer kurzen Rede darlegen, dass ich dies als Amerikaner tue, als eine Art Gegenleistung für das Geschenk der Franzosen an Amerika, für die Freiheitsstatue.«

Er scherzte nicht. Irgendwie gelang es ihm, die Festnetznummer des Hauses in Englewood herauszufinden, doch da er Mr. Lattimers Tochter unangemeldet anrief, hängte sie ein. Danach bat er seine beiden Drachen – Ms. Blather und Ms. Fuss –, sie mögen es versuchen, was sie auch taten, bis ihnen von der Person am anderen Ende der Leitung Belästigung vorgeworfen wurde. Nun zog er ernsthaft eine persönliche Reise nach New Jersey in Betracht, mit dem Scheckheft in der Hand, um womöglich handelseinig zu werden. Vasilisa musste all ihre Überzeugungskraft aufwenden, um ihn davon abzuhalten. »Die Besitzerin will nicht verkaufen, mein Lieber«, sagte sie. »Wenn du da auftauchst, hätte sie das Recht, die Polizei zu rufen.«

»Geld ist Macht«, grummelte er. »Du kannst das lebenslange Domizil eines Mannes am Morgen kaufen, wenn du ihm den richtigen Preis bietest, und noch vor dem Mittagessen ist er ausgezogen. Du kannst eine Regierung kaufen, wenn du genügend Geld hast. Und ich kann nicht mal fünf Zentimeter Penis kaufen?«

»Lass es einfach«, sagte seine Frau. »Das ist jetzt nicht so wichtig.«

In jenem Jahr waren wir alle damit beschäftigt, vom Thema abzulenken. Zweifellos hatte Nero zwiespältige Gefühle gegenüber dem Sohn, zu dem er schikanös gedrängt worden war. Keine Frage, dass ich als der eigentliche Urheber des neuen Handlungsstrangs höchst zwiespältige Gefühle hegte, sozusagen als der ungenannte Ghostwriter des neuen Lebens. Über Vasilisas Gefühle kann ich nichts sagen. Manchmal war sie rätselhaft wie eine Sphinx. Und über die Reaktionen der bereits existierenden Golden-Söhne muss jetzt auch etwas gesagt werden. Es war das Jahr, in dem zum Beispiel Apu Golden anfing, Gegenstände zu zerschmettern, um seine zunehmend politische Kunst zu machen, er stellte Zerbrochenes aus, um die gebrochene Gesellschaft darzustellen und die Wut der Menschen über ihre Gebrochenheit. »Das Leben der Leute ist zertrümmert«, sagt er. »Und sie sind bereit, alles zu zertrümmern, warum auch nicht, verdammt noch mal.«

Und wohin auch immer ich in diesem Jahr ging, traf ich zufällig auf den pathetischen Redner aus dem Park. In Vasilisas zweitem Schwangerschaftsdrittel lief er quer durch unseren Drehort an der Twenty-Third Street vor dem SVA Theatre, wo Suchitra und ich ein Straßeninterview mit Werner Herzog für meine Videoserie über klassische Filmszenen drehten. Genau in dem Augenblick, als ich die Worte »*Aguirre, der Zorn Gottes*« aussprach, tauchte der alte Penner hinter Herzog und mir auf, und er sah absolut genauso aus, *genauso* wie der große Verrückte mit dem wilden Augenausdruck, der *Zorn Gottes* Klaus Kinski, und murmelte etwas über das zunehmende *Tempo* des Bösen, über den *wachsenden Berg* des Bösen *mitten in der Stadt*, und wen kümmere es? Kümmere es überhaupt irgendjemanden in Amerika? Kinder schössen ihren Vätern im Schlafzimmer den Schwanz weg. Ob das jemand überhaupt *wahrnehme*? Es sei wie die *globale Erwärmung*, die Feuer der Hölle ließen die großen Eisplatten des Bösen schmelzen, und das Niveau des Bösen steige in der ganzen Welt, keine Flutdämme könnten es abhalten. Blam! Blam!, schrie er und kam auf ein früheres Thema zurück. Die Waffenmonster holen dich, die Decepticons, die Terminatoren, achte auf das Spielzeug deiner Kinder, achte auf deine Plätze, Malls und Paläste, achte auf deine Strände, die Kirchen und Schulen, sie sind auf dem Vormarsch, blam! blam! – diese Dinger können *töten*.

»Der Kerl ist fantastisch«, sagte Herzog mit aufrichtiger Bewunderung. »Wir sollten ihn in den Film aufnehmen, und vielleicht interviewe ich ihn.«

20

Ich will dir bereitwillig etwas gestehen, du hübscher Teufel«, sagte Petya Golden ernst. »Ich empfinde keinerlei Bruderliebe mehr. Mehr noch, ich glaube, dass die weit verbreitete Ansicht, die tiefe Zuneigung zwischen Geschwistern sei angeboren und zwangsläufig und ihr Fehlen stelle den Menschen, der sie nicht hat, in ein erbärmliches Licht, falsch ist. Sie ist nicht genetisch bedingt; es ist eher eine Form der gesellschaftlichen Erpressung.« Es geschah nicht oft, dass Petya Gäste in seine Höhle einlud, doch für mich hatte er eine Ausnahme gemacht, vielleicht weil ich seiner einzigartigen Meinung nach noch immer der bestaussehende Mann auf Erden war, und so saß ich im blauen Licht seines Zimmers zwischen den Computern und Schreibtischlampen, nahm sein Angebot an, einen gegrillten Toast mit doppeltem Gloucester zu essen, und sprach so wenig wie möglich, denn ich verstand, dass er reden wollte, und ihm zuzuhören, lohnte sich immer, auch wenn er seltsamer war als sonst. »Im alten Rom und in allen großen Reichen der Welt und in jeder Epoche«, sagte er, »waren Geschwister zu fürchten. Zur Zeit der Thronfolge war es üblich, zu töten oder getötet zu werden. Liebe? Diese Prinzen hätten gelacht, wenn das Wort zur Sprache gekommen wäre.«

Ich fragte ihn, was er William Penn entgegnen und was er

zu der Vorstellung sagen würde, die dem Namen der Stadt Philadelphia innewohne, die in ihren frühen Jahren aufgeblüht war, weil die Toleranz, die man ihr nachsagte, viele Menschen unterschiedlicher Glaubensrichtungen und Talente anzog und zu überdurchschnittlich guten Beziehungen zu den dort lebenden indigenen amerikanischen Stämmen geführt hatte. »Die Vorstellung, alle Menschen seien Brüder, ist in vielen Philosophien und den meisten Religionen verwurzelt«, wagte ich mich vor.

»Vielleicht sollte man sich bemühen, die Menschheit im Allgemeinen zu lieben«, erwiderte er in einem Tonfall, der extreme Langeweile verriet. »Aber *im Allgemeinen* ist für mich viel zu allgemein. Ich will hier speziell über meine Abneigungen reden. Zwei geborene Menschen und ein noch ungeborener: Sie sind das Ziel meiner Feindseligkeit, die vielleicht grenzenlos ist, ich weiß es nicht. Ich rede davon, die Blutsbande aufzulösen, und nicht davon, die ganze gottverdammte Spezies von mir zu stoßen, und erzähl mir bitte nichts von der afrikanischen Eva oder von LUCA, dem dreieinhalb Milliarden Jahre alten Zellklümpchen, das unser letzter universeller gemeinsamer Vorfahre war. Ich bin mir des Stammbaums der menschlichen Rasse und des Lebens des Prä-*Homo sapiens* auf der Erde bewusst, aber auf diesen Genealogien zu beharren, würde absichtlich an meinem Punkt vorbeigehen. Du verstehst, was ich dir sagen will. Ich verabscheue nur meine Geschwister. Das ist mir klar geworden, als ich über das Kind nachdachte, das wir demnächst zu begrüßen haben.«

Ich konnte nichts sagen, obwohl eine Flut väterlicher Wut in mir aufstieg. Offensichtlich hatte Petya, während mein Sohn – mein geheimer Golden-Sohn – im Leib seiner Mutter heranwuchs, als sein zukünftiger Bruder sich bereits eine armselige Meinung über ihn gebildet. Ich wollte ihn zurechtweisen, das Kind verteidigen und seinen Widersacher angreifen, aber in dieser Sache war Schweigen mein mir auferlegtes Schicksal. Und Petya hatte bereits weitergesprochen. Er wollte mich wissen lassen, dass er gerade eine folgenschwere Entscheidung treffe, er habe beschlossen, seine Angst vor dem Freien zu kurieren, und wolle dann das Haus auf der Macdougal Street für immer verlassen, so sei er der letzte der drei Söhne von Nero Golden, der seinen eigenen Weg einschlug. Für ihn waren die Schwierigkeiten, diesen Schritt zu tun, am größten, aber er zeigte gerade ungeahnte Reserven an Willenskraft. Etwas Starkes stachelte ihn an, und als er sprach, begriff ich, dass es der Hass war, der insbesondere auf Apu Golden zielte: ein Hass, der seinen Ursprung in jener Nacht am Ufer des Hudson hatte, als sein Bruder die metallschneidende, somalische Schönheit Ubah verführte oder vielleicht sie ihn, ein Hass, den er in diesen vielen einsamen Stunden im blauen Licht genährt hatte und der ihn endlich zum Tun antrieb. Er würde seine Agoraphobie behandeln lassen und dann das Haus verlassen. Er deutete auf das Schild über seiner Zimmertür. *Verlasse, o Jüngling, dein Heim und brich auf zu fremden Ufern*. »Ich hatte immer gedacht, dieser Satz bezöge sich auf unsere Übersiedlung nach Amerika«, sagte er. »Aber hier in diesem Haus sind wir immer noch zu Hause, als hätten wir es mitgebracht. Nun endlich bin ich bereit, der Aufforderung meines großen Namensvetters zu folgen. Wenn auch nicht unbedingt zu fremden Ufern, so doch zumindest weg von hier und in eine eigene Wohnung.«

Ich nahm die Nachricht einfach nur auf. Wir beide wussten, dass die Agoraphobie Petyas geringeres Problem war. Von dem größeren sprach er bei dieser Gelegenheit nicht. Aber ich sah eine große Entschlossenheit in seinem Gesicht. Offenbar hatte er entschieden, sich den Herausforderungen dieses größeren Problems ebenfalls zu stellen.

Ein neuer Gast erschien am nächsten Tag im Haus Golden und danach jeden Tag pünktlich um drei Uhr nachmittags, ein Mann von kräftiger Statur mit blonder fülliger Frisur, mit Converse-Sneakers, mit einem Lächeln, das unbedingt als aufrichtig wahrgenommen werden wollte, mit australischem Akzent und – wie Nero Golden erklärte – mit mehr als nur flüchtiger Ähnlichkeit mit dem ehemaligen Wimbledon-Sieger Pat Cash. Dieser Mann hatte die Aufgabe, Petya von seiner Angst vor offenen Plätzen zu befreien: Petyas Hypnotherapeut. Sein Name war Murray Lett. »Wenn du mich rufst, ist es kein Fehler«, sagte er gerne; ein Tenniswitz, der nur dazu diente, die Ähnlichkeit mit dem früheren australischen Spitzenspieler zu verstärken.

Es fiel Petya nicht leicht, sich hypnotisieren zu lassen, denn er wollte immer über die Anweisungen des Hypnotiseurs diskutieren, zudem missfielen ihm gewisse australische Anklänge in der Sprache des Mannes und sein Humor und so weiter. Die ersten Sitzungen waren schwierig. »Ich bin nicht in Trance«, unterbrach Petya Mr. Lett immer wieder. »Ich fühle mich entspannt und bin gut gelaunt, aber ich habe meinen Geist voll unter Kontrolle.« Oder an einem anderen Tag: »Oh, Gott, endlich war ich ganz nah davor. Aber dann ist mir eine Fliege über die Nase gekrabbelt.«

Petya nahm zu viel wahr. Dies stand ihm am ernsthaftesten im Weg. Bei einem meiner Besuche in dem Zimmer mit dem blauen Licht, als er ausnahmsweise mal bereit war, über seinen Asperger zu reden, erwähnte ich die berühmte Erzählung von Borges, »Das unerbittliche Gedächtnis«, über einen Mann namens Funes, der unfähig war, irgendetwas zu vergessen, und er sagte: »Ja, das bin ich, außer dass noch ganz anderes geschieht. Dein Autor ist viel zu sehr mit Worten und Taten beschäftigt. Du musst noch Gerüche, Geschmäcker, Töne und

Gefühle hinzufügen. Und Blicke, Gestalten und Automodelle auf der Straße und die entsprechenden Bewegungen von Fußgängern und die Stille zwischen musikalischen Klängen und die Wirkung von Hundepfeifen auf Hunde. All das rast mir immerzu durch den Kopf.« Also eine Art Super-Funes, der mit dem Fluch multipler sensorischer Überlastung lebte. Es war nur schwer vorstellbar, wie seine innere Welt beschaffen war, wie jemand mit dem Ansturm von Sinneseindrücken wie den Passanten zur Rushhour in der Subway, der betäubenden Kakofonie von Seufzern, Hupen, Explosionen und Geflüster, dem kaleidoskopartigen Auflodern von Bildern, dem wirren Gestank von Ausdünstungen zurecht kam. So muss das Inferno, der Karneval der Verdammten, sein. Da begriff ich: Zu sagen, Petya lebe in einer Art Hölle, war genau das Gegenteil seiner Realität, denn eine Art Hölle lebte in ihm. Durch diese Erkenntnis begriff ich – und ich war unangenehm berührt, dass ich es nicht schon früher begriffen hatte –, mit welch immenser Kraft und mit welchem Mut Petronius Golden der Welt jeden Tag gegenübertrat, ich empfand nun größeres Mitgefühl, wenn er sich wüst über sein Leben beklagte, wie damals bei diesen Begebenheiten auf dem Fensterbrett oder in der Subway von Coney Island. Und ich stellte mir Fragen: Wenn diese immense Kraft seines Wesens nun seine Feindseligkeit gegen seinen noch ungeborenen, zukünftigen Halbbruder nährte (wie wir wissen, durchaus nicht sein Bruder, aber lassen wir diesen Gedanken im Augenblick beiseite), gegen seinen verwirrten Halbbruder und vor allem gegen seinen treulosen Ganzbruder, zu welchem Racheakt wäre er in der Lage? Sollte ich mir Sorgen um die Sicherheit meines Sohns machen, oder war dieser Instinkt der Beweis für meine reflexartige Scheinheiligkeit gegenüber Petyas Zustand? (War es falsch, es einen Zustand zu nennen? Vielleicht wäre »Petyas Realität« besser.

Wie schwierig die Sprache doch geworden war, voller Tretminen. Gute Absichten waren keine Rechtfertigung mehr.)

Lass mich über das Trinken reden. Da habe ich festeren Boden unter den Füßen. Petya hatte ein Alkoholproblem; das ließ sich nicht verhehlen. Er trank allein und viel, betrunken wurde er melancholisch, doch er hatte herausgefunden, dass er auf diese Weise das innere Inferno abschalten und schlafen konnte, oder genauer, empfindungslos wurde und einige Stunden in gesegneter Bewusstlosigkeit verbrachte. Und in der Stunde vor der Bewusstlosigkeit, bei der einzigen Gelegenheit, als er mir erlaubte, sein nächtliches ins Vergessengleiten mitzuerleben, das war zu Beginn von Vasilisas letztem Schwangerschaftsdrittel, als er sagte, er »braucht meine Unterstützung«, erlebte ich mit zunehmendem Unbehagen und sogar mit Abneigung, wie groß seine Unfähigkeit war, die Flut des Geschnatters, das sich in ihn ergoss, zu kontrollieren oder seinen eigenen Sprachfluss zu zensieren, wenn zu diesem Informationstumult noch Alkohol hinzukam; es endete in einem monologischen Bewusstseinsstrom, der aufdeckte, wie sehr er die feindliche Zersplitterung der amerikanischen Kultur verinnerlicht und sie zu einem Teil seines persönlichen Leids gemacht hatte. Um es klar zu sagen, sein betrunkenes nächtliches Ich offenbarte, dass er extrem konservativen Einstellungen entgegentorkelte; die Gegenwart eines Foxy-, eines Breitbart-mäßigen anderen Ichs sprudelte über seine Lippen, vom Alkohol verstärkt und ausgelöst durch seine Isolation und seine ganze berechtigte Wut auf die Welt: Obamacare, schrecklich!, Schießerei in Maryland, nicht politisieren!, Erhöhung des Mindestlohns, skandalös!, gleichgeschlechtliche Ehe, wider die Natur!, religiöse Einwände gegen das Bedienen von LGBT-Leuten in Arizona, in Mississippi, Freiheit!, Schießereien der Polizei, Selbstverteidigung!, Donald Sterling, Recht auf freie Rede!, Schießerei auf dem Universitätscampus in Seattle, Schießerei in Las Vegas, Schießerei an der Highschool in Oregon, Waffen töten keine Menschen!, bewaffnet die Lehrer!, die Verfassung!, Freiheit!, ISIS-Enthauptung, Dschihadist John, widerwärtig!, wir haben keinen Plan!, alle wegputzen!, wir haben keinen *Plan*!, oh, und Ebola! Ebola! Ebola! All dies und mehr in einem zusammenhanglosen Schwall, vermengt mit seinen Anfeindungen gegen Apu, ginge Apu nach links, würde Petya nach rechts gehen, nur um sich ihm zu widersetzen, wäre Apu für etwas, wäre er dagegen, er würde ein moralisches Universum bauen, das die Realität seines Bruders in ihr Gegenteil kehrte, schwarz wäre weiß, richtig wäre falsch, unten wäre oben, und innen wäre außen. Apu hatte in jenem Jahr manches Mal die rüden Endphasen von Petyas Monologen mitbekommen und reagierte milde, er schluckte den Köder nicht.

»Soll er doch reden«, sagte er zu mir. »Du weißt, er ist da oben schlecht verdrahtet.« Er tippte sich an die Stirn, um Petyas Gehirn anzudeuten.

»Er ist einer der intelligentesten Menschen, den ich kenne«, entgegnete ich und meinte es auch.

Apu zog eine Grimasse. »Das ist eine angeknackste Intelligenz. Darum zählt sie nicht. Und ich versuche, da draußen mit einer angeknacksten *Welt* zurechtzukommen.«

»Er bemüht sich unglaublich«, wagte ich mich vor. »Die Hypnotherapie et cetera.«

Apu tat es ab. »Ruf mich an, wenn er nicht mehr wie ein Verrückter von der Tea Party klingt. Ruf mich an, wenn er sich entschließt, nicht mehr der republikanische Elefant zu sein.«

Mehr noch als Petyas wortreiche Feindseligkeiten gegen Apus politische Überzeugungen beunruhigte mich das im

Rausch geäußerte Geständnis seiner Phobie vor Menschen mit Gender-Unsicherheiten. Auch hierfür lagen die Wurzeln sicherlich in der Familie. Aus seiner gewaltsamen Sprache, die ich hier nicht wiedergeben möchte, ließ sich ableiten, dass der Friedensvertrag, den er vor langer Zeit mit sich selbst geschlossen hatte, um D Golden das Verhalten seiner Mutter gegenüber verzeihen zu können, nicht mehr hielt; und seine Wut drückte sich in vehementer Feindschaft gegen die zunehmende Gender-Verwirrung seines Halbbruders aus. Er fing an, seinen Halbbruder mit so aufgeladenen Wörtern wie *unnatürlich*, *pervers* und *krank* zu bezeichnen. Irgendwie hatte er von dem Nachmittag in Vasilisas Ankleidezimmer erfahren, und ihre Komplizenschaft bei Ds Experimenten mit dem Anderssein führte dazu, das seine verbale Gewalt sich jetzt auch gegen sie richtete. Das Baby wurde zum Ziel dieses Teils seiner Wut. Wieder sorgte ich mich um die Sicherheit meines ungeborenen Kindes.

Schließlich begann die Hypnose zu wirken. Der Hypnotiseur mit der fülligen Frisur, Mr. Lett, erreichte eine neue Stufe mit seinen Converse-Schritten. »Wie war's?«, fragte ich ihn nach einer Sitzung, als er auf dem Weg zur Tür war, und in seiner Begeisterung antwortete er: »Sehr gut, danke. Ich war auch fest davon überzeugt, dass es klappen würde. Es hat halt eine Weile gedauert. Ich wende für so eine Situation eine von mir selbst entwickelte Methode an, ich nenne sie Personally Programmmed Power, kurz PPP. Sie bedeutet, mit dem Patienten Schritt für Schritt zu arbeiten und langsam sein Selbstbewusstsein zu verbessern, was ich gerne als Selbstaktualisierung bezeichne. Jeder Schritt, den wir auf diesem PPP-Weg gehen, stärkt den Glauben des Betroffenen an sich selbst. Wir sind jetzt auf diesem Weg. Ganz eindeutig, ja. Die Dinge werden sich setzen. Es geht darum, Ihrem Freund einen greifbaren

Beweis zu liefern, einen Beweis, den er jedes Mal wieder herstellen kann, nämlich dass er in der Lage ist, seine mentalen Prozesse zu kontrollieren. Dass er die Verantwortung für seine physischen und emotionalen Reaktionen übernehmen kann. Hat er erst die Gewissheit, dass er dazu fähig ist, wird er darauf vertrauen, seine Erfahrung auch in der Außenwelt kontrollieren zu können. Schritt für Schritt. So ist das Programm. Was ich ihm gebe ist die Fähigkeit zu entscheiden, wie er auf die Leute um sich herum reagieren will und auf Dinge, die jetzt oder in der Zukunft passieren, welche Situation auch immer sich einstellt. Ich bin sehr optimistisch. Auf Wiedersehen.«

Als Teil dieses Prozesses, die Kontrolle zu übernehmen, studierte Petya die Strukturen von dem, was er »Zauberräume« nannte, das okkulte Pentagramm und den jüdischen Eruv. Wenn er doch die Privatinsel vor Miami als einen solchen Raum akzeptieren konnte und ebenso Ubah Tuurs umzäuntes Grundstück im Norden von New York, wo sich die unglückselige Episode zugetragen hatte, dann könnte er bestimmt selbst solche Zauberräume herstellen. So kam er auf die Idee mit dem Kreidekreis um die Insel von Manhattan. Er würde die ganze Insel umwandern und selbst den Kreis ziehen. Er würde es ohne Hilfe tun und die Kraft des Kreises durch Knoblauchzehen, die er beim Gehen verstreuen wollte, erhöhen. Damit es ihm leichter fiele, seine Ängste zu überwinden, würde er eine besonders dunkle Brille aufsetzen und ein Kapuze überziehen. Er würde laute Musik mit Kopfhörern hören, die den Außenlärm ausblendeten, und viel Wasser trinken. Das konnte ihm niemand abnehmen. Er musste es ganz allein bewältigen.

Der Hypnotherapeut Lett, der den Plan begrüßte und unterstützte, bot an, die Kreidestücke und die Knoblauchzehen zu kaufen. Nero Golden jedoch war besorgt und tätigte einige Anrufe.

Der festgesetzte Tag dämmerte heiß und feucht unter wolkenlosem Himmel. Petronius Golden kam so gekleidet, wie er es sich vorgenommen hatte, aus dem Zimmer mit dem blauen Licht und zeigte die grimmige Entschlossenheit eines äthiopischen Marathonläufers. Murray Lett erwartete ihn an der Haustür, und ehe Petya auf die Straße trat, versuchte der Therapeut ihn daran zu erinnern, wie viele Fortschritte er gemacht habe, und zählte die Errungenschaften an den Fingern und Daumen ab. »Denk dran. Größte Verbesserung in der Selbstbefähigung! Großartig verbesserter Fokus und verbesserte Konzentration! Riesige Verbesserung der Autonomie und des Selbstvertrauens! Viel besseres Stressmanagement! Viel besseres Wutmanagement! Große Schritte vorwärts bei der Impulskontrolle! Du *schaffst* es.« Petya lauschte in diesem Zustand des großartig verbesserten Fokus und der verbesserten Konzentration den Nine Inch Nails über seine Kopfhörer und hörte Murray Lett gar nicht. Er hatte einen Beutel voller Kreidestücke über der Schulter und trug einen Rucksack mit Kokoswasserpackungen, mit Obst, Sandwichs, Müsliriegeln und gegrillten Hühnerbeinen. Auch mit drei zusätzlichen Paar Socken. Erfahrene Wanderer hatten ihn per Internet gewarnt, dass schwitzige Füße in schweißdurchtränkten Socken Blasen bildeten, die es ihm unmöglich machen würden, seinen Weg bis zum Ende durchzuhalten. In der einen Hand hielt er eine Tüte mit zerdrücktem Knoblauch. In der anderen schwang er einen Spazierstock, an dessen Ende er das erste Stück Kreide mit Klebeband angebracht hatte. Seine Taschen waren voll mit weiteren Rollen Klebeband, sodass er das Kreidestück wenn nötig erneuern konnte. »Denk an dein Sozialverhalten«, schrie Murray Lett, der endlich begriffen hatte, dass er nicht gehört wurde. »Vermeide Introvertiertheit. Suche Augenkontakt. Behalte diese guten Dinge im Kopf.« Doch Petya war in seiner eigenen Welt, und Augenkontakt schien nicht zu seinem Plan zu gehören. »Ein Letztes«, brüllte Murray Lett, und Petya tat ihm den Gefallen, die Kopfhörer abzusetzen und ihm zuzuhören. »Ich hoffe, dein Schlafmuster war gut«, sagte Murray Lett etwas leiser. »Und, entschuldige, dass ich frage, die Sache mit dem Bettnässen, das haben wir abgestellt, oder?« Petya Golden ging so weit, die Augen zu verdrehen, setzte den Kopfhörer wieder auf, war offenbar zufrieden, dass Axl Rose Trent Reznor ersetzt hatte, neigte den Kopf und schritt zur Tür hinaus zum Uber-Taxi, das darauf wartete, ihn zum gewählten Ausgangspunkt, dem South Street Seaport, zu bringen; Mr. Lett ließ er zurück. »Alles Gute«, rief der Therapeut ihm hinterher. »Bin stolz auf dich. Gute Leistung.«

Auch Nero Golden stand an der Tür, in Begleitung der Mesdames Blather und Fuss und mir. »Nimm dir Zeit«, riet er seinem Sohn. »Überstürze nichts. Lass es gemütlich angehen. Es ist kein Rennen.« Als der Wagen Petya davon trug, sprach Nero in sein Telefon. Seine Leute würden in SUVs an der Strecke stehen. Jeder Schritt von Petya würde überwacht.

Auf mehr oder weniger zweiundfünfzig Kilometer bemisst sich der »große Bummel« um die Manhattan-Insel. Siebzigtausend Schritte. Zwölf Stunden, wenn man nicht superschnell unterwegs ist. Zwanzig Parks. Ich ging nicht mit, aber ich begriff sogleich, dass dieser Augenblick ein Höhepunkt des Films sein müsste, von dem ich träumte, ein Höhepunkt meines imaginären Golden-Films. Laute Musik auf der Tonspur, Lou Reeds *Metal Machine*, Zeppelin, Metallica und die Umlautgangs Motörhead und Mötley Crüe. Der Wanderer wandert (was durch den Heavy-Metal-Lärm hörbar würde; diesen Teil hatte ich noch nicht ausgearbeitet), begleitet vom Klang eines Tamburins bei jedem Schritt. In den Parks geht er an den Gestalten seines Lebens vorbei, sie beobachten ihn, sind es Trugbilder, die Ektoplasmen seiner zerrütteten Fantasie? Hier seine Mutter im Nelson A. Rockefeller Park, eindeutig ein Geist oder eine Erinnerung. Hier Apu, der auf der East River Promenade an ihm vorbeijoggt. Ein Stück weiter D Golden und Riya im Riverside Park, alle beobachten, wie er geht, und stieren mit dem starren Blick von Geistern. Um sie herum verwunschene, verängstigte Bäume. Ubah Tuur steht wie ein Wächter im Inwood Hill Park am Shorakkopoch Felsen, der die Stelle kennzeichnet, wo Peter Minuit die Insel vor langer, langer Zeit unter dem größten Tulpenbaum von Mannahatta für sechzig Gulden kaufte, und im Carl Schurz Park in der Nähe des Gracie Mansion ist Lett mit der fülligen Frisur, der ihn anspornt. Womöglich war Lett der Einzige, der wirklich da war. Petya geht weiter, der Tambourine Man, dem krankhaften Zugriff des närrischen Unglücks weit entrückt. Und während er geht, die Verwandlung. Bei Kilometer zehn, im West Harlem Piers Park, wirft er die Kreide von sich, zieht keinen Strich mehr, wie er es bislang getan hat, und kaum hat er die Residenz des Bürgermeisters hinter sich gelassen, wirft er auch den Knoblauch weg. Etwas hat sich für ihn verändert. Er muss sein Territorium nicht mehr markieren. Die Wanderung selbst ist die Markierung, und ihre Vollendung wird seinen unsichtbaren, unauslöschlichen Eruv vervollkommnen.

Und als er ein wenig wankend zu seinem Ausgangspunkt zurückkehrt, ist es dunkel geworden; und unter den Blicken der Schoner *Lettie G. Howard* und *Pioneer* sowie des Frachters *Wavertree* beginnt er mit seinen bandagierten, blasengequälten Füßen langsam und ohne auf Beobachter zu achten zu tanzen. Unter dem diamantenen Himmel mit einem frei schwingenden Arm. Und er hat sein Unglück gebannt. Eines der vielen. Und vielleicht etwas über seine Stärke erfahren, über seine Fähigkeit, sich auszusetzen und auch die anderen Herausforderungen anzugehen. Sieh dir sein Gesicht an, genau jetzt: Es hat den Ausdruck eines freigelassenen Sklaven.

»Was ist mit dem Hass?«

»Oh, der ist geblieben.«

21

Nach Petya Goldens großem Spaziergang mussten wir anerkennen, dass der Hypnotherapeut Murray Lett trotz seiner Friseur, seines Akzents und seiner Schuhe ein Wunder vollbracht hatte, und wir lernten eine Lektion in Feingefühl: dass die Wahrheit oft unter der Oberfläche liegt und ein Mann bedeutend mehr sein kann als seine meist leicht lächerlich wirkenden Eigenheiten. Denn Petya war nun wie ein Mann, den man von einem Verbrechen freispricht, das er nie begangen hat und für das er zu lebenslanger Haft verurteilt war. Sein Gesicht leuchtete vor feierlicher Freude, weil er die Ungerechtigkeit seines Leidens erkannte und ebenso mit langsam verblassender Ungläubigkeit akzeptierte, dass er nun davon befreit war. Und als er sein neues Leben aufnahm, war Lett derjenige, auf den er sich stützen konnte, dem er vertraute, dass er ihn in die Welt hineinführe, die sich ihm nun wie ein ungeheurer Schatz offen darbot; dieselbe Welt, in der wir anderen so gleichgültig und oftmals gedankenlos lebten, deren täglichen Karneval der Wunderlichkeiten wir gar nicht wahrnahmen und die Petya nun wie ein Geschenk an seine Brust drückte. Er ging mit Murray Lett bei D'Agostino's, bei Gristedes und bei Whole Foods Lebensmittel einkaufen; er saß mit Murray Lett am Union Square und im Battery Park in Straßencafés;

er ging mit Murray Lett zu seinem ersten Open-Air-Rockkonzert in Jones Beach, als Soundgarden und seine geliebten Nails auftraten; er war mit Murray Lett in The Stadium und skandierte »Danke Derek« in einem der letzten Augenblicke von Derek Jeter in der Bronx. Und es war Murray Lett, mit dem er gemeinsam sein neues Apartment ausgesucht hatte, eine möblierte, bezugsfertige, für zwölf Monate zu mietende Wohnung, und »dann sehen wir mal«, sagte er zuversichtlich, »vielleicht ist es dann an der Zeit, etwas zu kaufen«, sie lag in der dritten Etage eines sechsstöckigen Glas- und Metall-Gebäudes im Mondrian-Stil auf der Ostseite der Sullivan Street.

Erst zu diesem Zeitpunkt entdeckte ich – und fühlte mich töricht, weil ich es nicht eher gewusst habe –, dass Petya die ganze Zeit riesige Geldsummen verdient hatte als Erfinder und alleiniger Urheber einer Reihe von höchst erfolgreichen Spielen, die alle Welt auf Smartphones und Computern spielte.

Das war eine sensationelle Information. Wir alle wussten, dass er ständig diese Spiele spielte, manchmal vierzehn, fünfzehn Stunden am Tag; wieso hatte keiner von uns die leiseste Ahnung gehabt, dass er nicht bloß seine wirren Stunden vertrödelte, sondern mit seinem seltsam brillanten Kopf etwas anstellte, in dem er von Natur aus gut war? Warum haben wir nicht vermutet, dass er sich selbst das Programmieren beigebracht hatte und rasch und höchst versiert in dessen Geheimnisse vorgedrungen war und dass er diese Spiele nicht nur endlos spielte, sondern eben auch erfand? Wie hatten wir für das Ersichtliche so blind sein und übersehen können, dass er sich zum Genius des einundzwanzigsten Jahrhunderts entwickelt hatte und uns alle, die wir in der Welt des zweiten Jahrtausends umhertappten, hinter sich ließ? Es war der Beweis, wie sehr wir ihn verkannt hatten, dass wir ihn die meisten Stunden des Tages sich selbst überließen und billigten, dass er sich wegschloss, sich in seinem Zimmer von der Außenwelt abschottete, als wäre er unsere Version dieses alten Schauerbilds, die *Madwoman in the Attic*, die Verrückte unterm Dach, unsere eigene Bertha Antoinetta Mason, die erste Mrs. Rochester, die in Jane Eyres Gedanken einem »Vampyr« ähnelte. Und die ganze Zeit! Die ganze Zeit! Der genügsame, zurückgezogene Petya, der nichts an seinem Leben geändert hatte, der sich nichts kaufte, war unterdessen zum Everest dieses geheimen Universums aufgestiegen und hatte uns alle, um ehrlich zu sein, weit überflügelt. Noch eine Lektion: unterschätze nie deinen Kumpel. Die Zimmerdecke des einen ist der Fußboden des anderen.

Sie alle hatten Geheimnisse, die Männer der Familie Golden. Mit Ausnahme vielleicht von Apu, er war ein offenes Buch.

Es war das Jahr der hässlichen Gamergate-Affäre; die Spielewelt befand sich im Krieg, Männer gegen Frauen, »Gamer-Identität« gegen Vielfalt, und nur einem Neandertaler in Sachen neuer Technologie wie mir hatte der Tumult entgehen können. Ohne dass ich es wirklich begriff, hatte Petya es irgendwie geschafft, sich aus dieser heftigen Auseinandersetzung herauszuhalten, obwohl er, als er letztendlich bereit war, mit mir darüber zu reden, starke Standpunkte dazu äußerte, wie die männliche Gaming-Community auf Kritikpunkte von angeblich hochnäsigen Frauen reagierte – von Medienkritikerinnen und unabhängigen Spieleentwicklerinnen –, sie veröffentlichte die Adressen und Telefonnummern der Frauen und überschüttete sie mit schlimmsten Beschimpfungen, darunter sogar viele Todesdrohungen, sodass einige der weiblichen Zielscheiben gezwungen waren unterzutauchen. »Das ist kein technologisches Problem«, sagte er. »Und dafür gibt es keine technologische Lösung. Es ist ein menschliches Problem, eines der menschlichen Natur im Allgemeinen, der männlichen

Natur im Besonderen, und die Anonymität erlaubt den Leuten, die übelsten Seiten ihres Charakters herauszukehren. Ich, ich mache nur Unterhaltung für Kids. Ich bin neutraler Boden. Ich bin die Schweiz. Mich belästigt niemand. Sie kommen nur vorbei und wedeln meine Skipisten runter.«

Sein hochfunktionaler Autismus hatte dazu beigetragen, ihn zu einem Phänomen der Gamer-Welt zu machen, und ich begann, seinen möglichen Verdienst zu recherchieren. Die führenden »Multiplayer-Apps« – mit denen man sich mit Freunden verbindet und mit ihnen gemeinsam spielen kann – warfen elf, zwölf Millionen Dollar im Monat ab. Die alte unentwegte *Candy Crash Saga*, von der sogar ich gehört hatte, trug noch immer fünfeinhalb Millionen ein. Kriegsspiele, die fast ihr ganzes Geld durch app-interne Käufe einnahmen – durch Werbung nicht einmal zehn Prozent ihrer Einnahmen –, brachten etwa zwei, zweieinhalb Millionen. Monatlich. Ich las Petya die Top-fünfzig der iOS- und Android-Spiele vor. »Sind welche davon von dir?« fragte ich. Ein breites Grinsen ging über sein Gesicht. »Ich kann nicht lügen«, sagte er und zeigte auf die Nummer eins. »Das habe ich mit meinem kleinen Hatchetman geschafft.«

Also über hundert Millionen Dollar im Jahr allein durch dieses eine Spiel. »Weißt du was, ich mache mir ab sofort keine Sorgen mehr um dich«, sagte ich zu ihm.

Manche Studien behaupteten, Autismus könne sich »auswachsen«, einige vom Glück begünstigte Patienten könnten in die OO-Gruppe *(optimal outcome)* überwechseln, deren Mitglieder keinerlei autistische Symptome mehr zeigten, und wahrscheinlich hänge dies mit einem höheren IQ zusammen. Die Forschung war zwangsläufig umstritten, doch viele Familien boten Anhaltspunkte zur Untermauerung. Petyas Fall lag anders. Weder erreichte er diese OO-Gruppe noch wollte er hinein. Sein HFA und seine Leistungen waren aufs Engste verknüpft. Nach seiner bahnbrechenden Wanderung rund um Manhattan schien er immer besser in der Lage, mit seinen Symptomen umzugehen, er war weniger depressiv, litt weniger unter Panikattacken und machte sich weniger Sorgen ums Alleinleben. Er hatte einen Freund in Murray Lett, sein Vater besuchte ihn jeden Tag, er nahm noch immer die ihm verschriebenen Medikamente und er … funktionierte. Allerdings konnte niemand sagen, wie dauerhaft seine Erlösung von der Angst vor dem Freien sein würde oder wie weit vom »Heimatstandort« entfernt er umherstreifen könne. Aber im Großen und Ganzen war er in Bestform wie seit Jahren nicht mehr. Sich nicht um ihn zu sorgen war zu einer Möglichkeit geworden.

Er trank noch immer zu viel. Doch dies beunruhigte uns weniger, als es hätte sollen, vielleicht weil uns dieses Problem viel vertrauter war.

Stattdessen sorgte ich mich eine Zeit lang um mich. Das Baby würde bald geboren, und um die Wahrheit zu sagen, ich ertrug meine Situation nicht, darum drängte es mich mittlerweile, Suchitras Wunsch zu erfüllen und aus dem Haus Golden auszuziehen. Und, ja, meine Eltern hatten sehr enge Freunde unter den Nachbarn an den Gärten gehabt, und zu meiner großen Freude nahm mich ihr Diplomatenfreund aus Myanmar in seinem Haus auf – auf diesen Seiten habe ich ihn, um mich ihm leichter anzunähern, U Lnu Fnu genannt –, der Witwer mit dem traurigen Gesicht und den tief liegenden Augen hinter der Brille, der nur knapp gescheitert war, der zweite burmesische UN-Generalsekretär nach U Thant zu werden. »Es ist mir eine Freude«, sagte er. »Die Wohnung ist groß, und hier allein zu sein, erinnert an eine Fliege, die in einer Glocke surrt. Ich höre mein eigenes Echo, und das Geräusch gefällt mir nicht.«

Tatsächlich war mein Zeitpunkt perfekt, denn er hatte eine Weile einen Mieter in einem freien Zimmer gehabt, und als ich ihn fragte, ob ich vielleicht dieses Zimmer mieten könne, war der Mieter gerade dabei auszuziehen. Diese aufregende Person war ein Pilot, Jack Bonney, der gerne sagte, er fliege für die »größte Fluglinie, von der du noch nie gehört hast«, Hercules Air, die ursprünglich nur Fracht geflogen hatte, aber unterdessen auch Soldaten und andere Kunden transportierte. »Vor Kurzem«, erzählte er, »hatten wir den britischen Premierminister mit seinen Sicherheitsleuten an Bord. Und ich fragte, sollte er nicht in eurer Air Force One sitzen? Und die Sicherheitstypen sagten, so ein Flugzeug haben wir gar nicht. Und ich habe Söldner in den Irak geflogen, das war was. Aber das größte Ding, das ich je geflogen habe? Von London nach Venezuela, venezolanische Währung im Wert von zweihundert Millionen Dollar, die die Briten für sie gedruckt hatten, die wussten es, nicht wahr. Das war eine verrückte Sache. In Heathrow werden die Paletten eingeladen, ohne jede Sicherheitsmaßnahme, ich sehe mich um, nur das normale Flughafenpersonal, keine bewaffnete Eskorte, nichts. Dann landen wir in Caracas, und wow, eine riesige Militäroperation. Bazookas, Panzer, furchterregende Typen in schusssicheren Westen mit Waffen, die in alle Richtungen zielen. Ich dachte, ich flippe aus.«

Nachdem er fort war und ich mich gemütlich in dem Zimmer eingerichtet hatte, kam U Lnu Fnu zu mir und sagte mit seiner zarten, behutsamen Stimme: »Ich war froh über seine Gesellschaft, ich bin aber auch froh, dass du von Natur aus ruhiger bist. Mr. Bonney ist ein guter Mensch, aber er sollte auf sein geschwätziges Mundwerk achten. Wände haben Ohren, mein lieber René. Wände haben Ohren.«

Er war auf mein Wohlbefinden bedacht und sprach einmal

scheu, und nachdem er um Erlaubnis gebeten hatte, über seinen Respekt für meine Eltern und sein Verständnis für meine schmerzliche Trauer. Auch er habe, so erwähnte er zurückhaltend, unter der schmerzlichen Trauer gelitten. Suchitra war glücklich über meine neue Bleibe, da ihr aber meine anhaltend bedrückte Stimmung auffiel, schlug sie einen anderen Kurs ein. »Du siehst aus wie ein trauriger Sack, seit du bei der Addams Family ausgezogen bist. Hast du nicht vielleicht Gelüste nach einem süßen russischen Kuchen?« Es klang unbeschwert, aber es war eindeutig, sie wollte die Antwort wissen.

Ich beruhigte sie; sie war eine vertrauensvolle Seele und bald tat sie es scherzend ab. »Es freut mich, dass du es geschafft hast, bei deinen geliebten Gärten zu bleiben«, sagte sie. »Ich kann mir nur vorstellen, was für ein langes Gesicht du gezogen hättest, wenn es nicht geklappt hätte.«

Aber mein Sohn, mein Sohn. Ausgeschlossen, weit weg von ihm, ebenso ausgeschlossen, in seiner Nähe zu sein. Vasilisa Golden, hochschwanger, kurz vor der Geburt, spazierte jeden Tag mit ihrer Kopftuch tragenden Babuschka von Mutter durch die Gärten, ein eingeflogenes Klischee, um in einem Melodrama zu Diensten zu sein, und ich dachte: Mein Sohn ist Leuten ausgeliefert, die nicht einmal Englisch als erste Sprache sprechen. Das war ein unwürdiger Gedanke, aber in meiner Aufgeregtheit frustrierter Vaterschaft hatte ich ausschließlich unwürdige Gedanken. Sollte ich alles ausplaudern? Sollte ich weiter schweigen? Was wäre am besten für den Jungen? Na ja, natürlich wäre es am besten für ihn, er wüsste, wer sein richtiger Vater war. Aber ich hatte auch, das muss ich zugeben, mehr als nur ein bisschen Angst vor Nero Golden, die Angst des aufstrebenden jungen Künstlers vor dem Mann von Welt in der Blüte seiner Macht, selbst in seinem augenblicklichen schon leicht angeschlagenen Zustand. Was würde er tun? Wie würde er reagieren? Wäre das Kind in Gefahr? Oder Vasilisa? Oder ich? – Ja, ich wäre es bestimmt, dachte ich. Ich hatte mich für seine Freundlichkeit nach dem Tod meiner Eltern revanchiert, indem ich seine Frau geschwängert hatte. Auf ihre Aufforderung hin, das stimmt, aber das würde er nicht als Entschuldigung akzeptieren, und ich fürchtete seine Fäuste; seine Fäuste allermindestens. Aber wie sollte ich mein ganzes Leben lang schweigen? Ich hatte keine Antworten, doch die Fragen stürzten wie Bomben Tag und Nacht auf mich ein, und es ließ sich kein Luftschutzbunker finden.

Ich fühlte mich wie ein Narr – schlimmer als ein Narr, wie ein umherirrendes Kind, das die Schuld einer großen Unartigkeit auf sich geladen hat und die Strafe der Erwachsenen fürchtet – und ich konnte mit niemandem reden. Zum ersten Mal in meinem Leben empfand ich eine gewisse Wertschätzung für die katholische Erfindung der Beichte und die anschließende Vergebung Gottes. Hätte ich in diesem Moment einen Priester finden können und hätte eine Reihe von *mea maxima culpa* das unaufhörliche Fragen in mir verstummen lassen, hätte ich freudig diesen Weg eingeschlagen. Aber da war keiner. Ich hatte keinerlei Verbindung zur Kirchenwelt. Und meine Eltern waren tot, und mein neuer Vermieter U Lnu Fnu, der unzweifelhaft eine ruhige und beruhigende Präsenz hatte und ein erfahrener Diplomat war, hatte schon über die Geschwätzigkeit seines vorherigen Mieters geklagt und würde bestimmt zurückschrecken vor dem radioaktiven Gefühlsmaterial, das ich abladen musste. Suchitra kam aus naheliegenden Gründen nicht infrage. Ich wusste im Übrigen, sollte ich mich nicht rasch beruhigen, würde sie den Braten riechen, und das wäre die schlimmste Art und Weise, wie die Wahrheit ans Licht kommen könnte. Nein, die Wahrheit durfte nicht ans Licht kommen. Die Wahrheit würde zu viele Leben zerstören.

Ich musste einen Weg finden, die besitzergreifende Stimme zum Schweigen zu bringen, die Stimme der väterlichen Liebe, die ihr Geheimnis aufdecken wollte und mir ins Ohr schrie. Dann einen Therapeuten? Das war der weltliche Beichtvater unserer Zeit. Ich hatte schon immer Abscheu vor dem Gedanken, einen Fremden bei der Erforschung des eigenen Lebens um Hilfe zu bitten. Ich selbst war der angehende Geschichtenerzähler; ich hasste die Vorstellung, ein anderer könnte meine Geschichte besser verstehen als ich. Ein Leben ohne Selbsterforschung verdient nicht, gelebt zu werden, sagte Sokrates und trank den Schierlingsbecher, aber diese Erforschung, so hatte ich immer gedacht, sollte eine Erforschung des Selbst durch das Selbst sein; autonom, wie ein wahres Individuum sein sollte, ohne sich für Erklärungen oder die Absolution auf einen anderen zu stützen, frei. Hierin lag die humanistische Idee der Renaissance des Selbst, die sich zum Beispiel in Pico della Mirandolas *De hominis dignitate*, »Über die Würde des Menschen«, ausdrückte. Gut! Diese edle Gesinnung war zum Fenster hinausgeflogen, als Vasilisa ihre Schwangerschaft verkündet hatte. Seither hatte in mir der Sturm gewütet, ohne dass es in meiner Macht lag, ihn zu besänftigen. Vielleicht war es an der Zeit, den Stolz hinunterzuschlucken und professionelle Hilfe zu suchen. Einen Augenblick dachte ich daran, zu Murray Lett zu gehen, sah aber sofort ein, dass dies eine dumme Idee war. Im Freundeskreis meiner Eltern gab es exzellente Therapeuten. Vielleicht sollte ich mich an einen von ihnen wenden. Vielleicht brauchte ich jemanden, der mir die Bürde meines Wissens abnahm und es an einem sicheren, neutralen Ort verwahrte; einen psychologischen Pionier, der die Bombe der Wahrheit entschärfte. So rang ich mit meinen Dämonen; doch nach langem innerem Kampf beschloss ich, ob nun richtig oder falsch, nicht die Hilfe eines Fremden zu suchen, sondern mich lieber allein diesen Dämonen zu stellen.

Unterdessen waren die Bewohner an den Gärten vollkommen von dem Drama gefesselt, das sich in dem Haus der Tagliabues abspielte, wo die sich maßlos ausgenutzt fühlende Ehefrau Blanca Tagliabue, die es satt hatte, sich alleine zu Hause um die Kinder zu kümmern, während ihr Mann Vito in der Stadt ausging, und die von seinen (wie ich glaube, wahrheitsgemäßen) Beteuerungen absoluter Treue gelangweilt war, eine Affäre mit dem reichen Argentinier Carlos Hurlingham aus der Nachbarschaft angefangen hatte – in einem meiner Treatments hatte ich ihn »Mr. Arribista« genannt –, sie hatte die Kinder in der Obhut von Kindermädchen zurückgelassen und war in Señor Hurlinghams »PJ« davongeflogen, um sich die berühmten Wasserfälle von Iguazu an der argentinisch-brasilianischen Grenze anzusehen und sich während des Aufenthalts bestimmt verschiedenen Aktivitäten südlich-der-Grenze zu widmen. Vito war außer sich vor Wut und Leid und stürmte, zur großen Freude all seiner Nachbarn, wütend und leidend durch die Gärten. Wäre ich nicht so sehr mit meinen eigenen Schwierigkeiten beschäftigt gewesen, hätte ich sicher Gefallen daran gefunden zu sehen, dass all die ungleichen Charaktere in meiner Gartenerzählung sich allmählich verknüpften und sich zusammenschlossen, um ein Ganzes zu bilden. Doch da ich mich in jenem Moment nur um meine eigene Traurigkeit kümmerte, gelang es mir nicht, mit der Entwicklung der Tagliabue-Hurlingham-*telenovela* mitzuhalten.

Das war nicht so wichtig. Sie waren bestenfalls Randfiguren und würden den Schneideraum nicht überstehen. Viel schlimmer war, dass ich in meiner Verzweiflung den Blick von Petya Golden abwandte. Ich behaupte nicht, dass ich hätte verhindern können, was geschehen sollte, wenn ich wachsamer gewesen wäre. Vielleicht hätte Murray Lett es intuitiv erahnen müssen. Vielleicht hätte niemand etwas tun können. Aber dennoch bedaure ich meine Nachlässigkeit.

◇

Die beiden Sottovoce-Galerien, zwei großzügige Räumlichkeiten ganz im Westen der 21. und 24. Straße, zeigten neueste Arbeiten von Ubah Tuur, eine der großen Ausstellungen in dieser Saison. Die großformatigen Werke, Reminiszenzen an Richard Serras Metallmonster, aber von Schneidflammen geschlitzt und zu exquisiten spitzenartigen Mustern geformt, sodass sie wie riesige, gebogene, rostig metallische Versionen des indischen Jali-Steingitterwerks aussahen, standen da von Spots angestrahlt wie verspieltere, wundersamere Verwandte der starren außerirdischen »Wächter« in Kubricks *2001, Odyssee im Weltraum*. In der Galerie auf der 21. Straße traf ich den überschwänglichen Frankie Sottovoce, mit rosa Bäckchen und Sturmfrisur, der die Arme schwang und vor Freude kicherte. »Das ist der Hammer. Nur die bedeutendsten Sammler und Museen. Sie ist ein Star.«

Ich sah mich nach der Künstlerin um, doch sie war nicht da. »Du hast sie knapp verpasst«, sagte Sottovoce. »Sie war mit Apu Golden hier. Du solltest wiederkommen. Sie sind fast immer hier. Meistens am Vormittag. Du kennst sie von der Party in den Gärten. Sie ist großartig. So unglaublich klug. Und schön, mein Gott.« Er schüttelte eine Hand aus, als hätte er sie sich an ihrer flammenden Schönheit verbrannt. »Sie ist eine Urgewalt«, schloss er und schwebte davon, um jemand Wichtigeren zu becircen.

»Oh«, machte er und drehte sich wieder zu mir, seine Liebe zum Tratsch war für einen Augenblick stärker als sein Geschäftssinn. »Der andere Golden war auch da, der ältere Bruder, du weißt schon.« Er tippte sich an die Schläfe, um auf den *Verrückten* hinzudeuten. »Er hat sie hier mit Apu gesehen, und ich glaube nicht, dass ihn das begeistert hat. Ist abgehauen wie ein geölter Blitz. Vielleicht ein bisschen Rivalität? Hmmm hmmm?« Er lachte sein dümmlich hohes, gackerndes Lachen und ging.

In dem Augenblick hätte ich es ahnen müssen. In dem Augenblick hätte ich vor meinem geistigen Auge die rote Flut in Petyas Gesicht aufsteigen sehen müssen, da er nach all dieser Zeit begriff, dass die Frau, die er liebte, noch immer in den Armen seines Bruders lag, die Frau, die ihm sein Bruder geraubt hatte, was das Ende seiner größten Chance auf das Glück bedeutete. Jene treulose Nacht unter Ubahs Dach vor langer Zeit erwachte in seinen Gedanken mit all ihrer Macht, als wäre es gerade eben erst geschehen. Auch die Wut erwachte wieder – und die Rachegelüste. Der eine flüchtige Blick auf Ubah und Apu Hand in Hand reichte, und was darauf folgte, folgte mit der erschreckenden Unvermeidlichkeit eines Schusses, nachdem der Hahn gespannt ist. Ich hätte wissen müssen, dass es Aufruhr geben würde. Aber ich dachte an anderes.

◇

In New York City schickte die Leitung der Feuerwache, der FDNY, vierundvierzig Einheiten und einhundertachtundneunzig Feuerwehrmänner zu einem Alarm fünften Grades aus. Die Eventualität, dass zwei solcher Feuer im Abstand von drei Blocks in derselben Nacht ausbrechen, ist höchst gering. Die Wahrscheinlichkeit, dass diese Feuer zufällig ausgebrochen sind, ist ... verschwindend gering.

In den Sottovoce-Galerien nahm man die Sicherheit sehr ernst. Zu den Öffnungszeiten waren Aufseher zugegen, Kameras liefen, und ein Verriegelungssystem konnte binnen zwanzig Sekunden alle Eingänge versperren. Das war die »Situation A«. Situation B, die vom Zeitpunkt der Schließung bis zum wieder Öffnen galt, wurde mit Laserstrahlen gemanagt, die, sollten sie unterbrochen werden, Alarm auslösten, mit Überwachungskameras, deren Infos zu der Kommandozentrale der Sicherheitsfirma geleitet wurden, wo man die Bildschirme vierundzwanzig Stunden am Tag im Blick hatte, und mit Titangittern ebenso wie mit herunterrollbaren Stahltüren, die mit einem doppelten digitalen Schließ- und Schlüsselsystem ausgestattet waren: zwei Schlitze für ID-Karten mit einem Tastaturfeld darunter, und kein einziger Angestellter kannte alle PINs. Um die Türen zu öffnen, mussten zwei leitende Angestellte des Sottovoce-Personals zugegen sein, jeder benutzte seine Karte und gab seinen individuellen Code ein. Wolle man dieses System hacken, sagte Frankie Sottovoce gerne, müsse man ein Genie sein. »Die Galerie ist eine Festung«, brüstete er sich. »Selbst ich kann nicht hinein, wenn ich nachts vorbeikomme und pinkeln gehen muss.«

Was genau war geschehen? Tief in der Nacht, gegen drei Uhr zwanzig, fuhr ein Chevrolet Suburban mit dunkel getönten Scheiben und ohne Kennzeichen vor der Galerie an der 24. Straße vor. Der Fahrer musste die Galerie zuvor besucht und etwas benutzt haben, was die NYPD, die New Yorker Polizei, als ein »höchst kompliziertes Abschöpfungswerkzeug« bezeichnete, um die ID-Karten zu kopieren und die PINs herauszufinden. Die Stahltüren gingen hoch, die Titangitter öffneten sich, dann wurden Benzin gefüllte Plastikkanister geöffnet, in die Galerie geworfen und entzündet, womöglich mit einem ähnlichen Schneidbrenner, mit dem die ausgestellten Skulpturen gefertigt waren. Der SUV fuhr davon, als das Feuer bis nach draußen loderte, und ein ähnlicher Ablauf ereignete sich auf der 21. Straße. Es gab einen Zeugen, einen wenig glaubwürdigen Säufer, der den SUV-Fahrer als einen Mann mit einem schwarzen Kapuzenpulli und dunkler Brille beschrieb. »Er sah aus wie die Fliege«, sagte der Zeuge. »Ja. Wenn ich drüber nachdenke, erinnere ich mich an seine komplett behaarten Fliegenarme, die aus seinen Ärmeln hervorschauten.« Als diese Aussage tiefer in die Science-Fiction eintauchte, dankte man dem Zeugen, und er durfte gehen. Weitere Zeugen meldeten sich nicht. Die größte Hoffnung der Untersuchungsbeamten war, den Wagen identifizieren zu können, doch man fand ihn nicht sofort. Und bis die Feuer gelöscht waren, waren die Skulpturen unwiederbringlich zerstört.

◇

INNEN. NACHT. PETYA GOLDENS WOHNUNG.
SCHLAFZIMMER.

PETYA, der noch immer den schwarzen Kapuzenpullover und die dunkle Brille trägt, sitzt im Bett und hat die Laken bis unters Kinn gezogen. Er schluchzt unkontrolliert. Er schleudert die Brille durch den Raum. Offene Alkoholikaflaschen auf dem Nachttisch.

INNEN. NACHT. PETYA GOLDENS WOHNUNG.
WOHNZIMMER.

PETYA, noch immer weinend, fast schreiend vor Leid, hat angefangen, sein neues Zuhause zu zertrümmern. Er schleudert eine Lampe durch den Raum, sie trifft eine Wand und bricht in Stücke. Er nimmt einen Stuhl und wirft ihn der Lampe hinterher. Dann kauert er am Boden mit den Händen vorm Gesicht.

INNEN. TAG. PETYAS WOHNUNG.
WOHNZIMMER.

Aufblende zum nächsten Morgen. PETYA in derselben Haltung. Es klingelt an der Tür. Immer wieder. Er rührt sich nicht.

Schnitt.

AUSSEN. TAG. VOR DEM »MONDRIAN-GEBÄUDE«.

NERO GOLDEN drückt die Klingel. Schnitt zur NAHAUFNAHME seines Gesichts, als er direkt in die Kamera spricht. Unter dem Voice-Over hören wir das Dingdong der Türklingel, da er sie immer wieder drückt.

NERO

Natürlich begreife ich sofort, dass er es ist. Sie zeigen die Zeichnung im Fernsehen, und als ich sie sehe, weiß ich es. Das ist nicht die Fliege. Das ist Petronius. Auch der Wagen. Er hat die Kennzeichen abgeschraubt, aber es ist mein Wagen. Ich selbst gab ihm die Schlüssel, als er in das Apartment zog. Er ist ein guter Fahrer, ein sicherer Fahrer. Welcher Vater würde so etwas von seinem Sohn erwarten? Der Wagen steht in der Parkgarage unter der Bleecker Street 100, dem Hochhaus der New Yorker Uni, wir haben den Platz von einem Journalistikprofessor gemietet, der im zwanzigsten Stock wohnt. Ich kenne den Wagen, ich kenne meinen Sohn, ich kenne die Frau. Selbstverständlich. Das ist die Frau, die ihm sein Bruder weggeschnappt hat. Das ist die Rache. Eine schreckliche Sache, aber er ist schließlich ein Mann.

Schnitt.

INNEN. NACHT. PETYAS WOHNUNG.

Die Wohnung ist ein Chaos, aber PETYA hat zugelassen, dass MURRAY LETT sie betritt. Er, PETYA, kauert noch immer vornübergebeugt auf dem Boden, Einstellung von hinten. LETT hockt neben ihm, hat die Arme um PETYAS Schultern gelegt. PETYA spricht ununterbrochen. Wir hören seinen Monolog nicht.

RENÉ (Voice Over)

Den Schneidbrenner hat er online gekauft. Das war leicht. Nachdem er die Kennzeichen des SUV abgeschraubt hatte, fuhr er zu einem Laden und besorgte die Plastikkanister. Dann fuhr er zu einem anderen Drive-in-Laden in Nassau County, wo er die Kanister mit Benzin füllte. Über das Knacken der Sicherheitssysteme der Galerien sagte er nur, es sei wirklich einfach gewesen. Vielleicht hatte er nicht mit der Welle von Schuldgefühlen gerechnet, die ihn unmittelbar nach den Überfällen überflutete. Beinahe wäre er darin ertrunken. Der Nervenzusammenbruch war äußerst heftig. Er bekam Angst, wurde hysterisch, depressiv und betrank sich. Der Therapeut wollte ihn wegen Selbstmordgefahr unter Beobachtung stellen. Sein Vater heuerte Pflegepersonal an, das rund um die Uhr für ihn da sein sollte.

Schnitt zu PETYA, der aufbrausend spricht, doch wir hören nur RENÉS Worte. Manches Mal spricht PETYA lippensynchron mit RENÉ.

RENÉ

Sein Wutanfall richtete sich hauptsächlich gegen ihn selbst, er empfand Schuld und Scham. Dennoch sprach er auch viel darüber, wie sehr er seinen Bruder hasse. Seine Gefühle für Apu seien regelrecht zu Hassklumpen erstarrt, die nur durch das Herzblut seines Bruders aufgelöst werden könnten, sagte er, und womöglich sei selbst das nicht genug, vielleicht müsse er hinterher auch noch mehrere Male auf Apus widerliches Grab scheißen. In den Boulevardzeitungen hatte er über kriminelle Männer gelesen, die Frauen viele Jahre gefangen gehalten hatten, und er sagte, vielleicht kann ich das auch machen, ich kann ihn fesseln, knebeln, im Keller neben dem Boiler und Heißwasserzylinder festhalten und ihn foltern, wann immer ich will. In jenen Tagen nach der Brandstiftung trank Petya übermäßig viel. Er war völlig von Sinnen.

Schnitt.

AUSSEN. TAG. NEROS ARBEITSZIMMER.
DAS HAUS GOLDEN.

NERO GOLDEN steht mit wütendem Gesichtsausdruck mit dem Rücken zum Fenster, seine beiden DRACHENDAMEN erwarten seine Anweisungen.

NERO

Ich will den besten Strafverteidiger Amerikas. Findet ihn heute noch und bringt ihn her.

Die Tür öffnet sich, und VASILISA GOLDEN steht da, die Hände auf dem Bauch. Verärgert über die Störung, dreht sich NERO zu ihr, aber der Blick in ihr Gesicht lässt ihn verstummen.

VASILISA

Es ist so weit.

Schnitt.

22

Frühling, das letzte Eis auf dem Hudson war verschwunden, und glückliche Segler preschten durch das wochenendliche Wasser. Dürre in Kalifornien, Oscars für *Birdman oder (Die unverhoffte Macht der Ahnungslosigkeit)*, aber in Gotham City standen keine Superhelden zur Verfügung. Der Joker kündigte im Fernsehen seine Kandidatur für die Präsidentschaft an, gemeinsam mit den anderen vom Suicide Squad. Über anderthalb Jahre würde der gegenwärtige Präsident noch regieren, aber ich vermisste ihn bereits und verspürte Sehnsucht nach ihm, nach diesen guten alten Zeiten, nach der Legalisierung schwuler Ehen, dem neuen Fährverkehr nach Kuba und nach den Yankees, die sieben Spiele in Folge gewannen. Da ich nicht in der Lage war, dem grünhaarigen Plapperer bei seiner unglaubwürdigen Erklärung zuzuhören, wandte ich mich den Zeitungsberichten über Verbrechen zu und las über Tötungsdelikte. Ein Bewaffneter erschoss einen Arzt in El Paso und tötete anschließend sich selbst. In North Carolina erschoss ein Mann seine Nachbarn, eine muslimische Familie, wegen eines Streits um einen Parkplatz. Ein Paar in Detroit, Michigan, bekannte sich schuldig, seinen Sohn im Keller gefoltert zu haben. (Technisch gesehen, keine Tötung, diese Tat, aber eine gute Geschichte, darum zählt sie dazu.) In

Tyrone, Missouri, tötete ein Bewaffneter sieben Menschen und machte sich anschließend zum achten Opfer. Ebenfalls in Missouri erschoss ein gewisser Jeffery L. Williams zwei Polizisten vor dem Polizeipräsidium der Stadt Ferguson. Ein Polizist namens Michael Slager erschoss und tötete Walter Scott, einen unbewaffneten Schwarzen in North Charleston, South Carolina. In der Abwesenheit von Batman boten sich Mrs. Clinton und Senator Sanders als Alternativen zum Suicide Squad an. In einem Twin-Peaks-Restaurant in Waco, Texas – »Eats! Drinks! Scenic Views!« –, starben neun Menschen in einem Rockerkrieg, und achtzehn weitere mussten ins Krankenhaus. Es gab Überschwemmungen und Tornados in ganz Texas und Arkansas, vierzig Vermisste. Und es war erst Mai.

»Dostojewski hat all seine Plots in Zeitungsberichten über Verbrechen gefunden«, sinnierte Suchitra. »STUDENT ERMORDET VERMIETERIN. Wie auch immer das auf Russisch heißt. Und bingo! *Schuld und Sühne*.«

Wir frühstückten – selbstgemachten Latte Macchiato und Cronuts, für die wir morgens um halb sechs in der Schlange gestanden hatten – und saßen am Tisch in der Fensterecke, die nach Süden Ausblick zum Hafen und nach Westen über den Fluss bot. Mir kam der Gedanke, dass ich glücklich war, dass ich den Menschen gefunden hatte, der mir Freude bereiten konnte, oder sie hatte zugelassen, dass ich sie fand. Was womöglich auch bedeutete, dass ich ihr nie die Wahrheit über das Baby sagen konnte; was wiederum bedeutete, dass Vasilisa mich in der Hand hatte und ich mich ihr nie würde entwinden können. Richtig ist, würde Vasilisa ihr Geheimnis enthüllen, machte sie ihre eigene Strategie zunichte und gleichfalls meine Chancen auf ein gutes Leben. Aber vielleicht war sie sich ihrer so sicher, dass es keine Rolle spielte. Sie hatte ja auch das Drama der Liebelei mit ihrer Fitnesstrainerin Masha überstanden. Und Nero wurde jeden Tag älter und hegte die Angst, er lebe nicht mehr lange und müsse allein sterben … Ich schob diese Gedanken beiseite und begriff, dass ich einer Paranoia verfallen war. Vasilisa würde nichts erzählen. Und während ich mein Cronut aß und die Filmkritiken in der *Sunday Times* las, war ich zufrieden und froh, dass Suchitra laut nachdachte, wie sie es in diesen seltenen ruhigen Momenten ihres dicht gedrängten Arbeitsplans gerne tat. Aus diesen sonntäglichen Brainstormings – wenn sie ihren Gedanken freien Lauf ließ und einer sich mit dem anderen verknüpfte – schöpfte sie oft Ideen für neue Projekte, die sie unbedingt machen wollte.

»Ist das die Wahrheit? Über Dostojewski?«, fragte ich.

Das war eine gute Vorlage für sie. Sie nickte ernst, gestikulierte mit ihrem Cronut in meine Richtung, während sie den Bissen in ihrem Mund hinunterschluckte, und los ging's. »*Wahrheit* ist so was von zwanzigstem Jahrhundert. Die Frage ist doch, bekomme ich dich so weit, dass du die Info glaubst, kann ich es bewerkstelligen, dass sie oft genug wiederholt wird, damit sie so gut wie wahr klingt. Die Frage ist, kann ich besser lügen als die Wahrheit. Du weißt, was Abraham Lincoln gesagt hat? ›Es gibt eine Menge falscher Zitate im Internet.‹ Vielleicht sollten wir das mit den Dokumentarfilmen vergessen. Vielleicht sollten wir die Genres mischen, ein bisschen *genrequeer* sein. Vielleicht ist der Spottumentarfilm die Kunstform unserer Zeit. Orson Welles ist schuld.«

»Mercury Theatre on the Air«, sagte ich ebenfalls scherzend. »*Krieg der Welten*. Radio. Das ist schon eine ganze Weile her. Damals glaubten die Leute noch an die Wahrheit.«

»Trottel«, sagte sie. »Die glaubten Orson. Alles hat irgendwo seinen Anfang.«

»Und nun glauben zweiundsiebzig Prozent aller Republikaner, der Präsident wäre Muslim.«

»Wenn heute ein toter Gorilla aus dem Cincinnati-Zoo für die Präsidentschaft kandidierte, bekäme er mindestens zehn Prozent der Stimmen.«

»Und viele Australier geben bei der Volkszählung, was ja eine offizielle Sache ist, ›Jedi‹ als ihre Religion an.«

»Die einzige Person, von der du heute meinst, sie belüge dich, ist der Experte, der tatsächlich etwas weiß. Er ist aber derjenige, dem man nicht glaubt, weil er zur Elite gehört, und die Eliten sind gegen das Volk, sie machen es nieder. Die Wahrheit zu kennen heißt, elitär zu sein. Wenn du sagst, du habest das Antlitz Gottes in einer Wassermelone gesehen, werden dir mehr Menschen glauben, als wenn du den Missing Link fändest, denn dann wärest du ein Wissenschaftler, dann wärest du elitär. Reality-Fernsehen ist fake, aber nicht elitär, darum glaubwürdig. Nachrichten: die sind elitär.«

»Ich will nicht elitär sein. Bin ich elitär?«

»Daran musst du arbeiten. Du musst post-faktisch werden.«

»Ist das dasselbe wie fiktional?«

»Fiktion ist elitär. Keiner glaubt dran. Post-faktisch ist Massenmarkt, Informationszeitalter, von Trollen generiert. Das wollen die Leute.«

»Die *truthiness*, die gefühlte Wahrheit, ist Schuld. Stephan Colbert ist Schuld.«

Das war unser Sonntagsgeplänkel, aber dieses Mal war ich es, dem ein Licht aufgegangen war. Mein großes Projekt, das von den Goldens handelte, sollte auf einem Drehbuch basieren und im Stil eines Dokumentarfilms gedreht, aber von Schauspielern gesprochen und gespielt werden. Als mir dieser Gedanke in den Sinn kam, hatte ich das ganze Skript plötzlich im Kopf, sodass innerhalb weniger Wochen eine Rohfassung stand, und am Ende des Jahres sollte es für das Sundance Screenwriters Lab ausgewählt werden, und im Jahr danach …

aber ich greife in meiner Begeisterung voraus. Also zurück zu diesem Sonntag im Frühling. Denn später am selben Tag hatte ich eine Verabredung mit meinem Sohn.

Ja, ich spielte mit dem Feuer, aber der Mensch ist vorprogrammiert, das Programm ist mächtig, es will, was es will. Die Vorstellung, keinen Kontakt zu meinem eigen Fleisch und Blut zu haben, war mir entsetzlich, und darum schmeichelte ich mich, nachdem ich aus dem Haus Golden ausgezogen war, bei Nero Golden schamlos ein; auch für ihn war das neugeborene Kind, sein erstes nach langer Zeit, eine Obsession. Ich sagte ihm, ich wolle, dass wir in Verbindung blieben nach all seiner Freundlichkeit, nachdem er mir gegenüber so großzügig gewesen sei, als wäre er Teil meiner Familie, sodass er sich unterdessen für mich wirklich wie Familie anfühle (ich habe ja angekündigt, dass ich schamlos sein kann); ich schlug vor, dass wir unsere neue Gewohnheit, uns zu einem Essen zu treffen – zu einem Tee vielleicht? –, im Russian Tea Room fortsetzen sollten. »Oh, und es wäre großartig, wenn Sie das Baby mitbrächten«, fügte ich unschuldig an. Der alte Mann fiel darauf herein, und so konnte ich den kleinen Kerl wachsen sehen, mit ihm spielen und in den Armen halten. Nero kam mit dem Kind und dem Kindermädchen in den Teesalon, wo das Kindermädchen mir ohne Umschweife das Kind reichte und sich in eine Ecke des Restaurants zurückzog. »Es ist verblüffend, wie gut du mit dem Jungen umgehen kannst«, sagte Nero Golden. »Ich habe das Gefühl, du willst selber Kinder haben. Deine Freundin ist doch sagenhaft. Vielleicht solltest du sie schwängern.«

Ich drückte meinen Sohn an mich. »Es ist okay«, sagte ich. »Der kleine Kerl reicht mir im Augenblick.«

Die Kindsmutter war nicht glücklich über meine Strategie. »Ich sähe es lieber, wenn du dich rar machtest«, sagte mir

Vasilisa am Telefon. »Der Junge hat großartige Eltern, die ihn mit allem versorgen können, was er braucht, was du natürlich nicht kannst. Ich kenne deine Beweggründe nicht, aber ich vermute, sie sind finanziell. Es ist mein Fehler, ich hätte das vorher mit dir besprechen sollen. Also, okay, wenn du eine Summe im Kopf hast, dann nenne sie mir, und lass uns sehen, ob sie mit der Summe, die ich im Kopf habe, übereinstimmt.«

»Ich will nicht dein Geld«, sagte ich. »Ich will ganz einfach ab und zu mit meinem Sohn Tee trinken.«

Es folgte Schweigen, dem ich ihre Ungläubigkeit und ihre Erleichterung ablauschte. »Gut«, sagte sie äußerst irritiert. »Wie auch immer, er ist nicht dein Sohn.«

An jenem Sonntag war auch Suchitra ein wenig erstaunt über mein Interesse an dem Jungen. »Soll das ein Wink sein?«, fragte sie mich in ihrer geradlinigen, direkt aus der Hüfte schießenden Art. »Denn lass mich dir sagen, ich arbeite hier an einer umfassenden Karriere, und eine Vollbremsung hinzulegen, um die Mama von irgendjemandes Baby zu sein, passt im Augenblick überhaupt nicht in meinen Plan.«

»Was soll ich sagen, ich liebe einfach Babys«, sagte ich. »Und das Wunderbare an fremden Babys ist, dass du sie, wenn du keine Lust mehr hast, mit ihnen zu spielen, wieder abgeben kannst.«

◇

Es gelang, Petya vor dem Gefängnis zu bewahren. Da sich keine Personen im Gebäude aufgehalten hatten und folglich kein Mensch zu Schaden gekommen war, bedeutete es, dass sein Vergehen als Brandstiftung dritten Grades, als Verbrechen der C-Klasse eingestuft wurde. Das New Yorker Gesetz lautet, dass die geringste Strafe für ein Verbrechen der C-Klasse eine Gefängnisstrafe von einem bis zu drei Jahren und die Höchststrafe fünf bis fünfzehn Jahre beträgt. Können jedoch mildernde Umstände geltend gemacht werden, dürfen die Richter alternative Strafen verhängen, darunter auch deutlich kürzere Haftzeiten oder sogar gar keine. »Der beste Strafverteidiger Amerikas« bewirkte erfolgreich, dass Petyas HFA berücksichtigt wurde. Das Argument, es handle sich um ein *crime passionnel*, ein Verbrechen aus Leidenschaft, das vielleicht zum Beispiel in Frankreich Wirkung gezeigt hätte, wurde nicht angeführt. Es wurde angeordnet, Petya müsse sich einer psychiatrischen Begutachtung und einer anschließenden Behandlung unterziehen, er solle der Aufsicht der Behörden unterstellt werden und die erforderlichen Gebühren bezahlen, ebenso solle er für die Schäden, die er verursacht habe, vollumfänglich aufkommen. Nero stellte Murray Lett auf Vollzeitbasis ein, woraufhin der Therapeut seine anderen Klienten aufgab und zu Petya in die Wohnung zog, um ihn vor Selbstverletzung zu bewahren und mit ihm seine vielen Probleme zu bearbeiten. Letts Rolle wurde vom Gericht akzeptiert, was die Dinge einfacher machte. Somit war dem kriminellen Aspekt Genüge getan, und Petya meldete sich ordnungsgemäß und wie gefordert bei der Aufsichtsbehörde, unterwarf sich stichprobenartigen Drogentests, fügte sich den strikten Bewährungsauflagen und leistete still und klaglos seine Stunden gemeinnütziger Arbeit, die die Wartung und Instandhaltung öffentlicher Gebäude umfasste, wegen seiner wiederauflebenden Agoraphobie war ihm gestattet worden, drinnen zu arbeiten, er tünchte, verputzte, hämmerte wortlos, ohne Klage, passiv; losgelöst von seinem Körper, oder so erschien es, seine Glieder taten, was gefordert war, während seine Gedanken woanders oder nirgends waren.

Die Frage der finanziellen Wiedergutmachung war komplizierter. Frankie Sottovoce hatte eine Zivilklage auf Schadensersatz gegen Nero und Petya eingereicht, und die war noch im Gange. Ubah Tuur war daran nicht beteiligt. Es stellte sich heraus, dass Sottovoce ihr vor der Ausstellungseröffnung alle Werke abgekauft hatte, sodass sie zu dem Zeitpunkt der Brände ihm gehörten. Ihr Geld hatte sie bereits. Die Galerie war zwar versichert, doch es gebe eine beträchtliche Differenz, argumentierten Sottovoces Anwälte, zwischen dem, was die Versicherung bezahlen würde, und dem, was Tuurs Werke eingebracht hätten, wenn sie auf dem Markt angeboten worden wären. Auch das Innere der Gebäude müsse instand gesetzt werden, und derweil komme es zu großen Verdienstausfällen, da keine Ausstellungen gezeigt werden könnten. Also ein Fall von vielen Millionen, der noch nicht entschieden war – obwohl unterm Strich Petyas Einkommen aus seinen Computerspielen mehr als ausreichte, um die Kosten in Gänze zu begleichen –, bei dem die Anwälte der Goldens all die Aufschübe des Gesetzes nutzten, weil sie hofften, Sottovoce letztlich an den Verhandlungstisch zu bringen, um einen erträglicheren Deal auszuhandeln, und sie nutzten ebenfalls all die damit einhergehenden legalen Schlupflöcher oder (vielleicht ein besserer Begriff) die Flexibilitäten des Gesetzes, um Petya das Gefängnis zu ersparen, während die finanziellen Dinge geregelt wurden.

Apu Golden erfasste als Erster, dass, wie auch immer die Zivilklage ausging, Petyas Brandstiftung nicht nur die beiden Sottovoce-Galerien, sondern auch das Haus Golden schwer beschädigt hatte. (Auch seine eigene Beziehung zu Frankie Sottovoce war beendet, Frankie hatte ihn unsanft aufgefordert, er solle sich ein anderes künstlerisches Zuhause suchen.) Ich besuchte ihn in seinem Atelier am Union Square, wo er mir chinesischen grünen Tee aus Hangzhou und einen Teller mit Brocken italienischen Hartkäses anbot. »Ich will wie ein Bruder mit dir reden«, sagte er. »Wie ein Bruder ehrenhalber, denn das bist du mittlerweile für mich. Guck dir unsere Familie an. Du weißt, wovon ich spreche? Sieh sie dir an. Wir sind, tut mir leid, es so offen zu sagen, ein Trümmerhaufen. Es ist der Anfang des Untergangs des Hauses Usher. Es würde mich nicht überraschen, wenn das Haus an der Macdougal Street in der Mitte auseinanderklaffte und einstürzte, du weißt, was ich meine. Ja. Ich ahne unser Schicksal voraus.«

Ich schwieg. Er kam gerade erst in Schwung. »Romulus und Remus. So hat D über uns gedacht. Er war so sehr damit beschäftigt, sich bei unseren Spielen ausgegrenzt zu fühlen, dass er nie sah, wie schwierig es für mich war, Petyas Bruder zu sein, wie sehr ich mich angestrengt habe, ihm eine gute Kindheit zu bereiten oder, in Anbetracht seiner Lage, die bestmögliche. Ich habe bis ins Erwachsenalter mit Eisenbahn und Scalextric-Autos gespielt, weil er Freude daran hatte. Das machten wir alle. Auch mein Vater. Und heute, nachdem er abgestürzt und gebrannt ist, sieht es so aus, dass wir alle gescheitert sind. Er ist abgestürzt, die Galerien haben gebrannt. Er ist zerschmettert da drüben, mit dem Australier, und wer weiß, ob man seine Bruchstücke je wieder zusammensetzen kann. Und D, wer weiß, was in ihm vorgeht? Oder sollte ich sagen, in *ihr*? Ich weiß es nicht? Weiß er es denn? Oder sie? Verrückt. Wusstest du übrigens, dass man eigentlich nicht mehr ›verrückt‹ sagen soll? Ebenso wenig soll man ›irre‹ oder vermutlich ›spinnert‹ sagen. Diese Wörter beleidigen den psychisch Kranken. Es gibt jetzt ein böses Wort für diese bösen Wörter, wusstest du das? Ich auch nicht. Selbst wenn du einfach sagst, diese Scheiße ist irre, und du bei Gott überhaupt nicht an psychisch Kranke denkst, beleidigst du sie offenbar dennoch. Wer kommt auf so etwas? Die sollten mal eine Weile versuchen, mit so einer Situation zu leben, und darauf achten, ob sie nicht das Bedürfnis haben, Dampf abzulassen. Ob sie nicht zugeben müssen, ja, es tut mir leid, aber geistig gesund ist eine Tatsache und darum auch geistig gestört. Nicht-verrückt gibt es, und folglich gibt es auch verrückt. Wenn es ein Wort gibt, benutzen wir es auch. Das ist Sprache. Ist das okay? Oder bin ich ein schlechter Mensch? Bin ich irre?«

Das Thema war plötzlich ein anderes. In den letzten Tagen der Proteste im Zuccotti Park hatte sich Apu mit vielen Occupy-Leuten zerstritten, teils wegen seines Frusts über ihre anarchische Führungslosigkeit und teils weil sie, wie er sagte, »mehr an der Pose als an Ergebnissen interessiert sind. Dieses Ding mit der Sprache ist Teil davon. Entschuldige: wenn du die Sprache säuberst, tötest du sie. Dreck ist Freiheit. Ein bisschen Dreck muss bleiben. Säubern? Schon der Klang gefällt mir nicht.« (Zu einem späteren Zeitpunkt meiner Recherche traf ich einige der Demonstranten, die meisten erinnerten sich nicht an Apu. Der eine, der sich erinnerte, sagte: »O ja, der reiche Maler, der immer zu uns gekommen ist und sich die Glaubwürdigkeit der Straße abholen wollte. Hab den Kerl nie gemocht.«)

Ich vermutete, der Auslöser für Apus Tirade war etwas Persönliches, denn grundsätzlich ließ er sich nicht von Ideen leiten. *Cherchez la femme*, dachte ich, und schon kam es ihm über die Lippen. »Ubah«, sagte er. »Sie steht auf so was. Weißt du. Achte auf deine Worte. Sei vorsichtig, was du sagst. Geh wie auf rohen Eiern. Jeder Schritt könnte eine Tretmine zünden. Bumm! Bumm! Jedes Mal, wenn du den Mund aufmachst, ist deine Zunge in Gefahr. Ich muss dir sagen, das ist schon mühsam.«

»Dann seht ihr beiden euch nicht mehr?«

»Dummkopf. Kann ich das sagen, ohne weniger intelligente Menschen zu beleidigen? Gut, ich sag's. Natürlich sehe ich sie. Sie ist so besonders, dass ich nicht von ihr lassen kann. Wenn sie möchte, dass ich auf meine Worte achte, oder was auch immer, okay, dann achte ich darauf, zumindest in ihrer Gegenwart – und dann leider bekommst du die Ausfälle ab, weil ich, wenn sie weg ist, vom Leder ziehe. Aber es war verdammt schwierig, sie zu halten, nachdem mein gottverdammter Bruder ihre ganze Ausstellung zerstört hat. Ich meine, ihre *ganze* Ausstellung. Nur noch Metallklumpen. Weißt du, wie lange es dauert, solche Stücke anzufertigen. Monate. Natürlich war sie außer sich, und er ist mein Bruder, um Himmels willen. Eine ganze Weile konnte sie nicht mit mir reden. Aber jetzt geht es besser. Sie hat sich beruhigt. Im Grunde ist sie ein ruhiger Mensch und ein guter Mensch. Sie weiß, dass ich nichts dazu kann. Das wollte ich sagen, wir waren nie Romulus und Remus, Petya und ich. Ich habe nur versucht, alles zusammenzuhalten, mein Familienleben, meine Kindheit, und diese Zeiten sind jetzt vorbei, es ist alles ein Trümmerhaufen.«

Er schüttelte den Kopf, da er sich an sein Ausgangsthema erinnerte. »O, ja. Entschuldige. Ich bin nur ein bisschen in meine Wut abgeschweift. Ich komme wieder auf unseren Punkt zurück. Was ich zu Anfang sagen wollte, der ganze Grund, warum ich hier mit dir bei Tee und Käse sitze, ist, dass meine ganze Familie in Trümmern liegt, und du, mein Bruder, der du nicht mein Bruder bist, du bist der Einzige aus der Familie, mit dem ich darüber reden kann. Ein Bruder ist ein Brandstifter, und der andere weiß nicht, ob er mein Halbbruder oder meine Halbschwester ist. Und mein Vater, abgesehen davon, dass er älter wird und vielleicht ein bisschen abbaut, hat meines Erachtens total den Verstand verloren mit dieser Frau, seiner *Ehefrau*, schon schwer genug, dieses Wort auszusprechen, und nun noch dieses Kind, an das ich nicht als meinen Bruder denken kann. Mein Halbbruder. Mein halbrussischer Halbbruder. Irgendwie gebe ich diesem Baby die Schuld für alles. Es wird geboren, und die Welt bricht auseinander. Es ist wie ein Fluch. Ich meine, es macht mich rasend, und ich bin der psychisch Gesunde. Aber das ist nur so, weil ich sauer bin, was, wie jeder weiß, normal ist. Aber um dir das zu erzählen, habe ich dich nicht eingeladen. Ich weiß, du stehst auf so etwas nicht, aber dennoch hör mir zu. Ich sehe Geister.«

Es war das Ende von Apus politischer Phase. Beinahe hätte ich laut losgeprustet. Zum ersten Mal an jenem Tag fiel mein Blick auf die neuen Bilder, die er gerade malte, und ich war froh, dass er den überaus starken Einfluss der zeitgenössischen Agitprop-Künstler abgeschüttelt hatte – Dyke Action Maschine!, Otabenga Jones, Coco Fusco – und dass er zu seinen früheren, so viel reicheren und lebendigeren Bildmotiven zurückgefunden hatte, die den mystischen Traditionen der Welt entstammten. Ein großes Querformat in strahlenden Orange- und Grüntönen fiel mir besonders auf, ein lebensgroßes Dreifachporträt seiner liebsten Hexe, der *mãe-de-santo* von Greenpoint, flankiert von ihren bevorzugten Gottheiten Orisha und Oludumaré. Mystik und psychotrope Substanzen waren bei Apus Tätigkeit nie sehr weit entfernt, was womöglich seine aufkommenden Visionen erklärte. »Nimmst du jetzt Ayahuasca, ist es das?«, fragte ich. Apu zuckte gespielt zusammen. »Machst du Witze? Nie würde ich meiner *mãe* und ihren Jungs fremdgehen.« (Die Einnahme von Ayahuasca in der schamanischen Praxis ist mit der Religion von Santo Daime in Brasilien verknüpft, und zu Ehren dieses Heiligen nennen manche Leute die Droge *daime*.) »Egal, ich habe keine Gottesvisionen.«

Manchmal war es schwierig auseinanderzuhalten, ob er Dinge wörtlich oder im übertragenen Sinn meinte. »Komm, sieh dir das an«, sagte er. An der hinteren Wand seines Ateliers lehnte eine große, mit einem farbfleckigen Laken zugedeckte Leinwand. Als er das Tuch beiseitezog, entdeckte ich eine außergewöhnliche Szenerie: eine Ansicht von Manhattan, ohne Fahrzeuge und Fußgänger, eine leere Stadt, die nur von durchscheinenden Figuren bevölkert war, die männlichen Gestalten weiß gekleidet, die weiblichen safranfarben: alle grünhäutig, manche schwebten knapp über dem Boden, andere oben in der Luft. So, ja, Geister, aber wessen Geister? Geister wovon?

Apu schloss die Augen und atmete tief. Mit dem Ausatmen, bei dem sich ein kleines Lächeln auf seinem Gesicht zeigte, öffnete er die Schleusentore zur Vergangenheit.

»Lange Zeit«, sagte Apu, »kontrollierte er uns mit Geld, mit dem Geld, das er uns zum Leben gab, mit dem Geld, das er uns als unseren Anteil versprach, und wir taten, worum er uns bat. Aber auch mit etwas, das sehr viel mächtiger war als Geld. Das war die Idee von Familie. Er war der Kopf und wir die Glieder, und der Körper tut, was der Kopf befiehlt. So sind wir erzogen worden: nach althergebrachten Vorstellungen. Absolute Treue, absoluter Gehorsam, keine Auseinandersetzungen. Irgendwann hat es sich abgenutzt, aber es hat lange Zeit funktioniert, bis in unser Erwachsenenleben hinein. Wir waren keine Kinder mehr, aber wir sprangen, wenn er sprang, wir setzten uns, wenn er sagte, setzt euch, wir lachten und weinten, wenn er sagte, lacht oder weint. Dass wir hierher umgezogen sind, war im Wesentlichen, weil er sagte, wir ziehen jetzt um. Doch wir alle hatten unsere eigenen Gründe, mit seinem Plan einverstanden zu sein. Petya brauchte selbstverständlich viel Unterstützung. Für D war Amerika, auch wenn er es nicht wusste, der Weg in seine Metamorphose, die er will oder auch nicht will, ich weiß es nicht, oder er weiß es nicht, aber letztendlich kann er es hier herausfinden. Und ich wollte Leuten entkommen. Verstrickungen. Keinen finanziellen, auch wenn ich mal eine Zeit lang Spielschulden hatte. Das hatte ich bereits überwunden. Aber ich hatte Schwierigkeiten in Liebesbeziehungen.

Eine Frau hatte mir das Herz gebrochen, eine andere war ein bisschen verrückt, die meiste Zeit gut verrückt, aber eben nicht immer, und sie war gefährlich für mich, nicht körperlich, sondern wiederum für mein Herz, und eine dritte, die mich liebte, hockte so sehr auf mir, dass ich kaum atmen konnte. Ich habe mich von allen dreien getrennt, oder sie trennten sich von mir, das spielt keine Rolle, doch dann gingen sie nicht weg. Niemand geht je weg. Sie umkreisten mich wie Hubschrauber, die ihr grelles Flutlicht auf mich warfen, und ich war in ihren sich kreuzenden Lichtstrahlen gefangen wie ein Flüchtender. Dann sagte ein Freund, ein Autor, ein guter Autor, etwas zu mir, das mich zu Tode erschreckte. Er sagte, stelle dir das Leben wie einen Roman vor, sagen wir, einen Roman von vierhundert Seiten, und dann frage dich, wie viele Seiten dieses Buchs deine Geschichte bereits füllt. Und denke daran, dass es ab einem gewissen Punkt keine gute Idee ist, eine neue Hauptfigur vorzustellen. Ab einem gewissen Punkt musst du mit den Charakteren, die du hast, auskommen. Deshalb solltest du darüber nachdenken, wie du diese neue Figur einführst, ehe es zu spät ist, denn jeder wird älter, sogar du. Dies sagte er mir, kurz bevor mein Vater beschloss, wir müssten umziehen. Und darum dachte ich, als mein Vater diese Entscheidung fällte, das sei großartig, weißt du. Sogar besser, als an dieser Stelle eine neue Figur einzuführen, da, wo die Exen mich ständig mit ihrem Flutlicht einkesselten. So könne ich das ganze Buch wegwerfen und mit einer neuen Geschichte beginnen. Das alte Buch sei ohnehin nicht so gut. Und so machte ich es, und hier bin ich, und nun sehe ich Geister, denn das Problem bei der Flucht vor sich selber ist, dass du dich selber mitnimmst.«

Ich sah nun auf dem Gemälde die schwebenden Hubschrauber-Frauen und darunter einen kauernden Mann, die einzige Schattenfigur auf diesem Bild ohne Schatten. Der gehetzte

Mann und die Geister der Vergangenheit, die ihn hetzen. Und die Gegenwart, das erkannte ich nun, war schwankend, die Gebäude gekrümmt und verzerrt, als würde man durch eine alte, unebene Glasscheibe gucken. Die Stadtansicht erinnerte mich an *Das Cabinett des Dr. Caligari*. Und da fiel mir plötzlich wieder ein, dass ich früher einmal Nero Golden mit dem Meisterverbrecher Dr. Mabuse verglichen hatte. Dies erwähnte ich nicht, fragte aber Apu nach dem deutschen Expressionismus. Er schüttelte den Kopf. »Nein, die Verzerrung ist kein Verweis auf irgendetwas. Sie ist aktuell.« Er habe unterdessen ein Problem mit der Netzhaut, eine Makuladegeneration, »zum Glück die feuchte, denn für die trockene gibt es keine Behandlung, du verlierst deine Sehkraft, und das war's. Und zum Glück ist auch nur das linke Auge betroffen. Wenn ich das linke Auge schließe, sieht alles ganz normal aus. Schließe ich aber das rechte, dann verwandelt sich die Welt in das da.« Er deutete mit dem Daumen auf das Gemälde. »Eigentlich glaube ich, das linke Auge sieht die Wahrheit. Es sieht alles verzerrt und entstellt. Was ja tatsächlich so ist. Das rechte Auge sieht die Fiktion als Normalität. Also habe ich Wahrheit und Lüge, für jedes ein Auge. Das ist gut.«

Trotz seiner üblichen süffisanten Art spürte ich, dass er aufgeregt war. »Die Geister sind real«, sagte er unter Aufwendung all seiner Willenskraft. »Aus irgendeinem Grund fühle ich mich besser, es einem anti-spirituellen Menschen wie dir zu bekennen.« (Ich hatte ihm einmal gesagt, das Wort *spirituell*, das heute auf alles angewendet wird, von der Religion über Fitnesstraining bis hin zu Fruchtsäften, müsse für ungefähr hundert Jahre aus dem Verkehr gezogen werden.) »Und es hat nichts mit Drogen zu tun. Das schwöre ich. Sie tauchen einfach auf, mitten in der Nacht, aber auch mitten am Tag, in meinem Schlafzimmer oder auf der Straße. Sie haben keine feste

Struktur. Ich kann durch sie hindurchsehen. Manchmal sind sie schwirrend, knisternd, brüchig wie ein defektes Videobild. Andere Male sind sie gut erkennbar und fest umrissen. Ich verstehe das nicht. Ich erzähle dir nur, was ich sehe. Ich habe das Gefühl, ich verliere den Verstand.«

»Schildere mir genau, wie es vor sich geht«, bat ich ihn.

»Manchmal sehe ich gar nichts. Manchmal höre ich nur etwas. Worte, die schwer oder auch ganz klar zu verstehen sind. Manchmal zeigt sich auch das Bild dazu. Seltsam ist, dass sie nicht unbedingt zu mir sprechen. Die kreisenden Exen, ja, gewiss, aber andererseits ist es so, als würden sie einfach ihr Leben weiterleben, doch ich bin von diesem Leben ausgeschlossen, denn ich habe mich selbst ausgeschlossen, und ich habe das starke Gefühl, etwas Falsches getan zu haben. Sie alle sind aus der alten Heimat, verstehst du? Alle.« Das Lächeln hatte sich aus seinem Gesicht verflüchtigt. Er sah sehr bestürzt aus. »Ich habe mich mit Visionen befasst«, sagte er. »Mit Jeanne d'Arc, mit der Offenbarung des Johannes. Es gibt Ähnlichkeiten. Manchmal sind sie schmerzhaft. Manchmal scheinen sie aus meinem Inneren aufzusteigen, aus dem Bereich um den Nabel herum, als würde mein Körper sie herauspressen. Andere Male fühlen sie sich rein äußerlich an. Anschließend fällt man meist in Ohnmacht. Es ist so anstrengend. Das habe ich dir erzählen wollen. Sag mir, was du darüber denkst.«

»Es ist unerheblich, was ich denke«, entgegnete ich. »Sag mir, warum es deiner Meinung nach geschieht.«

»Ich glaube, ich bin auf schlechte Art und Weise weggegangen«, sagte er. »Ich war in schlechter Verfassung. Ich bin weggegangen, ohne meinen Frieden zu machen. An dieser Stelle wird es dir sicher schwerfallen, mir zu folgen. Die Schutzgeister, die Gottheiten des Ortes, sind wütend auf uns. Es gibt einen richtigen und einen falschen Weg, diese Dinge zu tun, und ich, wir, wir alle, wir haben uns losgerissen, wir haben den Zweig abgesägt, auf dem wir saßen, und das war etwas Gewaltvolles. Es ist notwendig, die Vergangenheit zu befrieden. Ich habe gerade das starke Empfinden, dass ich keinen Weg nach vorne sehe. Es fühlt sich an, als gebe es keinen Weg nach vorne. Oder damit es einen Weg nach vorne geben kann, muss es erst eine Reise zurück geben. Das glaube ich.«

»Wovon sprichst du?«, fragte ich. »Ich meine, kannst du Opfergaben darbringen, um, was auch immer es ist, günstig zu stimmen? Das ist fremdes Terrain für mich. Damit kenne ich mich nicht aus.«

»Ich muss zurück«, sagte er. »Ubah will ohnehin das Land bereisen. Betrachte es als eine Kombination aus einer Touristenreise und einer Kur gegen Heimweh. Betrachte es als mein Bedürfnis herauszufinden, ob es dort ein *Dort* für mich gibt. Dann musst du nicht deine rationale Weltsicht ins Wanken bringen.« Dies beinahe wütend. Doch dann als Entschuldigung und als Ausgleich für seinen harschen Ton ein Grinsen.

»Was würde geschehen, wenn du nicht zurückgingest?«

»Wenn ich nicht zurückginge«, sagte er, »würde eine dunkle Macht aus der Vergangenheit um die Welt fliegen und uns wahrscheinlich alle vernichten.«

»Oh.«

»Vielleicht ist es schon zu spät. Vielleicht hat die dunkle Macht ohnehin schon einen Entschluss gefasst. Aber ich werde es versuchen. Und in der Zwischenzeit kann Ubah am Abend über den Marine Drive schlendern, die hängenden Gärten am Malabar Hill besichtigen, ein Filmstudio besuchen, und vielleicht machen wir einen Abstecher, um uns das Grab von Taj Bibi in Agra anzusehen, warum nicht.«

»Reist du bald?«

»Heute Abend«, sagte er. »Ehe es zu spät ist.«

23

Wann immer ich etwas über die Vergangenheit der Familie Golden hörte, fielen mir Lücken in der Familiengeschichte auf. Manches wurde nicht erzählt, und wie sollte ich hinter den Schleier sehen, der die Geschichte verhüllte? Apu schien vor etwas Angst zu haben, aber was immer es war, es war kein Geist. Ein paar Leichen im Keller schienen mir wahrscheinlicher. Nicht zum ersten und auch nicht zum letzten Mal musste ich an die Gesichte denken, die Nero Golden mir damals in seinem Arbeitszimmer erzählt hatte: die Gesichte von »Don Corleone«.

Später am selben Tag sagte ich zu Suchitra: »Ich wollte, ich könnte mit ihnen gemeinsam diese Reise machen. Es könnte ein wichtiger Teil der Geschichte werden.«

»Wenn du jetzt wirklich einen Spottumentarfilm machst, dann denke dir diesen Teil doch aus.«

Ich war ein bisschen geschockt. »Einfach ausdenken?«

»Du hast Fantasie«, sagte sie. »Fantasiere doch.«

Eine goldene Geschichte, so erinnerte ich mich. Bei den alten Römern eine unglaubliche Geschichte, ein wilder Einfall. Eine Lüge.

◇

Es war so, und es war nicht so, dass der große Sitarspieler Ravi Shankar in seinem ganzen Leben auf nur vier Sitars spielte, und mit einer dieser vier brachte er dem Beatle George Harrison etwas über das Instrument bei, diese Unterrichtsstunden fanden in einer Suite des Grandhotels am Hafen statt, und nun war Ravi Shankar tot, aber die Sitar verblieb in einer Glasvitrine und sah wohlgefällig die Gäste der Suite kommen und gehen. Das Grandhotel war nach der terroristischen Gräueltat fabelhaft restauriert worden, das mächtige alte Steingebäude hatte standgehalten, und das Innere erstrahlte schöner denn je, aber die Hälfte der Zimmer war leer. Draußen vor dem Hotel standen Barrieren, Metalldetektoren und der ganze traurige Sicherheitsapparat, und diese Schutzmaßnahmen erinnerten an den Horror und wirkten wenig einladend. Die vielen berühmten Geschäfte in den Arkaden im Inneren des Hotels berichteten von einem Einnahmerückgang von fünfzig Prozent oder mehr. Die Folge des Terrors war Angst, und obwohl viele Leute entschlossen waren, das Grandhotel am Hafen in seiner Phase der Wiedereröffnung zu unterstützen, sagte die harte Sprache der Zahlen, *nicht genug taten es*. Liebespaare und feine Damen gingen nicht mehr für einen extravaganten Tee oder Snack in die Sea Lounge, und auch viele Fremde gingen woandershin. Ein Bauwerk ließ sich instand setzen, aber sein Zauber blieb für immer beschädigt.

Warum ich hier bin, sagte der Mann, der sich nun Apuleius Golden nannte, zu Ubah Tuur, während Ravi Shankars Sitar mithörte. In diesem Haus starb meine Mutter. Dies ist die Stadt, die ich nicht mehr liebe. Bin ich wirklich so verrückt, dass ich an Geister glaube und deshalb um die Welt fliege? Eine Art Exorzismus? Es ist blöd. Als würde ich darauf warten, dass etwas geschieht. Was kann geschehen? Nichts. Lass uns Touristen sein und heimkehren. Lass uns für einen Kaffee ins Leopold gehen und für die Kunst ins Bhau Daji Lad Museum und auch ins Prince of Wales Museum, das ich mich weigere, Chhatrapati Shivaji Museum zu nennen, denn der hat sich überhaupt nicht um Kunst geschert. Lass uns am Chowpatty Beach an der Straße essen und uns den Magen verderben wie echte Fremde. Lass uns Silberarmbänder im Chor Bazar kaufen, die Friese von Kiplings Vater ansehen, Knoblauch-Garnelen in Kala Ghoda essen und traurig sein, dass das Rhythm House geschlossen ist, und lass uns auch das Café Samovar betrauern. Lass uns der Musik wegen ins Blue Frog gehen und ins Aer wegen des weiten Ausblicks und ins Aurus wegen des Meers und ins Tryst wegen der Lichter und ins Trilogy wegen der Mädchen und ins Hype wegen des Hype. Scheiß drauf. Wir tun's einfach.

Beruhige dich, sagte sie. Du klingst hysterisch.

Irgendetwas wird geschehen, sagte er. Es gibt einen Grund, der mich um die Welt hat fliegen lassen.

In der Lobby warf sich ihm eine glamouröse Frau an den Hals. Groucho!, rief sie. Du bist wieder da! Dann sah sie die Blicke der großen somalischen Schönheit. Oh, Entschuldigung, sagte sie. Ich kenne ihn von klein auf. Seinen älteren Bruder nannten wir Harpo, wissen Sie. Sie tippte sich an die Schläfe. Armer Kerl. Und ihn hier Groucho, weil er immer so griesgrämig war und den Frauen hinterherjagte.

Erzählen Sie mir mehr davon, sagte Ubah Tuur.

Wir müssen eine Party geben!, sagte die glamouröse Frau. Ruf mich an, Schatz! Ruf mich an! Ich trommel alle zusammen. Mit dem Handy am Ohr rauschte sie davon.

Ubah Tuurs Augenbraue befragte Apu.

Ich erinnere mich nicht an ihren Namen, sagte er. Mir kommt es vor, als hätte ich sie nie zuvor gesehen.

Groucho, sagte Ubah Tuur amüsiert.

Ja, entgegnete er. Und D hieß Chico. Wir waren die verdammten Marx Brothers. Es würde mir nicht im Traum einfallen, einem Club beizutreten, der bereit wäre, jemanden wie mich als Mitglied aufzunehmen. Dies sind meine Prinzipien. Falls sie Ihnen nicht gefallen, habe ich andere. Ich vergesse nie ein Gesicht – aber in Ihrem Fall mache ich eine Ausnahme. Papa, die Müllabfuhr ist da! – Sag ihnen, wir brauchen nichts. Ich habe wirklich einen wunderbaren Abend verbracht. Aber nicht heute. Für Geld würde ich dich umbringen. Ha ha ha. Nein, du bist mein Freund. Dich bringe ich umsonst um. Es hat sich gelohnt, um die halbe Welt zu fliehen, um dem zu entkommen.

Die Reise hat sich bereits gelohnt, sagte sie. Denn ich erfahre Dinge über dich, die ich nicht wusste, dabei haben wir noch nicht einmal das Hotel verlassen.

Ich habe immer nach einer Frau wie dir gesucht, sagte er grouchomäßig. Nicht nach dir, aber nach einer Frau wie dir.

Schnitt.

◇

Sie waren erst wenige Schritte über den Apollo Bunder in Richtung Gateway gegangen, als Ubah stehen blieb und Apu auf ein Quartett von geradezu ulkig auffallenden Männern aufmerksam machte, die in ihren schwarzen Anzügen schwitzten, mit ihren schwarzen Hüten, den weißen Hemden, den schmalen schwarzen Krawatten und den Sonnenbrillen, zwei liefen hinter ihnen her und zwei auf der anderen Straßenseite.

Sieht so aus, als würden wir von den Reservoir Dogs begleitet, sagte sie. Oder von den Blues Brothers, was auch immer.

Das Quartett reagierte höflich, als er es ansprach. Sirji, wir sind Partner von Geschäftspartnern Ihres geschätzten Vaters, sagte der eine, der am meisten Quentin Tarantino als »Mr.

Brown« ähnelte. Wir haben den Auftrag, peinlich genau für Ihre persönliche Sicherheit zu sorgen, und sollen dabei mit höchster Finesse und Diskretion vorgehen.

Wer hat euch den Auftrag gegeben?, fragte Apu verärgert, misstrauisch und noch immer grouchomäßig.

Sirji, Ihr geschätzter Vater, über Kanäle. Ihr geschätzter Vater ahnte nichts von Ihrer Entscheidung zurückzukehren, und da er nun weiß, dass Sie zurückgekehrt sind, sorgt er sich um Ihr Wohlergehen und wünscht, dass alles gut geht.

Dann informieren Sie bitte meinen geschätzten Vater über dieselben Kanäle, dass ich keinen Babysitter brauche. Und wenn das geschehen ist, Gentlemen, dürfen Sie sich freundlich verabschieden.

Mr. Brown sah noch bedrückter aus als zuvor. Es ist nicht an uns zu informieren, sagte er. An uns ist es nur zu gehorchen.

Das war eine Sackgasse. Schließlich zuckte Apu mit den Schultern und wandte sich ab. Bleibt einfach zurück, sagte er. Haltet Abstand. Ich will euch nicht in meinem Blickfeld. Wenn ich den Kopf drehe, macht einen Satz nach hinten. Bleibt mir aus den Augen. Dasselbe gilt für meine Lady. Macht einen Satz nach hinten.

Mr. Brown neigte sanft bekümmert den Kopf. Okay, Sirji, sagte er. Wir bemühen uns.

Sie blieben stehen und betrachteten die Boote im Hafen. Es ist doch lächerlich, sagte Apu. Ich verstehe gut, dass er Petya auf seinem langen Marsch beobachten ließ, weil es eben Petya ist, aber mich muss er langsam wie einen Erwachsenen behandeln.

Ubah fing an, in ihrer unvergleichlichen Art zu kichern. Auf unserem Flug hierher, dachte ich, Indien, die Armut, würde mich schockieren, sie sei vielleicht noch schlimmer als in meiner Heimat oder genauso schlimm, aber anders, jedenfalls muss ich jetzt etwas richtigstellen. Mir war nicht klar, dass wir, kaum in dieser Stadt ankommen, in einen Bollywood-Film hineinlaufen würden.

Schnitt.

◇

Als sie nach dem Abendessen ins Hotel zurückkehrten, wartete in der Lobby ein Herr auf sie, silberhaarig, mit Adlerprofil, in einem cremefarbenen Anzug, mit Cricketclub-Krawatte und einem Borsalino in den Händen. Er sprach das Englisch eines englischen Gentlemans, doch er war kein Engländer.

Entschuldigen Sie, es tut mir schrecklich leid. Hätten Sie etwas dagegen, wenn ich, ich hoffe, Sie halten es nicht für aufdringlich, wenn ich es wage, um einige Minuten Ihrer Zeit zu ersuchen?

Worum geht es?

Möchten wir, können wir womöglich in einer diskreten Umgebung … dürfte ich es vielleicht wagen, darum zu bitten? Fern von Augen und Ohren?

Ubah Tuur applaudierte tatsächlich. Ich glaube, du hast all das arrangiert, sagte sie zu Apu. Um mich zu unterhalten und mir weiszumachen, dass es hier immer so zugeht. Selbstverständlich, Sir, sagte sie zu dem Mann im cremefarbenen Anzug. Es ist uns eine Freude, Sie in unserer Suite willkommen zu heißen.

Wischblende.

◇

In der Suite. Der Mann stand verlegen neben der Glasvitrine, in der sich Ravi Shankars Sitar befand, nestelte an seiner Hutkrempe und lehnte das Angebot, Platz zu nehmen, ab.

Sicherlich sagt Ihnen mein Name nichts, erklärte er. Mastan. Ich bin Mr. Mastan.

Nein, tut mir leid, ich kenne diesen Namen nicht, sagte Apu.

Ich bin kein junger Mann, entgegnete Mr. Mastan. Gott hat mir mehr als siebzig Jahre gewährt. Aber vor beinahe einem halben Jahrhundert, als ich ein junger Polizist im CID war, hatte ich, so könnte man sagen, eine Verbindung zu einem Partner Ihres Vaters.

Noch ein Partner eines Partners, sagte Apu. Das ist wohl deren Tag.

Verzeihen Sie, dass ich frage, sagte Mr. Mastan. Hat Ihr geschätzter Vater je über seinen Partner gesprochen, über den Mann, den er im Scherz als Don Corleone bezeichnete?

Nun schwieg Apu, er schwieg so abgrundtief, dass das Schweigen beredt war. Mr. Mastan nickte ehrerbietig. Ich habe mich oft gefragt, sagte er, wie viel die Söhne Ihres Vaters über die Geschäfte ihres Vaters wissen.

Ich bin Künstler, sagte der Künstler. Ich beschäftige mich nicht mit Finanzen.

Selbstverständlich, selbstverständlich. Das ist nur natürlich. Der Künstler lebt in höheren Sphären und lässt sich vom schnöden Mammon nicht beeindrucken. Ich habe die Haltung von Künstlern immer sehr bewundert, obwohl sie mir selbst nicht gegeben ist.

Ubah bemerkte, dass Apu, nachdem er die Wörter *Polizist* und *Don Corleone* verdaut hatte, sehr aufmerksam zuhörte.

Darf ich Ihnen von meiner Verbindung zum Partner Ihres Vaters, zum Don, erzählen?, fragte Mr. Mastan.

Bitte.

In einem Satz, Sir, er hat mein Leben zerstört. Ich verfolgte ihn, Sir, ich war ihm dicht auf den Fersen, wenn ich so sagen darf. Zudem hatte ich als junger Mensch noch nicht die Weisheit der Stadt erlernt. Ich war unbestechlich, Sir, und nicht korrumpierbar. Sicherlich hätten mich viele große Männer als eine Hemmnis bezeichnet, als eine Bürde, die die Räder der Gesellschaft daran hinderte, gut geölt zu werden und rundzulaufen. Und vielleicht ist es so, aber so war ich damals. Nicht korrumpierbar, unbestechlich, ein Hindernis. Der Partner Ihres Vaters sprach mit weniger gestrengen Personen in den höheren Rängen, und ich wurde von dem Fall abgezogen und verbannt. Ist Ihnen der Dichter Ovid bekannt, Sir? Er missfiel Augustus Caesar, wurde ins Exil am Schwarzen Meer geschickt und kehrte nie mehr nach Rom zurück. Das war auch mein Schicksal, ich schmachtete viele Jahre ohne Hoffnung auf Beförderung in einem Städtchen in den Bergen, in Himachal Pradesh, bekannt für die Massenproduktion von Pilzen und rotem Gold, den Tomaten, sowie als Exil der Pandavas in mythischen Zeiten. Auch ich war ein kleiner Pandava in meinem Pilz- und Tomatenexil. Nach vielen Jahren kehrte das Glück zu mir zurück. Wie das Schicksal es wollte, sah ein dort lebender Gentleman, dessen Namen ich hier nicht nennen möchte, in mir einen ehrlichen Mann, und so verließ ich die Polizeibehörde und beaufsichtigte die Pilz- und Tomatenernte, um Verluste durch Schmuggel zu verhindern. Mit der Zeit verließ ich die Berge und hatte Erfolg im Bereich Sicherheit und Ermittlung. Ich danke Gott, dass ich meine Sache ordentlich gemacht habe. Nun bin ich im Ruhestand mit Söhnen, die statt meiner arbeiten, aber ich sperre noch immer die Ohren auf, Sir, ja, das tue ich.

Warum sind Sie hergekommen. Warum erzählen Sie mir diese Geschichte, fragte Apu.

Nein, nein, Sir, Sie irren sich, und ich bin zu tadeln, denn ich habe zu viel geredet und das, was ein kurzes Zusammentreffen sein sollte, in die Länge gezogen. Ich wollte Ihnen zwei Dinge erzählen. Das Erste ist, obwohl ich kein Polizist mehr bin und obwohl Don Corleone, der mein Leben zerstört hat, tot ist, bin ich noch immer auf der Suche nach Gerechtigkeit.

Was hat das mit mir zu tun?

Es betrifft Ihren geschätzten Vater, Sir. Er steht so hoch, so viel höher, als ich je im Traum stehen werde, doch selbst in meinem fortgeschrittenen Alter werde ich ihn mit Gottes Hilfe und der Macht des Gesetzes zu Fall bringen. Er war der Partner meines Erzfeinds, des Don, und Komplize seiner Taten, und er lebt noch und deswegen.

Sie sind hierhergekommen, um mir und meiner Familie zu drohen. Ich glaube, Sie sind bereits länger hier als erwünscht.

Nein, Sir, wieder habe ich zu viel geredet und bin abgeschweift. Ich bin nicht gekommen, um zu drohen. Ich bin gekommen, um zu warnen.

Wovor?

Eine Familie, die zu sehr mit den Dons verstrickt war, sagte Mr. Mastan, und dann ohne ein Wort des Abschieds seine Besitztümer zusammmenpackt und abreist. So eine Familie dürfte Menschen mit verletzten Gefühlen in dieser Stadt zurückgelassen haben. Mit verletzten Gefühlen und offenen Rechnungen. Vielleicht mit dem Gedanken, an einem schlechten Ort zurückgelassen worden zu sein, was zum Teil den Taten Ihrer geschätzten Eltern zuzuschreiben ist. Diese Menschen mit den verletzten Gefühlen sind keine bedeutenden Männer wie Ihr Vater. Oder vielleicht ein bisschen bedeutend in ihrer eigenen Gegend, die aber im Vergleich zur Welt klein ist. Sie sind nicht ohne Macht an ihrem Ort, aber es ist eine örtliche Macht. Vielleicht ist er für sie heute unerreichbar. Aber Sie, Sie sind naiverweise, närrischerweise, arroganterweise oder tollkühnerweise zurückgekehrt.

Ich glaube, Sie sollten gehen, sagte Ubah Tuur. Und als Mr. Mastan sich verbeugt und verabschiedet hatte, sagte sie zu Apu, ich glaube, wir sollten auch gehen. So schnell wie möglich.

Das ist Blödsinn, sagte er. Er ist einfach ein verbitterter Mann mit Rachegefühlen. Es ist eine leere Drohung. Ohne Inhalt.

Ich will dennoch weg. Der Film ist aus.

Und plötzlich erhob er keine Einwände mehr. Ja, sagte er. Einverstanden. Wir reisen ab.

Schnitt.

◇

George Harrison spielte für »Within You Without You«, »Tomorrow Never Knows«, »Norwegian Wood« und für »Love You To« auf der Sitar. Da die Flüge alle erst spätnachts gingen, saßen sie, nachdem sie fertig gepackt hatten und es bereits dunkel war, in der Finsternis und stellten sich vor, George und Ravi Shankar säßen genau dort, wo sie jetzt saßen, und machten Musik. Sie schwiegen eine Weile, doch dann sprachen sie.

Ich möchte dir etwas erzählen, das mein Vater mir erzählte, als ich noch ein junger Mann war, sagte Apu. Mein Sohn, sagte er, die größte Macht in diesem Land ist nicht die Regierung, nicht die Religion oder der Unternehmergeist. Es ist BestechungundKorruption. Er sprach es aus, als wäre es ein einziges Wort, so wie Elektromagnetismus. Ohne BestechungundKorruption würde nichts geschehen. BestechungundKorruption schmiert die Räder des Landes, und sie ist die Lösung für die Probleme unseres Landes. Gibt es Terrorismus? Dann setze dich mit dem Terroristenboss an einen Tisch und unterschreibe einen Blankoscheck, schiebe ihn über den Tisch und sage, schreiben Sie so viele Nullen darauf, wie Sie wollen. Hat er den Scheck erst einmal eingesteckt, ist das Problem vorbei, denn wir verstehen in unserem Land BestechungundKorruption als ehrenhaft. Ist ein Mann erst einmal gekauft, bleibt er gekauft. Mein Vater war Realist. Wenn man auf seiner Stufe arbeitet, klopft unvermeidlich der eine oder andere Don an die Tür, entweder bietet er Bestechungsgeld oder er fordert es. Unmöglich, die Hände sauber zu halten. In Amerika ist es nicht viel anders, erzählte mir mein Vater nach unserem Umzug über die Meere. Da haben wir auch unseren Chicken Little, unseren Little Archie, unseren Crazy Fred und unseren Fat Frankie. Auch sie glauben an die Ehre. Die Welten sind womöglich weniger verschieden, als wir vorgeben.

Darüber hat er mit dir gesprochen.

Nicht oft, sagte Apu. Aber ein paarmal hat er diese BestechungundKorruptionsrede gehalten. Wir alle haben sie einige Male gehört und kennen sie gut. Darüber hinaus hatte ich nichts damit zu tun.

Wie fühlst du dich, da wir hier so rasch abreisen? Wir haben, ja was, zwei Leute getroffen. Du hast mir nicht gezeigt, wo du zur Schule gegangen bist. Wir haben keine raubkopierten Videos gekauft. Wir sind eigentlich gar nicht richtig hier gewesen.

Ich fühle mich erleichtert.

Warum erleichtert?

Ich muss hier nicht mehr sein.

Und wie geht es dir mit diesem Gefühl der Erleichterung? Freut es dich abzureisen? Ist das nicht ein seltsames Gefühl?

Eigentlich nicht.

Warum?

Weil ich mittlerweile an die totale Veränderlichkeit unseres Ich glaube. Unter dem Druck des Lebens kann man ganz einfach aufhören, der zu sein, der man war, und ist nur der Mensch, der man geworden ist.

Da bin ich anderer Meinung.

Unser ganzer Körper verändert sich ständig. Unsere Haare, unsere Haut, alles. In Zyklen von sieben Jahren wird jede Zelle in uns durch eine andere Zelle ersetzt. Alle sieben Jahre sind wir zu hundert Prozent nicht mehr der, der wir waren. Warum sollte das nicht auch auf das Ich zutreffen? Es ist ziemlich genau sieben Jahre her, dass ich diese Stadt verlassen habe. Ich bin jetzt ein anderer.

Ich weiß nicht, ob die Wissenschaft damit recht hat.

Ich rede nicht von Wissenschaft. Ich rede von der Seele. Von der Seele, die nicht aus Zellen besteht. Vom Geist in der Maschine. Ich sage, dass mit der Zeit der alte Geist aus- und ein neuer Geist einzieht.

Dann weiß ich also in sieben Jahren nicht mehr, wer du bist.

Und ich werde nicht wissen, wer du bist. Vielleicht müssen wir dann von vorne anfangen. Vielleicht sind wir wankelmütig. So ist das eben.

Vielleicht.

Schnitt.

◇

Die Nacht war feucht. Selbst die Krähen schliefen. Mr. Brown mit dem traurigen Gesicht und die anderen Reservoir Dogs warteten draußen vor dem Eingang und trugen trotz der Dunkelheit Sonnenbrillen.

Wir haben Ihr Taxi weggeschickt, sagte Mr. Brown. Es ist unsere Pflicht, Sie zum Chhatrapati Shivaji International Airport, dem früheren Sahar, zu bringen.

Sie sind lästig, sagte Apu. Wir brauchen Sie nicht.

Es ist uns eine Ehre, sagte Mr. Brown. Sehen Sie, drei Mercedes-Benz-Limousinen warten auf Sie. Vorne der Leitwagen, dann Ihr Wagen und dahinter der Sicherheitswagen. Bitte.

Nur das Beste für Sie, Sirji. S-Klasse Maybach, wie ein Privatjet für die Straße. So steht es in der Literatur. Ich selbst begleite Sie in diesem 1A-Wagen.

Die nächtliche Stadt verbarg ihren Charakter vor ihm, als er sie verließ, kehrte ihm den Rücken zu, so wie er ihr den Rücken gekehrt hatte. Die Gesichter der Gebäude waren grimmig und verschlossen. Sie überquerten die Mahim Bay auf dem Sea Link, doch dann bogen sie zu früh vom Western Express Highway ab, vor der Ausfahrt zum Flughafen.

Warum fahren Sie hier entlang, fragte Apu Golden, und dann drehte sich Mr. Brown um und nahm seine Sonnenbrille ab, eine Antwort erübrigte sich.

Es ist eine rein geschäftliche Angelegenheit, sagte Mr. Brown. Nichts Persönliches. Ein Kunde überbietet einen anderen. Ein Kunde, von dem es seit langer Zeit keinen Auftrag mehr gab, gegen einen Dauerkunden. Sir, es handelt sich darum, Ihrem geschätzten Vater eine Botschaft zu übermitteln. Er wird die Botschaft verstehen, da bin ich mir sicher.

Ich verstehe das nicht, schrie Ubah. Welche Botschaft?

Mr. Brown erwiderte ernst: Die Botschaft besagt, Ihre Unternehmungen, Sir, haben uns Schwierigkeiten bereitet, nachdem wir Sie ermahnt hatten, nicht zu handeln. Doch nachdem Sie gehandelt hatten, brachten Sie Kontinente und Meere zwischen sich und uns, und wir hatten nicht die Mittel oder die Absicht, Ihnen zu folgen. Doch nun haben Sie törichterweise Ihrem Sohn erlaubt zu kommen. So ungefähr lautet die Mitteilung. Ich bitte um Entschuldigung, Madame, Sie sind eine unschuldige Begleiterin, nicht wahr, Sie sind der Kollateralschaden. Ich bedaure zutiefst.

Die Wagen fuhren auf einer unbedeutenden Brücke über den Mithi River, in der Nähe des großen Dharavi Slums, und in dem silberglitzernden Maybach war die Musik laut aufgedreht. Reiche Leute, die sich vergnügten. Was sonst. Warum nicht. Keine Rede davon, dass jemand die Schüsse hörte. Ohnehin war der Schalldämpfer aufgeschraubt.

24

In den Tropen wird rasch beerdigt, aber Mordermittlungen führen unvermeidlich zu Verzögerungen. Nachdem uns die Nachricht erreicht hatte, hielt ich mich jeden Tag im Haus der Goldens auf, und es war, als hätte das Unglück die Zeit zum Stillstand gebracht. Nichts und niemand schien sich zu bewegen, außer in dem Raum, wo Ms. Blather und Ms. Fuss Vorbereitungen für die Überführung der Leichen trafen, und selbst ihr Büro schien in einen Mantel des Schweigens gehüllt. Petya war nach Hause gekommen, um bei seinem Vater zu sein, zog sich aber meist mit dem australischen Therapeuten in das blau beleuchtete Zimmer zurück. Auch D Golden verbrachte die meisten Tage im Haus, verloren in einer Ecke, schwarz gekleidet, daneben Riya, die ihm die Hand hielt. Niemand sprach. Außerhalb des Hauses sorgte die Geschichte eine Weile für Aufsehen. Frankie Sottovoce betrauerte überall den Tod seiner Star-Bildhauerin. Die Familie der Toten, groß und anmutig, mit der noblen Haltung königlicher Wächter, stand bei einem Fernsehinterview in tränenlosem Schmerz hinter Sottovoce. Nero Golden zeigte sich nicht öffentlich, aber für uns im Haus war es eindeutig, dass etwas in ihm zerbrochen war und er sich von der Botschaft, die er erhalten hatte, nicht leicht erholen würde. Auf der anderen Seite der Welt herrschten gleichfalls

Getöse und Schweigen, Polizisten, Gerichtsmediziner, Journalisten und all die Sirenenklänge, die einem gewaltsamen Tod folgen, doch jene, die die Familie vor ihrer Übersiedlung nach New York gekannt hatten, blieben unsichtbar, kein Wort von ihnen, als hätte sich die Stille wie ein Leichentuch auch über die vergangene Welt der Goldens gesenkt. Die unbekannte Frau, die Apu in der Hotellobby laut rufend mit »Groucho« begrüßt hatte – keine Spur von ihr. Die anderen drei Frauen, von denen er erzählt hatte, seine drei früheren Lieben, die kreisenden Exen, zeigten sich nicht, um ihn zu betrauern. Es schien, als hätte die Stadt den Fortgegangenen den Rücken gekehrt, den Ausgewanderten und auch den Verstorbenen. Sollten Mr. Brown und seine Partner verhaftet worden sein, so hörten wir nichts davon. Die Nachricht füllte nicht mehr die Schlagzeilen. Groucho war tot. Das Leben ging weiter.

Die beiden Drachendamen des Hauses Golden erwiesen sich wie erwartet ihrer Aufgabe überaus gewachsen, die Leichen, nachdem sie von den Behörden in Mumbai freigegeben waren, zügig nach Hause bringen zu lassen. Eine angesehene Firma mit dem schwerfälligen Namen IFSPFP – International Funeral Shipping Program Funeral Providers – wurde engagiert, rasch sorgte sie für alle notwendigen Vorkehrungen für den Transport, einschließlich versiegelter Särge und von den USA zugelassenen Containern. Sie erledigte den Papierkram, beschaffte beglaubigte englische Übersetzungen der Sterbeurkunden und die schriftliche Erlaubnis von den örtlichen Behörden, die Leichen abzuholen, und sie fand einen frühen Transporttermin, sodass Apu und Ubah so schnell wie möglich nach New York zurückkehren konnten. Auf dem Rollfeld des JFK dann die traurige Trennung: Frankie Sottovoce und die somalische Familie der Künstlerin nahmen Ubahs Leiche in Empfang und brachten sie fort, damit sie nach ihren

Ritualen beerdigt würde. Apu kam zurück in die Macdougal Street.

Es war ein seltsamer und zerrissener Abschied. Der versiegelte Sarg war nicht zu öffnen. Da die Leiche nicht einbalsamiert worden war, genehmigte das Gesetz des Staates keinen Blick in den offenen Sarg. Da Nero jegliche religiöse Zeremonie untersagt hatte und die Verbrennung einer Erdbestattung vorzog, verbeugte sich der IFSPFP-Bestatter und schlug vor, er verlasse die Familie für eine Stunde und komme dann wieder. Später würde er die Asche bringen. Oder er würde sich um sie kümmern, wenn wir es denn so wünschten. »Nein«, sagte Nero. »Bringen Sie ihn zurück.« Erneut verbeugte sich der Bestatter. »Wenn ich es mir erlauben darf«, sagte er sanft. »In diesem Staat gibt es kein Gesetz, das vorschreibt, wo Sie die Asche aufbewahren oder verstreuen. Sie können sie in einer Krypta, in einer Nische, in einem Grab oder auch zu Hause in einer Urne aufbewahren, wie Sie es für richtig halten. Entscheiden Sie sich, sie zu verstreuen, dann tun Sie es, aber nicht dort, wo sie für andere sichtbar wäre. Das Verbrennen macht die Asche ungefährlich, sodass keine Gefahr für die öffentliche Gesundheit besteht. Das Verstreuen auf privatem Grund erfordert die Zustimmung des Grundstückseigentümers, und es ist angeraten, die örtlichen Vorschriften zu prüfen, wenn Sie sie auf öffentlichem Boden zu verstreuen wünschen. Möchten Sie sie vor der Küste und außerhalb des New Yorker Hafens verstreuen, müssen Sie die Umweltschutzbestimmungen berücksichtigen, die für eine Seebestattung gelten …«

»Halt«, sagte Nero Golden. »Sofort halt, und gehen Sie auf der Stelle.«

In der folgenden Stunde fiel kein einziges Wort. Vasilisa ging mit dem kleinen Vespasian nach oben, und wir anderen standen oder saßen am Sarg, jeder allein mit seinen Gedanken.

Während dieser schrecklichen Stunde wurde mir bewusst, dass Apu mich durch seinen Tod letztendlich von etwas überzeugt hatte, gegen das ich mich während unserer Freundschaft gesträubt hatte: dass das Unbeschreibliche eines Menschen stets neben dem genau Erfassbaren existiert und es Geheimnisse im Menschen gibt, die Erklärungen nicht ergründen können. Wie sehr ich mich auch bemühte, ich begriff nicht, mit welcher Leichtigkeit er, von all den Goldens, bereit gewesen war, seine indische Haut abzustreifen und sich von seiner Stadt nach Westen ins Village aufzumachen. Der alte Mann hatte genügend finstere Machenschaften in der Vergangenheit betrieben, Petya hatte genügend reale und gegenwärtige Handikaps und Dionysos genügend geheime Sehnsüchte für die Zukunft, um ihre jeweilige Entscheidung zu erklären, aber Apu war im Leben seiner Heimatstadt fest verankert gewesen, er hatte geliebt und wurde geliebt, und Liebeskummer schien mir nur ein unzureichender Grund für seine Bereitschaft, das Land zu verlassen. Die Stimme der Vernunft in mir erwog, dass er von Neros Söhnen am deutlichsten die Schattenwelt seines Vaters erkannt habe und von dem, was er dort gesehen habe, geängstigt gewesen sei, vielleicht war das ein Teil der Wahrheit. Womöglich spielte aber auch mit hinein, was er mir erzählt hatte, dass er nach althergebrachten Vorstellungen erzogen worden sei, sodass die Entscheidung seines Vaters ganz einfach Gesetz war, dem er folgen musste. Doch eine andere Stimme, die Stimme, die er mir nahegebracht und gegen die ich mich gewehrt hatte, beschwor nun eine andere Szene herauf, in der er vielleicht im Schneidersitz auf der großen Marmorterrasse des alten Familienhauses auf dem Hügel meditierte, mit geschlossenen Augen, den Blick nach innen gerichtet oder wo auch immer er nach Orientierung suchte, und er eine andere Stimme hörte, nicht die, die mir etwas zumurmelte, oder vielleicht war es doch dieselbe, oder es war vielleicht seine eigene Stimme oder eine Stimme, die er sich ausdachte, oder wie er es ausgedrückt hätte, er zapfte etwas an, an dessen Existenz er immer geglaubt hatte, den Klang des Universums, die Weisheit allen Seins, die Stimme, der er traute; und diese Stimme sagte, *Geh*. Und deshalb ging er wie Jeanne d'Arc, wie Johannes, dem die Offenbarung zuteilwurde, wie der »Apu Golden«, den er erfunden und den die Geister seines alten Ich in New York gerufen hatten – er ging wie der Mystiker, der er war, der auf seine Stimmen hörte oder auf einen *Impuls*, wie wir Skeptiker sagen würden.

Es gibt die mystische Erfahrung. Ich verstand das. Doch würde sich mein rationales Ich wieder vordrängen, würde es sagen, ja, einverstanden, aber das ist eine innere Erfahrung, keine äußere; eine subjektive, keine objektive. Hätte ich neben Apu in seinem Atelier am Union Square gestanden, hätte ich seine Geister nicht gesehen. Hätte ich siebeneinhalb Jahre zuvor neben ihm auf dieser Terrasse in Walkeshwar gekniet, hätte die *Kraft* nicht zu mir gesprochen. Nicht jeder kann ein Jedi-Ritter werden. Viele Australier allerdings behaupten, sie könnten es, das stimmt. Und Apu hatte vielleicht gelernt, dem zu vertrauen und das zu nutzen, was er einmal die spirituelle Ebene nannte. Aber nein, nein, nicht ich.

◇

Während vierzig Tagen und Nächten nach Apus Heimkehr war das Haus Golden in grenzenloser Trauer, die Vorhänge waren am Mittag ebenso zugezogen wie um Mitternacht und die Läden geschlossen, kam oder ging jemand, dann so ätherisch wie ein Geist. Nero verschwand aus dem Blickfeld. Ich vermutete, Petya sei wieder eingezogen und vielleicht sei auch Lett, der Therapeut, bei ihm, doch das war reine Spekulation. Petya Golden war nicht an den Sarg seines Bruders getreten, als er im großen Salon des Hauses Golden stand, er verzieh ihm nicht, sprach nie wieder seinen Namen aus und fragte auch nicht, was mit Ubahs Leiche geschehen sei, ob es ein Grab gebe, das er besuchen könne, er fragte nie. Manche Wunden verheilen nicht. Die Nachbarn an den Gärten führten ihr Leben weiter und respektierten den Rückzug des verwundeten Hauses aus ihrer kleinen Welt. Ich ging nicht hinüber, obwohl mein Verlangen, den kleinen Vespasian zu sehen, so stark war wie eh und je. Einmal dachte ich darüber nach, Vasilisa anzuflehen, sie möge mir Zeit mit meinem Sohn gewähren, aber da ich die barsche Antwort kannte, die sie mir geben würde, schwieg ich lieber. Ich war ohnehin zu der Zeit sehr beschäftigt; Suchitra und ich hatte alle Hände voll zu tun. In diesen politischen Zeiten wurden wir in die Welt der politischen Videos hineingezogen, insbesondere für Frauengruppen, die Planned Parenthood verteidigten und die Kaltschnäuzigkeit der Republikaner gegenüber Frauenthemen anprangerten. Wir wurden berühmt; in jenem Jahr räumten wir die Pollie Awards für politische Spots ab, insbesondere für einen, in dem ein Mädchen, Opfer des Sexhandels, seine Geschichte erzählte. Suchitra – die für den Job ihren Namen der leichteren Aussprache wegen zu Suchi Roy verkürzte – wurde so etwas wie ein Medienstar, und ich war glücklich, ihr Gefährte zu sein. Ich wandte mich also vom Tod ab und dem Leben zu. Doch das Leben war laut und sogar erschreckend geworden. Jenseits der abgeschlossenen Welt der Gärten gingen äußerst seltsame Entwicklungen vor sich.

Verließ man diesen verwunschenen – und nun tragischen – Kokon, war zu entdecken, dass Amerika die Realität hinter sich gelassen hatte und in das Universum von Comic-Büchern eingetreten war. D.C., sagte Suchitra, werde vom DC-Verlag angegriffen. Es war das Jahr des Jokers in Gotham und darüber hinaus. Der Caped Crusader war nirgends zu sehen – es war kein Zeitalter für Helden –, aber sein Erzfeind in dem roten Gehrock und der gestreiften Hose war allgegenwärtig und genoss augenfällig, die Bühne ganz für sich allein zu haben und sich im Rampenlicht zu suhlen. Er hatte die Suicide Squad abserviert, seine klägliche Konkurrenz, doch er gab einigen seiner Unterlegenen Anlass zu glauben, sie seien zukünftige Mitglieder einer Joker-Regierung. Der Penguin, der Riddler, Two-Face und Poison Ivy reihten sich in vollen Arenen hinter ihm auf und wiegten sich wie Doo-Wop-Backgroundsinger, während ihr Anführer vor seinen Bewunderern – die Perücken mit abstehenden grünen Haaren trugen und unisono *Ha! Ha! Ha!* sangen – von der unvergleichlichen Schönheit weißer Haut und roter Lippen sprach.

Die Ursprünge des Jokers waren umstritten, der Mann selbst schien seine Freude daran zu haben, widersprüchliche Versionen des Kampfs um die Lufthoheit zuzulassen, aber in einem waren sich alle, leidenschaftliche Unterstützer und erbitterte Gegner, einig: Er war vollkommen und nachweisbar geisteskrank. Das Erstaunliche, das dieses Wahljahr zu einem unvergleichlichen machte, war, dass Leute ihn unterstützten, *gerade weil* er geisteskrank war und nicht dessen ungeachtet. Was jeden anderen Kandidaten disqualifiziert hätte, machte ihn zum Helden seiner Anhänger. Taxifahrende Sikhs, Rodeo-Cowboys, rabiate Alt-right-Blondinen und schwarze Hirnchirurgen waren sich einig, wir lieben seine Verrücktheit, kein Angsthaseneuphemismus von ihm, er schießt direkt aus der Hüfte, sagt, was immer er verdammt noch mal sagen will, raubt welche Bank auch immer aus, die er gerade Lust hat auszurauben, tötet, wen immer er töten will, er ist unser Mann. Der schwarze Fledermaus-Ritter ist davon geflogen! Es ist ein neuer Tag, und es wird der Brüller sein! Alle bejubeln die United States of Joker! U.S.J.! U.S.J.! U.S.J.!

Es war ein Jahr mit zwei Blasen. In einer dieser Blasen kreischte der Joker, und die Lachkonserven-Menge lachte genau aufs Stichwort. In dieser Blase wandelte sich das Klima nicht, und das Ende der arktischen Eisdecke bot einfach eine neue Gelegenheit für Immobiliengeschäfte. In dieser Blase übten Todesschützen ihr verfassungsmäßiges Recht aus, aber die Eltern ermordeter Kinder waren unamerikanisch. In dieser Blase würde, wenn seine Bewohner den Sieg davontrügen, der Präsident des südlichen Nachbarlands, das Vergewaltiger und Killer nach Amerika schicke, gezwungen werden, für eine Mauer zu bezahlen, die beide Länder voneinander abschotten würde, um die Killer und Vergewaltiger südlich der Grenze zu halten, wo sie hingehörten; und es gäbe kein Verbrechen mehr; und Massendeportationen wären eine gute Sache; und weibliche Journalisten würden als unzuverlässig angesehen, da ihnen Blut aus dem Wasauchimmer komme; und die Eltern toter Kriegshelden würden entlarvt, für den radikalen Islam zu arbeiten; und internationale Verträge müssten nicht geachtet werden; und Russland wäre ein Freund, und das hätte aber auch gar nichts mit den russischen Oligarchen zu tun, die die Schattenunternehmen des Jokers stützten; und die Bedeutung von Dingen würde sich verändern; vielfacher Bankrott würde als Beweis für großes unternehmerisches Geschick aufgefasst; und dreieinhalbtausend Prozesse, in denen man der Beklagte ist, würden als Beweis für geschäftlichen Scharfsinn aufgefasst; und der Betrug von Vertragspartnern würde die Geschäftstüchtigkeit eines toughen Mannes beweisen; und eine windige Universität würde sein Engagement für Bildung beweisen; und während der Zweite Zusatzartikel zur Verfassung heilig wäre, wäre es der Erste nicht; somit würden die Kritiker des Anführers die Konsequenzen zu spüren bekommen; und Afroamerikaner würden sich all dem fügen, denn was zum Teufel hätten sie zu verlieren. In dieser Blase war Wissen Ignoranz, oben war unten, und die richtige Person, um die nuklearen Codes in Händen zu halten, war der grünhaarige weißhäutige Kicherer mit dem aufgeschlitzten roten Mund, der ein militärisches Beraterteam viermal fragte, warum der Einsatz von Nuklearwaffen so schlimm sei. In dieser Blase waren mit Rasierklingen präparierte Spielkarten lustig, und Blumen am Revers, die Säure in die Gesichter von Leuten spritzen, waren lustig, und der Wunsch, Sex mit der eigenen Tochter zu haben, war lustig, und Sarkasmus war lustig, selbst wenn das, was man Sarkasmus nannte, nicht sarkastisch war, und lügen war lustig, und Hass war lustig, und Scheinheiligkeit war lustig, und schikanieren war lustig, und wenn die Späße so funktionierten, wie sie sollten, war das Datum – oder es war beinahe oder sollte bald sein – neunzehnhundertvierundachtzig.

In der anderen Blase befand sich – wie es mir meine Eltern vor langer Zeit beigebracht hatten – die Stadt New York. In New York herrschte zumindest noch im Augenblick so etwas wie Realität, und die New Yorker konnten einen Betrüger identifizieren, wenn sie einen sahen. In Gotham wussten wir, wer der Joker war, und wollten nichts mit ihm zu tun haben oder mit der Tochter, nach der er gierte, oder mit der Tochter, die er nie erwähnte, oder mit den Söhnen, die das Töten von Elefanten und Leoparden für Sport hielten. »Ich werde Manhattan erobern«, kreischte der Joker, als er an der Spitze eines Wolkenkratzers hing, doch wir lachten über ihn und nicht über seine bombastische Jokerei, und er musste seine Willensbekundung auf die Straße bringen, an Orte, wo die Leute ihn noch nicht durchschaut hatten oder schlimmer gar, sehr genau wussten, was er war und ihn dafür liebten: der Teil des Landes, der genauso verrückt war wie er. Seine Leute. Zu viele von ihnen, um nicht beunruhigt zu sein.

Es war das Jahr des großen Kampfes zwischen gestörter Fantasie und grauer Realität, zwischen einerseits der *chose en soi*, dem möglicherweise Unwissbarem, aber wahrscheinlich Existierendem an sich, der Welt, wie sie war, unabhängig davon, was man über sie sagte und wie sie gesehen wurde, *dem Ding an sich*, um den Kant'schen Begriff zu verwenden – und andererseits diesem Charakter aus dem Cartoon, der die Grenze zwischen der Buchseite und der Bühne überschritten hatte – eine Art illegaler Immigrant, dachte ich –, dessen Plan vorsah, das ganze Land mit vorgetäuschter Ausgelassenheit in eine moderne düstere Graphic Novel zu verwandeln, voll schwarzer Verbrechen und abtrünniger Juden und Schwanzlutschern und Mösen, was Worte waren, die er manchmal gerne benutzte, nur um die liberale Elite vor Wut zum Schäumen zu bringen; ein Comic-Buch, in dem Wahlen Schwindelmanöver waren und die Medien logen, und alles, was man hasste, war eine Verschwörung gegen einen, doch am Ende! Yeah! hatte man gewonnen, die grüne Perücke verwandelte sich in eine Krone, und der Joker wurde König.

Es blieb noch abzuwarten, ob das Land im November in einem New Yorker Geisteszustand sein würde oder ob es lieber die grünen Perücken aufsetzen und lachen würde. *Ha! Ha! Ha!*

25

Da das Drama des Hauses Golden sich seinen letzten Akten nähert, wende ich meine Aufmerksamkeit – jetzt! Aber damals vernachlässigte ich meine Pflichten! – wieder dem zunehmend schmerzlichen Leben des Dionysos Golden zu. Es war schwierig, mit [ihm] in regelmäßigem Kontakt zu sein. (Ich benutzte noch die männlichen Pronomen, wenn ich an [ihn] dachte, auch wenn es mir immer falscher vorkam, und darum setzte ich sie als Zeichen für [seine] Ambivalenz in eckige Klammern. Solange [ihm] eine klare Orientierung fehlte – »ich weiß noch nicht, welches meine Pronomen sind«, erzählte [er] mir verlegen –, war das meine Übergangslösung.) Die Welt um D herum, die Welt, in der D ein Gefühl von Sicherheit empfand, war auf zweieinhalb Orte zusammengeschrumpft: der Two Bridges Girls Club an der Market Street, in der Nähe von drei Spielplätzen im Winkel der Manhattan Bridge und des FDR, des Franklin D. Roosevelt East River Drive, wo [er] vier Tage die Woche unentgeltlich arbeitete, und das Apartment in Chinatown, wo [er] mit Riya Z lebte. Manchmal gingen sie in den Nachtclub an der Orchard Street, wo Ivy Manuel mit den flammend roten Haaren sang – das war der halbe Ort in [seiner] Komfortzone –, doch dann stellte sich die Frage, wie [er] sich kleiden solle, wer sich [ihm] nähere und was [er] womöglich sagen könne, und Ds immer stärker ausgeprägte lähmende Schüchternheit kam erschwerend hinzu. Im Two-Bridges war das Kleidungsproblem durch die unisex Einheitskluft des Personals gelöst, ein weißes Hemd, das über weiten schwarzen chinesischen Hosen getragen wurde, und schwarze Turnschuhe an den Füßen, aber überall sonst wusste D überhaupt nicht, wie [er] sich präsentieren sollte. Nach seinem Abenteuer in Vasilisas Ankleidezimmer hatte [er] sich seine Freude an Frauenkleidern eingestanden und den Mut gefunden, Riya zu gestehen, was geschehen war, und auch Ivy, und sie hatten darüber gesprochen. »Gut«, hatte Riya gesagt. »Das ist ein erster Schritt. Stell ihn dir als den Auftakt für die etwa nächsten drei Jahre vor. Stell dir den Übergang als einen langsamen Zauber vor. Dein geheimes tausendundeine Nacht, in dem du aufhörst, der Frosch zu sein, der du nicht sein willst, und dich vielleicht in die Prinzessin verwandelst.« Und Ivy hatte hinzugefügt: »Aber du musst dich nicht weiter vorwagen, als du es willst. Vielleicht bist du einfach ein Frosch, der in Rosa hübsch aussehen möchte.«

[Er] suchte professionelle Hilfe, die aber nicht wirklich half. [Er] wollte immerzu mit dem Therapeuten diskutieren. [Er] weigerte sich, mir zu sagen, wer dieser Therapeut war; stattdessen offenbarte [er] mir immer wieder [seinen] Frust über Riya, den [er] ansonsten für sich behielt, ihr Ding war die Identität, sie selbst hatte sich der Idee der transmorphischen Fluidität des Ichs verschrieben, und manchmal schien sie einfach ein bisschen zu begierig darauf, dass Ds MTF-Übergang einsetzte und zu einer vollständigen Metamorphose wurde. Ich hätte in der Lage sein müssen, [ihm] zu helfen. Vielleicht hätte ich verhindern können, was geschah. Vielleicht hätten wir alle es gekonnt. Oder D Golden war vielleicht einfach nicht geschaffen für das Leben auf Erden.

Ich stelle mir folgendes Gespräch vor, es findet in einem kahlen, schwarz-weißen, zellenähnlichen Raum statt, wo der Sprecher mit ausdruckslosem Gesicht auf einem geraden Metallstuhl sitzt und ihm gegenüber seine Fragenstellerin, die Therapeutin, als ein höchst anspruchsvoller Androide, eine Mischung aus Alicia Vikander in *Ex Machina* und dem Supercomputer Alpha-Soixante aus Godards *Alphaville, Lemmy Caution gegen Alpha 60*. Wir hören die Figuren im Raum nicht sprechen. Es gibt keinen synchronen Ton. Wir hören ausschließlich den Monolog; wird im Monolog allerdings direkte Rede zitiert, entsprechen die Lippenbewegungen der Figuren im Raum manchmal – nicht immer – dem Erzählten. Die Szene erinnert an ein Zusammentreffen zwischen einem Gefangenen und seinem Anwalt am Besuchstag im Gefängnis. Es wäre nicht überraschend, wenn der Sprecher einen orangefarbenen Overall trüge (wenn die Szene in Farbe wäre) oder Ketten an den Handgelenken und Fußknöcheln. Die Szene kann, wenn sie richtig gefilmt ist, etwas Lustiges haben.

MONOLOG DES D GOLDEN ÜBER [SEINE] SEXUALITÄT & DEREN ERFORSCHUNG DURCH DIE THERAPEUTIN

Kapitel eins. Sie, die Therapeutin, stellte mir direkt zu Anfang ohne Umschweife die erste Frage, haben Sie als Kind die Farbe Rosa oder Blau bevorzugt?

Ich war offen gestanden verblüfft über die Frage. Stellt man so eine Frage zu diesem Zeitpunkt der Weltgeschichte, ich sagte: Blau oder Rosa?

Seien Sie so nett, halten Sie mich bei Laune, sagte sie, als wäre sie der Patient und ich der Shrink.

Weil ich jetzt in dieser widerspenstigen Stimmung war, antwortete ich, Diana Vreeland, Herausgeberin der *Vogue*, habe einmal gesagt, Rosa sei das Marineblau Indiens, darum sind Rosa und Blau in Indien vermutlich dasselbe.

Warum finden Sie diese Frage so irritierend, fragte sie, es geht doch nur um die Wahl zwischen zwei Farben. Ich könnte genauso gut fragen, gefällt Ihnen eine Spielzeugeisenbahn besser als Puppen. Möchten Sie lieber auf diese Frage antworten?

Ich sollte hier in Klammern sagen, dass ich nie Marxist war, aber ihre Taktik löste in mir starke antikapitalistische Gefühle aus. Ich dachte, entgegnete ich ihr, wir hätten diese vom Markt diktierten, materialistischen Kategorien überwunden, Rosa für Mädchen, Blau für Jungen, Eisenbahnen und Waffen für Jungen, Puppen und Kleidchen für Mädchen. Warum wollen Sie mich zurück in diesen alten, überholten Diskurs treiben?

Sie antworten mit beträchtlicher Feindseligkeit, sagte sie. Habe ich einen empfindlichen Punkt berührt, der diese Emotionen auslöst?

Okay, sagte ich, tatsächlich war und ist meine Lieblingsfarbe Gelb. Eine Zeit lang versuchte ich wie Stephen Dedalus' Freund, in Gelb zu fluchen, *verdammt sei dein verflachster Stecken*, aber ich konnte es mir nicht angewöhnen.

Gut, sagte sie, das ist schon mal ein Fortschritt, Gelb befindet sich im Farbspektrum auf der Mitte zwischen Blau und Rosa. Ich hielt das für sehr dumm, Neandertal-dumm, Cro-Magnon-dumm, aber ich schluckte es und sagte nichts. Vielleicht ist das hier nichts für mich, dachte ich.

Was die andere Frage angeht, sagte ich ihr, ich hatte keine Eisenbahn. Meine Brüder hatten eine, und ich sah ihnen beim Spielen zu, obwohl sie viel zu alt für Spielzeug waren. Auch Scalextric-Autos, es war peinlich, ich meine, werdet erwachsen. Ich war der viel jüngere Halbbruder, wissen Sie. Ich hatte zwei Tiere aus Sandelholz, die man ins Wasser tauchte, weil sie da ihren Duft abgaben. Einen Sandelholzelefanten und ein Sandelholzkamel. Ich erfand Abenteuer für meine Sandelholzfreunde, und jeden Abend gab es eine andere Badewannengeschichte. Was der Elefant in seinem Rüssel verbarg, warum das Kamel die Wüste hasste und so. Vielleicht hätte ich sie aufschreiben sollen. An die meisten erinnere ich mich nicht mehr. Um auf Ihre Fragen zu antworten, wenn Puppen oder Eisenbahnen zur Wahl stehen, entscheide ich mich für Sandelholztiere. Doch ich habe ihnen nie etwas angezogen. Ich habe ihnen nur Geschichten erzählt und sie nass gemacht.

So ging es weiter, sie drängte, ich drängte zurück. An einem gewissen Punkt erzählte ich ihr die Geschichte mit meiner Stiefmutter und den Schlüsseln des Hauses. Ich gebe zu: Es war das Schlimmste, das ich je getan habe. So sagte ich es der Therapeutin. Ich erzählte ihr von meinem Bedauern. Sie interessierte sich nicht fürs Bedauern, sie beschritt denselben Weg wie damals Riya, als wir unseren Streit hatten und ich aus dem Auto gesprungen war. Hass reiche nicht als Erklärung für das, was ich getan hätte, sagte sie. Letztendlich kamen wir drauf. Nehmen wir an, ich behaupte, sagte sie, Sie wollten die Dame des Hauses sein. Nehmen wir an, ich behaupte, das sei der tiefer liegende Grund gewesen. Wie ist Ihre unmittelbare Reaktion darauf. Also meine unmittelbare Reaktion darauf war, bum!, ich bin hier raus, das funktioniert nicht, und als ich fast an der Tür bin, fragt sie mich ganz ruhig, was tun Sie stattdessen, und ich bleibe stehen, mein ausgestreckter Arm fällt nach unten, weg von der Türklinke, und ich komme zurück, setze mich wieder und sage, ich schätze, Sie haben recht. Was macht das aus mir. Wer bin ich.

Um das herauszufinden, sind wir hier, sagte die Therapeutin.

Kapitel zwei. Ich stelle noch ein paar Fragen zu Spielzeug und Farben. Früher einmal, sagte ich, fürchteten Eltern, wenn ein Junge die Farbe Rosa und Puppen mochte, er könnte homosexuell sein, und versuchten, sein Interesse für Jungensachen zu wecken. Ich will sagen, sie hatten womöglich Zweifel an seiner Orientierung, aber sie stellten sein Geschlecht nicht infrage. Heute scheint es ins andere Extrem zu gehen. Statt zu sagen, der Junge ist schwul, versucht man ihn davon zu überzeugen, er sei ein Mädchen.

Okay, sagte sie, dann sind Sie schwul? Fühlen Sie sich zu anderen Männern hingezogen? Nein, sagte ich. Das ist vielleicht das Einzige, das ich genau weiß. Gut, sagte sie. Dann hören wir auf, die Motivationen von imaginären Eltern zu entwirren, und konzentrieren uns auf die Aufgabe, die vor uns liegt, und das sind Sie. Wenn Sie kein männlicher Homosexueller sind, sind Sie dann ein weiblicher Homosexueller?

Was, sagte ich.

Sind Sie lesbisch, fragte die Therapeutin.

Ich habe die Umwandlung noch nicht begonnen und lebe mit einer heterosexuellen Frau zusammen, sagte ich.

Zuerst einmal reden wir hier nicht über die Sexualität Ihrer Partnerin, die auch sehr vielschichtig sein mag und die Sie vielleicht vereinfachen, weil es Ihnen entgegenkommt, aber das ist nicht unser Thema. Und zweitens, meine Frage dreht sich nicht darum, was Sie tun, sondern darum, wer Sie sind. Es macht einen Unterschied, ob man sagt, ich arbeite als Pizza-Chef oder, ich bin ein Mensch, der gutes Essen liebt.

Sie sind schräg, sagte ich zu der Therapeutin.

Ich bin hier nicht das Thema, sagte die Therapeutin.

Wie könnte ich eine Lesbierin sein, protestierte ich, das ist körperlich unmöglich.

Warum.

Aus offensichtlichen Gründen.

Also zwei Fragen. Die erste: Haben Sie sich jemals zu einer lesbischen Frau hingezogen gefühlt? Zu einer Frau, die lieber mit Frauen schläft?

Das ist gelegentlich vorgekommen, sagte ich. Ein-, zweimal. Ich habe mich nicht weiter auf sie eingelassen.

Warum nicht.

Aus offensichtlichen Gründen. Sie hätten nicht mit mir schlafen wollen.

Warum nicht.

Ach, kommen Sie.

Sehr gut. Zweite Frage: Was ist eine Frau?

Das ist eine rätselhafte Frage, die dazu führt, dass ich mich plötzlich äußerst fremd fühle. In den meisten Ländern der Welt stellt man diese Frage nicht. Ist es etwas, über das Amerikaner mittlerweile verwirrt sind? Werden Sie mich noch nach den Toiletten befragen? Werden Sie mir das Verbot der *Vagina Monologe* am Mount Holyoke College in Erinnerung rufen?

Sind *Sie* darüber verwirrt?

Ich weiß, was eine Frau ist. Ich weiß nur nicht, ob ich eine bin. Oder ob ich eine sein möchte. Oder ob ich den Mut habe, eine zu werden. Ich habe große Angst, dass mir der Mut fehlt. Ich habe im Allgemeinen große Angst.

Wovor haben Sie Angst.

Vor der Schutzlosigkeit der Umwandlung. Vor ihrem Drama, vor der Radikalität der Veränderung, der erschreckenden Sichtbarkeit. Vor dem Blick der anderen. Vor dem Urteil der anderen. Vor den Spritzen. Vor der Operation. Vor allem vor der Operation. Das ist doch natürlich, oder?

Ich kenne die Bedeutung des Worts *natürlich* nicht. Es ist so lange missbraucht worden, dass man es besser nicht benutzt. Ein anderes solches Wort ist *Sex*.

Ich lebe mit jemandem zusammen, der Ihnen recht geben würde.

Erlauben Sie mir, Ihnen einen Satz vorzuschlagen. »So etwas wie einen Frauenkörper gibt es nicht.«

Womit Sie offensichtlich nicht meinen, dass es keinen Frauenkörper gibt. Denn es gibt Frauen, das lässt sich nicht leugnen, und es gibt Körper, auch das ist objektiv wahr, und das eine umfasst das andere. *Ergo* …

Sie haben meinen Punkt erfasst, auch wenn Sie drumherum reden. Wir existieren und ebenso unser Körper, und wir wohnen in unserem Körper, doch wir sind weder durch ihn definiert noch in ihm gefangen.

Und so kommen wir zum Körper-Geist-Problem. Sie schlagen vor, wir sollten die Vorstellung verwerfen, es gebe eine verbindende Realität, eine Substanz oder Essenz, die die Trennung von Geist und Körper unmöglich macht. Das ist Monismus, und der gefällt Ihnen nicht? Sie ziehen Descartes und seinen Dualismus vor. Aber ist dann *Frau* oder *weiblich* allein eine Kategorie des Geistes? Gehört nicht die Körperlichkeit dazu? Und ist dieses unkörperliche Geschlecht, dieses körperlose, nicht-physische Ding, unfähig, sich zu verändern, auch wenn es aus Gründen der

Unkörperlichkeit so unbeständig sein sollte wie Rauch oder ein Windhauch? Oder befinden wir uns auf religiösem oder vielleicht aristotelischem Gebiet und das Geschlecht ist wie der Geist eine Eigenschaft der Seele? Ich habe reichlich darüber gelesen. Aber dennoch fällt es mir schwer, es genau zu begreifen.

Ich will es mal einfach ausdrücken. Mit weiblichen Genitalien und Reproduktionsorganen geboren zu sein, macht noch keine Frau aus. Mit männlichen Genitalien geboren zu sein, macht niemanden zum Mann. Es sei denn, Sie entscheiden sich dafür. Das ist der Gedanke, auf den ich Sie bitte zu reagieren. An einer Vagina ist nichts entscheidend Weibliches. Und Sie sind nicht vom Weiblichen ausgeschlossen, wenn Sie ein männliches Glied haben. Eine Transfrau mit einem Penis ist immer noch eine Frau. Können Sie mir da zustimmen oder nicht?

Sie meinen, ich brauche vielleicht diese Operation nicht.

Die Kastration.

Allein schon das Wort schmerzt.

Nicht, wenn es das ist, wozu Sie sich entschieden haben.

Ach, dann sind wir also wieder bei diesem *Entscheiden*.

Ich könnte vorschlagen, nennen Sie es Freiheit. Ich könnte sagen, es ist Ihr Recht.

Ich kenne mich aus mit dem Entscheiden. Ich stamme aus einer Familie, die entschieden hat, sich zu verwandeln. Ich habe mich für den Namen entschieden, mit dem Sie mich ansprechen. Ich habe mich entschieden, die Welt zu verlassen, die mich dazu antrieb, in eine andere Welt zu gehen, in der ich vielleicht ich selbst sein könnte. Ich bin fürs Entscheiden. Diese Entscheidung, die ich getroffen habe, hat mich bereits einmal verwandelt. Aber.

Aber.

Wenn ich sage, ich bin eine Frau, behalte aber mein männliches Organ, und dann bin ich unter lesbischen Frauen und ich will Sex haben, aber sie wollen keinen Sex mit einem Menschen mit einem männlichen Organ, wie kann ich dann eine Frau sein, wenn meine Entscheidung, eine Frau zu sein, für die Frauen nicht akzeptabel ist.

Wenn ein Mensch sich Ihnen gegenüber so verhält, dann ist diese Person eine TERF.

TERF.

Trans exclusionary radical feminist. Eine Radikalfeministin, die Transpersonen ausschließt.

Und so jemand zu sein, ist schlecht.

In dem Gespräch, das wir miteinander führen, ist das schlecht, ja.

Dann geben Sie diesen Frauen mit einer Vagina, die keinen Sex haben wollen mit Frauen, die einen Penis haben, einen schlechten Namen und sagen, sie seien schlechte Leute, und wie soll mir das helfen.

Es hilft Ihnen, bei Ihrer Entscheidung zu bleiben.

Weil ich recht und sie unrecht haben.

Es gibt seit vierzig Jahren ein Frauenfestival in Michigan, wo Frauen zusammenkommen, Musik machen, kochen, reden und einfach zusammen sind, und einige dieser Frauen haben die Frauenbewegung gegründet, Cis-Frauen, hauptsächlich ältere Frauen, Revolutionärinnen zu ihrer Zeit. Aber sie lassen nicht zu, dass Transfrauen mit männlichen Organen am Festival teilnehmen, und darum kommt es zu Streit, der an körperliche Auseinandersetzung grenzt. Transaktivistinnen kampieren außerhalb des Areals mit Waffen und planen Proteste und Störungen, die sie manchmal auch ausführen, Graffiti, gekappte Wasserleitungen, zerstochene Autoreifen und Flugblätter mit ihren Penissen darauf. Ich bin der Meinung, dass in diesem Streit die Frauen mit Vagina im Unrecht sind, denn sie können sich nicht an eine Zeit anpassen, in der eine Frau mit einer Vagina einfach eine Art von Frau ist und andere Arten von Frauen ebenso sehr Frauen sind wie sie. Wenn man sich entscheidet, Amerikaner zu sein, und Bürger wird, muss man nicht alles aufgeben, was man zuvor war. Sie selbst sind Amerikaner geworden, doch wenn man Sie herausfordert, sagen Sie, dass Sie sich fremd fühlen, also haben Sie Ihren fremden Anteil irgendwie unangetastet gelassen. Entscheiden Sie sich eine Frau zu sein, besteht dieselbe Freiheit. Und wenn jemand versucht, Ihnen die Wahl Ihres Geschlechts zu verwehren, ist es Ihr Recht, dagegen zu protestieren.

Aber was, wenn ich nicht erkennen kann, dass diese Entscheidungen Entscheidungen sind. Was, wenn ich von der männlichen Schwulengemeinschaft gelernt habe, dass Homosexualität angeboren ist, dass sie eine Art des menschlichen Daseins ist, dass man sich nicht dafür oder dagegen entscheiden kann, und was, wenn ich die reaktionäre Vorstellung hasse, man könne einen Schwulen umerziehen, damit er eine andere Entscheidung treffe und sein Schwulsein aufgebe. Was, wenn ich nicht erkennen kann, dass diese Entscheidungen, die Sie vorschlagen, diese vielfachen Möglichkeiten von Gendernuancen, nicht Teil derselben reaktionären Ideologie sind, denn man kann sich entscheiden und umentscheiden, es ist das Recht einer Frau, ihre Meinung zu ändern. Was wenn ich erkläre, dass meine Identität einfach schwierig ist und schmerzlich und verwirrend und ich nicht weiß, wie ich mich und wofür ich mich entscheiden soll und ob Entscheidung überhaupt ansteht, was, wenn ich einfach blind umhertappen muss, um herauszufinden, was ich bin, und nicht, was ich entscheide zu sein. Was, wenn ich glaube, dass es ein *ich bin* gibt und ich genau das finden muss. Was, wenn das mit Entdeckung und nicht mit Entscheidung zu tun hat, mit dem Herausfinden, wer ich seit jeher bin, und nicht mit dem Herauspicken einer Geschmacksrichtung aus der Palette der Gender-Eiscremes. Was, wenn ich denke, dass es zu respektieren ist, wenn das *Ich bin* einer Frau bedeutet, dass sie keinen Sex mit einer Frau haben kann, die ein männliches Organ hat. Was, wenn ich fürchte, es könne einen Bürgerkrieg auf dieser Seite der Gendertrennlinie geben, und was, wenn ich denke, das sei der falsche Krieg. Was, wenn wir Frauen von gesonderter Art sind und nicht derselben Art, und wenn diese Gesondertheiten, sexuelle Gesondertheiten eingeschlossen, okay sind und nicht bigott oder schlecht. Was, wenn wir ein Verbund verschiedener Seinszustände sind und wir diese Rechte der einzelnen Zustände ebenso respektieren müssen wie den Zusammenschluss. Ich verliere den Verstand, wenn ich versuche, all das herauszuarbeiten, und ich kenne nicht einmal die Wörter, ich benutze die Wörter, die ich kenne, aber sie fühlen sich die ganze Zeit falsch an, was, wenn ich versuche, in einem gefährlichen Land zu leben, dessen Sprache ich nicht gelernt habe. Was dann.

Dann würde ich sagen, wir müssen uns an die Arbeit machen, diese Baumwolldecke in Ihrem Kopf zu durchbrechen.

Was da wäre.

Unterwäsche ist aus Baumwolle. Der Inhalt der Unterwäsche einer Transfrau dient als Achse, um sie zu unterdrücken und zu marginalisieren. Zitat Ende des Zitats.

Jemand hat meiner Freundin den Witz erzählt, dass er Transmillionär werden wolle. Ich identifiziere mich als

Milliardär und nun bin ich reich, sagte er. Was würden Sie darauf antworten?

Dass das nicht komisch ist.

◇

[Er] erreichte die Schwelle, betrat aber nie den Raum. Gefangen zwischen der Angst und der Sprache fühlte [er] sich unfähig, einen Schritt zu tun, aber genauso wenig konnte [er] da verharren, wo [er] war. Es gab reichlich Warnsignale. Riya bekam einen Anruf vom Two-Bridges-Mädchenclub, und man sagte ihr, nicht unfreundlich, dass man [ihn] bitten müsse, nicht mehr zu kommen, denn [er] habe die Mädchen mit höchst persönlichen Fragen bedrängt und man fühle sich in [seiner] Gegenwart nicht mehr wohl. Die Atmosphäre im Two Bridges war entspannt und engagiert zugleich, die Mädchen fühlten sich dort wohl und arbeiteten hart in ihren Bildungsprogrammen für soziale Gerechtigkeit oder Umwelt oder lernten Digital- und Audiokunst oder machten einführende MINT-Kurse oder sie halfen mit, das erstaunliche Planetarium im Gebäude zu führen (das Geschenk eines reichen Wohltäters), oder studierten Tanz oder Ernährung. Ich besuchte [ihn] dort ganz zu Anfang [seiner] freiwilligen Arbeit, ehe die Spirale sich nach unten bewegte, und [er] hatte glücklich gewirkt inmitten ihres Glücks, ihr entspanntes Verhältnis zur Gender-Vielfalt schien [ihm] zu helfen. Schwul oder hetero, cis oder trans, mit Sternchen oder ohne, genderqueer oder geschlechtsneutral, all das war kein Problem. Zuerst war das ermutigend, sogar aufregend, doch als [er] sich seiner Barrieren für die Umwandlung bewusst wurde, [seiner] körperlichen Angst, [seiner] sozialen Befürchtungen und [seiner] Schwierigkeit mit der neuen Sprache, half [ihm] der Gedanke nicht, [er] leide womöglich an Problemen [seiner] Generation und die [ihm] nachfolgende

Generation sei bereits frei davon. Ich dachte an die frühen Neandertaler in Goldings *Die Erben*, die mit Wut und verständnislosem Neid auf die neue, kultiviertere, Feuer besitzende, menschliche Rasse blicken, auf den *homo sapiens*, als er sich zum ersten Mal zeigt, und ihm, dem Wegbereiter, mit Vernichtung drohen. So sah [er] sich selbst als ein urzeitliches Wesen und die Mädchen im Two-Bridges als das neue Volk, das besser war als [er], aber auch als [seine] Nachfolger, denen freistand, dorthin zu gehen, wo [er] nicht hinkonnte, die das verheißene Land betreten konnten, das [ihm] durch die Grenzen seiner Empfindungen versperrt war. Darum begann [er], sie zu peinigen, in der Kantine in die Ecke zu drängen oder an den Türen zu ihren Klassenräumen oder beim Spiel auf dem Baseballplatz nebenan oder auf dem Hockeyfeld; [er] fragte sie nach Antworten, die sie nicht hatten, und um Rat, den sie [ihm] nicht geben konnten, und als [er] aggressiv wurde, stürzte [er] sie in Verwirrung. [Seine] Entlassung war unvermeidlich. [Er] akzeptierte sie ohne Einwände.

Wir hatten [ihn] nicht mehr im Auge. Keine Frage. Wir hätten [seine] zunehmende Zerbrechlichkeit bemerken müssen, und vielleicht taten wir es sogar, sahen aber lieber woandershin. Nach Apus Ermordung zog sich Nero Golden von allem Gesellschaftlichen in eine Düsternis zurück, deren Grund naheliegend war, aber deren eher verborgene Bedeutung sich erst später offenbaren sollte. Er hatte die Urne mit der Asche seines Sohns auf seinen Schreibtisch gestellt, und es hieß, er spreche immerzu mit ihm, jeden Tag. Die beiden Drachendamen hatten Zutritt zu ihm, und er nahm sich Zeit für Petya, er nahm sich immer Zeit für sein augenscheinlich am meisten verwirrtes Kind, verzieh Petya immer wieder und unterstützte ihn auf seinem Weg der Läuterung vom Brandstifter hin zu seinem besseren Ich; aber um seinen orientierungslosen, zerbrechenden, nicht mehr jüngsten Sohn kümmerte er sich so gut wie gar nicht. Er kümmerte sich um den kleinen Vespasian und um eine Frau, die viele Wege fand, die besonderen Ansprüche des Kindes auf die Zuneigung seines Vaters durchzusetzen. Klein Vespa, so nannten sie ihn, als wäre er ein Motorroller, mit dem sie beide gemeinsam zurück ins Glück führen. In der Gegenwart von Klein Vespa erweichten Neros Züge sich manchmal zu einem Lächeln. Und Vasilisa behandelte ihren Mann mit derselben mütterlichen Fürsorge, mit der sie ihren Augenstern, ihre ganze Freude und ihren ganzen Stolz, überhäufte, zum Teil, da bin ich mir sicher, weil sie Neros Schmerz sah und ihn lindern wollte, aber auch, da habe ich keinen Zweifel, aus selbstsüchtigen Gründen. Von uns allen sah sie am deutlichsten das Dahinschwinden dieses draufgängerischen, wilden Mannes. Sie bemerkte seine fortschreitende Vergesslichkeit, bemerkte, dass er schon bald die Zügel seines Streitwagens nicht mehr würde halten können, und verstand, dass auch er bald ihr Baby sein würde, und all das akzeptierte sie bereitwillig, denn am Ende ihres Projekts würde ihr Lohn überaus hoch sein. (Meine Gedanken zu Vasilisa hatten sich seit der Geburt meines Sohns und seit sie anschließend die Mauer zwischen dem Jungen und mir errichtet hatte, beträchtlich verändert.) Auch Vasilisas Mutter lebte im Haus, doch da Nero sie nicht sonderlich mochte, hielt Vasilisa ihre kopftuchtragende Babuschka von ihm fern und machte sie im Wesentlichen zu Vespas Kindermädchen. In dieser Beziehung besaß die Mutter ganz eindeutig keine Macht. Sie tat, was man ihr auftrug. Und auch sie wartete auf den rechten Augenblick. Auch sie kannte das Spiel, das hier gespielt wurde. Sie blieb im Hintergrund und sang dem Jungen russische Lieder vor und erzählte ihm russische Märchen, vielleicht sogar das von der Hexe Baba Jaga, damit der Junge mit dem Wissen um sie aufwachsen würde. Wäre sie in der Lage gewesen, ihm Kinderbücher in einer anderen Sprache vorzulesen, hätte sie wohl gesagt, Vespasian sei der goldene Schnatz.

26

Auch ich hatte D Golden nicht mehr im Blick. In jenem ganzen Sommer und Herbst waren Suchitra und ich mit der Batwoman beschäftigt. Die Preise für unsere Videos hatten uns in diesem surrealen Wahljahr plötzlich zu Stars für Polit-Spots gemacht, was uns die Aufmerksamkeit von progressiven Interessenverbänden und reichen Super-PACs, politischen Aktionskomitees, einbrachte, die die großartige, in hohem Maße gebildete, aber unpopuläre Joker-Gegnerin unterstützten. Der animierte Cartoon, den wir für so einen Interessenverband machten – einige der besten Künstler halfen, den Joker zu zeichnen –, wurde ein Riesenerfolg, der grinsende Schurke schreit mitten in New York Sätze heraus, die seine politische Inkarnation oft geäußert hatte, er verhöhnt seine eigene Partei, *Diese Narren! Ich könnte jemanden auf dem Times Square erschießen und würde nicht eine Stimme verlieren!*, bis eine Superheldin in Fledermauskostüm herabstößt, ihn in eine Zwangsjacke steckt und den Weißkitteln vom Irrenhaus übergibt. Die politische Batwoman war geboren, und die Kandidatin oder ihre Leute posteten unseren Spot in den sozialen Medien auf der offiziellen Seite der Wahlkampagne, er bekam in den ersten vierundzwanzig Stunden drei Millionen Klicks, und dann machten wir noch drei Folgespots, die alle ebenso erfolgreich waren. Die Wahl wurde zu einem Wettstreit zwischen der Batwoman und dem Joker – Batwoman, die ihre dunkle Seite bekennt, sie aber im Kampf für das Gute, für die Gerechtigkeit und den amerikanischen Lebensstil einsetzt, eine Anführerin, die das Land davor bewahren könnte, ein katastrophaler Joke zu werden. Wir definierten den Kampf; er wurde genau zu dem, was wir gesagt hatten.

Die Idee zur Batwoman stammte von Suchitra, auch wenn ich einen Großteil des Drehbuchs entwickelte, oder wir taten es gemeinsam. Wir waren ein gutes Team, doch noch immer fragte ich mich, was sie in mir sah; wir waren so verschieden, ihre niemals ruhende kreative Brillanz leuchtete so viel heller als mein kleines Licht, sodass ich mich manchmal wie ihr Schoßhündchen fühlte. Eines Abends spät, nach getaner Arbeit und als ich genügend getrunken hatte, fragte ich sie, und sie lachte und lachte. »Was sind wir doch für ein Paar«, sagte sie, »beide so unsicher, und keinem von uns ist die Unsicherheit des anderen bewusst.« Ob ich es denn nicht sehen würde? Ich sei der mit der Bildung, ich sei der Intellektuelle, ich sei derjenige, der Verknüpfungen, Referenzen, Echoräume, Argumente und Formen sähe, sie wisse nur, wie sie die Kamera halten müsse und eine Menge anderes technisches Zeug. Damit unterschätzte sie sich gewaltig, aber so sprach sie in ihrer Unsicherheit. Ich erinnerte sie nur an den einen der schönen Grundsätze, die sie mir beigebracht hatte. Ein Bild ist gestaltet und ebenso der Ton, der Schnitt und die Geschichte. Der Film ist die Kunstform, die dafür sorgt, dass diese vier Gestaltungen zur Übereinstimmung gelangen. Dies war ihre Variante der Theorien von Sergej Eisenstein, dem Regisseur von *Alexander Newski* und *Panzerkreuzer Potemkin*. »Okay«, räumte sie grinsend ein, als ich sie daran erinnert hatte. »Ja, okay, das war schon ziemlich gut.«

Diese Geständnisse – mein Gefühl der kreativen Unterlegenheit und ihr Empfinden von intellektuellem Mangel – schmiedeten uns nur enger zusammen. So sind wir: Wir verlieben uns in die Stärken des anderen, aber die Liebe wird tiefer und beständiger, wenn wir uns in die Schwächen des anderen verlieben. Wir fanden die Liebe, die unter unserer Liebe gelegen hatte wie Wasser unter Eis, und wir begriffen, dass wir, als wir viel Spaß miteinander gehabt hatten, nur auf der Oberfläche gesurft waren und nun so tief wie irgend möglich eingetaucht waren. Nie zuvor hatte ich so empfunden und sie auch nicht, wie sie mir gestand, und in glücklicher Ungläubigkeit sahen wir uns an. Darauf also konzentrierte sich meine Aufmerksamkeit. Als die Familie Golden abstürzte, stieg ich auf. Wir stiegen auf, mein süßes Lämmchen und ich, und wie der Falke in *Oklahoma* kreisten wir träge am Himmel.

»Oh, übrigens«, sagte sie in all unserer Glückseligkeit, »kennst du die drei Regeln, die ich vielleicht mal erwähnt habe?«

»›Verdiene dein eigenes Geld, habe eine eigene Wohnung und frage mich nicht, ob ich dich heirate.‹ Ja?«

»Ich glaube, sie sind verhandelbar.«

»Oh.«

»›Oh‹? Wirklich? Mehr sagst du nicht dazu?«

»Ich frage mich nur gerade, wie ich diese Nachricht meinem Vermieter U Lnu Fnu beibringe.«

◇

»Für den Wels«, sagte U Lnu Fnu, »gehe ich manchmal ins Wholefoods am Union Square, aber sie haben nicht immer welchen da. Sonst kaufe ich ihn in Chinatown. Ebenso unverzichtbar sind Fadennudeln, Fischsoße, Fischpaste, Ingwer, Bananenstamm, Zitronengras, Zwiebeln, Knoblauch und

Kichererbsenmehl. Setz dich und habe Geduld, bitte. Das ist das traditionelle Frühstück meines Landes: Mohinga. Setz dich bitte.«

»Mr. U«, begann ich. Er bremste mich mit sanft erhobener Hand. »Nun endlich muss ich dich verbessern«, sagte er. »Weißt du, dieses ›U‹ ist kein Name, sondern eine Ehrbezeichnung für ältere Männer in gehobener Stellung. Auch für Mönche. Wenn du also ›Mr. U‹ zu mir sagst, ist es, als sprächest du mich mit ›Mr. Sir‹ an. Lnu war der Name meines Vaters, den ich auch trage. Du solltest mich mit Fnu ansprechen. Das ist am besten.«

»Mr. Fnu …«

»Fnu. Wir sind doch jetzt Freunde. Iss deine Mohinga.«

»Fnu.«

»Ich weiß, was du mir sagen willst. Du willst ausziehen und mit deiner Freundin zusammenleben, du willst kündigen, da du aber die Gärten so sehr liebst, willst du mich fragen, ob du den Zugangsschlüssel behalten darfst. Und weil du höflich bist und weißt, dass ich in Einsamkeit lebe, willst du mir sagen, dass du mich sehr lieb gewonnen hast und mich oft besuchen kommst, und bla bla bla.«

»Gucken Sie *Seinfeld*?«

»Aber ja, jede Folge und jetzt auch die Wiederholungen.«

»Woher haben Sie es gewusst?«

»Deine Freundin hat mich angerufen, denn sie weiß, dass du keinen Ton herausbringst, wenn du um etwas bitten musst. Das ich dir mit Freude gebe. Behalte den Schlüssel. Natürlich werde ich dein Zimmer weitervermieten, aber du bist mir jederzeit willkommen.«

»Die Gärten sind so wunderschön um diese Jahreszeit.«

»Ich werde nie in meine Heimat zurückkehren«, sagte der alte Diplomat. »Nicht einmal in das sich wandelnde Myanmar von Daw Aung San Suu Kyi. An einem bestimmten Punkt der Reise setzt sich der Wanderer an den Fluss und weiß, es ist das Ende des Weges. Eines Tages akzeptiert er, dass der Gedanke an Rückkehr eine Illusion ist.«

»Das tut mir leid«, sagte ich. Ich fand keine besseren Worte.

»Auch die Goldens sind so interessant, nicht wahr?«, sagte U Lnu Fnu jetzt munter, klatschte in die Hände und enthüllte eine bislang unvermutete gehässige Seite seines Charakters. »Es geht bergab mit ihnen, wenn man nur hinschaut, und ich habe jetzt eine Menge Zeit hinzuschauen.«

◇

Welch ein Mann war ich nur, ich frühstückte Fisch und Nudeln mit einem älteren einsamen Gentleman aus Burma (Myanmar) und täuschte vor, meine Liebe zu den Gärten hätte bloß mit den Pflanzen zu tun und wäre rein nostalgisch. Welch ein Mann, der vorhatte, mit der Frau zusammenzuleben, die ihn liebte, der sich aber die Möglichkeit bewahren wollte, den geheimen Ort zu betreten, wo er jeden Tag sein geheimes Kind in einem Kinderwagen, bewacht von einer grimmigen russischen Matriarchin, sehen könnte; und der noch immer seine Vaterschaft geheim hielt, selbst gegenüber seiner wahren Liebe. Welch ein Mann, der just an diesem Ort von Menschen mit Prinzipien dazu erzogen wurde, ehrenwert und aufrichtig zu sein, würde so bereitwillig wie er dem Ruf einer Sirene erliegen. Vielleicht waren alle Männer Verräter. Vielleicht waren gute Männer bloß Verräter, die noch nicht an der Weggabelung angekommen waren. Oder vielleicht war mein Wunsch, mein Verhalten zu verallgemeinern, nur eine Art Entschuldigung für das, was ich zu bedenkenlos getan hatte.

Und Suchitra, die meinen Vermieter anrief: war das liebevoll oder ein bisschen merkwürdig? Wusste sie mehr, als ich glaubte? Und falls ja, was bedeutete dann ihr Verhalten? – Aber natürlich wusste sie nichts über den Jungen. Schuldbesetzte Geheimnisse machen uns zu Paranoikern.

Mit meinem wachsenden persönlichen Glück wuchs auch meine nicht ausgesprochene Selbstkritik, und doch, und doch, trotz alledem war hier in den Gärten mein Sohn. Wie könnte ich mich von ihm abwenden und fortgehen – selbst in ein Leben voller Liebe? Mittlerweile bereute ich oft, sehr oft, den Tag, als ich es zuließ – als ich mich dazu entschied –, in den Orbit des Hauses Golden hineingezogen zu werden, als ich so erbärmlich wenig Weitblick bewies, dass ich glaubte, sie seien der Gegenstand meines Erzählens und würden es bleiben, sie seien meine Eintrittskarte für meine Zukunft beim Film, dass ich die Macht über das Erzählte besitzen würde, und ich erkannte nicht, dass ich selbst der Gegenstand war und nicht einer der Männer der Familie Golden und dass der Fortgang der Geschichte mehr über mich selbst als über irgendjemanden sonst erzählte. Wie viele junge Männer war ich mir in vielerlei Hinsicht ein Geheimnis, auch denen, die mich liebten, und ehe alles ein Ende finden würde, müssten diese Geheimnisse offenbart werden.

Auf Hybris folgt Nemesis: *Adrasteia*, die Unausweichliche. Ein guter Mann kann ein schlechter Mann sein und eine schlechte Frau eine gute. Dir selbst gegenüber unaufrichtig zu sein, Jugend!, das ist der höchste Verrat. Selbst die stärksten Festungen können durch Belagerung eingenommen werden. Und der Himmel, zu dem wir hinaufschauen, mag einstürzen und fallen, und ein Berg kann zerfallen und ins Meer stürzen. Und am Ende wird dich, o Prospero, dein grauses Zaubern auffressen, es sei denn, du gibst es wie Ariel frei. Es sei denn, du brichst deinen Stab.

Das magische Kind in Aischylos' *Die Netzzieher* erweist sich als der Superheld Perseus. Das magische Kind in Sophokles' *Die Spurensucher* erweist sich als der Gott Hermes. Und nun gab es Vespasian, benannt nach einem Kaiser, das magische Kind in den Gärten und in meinem Herzen. Musste ich es, um zu überleben, gehen lassen? Musste ich es freigeben?

◇

Das Clinton Oaks Correctional Facility in Jefferson Heights, Minnesota, war das einzige Hochsicherheitsgefängnis im Staat. Doch nach der Flucht zweier Insassen fanden Untersuchungsbeamte heraus, dass Wärter routinemäßig ihre Sicherheitsrundgänge nicht durchgeführt, aber in das Logbuch des Gefängnisses eingetragen hatten, sie hätten sie absolviert, obwohl sie sie nicht gemacht hatten. Ganze neunzehn Beamte wurden anschließend für ihr Fehlverhalten bestraft. Und doch war die Nachlässigkeit der Wärter nicht der Hauptfaktor für die Flucht der Häftlinge. Liebe – oder zumindest Sex und Begehren – erwies sich als der Schlüssel. Die Insassen, die verurteilten Mörder Carl Zachariassen und Peter Coit, die sich eine Zelle teilten, arbeiteten in der Schneiderei des Gefängnisses und freundeten sich mit der dort beschäftigten Mrs. Francine Otis an, verheiratet und Mutter zweier Söhne. Die Freundschaft vertiefte sich, wir verzichten hier auf anschaulichere Worte, und Otis hatte, wie sie später gestand, Beziehungen zu beiden Männern in einer Kammer, die sich am Anfang des langen schmalen Arbeitsbereichs der Schneiderei befand. Nach und nach brachte Otis den Männern die Werkzeuge, die sie brauchten, einschließlich einer Ausrüstung zum Metallschneiden, und sie kamen mit ihrem Plan voran. Sie schnitten rechteckige Löcher in den Stahl an der Rückseite ihrer Zelle hinter dem Etagenbett und legten ihre Attrappen aus Sweatshirts in ihre Betten, um die Wärter zu täuschen, wenn sie ihre Rundgänge machten. (Wie sich jedoch später herausstellte, machten die Wärter in jener Nacht keine Rundgänge.) Jenseits des Lochs in der Zellenwand befand sich eine ungenutzte Feuertreppe, die seit vielen Jahren nicht kontrolliert wurde. Fünf Etagen stiegen sie hinunter bis zu einem Dampfrohr, das außer Betrieb war, weil zu dieser Jahreszeit das Wetter warm war, sie schnitten ein Loch hinein und krabbelten bis zu einem Straßenschacht hundertzwanzig Meter außerhalb der Gefängnismauern, wo sie mit dem Werkzeug, das ihnen Francine Otis beschafft hatte, das Stahlschloss und die -kette durchsägten, mit denen der Schacht gesichert war, und so gelang ihnen die Flucht.

Die Großfahndung dauerte drei Wochen, über achthundert Beamte sowie Hubschrauber und Spürhunde waren daran beteiligt. Zachariassen und Coit hatten ursprünglich geplant, wie Otis später gestand, sie an einem Ort an der Route 35 zu treffen, wo sie versprochen hatte, mit Kleidung, Geld und Waffen auf sie zu warten, und wo sie traurig und verblendet darauf hoffte, sie würden sie mitnehmen, damit sie in Kanada ein neues Leben voll Liebe und Sex beginnen könnten; aber letztendlich beschlossen die Männer, sie nicht zu treffen, was für sie nur gut war, denn ihr ursprünglicher Plan war, die mitgebrachten Sachen an sich zu nehmen und sie umzubringen. Innerhalb dieser drei Wochen wurden sie einige Male gesichtet, Hunde witterten ihren Geruch, ihre DNA-Spuren fand man in einer Waldhütte, und zu guter Letzt stellte man sie im Kabetogama-Staatswald nicht weit von der kanadischen Grenze. Coit wurde lebend festgenommen, aber Zachariassen wurde mit drei Schüssen in den Kopf getötet, als er sich der Verhaftung widersetzte. Über die Fahndung wurde ausführlich in den landesweiten Nachrichten berichtet.

Wir hatten D Golden nicht mehr im Blick, da wir glaubten, Riya Z sei jeden Tag an [seiner] Seite und sehe alles, was gesehen werden müsse. Aber drei Wochen lang, seit ihr Vater aus dem Clinton Oaks geflohen war, war Riya jede Minute eines jeden Tages und einer jeden Nacht völlig außer sich. Und zum selben Zeitpunkt bat man D, [er] möge nicht mehr in den Two-Bridges-Club kommen. Es war die Verkettung unglücklicher Umstände; D brauchte Riya genau in dem Moment am meisten, als ihre Aufmerksamkeit woanders war.

In den Nachrichten heißt es, er wolle nach Kanada, aber das ist Quatsch, sagte sie aufgewühlt. Er will zu mir.

Das war eine Riya, wie D sie nicht kannte, ängstlich, unsicher und von knisternder Reizbarkeit. Wenn [er] an etwas geglaubt hatte, dann an sie. In ihr hatte [er] [seinen] Zauberfels gefunden. Dann stürzte sie ein, und [er] konnte es nicht ertragen.

Warum sollte er hierher in die Stadt kommen. Es ist so weit weg, das Risiko ist zu hoch, und in der Stadt würde er sicherlich erkannt und festgenommen.

Wenn du untertauchen willst, dann in der Stadt, sagte sie. Auf dem Land, in kleinen Städten, auf den Feldern oder in den Wäldern sieht dich jeder, und jeder weiß, was mit dir los ist. In der Stadt hingegen bist du unsichtbar, weil es niemanden kümmert.

Aber das ist eine Reise durch das halbe Land. Er wird schon nicht kommen.

Er hat mir angekündigt, dass er kommt. Er wird kommen.

◇

Zachariassen kam nicht. Er floh in einen Wald im Norden Richtung Grenze. Doch trotz der Berichte, man habe ihn in weiter Entfernung von New York gesehen, blieb sie überzeugt, er sei auf dem Weg zu ihr, und darum holte sie den Revolver mit dem Perlmuttgriff hervor, lud ihn und steckte ihn in ihre Handtasche, und selbst danach war sie wie eine Katze auf dem heißen Blechdach. Im Museum of Identity nahmen die Kollegen ihren wirren, erschöpften Blick wahr, ihre Unruhe, die bei einer sonst so beherrschten Person erschütterte, und jeder hatte eine Lösung für sie, vielleicht brauche sie Ferien, vielleicht sei sie unglücklich in ihrer Beziehung, vielleicht sollte sie Kava Kava nehmen, das sei hundert Prozent organisch und pflanzlich und es würde ihr wirklich helfen zu entspannen.

Nachts schlief sie kaum und saß stattdessen am Schlafzimmerfenster, da sie fürchtete, ihr mörderischer Vater könne jeden Augenblick auf das Flachdach klettern, und mehr als einmal hätte sie beinahe eine Katze erschossen. Auch mehr als einmal tat sie etwas, was sie niemals zuvor getan hatte, sie ging zu der Dragqueen Madame George unten im Haus in den Tarot Kristallkugel Horoskop Wahrsager-Salon, und als Madame George ihr versicherte, ihre Zukunft sei lang und hell, widersprach sie, das ist falsch, misch die Karten noch einmal, und obwohl die Wahrsagerin drängte, deinen Freund, bring ihn her zu mir, um ihn mache ich mir Sorgen, tat sie es nicht, weil sie dachte, sie kenne Ds Probleme und brauche nicht die Hilfe einer Dragqueen, um ihn zu verstehen, und dieses eine Mal drehe sich nicht alles um ihn, es drehe sich um sie, und ihr Vater, der üble Bastard, komme in der Nacht, um sie zu holen. Sie ging zu dem Drachen von Besitzerin des rosa-gelben Hauses und verlangte von Mrs. Run zu laut, viel zu laut, es sei an der Zeit, das Haus mit einem vernünftigen Sicherheitssystem auszustatten, mit einem Video-Haustelefon und besseren Schlössern an der Eingangs- und der Wohnungstür, mit viel besseren Schlössern, jede könne hinein, es sei eine harte, gefährliche Stadt, und sie hielt erst inne, als Mrs. Run zu ihr sagte: »Sie kommen zu mir und bitten um Glühbirne für Eingangshalle, ich denke darüber nach. Sie kommen zu mir wie hopsender Vampir, ein Jiang-Shi-Wesen mit Schreien im Mund, und in einer Minute sage ich zu Ihnen, verlassen Sie sofort mein Haus. Jetzt entscheiden Sie sich.« Riya schwieg jäh, stand reglos da und keuchte, als Mrs. Run mit den Fingern unter ihrer Nase schnippte, ihr den Rücken zukehrte und in den Run-Run-Laden davonging, wo sie wütend die aufgehängten Enten anstarrte. Und die schwitzende, schwer atmende Riya verstand selbst da noch nicht, dass sie vor lauter Angst nicht recht bei Sinnen war; aber D Golden, [der] sie vom ersten Treppenabsatz mit großer Bestürzung beobachtete, verstand alles richtig, und es warf auch [ihn] aus der Bahn.

Drei Wochen neben Riya in Aufruhr verstärkten [seinen] inneren Tumult. [Seine] Tage allein in der Wohnung, [seine] Nächte, überbordend mit ihrer Klaustrophobie, stürzten [ihn] in die Angst. In [seine] eigene Angst, [seine] Angst vor [ihm] selbst, ins Unendliche vergrößert durch ihre Angst vor dem Schatten ihres Vaters. Und am Ende waren die Schatten zu stark, sie nahmen [seinen] Verstand und [seinen] Geist in Besitz. Und niemand von uns war da und sah es oder half [ihm].

Ich besuchte [ihn] ein letztes Mal, ohne jedoch zu ahnen, dass es das letzte Mal sein würde. Während Riya arbeitete und bemüht war, trotz ihres fast hysterischen Entsetzens vor der angeblichen Nähe des flüchtenden Zachariassen, ihren Job zu behalten, schlenderte ich mit [ihm] durch Chinatown. Auf einer Bank am Kimlau Square, wo acht Straßen zusammentreffen, unter dem stolzen wohlwollenden Blick der Statue des Kriegshelden Lieutenant Benjamin Ralph Kimlau von der 380sten Bombardment Group der Fifth Air Force, der im Luftkampf gegen Japan 1944 sein Leben ließ, gestand mir D Golden, es sei [ihm] nicht gelungen, die in [ihm] widerstreitenden Kräfte zu versöhnen. An jenem Tag trug [er] ein Karohemd, eine Cargohose, eine Fliegerbrille, den zartesten Hauch eines Lippenstifts und eine rosafarbene Baseballkappe auf dem langen Haar, das

[ihm] nun bis über die Schulter reichte. »Sieh mich an«, jammerte [er]. »Elendig in Männerklamotten, zu ängstlich, um mich öffentlich im Kleid zu zeigen, und dieser geschminkte Mund und die rosa Kappe, was für eine traurige kleine Geste.« Ich wiederholte, was [ihm] alle anderen auch schon gesagt hatten, Schritt für Schritt, die Umwandlung sei eine magische Reise von tausendundeiner Nacht, doch [er] schüttelte nur den Kopf. »Kein Sesam-öffne-dich für mich, keine Felsenhöhle, die sich vor mir auftut. Kein unsterblicher Geschichtenerzähler, der meine klägliche Geschichte erzählt.« Ich ahnte, dass er mehr sagen wollte, und wartete ab. »Ich träume jetzt jede Nacht von dem Hijra meiner Kindheit, der wie Michael Jackson gekleidet auf der Straße Pirouetten dreht, gegen die Autoscheibe hämmert und kreischt, *tanz mit mir*. Dann wache ich in kaltem Schweiß gebadet auf. Ehrlich, ich weiß, was der die Hijra sagt, er sie besteht darauf, es müsse ganz oder gar nicht sein. Wenn du es tust, musst du den ganzen Weg gehen. Operation, alles, wie ein richtiger eine richtige Hijra. Alles andere ist verlogen, wie jemand, der sich als Michael verkleidet, obwohl er doch nur ein Sexarbeiter am Chowpatty Beach ist. Aber, o Gott. Ganz ehrlich, ich bin zu schwach, ich habe eine Scheißangst«, sagte [er]. »Vielleicht ist Apu der Glücklichere.«

[Er] sah sich um. »Wo sind wir? Ich habe mich verirrt.«

Ich brachte [ihn] zurück zu [seiner] Wohnung. Und so erinnere ich mich heute an [ihn], [er] sitzt von der Außenwelt abgeschnitten auf einer Bank inmitten von acht verkehrsreichen Straßen und weiß, dass [er] in [seinem] privaten Krieg kein Held sein kann, die Autos strömen auf [ihn] zu und von [ihm] weg, und [er] ist unfähig, sich für eine Richtung zu entscheiden, und [er] weiß nicht, wie [er] nach Hause findet.

◇

Zachariassen sei tot, wurde in den Abendnachrichten berichtet, und Riya beruhigte sich auf der Stelle, als hätte man einen Schalter umgelegt, sie seufzte nur einmal tief und atmete all ihren Aufruhr aus, und da war es wieder, ihr altes Ich, die »richtige« Riya, gerettet vor ihrem Angst-Konterfei, sie entschuldigte sich bei allen für ihre vorübergehende Verrücktheit, jetzt laufe alles wieder normal, versicherte sie jedem, macht euch keine Sorgen um mich. Schon bald und dann auch tatsächlich machten wir uns keine Sorgen mehr. Und wir alle, mit Ausnahme von D Golden, vergaßen den Revolver.

◇

[Er] traf in aller Pracht am Haus Golden ein, als [er] aus dem Fond eines Daimlers stieg, den [er] absichtlich gewählt hatte, um an den Wagen zu erinnern, mit dem damals alle Goldens in der Macdougal Street angekommen waren, um das neue Haus in Besitz zu nehmen. Ein livrierter Chauffeur hielt [ihm] die Tür auf und klappte ein Treppchen herunter, damit Ds Füße in den Walter-Steiger-Schuhen mit den gebogenen Absätzen ohne Fehltritt den Weg zum Asphalt fanden. [Er] – nein! – nun war es angebracht, die Pronomen zu ändern und einfach *sie*, *ihre*, *ihr* zu sagen! – nun gut, *sie* trug ein langes scharlachrotes Abendkleid von Alaïa, das Haar, das *ihr* in Kaskaden über die Schulter fiel, glänzte verführerisch in der Sonne, und *sie* hatte eine kleine edelsteinbesetzte Mouawad-Handtasche dabei. So mörderisch aufgedonnert reichte sie dem Chauffeur ihren Schlüssel, damit er ihr die Haustür öffne, und D Golden betrat zum letzten Mal das Haus ihres Vaters – und zum ersten Mal vielleicht als sie selbst – mit ihrem wahren Ich, dem Ich, dessen Wahrheit sie immer gefürchtet hatte und das sie nur unter großen Schwierigkeiten hatte offenbaren können.

Nero stand mit flammendem Blick oben am Treppenabsatz, zwischen Ms. Blather und Ms. Fuss. »Königskinder sind geboren, um ihre Väter umzubringen«, sagte er. »Und diese Kleider gehören doch meiner Frau.«

Vasilisa trat neben ihren Mann. »Dann ist dies der Dieb, nach dem ich gesucht habe«, sagte sie.

D sah nicht auf und antwortete nicht. Sie ging anmutig durch das Haus, zu den französischen Fenstern und hinaus in die Gärten. Wie viele Vorhänge jetzt flatterten! Es schien, als wolle jeder Anwohner einen Blick auf sie werfen. Ohne nur im Geringsten darauf zu achten, ging D hinüber zu der Bank, wo einst Jahre zuvor ihr Bruder Petya gesessen und die Kinder mit seinen Geschichten zum Lachen gebracht hatte. Sie setzte sich hin, legte die gestohlene Handtasche auf den Schoß, faltete die Hände darüber – über Riyas Handtasche – und schloss die Augen. Das Kreischen und Lachen der Kinder, die in den Gärten spielten, bildeten den Soundtrack ihrer Stille. Sie hatte es nicht eilig. Sie wartete.

Vito Tagliabue, der verlassene und gehörnte Ehemann, kam und sprach ihr seine Solidarität aus, er gratulierte zu ihrem Mut, lobte ihren modischen Geschmack und wusste dann nichts mehr zu sagen. Sie neigte anmutig den Kopf, um den Glückwunsch und das Lob entgegenzunehmen und anzudeuten, er sei nun entlassen. Der Baron von Selinunte schritt rückwärts, als befände er sich in Gegenwart einer Königin, als würde er das Protokoll verletzen, wenn er ihr den Rücken zukehrte, und als er dabei über ein liegen gebliebenes buntes Plastikdreirad fiel, bekam dieser ansonsten so ernste Augenblick eine heitere Slapstick-Komponente. Ds Lippen verzogen sich zu einem kleinen, aber eindeutigen Lächeln, bis sie ruhig, ohne Eile, wieder ihre Meditation aufnahm.

Im Film würde ich zwischen ihre Stille Szenen mit rasender

Bewegung schneiden, RIYA kommt nach Hause, findet ihren Schrank offen und durchwühlt vor, stellt fest, dass die Handtasche mit ihrer Waffe fehlt, und entdeckt ein gefaltetes Blatt Papier; dann rennt RIYA auf die Straße, will ein Taxi heranwinken, es ist keines da, nun kommt eines, hält aber nicht an, und schließlich bekommt sie eines.

Als die Kinder in den Häusern verschwunden waren, um zu essen oder zu schlafen oder was auch immer diese Kinder vor irgendwelchen Bildschirmen taten, schlug D Golden die Augen auf, erhob sich und ging.

Und RIYA drängt den Taxifahrer, er solle sich beeilen, und er gibt zurück, sitzen Sie still, Lady, Sie sind der Fahrgast und ich der Fahrer, lassen Sie mich meinen Wagen fahren. Sie fällt zurück in ihren Sitz und schließt die Augen (Zwischenschnitt, die Gärten, Wiederholung, D schlägt die Augen auf), und im Soundtrack hören wir Ds Stimme, die ihren Abschiedsbrief vorliest.

D GOLDEN (Voice Over)

Ich tue dies nicht wegen der Schwierigkeiten in meinem Leben. Ich tue es, weil in der Welt etwas falsch läuft, was sie mir unerträglich macht. Ich kann es nicht genau benennen, aber die Welt der Menschen funktioniert nicht gut. Die Gleichgültigkeit der Leute füreinander. Die Unfreundlichkeit der Leute. Es ist enttäuschend. Ich bin ein leidenschaftlicher Mensch, aber ich weiß nicht mehr, wie ich andere erreichen kann. Ich weiß nicht, Riya, wie ich dich berühren soll, obwohl du der liebste Mensch bist, den ich kenne. Im Alten Testament zerstört Gott Sodom, aber ich bin nicht Gott und kann Sodom nicht zerstören. Ich kann nur mich selbst von dieser Welt lösen. Wenn

Adam und Eva im Garten Eden in die Welt kamen, dann ist es passend, wenn ich, die ich Adam und Eva zugleich bin, mich ebenfalls in einem Garten von der Welt verabschiede.

Ich denke an Maurice Ronet in Louis Malles *Le feu follet* (1963), der sich durch seine Stadt, Paris, bewegt, mit einer Waffe in der Tasche, voll Verdruss über die Menschen, und sich letztlich umbringt.

Sie schritt durch die Gärten, langsam und förmlich, von einem Ende zum anderen, dann drehte sie an Neros Grundstück um, ihrem früheren Zuhause, und vor dem Haus, welches das Zuhause meiner Familie war, und tat es mit der Grandezza einer Königin. Dann ging sie zurück, blieb auf der Hälfte des Weges stehen und öffnete die Tasche.

Und da dies ein Film ist, ist es an diesem Punkt notwendig, dass RIYA durch das französische Fenster hinaus in den Garten stürzt und aufschreit.

RIYA

Tu's nicht.

Nun waren hinter allen Fenstern Gesichter zu sehen. Die Anwohner der Gärten gaben alle Diskretion auf und standen gelähmt vom sich nähernden Schrecken hinter den Scheiben. Nach Riya Zs Schrei sagte niemand ein Wort, und auch Riya blieb stumm. D Golden hatte in diesem Augenblick etwas von einem Gladiator, sie strahlte etwas von einem Krieger aus, der auf das Urteil des kaiserlichen Daumens wartet. Aber sie war nun ihr eigener Kaiser und hatte ihr Urteil bereits gefällt. Langsam und besonnen, umhüllt von der Einsamkeit ihrer

Entscheidung und höchster friedvoller Klarheit, zog sie den Revolver mit dem Perlmuttgriff aus der edelsteinbesetzten Handtasche, setzte den Lauf an die rechte Schläfe und drückte ab.

27

Die griechische Flotte musste Segel nach Troja setzen, um die treulose Helena zurückzuholen, und deswegen musste die wütende Göttin Artemis besänftigt werden, damit sie billigte, dass der richtige Wind wehte, und deswegen musste Iphigenie, die Tochter des Agamemnon, geopfert werden, und deswegen wartete ihre trauernde Mutter Klytämnestra, Helenas Schwester, bis ihr Gemahl aus dem Krieg zurückkehrte, und brachte ihn um, und deswegen musste ihr gemeinsamer Sohn Orest den Tod seines Vaters rächen, indem er seine Mutter ermordete, und deswegen verfolgten ihn die Erinnyen und so weiter. Mit der Tragödie trat das Unerbittliche in das menschliche Leben, es konnte von außen kommen (ein familiärer Fluch) oder auch von innen (eine Charakterschwäche), doch in beiden Fällen nahmen die Ereignisse ihren unvermeidlichen Lauf. Doch zumindest entsprach es der Natur des Menschen, sich gegen die Vorstellung des Unerbittlichen aufzulehnen, obwohl doch in jeder Sprache die Wörter für die Übermacht der Tragödie, *Schicksal*, *Kismet*, *Karma*, *Verhängnis*, so kraftvoll waren. Zumindest entsprach es der Natur des Menschen, auf seiner Handlungsmacht und seinem Willen zu beharren und daran zu glauben, das Eintreten eines Zufalls im Leben eines Menschen sei eine bessere Erklärung für das Scheitern dieser Handlungsmacht und des Willens als ein vorherbestimmtes und unaufhaltsames Muster, das dem Narrativen innewohnt. Die groteske Kleidung des Absurden, die Idee der Bedeutungslosigkeit des menschlichen Lebens, war ein attraktiveres philosophisches Gewand für viele von uns als die düstere Robe des Tragöden, die, hatte man sie an, zum Beweis und zugleich zum Verursacher des bösen Geschicks wurde. Doch ein weiterer Aspekt der menschlichen Natur – ein ebenso kraftvolles Charakteristikum für die Widersprüchlichkeit des menschlichen Wesens wie für sein Gegenteil – war, fatalistisch zu akzeptieren, dass es tatsächlich eine natürliche Ordnung der Dinge gab, und klaglos die Karten auszuspielen, die einem zugeteilt worden waren.

Zwei Urnen mit menschlicher Asche auf Nero Goldens Schreibtisch: War da diese tragische Unerbittlichkeit am Werk oder ein furchtbares, zweifaches zufälliges Unglück? Und der wahnsinnige Joker da draußen, der mit gierigem Blick auf das Weiße Haus am Empire State Building baumelte: War er die Konsequenz einer außergewöhnlichen Verkettung von unvorhersehbaren unglücklichen Zufällen oder das Produkt von über acht Jahren öffentlicher Schamlosigkeit, dessen Verkörperung und Höhepunkt er war? Tragödie oder Zufall? Und gab es Fluchtwege für die Familie und das Land, oder war es klüger, sich zurückzulehnen und sein Schicksal anzunehmen?

Nero Golden verbrachte jeden Tag viele Stunden an seinem Schreibtisch, starrte auf die Asche seiner Söhne und befragte sie nach Antworten. Um seine Traurigkeit zu lindern, überbrachte ihm Vasilisa Neuigkeiten von der Entwicklung des kleinen Vespasian, seine ersten Wörter, seine ersten Schritte, doch der alte Mann war untröstlich. »Ich sehe ihn an, ich sehe Petya an und frage mich, wer von den beiden ist der Nächste«, sagte er. Vasilisa reagierte heftig. »Mein Sohn lebt in Sicherheit.

Ich beschütze ihn mit meinem Leben, er wird aufwachsen und ein starker, großartiger Mann werden.« Er sah mit einem gewissen ängstlichen Missfallen von seinem Stuhl zu ihr auf, aber auch Verletzlichkeit, sogar Schwäche waren in seinem Blick. »Und meinen Petya, ihn willst du nicht beschützen?« Sie legte ihm eine Hand auf die Schulter. »Ich glaube, Petyas Krise ist schon überstanden. Das Schlimmste ist geschehen, und er ist noch bei uns, bald wird es ihm besser gehen als zuvor.«

»Wenn die Söhne vor dem Vater sterben«, sagte er, »ist es, als würde die Nacht hereinbrechen, wenn die Sonne noch am Himmel steht.«

»Dein Haus hat eine neue Sonne, die es bescheint, einen feinen jungen Prinzen«, sagte sie. »Deshalb ist der vor uns liegende Tag hell und strahlend.«

Der Sommer war vorüber. Auf die Wochen der Hitzewelle folgte dunstige Feuchtigkeit. Die Stadt schwirrte in ihrem üblichen Septemberzauber, in ihrer jährlichen Herbstreinkarnation, doch Suchitra und ich waren beim Filmfestival in Telluride; unsere Interviewreihe zu klassischen Filmszenen hatte sich zu einem recht guten Dokumentarfilm zusammengefügt, *The Best Bits*, der beeindruckende Köpfe zeigte, die über ihre liebsten Filmszenen sprachen – nicht nur Werner Herzog, sondern auch Emir Kusturica, Michael Haneke, Jane Campion, Kathryn Bigelow, Doris Dörrie, David Cronenberg und in seinem letzten Interview der leider verstorbene Abbas Kiarostami –, wir waren ausgewählt worden, ihn auf dem renommierten Filmfest am Labor-Day-Wochenende in den Bergen von Colorado zu zeigen, in dem Städtchen, wo Butch Cassidy und Sundance Kid ihre erste Bank überfielen und die wohlwollenden (und nicht so wohlwollenden) Geister von Chuck Jones, seinem Bugs Bunny und des Daffy Duck über uns wachten. Selbst dort in diesem cineastischen Eden drehte sich das Gespräch ab und zu um die in jenem Jahr Gestorbenen, als der Mann, der vom Himmel fiel, der Purplefarbene, der Deer Hunter, Frankenstein Junior (»das ist ›Fraankensteen!‹«), R2-D2, der Bird on the Wire und der Größte sich verabschiedet hatten. Doch da die Filme – *La La Land*, *Arrival*, *Manchester by the Sea* – unseren Kopf und unseren Blick beschäftigten, nahm der Tod in der letzten Reihe Platz, zumindest während des Festivals, denn das wahre Leben, wie wir alle es verstanden, war unsterblich, das wahre Leben war das unvergängliche Material, das in der Dunkelheit auf der Silberleinwand aufleuchtete.

Als ich in Hochstimmung wegen der guten Kritik zu unserem Film in Telluride wieder in der Stadt war, besuchte ich Nero, um ihm mein Beileid auszusprechen, und dachte auch daran, ihn in den Russian Tea Room zu Wodka und Blinis einzuladen, weil ich mich bei ihm auch für seine trunkene Fürsorge nach dem Tod meiner Eltern revanchieren wollte. Ich gestehe, ich war insgesamt zu freudig berauscht von unserem Triumph in den Rockies und habe mich vielleicht nicht genügend bemüht, mich auf eine angemessene Trauer in diesem Haus des vielfachen Unheils einzustimmen, denn als ich die Residenz der Goldens betrat und den großen Nero im Wohnzimmer beim Tee, der im feinsten Porzellan des Haushalts serviert wurde, mit dem zeternden apokalyptischen Landstreicher antraf, der mich an Klaus Kinski erinnert hatte, und Nero das Geschwätz des Typen offenbar ernst nahm, gelang es mir nicht, ich muss es gestehen, ein Lachen zu unterdrücken, weil dieser billige Fitzcarraldo, der sich zu diesem Anlass einen verbeulten Zylinder aufgesetzt hatte und seinen Tee geräuschvoll aus einer kostbaren Meissener Tasse schlürfte, nun auch eine verblüffende Ähnlichkeit mit dem verrückten Hutmacher aufwies, und Nero, der sich ihm interessiert zuwandte, gab einen adäquaten Märzhasen ab.

Mein Lachen führte dazu, dass Kinski, wie es in den mir vertrauten Büchern von P.G. Wodehouse so schön heißt, sich in den Zustand höchster Aufgebrachtheit begab. »Ich amüsiere Sie?«, fragte er so streng wie eine von Bertie Woosters respekteinflößenden Tanten. Ich winkte ab, nein, nein, überhaupt nicht, und riss mich zusammen.

»Es ist nichts Lustiges an dem, was ich hier sage«, dröhnte Kinski und wandte seine Aufmerksamkeit wieder dem Gastgeber zu. »Um Himmels willen lasst uns niedersitzen zu Trauermären von der Kön'ge Tod.« Die Worte von Shakespeares Richard II. klangen merkwürdig aus dem Mund eines amerikanischen Landstreichers, der in einem Louis-XV.-Stuhl saß und Lapsang-Tee aus einer Meissener Tasse trank, aber was soll's. »Setz dich, René«, sagte Nero, winkte mich zu sich und klopfte auf den Platz auf der Couch. »Trink einen Tee mit uns und hör zu, was dieser Mann zu sagen hat. Er ist verdammt gut.« In Neros Verhalten zeigte sich eine neue Freundlichkeit, die mich verwirrte. Er lächelte, doch es war eher ein Zähnezeigen als ein Zeichen der Freude. Seine Stimme klang weich, doch ein Samthandschuh verhüllte das schmerzliche Wundsein seiner Gedanken.

»Es wird böse enden«, sagte Kinski plötzlich mit bebender Teetasse in der Hand. »Der Berg des Bösen ist höher als das höchste Gebäude, und alle Waffen sind lebendig. Ich höre Amerika aufschreien, wo ist Gott? Doch Gott ist voll Zorn, weil du seinen Pfad verlassen hast. Du, Amerika!« – hier deutete er seltsamerweise direkt auf Nero – »du hast Gott verschmäht, und nun straft er dich.« »Ich habe Gott verschmäht, und nun straft er mich«, wiederholte Nero, und als ich einen Blick in seine Richtung warf, sah ich echte Tränen in seinen Augen. Der bekennend gottlose Mann hatte, nun da er in der Krise war, diesen nach Whiskey riechenden Nonsensredner in sein Haus eingeladen und war tatsächlich von dessen verstörter Eschatologie ergriffen. Kaum fahre ich fünf Tage weg, dachte ich, ist bei meiner Rückkehr die Welt aus den Fugen. »Nero«, setzte ich an, »dieser Mann …« – doch er winkte ab. »Ich möchte das hören«, beharrte er. »Ich möchte all das hören.«

Wir hatten uns also von Rom nach Griechenland begeben, und der Mann, der sich den Namen des letzten der zwölf Caesaren ausgesucht hatte, war nun in einer New Yorker Version des *König Ödipus* gefangen, auf der verzweifelten Suche nach Antworten bei seiner Version des blinden Teiresias, der Unheil prophezeite. Kinski brüllte weiter, doch ich hatte seine Nummer schon zu oft gehört, sodass ich gelangweilt innerlich abschaltete. Dann stand Vasilisa im Türrahmen und machte dem Ganzen ein Ende. »Es reicht«, sagte sie im Kommandoton, und ihr Finger, der auf Kinski zeigte, brachte ihn zum Schweigen und vernichtete ihn. Ich stellte mir einen Science-Fiktion-, einen Darth-Sidious-Machtstrahl vor, der von diesem Finger ausging. Die Teetasse bebte gefährlich in der Hand des Landstreichers, doch er setzte sie unversehrt ab und sprang nervös auf. »Wie wär's mit ein paar Dollar?«, hatte er noch die Chuzpe zu fragen. »Was ist mit meinem Honorar?« »Gehen Sie, oder wir rufen die Polizei, die kümmert sich dann um Ihr Honorar«, sagte sie.

Als er fort war, wandte sie sich Nero zu und sprach zu ihm mit demselbem autoritären Ton von Oberschwester Ratched, den sie auch mit Kinski gehabt hatte.

»Tu das nie wieder«, sagte sie.

Oh, dachte ich. Wir sind hier im Kuckucksnest.

◇

Meine Geschichte ist bislang noch nicht Nero Golden bei seinen regelmäßigen Fahrten in die Wohnung an der York Avenue gefolgt, wo er seine Lieblingsprostituierte Mlle Loulou traf. Ich habe noch nie in meinem Leben ein Bordell von innen gesehen, noch nie jemanden für Sex bezahlt, was vielleicht für meine moralische Redlichkeit spricht – aber auch, im Gegenteil, für meine naive Unschuld, für ein Defizit in der Geschichte meines Mannseins. Meine Unerfahrenheit auf dem Gebiet machte es mir schwer, in meiner Vorstellung Nero auf diesen Exkursionen zu begleiten, eine schmale, von rotem Licht beleuchtete Treppe hinauf, hinein in ein behagliches parfümiertes Boudoir; ich wusste, dass sie seit jeher ein fester Bestandteil seines Erwachsenenlebens waren und dass er, ehe er seine jetzige Ehefrau kennenlernte, manchmal den undurchsichtigsten Mitgliedern seiner Pokerrunde zotig von seinen Heldentaten erzählte, den beiden Silberfüchsen, die vielleicht Karlheinz und Giambologna oder vielleicht Karl-Otto und Giambattista hießen, ich habe es vergessen – jedenfalls ein deutscher und ein italienischer Playboy, politisch ultrakonservativ, die Achsenmächte am Kartentisch mit ihren beigen Lederjacken und den leuchtenden Krawatten, deren reiche Ehefrauen unter rätselhaften Umständen gestorben waren und ihnen ihr ganzes Geld hinterlassen hatten. Was die praktische Seite des Umgangs mit Huren anging, waren sie sich alle einig: Man könne sie zwischen Terminen einschieben, man müsse sich nicht an ihren Geburtstag erinnern, man könne sie alle mit demselben Kosenamen ansprechen, Mlle Gigi, Mlle Nastygal, Mlle Babycakes oder Mlle Loulou. Die Namen, die die Mädchen sich gaben, waren ohnehin falsch. Und – dies war in der Marketingsprache ihr USP, ihre Unique Selling Proposition, ihr Alleinstellungsmerkmal – zu einem Preis, für den sie alles taten, was man wollte, und anschließend den Mund hielten. In den Pokernächten hatten Nero und die Playboys Karl-Friedrich und Giansilvio mit den sexuellen Meisterstücken geprahlt, die sie ihren Damen mit der lockeren Moral abverlangt hatten, und lobten die athletische Kraft, die gymnastische Anmut, die Schlangenmenschenbiegsamkeit ihrer auserwählten Huren. Nur Nero sprach von der Intelligenz seiner Schnitte. »Sie ist eine Philosophin«, sagte er. »Ich gehe wegen ihrer Weisheit zu ihr.« Das löste bei Karl-Theodor und Giambenito kreischendes Gelächter aus. »Und um zu ficken!«, brüllten sie unisono. »Ja, auch um zu ficken«, stimmte Nero Golden zu. »Aber die Philosophie kommt als Extra obendrauf.« Erzähl uns, riefen sie, erzähl uns von der Weisheit deiner Hure. »Sie sagt zum Beispiel«, erwiderte Nero Golden, »ich erlaube dir, meinen Körper zu kaufen, weil ich sehe, dass du deine Seele nicht verkauft hast.« »Das ist nicht Weisheit«, sagte Gianluca. »Das ist Schmeichelei.« »Sie spricht auch über die Welt«, fuhr Nero fort, »sie glaubt, dass eine große Katastrophe bevorsteht und erst aus dem totalen Zusammenbruch die neue Ordnung entstehen wird.« »Das ist nicht Weisheit«, sagte Karl-Ingo. »Das ist Leninismus.« Sie alle lachten schallend und riefen: »Karten auf den Tisch!«

Nun, in den Zeiten seines Niedergangs – seines zugegeben langsamen mentalen Abbaus –, besuchte Nero seine auserwählte Lady sehr viel seltener. Doch ab und zu tat er es, vielleicht weil er ihre hart errungenen Wahrheiten hören wollte, ebenso wie er bereit gewesen war, Kinski, dem Landstreicher, zu lauschen. Nach seinem zweifachen Verlust verlor er sich im Nebel der Sinnlosigkeit und suchte überall nach etwas, das der Welt wieder Bedeutung verleihen könnte. Er funktionierte noch ganz gut, solange er vertraute Menschen um sich herum hatte. Er hatte eine Verbindung zu einem haitianischen Fahrer geknüpft, der auf den androgynen Namen Claude-Marie hörte und den er unterdessen für eine Pauschale beschäftigte, da er wusste, dass er kompetent und diskret war, und daher konnte

Nero von der Macdougal Street zur York Avenue gelangen, dort tun, was er dort zu tun hatte, und ohne Schwierigkeiten wieder zurückkehren. An dem besonderen Tag, auf den ich jetzt zu sprechen kommen muss, war Claude-Marie jedoch wegen einer bitteren Scheidung bei Gericht und schickte stattdessen seine Tante Mercedes Benz. Tante Benz' richtiger Name war etwas Französisch-Kreolisches und unbekannt; der Autoname, mit dem sie nun gerufen wurde, war ihr von bewundernden Verwandten als Ehrentitel verliehen worden. In jungen Jahren war sie wohl eine gute, geschickte Fahrerin gewesen, doch mittlerweile – weißhaarig und alt – war sie wunderlich. Und ihr Fahrstil war so unsicher, dass Nero ziemlich durchgeschüttelt bei Mlle Loulou ankam.

»Hallo, kleine Närrin«, sagte er. Das war sein zärtlicher Kosename für sie. »Dein großer Narr ist hier.«

»Du bist traurig«, sagte sie mit dem falschen französischen Akzent, den er so gerne hörte. »Soll ich dich vielleicht ein bisschen bestrafen, und du bestrafst mich ein bisschen, und danach fühlst du dich besser *comme toujours*?«

»Ich muss mich eine Minute hinsetzen«, sagte er. »Eine merkwürdige Fahrerin. Ich hatte, ja, ich hatte Angst.«

»Du hast den Tod im Kopf, *chéri*«, sagte sie. »Das ist völlig verständlich. Ein zweifach gebrochenes Herz heilt nicht so schnell.«

Er hatte keine Ahnung, wer sie außerhalb dieses Zimmers mit dem roten Sofa und dem goldenen Bettüberwurf war, und es interessierte ihn auch nicht. Die Person, die sie innerhalb dieses Zimmers war, reichte ihm vollkommen für seine Bedürfnisse. Beichtväter und Philosophen, die suchte er. Der Sex, der in diesen Tagen ohnehin schwierig war, galt fast als nebensächlich. In ihm war ein Licht erloschen, und Erregung erschien ihm wie eine nostalgische Stadt in einem Land, das er hinter sich gelassen hatte. »Warum sind diese Dinge geschehen?«, fragte er sie. »Und was haben sie zu bedeuten?«

»Das Leben ist ohne Wert«, sagte sie. »Du selbst hast das zu Mr. Gorbatschow gesagt, wie du mir erzählt hast.«

»Ich habe gesagt, dass die Russen das sagten. Aber ich bin alt, und deshalb wird das Leben unweigerlich kostbar, nicht wahr?«

»Ein Junge wird getötet, weil er Zigaretten auf der Straße verkauft, *paff*! Ein Mädchen wird getötet, weil es mit einem Plastikgewehr auf einem Spielplatz spielt, puff! Sechzig Menschen werden am vierten Juli in Chicago erschossen, *peng-peng-peng*! Ein reicher Junge ermordet seinen Vater, weil der ihm sein monatliches Taschengeld kürzt, *wusch*! Ein Mädchen tanzt in der Menge zur Musik und fordert einen Fremden auf, er solle aufhören, sich an ihrem Hintern zu reiben, und er schießt ihr ins Gesicht, *nimm das, du Schlampe, stirb*. Und ich bin noch gar nicht an der Westküste angelangt. *Tu comprends*?«

»Ja, es gibt Gewalt. Das weiß ich. Dennoch stellt sich die Frage nach dem Wert.«

»Du meinst, für dich und deine Lieben machst du eine Ausnahme. Sie müssten in einem Zauberkreis stehen, damit der Horror der Welt sie nicht erreicht, und tut er es doch, dann ist es ein Irrtum der Realität.«

»Jetzt bist du einfach unfreundlich. Was weißt du.«

»Ich bin dem Tod jeden Tag näher als du, alter Mann, und du bist sehr alt.« Sie sagte es liebevoll und umarmte ihn. »Und da ich deine Närrin bin, kann ich dir die Wahrheit sagen.«

»Glaube mir, ich weiß mehr über den Tod als du. Es ist das Leben, das ich nicht fassen kann.«

»Erlaube mir, das hier zu fassen«, sagte sie, und nun war ein anderes Thema dran.

Nach ihrem Treffen verschärfte sich die Lage, denn Tante Mercedes Benz war nirgends zu sehen. Später hieß es, sie habe um den Block geparkt, sei eingeschlafen und der Ohrstöpsel ihres Handy-Kopfhörers sei ihr herausgerutscht, sodass sie das Klingeln nicht gehört habe. Nero schellte in Panik und vollkommen durcheinander an Mlle Loulous Tür, er war unfähig, die Situation zu meistern, und Loulou musste herunterkommen und ein Yellow Cab herbeiwinken, mit ihm gemeinsam einsteigen und ihn nach Hause bringen. Da er, als sie in der Macdougal Street ankamen, noch immer zitterte, stieg sie seufzend aus, half ihm beim Aussteigen und schellte an der Tür. Mlle Loulou war eine große, eindrucksvolle Frau aus dem Land, das sie beharrlich »L'Indochine« nannte, und sie bewahrte ihre Gelassenheit, als Vasilisa selbst die Tür öffnete. »Madam«, sagte sie. »Ihr Mann ist nicht ganz bei sich.«

Nach einem kurzen Schweigen entgegnete Vasilisa derb: »Sagen Sie, kriegt er noch einen hoch?«

»Wenn Sie das nicht wissen, Lady, ich steck's Ihnen bestimmt nicht«, antwortete Mlle Loulou und wandte sich ab.

28

In Somerset Maughams Theaterstück *Sheppey* (1933) spricht der Tod: »Es war ein Händler in Bagdad, der seinen Diener zum Markt schickte, damit er Vorräte einkaufe, und als kurz darauf der Diener bleich und zitternd zurückkehrte, sagte er, Herr, als ich auf dem Marktplatz war, rempelte mich im Gedränge eine Frau an, und als ich mich umdrehte, erkannte ich, es war der Tod, der mich angerempelt hatte. Der Tod sah mich an und machte eine drohende Geste; nun leiht mir Euer Pferd, ich will aus dieser Stadt reiten und meinem Schicksal entfliehen. Ich will nach Samarra, dort wird mich der Tod nicht finden. Der Händler lieh ihm das Pferd, der Diener stieg auf, gab ihm die Sporen und galoppierte so rasch, wie das Pferd nur konnte. Dann ging der Händler zum Marktplatz, und als er mich zwischen den Menschen stehen sah, kam er zu mir und fragte: Warum hast du meinem Diener heute Morgen eine drohende Geste gezeigt? Das war keine drohende Geste, sagte ich, es war nur ein Zeichen meiner Überraschung. Ich war erstaunt, ihn hier in Bagdad zu sehen, da ich doch heute Abend eine Verabredung mit ihm in Samarra habe.«

Ich glaube, wir alle spürten, dass es einen weiteren Todesfall geben würde. In diesen letzten Wochen sah ich Petya nicht oft, vermutlich sah ihn niemand, außer diesem Australier, aber meiner Überzeugung nach wusste auch er, dass er dem drohenden Tod auf dem Marktplatz begegnet war, er wollte ihm unbedingt entkommen, auf ein geliehenes Pferd steigen und nach Samarra galoppieren, weil er glaubte, genau dem zu entfliehen, dem er tatsächlich aber entgegenritt. Der letzte der drei Golden-Söhne, der mit seinem Vater nach Amerika gekommen war und so eine prinzliche Erhabenheit ausstrahlte, so eine gewaltige Fremdheit, fand im Tod seiner Brüder den dringend nötigen Ansporn, um weiterzuleben, und mit ungeheurer Anstrengung bemühte er sich, seinem Leben wieder so etwas wie einen richtigen Kurs zu geben, dem Tod den Rücken zu kehren und nach dem Leben zu greifen.

Die Katze war Neros Idee. Er hatte irgendwie gehört, hatte die Botschaft von irgendwo da draußen, aus dem nicht enden wollenden Gebrabbel der multiversalen Information aufgenommen, dass autistischen Erwachsenen die Gesellschaft einer Katze helfen könne; und so kam er zu der Überzeugung, ein Katzenjunges könne Petyas Rettung sein. Fuss und Blather zeigten Nero auftragsgemäß online-Fotos von sofort erhältlichen Kätzchen, und als er den weißen alpinen Luchs sah, klatschte er in die Hände und sagte: »Der ist es.« Blather und Fuss versuchten ihm klarzumachen, dass ein Luchs einem Wildtier näher sei als einem Kätzchen, ob denn Petya mit einer netten, fetten, langhaarigen, schokoladenbraunen oder blauen Perserkatze nicht viel glücklicher werde, aber Nero blieb unnachgiebig auf seine neue vage Art, also gaben sie auf, gingen in die Stadt zum Katzenladen und brachten das Biest mit nach Hause. Es zeigte sich, dass Nero seinen Sohn kannte. Petya verliebte sich auf der Stelle in das Tier, nannte es Leo, obwohl es ein Weibchen war, drückte es an seine Brust und verschwand mit ihm in das blau beleuchtete Zimmer. Diese Katze konnte sehr hoch springen und einen Vogel im Flug fangen, ihr Schnurren klang wie ein Brausen, und mit dem Instinkt eines Wildtieres fand sie den Weg durch den Dschungel von Petyas inneren Qualen zu dem guten Platz in seinem Herzen. Des Nachts, wenn es still war im Haus und nur die Geister der Toten durch die Flure schlichen, sang die Katze leise in Petyas Ohr und schenkte ihm, was er vor langer Zeit verloren hatte, einen gesegneten Schlaf.

Das Leben außerhalb des Geisterhauses kam einem unterdessen wie eine Lüge vor. Außerhalb des Hauses herrschte die Welt des Jokers, die Welt, deren Realität mittlerweile in Amerika so viel wie eine Art radikaler Unwahrheit bedeutete: Verlogenheit, Protz, Scheinheiligkeit, Vulgarität, Gewalt, Paranoia, und ein Wesen mit weißer Haut, grünen Haaren und grell, grell roten Lippen sah von seinem dunklen Tower auf all das herab. Innerhalb des Hauses Golden drehte es sich um die Zerbrechlichkeit des Lebens, um die Unvermitteltheit, mit der der Tod hereinbrechen konnte, und um das langsame unheilvolle Wiederaufleben der Vergangenheit. Manchmal konnte man Nero Golden des Nachts im Dunkeln vor dem Zimmer seines erstgeborenen Kindes stehen sehen, mit gesenktem Kopf und gefalteten Händen, in einer Haltung, von der man hätte annehmen können – wäre er nicht allseits als ungläubig bekannt –, er bete. Von der man hätte annehmen können, es sei ein Vater, der seinen Sohn anflehe, *nicht auch du*, *lebe*, *lebe*.

Wir wussten nicht, woher der Tod kommen würde. Wir ahnten nicht, dass er schon, zumindest einmal, im Haus gewesen war.

Wenn er sich von der geschlossenen Tür seines Sohns abgewendet hatte, ging Nero Golden zurück in sein Arbeitszimmer, nahm die Guadagnini-Geige aus ihrem Kasten und spielte seine Chaconne von Bach. Auf der anderen Seite der Tür wurde Petya von seinem Luchs umhegt, und sein Alkoholkonsum war ein bisschen – aber nur ein bisschen – weniger geworden. Und er schrie im Schlaf nicht mehr angstvoll auf.

◇

Im Sottovoce-Prozess einigte man sich plötzlich auf nur noch fünfundzwanzig Prozent der ursprünglich geforderten Summe. Frankie Sottovoce war in schlechter Verfassung. Ein Herzleiden, eine Rhythmusstörung, und hinter der medizinischen Diagnose verbarg sich auch eine kranke Seele. Das Funkeln in seinen Augen war fast erloschen, und die vertraute Extravaganz seiner ausladend gestikulierenden Arme hatte sich zu einem müden Geflatter abgeschwächt. Ubahs Tod hatte ihn hart getroffen. Es war klar, dass er sie im Geheimen sehr verehrt hatte, da er aber ihre Verbindung zu Apu kannte, hatte er sich stets versagt, ihr seine Gefühle zu offenbaren. Merkwürdig für jemanden, der seine Tage im Treibhaus und im Netzwerk der Kunstwelt verbrachte und extrovertierte Jovialität verströmte; der Galerist hatte ein ungeselliges, oft einzelgängerisches Privatleben geführt, kurz verheiratet, kinderlos, seit Langem geschieden, und wohnte in einer teuren Suite im Mercer Hotel, und war seine Anwesenheit bei einem Kunstevent entbehrlich, bestellte er etwas beim Roomservice. Ein freundlicher Mann, der nur wenige Freunde hatte, und damals in den Gärten hatte er mit Vito Tagliabue über Vitos Vater Biaggo und dessen lange Haftzeit im Grandhotel et des Palmes in Palermo gesprochen. »Ihr armer Vater ist allein gestorben, und seine Leiche wurde nicht von seinen Liebsten gefunden, sondern von einem Bediensteten des Hotels«, hatte er gesagt. »Das wird auch mein Schicksal sein. Man wird mir einen Burger hinaufbringen und ein Glas Rotwein und dann feststellen, dass es zu spät ist, um mir mein letztes Mahl zu kredenzen.« Seine verborgenen Gefühle für Ubah hatten ihn nach ihrem Tod überwältigt. Nun, da die Rachewelle abflaute, ließ er gelten, dass ihr zerstörtes Werk angemessen versichert und seine Mehrere-Millionen-Dollar-Aktion gegen die Goldens aus dem Aufruhr seiner Gefühle entstanden war. »Es interessiert mich nicht mehr«, sagte er seinen Anwälten. »Schließen wir es ab.« Ich traf ihn nur ein einziges Mal in diesen Tagen, bei der Vernissage von Matthew Barney in der Gladstone Gallery, und war erschüttert über seine Veränderung, über seine Blässe, seine Mattigkeit. »Gut, Sie zu sehen, junger Mann«, begrüßte er mich mit flatternder Hand. »Gut zu sehen, dass es noch Leute in der Stadt gibt, die mit vollem Tank und mit hundert Sachen dahinbrausen.« Ich begriff, dass er von sich selber sprach, dass sein Tank leer war, dass er im Leerlauf drehte. Ich versuchte das Thema anzusprechen, das er nicht erwähnen würde. »Sie war eine außergewöhnliche Frau«, sagte ich. Er sah mich auf seine neue erschöpfte Art wütend an. »Ja und? Der Tod ist nichts Außergewöhnliches, jeder stirbt. Die Kunst ist das Außergewöhnliche, und kaum einer bringt sie zustande. Der Tod ist nur der Tod.«

Auf das Ende des Prozesses folgte das Ende des Sozialdiensts. Petya, der nun auch davon befreit war, nahm entschlossen sein Leben wieder auf. Er kam mit Lett, dem Therapeuten, aus seinem Zimmer, mit seiner Katze in der linken Armbeuge, und als er seinen Vater in mitleiderregender Liebe dastehen sah, legte er ihm seine rechte Hand auf die Schulter, schaute ihm eindringlich in die Augen und sagte: »Es wird uns allen gut gehen.« Er wiederholte diesen Satz siebenunddreißigmal, als würde er sich selbst retweeten. Als könnte er ihn durch die bloße Kraft der Wiederholung wahr werden lassen. Als könnte er den Schatten verjagen, indem er unentwegt das Licht beschwor. Ich war dort an jenem Tag, denn Petya hatte mich nach langer Zeit per SMS gebeten, ich solle vorbeikommen. Er wollte Zeugen, und genau das war meine Position in der Golden-Geschichte, das wusste ich. Oder es war meine Position gewesen, bis ich in Vasilisas Bett die Grenze überschritt, die den Berichterstatter vom Beteiligten trennt. Wie ein Journalist, der eine Granate aus dem Schützengraben wirft, war ich zum Soldaten geworden – und deshalb wie alle Soldaten ein rechtmäßiges Ziel.

»Hi, Hübscher«, sagte er, als er mich sah. »Immer noch der schönste Mann der Welt.«

Etwas an Petyas Erscheinung an jenem Tag erinnerte mich an ein großes Ölgemälde, an die *Nachtwache* vielleicht; wir standen im goldenen Licht und im lichterfüllten Schatten Rembrandts und fühlten uns, oder vielleicht stelle ich mir nur vor, dass wir uns so fühlten, wie Wächter einer kampfbereiten Welt. Petya mit seinem Luchs, seinem fürsorglichen Australier, seinem zerfurchten Vater und mit seinem breiten schiefen Lächeln. Und Gefolgsmänner beidseits an den Rändern des Gemäldes. War ich der Einzige im Haus Golden an jenem Tag, der das unheilvolle Flügelschlagen, das vorwegnehmende Seufzen des Bob Dylan, das langsame Fallen des Vorhangs am Ende des Theaterstücks hörte? Ich schreibe inzwischen gegen die Zeit an, denn meine geschriebenen Worte folgen in kurzem Abstand auf die gesprochenen, ich schreibe zweifach, denn endlich beende ich auch mein Golden-Drehbuch, meine Fiktion über diese Männer, die sich selbst zur Fiktion machten, und die beiden Texte verschwimmen ineinander, bis ich mir nicht mehr sicher bin, was real ist und was ich erfunden habe. In dem, was ich *real* nenne, glaube ich nicht an Geister und Todesengel, aber sie strömen hinein in das, was ich erfinde, wie eine Menschenmenge ohne Eintrittskarte, die die Pforten zu einem großen Spiel erstürmt. Ich sitze auf der Bruchlinie zwischen meiner Außen- und Innenwelt, rittlings auf dem alles durchziehenden Riss, in der Hoffnung, dass Licht hineinfällt.

Im Haus schien in jenem Monat die Zeit stehen geblieben zu sein, eine Zeit des Wartens, die Figuren erstarrt im Öl auf der Leinwand, in verblüffenden Haltungen und nicht in der Lage, sich zu bewegen. Und draußen auf der Straße herrschte eine Joker-Plage, verrückte Clowns mit aufgeschlitzten Mündern erschreckten Kinder, oder jedenfalls ihre Trugbilder taten es. Nur sehr wenige Leute in der Stadt behaupteten, tatsächlich einen gruseligen Clown in diesem Herbst gesehen zu haben, aber Berichte darüber waren überall, die Berichte setzten sich eine schreckenverbreitende Perücke auf, die Gerüchte pirschten kichernd und mit krallenartigen Hexenfingern über die Straßen und schrien etwas vom Ende der Zeiten, von den letzten Tagen. Geisterclowns in einer unwirklichen Wirklichkeit. Endzeitlicher Irrsinn, als die Wahl näher rückte, und der Joker selbst schrie in einen Spiegel, belästigendes Schreien über Belästigung, der Propagandist, der die ganze Welt der Propaganda beschuldigte, der Maulheld, der winselte, man habe sich gegen ihn verbündet, der betrügerische Gauner, der mit betrügerischem Finger auf seine Rivalin zeigte und sie Betrüger nannte, ein Kinderspiel wurde zur nationalen Hässlichkeit, ich-weiß-dass-ich-es-bin-aber-du-erst, und die Tage verstrichen, Amerikas gesunder Verstand im Krieg mit seiner Verrücktheit, und Leute, die wie ich für Aberglauben nicht anfällig waren, liefen mit gekreuzten Fingern in den Hosentaschen herum.

Und dann war da letztendlich in der Tat ein gruseliger Clown.

◇

Nach einer langen Phase der Entfremdung wollte Vasilisa reden. Sie führte mich in die Gärten und vergewisserte sich, dass uns keine wissbegierigen Ohren zuhörten. Der neue Tonfall der Macht in ihrer Stimme offenbarte mir, dass noch immer die Oberschwester in ihr herrschte, die klarstellte, dass von nun an sie das Sagen habe. »Er ist nicht mehr derselbe Mann«, erklärte sie. »Ich muss mich daran gewöhnen. Aber er ist der Vater meines Kindes.« Das zu mir, gerade ins Gesicht, mit Blick in die Augen! Die Dreistigkeit war atemberaubend. Ich spürte wilde Wut in mir aufsteigen. »Wenn du mir widersprichst«, sagte sie und hob die Hand, ehe ich auch nur ein Wort gesagt hatte, »lass ich dich umbringen. Glaub ja nicht, dass ich nicht wüsste, wen ich anrufen müsste.«

Ich wollte fort. »Halt«, rief sie. »Ich möchte nicht, dass unser Gespräch so verläuft. Ich will dir sagen, ich brauche deine Hilfe – für ihn.«

Ich lachte laut auf. »Du bist wirklich ein ungewöhnlicher Mensch«, sagte ich. »Falls du denn tatsächlich ein Mensch sein solltest. Dass diese beiden Bemerkungen dir nacheinander über die Lippen kommen können, ist furchteinflößend, aber nicht wirklich ein Merkmal für deine Zugehörigkeit zur menschlichen Spezies.«

»Ich verstehe, dass es ein Problem zwischen uns gibt«, sagte sie. »Aber Nero trägt daran keine Schuld, und ich bitte dich um Neros willen. Wegen seines Kummers und auch wegen seines geistigen Verfalls. Er schreitet langsam fort, die Medikamente helfen, aber er ist dennoch unausweichlich. Der Verlauf. Ich habe Angst um ihn. Er verliert sich. Ich brauche jemanden, der mit ihm geht. Selbst wenn er diese Frau besucht, will ich, dass du ihn begleitest. Er sucht nach Antworten. Das Leben ist ihm zur Höllenqual geworden, und er möchte eine Auflösung all seiner Rätsel. Ich will nicht, dass er sie in ihren Armen findet.«

»Das kann ich nicht«, sagte ich ihr. »Ich bereite einen Spielfilm vor. Ich habe viel zu tun.«

»Du willst es nicht«, sagte sie. »Das ist es, was du mir sagst. Du bist ein Egoist geworden.«

»Du hast viel Geld«, sagte ich. »Leute, die dir zur Verfügung stehen. Setze sie ein. Ich bin nicht dein Angestellter.« Ich sprach barsch. Ich war nicht in der Stimmung, mich von ihr herumkommandieren zu lassen.

Sie trug ein langes weißes Kleid mit engem Oberteil, weit fallendem Rock und einem hohen Spitzenkragen. Als sie sich an einen Baum lehnte, dachte ich plötzlich an Elvira Madigan, die Heldin in Bo Widerbergs schönem Film *Das Ende einer großen Liebe*, die unglücklich Liebende, die in einem Wald auf dem Seil tanzt. Sie schloss die Augen und sagte seufzend: »Alles ist eine unglaubliche Scharade. Der Nachname ist nicht der Nachname. Mlle Loulou ist nicht Loulou. Vielleicht bin ich nicht ich, und diese Frau, die die Rolle meiner Mutter spielt, ist einfach jemand, den ich für diese Rolle engagiert habe. Du verstehst, was ich meine? Nichts ist real.« Das waren Gedankensplitter, und ich sah, dass sie hinter ihrer Selbstbeherrschung Qualen litt. »Nur mein Kind ist real. Und durch es werde ich letzten Endes einen realen Platz finden.« Sie schüttelte den Kopf. »Bislang gibt jeder eine Art Show zum Besten«, sagte sie. »Womöglich auch du. Du bist wie ein Priester zum Beichtvater dieser Familie geworden, aber du bist kein Priester, wer bist du wirklich, was willst du, vielleicht sollte ich misstrauisch sein, vielleicht bist du ein Judas.« Dann lachte sie. »Es tut mir leid«, sagte sie lebhaft und ging langsam weg. »Wir alle sind gereizt. Eines Tages wird es besser sein. Und ja, geh, geh zu deiner Freundin, die von all dem nichts weiß, und das ist besser so.«

Das war natürlich eine weitere ihrer Drohungen, dachte ich und sah ihr nach, als sie fortging. Sie würde mich nicht umbringen lassen, aber sie würde, falls notwendig, mein Glück zerstören, indem sie Suchitra erzählte, was ich getan hatte. Da wusste ich, dass ich der Erste sein musste, der es Suchitra sagte, koste es, was es wolle. Ich musste den Mut zur Wahrheit aufbringen und hoffen, dass unsere Liebe stark genug sein würde, das zu überstehen.

Und Elvira Madigan, wieder ein Pseudonym, dachte ich. Das war nicht die wahre Identität der unglückseligen dänischen Seiltänzerin. Hedvig Jensen – so hieß sie wirklich. Trägerin eines ganz gewöhnlichen Namens.

Ja: Ich hatte mich in die heuchlerische Welt der Goldens hineinziehen lassen, und nur die Wahrheit könnte mich aus ihr befreien.

◇

Die Katze Leo war für Petya, was Timothys Zauberfeder für Dumbo war. Mit dem Luchs auf dem Arm wurde er wieder der brillant seltsame Mann, den wir kennengelernt hatten, der durch die Gärten spazierte, mit jedem sprach, der ihm zuhören wollte, und die Kinder zum Lachen brachte. Der Herbst war mild, herrliches Wetter in einer verrückten Zeit, darum blieb sein Mantel im Schrank, aber er hatte einen Schal in allen Farben des Regenbogens lässig um den Hals gelegt, und seine Sammlung an ausgefallenen Anzügen wurde vorgeführt, der cremefarbene Anzug mit den breiten Revers, in dem er anfänglich bei uns aufgetaucht war, ein koboldgrüner Dreiteiler, wenn er den Geist Oscar Wildes heraufbeschwören wollte, und ein doppelreihiger schokoladenbrauner Anzug, dunkle Schokolade mit einem breiten Milchschokoladenkaro. Den Cocktailshaker in der einen Hand, das Martiniglas in der anderen, und wie damals stand das Glas mit den Oliven auf der Bank. Doch nun lag neben dem Olivenglas ein iPad, und um dieses herum kreisten die Kinder wie Planeten um die

Sonne, während Petya ihnen die Betaversionen seiner neuesten Spiele zeigte und sie ermunterte, sie auszuprobieren. Diese Spiele waren jetzt seine Geschichten, und die Kinder tauchten begierig in sie ein und reisten in seinen Kopfwelten. Für einige wunderschöne Tage waren die Gedanken an den Tod verbannt, und im strahlenden Buch des Lebens war eine neue Seite aufgeschlagen.

◇

»Dir ist klar«, sagte Suchitra, »dass es ein Film über dich geworden ist und all diese Golden-Männer nur Aspekte deines eigenen Charakters sind.«

»Nein, das sind sie nicht«, widersprach ich heftig.

»Aber auf eine gute Art«, sagte sie. »Es macht den Film zu einem sehr persönlichen Vermächtnis. Alle Charaktere sind der *auteur*. Wie bei Flaubert. *Madame Bovary, c'est moi.*«

»Aber ich bin doch kein Künstler, habe kein Gender-Problem, bin nicht autistisch, bin kein russischer Goldgräber und auch kein mächtiger alter Mann, dem seine Kräfte abhanden kommen.« Ich sagte nicht, »und auch kein Baby«, denn natürlich war ich ein Teil des Babys. Fünfzig Prozent. Ein großer Teil. Ein großer Teil, der mir vorenthalten wurde. Ein schuldbeladenes Geheimnis, das ich noch immer nicht den Mut gefunden hatte preiszugeben.

Wir saßen im Schneideraum an der West 29th Street, und Batwoman sah uns von einem eingefrorenen Bild vom Avid-Bildschirm an. Unser viertes und letztes Bat-Video war kurz vor der Fertigstellung. Der Joker versucht, einen Aufstand anzufachen, der die amerikanische Demokratie zerstören würde. In zum Bersten vollen MetLife Stadion brüllt ein Mob von verrückten Clowns seinen Hass gen Himmel. Was kann da eine unerschütterliche Batwoman erreichen? *Nun, das hängt von*

Ihnen ab. Geben Sie der ersten Bat-Präsidentin der Vereinigten Staaten Ihre Stimme. Denn diese Wahl ist kein Joke.

»Du trägst ihre Fragen mit dir herum, wohin auch immer du gehst. Die Frage nach Apus Leben, erinnerst du dich, was sein Vater zu dir gesagt hat? Muss man tiefgründig sein, oder kann man dauernd an der Oberfläche bleiben? Diese Frage musst auch du beantworten. D Golden war, auch das sagte sein Vater, voller Zweideutigkeit und Leid. Sie spüre ich auch in dir, diese Zweideutigkeit. Ich spüre dein Leid. Und Petya, er ist in sich selbst gefangen, er kann sich selbst nicht entkommen, obwohl er sich so sehr danach sehnt, frei zu sein. Und vielleicht sind seine Spiele, die Spiele, die er erfindet, seine Freiheit. Dort ist er ohne Angst. Vielleicht musst auch du so einen Ort finden. Du stehst schon so lange an der Türschwelle, vielleicht ist es an der Zeit, dass du endlich durch die Tür gehst. Und der alte Mann …«

»Du wirst mir doch nicht erzählen, dass ich wie er bin? Er ist ein Scheusal, selbst in seinem reduzierten Zustand …«

»Ihn umgibt Tragödie und dich auch. Er hat zwei Söhne verloren und du deine Eltern. Dein Kummer definiert dich und hält dich auf Abstand von anderen Leuten. So sehe ich das.«

»Haben wir Streit?«, fragte ich. Ihre Worte hatten es in sich.

»Nein«, sagte sie mit weit aufgerissenen Augen und meinte es auch so. »Wie kommst du darauf? Ich sage dir nur, was ich denke.«

»Du bist ganz schön hart mit mir.«

»Ich sehe einfach, wer du sein könntest, und ich möchte, dass du es auch siehst. Sei tiefgründig. Gestehe dir deine Tragödie ein. Finde deine Freiheit. Löse deine Zweideutigkeit auf, welche es auch sei. Vielleicht hängt sie mit mir zusammen.«

Ich muss ihr von dem Kind erzählen, dachte ich. *Das ist es, was mich auf Abstand hält.*

»Nein«, sagte ich. »Was dich angeht, bin ich mir sicher. Absolut sicher. Absolut keine Zweideutigkeit.«

»Okay.« Damit beendete sie das Thema und schenkte mir ein offenes, strahlendes Lächeln. »Gut. Lass uns die Batwoman fertig machen.«

Zack! Puff! Boff! – Nimm das, du kichernder Blödmann! – Au! Unfair! Warum sind alle gegen mich? Auuu! Schiebung! Alles Lügner! Nur der Clown spricht die Wahrheit! – Blam! – *Au*.

29

Eines Nachts, nicht lang nach Ds Selbstmord in den Gärten, ein Ereignis, das für uns alle ein schwarzes Loch ins Paradies gerissen hatte, wachte Riya Zachariassen, bekannt als Riya Z, aus einem Horrortraum auf, in dem ihr ihr Bild von der Welt entglitt. Sie konnte sich nicht an den ganzen Traum erinnern, aber sie war sich fast sicher, dass sie ein sehr wertvolles Gemälde in ein großes Museum trug und dann fallen ließ, der Rahmen brach, das Glas splitterte, und sie brachte es irgendwie fertig, mit dem Fuß durch die Leinwand zu treten, aber vielleicht war das auch nur eine Erinnerung aus einem Film, Träume sind so glitschig wie Aale. Als sie erwachte, war der Traum selbst nicht mehr bedeutsam, aber sie verstand, dass sich in diesem Bild alles vereinte, was sie über das Leben dachte, es war ihre Realität, und nun war sie zerbrochen, und gleich käme einer zu ihr und würde sie für schuldig erklären, das Bild zerstört zu haben, und dann würde sie gefeuert.

Für einen Ungläubigen wie mich ist es schwer, den Moment zu erfassen, wann der Glaube im Herzen eines Menschen stirbt. Der kniende Gläubige, der mit einem Mal begreift, dass es keinerlei Grund zu beten gibt, da ihm niemand zuhört. Oder einfach das langsame Schwinden von Gewissheiten, bis der Zweifel stärker ist als die Hoffnung: Du läufst weiter am

Fluss entlang, während eine Dürre ihn austrocknet, bis eines Tages das Flussbett ganz trocken ist und kein Wasser mehr fließt, mit dem du deinen Durst löschen könntest. Ich kann es mir vorstellen, aber ich kann es nicht fühlen, mit Ausnahme vielleicht als ein Ende der Liebe. Du wachst eines Morgens auf und siehst den Menschen an, der neben dir im Bett schläft, er schnarcht leise sein vertrautes und bislang geliebtes Schnarchen, und du denkst, ich liebe dich oder dein Schnarchen nicht mehr. Die Schuppen, die Saulus in der Apostelgeschichte von den Augen fallen – oder so etwas wie Schuppen, »sofort fiel es ihm von den Augen, als wären es Schuppen«, so heißt es in der King-James-Bibel –, waren die Schuppen des Unglaubens, anschließend sah er klar und ließ sich taufen. Doch das Bild funktioniert auch andersherum. Das-so-etwas-wie-Schuppen fiel Riya von den Augen, und sie sah klar, dass ihre Realität eine Täuschung gewesen, dass sie falsch gewesen war. Besser kann ich es nicht ausdrücken.

Sie lag ganz still neben der leeren Stelle, wo sonst ihr Liebster gelegen hatte. Sie hatte die Birkenstocks immer gehasst, in die D zu Hause trotz ihres Protests unbedingt [seine] Füße stecken musste; doch jetzt war es ihr unmöglich, die Sandalen von jener Seite des Betts zu entfernen. Sie waren so altmodisch, dass sie noch ein Festnetztelefon besaßen, ein Telefon, das niemals klingelte. Ds Stimme war auf dem Anrufbeantworter – »Hier bei Riya und D, jetzt reden Sie« –, und sie brachte es nicht über sich, die Ansage zu löschen. Wenn sie sich ganz ruhig verhielt und nicht dachte, konnte sie fast glauben, er komme gleich aus dem Badezimmer und steige wieder zu ihr ins Bett. Doch da sie nicht aufhören konnte zu denken, wusste sie, es würde nicht geschehen. Eines jedoch war geschehen, sie dachte nicht mehr, was sie gedacht hatte, dass sie dächte. Sie hatte keinerlei Vorstellung mehr, was sie denken sollte.

In ihrer tiefen Trauer erinnerte mich Riya irgendwie an Winona Ryder, nicht an den dummen Teenager in *Beetlejuice*, der zu einem schönen Calypso von Harry Belafonte durch die Luft tanzt, ihren Körper schüttelt, sondern vielmehr an die Winona in *Zeit der Unschuld*, wo sie sehr beherrscht und weniger unschuldig ist, als sie aussieht. In dem Scorsese-Film – ich gestehe, den Roman von Edith Wharton habe ich nicht gelesen – ist Michelle Pfeiffer die Unkonventionelle, sie ist es, die sich auf eine neue, moderne Lebensform einlässt, darunter entsetzlich leidet und letzten Endes Winona Ryders abgeklärtem, konservativem Kalkül unterliegt. Aber nehmen wir mal an, der Charakter, den Winona verkörpert, wäre dem Neuen zugewandt und sie würde eines Tages das Gespür dafür verlieren, wie die Dinge sind und wie sie sein müssen. Jene Winona hätte in diesem Film sein können. Das war Riya; meine umgeschriebene Winona, verlorener und unglücklicher, als das Original je war, auf hoher See ohne Rettungsring.

Neue Ideen haben es schwer, in die Welt zu kommen. Die neuen Ideen über Männer und Frauen und dass viele Menschen irgendwo zwischen diesen beiden Wörtern stehen und neue Worte brauchen, um sich zu beschreiben, um sich das Gefühl zu geben, gesehen zu werden, möglich und erlaubt zu sein, waren Ideen, die viele gute Leute entwickelt und in bester Absicht veröffentlicht hatten. Und andere gute Leute, brillante Leute wie Riya Z, hatten das neue Denken aufgegriffen, es sich zu eigen gemacht und schwer gearbeitet, um es in die Praxis umzusetzen und es zu einem Teil eines neuen Wegs für eine funktionierende Welt zu machen.

Doch eines Nachts schlug Riya die Augen auf und stellte fest, dass sie ihre Meinung geändert hatte.

ENTWÜRFE FÜR EIN KÜNDIGUNGSSCHREIBEN VON RIYA ZACHARIASSEN AN DAS IDENTITÄTSMUSEUM (NICHT ABGESCHICKT)

Lieber Name des Arbeitsgebers einsetzen, hiermit informiere ich Sie, dass in Übereinstimmung mit und in Anbetracht dessen und insofern als und gemäß meiner vertraglichen Verpflichtungen und in vollumfänglicher Erfüllung meiner Verantwortlichkeiten und bezüglich eines Endtermins und nachdem nicht genutzte Tage von mir zustehenden Urlaubstagen abgezogen wurden. Und Unerledigtes und effiziente Übergabe und mit Dankbarkeit für und in Anerkennung von und in der Hoffnung, dass und so weiter. Aufgrund einer radikalen Neubewertung und Entwicklung von Gedanken, die zu der Unvereinbarkeit meiner gegenwärtigen Position mit den Werten von führen. Aus diesen Gründen ist den Interessen des Museums mit meinem Fortgehen besser gedient. Mit freundlichen Grüßen, Ende.

Oder:

Als ich als Kind in Minnesota anfing, mich mit einem Leben nach moralischen Maßstäben zu befassen, dachte ich über Indien nach, was einen beträchtlichen Teil meines Erbes ausmacht, und fragte mich, wer in Indien am meisten unter Ungerechtigkeit leide, und die Antwort, die ich mir im Alter von acht Jahren gab, war, die Ziegen. Die Kühe waren heilig, aber Ziegen wurden wegen ihres Fleischs geschlachtet, und das kümmerte niemanden. Ich beschloss, mein Leben der Sorge und dem Schutz dieser ungeliebten meckernden Tiere zu widmen. Selbstverständlich besann ich mich auf anderes, als ich erwachsen wurde, aber meine Absicht blieb, die eine Sache zu finden, die meine Leidenschaft braucht, um mich ihr dann ganz und gar zu verschreiben. Nach den Ziegen gab es andere fixe Ideen: Geburtenkontrolle, Autoimmunkrankheiten, Essstörungen, Wasserknappheit. Mein Erwachsenwerden fiel mit dem Heraufdämmern des Zeitalters der Identität zusammen, und die Diskussionen, die Themen und die Neuerungen über und um dieses Thema herum überzeugten mich, dass ich meine Berufung gefunden hatte, und als sich mir die Gelegenheit bot, im Museum zu arbeiten, wurde für mich ein Traum wahr, und so erschien es mir jeden Tag bis heute. Doch ich gestehe Ihnen eine Schwäche in meiner leidenschaftlich-obsessiven Gesinnung ein. Es kann geschehen, dass man eines Tages mit dem Gedanken aufwacht, wisst ihr was, das ist mir nicht mehr so wichtig. Das ist nichts mehr für mich. Ziegen, Kondome, Bulimie, Wasser, früher hochgeschätzt, ihr seid nicht mehr mein Ding. So ergeht es mir jetzt mit der Identität. Ich bin fertig damit. Auf Wiedersehen.

Oder:

Ich muss nachdenken, und in der Stadt ist es so laut.

Oder:

Ich gebe zu, ich bin ein plurales Wesen. Ich bin die Tochter meines toten psychotischen Vaters. Ich bin auch die Trauernde um meinen toten Geliebten. Andererseits gehöre ich zu den Dürren. Ich bin außerdem oder widersprüchlicherweise Wissenschaftlerin. Ich habe überdies dunkles Haar. Ich habe diese Ansichten und nicht jene. Ich kann mich auf vielerlei verschiedene Weisen definieren. Was ich nicht bin: Ich bin nicht nur Eines. Ich bin eine Vielheit. Widerspreche ich mir selbst? Sehr gut, ich widerspreche mir. Pluralisch, vielgestaltig zu sein ist eine singuläre Sache, bereichernd, ungewöhnlich und ich selbst. In enge Definitionen gezwungen zu werden ist falsch. Bekommt man gesagt, wenn du nicht Eines bist, bist du gar nichts, dann wird man belogen.

Das Identitätsmuseum ist dieser Lüge zu sehr verpflichtet. Ich kann in ihm nicht mehr arbeiten.

Oder:

Ich befürchte, dass Identität im modernen Sinne – national, ethnisch, sexuell, politisiert, umstritten – zu einer Reihe von Gedankenkonzepten geworden ist, von denen manche D Golden mit in den Tod getrieben haben. In Wahrheit sind uns unsere Identitäten unklar, und womöglich ist es besser, wenn sie es auch bleiben, sodass das Ich weiterhin ein Wirrwarr und ein Durcheinander ist, widersprüchlich und unvereinbar. D war letztendlich wohl nur ein Mann mit manch weiblichen Gefühlen, und es hätte [ihm] erlaubt sein müssen, genau das zu bleiben, und nicht von Leuten wie mir zur Umwandlung gedrängt zu werden. Zu einer Weiblichkeit gedrängt zu werden, die [er] weder in Gänze zurückweisen noch letzten Endes annehmen konnte. In den Tod gedrängt zu werden von Leuten wie mir, die es zuließen, dass eine neue Idee des Realen stärker war als die älteste Idee von allen: unsere Liebe.

D hat mir eine Geschichte über einen Hijra in Bombay erzählt, der sich zu Hause wie ein Mann anzog und tatsächlich für seine/ihre Eltern ein Mann war, und ehe er/sie das Haus verließ, zog sie sich um und wurde zur Frau. Das sollte in Ordnung sein. Flexibilität sollte in Ordnung sein. Die Liebe sollte dominieren und nicht Dogmen über das Ich.

Ich war bereit, mit D durch all seine Wandlungen zu gehen und bei [ihm] zu bleiben, wenn sie vollendet gewesen wären. Ich war [seine] Geliebte, als [er] ein Mann war, und ich war bereit, während der Umwandlung und bis in ihr neues Ich hinein ihre Geliebte zu bleiben. Was sagt mir das über mich, über die Menschen, über die Wirklichkeit, die jenseits aller Dogmen ist? Es sagt mir, dass Liebe stärker ist als Gender, stärker als Definitionen, stärker als das Ich. Genau das habe ich gelernt. Identität – insbesondere die Theorie der Gender-Identität – bedeutet eine Verengung des menschlichen Seins, und die Liebe zeigt uns, wie umfassend wir sein können. Um meinen toten Geliebten zu ehren, verwerfe ich die Identitätspolitik und umarme die Politik der Liebe.

Ähnlich lautete die Antwort des Philosophen Bertrand Russel, als er gefragt wurde, welchen Gedanken er zukünftigen Generationen mitgeben wolle. Er sagte: »Die Liebe ist klug.« Aber ich begreife, dass wir in streitsüchtigen Zeiten leben. Wenn denn Kampf sein muss, dann soll er jetzt beginnen.

DER TATSÄCHLICHE BRIEF

Lieber Orlando,
wie ich Dir gerade in Deinem Büro mitgeteilt habe, muss ich meine Stelle aufgeben. Die Gründe dafür zu erklären,

fällt mir schwer, es ist eine harte Entscheidung, und ich bin bereit, mich mit Dir hinzusetzen und alles noch einmal durchzusprechen, wenn Du es wünschst. Vielleicht reagiere ich, wie Du sagst, mit extremem Kummer und bin deshalb verwirrt und werde tatsächlich anders darüber denken, wenn ich Zeit gehabt habe zu trauern und verarbeitet habe, was geschehen ist, und es war nett von Dir, mir eine Therapie und einen Urlaub vorzuschlagen, aber ich halte es für besser, einfach zu gehen. Danke für alles. Alles Gute
Riya

In den sozialen Medien brach gleich ein Sturm los. (Für jemanden wie mich, der mit seiner und der unmittelbar nachfolgenden Generation nicht im Einklang ist, kann dieser Gedanke nicht helfen, aber er stellt sich dennoch ein: Warum überhaupt erst diese Dinge dort kundtun? Warum einer Schar von Fremden mitteilen, dass man gerade eine schmerzliche und zutiefst persönliche Neubewertung seines Denkens durchlebt? Aber ich verstehe, das ist nicht einmal mehr eine Frage.) Von allen Seiten schlug die unsichtbare Armee des elektronischen Universums auf sie ein. Anonyme Personen mit reinem Herzen und ohne Sinn für Heuchelei verteidigten ihre Gewissheiten über die Identität, während sie sich selbst hinter falschen Namen versteckten. »Wie denkst du so über weiße Frauen, die sich zu Halloween als Pocahontas verkleiden? Wie ist deine Haltung zu Weißen, die sich als Schwarze schminken? Sind die okay für dich?« »Bist du nun nicht nur eine TERF, sondern auch eine SWERF? Vielleicht bist du nicht einmal mehr eine RF? Was bist du? Bist du überhaupt jemand?« Und viele schmutzige Wörter. Und immer wieder: *Lösch deinen Account.* Sie erfuhr Ablehnung von Freunden und von Unbekannten, aus den höchst anspruchsvollen politischen Gender-Kreisen, in denen sie sich so lange so selbstverständlich bewegt hatte und die ihr nun Verrat vorwarfen, aber auch aus der Welt der unabhängigen Modemacher, in der sie so etwas wie ein aufgehender Stern gewesen war, und auch von einigen ihrer ehemaligen Kollegen am Identitätsmuseum, *das Schlimme an deiner neuen Haltung ist nicht, dass sie falsch oder so rückwärtsgewandt, sondern dass sie so erbärmlich schlecht durchdacht ist. Sie ist so dumm. Und wir haben geglaubt, du seist klug.*

Jenseits des Atlantiks, in einem anderen Theater der Identitätskriege, verengte der britische Premierminister die Definition der *Britishness*, um Vielfalt, Internationalität, die Welt als den Ort des Ich auszuschließen. Nur klein England käme es zu, das Englische zu definieren. In dieser fernen Auseinandersetzung über die Identität der Nation erhoben sich laute Stimmen, die sich gegen die grummelnde Enge des Premierministers auflehnten. Doch hier in Amerika, in der Gender-Sprache, waren die einzigen nicht existierenden Worte, dachte Riya, die einzigen unaussprechlichen Worte: »Ich bin mir dessen nicht ganz sicher. Ich will darüber noch einmal nachdenken.« Diese Art zu reden konnte einen von der Plattform ausschließen.

Ivy verstand sie, Ivy Manuel, die sich stets dagegen gewehrt hatte, in eine Schublade gesteckt zu werden. »Scheiß drauf, wenn sie es nicht kapieren«, sagte sie. »Komm vorbei und lass uns ein verdammtes Jogging am Fluss entlang machen und dann nehmen wir einen verdammten Drink und singen zusammen ein verdammt schmutziges Lied. ›My Boy Lollipop‹ oder irgendso'n Scheiß.«

◇

Ein weiteres Zusammentreffen mit dem Landstreicher Kinski vor seinem großen Auftritt, zu dem ich zu gegebener Zeit komme, hätte mich warnen müssen, dass er sich für etwas rüstete. Doch da wir so sehr an das Gewöhnliche des gewöhnlichen Lebens glauben wollen, an die Normalität unserer Alltäglichkeit, begriff ich es nicht. Er schlich draußen vor dem Red Fish, der Musikkneipe an der Bleecker Street, herum, wo ein Sänger von den Färöern angekündigt war, der, inspiriert von YouTube-Videos, konfessionelle Lieder vortragen würde – zum Glück für das Publikum auf Englisch und nicht auf Färöisch. Woran war Kinski interessiert, an YouTube, an den Färöer-Inseln, an der Musik? Doch da schlich er herum. Hey, hat jemand eine Eintrittskarte übrig, eine Karte, die er nicht braucht und für einen guten Zweck abgeben möchte? Natürlich hatte er sich selbst als guten Zweck im Sinn. Ich war dort, weil der amerikanische Mitarbeiter des färöischen Sängers ein Freund von mir war, und als Kinski ein vertrautes Gesicht sah, strahlte er und drehte auf.

»Das könntest du wirklich für mich tun«, sagte er. »Alles andere spielt keine Rolle. Das ist wichtig. Dieser Typ. *Poetry & Aeroplanes*, schon mal gehört? Wunderschön. Wusstest du, dass er in dem Haus, in dem Ingmar Bergman starb, ein Album aufgenommen hat? Hast du schon mal seinen TED-Talk gehört? Boah.«

Das waren die verständlichsten Worte (mit Ausnahme vielleicht von dem Shakespeare-Zitat beim Tee im Haus Golden) und die einzigen nicht-apokalyptischen Gedanken, die ich je aus seinem Mund gehört hatte. »Und wieso weißt du das alles?«, fragte ich ihn.

Sein Gesicht verfinsterte sich, und mit einher ging der Verfall seiner Wortwahl. »Leck mich am Arsch. Keine Ahnung wieso.«

Ich war nun neugierig, und tatsächlich hatte ich eine weitere Eintrittskarte in der Tasche, da Suchitra natürlich länger arbeiten musste. »Wenn du hineinwillst«, sagte ich, »brauche ich deine Geschichte dazu.« Er sah zu Boden und scharrte mit den Füßen. »Mein Kumpel hat mich auf ihn gebracht«, murmelte er. »Auf der Bagram Air Base. Damals.«

»Du bist ein Veteran«, sagte ich aufrichtig überrascht.

»Willst du einen Beweis?«, fauchte er. »Gib mir eine Augenbinde und ein zerlegtes AR-15. Dann liefere ich dir deinen scheiß Beweis.«

Jetzt hätte ich, wenn ich denn mein Alarmsystem eingeschaltet gehabt hätte, begreifen müssen, dass mit diesem Mann nicht alles in Ordnung war und er vor einem Abgrund stand. Aber ich fühlte mich schuldig, weil ich nichts von seinem Militärdienst gewusst hatte, und verschlimmerte meinen Fehler noch, als ich ihm eine Frage zu seinem »Kumpel« stellte und die Antwort bekam, die ich hätte wissen müssen. »Hat's nicht geschafft. Hinterhalt in Pakhtunkhwa. Krieg ich jetzt die scheiß Eintrittskarte.«

Ich beobachtete ihn während des Konzerts. Obwohl die Lieder geistreich und sogar lustig waren, liefen ihm Tränen übers Gesicht.

Kurz nach diesem unerwarteten musikalischen Zusammentreffen – vielleicht zwei Tage später, vielleicht auch drei – bekam Kinski ein Schnellfeuergewehr in die Hände, exakt wie er es draußen vor dem Red Fish rhetorisch eingefordert hatte. Laut seiner Aussage, die er später im Mount Sinai Beth Israel machte – oder genauer, laut seinem Geständnis auf dem Sterbebett – hatte er es weder gekauft noch gestohlen. Er sei in einem Park gekidnappt worden, sagte er, seine Kidnapper hätten ihm das Gewehr gegeben und ihn dann freigelassen. Es war eine unglaubwürdige, ja, sogar eine absurde Geschichte, die er murmelnd und keuchend in Bruchstücken erzählte, und meiner Ansicht nach hätte man sie nicht eine Sekunde ernst nehmen müssen, wären nicht zwei Dinge zusammengekommen: Erstens, es war ein Geständnis auf dem Sterbebett, und das verlieh ihm ein besonderes, feierliches Gewicht; und zweitens, es kam aus Kinskis Mund, und angesichts all der Verrücktheiten, die ständig aus diesem Mund gekommen waren, war diese nicht verrückter als alle anderen, es bestand also eine winzige, verrückte Möglichkeit, dass es stimmte.

Hier im Folgenden mehr oder weniger Kinskis Version. Er sei melancholisch gewesen, sagte er, und darum durch den relativ menschenleeren Teil im Norden des Parks gestreift, als ein Schauer niedergegangen sei und er unter einem Baum Schutz gesucht habe. Dort habe er gekauert, bis die Himmelsschleusen sich geschlossen hätten. (Anmerkung: An dem fraglichen Tag hatte es tatsächlich einen Wetterumschwung gegeben, nach einigen für die Jahreszeit ungewöhnlich warmen Tagen ging ein kühler Regen nieder.) – An dieser Stelle wurde sein Bericht aufgrund seines sich rapide verschlechternden Gesundheitszustands bruchstückhaft und unklar. – Ihm hätten sich (zwei? drei? mehrere?) Personen genähert, die als Clowns verkleidet gewesen seien – oder als Joker – er benutzte beide Wörter –, sie hätten ihn überwältigt, ihm einen Sack über den Kopf gestülpt und ihn gefesselt. – Oder sie hätten ihn nicht gefesselt und ihn zu Fuß irgendwohin geführt. – Oder kein Sack, sondern eine Art Augenbinde. – Wegen des Sacks habe er nicht sehen können, wohin er gebracht worden sei. – Oder wegen der Augenbinde. – Dann habe er sich hinten in einem Van befunden, dort habe man ihm die Augenbinde abgenommen, und ein neuer Mann, ebenfalls als Clown – oder als Joker – verkleidet, habe zu ihm gesprochen – über was? – über *Rekrutierung*. – Es sei um die Präsidentschaftswahl gegangen. Um ihre Unrechtmäßigkeit. Es sei Schiebung gewesen. Ein Coup, der von den Medien – einem mächtigen Interessenverbund – von China –

eingefädelt worden sei –, und die Amerikaner müssten ihr Land zurückerobern. – Es war nur schwer zu sagen, ob dies Kinskis eigene Ansicht war oder ob er nur wiederholte, was der mutmaßliche Chef-Joker ihm im Van gesagt hatte. – Dann plötzlich die Worte: »Wir können von den muslimischen Terroristen lernen. Von ihrem Opfertod.« – Anschließend viel Zusammenhangloses, eine Mischung aus Selbstmitleid, Verzweiflung und seinen alten Prophezeiungen des bevorstehenden Untergangs. – »Nichts, wofür es sich zu leben lohnt.« – »Amerika.« – Und das war es auch schon. Das Ärzteteam ging dazwischen und bereitete dem Geständnis ein Ende. Es folgten Notfallmaßnahmen. Er sagte nichts mehr und lebte nicht mehr lang. Das Ganze ist das Ergebnis meiner größten Bemühungen, eine schlüssige Geschichte zusammenzusetzen aus dem, was in der Presse berichtet wurde, und aus dem, was ich mit einigen Schwierigkeiten selbst herausgefunden habe.

Sein Freund war gestorben – wer weiß, wie viele Freunde? –, und er war psychisch krank vom Militärdienst heimgekehrt. Den Kontakt zu denen, die sich um ihn hätten kümmern können, hatte er verloren, er baute in jeder Hinsicht ab und endete als Penner, der über Waffen geiferte. In all den Jahren, in denen er meine Wege kreuzte, veränderte sich sein Gegeifer. Zu Anfang klang er wie ein Gegner von Waffen, der ihre Verbreitung in Amerika fürchtete, dann hatte er mit einem Mal die Vorstellung, Waffen wären lebendig; von religiösem Eifer angestachelt, kam er später mit seiner Endzeitrhetorik daher; und schließlich, ob nun Clowns oder nicht Clowns, ob Joker oder nicht Joker, ob Entführung oder nicht Entführung, wurde er zum Handlanger des Gewehrs, des warmen Gewehrs, das Glück brachte, und folgte dessen Anweisungen, *peng peng schieß schieß*, deshalb starben Menschen, und deshalb starb auch er.

Unbestreitbare Tatsache ist, dass Kinski den Halloween-

Umzug angriff und die Salven, die er losließ, sieben Menschen töteten und neunzehn verletzten, bis ihn ein Polizist niederschoss. Da er eine Joker-Maske und eine schusssichere Weste trug – womöglich ein Überbleibsel aus seiner Zeit in Afghanistan –, waren seine Verletzungen nicht unmittelbar tödlich. Er wurde in die Notaufnahme des MSBI gebracht und lebte noch lang genug, um obige Aussage oder so etwas Ähnliches zu machen, man muss jedoch erwähnen, nach Meinung des Krankenhauspersonals befand er sich im Zustand geistiger Verwirrung, und darum könne nichts von dem, was er gesagt habe, als glaubwürdig betrachtet werden.

Auf der Liste der Toten stachen zwei Namen hervor: Mr. Murray Lett und Mr. Petronius Golden, beide aus Manhattan, NY.

◇

An Halloween feierten die Anwohner der Gärten traditionell ein privates Fest, hängten Lampions in die alten Bäume, stellten die Anlage eines DJs draußen vor das Haus der Modemagazinherausgeberin und erlaubten den Kindern, wild umherzutollen und Süßes oder Saures zu spielen. Auch viele der Erwachsenen verkleideten sich. So genossen sie das Fest, ohne sich in die Menschenmassen hineinwagen zu müssen, die sich an der nahen Sixth Avenue drängten, um dem Umzug zuzusehen oder selber daran teilzunehmen.

Petya wäre in den Gärten wohl glücklich gewesen, doch die Katze Leo wolle zum Umzug gehen, so erzählte Petya es Murray Lett, und was Leo wollte, bekam Leo. Er fühle sich gut!, sagte er, wirklich sehr gut!, er spüre, er sei wirklich aus der Zeit der Krisen aufgetaucht, er könne sie hinter sich lassen, er wolle das Leben umarmen, und das Leben sei da draußen, am Vorabend von Halloween, am Montag, wo Menschen als

Skelett, Zombie oder Hure verkleidet über die Sixth Avenue liefen. »Selbst bei einer Gartenparty kommt einem dieses Haus wie eine Totenhalle vor«, rief er. »Lass uns geile Kostüme besorgen und geilen Spaß haben!« Seine Angst vor offenen Plätzen habe nachgelassen, sagte er, und wenn das Village so überlaufen sei, habe er im Übrigen gar nicht das Gefühl, er befände sich draußen. Murray Lett, der Australier, hatte nie ganz den Überschwang des amerikanischen Halloween erfasst. Einmal war er zu einer Party an der Upper West Side eingeladen gewesen, wo er als *Mars Attacks!* mit einem riesigen Tim-Burton-Marsianerkopf erschien, in dem es heiß war und mit dem er nicht essen oder trinken konnte. In einem anderen Jahr trug er als Darth Vader eine überaus sperrige Plastikrüstung, die das Hinsetzen schwierig machte, und einen schwarzen Helm mit einem Stimmverzerrer, der, was die Hitze oder die Nahrungs- und Flüssigkeitsaufnahme betraf, das gleiche Problem heraufbeschwor wie der *Mars-Attacks!*-Kopf. Dieses Mal wollte er lieber in seiner Wohnung bleiben und hoffte, dass keine Süßes-oder-Saures-Kinder an der Tür klingelten. Aber Petya ließ sich nicht abweisen. »Wir gehen als Römer!«, rief er. »Ich, Petronius, will natürlich Trimalchio sein, der Gastgeber des *Satyricon*-Fests, und du – du kannst eine Art Zecher darstellen. Unsere Kostüme sollen von Fellini inspiriert sein. Wir streifen eine Toga über! Setzen uns einen Lorbeerkranz auf den Kopf und halten einen Weinkrug in der Hand. Fabelhaft! Wir werden dem Leben entgegeneilen, uns an seinen Wasserlöchern laben, und am Morgen werden wir vom Leben trunken sein.« Als ich diesen Plan hörte, dachte ich an *Gatsby*, natürlich, *Gatsby*, an das Buch, das Fitzgerald beinahe *Trimalchio in West Egg* genannt hätte, und das war ein trauriger Gedanke, weil er mir die Nächte voll Lachen mit meinen Eltern in Erinnerung rief und somit unvermeidlich ihr schreckliches Ende, und für eine Weile verfiel ich erneut in Traurigkeit; aber Petyas Ausgelassenheit war ansteckend, und ich dachte, ja, warum nicht, Fröhlichkeit nach dem Ganzen, gute Idee, und wenn Petya für einen Abend das Leben juchzend lieben wollte, dann ja! Soll er doch seine Toga anziehen und juchzen.

Kostüme kurzfristig zu besorgen, war eine große Aufgabe, aber dafür waren Fuss und Blather ja da, und ohnehin war eine Toga nichts anderes als ein Betttuch mit heeren Ideen. Römersandalen wurden aufgetrieben, Lorbeer und mit rotem Band gebundene Birkenzweige – die römischen *fasces* –, die Petya als Symbol für seine Konsulwürde in der Hand halten wollte. Eine vollkommen anachronistische Narrenkappe mit Schellen wurde für Murray Lett gefunden, und ich hoffte sehr, dass er sie aufsetzen würde, damit er Danny Kaye in *Der Hofnarr* nacheifern und seinen Zungenbrecher aufsagen könne, *Der Wein mit der Pille ist im Kelch mit dem Elch. Der Becher mit dem Fächer hat den Wein gut und rein!* Doch da er wie Petya sein wollte, musste auch er unbedingt eine Toga haben, und wenn Petya die Faszes halten würde, dann würde er, Lett, die Katze tragen.

So geschah es; und kaiserlich gewandet, gingen sie aus den Gärten und dem durch den Tod belasteten Haus hinaus und hinein in den Umzug, der das Leben feierte; und als sie dem Leben entgegenliefen und dem Tod enteilten, fanden sie, wie es die alte Geschichte prophezeit hatte, den Tod, der sie in Samarra erwartete, das heißt, auf der Sixth Avenue zwischen der Fourth Street und dem Washington Place. Der Tod in einem Joker-Kostüm trug eine AR-15. Das leise Geplapper des Gewehrs war nicht zu hören bei der Kakofonie der Menschenmassen, dem Getröte der Hörner, den Megafonen und Musikgruppen. Die ersten Menschen stürzten hin, und die harte, unmaskierte Wirklichkeit vernichtete die Party. Es gab keinen Anlass anzunehmen, Petya oder Murray Lett seien ein spezielles Ziel gewesen. Gewehre waren in Amerika lebendig, und der Tod war ihre blindwütige Gabe.

Und die Katze, der alpine Luchs. Hier in Nahaufnahme der ausgestreckte Arm des toten Römers, dem die Faszes aus der Hand gefallen waren. (Die Einstellung ist ein absichtliches Echo auf den schlaffen Arm des in die Tiefe gestürzten King Kong am Ende des Originalfilms von 1933.) Und Leo fauchte jedem, der sich ihm zu nähern wagte, Hass entgegen. Und als alles vorbei war, als das Schreien verebbt war, als die rennende, fallende Menschenmenge ruhig geworden war und sich verstreut hatte und als die von den Kugeln Getöteten und Verwundeten und jene, die tot getrampelt wurden, an die für sie vorgesehenen Orte gebracht worden waren, als die Avenue leer war, mit Ausnahme von im Wind treibendem Abfall und Polizeiautos, als es wirklich vorbei war, war die Katze verschwunden, und niemand sah Leo den Luchs je wieder.

Und der König, allein in seinem goldenen Haus, sah all sein Gold in all seinen Taschen all seine Stapel all seine Säcke all seine Kübel mit einem Mal glimmen, immer heller, bis sie entflammten und verbrannten.

Dritter Teil

30

Ehrlich gesagt, hatte ich auf ein sanfteres Leben gehofft. Als ich damals davon träumte, irgendwann in einer herrlichen Zukunft zu wahrer Berühmtheit zu gelangen, erhoffte ich mir für meinen Weg mehr Entgegenkommen. Ich begriff nicht, dass Skylla und Charybdis, die beiden mythischen Ungeheuer in der Straße von Messina, zwischen denen Odysseus' Schiff hindurchsegeln musste – das eine erklärt sich »rational« als riesiger Felsen, das andere als ein grimmiger Strudel –, als Symbole zu verstehen sind, zum einen für andere Menschen (die Felsen, an denen wir zerschellen und untergehen) und zum anderen für die Dunkelheit, die in uns kreist (die uns einschlürft und uns ertränkt). Da nun mein Film *Golden House* endlich fertiggestellt ist und seine Premiere und Vorführungen auf verschiedenen Festivals näherrücken – seine Entstehung dauerte fast ein Jahrzehnt, und nach den Umbrüchen in meinem Privatleben gegen Ende dieser Zeitspanne kommt seine Vollendung einem Wunder gleich –, bin ich der Meinung, ich sollte niederschreiben, was ich während dieses Prozesses gelernt habe. Über das Filmgeschäft lernte ich zunächst einmal, wenn ein Mensch mit Geld dir sagt: »Ich liebe dieses Projekt. Ich *liebe* es. So kreativ, so originell, das ist einmalig. Ich werde dich tausendprozentig unterstützen, nach allerbesten Kräften, totaler Rückhalt, tausendund*ein* Prozent, das ist *genial*«, dann sagt er dir in die Alltagssprache übersetzt, »hallo«. Und ich lernte, jeden und jede zu bewundern, der seinen oder ihren Film über die Ziellinie und ins Kino gebracht hatte, was auch immer es war, *Citizen Kane* oder *Porky's XXII* oder *Dumb Fuck XIX*, ganz gleich, ihr habt einen Film gemacht, Leute, Respekt. Über das Leben außerhalb des Filmgeschäfts habe ich dies gelernt: Ehrlich währt am längsten. Es sei denn, es trifft nicht zu.

Wir sind Eisberge, das heißt nicht, dass wir kalt sind, nur dass das meiste von uns sich unter der Oberfläche befindet und dass der Teil, der im Verborgenen liegt, die *Titanic* sinken lassen kann.

◇

In jenen Tagen nach dem Halloween-Gemetzel verbrachte ich viel Zeit in den Gärten und bot mich den Goldens für jeden erdenklichen Dienst an. Mit Suchitras Zustimmung schlief ich mehrere Nächte in der Woche in Mr. U Lnu Fnus Wohnung. Er hatte mein altes Zimmer noch nicht weitervermietet und sagte, er sei froh über meine Gesellschaft in »diesen schrecklichen, schrecklichen Zeiten«. Was Suchitra anging, so arbeitete sie in diesen letzten Tagen, ehe das Land zur Wahl gehen würde, in quasi Vierundzwanzig-Stunden-Schichten im Schneideraum und montierte Filmmaterial zusammen, das die Präsidentschaftskampagne der Demokraten nutzen wollte – sie tat es in ihrer Eigenschaft als führendes Mitglied der Frauen-in-den-Medien-Gruppe, die ihre professionellen Dienste dem Team gratis zur Verfügung stellte. Sie gestand, erschöpft zu sein, überlastet und in gedrückter Stimmung, und vielleicht hätte ich verstehen sollen, dass vieles davon mit mir zu tun hatte. Doch ich war nicht allein aus altruistischen, sondern auch aus raubtierhaften Gründen in den Gärten, denn mein Instinkt sagte mir, dass die Geschichte, die ich dabei war zu erzählen, mir bald die Auflösung offenbaren würde, die ihr im Augenblick noch fehlte, und wenn ich mich, versteckt im Gebüsch der Gärten, auf die Lauer legte – wie ein hungriger Löwe im hohen Gras zu Füßen einer Akazie in der afrikanischen Savanne –, würde meine Beute schon vorbeitrotten. Es war mir nicht in den Sinn gekommen, dass in meiner Erzählung, in der es bereits so viele Tote gab, sich vielleicht noch eine Mordgeschichte auftun würde. Es war Vito Tagliabue, der mich als Erster darauf aufmerksam machte, dass Nero Golden möglicherweise nicht nur an langsam fortschreitender Altersdemenz leide, sondern in Wahrheit von seiner Frau nach und nach vergiftet werde.

Das Leben in den Gärten hatte schon immer etwas, das an *Das Fenster zum Hof* erinnerte. Jeder sah hinaus und hinüber zu den anderen, wir alle waren in den hell erleuchteten Fenster gut zu sehen, die wie Miniaturfilmleinwände auf der größeren Leinwand wirkten, wo wir zur Freude unserer Nachbarn unsere Dramen aufführten; als könnten die Schauspieler in einem Film andere Filme betrachten, während diese anderen Filme sie ebenfalls betrachteten. In *Das Fenster zum Hof* wohnte James Steward nicht weit von hier, in der fiktiven »125 West Ninth Street«, was in der realen Welt der 125 Christopher Street entsprach – das ist die Ninth Street westlich der Sixth Avenue –, aber der Film hätte auch gut in den Gärten gedreht werden können. Ich plante, in meiner gefilmten Version einige Anwohner einzubauen, die gezielt als *Hommage* an die Figuren von Hitchcocks großartigem Film gedacht waren, Miss Torso, die extrovertierte Tänzerin, Miss Lonelyhearts, die ältere, allein lebende Frau und so weiter. Vielleicht sogar einen reisenden Schmuckhändler, der wie ein Doppelgänger von Raymond Burr aussehen müsste. Zu meinem Plan gehörte aber nicht, einen Mordversuch in die Handlung einzubauen, aber so ist das nun mal mit Geschichten, sie rasen in unerwartete Richtungen davon, und man muss sich an ihre Rockschöße klammern. Und so geschah es, dass ich von Mr. U Lnu Fnus Haus durch die Gärten hinüber zum Haus Golden ging, als Vito Tagliabue seinen hübschen Kopf mit nach hinten gegeltem, glänzendem Haar zur Hintertür hinausstreckte und zu meiner großen Überraschung »Pssst!« machte.

Ich blieb, wie ich zugeben muss, mit gerunzelter Stirn stehen. »Entschuldigung«, sagte ich, um mir Klarheit zu verschaffen. »Machten Sie gerade ›pssst‹?«

»*Si*«, zischte er und winkte mich zu sich. »Ist das ein Problem?«

»Nein«, entgegnete ich, als ich vor ihm stand. »Ich habe nur noch nie jemanden ›pssst‹ machen hören.«

Er zog mich in seine Küche und schloss die Tür zum Garten. »Was sagt man denn ansonsten?« Er wirkte aufgewühlt. »Ist das kein amerikanisches Wort?«

»Oh, man sagt eher, ›Hey!‹ oder ›Entschuldigung?‹ oder ›Haben Sie mal eine Minute?‹«

»Das ist nicht das Gleiche«, sagte Vito Tagliabue.

»Egal.«

»Egal«, stimmte er mir zu.

»Wollten Sie etwas?«

»Ja. Ja. Es ist wichtig. Aber es fällt mir schwer, es zu sagen. Ich spreche natürlich höchst vertraulich. Ich bin mir Ihrer moralischen Integrität gewiss. Sie sagen nicht, dass Sie es von mir erfahren haben.«

»Worum geht es, Vito?«

»Es ist ein Verdacht. Sagt man ›Verdacht‹? Ja, ein Verdacht.«

Ich machte ihm Zeichen, er solle weitersprechen, bitte.

»Diese Vasilisa. Diese Frau von Signore Nero. Sie ist ein schwieriger Fall. Sie ist skrupellos. Wie alle …«, er hielt inne. Ich dachte, er würde aus persönlicher Verbitterung *wie alle Ehefrauen* oder *alle Frauen* sagen wollen – »… wie alle Russen.«

»Vito, was sagen Sie da?«

»Ich sage, sie wird ihn umbringen. Genau in diesem Augenblick bringt sie ihn um. Ich sehe sein Gesicht, wenn er hier draußen umherläuft. Das ist nicht der Altersverfall. Es ist etwas anderes.«

Seine Exfrau Bianca war schräg gegenüber in das Haus ihres neuen Liebhabers Carlos Hurlingham, meines »Mr. Arribista«, gezogen. Jeden Tag stolzierten die beiden Verliebten durch die Gärten und demütigten Vito, indem sie ihm ihre Liebe unter die Nase rieben. Wenn jemand einen Mord im Sinn hatte, dann wahrscheinlich Vito selbst, dachte ich. Doch ich ließ ihn erst einmal weiterreden.

»Wie macht sie das?«, fragte ich.

Er zuckte verächtlich mit den Schultern. »Ich weiß es nicht. Ich kenne keine Einzelheiten. Ich sehe nur, dass er krank aussieht. Krank auf die falsche Art. Vielleicht ist etwas mit seinen Medikamenten. Er muss viele Medikamente einnehmen. Das ist leicht. Ja, es ist etwas mit den Medikamenten. Ich bin mir sicher. Fast sicher.«

»Warum sollte sie das tun?«, setzte ich ihm zu. Wieder ein Schulterzucken und eine vage Handbewegung. »Es ist doch offensichtlich. Die anderen Erben sind jetzt tot. Es bleibt nur noch ihr Kind. Und sollte Nero zufällig auch …« – er strich sich mit dem Finger über die Gurgel – »… wer erbt dann? Im Lateinischen heißt es, *cui bono?* – wem nützt es? – sehen Sie? Es ist ganz eindeutig.«

Mitten in dieser Geschichte mein Sohn, mein zweieinhalbjähriger Sohn, der mich kaum kannte, der meinen Namen vergaß, dem ich keine Geschenke machen, mit dem ich nicht in den Gärten oder außerhalb davon spielen durfte, mein Sohn, der Erbe des Vermögens eines anderen Mannes, der Passierschein für die goldene Zukunft seiner Mutter. Mein Sohn, in dessen kleinem Gesicht ich so eindeutig mein eigenes erkannte. Es überraschte mich, dass offenbar niemandem diese starke Ähnlichkeit auffiel, dass die Leute tatsächlich meinten, er gleiche seinem Vater, der nicht sein Vater war, ein Sieg des Scheinbaren über das Tatsächliche. Die Leute sehen, was sie sehen sollen.

Vespasian, was ist das überhaupt für ein Name. Er irritierte mich immer mehr. »Klein Vespa«, ausgerechnet. Audrey Hepburn sauste mit einer kleinen Vespa in *Ein Herz und eine Krone* verwegen durch Rom, und Gregory Peck kauerte in panischer Angst hinter ihr. Mein Sohn verdiente einen besseren Namen als das Gefährt dieser Filmschauspieler. Er verdiente zumindest den Namen eines großen Meisters des Kinos, Luis oder Kenji oder Akira oder Sergej, Ingmar oder Andrzej oder Luchino oder Michelangelo, François oder Jean-Luc oder Jean oder Jacques. Oder Orson oder Stanley oder Billy oder sogar, nüchtern, Clint. Nur halb im Scherz träumte ich unterdessen davon, meinen Federico oder Alfred zu entführen, mit ihm davonzulaufen und in die Welt des Kinos zu flüchten, in die Filme hineinzuspringen, in die andere Richtung als Jeff Daniels im Woody-Allen-Film, und die vierte Wand zu durchbrechen, um in die Filme hineinzutauchen, statt aus ihnen heraus in die Welt zu gehen. Wer brauchte denn die Welt, wenn man hinter Peter O'Tooles Kamel die Wüste durchqueren oder mit Kubricks Astronaut Keir Dullea den verrückten Computer HAL 9000 töten konnte, während dieser »Hänschen klein, ging allein in die weite Welt hinein« sang? Welchen Stellenwert hatte Realität, wenn man mit einem Löwen und einer Vogelscheuche den gelben Ziegelsteinweg entlanghopsen oder neben Gloria Swanson eine große Freitreppe hinunterschreiten konnte, während Mr. DeMille die Nahaufnahmen drehte? Ja, mein Sohn und ich würden Hand in Hand die riesigen Hintern und Brüste der Huren in Fellinis *Roma* bewundern und verzweifelt auf einem römischen Gehweg sitzend ein gestohlenes Fahrrad betrauern und in Doc Browns DeLorean hüpfen und zurück in die Zukunft fliegen und frei sein.

Doch das konnte nicht geschehen. Wir alle waren in Vasilisas Scharade gefangen, und das Kind am meisten, das Kind war ihr siegreicher Schachzug. Einen Moment lang überlegte ich, wie skrupellos Vasilisa wohl sein mochte; hatte sie womöglich den Tod von zwei der drei Golden-Söhne eingefädelt und hätte sie auch zu einem Schlag gegen den dritten ausgeholt, wenn er sich nicht selbst das Leben genommen hätte? Aber ich hatte zu viele Filme gesehen und verfiel ins gleiche Melodram wie der liebeskranke, wütende Vito Tagliabue. Ich schüttelte den Kopf, um auf klare Gedanken zu kommen. Nein, sie war wahrscheinlich keine Mörderin und auch keine Auftraggeberin für einen Mord. Sie war ganz einfach – »ganz einfach« – eine hinterhältige, manipulierende Kreatur, die kurz davor war, ihren Krieg zu gewinnen.

◇

Die neue Nähe, die nach den drei Todesfällen zwischen Nero und Riya entstand, führte zu einem sibirisch finsteren Blick auf dem schönen (wenn auch leicht eingefrorenen) Gesicht der zweiten Mrs. Golden, der mich aber nicht überraschte. Der dreifach verwaiste Vater konnte mit niemandem um Apu oder Petya trauern, doch Riyas Kummer über Ds Tod kam seinem gleich. Es gab kein Substantiv in irgendeiner ihnen bekannten

Sprache, das den Elternteil bezeichnete, dessen Kind gestorben war, kein Äquivalent zu *Witwer* oder *Waise*, und kein Verb, das den Verlust beschrieb. *Verlassene* traf es nicht ganz, aber es kam der Sache recht nahe. In wortloser Trauer saßen sie in Neros Arbeitszimmer, und ihr Schweigen war wie ein Gespräch, in dem alles, was gesagt werden musste, gesagt wurde, so wie James Joyce und Samuel Beckett still erfüllt waren von Trauer um die Welt und um sich selbst. Nero schwächelte, manches Mal klagte er über Benommenheit, andere Male über Schwindel, und im Laufe eines Abends nickte er des Öfteren ein und wachte wieder auf. Er hatte Gedächtnislücken. Manchmal erinnerte er sich nicht, dass sie zugegen war. Doch andere Male war er wieder ganz der Alte. Sein Niedergang war keine gerade abfallende Linie. Es gab Höhen und Tiefen, obwohl die Tendenz unvermeidlich nach unten zeigte.

Eines Abends nahm sie ihn mit ins Park Avenue Armory, wo in einem Halbkreis aus elf hohen Betontürmen Totenkläger aus der ganzen Welt die unzähligen Klänge der stillsten Stille, des Todes, aufführten. Ein blinder Akkordeonspieler aus Ecuador spielte in einem Turm *yaravíes*, und drei kambodschanische Trauernde, die den Anstrengungen der Khmer Rouge, ihre eigenen Landsleute auszulöschen, entkommen waren, führten eine Zeremonie namens *kantomming* vor, wobei sie auf einer Flöte und großen und kleinen Gongs spielten. Die Vorführungen dauerten nicht lang, vielleicht fünfzehn, zwanzig Minuten, doch ihre Klänge hallten in Riya und Nero noch nach, als sie den Ort bereits verlassen hatten. Nero sagte nur: »Der Vogel war ganz brauchbar.« In einem der Türme saß auf einem Betonsockel ein riesiger Vogel unbestimmter Art, so etwas wie ein Hahn, ein Trauernder aus Burkina Faso, versteckt in seinem Vogelkostüm, mit einem Vogelkopf über seinem eigenen, mit Schellen an den Knöcheln, die sanft klingelten, wenn er die Füße bewegte. Der Vogeltrauernde brachte keine anderen Klänge als dieses gelegentliche leise Klingeln hervor und saß mit Ausnahme von gelegentlichem zartem Schaudern ganz still da, und seine ernste und freundliche Präsenz war so kraftvoll, dass er Riyas und Neros Schmerz ein wenig linderte. »Möchtest du da noch einmal hin?«, fragte Riya Nero, als sie wieder auf dem Gehweg waren. »Nein«, antwortete er. »Genug ist genug.«

Nach vielen Nächten der Wortlosigkeit sprach Nero eines Abends. Sein Arbeitszimmer war dunkel. Sie brauchten kein Licht.

»Du solltest deinen Job nicht aufgeben, Tochter«, sagte er. So nannte er sie mittlerweile.

Diese Äußerung, die ohne Vorankündigung oder den Hauch eines Zweifels über seine Lippen kam, traf sie unvorbereitet.

»Danke. Aber davon verstehst du nichts«, sagte sie zu barsch. »Das ist mein Ding, oder zumindest war es das lange Zeit.«

»Du hast recht«, sagte er. »Diese ganze Gender-Frage ist mir unbegreiflich. Mann, Frau, okay. Homosexuell, einverstanden, ich weiß, dass es das gibt. Aber diese andere Welt, Männer mit chirurgisch hergestelltem Glied, Frauen ohne weibliche Organe, da komme ich nicht mehr mit. Du hast recht, ich bin ein Dinosaurier, und mein Verstand arbeitet nicht hundertprozentig. Aber du? Du kennst das in- und auswendig. Du hast recht. Es ist dein Ding.«

Sie entgegnete nichts. Sie fühlten sich unterdessen behaglich in ihrem Schweigen; es bestand keine Notwendigkeit, ihm zu antworten.

»Es ist seinetwegen, das weiß ich«, sagte er. »Du gibst dir die Schuld, und deswegen räumst du das Feld.«

»Mein Feld. Das sollte ein ruhiger, sicherer Ort des Verstehens sein. Stattdessen ist es ein Kriegsgebiet. Ich entscheide mich für den Frieden.«

»Du kannst aber nicht in Frieden leben«, sagte er. »Mit so vielen Bereichen dieses Identitätsthemas hast du kein Problem. Schwarze, Latinos, Frauen, das ist alles in Ordnung. Es ist dieser sexuelle Zwischenbereich, den du als Kriegsgebiet bezeichnest. Wenn du da Frieden möchtest, dann sei doch die Friedensstifterin. Lauf nicht weg vor diesem Kampf.«

Er hörte eine Frage aus ihrem Schweigen heraus. »Warum? Meinst du, ich kann mich nicht ein bisschen informieren?«, fragte er. »Denkst du, weil mein Verstand allmählich nachlässt, weil er einläuft wie ein billiges Hemd, dass alles vorbei ist? Ich bin noch nicht tot, junge Frau. Noch nicht tot.«

»Okay.«

»Nimm Urlaub. Überdenke alles noch einmal. Kündige nicht.«

»Okay«, sagte sie.

»Auch ich«, sagte er, »habe meine Identität geändert.«

◇

Später, als Riya gegangen ist, sitzt der alte Mann allein im dunklen Zimmer. Das Festnetztelefon klingelt. Soll er drangehen? Er streckt den Arm, zieht ihn zurück, streckt ihn erneut und hebt ab.

Ja.

Golden Sahib.

Wer spricht da.

Ich glaube nicht, dass Sie sich an meinen Namen erinnern. Ich war ein winziger Fisch in einem riesigen Karpfenteich.

Wie heißen Sie.

Mastan. Früher Inspektor, Mumbai Kriminalpolizei, dann

Himachal Pradesh. Anschließend in der Privatwirtschaft. Jetzt im Ruhestand.

Pause.

Mastan. Ich erinnere mich an Sie.

Das ehrt mich. Dass so ein großer, großer *seth* sich an mich erinnert. Welch ein Gedächtnis, Sir. Ihr Sohn konnte sich nicht erinnern, ein so viel jüngerer Mann.

Sie haben einen meiner Söhne getroffen.

Sir, in Mumbai, Sir. Heißt jetzt Apu. Nein, so hieß er. Entschuldigung für mein holpriges Englisch. Beileid zu Ihrem Verlust.

Woher haben Sie diese Nummer.

Sir, ich war Polizeibeamter, dann private Sicherheitsfirma. So etwas ist möglich.

Pause.

Was wollen Sie.

Nur sprechen, Sir. Ich habe keine Befugnis, keine Macht, ich bin im Ruhestand, dies ist USA, keine Zuständigkeit, nichts, ein ungeklärter Fall, und Sie sind ein so, so mächtiger Mann und ich ein Niemand. Nur um gewisse Dinge zu klären. Für meine Zufriedenheit, ehe ich meinem Ende entgegengehe. Nur für meine eigene Zufriedenheit.

Und warum sollte ich Sie treffen.

Für den Fall, dass Sie die Identität der Leute wissen wollen, die Ihren Sohn getötet haben. Ich vermute, nur das ist interessant.

Lange Pause.

Morgen früh. Neun Uhr.

Pünktlich, Sahib. Mit dem Glockenschlag. Danke im Voraus.

◇

Noch später, Riya schläft und wird von ihrem Handy geweckt. Zu ihrer großen Überraschung ist der Anrufer Nero Golden.

Kannst du kommen?

Jetzt? Es ist mitten in der Nacht.

Ich muss reden, und jetzt habe ich die Worte dafür, morgen habe ich sie vielleicht nicht mehr.

Gib mir einen Augenblick.

Tochter, ich brauche dich jetzt.

31

Er wurde bald achtzig und vergaß Dinge, die sich erst kürzlich ereignet hatten, doch dafür leuchtete die Vergangenheit umso heller in seinem Gedächtnis auf wie Gold am Grunde des Rheins. Der Fluss seiner Gedanken war nicht mehr klar, das Wasser trübe und schlammig, und sein Bewusstsein verlor nach und nach den Zugriff auf die Chronologie, was war damals und was heute, was war wiedererwachende Wahrheit, und was entsprang der Märchenwelt seiner Träume. Die Bücherei der Zeit war in Unordnung, ihre Kategorien purzelten durcheinander, ihre Inhalte ein Wirrwarr oder ausgelöscht. Er hatte gute Tage und schlechte Tage, aber mit jedem Tag, der verging, strahlte sein weit entferntes Gestern klarer als die letzte Woche. Dann rief ihn in tiefer Nacht die Vergangenheit an, und alles, was er verscharrt hatte, stieg plötzlich aus dem Grab und umschwirrte ihn, und er machte selbst einen Anruf. Im Folgenden höre ich einen Anklang an einen anderen Hitchcock-Film heraus. Wir befanden uns nicht mehr am *Fenster zum Hof*. Wir betraten die Welt von *Ich beichte*.

(Erinnerst du dich an Ich beichte? *Ein Mörder beichtet sein Verbrechen einem katholischen Priester, der durch die Regeln seiner Konfession gezwungen ist, das Geheimnis des Mörders für sich zu behalten. Hitchcock hasste Montgomery Clifts Method-Acting,*

und manche Leute hassten die absolute Humorlosigkeit des Films, aber Éric Rohmer und Claude Chabrol lobten in den Cahiers du Cinéma *den Film für seine »Erhabenheit« und hoben hervor, dass wegen des Schweigens des Priesters der Film von den Ausdrucksmöglichkeiten des Schauspielers abhänge. »Nur diese Blicke erlauben uns den Zugang zu den Geheimnissen seines Denkens. Sie sind die trefflichsten und glaubwürdigsten Botschaften der Seele.« Riya Zachariassen, die mitten in der Nacht durch Manhattan eilte, war keine Priesterin, aber sie würde eine Beichte hören. Würde sie das Geheimnis für sich behalten? Falls ja, wie würden ihr Ausdruck und ihre Blicke mitteilen, was sie wusste? Und: würde das Wissen um dieses Geheimnis ihr Leben in Gefahr bringen?)*

Die Vergangenheit, seine abgelegte Vergangenheit auf dem sagenumwobenen Hügel. Der Hügel war seit jeher ein magischer Ort, seit Ramas Bruder Lakshmana einen Pfeil in die Erde schoss, sodass der weit entfernte Ganges ihnen hier den Durst löschte. Eine unterirdische Quelle sprudelte durch den Boden hoch, und sie tranken. Noch immer war frisches Wasser im Banganga-Teich. *Baan*, Pfeil auf Sanskrit, und *Ganga*, natürlich der Mutter Fluss. Sie lebten inmitten der lebendigen Geschichten der Götter.

Und nach den Göttern die Briten und insbesondere der Honourable Mountstuart Elphinstone, Gouverneur der Stadt von 1819 bis 1827, der den ersten Bungalow auf den Hügel baute, und alle Größen der Stadt folgten seinem Beispiel. Nero erinnerte sich an den Hügel seiner Kindheit, ein Ort mit vielen Bäumen und einigen flachen eleganten Häusern, deren rote Ziegeldächer man durch das Blattwerk hindurch sah. In seiner Erinnerung spazierte er durch die Hängenden Gärten und beobachtete seine Söhne, die in dem alten Frauenschuh im Kamala Nehru Park spielten. In den 1950er-Jahren wurde das erste Hochhaus auf dem Hügel gebaut, und die Leute lachten darüber. Matchbox-Haus nannten sie es, denn es sah aus wie eine riesige aufgerichtete Streichholzschachtel. Wer würde darin wohnen wollen, höhnten die Leute, seht nur, wie hässlich. Doch der Bau von *machis*-Gebäuden nahm zu und der von Bungalows nahm ab. Das war Fortschritt. Doch dies war nicht die Geschichte, die er erzählen wollte. »Er wollte die Geschichte zu Ende bringen, deren Anfang er mir an jenem Tag in seinem Arbeitszimmer erzählt hatte.«

(Er ließ Riya selbst ins Haus. Sie gingen in sein dunkles Arbeitszimmer und saßen im Finstern. Sie sagte nichts oder fast nichts. Er hatte eine lange Geschichte zu erzählen.)

Er lernte den Mann, den er anfing, Don Corleone zu nennen, ungefähr zur selben Zeit kennen, als *Der Pate* ins Kino kam, damals, als er zum ersten Mal einen Fuß in die Welt der Filmproduktion setzte. Zu jener Zeit nannten den Don alle Sultan Ameer. Seine Gangsterfamilie war die S-Gesellschaft. »S für Sultan, super und Stil«, wie der Don sich gerne rühmte. Er war ein Spitzenverbrecher, ein Meisterschmuggler, doch die Leute liebten ihn, weil er nicht zuließ, dass jemand getötet wurde, und im Grunde seines Herzens war er eine Art Sozialarbeiter. Er half den Armen in den Slums und auch den kleinen Ladenbesitzern. Ja, es stimmt, er hatte mit Prostitution zu tun; Bordelle in Kamathipura, ja, sie gehörten ihm. Auch Banküberfälle. Niemand ist ohne Fehl und Tadel. Ja, alles in allem, geben oder nehmen, ein Robin-Hood-Typ, könnte man sagen. Das stimmt nicht, nicht wirklich, denn wenn man auf dieser Megaebene arbeitet, lässt sich das nicht mit einer Handvoll Schmalspur-Pfeil-und-Bogen-Banditen im Sherwood Forest, Großbritannien, vergleichen, aber die Leute hielten ihn für einen guten Kerl, eher für gut als verdorben. Er war der erste berühmte Gangster. Er kannte alle, man sah ihn überall. Polizei, Richter, Politiker, alle in seiner Tasche. Er lief ungehindert durch die Stadt, ohne Angst. Und ohne Gangster wie ihn wäre die Hälfte der Filme, die den Leuten gefielen, nicht entstanden. Großinvestoren, diese Mafiapaten. Man konnte jeden großen Filmemacher fragen. Früher oder später meldete sich die Mafia mit Tüten voller Geld in den Händen.

Er bildete die nächste Generation aus, alles Jungs aus der Stadt, die er förderte. Was wusste Zamzama Alankar vom Schmuggeln, das ihm nicht Sultan Ameer beigebracht hatte? Er schulte Zamzama (alias KG für »Kims Gewehr« oder einfach die Kanone), er schulte Little Feet, er schulte Short Fingers, er schulte Big Head, all die Topjungs. Sie alle fünf liebten Filme, und Sultan Ameer hatte eine Filmschauspielerin zur Geliebten – ein Mädchen namens Goldie, er steckte Geld in miese Filme, um sie zur Ikone zu machen – und so rutschten sie ganz natürlich ins Filmgeschäft. Niemand nannte es damals Bollywood, das war eine Erfindung aus viel späterer Zeit. Bombay Filmindustrie. Bombay Talkies. Bombay Tonfilme. So hieß das damals.

(Bombay Talkies, *wenn ich das kurz einwerfen darf, war und bleibt mein liebster Merchant-Ivory-Film, vor allem die Lied-und-Tanznummer »Typewriter Tip Tip Tip«, in der Tänzer Pirouetten auf den Tasten einer riesigen »Schicksalsmaschine« drehen und der Direktor erklärt: »Wenn wir Menschen auf ihr tanzen, drücken wir die Tasten, und die Geschichte, die dabei geschrieben wird, ist die Geschichte unseres Schicksals.« Ja, wir alle tanzen unsere Geschichten auf der Schreibmaschine des Lebens.*)

Also. Don Corleone half in den Bombay Talkies, ein paar sinkenden Sternen wieder Fuß zu fassen, zum Beispiel Parveen Babi, auch Helen. Er war befreundet mit Raj Kapoor und Dilip Kumar. Seine Schmuggler schmuggelten, seine Räuber räuberten, seine Huren hurten, und seine Richter, Politiker und Polizisten taten, wie ihnen geheißen, aber da oben auf der

Silberleinwand im Maratha Mandir hielt sein Film *Kuch Nahin Kahin Nahin Kabhi Nahin Koi Nahin*, »Nothing Nowhere Never Nobody«, den Rekord der meisten Vorführwochen in Folge, bis natürlich der andere mordsmäßige Film *The Bride Stripped Bare by Her Bachelors, Even* in die Kinos kam und jeden verdammten Rekord brach. Aber auf *KN4*, wie die Leute seinen größten Hit nannten, war Sultan Ameer / Don Corleone stolz, die Leistung, auf die er am stolzesten sei, wie er zu sagen pflegte, und er hatte seinen eigenen Titel dafür, »Everything Everywhere Everytime Everyone«, »E4All«, denn genau das war es, alles für alle. Ja, und seine geliebte Goldie schaffte es leider nicht nach ganz oben, brachte es nie zum Topstar, der auf dem Plakat noch »über dem Filmtitel steht«, wie die Hollywood-Typen sagen, doch sie war glücklich, er kaufte ihr ein großes Haus in Juhu, direkt neben dem des großen Dev Anand, und so konnte sie diesen lebendigen Gott zu Samosas und Tee zu sich herüberbitten.

Und Nero: Er war nur ein Geschäftsmann, der seine größte Tatkraft ins Baugewerbe steckte und – wie alle anderen in dieser vom Film besessenen Stadt voller Sterne – in der Welt in die Höhe strebte wie seine Bauten. Er traf den Don im Strandhaus des Soundso in Juhu oder vielleicht in dem der Sowieso, es war nicht wichtig. Sagen wir mal, es war eine der zwei, drei großen Gastgeberinnen, die das schillernde Nachtleben der Stadt beherrschten. Die beiden Männer verstanden sich auf der Stelle gut, und am Ende der Nacht sagte Sultan Ameer: »Morgen gehe ich zu Smita und erzähle ihr von meinem neuen Film. Warum kommen Sie nicht mit?« Mit diesen Worten verführte er Nero für alle Zeiten, und das Leben des Geschäftsmanns nahm eine neue Wendung.

Superstars – Megastars! – lasen keine Drehbücher. Man ging zu ihnen und erzählte den Film, man schilderte seinen

Inhalt und achtete sorgsam darauf, dass die Rolle des Superstars als das unentbehrliche zentrale Element des Projekts erschien. Smita war eine der beliebtesten Schauspielerinnen ihrer Zeit, nicht nur eine Schönheit oder ein Sexsymbol, sondern eine wunderbare, eindringliche Darstellerin. Sie führte gemessen an den Standards der Stadt ein frevelhaftes Leben, weil sie ungeniert ein Verhältnis mit einem berühmten Star hatte, der auch ein verheirateter Mann war. Letztendlich trieben sie Puritanismus und Verunglimpfungen aus dem Geschäft, sodass sie zu einer traurigen Einsiedlerin wurde, doch das war später, jetzt war sie die Größte der Großen, auf dem Gipfel des Kailash, eine Göttin der Göttinnen, die Beste. Für Nero war die Begegnung mit ihr eines der größten Erlebnisse seines Lebens, auch wenn die Schilderung des Inhalts nicht gut verlief, denn die Rolle erforderte, dass Smita im Laufe des Films alterte, von siebzehn bis etwa fünfundfünfzig. »Sehen Sie«, sagte die Unsterbliche zum Don, »ich bin Ihnen so dankbar, dass Sie damit zu mir gekommen sind, denn die meisten Rollen *entfalten* sich nicht, nicht wahr, und ich als Künstlerin möchte mich *entfalten*, mich *entwickeln,* darum *liebe* ich diesen Film. Ich liebe ihn einfach. Gut, es gibt da ein, zwei Dinge, ich möchte sie offen ansprechen, hier auf den Tisch legen, denn jeder sollte hundertprozentig einverstanden sein, ehe wir zu drehen anfangen, nicht wahr, wenn wir am Set sind, sollten wir alle hundertprozentig am selben Strang ziehen, darf ich das so sagen?« »Selbstverständlich«, entgegnete Sultan Ameer. »Darum sind wir ja hier, bitte.« Sie runzelte die Stirn und sah zu Nero. »Und wer ist er?«, wollte sie wissen. Sultan Ameer schnalzte mit der Zunge und machte eine abschätzige Handbewegung. »Achten Sie nicht auf ihn«, sagte er. »Er ist nur so da.« Daraufhin glättete sich ihre Stirn. Die Himmlische wendete sich wieder dem Don zu. »Sehen Sie, in Ihrer Schilderung entwickelt sich die Filmfigur zur Mutter eines neunzehnjährigen Mädchens. Ich habe nie – niemals in meinem ganzen *Leben* – die Mutter eines Teenagers gespielt. Da liegt meine Schwierigkeit. Sie verstehen, dass die Entscheidungen, die ich treffe, dass die Filme, die ich auswähle, sich ernstlich auf die jährlichen Einnahmen an den Kinokassen unserer gesamten geliebten Filmindustrie niederschlagen, darum muss ich vorsichtig sein, nicht wahr? Ich höre eine Stimme vom Publikum, das mich liebt! – von dem Star, der ich bin! –, und die Stimme sagt…« Sultan Ameer unterbrach sie. »Die Handlung können wir ändern«, erklärte er. »Sagen Sie Ihrer Stimme, sie soll schweigen.« Doch es war zu spät. »›Nein‹, sagt die Stimme, ›das bist du der Welt schuldig.‹«

Nero, der nur so da war und still in der Ecke saß, war hingerissen. Als sie die Göttliche verlassen hatten, sagte er: »Es tut mir leid, dass es ihr nicht gefallen hat.« Sultan Ameer schnippte mit den Fingern. »Es wird ihr gefallen. Die Geschichte lässt sich leicht ändern. Und vielleicht ein Mercedes und wenn da noch ein Koffer mit Schwarzgeld in der Hinterhand wäre, dann *fataakh*! Geritzt!« Er klatschte in die Hände. Nero nickte gerade, um zeigen, dass er verstand, als der Don hinzufügte: »Dies könnte Ihr Investment in dieses Projekt sein.«

»Der Mercedes?«

»Und der Koffer. Der Koffer ist überaus wichtig.«

So hatte es angefangen. Innerhalb der nächsten Jahre baute Nero sich als Dons Geldwäscher und Kofferbote eine einträgliche Nebenbeschäftigung auf. Wie kam es dazu? Seine Begeisterung für die Filmwelt ließ ihn einfach so hineinrutschen. Mit Sternenstaub in den Augen, mit von filmischem Glamour berauschtem Kopf, und das Geld, das sie alle dabei machten, war der Irrsinn. Oder genauer, er hatte seit jeher eine gesetzlose Seite gehabt, das Baugewerbe war schließlich nicht unbedingt gesetzestreu, sondern krumm wie ein Korkenzieher, wie W. H. Auden es wohl ausgedrückt hätte. Zu jener Zeit setzte der Bauboom ein, und hohe Gebäude, »Matchbox-Häuser«, schossen in der ganzen Stadt in die Höhe, und Nero saß an der Quelle dieses Wandels. Wie viele Gesetze wurden bei dem vielgeschossigen Griff nach dem Himmel missachtet oder gebrochen, wie viele Taschen gefüllt, um Schwierigkeiten zu beseitigen! Die Gebäude sprossen und sprossen immer um einige Etagen höher, als die Behörden bewilligt hatten. Anschließend konnten die Strom-, Wasser- oder Gaswerke damit drohen, die Etagen, die es eigentlich nicht geben sollte, von der Versorgung auszuschließen, doch es gab Wege, diese sich plusternden Gefieder zu glätten. Der Filmstarkoffer war keineswegs Neros erster. Es kam ebenso vor, dass viele neue Gebäude geradewegs illegal waren, ohne anständig genehmigte Pläne und nicht entsprechend den ordnungsgemäßen Regeln gebaut. Auch Nero ließ sich dergleichen zuschulden kommen, aber das taten alle, niemand war unschuldig, und wie die anderen großen Bauunternehmer hatte er Freunde in den hohen Rängen anderer Bereiche, darum kam er mit allem, was er tat, gut davon. »Der Bauunternehmer ist das Gesetz«, sagte er gerne. »Und das Gesetz heißt, bau weiter.« Moral? Transparenz? Das waren Fremdwörter, Wörter für diejenigen, die die Kultur der Stadt oder die Lebensart der Leute nicht verstanden.

So war er eben. Er wusste es, seine Söhne wussten es, das war der Lauf der Dinge. Seine Freundschaft zu Don Corleone alias Sultan Ameer öffnete ihm die Tür zum Verlies, wo die tiefere Gesetzlosigkeit lauerte und nur darauf wartete, freigelassen zu werden. Nun waren Filmsternchen auf seinen Partys, und in den Badezimmern gab es Kokain, und er hatte sich aus eigener Kraft von einem anständigen, geschniegelten und gestriegelten, stinklangweiligen Hochhauserbauer mit Bauplanen und einer Aktentasche zu einer Persönlichkeit der Stadt entwickelt. Und mit dem Status boten sich neue Geschäfte, und mit den Geschäften bot sich neuer Status und so weiter, immer weiter. In diesen Jahren gewöhnte er sich das offen vulgäre Verhalten der Eigenwerbung an, das ihm in seinen New Yorker Jahren noch immer wie ein protziger Pelzmantel um die Schultern hing. Er zog mit seiner Familie in das luxuriöse Haus in Walkeshwar. Er kaufte eine Jacht. Er hatte Affären. Sein Name glitzerte am Nachthimmel von Andheri bis zum Nariman Point. Das Leben war gut.

Geld konnte auf verschiedene Art gereinigt werden. Für geringere Summen bot sich das sogenannte »Smurfing« an, schmutziges Geld wurde in kleine Beträge aufgeteilt, damit kaufte man so etwas wie Geldbriefe oder Bankschecks, die anschließend – immer noch in kleinen Beträgen – bei verschiedenen Banken eingezahlt und später als gewaschenes Bargeld abgehoben wurden. Nero nutzte diese Methode zum Beispiel für den Geldkoffer. Aber für umfangreichere Projekte brauchte man ein umfangreicheres System, und das Immobiliengeschäft war ein ideales Vehikel dafür. Für die Eingeweihten wurde Nero der ungekrönte Meister des »Flipping eins« und »Flipping zwei«. »Flipping eins« bestand im Kauf hochpreisiger Immobilien der Spitzenklasse mit Schwarzgeld und im raschen profitreichen Weiterverkauf, denn für gewöhnlich schnellten die Preise in die Höhe. Das Geld aus dem Verkauf war weißes, blitzsauberes Geld. »Flipping zwei« war der Kauf von Eigentum – mit Einwilligung des Verkäufers – unter dem üblichen Marktwert, wobei die Differenz unter dem Tisch in Schwarzgeld gezahlt wurde, dann fuhr man fort mit »Flipping eins«. Nero führte das größte Immobilienmaklerunternehmen der Stadt, das im geheimen Sprachgebrauch als »Flipistan« bezeichnet wurde, das Land, in dem schmutziges Geld in Urlaub ging, um gesäubert und mit hübsch ehrlicher Bräune zurückzukehren. Das hatte natürlich seinen Preis. Nero nutzte Flipistan für seinen eigenen Schwarzgeldhandel, und wann immer Mitglieder der S-Gesellschaft ihn um seine Dienste baten, forderte er einen großzügigen Gewinnanteil am Deal.

Dann stürzte der Himmel über Don Corleone ein. Der Sohn der Premierministerin, Sanjay Gandhi, sein früherer Trinkkumpan, verfolgte Sultan Ameer während der Jahre des autoritären Ausnahmezustands, und der Pate der S-Gesellschaft wurde von Gerichten, die Sanjay kontrollierte, nicht von ihm selbst, verurteilt und für anderthalb Jahre eingesperrt. Merkwürdigerweise kam er genau zu dem Zeitpunkt frei, als der Ausnahmezustand aufgehoben wurde und Sanjay in Ungnade fiel. Doch er war ein anderer geworden, er hatte im Gefängnis seinen Mut verloren und stattdessen Gott gefunden. Obwohl sie beide denselben religiösen Glauben hatten, war Nero nur dem Papier nach Muslim, und dieser neue fromme Corleone gefiel ihm gar nicht. Der Don gab das Gangstertum auf und versuchte – ohne Erfolg –, in die Politik zu gehen; die beiden Männer hatten sich auseinandergelebt. In den 1980er-Jahren war Sultan Ameer welk und so gut wie vergessen, als er seinen langen Kampf gegen den Krebs aufnahm, bis ihn schließlich der Tod ereilte. Und Nero war ein großer Zampano. Doch ein noch größerer Zampano hatte die Bühne betreten.

◇

Ehe er berühmt wurde, kannte man Zamzama Alankar wegen seines Schnurrbarts, der so kräftig und unheilvoll wuchs, dass er wie ein parasitärer Organismus erschien, der irgendwo tief in seinem Kopf, vielleicht sogar in seinem Gehirn, seinen Ursprung haben musste und ihm in der Nase hinunterwuchs, bis er die Außenwelt erreichte, als würde ein Alien auf seiner Oberlippe auftauchen und Neuigkeiten von der ungeheuren, gefährlichen Macht seines Wirts verkünden. Es war ein Schnurrbart, der einen Schnurrbartwettbewerb gewann, damals, zu Hause in dem Küstenort Bankot, doch Zamzama hatte weit größere Spiele im Sinn. Er war als Sohn eines Polizisten in jenem fernen Ort an der Küste des Arabischen Meers, in der Nähe eines alten Forts geboren, doch er hatte, vielleicht da in seiner Kindheit das Verhältnis zu seinem strengen Vater schlecht war, nie viel Zeit für die Gesetze oder die Beamten gehabt, die es durchsetzten, ob nun auf dem Wasser oder auf festem Boden. Zunächst wurde er wegen seiner zentralen Rolle im Hawala-System bekannt, bei dem Geld von einem Ort zum anderen mündlich und ohne schriftliche Unterlagen transferiert wurde – es wurde einem Händler, einem Hawaladar, am Ort A übergeben, der gegen eine geringe Provision einem Hawaladar an Ort B den Erhalt mitteilte, der wiederum die entsprechende Summe dem vorgesehenen Empfänger auszahlte, solange der Empfänger das Passwort kannte. Auf diese Weise »bewegte sich Geld, ohne sich zu bewegen«, wie sich das Hawala-System selber pries, und sollte es erforderlich sein, konnte die Kette sehr viel mehr Glieder umfassen. Das System war beliebt, da die Gebühr, die der Kunde bezahlte, weit geringer war als bei normalen Banken, und außerdem umging es Probleme wie zum Beispiel einen variablen Wechselkurs; die Hawala-Kette setzte ihren eigenen Wechselkurs fest, und jeder hielt sich daran. Das gesamte Netzwerk beruhte auf der Ehre des Hawaladars im ganzen Land und tatsächlich in der Welt. (Denn sollte ein Hawaladar unehrenhaft handeln, wäre es unklug, auf sein langes Leben zu setzen.) Weil das System ebenso wie Smurfing und Flipping ein taugliches Mittel für die Geldwäsche war, war es in Indien verboten, Zamzama jedoch setzte es im großen Stil fort, nicht nur auf dem Indischen

Subkontinent, sondern auch im ganzen Mittleren Osten, am Horn von Afrika und sogar in manchen Gebieten der Vereinigten Staaten. Hawala genügte ihm jedoch nicht. Er wollte im *kursi* sitzen, das heißt, auf dem Thron der Unterwelt, und da Sultan Ameer in seinem Gefängnis aus dem Weg geräumt war, griff er, unterstützt von seinen Statthaltern Big Head, Short Fingers und Little Feet, nach der Macht. Er stellte sich dem Wettkampf mit den Verbündeten eines rivalisierenden Bosses namens Javed Greasy, doch diese Herausforderung fegte er rasch beiseite, indem er eine Strategie anwendete, die alle Mitglieder der relativ gewaltfreien Gangsterfamilie von Sultan Ameer zutiefst schockierte. Diese Strategie hieß Mord. Die Leichen von Javed Greasy und seiner Familie, die bei Ebbe am Juhu-Strand wie Fische auf einer Platte lagen, lösten nicht allein das Problem der Anführerschaft; vielmehr schickten sie auch eine Botschaft an die ganze Stadt, an die Oberwelt ebenso wie an die Unterwelt. Es sei ein neuer Tag, sagten die Leichen. Es sei ein neuer Akteur in der Stadt, und es herrschten neue Gesetze. Die S-Gesellschaft war jetzt die Z-Gesellschaft.

Zamzamas Bruder Salloo, bekannt als Salloo Boot, hatte ihm anfangs geholfen, in der Stadt Fuß zu fassen, da er es auf den Don des Dongri Districts abgesehen hatte, auf Daddy Jyoti, den und dessen Männer er mit seinen Männern einkreiste und mit leeren Sodawasser-, Campa-Cola- und Limca-Glasflaschen böse zusammenschlug. Daddy, der nie mehr wieder in der Stadt gesehen wurde, waren sie nun los, doch es folgte ein noch viel heftigerer Bandenkrieg, gegen die Pashto-Bande aus Afghanistan, die ihr Geldverleih-Unternehmen mit Büros in der Readymoney Lane aufnahm, wie die Straße passenderweise hieß, sich aber rasch der Erpressung im kleinen Stil zuwandte; sie zwang kleine Ladenbesitzer und kleinere Geschäfte in den Slums und ebenso auf den Märkten der Stadt,

Schutzgelder zu zahlen. Die Preise der Schneidereien, der Uhrenreparaturläden, der Friseure und Lederwarenverkäufer stiegen, um die Forderungen der Erpresser erfüllen zu können. Auch die Prostituierten an der Falkland Road mussten ihren Opfern mehr abknöpfen. Da die Kosten für die Erpressung von Geschäften mit so geringer Gewinnspanne nicht aufgebracht werden konnten, gaben sie sie an die Verbraucher weiter. Auf diese Weise zahlte die ganze Stadt sozusagen eine Extra-, eine Unterweltsteuer. Doch was konnte man dagegen tun? Nichts, außer Geld abzudrücken.

Die Pashtos beschlossen auch, Boot und Kanone – das ist Zamzama – auszulöschen, und heuerten zu diesem Zweck Manny an, einen top *dacoit*, einen Banditen aus Madhya Pradesh. Es ergab sich, dass Salloo Boot eine Tänzerin zur Freundin hatte, Charu, und eines Abends in den früher 1980ern holte er sie von ihrer Wohnung in der Stadtmitte von Bombay ab und fuhr mit ihr in einem Fiat zu einem Liebesnest in Bandra. Doch Manny und die Pashtos waren ihnen auf den Fersen und umstellten den Fiat an einer Tankstelle, an der Salloo Boot angehalten hatte. Mit aufrichtiger Galanterie baten Manny und die Pashtos, Charu möge aus dem Wagen steigen und abschwirren. Dann gaben sie fünf Schüsse auf Boot ab und ließen ihn tot zurück. Sie rasten zu Zamzamas Zentrale an der Pakmodia Street, um ihn zu überrumpeln, ehe ihn die Nachricht vom Tod seines Bruders erreicht haben würde, doch da das Haus schwerst bewacht war, kam es zu einer größeren Schießerei. Zamzama blieb unverletzt. Bald darauf wurden die Pashto-Anführer verhaftet und des Mordes an Boot angeklagt. Als sie vor Gericht standen, drang ein Scharfschütze der Z-Gesellschaft, ein christlicher Killer namens Derek, in den Gerichtssaal und erschoss sie mit einem Maschinengewehr.

Im Laufe der 1980er-Jahre wurden im fortdauernden Bandenkrieg mindestens fünfzig Gangster der Z-Gesellschaft und der Pashtos getötet. Letztlich war die afghanische Bande ausgeschaltet, und der Pate Zamzama hatte seinen Thron.

Nach dem Tod seines älteren Bruders traf Zamzama die Entscheidung, auf Privatleben zu verzichten. »Eine Freundin ist Schwäche«, hörte Nero ihn sagen. »Familie ist Schwäche. Für andere mag sie wertvoll sein. Aber ein Boss kann sie sich nicht leisten. Ich bin der einsam umherstreifende Kater.« Einsam, das hieß, abgesehen von einem Vierundzwanzig-Stunden-Bodyguard-Trupp aus zwölf Personen – sechsunddreißig Leute arbeiteten jeweils zu zwölft in Acht-Stunden-Schichten. Außerdem eine Gruppe von zwölf auf Überwachungsabwehr trainierte Fahrer hinter dem Steuer von gepanzerten Mercedes-Stretchlimousinen, Experten in der Kunst des »Drycleanings«, was bedeutete, sie sorgten dafür, dass die Autokolonne nicht verfolgt wurde. (Auch hier jeweils vier Fahrer in drei Schichten.) Und die Eingangstür seines Hauses war aus dickem Stahl, die Fensterscheiben waren schussfest und mit massiven Metallgittern geschützt, und auf dem Dach standen rund um die Uhr schwer bewaffnete Männer. Die Stadt wurde von einem Mann beherrscht, der in einem selbst gebauten Käfig lebte. Indem er sich selbst unverwundbar machte, machte er die Verwundbarkeit seiner Leute, ihrer Familien und ihres Vermögens zur Grundlage seines Reichtums und seiner Macht.

(*Ich bin kein Experte für die Industrie, die heute als Bollywood bekannt ist, aber sie liebt ihre Gangsterfilme ebenso sehr wie die Gangster. Der Filmenthusiast mag, wenn er dieses Universum betritt, mit Ram Gopal Varmas* Company – Das Gesetz der Macht *beginnen, mit Apoorva Lakhias* Shootout at Lokhandwala, *Sanjay Guptas* Shootout at Wadala *oder Milan Luthrias* Once upon a Time in Mumbaai *und* Once upon a Time in Mumbaai 2. *Das zusätzliche* a *in* Mumbaai *ist ein Beispiel für einen neuen numero-*

logischen Fimmel. Leute fügen einen Vokal hinzu oder lassen einen weg, um ihren Namen, in diesem Fall die Filmtitel, glückbringender und erfolgreicher zu machen: Shobhaa De, Ajay Devgn, Mumbaai. *Ich bin nicht imstande, die Wirksamkeit oder Sonstiges von derartigen Veränderungen zu kommentieren.*)

◇

Es war *Aibak*, der Film über Qutbuddin Aibak, den Begründer der Sklavendynastie, und über das Bauwerk Qutb Minar, der der Industrie zeigte, was der neue Pate unter Geschäft verstand. Das finanziell bestens ausgestattete historische Drama war ein lebenslanges Lieblingsprojekt eines der Großen von Bollywood gewesen, des Producers A. Kareem, und es sollten drei der »sechs Jungs und vier Mädels« mitspielen, die laut landläufiger Meinung die Megastars ihrer Zeit waren. Zwei Wochen vor Beginn der Hauptdreharbeiten erhielt Kareem einen Brief, der ihm, einem Muslim, mitteilte, der geplante Film beleidige den Islam, denn er stelle den neuen Herrscher als Sklaven dar, und von ihm forderte, das Projekt müsse abgesagt werden, oder aber, andere Möglichkeit, es müsse eine »Erlaubnis-Strich-Ablassgebühr« in Höhe von zehn Millionen Rupien in gebrauchten, nicht durchnummerierten Scheinen an einen Vertreter der Z-Gesellschaft gezahlt werden, der sich zu gegebener Zeit melde. Kareem rief auf der Stelle eine Pressekonferenz ein und verhöhnte öffentlich Zamzama Alankar und seine Bande. »Diese Philister meinen, sie können mich in die Pfanne hauen?«, schrie Kareem, wobei er die beiden Verschlusslaute, die »pfs«, kräftig schnalzen ließ. »Sie sind so blöd, dass sie nicht einmal wissen, dass die Bezeichnungen Mamluk oder Ghulam, unter denen diese Dynastie bekannt ist, nichts anderes als ›Sklave‹ heißt. Wir machen hier eine großartige Produktion, eine bahnbrechende Verfilmung unserer Geschichte. Da kann uns eine Schlägertruppe nicht aufhalten.« Vier Tage später überfielen einige schwer bewaffnete Männer unter der Führung von Zamzamas Statthaltern Big Head und Short Fingers das gesicherte Studio in Mehrauli, ganz in der Nähe des echten Qutb Minar, wo das besonders aufwendige Filmset aufgebaut war, und setzten es in Brand. Der Film wurde nie gedreht. A. Kareem klagte kurz nach der Zerstörung des Sets über heftige Schmerzen in der Brust und starb am gebrochenen Herzen. Ärzte, die seine Leiche untersuchten, sagten, das Organ habe es buchstäblich zerrissen. Nie wieder spottete jemand über Zamzama Alankar.

Nero lud Zamzama weiterhin zu seinen Partys in sein Haus, wo auch die erste Garde der Filmindustrie zusammentraf. Zamzama seinerseits begann üppige Events zu inszenieren, er lud eine ganze Flugzeugladung voller Gäste nach Dubai ein, und alle kamen. So musste es in Al Capones Blütezeit gewesen sein, der finstere Glamour, die gefahrvolle Verführung, der berauschende Cocktail aus Angst und Begehrlichkeit. Alle Zeitungen berichteten über Zamzamas Feste und bildeten die in ihren Abendroben glitzernden Stars ab. Die Polizei rührte keinen Finger. Und manchmal klopfte es am Morgen nach einem grandiosen Feuerwerk an der Tür eines Produzenten, der seinen Rausch in einer Prachtkabine auf einer Jacht der Z-Gesellschaft ausschlief, vielleicht im Beisein eines Starlets, das zu dumm war zu begreifen, dass dies niemals der richtige Weg an die Spitze ist; und da stand Big Head oder Little Feet mit einem Vertrag, den der Produzent unterschreiben musste und mit dem er alle Überseerechte seines letzten Films zu höchst nachteiligen Bedingungen abtrat, derweil eine große Waffe als Überzeugungshilfe auf seinen Kopf zielte, die Tage der Galanterie waren vorbei, niemand flüsterte dem nackten Starlet zu, sie möge sich etwas anziehen und abhauen. Nach vorne Party, nach hinten Geschäft, so lief das bei der Z-Gesellschaft. Viele Hauptakteure von Bollywood mussten um Polizeischutz bitten, und er wurde ihnen auch gewährt, aber sie konnten sich nie sicher sein, ob er ausreichte oder ob die Männer in Uniform sich nicht als von Zamzama bezahlt erwiesen und die Waffen, die sie schützen sollten, plötzlich nach innen auf den Auftraggeber zielten statt nach außen auf die gefährliche undurchdringliche Stadt. Und das Gesetz? Das Gesetz war so gut wie blind. Manchmal wurden zur Beschwichtigung der Öffentlichkeit kleinere Fische ins Gefängnis geworfen. Die großen Fische tummelten sich frei in diesem Meer.

Tochter, Tochter, sagte Nero. Ich war einer der Schlimmsten, denn sie haben nie versucht, mich zu erpressen. Ich kümmerte mich bereitwillig um ihre Geldangelegenheiten, und sie sorgten für mein finanzielles Wohlergehen, und ich akzeptierte alles, so sei der Lauf der Dinge, dachte ich, und vielleicht war er auch so, aber die Welt ist schlecht, du solltest dir eine bessere Welt suchen als die, die wir gemacht haben.

Er war nicht Opfer der Erpresserkeule, aber das musste auch gar nicht sein. Die Drohungen, die Mordversuche und die tatsächlichen Morde jener Jahre hatten ihm entsetzliche Angst eingejagt. Er hatte eine Menge zu verlieren. Er hatte kostspieligen Besitz, er hatte Gebäude, die in der ganzen Stadt errichtet wurden, er hatte eine Frau und er hatte Söhne. Er hatte all die Schwächen, die Zamzama suchte und brauchte. Es war nicht einmal notwendig, dass die Leute der Z-Gesellschaft ihm gegenüber diese Schwächen erwähnten. Sie waren das unausgesprochene Band zwischen den Gangstern und Nero. Wer war er für sie? Sie hatten die Schmutzwäsche, und er hatte die Wäscherei. Er war ihr *dhobi*, ihr Wäscher. Und so nannten sie ihn auch, Big Head der Zwerg, Short Fingers mit dem orangefarbenen Haar und Little Feet mit den größten Füßen, die man je gesehen hatte. »Hey, *dhobi*!«, sagten sie am Telefon. »Wir haben Wäsche für dich. Komm vorbei und bring sie zum *ghat*.« Wenn er sie traf, schnippten sie mit den Fingern. »Reinige das«, befahlen sie. »Hopp, hopp.« Zamzama ging respektvoller mit ihm um, hängte Respektbezeugungen an Neros richtigen Namen. *Sahib, ji, janab*. Der Respekt war Ausdruck seiner Geringschätzung. Dieser Respekt bedeutete: »Du gehörst mir, du Scheißkerl, vergiss das nicht.« Nero musste nicht daran erinnert werden. Er war kein Held. Er wollte weder seine Familie noch sein Leben verlieren. Er hatte keine Chance, es zu vergessen.

Die Schurken purzelten von den Filmleinwänden und sprangen in die Kinosäle, überlebensgroß, in Filmgröße, und rannten mit gezückter Waffe durch die Gänge hinaus auf die Straßen, und ihn plagte das Schuldgefühl, die Industrie sei dafür verantwortlich, sie hatte diese Monster geschaffen, sie glamourös und sexy gemacht, und nun übernahmen sie die Stadt. *Bombay meri jaan*, dachte er und summte das Lied, Bombay, mein Leben, meine Liebe, was ist aus dir geworden, die Mädchen am Marine Drive in der abendlichen Frische mit Jasminkränzen im Haar, die sonntagmorgendlichen Jazz-Jam-Sessions am Colaba Causeway oder in Churchgate, wo man Chic Chocolate, Chris Perrys Saxophon und Lorna Cordeiros Stimme lauschte; der Juhu-Beach, ehe ihn Leute wie er mit Häusern umbaut hatten; chinesisches Essen; die wunderschöne Stadt, die beste Stadt der Welt. Aber nein, das stimmte nicht, das Lied, das für diese Stadt bedeutete, was »New York, New York« für eine andere Metropole bedeutete, hatte immer gewarnt, es sei eine harte Stadt, in der das Leben schwierig sei, und auch dieses Lied war schuld, die Spieler, die Halsabschneider, die Diebe, die korrupten Geschäftsmänner, von denen es handelte, waren – wie die Schauspieler aus den Filmen – aus den Versen herausgeströmt, und hier waren sie nun und erschreckten anständige Leute, Leute wie das naive Mädchen im Lied, die die große Stadt verteidigte, *o Herz, es ist leicht in dieser Stadt zu leben*, doch selbst sie warnte, *sieh dich vor, du erntest, was du gesät. Du erntest, was du gesät.*

(Ja, die Filme waren schuld, das Lied war schuld. Ja, gib der Kunst die Schuld, Nero, gib der Unterhaltung die Schuld. So viel leichter, als Menschen die Schuld zu geben, den eigentlichen Akteuren des Dramas. So viel angenehmer, als sich selbst die Schuld zu geben.)

Er machte weiter, mit Koffern, mit Smurfing, mit Flipping. Er erklärte sich sogar einverstanden, für einen hohen Geldbetrag das Ende einer Hawala-Kette zu sein, als Zamzama Alankar persönlich ihn eines Abends auf einer Poolparty im Willingdon Club »freundlich darum bat« – mit einer Kaskade aus *sahibs*, *janabs* und *jis*. *Sie haben nie versucht, mich zu erpressen*. Sie mussten es gar nicht. Er war Zamzamas williger Bauer. Er hielt sich selbst für einen König der Stadt, doch er war nur ein bescheidener Fußsoldat. Zamzama Alankar war der König.

Und er sagte nicht ganz die Wahrheit, was die Erpressung anging. Das gab er zu. Tatsächlich hatten sie nie versucht, Bargeld aus ihm herauszupressen. Was sie aus ihm herauspressten, war viel, viel schlimmer.

◇

Zamzama, die Kanone, war kein sentimentaler Mensch. Laut seiner Legende – er war ein Mann, der viel Wert darauf legte, seine legendären Aspekte zu nähren – hatte Little Feet einmal einen Gangster namens Moosa Mouse entführt, der gewisse Mädchen der Gesellschaft belästigt hatte, hatte ihn an den Docks in eine Metallkiste sperren lassen und dann ein Boot angeheuert, das die Kiste weit außerhalb des Hafens auf den Meeresgrund beförderte. Zwei Tage später war Mouse' Mutter im Fernsehen und weinte sich die Augen aus. Zamzama sagte: »Besorgt mir ihre Handynummer, sofort«, und eine Minute später, *als sie noch immer live im Fernsehen interviewt wurde*, rief er sie an. Verwirrt ging sie ans Telefon, und Zamzamas Stimme sagte in ihr Ohr: »Schlampe, deine Maus ist jetzt ein Fisch, und wenn du nicht mit diesem Geplärre aufhörst, bist auch du bald *keema*. Kabumm!« *Keema* war Hackfleisch. »Kabumm« war Zamzamas liebster Abschiedsgruß, und wer immer ihn vernahm, wusste genau, wer sprach. Die Frau hörte auf zu weinen, zack, auf der Stelle, und sprach nie wieder mit einem Journalisten.

Er hatte auch keine Zeit für das Romantisieren der Vergangenheit à la *Bombay-meri-jaan*, für die Nero so anfällig war. »Die Stadt der Träume ist längst untergegangen«, sagte er schroff zu Nero. »Du selbst hast darauf und rundherum gebaut und das Alte unter dem Neuen zerschmettert. Im Bombay deiner Träume war alles Liebe, Frieden und säkulares Denken, da gab es keinen Kommunalismus, keinen hindu-muslimischen *bhai bhai*, da waren alle Menschen Brüder, oder? So ein Scheiß, du bist ein Mann von Welt, du solltest es besser wissen. Menschen sind Menschen, und ihre Götter sind ihre Götter, so etwas ändert sich nicht, und die Feindseligkeiten zwischen den verschiedenen Volksgruppen bestehen auch immer fort. Es ist nur die Frage, was ist an der Oberfläche und wie tief darunter sitzt der Hass. In dieser Stadt Mumbai haben wir den Bandenkrieg gewonnen, aber ein viel größerer steht uns noch bevor. Jetzt gibt es nur noch zwei Banden in Mumbai. Die *Bande*-Bande, die Mafia, das bin ich. Wir, die Z-Gesellschaft, das sind nur wir. Und was sind wir zu fünfundneunzig Prozent? Muslime. Schriftbesitzer. Aber es gibt auch die politischen Banden, und das sind Hindus. Die städtischen Behörden sind von Hindu-Politik bestimmt, und Hindu-Politiker haben ihre Hindu-Banden. Raman Fielding, kennst du diesen Namen? Alias Mainduck der Frosch? Du verstehst? Dann merk dir Folgendes: Anfangs haben wir uns nur wegen des Territoriums bekämpft. Dieser Kampf ist vorbei. Jetzt kommt der Heilige Krieg. Kabumm.«

Sultan Ameer »entdeckte Religion für sich« in späteren Jahren, aber sie war mystischer, sufistischer Natur. Zamzama Alankar war seit Anfang der 1990er-Jahre zum Anhänger einer viel glühenderen Version ihres gemeinsamen Glaubens geworden. Die Person, die diesen tiefgreifenden Wandel in Zamzamas Weltsicht und Interessen bewirkte, war ein demagogischer Prediger namens Rahman, Gründer und Geschäftsführer einer militanten Organisation, die ihren Sitz in der Stadt hatte und sich selbst Azhar Academy nannte; diese Akademie widmete sich der Verbreitung des Gedankenguts eines indischen Aufwieglers des neunzehnten Jahrhunderts, des Imam Azhar aus Bareilly, aus der Stadt, die der Barelwi-Sekte ihren Namen gab und deren Anführer der Prediger Rahman war. Die Akademie war in der Stadt durch Demonstrationen gegen die herrschende Partei bekannt geworden, Demonstrationen, die die herrschende Partei als »Krawalle« bezeichnete, die aber zumindest demonstrierten, dass die Akademie kurzfristig eine beachtliche Menschenmenge auf die Straße bringen und sie dann loslassen konnte. Zu Neros großem Missfallen begann Zamzama damit, die Worte des Demagogen Rahman nachzuplappern, oft wortwörtlich. Die Unmoral und die Dekadenz von. Die üble Feindseligkeit und Degeneration von. Bedürfnis, direkt konfrontiert zu werden mit. Die reine, unverdorbene Lehre von. Der richtige Blickwinkel auf. Die wahre Glorie und Pracht von. Unsere Verantwortung, unsere

Gesellschaft zu erretten von. Der Nutzen aus den geisterfüllten Lehren von. Unsere Entschlossenheit ist mächtiger als. Wir führen einen wissenschaftlichen Lebensstil auf dieser Welt und im Jenseits. Die Welt ist nichts, nur ein Tor zu der jenseitigen Herrlichkeit. Das Leben ist nichts, nur ein Räuspern vor dem Anstimmen des unsterblichen Lieds des Jenseits. Wird von uns gefordert, unser Leben zu opfern, opfern wir nichts, nur ein Räuspern. Wird von uns gefordert aufzustehen, stehen wir auf mit der Flamme der Gerechtigkeit in der Hand. Wir werden die gerechte Hand Gottes erheben, und sie werden seinen festen Schlag in ihrem Gesicht spüren.

»Verdammt noch mal, Zamzama«, sagte Nero, als sie an Bord der *Kipling* im Hafen zusammentrafen, auf Zamzamas Segelboot, das sein bevorzugter Ort für vertrauliche Gespräche war. »Was ist in dich gefahren? Du warst für mich immer der Mann, der große Feste liebt, und kein Gottesanbeter.«

»Die Zeit der lockeren Gespräche ist vorbei«, entgegnete der Don in einem neuen Tonfall, den Nero als bedrohlich empfand. »Es nähert sich die Zeit für handfeste Taten. Und im Übrigen, *dhobi*, benutze nie mehr wieder blasphemische Worte in meiner Gegenwart.« Es war das erste Mal, dass Nero vom *sahib* zum *dhobi* degradiert wurde. All das gefiel ihm gar nicht.

Es gab keine Partys in Dubai mehr. Im Haus hinter der Stahltür wurde viel gebetet. Für einen Mann mit Neros Gemüt war das absonderlich. Vielleicht war die Zeit gekommen, so dachte er, sich ein Stück von der Z-Gesellschaft zu lösen. Eine vollständige Trennung war unmöglich, da die Mafia ihren Einfluss auf die Gewerkschaften des Baugewerbes hatte und noch größeren Einfluss auf die nicht gewerkschaftlich organisierten, »immigrierten« Arbeitskräfte, die aus dem ganzen Land ohne Papiere oder legalen Status in die Stadt kamen. Aber vielleicht hatte er lang genug mit Geldgeschäften zu tun gehabt. Genug

Smurfing, Flipping und Hawala. Er war unterdessen ein anerkannter Tycoon und sollte diese eher zweifelhaften Portfolios vielleicht aufgeben.

Zu Zamzama sagte er: »Ich glaube, ich bin langsam zu alt und zu müde für diese Geldgeschäfte. Vielleicht könnte ich einen Nachfolger einarbeiten.«

Zamzama schwieg eine ganze Minute. Die am Anker liegende *Kipling*, deren Großsegel eingeholt und aufgetucht war, schaukelte sanft im Wasser. Die Sonne war untergegangen, und die Lichter der Back Bay leuchteten hinter ihnen auf, ein Halbkreis aus Schönheit, den Nero immer wieder aufs Neue schätzte. Dann sprach der Mafiaboss. »Magst du die klassische Rock-'n'-Roll-Band The Eagles?«, fragte er. »Glenn Frey, Don Henley und so weiter und so weiter?« Ohne die Antwort abzuwarten, fuhr er fort. »Welcome to the Hotel California.« Woraufhin der Don zu Neros Bestürzung zu singen anfing – lauthals, unmelodiös und auf eine Art, die Nero mit tiefer Angst erfüllte.

»You can check out any time you like, but you can never leave.«

◇

Das war der Anfang der großen Finsternis, sagte Nero in seinem finsteren Arbeitszimmer im Haus Golden. Nach diesem Gespräch war ich in der Hölle. Oder, ich war schon lange in der Hölle gewesen, doch nun spürte ich, dass das Feuer meine Fußsohlen verbrannte.

Aber kennst du auch das Lustige an diesem Song, an dem Hotel? Es stimmte nicht einmal. Denn Verlassen, wann, wo, wie, das wurde genauso gut zu seinem Thema wie zu meinem.

◇

Du bist schockiert, sagte er. Du bist entsetzt über mich, dabei hast du das Schlimme noch gar nicht gehört. Du bist geängstigt von dem, was ich dir erzählt habe, und du hast nur eine einzige Frage im Sinn. Du hast mein Kind geliebt. Mein armes verwirrtes Kind. Du hast mein Kind geliebt und fragst, ohne Worte fragst du, ich sehe auch im Dunkeln in deinen Augen, dass du fragst. Wie viel wussten meine Kinder davon.

Dein Geliebter ist bei allem, was ich bisher erzählt habe, ohne jede Schuld. Er war noch gar nicht geboren oder noch ein kleiner Junge. Was die beiden anderen angeht, sie wuchsen in einer gewissen gesellschaftlichen Schicht auf, in der Schicht der großen Geschäfte in der großen Stadt, und sie wussten, dass das einen Preis hat. Ohne Schmiergeld tat sich gar nichts. Sie wussten von meinem Don Corleone, ja. Aber sie mochten ihn sehr. Für sie war das alles normal – ebenso wie für alle anderen. Ihnen gefiel auch die Welt des Films. Die berühmten Stars bei uns zu Hause. Die Selbstverständlichkeit, erstklassige Schauspielerinnen zu treffen. Als wären auch sie hinauf auf die Silberleinwand gestiegen. Das war vergnüglich, und wenn die Dons dazukamen, ja und, es war bekannt. Niemand kümmerte sich darum. Zu Zeiten von Sultan Ameer urteilte niemand. Doch als Alankar übernahm, schirmte ich sie von meinen Geschäften ab. Je weniger sie wussten, umso besser für alle. Er war eine andere Art Mensch, und ich hielt meine Familie da raus. Mein Geschäft war mein Geschäft, ich akzeptiere, dass man das kritisieren kann, ich will hier auch nicht meine Entscheidungen und Taten rechtfertigen, ich stelle nur fest. 1993 war dein Freund sieben Jahre alt und zweiundzwanzig im Jahr 2008, als wir nach New York übersiedelten. Ich muss sagen, von allen dreien war er immer am meisten in sich gekehrt. Sein Krieg fand in seinem Inneren statt, heute erkenne ich das. Seine Kanonen waren seit damals auf ihn selbst gerichtet, bis. Bis. Dinge vor ihm zu verbergen war somit einfach. Ich glaube nicht, dass er die Dinge wusste, die ich vor ihm verbergen musste. Ebenso wenig der älteste Junge, mein behinderter Junge, sie nannten ihn Harpo, die Stadt konnte so grausam sein, ja; auch für ihn war die große Frage seines Lebens im Kopf, eine Frage ohne Antwort. Auch ihn spreche ich frei. Es bleibt Apu. Apu war damals Groucho. Um ehrlich zu sein: Ich glaube, Apu wusste es. Er wusste es, aber er wollte es nicht wissen, und darum der Alkohol, die Drogen, um sich taub und blind zu machen, um sich nicht bewusst zu werden. Ich habe mit ihm nie über die dunkle Seite gesprochen. Er fragte nicht. »Wenn mein Vater Zahnarzt wäre«, sagte er mir einmal, »würde es mich dann interessieren, wie viele Zähne er gefüllt oder wie viele Wurzeln er gezogen hat und bei wem? So denke ich über dich. Du bist der Zahnarzt, wenn du zur Arbeit gehst, aber zu Hause bist du der Vater. Und genau das braucht deine Familie von dir. Keine Füllungen, sondern deine väterliche Liebe.«

Ich habe ihm nur sehr wenig erzählt. Nur Oberflächliches, das alle wussten. Bestechung, Korruption. Kleine Fische. Aber ich glaube, er ahnte die großen Fische. Ich glaube, darum seine Ausschweifungen, Alkohol, Frauen, Drogen.

Damals zu Hause war er kein richtiger Künstler. Er führte das Leben eines Künstlers, aber ohne Arbeitsmoral. Er war ein Bohemien, aber in Böhmen stellen sie wundervolles Glas her. Er machte von allem sehr wenig, mit Ausnahme von Sex, und auch wenn du es vulgär findest, lass mich sagen, entschuldige, Drogen machen niemanden zu einem besseren Liebhaber, außer in der eigenen Einschätzung. Womöglich war er auch in diesem Bereich erfolglos. Als er nach Amerika kam, brachte er sein Leben in Ordnung. *(Fingerschnippen.)* Einfach so. Ich war beeindruckt, er war ein neuer Mann, und es lief gut für ihn. Sein Talent offenbarte sich, und jeder sah es. Ich sah es zum ersten Mal. Ich hätte nie vermutet, dass er so talentiert war.

Alle drei hatten diese eine Fähigkeit: das Buch der Vergangenheit zuzuschlagen und in der Gegenwart zu leben. Das ist eine glückliche Gabe. Ich hingegen schlage das Buch der Gegenwart zu und lebe hauptsächlich in der Vergangenheit.

Aber es bleibt noch, über das Sirren in Apus Ohren, über die Stimmen und seine gelegentlichen Visionen zu reden. Er hatte eine lange Geschichte mit Halluzinogenen. Man könnte sagen, wenn man es denn so verstehen will, dass sie ihn für das Unsichtbare empfänglicher machten, dass sie ihm den Weg in die visionäre Welt zeigten, eine Öffnung, sind sie das? Die Tore zur Wahrnehmung. Man könnte aber ebenso gut sagen, das sei alles Unsinn. Alternativ könnte man auch sagen, er habe Schaden genommen. Er habe Schaden im Hirn und in seinem Innersten genommen. Drei Söhne, und alle mit einem Schaden im Hirn und im Innersten! Das ist kein gerechtes Schicksal für einen Vater. Das ist nicht gerecht. Und dennoch ist es mein Schicksal. Apu hatte Visionen und hörte Stimmen. Er war also auch verrückt.

Ich glaube somit, dass er wusste, was ich getan hatte, doch er wollte es nicht wissen. Darum ging er mit seiner Frau zurück, ohne zuvor darüber nachgedacht zu haben. Er kehrte nach Hause zurück und starb. Als er starb, wusste er sicherlich, was ihn tötete und warum. Er wird gewusst haben, dass es die Folge meiner Taten war. Auch ich habe das begriffen. Die Botschaft wurde geschickt, und ich habe sie empfangen. Die Dunkelheit nimmt zu. Es bleibt nicht mehr viel Zeit bis zum Ende. Darum spreche ich heute Nacht. Damit alles gesagt werden kann.

Über zwei Dinge muss noch gesprochen werden, sie sind

mit fünfzehn Jahren Abstand geschehen. 1993, 2008. Das sind die Jahreszahlen.

◇

Im Dezember 1992 befand Nero sich wieder mit Zamzama Alankar auf der *Kipling*. Die Moschee, die der erste Mogulherrscher Babur in der Stadt im Norden, in Ayodhya, hatte errichten lassen, war gerade von Hindu-Aktivisten zerstört worden, die behaupteten, sie stehe auf dem mythischen Grund des Geburtsorts von Rama, der siebten Inkarnation Vishnus. Es kam zu Aufständen in Mumbai. Erst erhoben sich die Muslime, die im Gegenzug von der dem Hindu-Extremisten Shiv Sena treuen Partei angegriffen wurden, und die Polizei, so sagte Zamzama, sei ganz offen ihr Parteigänger, ganz offen pro-Sena und »gegen uns«. Diese Aufstände flauten gerade ab, aber Zamzamas Wut war vulkanisch und kannte keine Grenzen.

Mir reicht's, brüllte er Nero entgegen. Der Rücken des Kamels ist gebrochen, nun muss das Kamel erschossen werden.

Es ist nicht klug, sich in diese Angelegenheit einzumischen. Konzentriere dich auf deine Stärken. Business ist gut.

Es ist nicht eine Frage von Klugheit. Es ist eine Frage der Notwendigkeit. Und eine heilige Moschee zu zerstören, weil man raunt, dort sei der Geburtsort eines erdachten Wesens, das ist *unklug*.

Sie halten ihn nicht für erdacht.

Sie täuschen sich.

Alankar hatte Kontakt zu engagierten Personen aus einem Nachbarland aufgenommen. Die Nachbarn hatten das starke Gefühl, es müsse etwas unternommen werden.

Es ist ein Plan ausgearbeitet worden, sagte Alankar. Die Nachbarn schicken uns in der ersten Januarwoche eine größere Lieferung an Waffen, Munition und Sprengstoff über das Meer an die Konkan-Küste. Sie wird in Dighi ankommen. Du musst die Koffer für die Küstenwache vorbereiten, sodass auf dem Wasser eine Schneise entsteht, durch die die Speedboote ihre Lieferung bringen können.

Ich, Zamzama? Das ist nicht meine Sache. Politik? Nein, nein, nein. Das darfst du nicht von mir verlangen.

Ja, ja, ja. Dein Haus ist doch bestens befestigt, nicht? Ich habe es gesehen, die schweren automatischen Stahltore, die Alarmanlagen, die Leibwächter. Deine Familie muss sich dort sicher fühlen. Fühlen sie sich sicher? Das müssen sie. Gehen sie manchmal vor die Tür? Natürlich, sie leben in Mumbai, sie führen ein erfülltes Leben. Eine glückliche Familie. Glückwunsch.

Wir sind doch alte Gefährten. So kannst du nicht mit mir reden.

Du bist so erfolgreich geworden, so reich, gut gemacht. Wie bedauerlich, wenn deine Arbeiter in einen Streik treten. Wie tragisch, wenn zufällig ein Feuer ausbricht.

Mir bleibt also keine andere Wahl, als es zu tun. Sehr gut, es wird erledigt.

In ein paar Wochen kommt eine zweite Lieferung in Shekhadi an. Selbes Vorgehen.

Der Plan der Nachbarn erforderte eine präzise Abfolge von Aktionen. Zuerst würde es Morde geben, in Dongri, dem früheren Machtbereich von Daddy Jyoti, der durch die Sodawasserflaschenschlacht aus der Stadt vertrieben wurde; dort lebte die Gemeinschaft der sogenannten *mathadi*-Arbeiter, Arbeiter, die Lasten auf dem Kopf trugen. Da sie auf der Straße schliefen, würden sie leicht zu ergreifen sein. Eine Reihe dieser Lastenträger würde gepackt, und um dem Ganzen den Anschein eines religiösen Rituals zu geben, würde ihnen mit kleinen Messern die Kehle durchgeschnitten. Dongri war ein heikles Viertel mit hoher Reizbarkeit, und der Nachbar war überzeugt, dass die rituellen Tötungen zu mächtigen Aufständen der Opposition führen würden. Die Opposition war bestens organisiert und genoss die Unterstützung der Polizei, aber sie würde auf schwer bewaffneten Widerstand stoßen. Waffen würden vorher an den potenziellen Kampfplätzen gebunkert werden. Granaten und Bomben würden vorhanden sein. Und dann würden die Bomben größere oppositionelle Menschenmengen mobilisieren, und diese Menschenmengen würden Maschinengewehren und weiterem Sprengstoff gegenüberstehen. Und ein Feuer würde ausbrechen, das sich im ganzen Land ausbreiten würde, und die Nachbarn würden sich freuen, weil man den Bastards eine Lektion erteilt hätte.

So Gott will, sagte Zamzama, wir schlagen den Bastards eine verdammt blutige Nase.

Es war das letzte Mal, dass Nero einen Fuß auf die *Kipling* setzte. Es war fast Zeit, wieder von Bord zu gehen, doch der Boss der Z-Gesellschaft hatte ihm noch eine weitere Sache zu sagen. Du und ich, sagte er, sehen uns vielleicht nie wieder. Es wird mir nicht möglich sein, nach all den Ereignissen, die eintreten werden, in diesem Land zu bleiben. Deine Position ist besser. Ich war stets rücksichtsvoll, was dich betrifft, und zwischen uns steht, wie du weißt, eine lange Kette an Mittelsmännern, sodass du zu hundert Prozent alles abstreiten kannst. Darum glaube ich, es ist okay, wenn du mit deiner Frau, deiner Familie an Ort und Stelle bleibst. Aber vielleicht solltest du dir für alle Fälle eine Exit-Strategie überlegen.

Zamzama hatte recht. Die beiden Männer trafen sich tatsächlich nie wieder. Und er hatte auch recht, was die Exit-Strategie anging.

◇

Über die Ereignisse vom 12. März 1993 wurde ausführlich berichtet, sodass es sich erübrigt, ins Detail zu gehen. Autobomben und Motorrollerbomben. Bomben im Erdgeschoss der Börse. Drei Bazare, drei Hotels, Flughafen, Kino, Passbehörde, Bank, kabumm, kabumm, kabumm. Selbst die Mahim-Fischerkolonie, kabumm. Taxibomben am Gateway of India, großes scheiß Kabumm.

Doch die Nachbarn mussten enttäuscht gewesen sein. Es gab zwar eine beträchtlich hohe Zahl von Toten, doch der erhoffte Bürgerkrieg blieb aus. Die Stadt und das ganze Land behielten die Nerven. Es kam zu Verhaftungen, die Lage beruhigte sich, Frieden kehrte wieder ein. Zamzama Alankar war mit seinem Statthalter Short Fingers verschwunden, sie galten jetzt als Staatsfeind Nr. 1 und Nr. 2. Es herrschte die weitverbreitete Annahme, sie lebten als Gäste bei den Nachbarn und Zamzama führe noch immer die Z-Gesellschaft per Fernsteuerung. Die Nachbarn behaupteten jedoch, sie wüssten nichts über den Verbleib der Flüchtigen.

◇

In den folgenden Jahren tat sich ein größerer Riss in der Unterwelt auf. Nach den Angriffen war der Sturm der Polizei auf die Z-Gesellschaft beispiellos, alle Arrangements und Absprachen galten nicht mehr, und das ganze Gebäude war kurz davor, in sich zusammenzustürzen. Die Satellitentelefone und die sicheren Online-Kommunikationssysteme funktionierten allerdings noch, sodass Zamzama in der Lage war, Anweisungen zu schicken und weiterhin Herr im Hause war, aber war es nicht ein bisschen überheblich von ihm und Short Fingers, Anweisungen aus der Ferne zu geben, schließlich mussten sie nicht ihren Kopf hinhalten. Nach und nach schuf die Distanz Groll zwischen den beiden abwesenden Anführern und den beiden vor Ort, Big Head und Little Feet – sie hatten sich der Anklage wegen Bandenwesen und Terrorismus zu stellen, und der Urteilspruch, ihnen sei keine Schuld nachzuweisen – was ihnen erlaubte, frei herumzulaufen –, musste fünf Jahre lang eingefädelt werden, fünf Jahre unter dem Hammer des Gesetzes. Nach diesen fünf Jahren war die Z-Gesellschaft noch immer die Z-Gesellschaft, die Loyalität der Kader bestand fort, aber alle wussten, dass es einen Z-Splitter gab, eine Gruppe, die in erster Linie dem Zwerg und dem Kerl mit den riesigen Füßen treu ergeben war, und obwohl eine Art Waffenruhe zwischen diesen beiden und den beiden, die bei den Nachbarn lebten, herrschte, hatten sie immer weniger füreinander übrig.

Nero wurde zu einem Treffen mit Head und Feet gebeten. Dieses fand nicht auf einer Luxusjacht im Hafen statt, sondern in einem *basti* im tiefsten Dharavi-Slum, Männer, die kein Wort mit ihm sprachen und auch nicht so aussahen, als wollten sie plaudern, führten ihn dorthin. In der Slum-Behausung nickte Head ihm zu, und Feet deutete mit dem Fuß auf einen Ziegelstein. Setz dich, sagte Feet.

Hier jetzt alles, was wir über dich wissen, sagte Head.

Du bist der *dhobi*, sagte Feet.

Was schmutzig ist, machst du sauber.

Darum kaum zu glauben, dass du nichts wusstest. *Wir* wussten nichts. Das müssen wir mit dem Boss klären. Aber du? Du wusstest nichts? Das können wir dir bei bestem Willen nicht abnehmen.

Wir zerbrechen uns den *dimaag* darüber.

Wie auch immer. Unser *Hirn* weiß Folgendes, a und b. A, Politik gefällt dir nicht.

Und b, bei der Religion mischt du nicht mit.

Es besteht also ein Gleichgewicht. Auf der einen Seite, auf der anderen Seite.

Es wurde entschieden, dir den Vorteil des Zweifels zugutekommen zu lassen.

Unser Standpunkt ist: Diese Operation hat der Gesellschaft geschadet. Ab sofort keine derartigen Operationen mehr.

Das müssen wir dem Boss und Fingers klarmachen.

Die beiden sind sich immer einig.

Ein Neustart. Zurück zum Wesentlichen. Kein Abschweifen vom Gebiet unserer maximalen Sachkenntnis.

Allerdings beruht im Geschäft unserer Gesellschaft vieles auf Vertrauen. Und unser Vertrauen in dich ist, wie soll ich es sagen.

Beeinträchtigt.

Erschüttert.

Dahin.

Ein nicht vertrauenswürdiger Vertrauensmann ist des Vertrauens nicht wert.

Das ist ein Misstrauensmann.

Aber wir gewähren dir den Vorteil des Zweifels.

Siehe oben.

Darum trennen wir uns einfach von dir. Du führst dein Leben weiter und wir unseres.

Sollte dir aber irgendwann nur die kleinste Info über uns über die Lippen kommen.

Schneiden wir dir den Schwanz ab.

Und die Schwänze deiner Söhne.

Und die stopfen wir deiner Frau ins Maul.

Und ich fick sie von hinten.

Während ich ihr von vorne die Kehle durchschneide.

Du bist ein freier Mann. Du kannst gehen.

Geh schnell.

Ehe wir unsere Meinung ändern.

Dieses Ding mit dem Schwanz klingt gut.

Nein, nein. Er macht nur Spaß. Leb wohl, *dhobi*.

Leb wohl.

◇

Fünfzehn Jahre vergingen. Fünfzehn Jahre: eine lange Zeit, lang genug, um zu vergessen, was man hinter sich lassen möchte. Seine Söhne wuchsen heran, auch sein Vermögen wuchs, und der Schatten der Unterwelt, der Schatten, der aus der Tiefe steigt, lag nicht mehr auf seinem Haus. Das Leben ging mit all seinen Höhen und Tiefen weiter. Seine Exit-Strategie war ausgearbeitet, doch es bestand kein Anlass, sie umzusetzen, kein Anlass, das Zuhause zu verlassen, kein Anlass, seine Welt in zwei Hälften zu teilen und die eine Hälfte wegzuwerfen. Fünfzehn Jahre. Lang genug, um sich zu entspannen.

Dann kam das Jahr 2008. Und im August 2008 sah Nero am Flughafen, als er von einer Geschäftsreise nach New York heimkehrte und in der Schlange vor der Einreisekontrolle stand, einen Geist. Der Geist stand in der Schlange vor der Passkontrolle neben seiner Schlange, und sein Markenzeichen, das orangefarbene Haar, war verschwunden. Nun war es schwarz wie das aller anderen. Doch abgesehen vom Haar war es eindeutig er. Der Staatsfeind Nr. 2. Nero sah Short Fingers verwundert an. Bestimmt würde er jeden Augenblick verhaftet und niedergeschossen, wenn er sich widersetzte. Ihre Blicke trafen sich, und er signalisierte dem Megaboss der Z-Gesellschaft mit Stirnrunzeln sein Erstaunen. Fingers machte nur ein großes Daumen-hoch-Zeichen (mit, das muss gesagt werden, einem sehr kleinen Daumen) und wendete sich ab. Sie näherten sich dem Schalter der Passkontrolle. Uniformierte Beamte betrachteten die Dokumente sorgfältig auf die superbürokratische Art, die alle kleineren indischen Beamten perfekt beherrschten. Und als Short Fingers als Zweiter vor dem Schalter stand, tat sich eine außergewöhnliche Chance auf. Alle Computer der Einreisehalle stürzten ab, zack! Einfach so. Alle Bildschirme schwarz. Augenblicke der Fassungslosigkeit folgten, als die Beamten der Einreisebehörden ihre Rechner wieder hochzufahren versuchten und andere Beamte aufgeregt hin und her liefen. Der Computercrash war ebenso total wie mysteriös. Die Warteschlangen wurden unruhig. Schließlich machte ein höherer Beamter der Einreisebehörde Zeichen, woraufhin die Schlangen sich in Bewegung setzten, alle wurden durchgewinkt, nur eine Überprüfung per Hand, und Fingers hatte das Hindernis genommen und war verschwunden, und zwei Minuten später, als Nero an den Schalter trat, zack!, gingen alle Computer wieder an. Die Z-Gesellschaft hatte ihre Macht nicht verloren.

Warum hatte Short Fingers das große Wagnis auf sich genommen zurückzukehren? Warum hatte Zamzama ihn geschickt? Diese Gedanken beschäftigten Nero tief in der Nacht, und um zwei Uhr morgens bekam er seine Antwort, denn zum ersten Mal seit anderthalb Jahrzehnten klingelte sein Handy in der kodierten Abfolge, die Schwierigkeiten bedeutete. Drei Klingeltöne, aus, ein Klingelton, aus, zwei Klingeltöne, aus, Abheben beim vierten Mal. Ja, sagte er. Short Fingers' Stimme in seinem Ohr war wie die Klauen des Teufels, die ihn in den Abgrund zogen. Noch ein Mal, sagte Fingers. Ein letztes Mal.

Die westliche Region der indischen Küstenwache war in fünf District Headquarters unterteilt. DHQ-2 umfasste den Bereich Mumbai und hatte drei Stationen an der Küste, in Murud Janjira, in Ratnagiri und in Dahanu. Jede Station hatte eine gewisse Anzahl von Patrouillenbooten zu Verfügung, für das offene Meer, für den Küstenbereich, Schnell- und Superschnell-Patrouillenboote und kleinere, sogar noch schnellere Patrouillen- und Abfangboote. Auch Hubschrauber und Überwachungsflugzeuge. Aber das Meer war weit, und mit vernünftiger Planung war es möglich, eine bestimmte Zone unbeobachtet zu lassen. Die Anzahl der Koffer, die für eine solche Operation erforderlich war, war groß.

Was ist es dieses Mal.

Frag nicht. Triff nur die Vorbereitungen.

Und wenn ich mich weigere.

Weigere dich nicht. Der Don ist bei schlechter Gesundheit. Die Nachbarn sind nicht die besten Gastgeber. Seine persönliche Situation ist eingeschränkt, sein Geld wird knapp. Er glaubt, ihm bleibt nicht mehr viel Zeit. Er wünscht sich diese letzte große Tat. Ihm bleibt keine Wahl. Die Nachbarn beharren darauf. Ihm droht die Ausweisung.

Es sind fünfzehn Jahre vergangen. Ich bin seit langer Zeit raus aus dem Spiel.

Welcome to the Hotel California.

Ich werde es nicht tun.

Weigere dich nicht. Ich frage freundlich. Ich sage bitte. Bitte, weigere dich nicht.

Ich verstehe.

◇

Am 23. November 2008 verließen zehn mit automatischen Gewehren und Handgranaten bewaffnete Männer per Boot das feindliche Nachbarland. In ihren Rucksäcken befanden sich Munition und starke Narkotika: Kokain, Steroide, LSD und Spritzen. Unterwegs kidnappten sie ein Fischerboot, ließen ihr ursprüngliches Boot zurück, zogen zwei Schlauchboote an Bord des Fischerboots und sagten dem Kapitän, wo er hinfahren solle. Kurz vor der Küste töteten sie den Kapitän und sprangen in die Schlauchboote. Später wunderten sich viele Leute, warum die Küstenwache sie nicht ent-

deckt oder nicht versucht hatte, sie abzufangen. Es hieß, die Küste sei doch in der Regel gut bewacht, doch in dieser Nacht musste es zu irgendeinem Versäumnis gekommen sein. Als die Schlauchboote am 26. November anlegten, teilten sich die bewaffneten Männer in kleine Gruppen auf und begaben sich zu ihren gewählten Zielen, einem Bahnhof, einem Krankenhaus, einem Kino, einem jüdischen Zentrum, einem beliebten Café und zwei Fünfsternehotels. Eines davon war das Taj Mahal Palace and Tower Hotel, wo Neros Frau nach einem Streit mit ihrem Ehemann in der Sea Lounge ein Gurkensandwich aß und ihren Freundinnen ihr Leid über ihre Ehe klagte.

◇

Ich finde keine Worte, sagte Riya.

Sag nichts.

Du hast den Killern, die deine Frau umgebracht haben, geholfen, in die Stadt zu kommen.

Nicht nötig, etwas zu sagen.

Und dann bist du geflohen. Du mit deinen Söhnen.

Es gibt noch eine Kleinigkeit zu berichten. Nach den Geschehnissen fand man die Leiche des Gangsters Short Fingers auf einer Straße in Dongri. Ihm war mit einem kurzen Messer die Kehle durchgeschnitten worden. Seine früheren Gefährten Big Head und Little Feet waren wütend wegen der Angriffe, die die Gesellschaft und ihre Operationen mal wieder gefährdeten. Dies war ihre Botschaft an Zamzama Alankar. Auch Apu wurde später Opfer ihres Zorns. Sie schickten mir eine Botschaft. Die Botschaft besagte, wir wissen, dass du geholfen hast, und dies ist unsere Entgegnung darauf. Mr. Mastan wird mir ihre Namen nennen. Ich kenne diese Namen bereits.

Dann bist du für den Tod deines Sohnes ebenso verantwortlich wie für den seiner Mutter.

Was ich getan habe, habe ich getan, um ihr Leben zu retten. Ich habe mich selbst in Gefahr gebracht, um sie zu schützen. In meinem Haus bin ich der König, doch ich wurde zum Diener. Der Wäscher. Der *dhobi*. Aber du hast recht. Ich habe versagt. Du klagst mich an, und ich bin schuldig, und das Schicksal hat mich bestraft, indem es mir meine Kinder nahm. Ein Kind tot durch die Hand meiner Feinde, eines durch eigene Hand, eines durch die Hand eines Verrückten, doch alle drei sind meine Strafe und meine Bürde, die ich für immer tragen muss, ja, und ihre Mütter auch. Mir wurde eine Lektion erteilt, und ich habe sie gelernt. Die Leichen meiner Kinder und ihrer Mütter lasten auf meinen Schultern, und ihr Gewicht drückt mich nieder. Du siehst mich vernichtet, Tochter, wie eine Kakerlake unter dem Absatz des Schicksals zertreten. Du siehst mich vernichtet. Und nun weißt du alles.

Und was tue ich nun, da ich alles weiß?

Es wird nicht nötig sein, dass du irgendetwas tust. Morgen früh Punkt neun Uhr kommt der Engel des Todes zum Tee.

32

Was würde es bedeuten, wenn der Joker König würde und die Batwoman ins Gefängnis ginge. Außerhalb der Gärten wurde das Kichern immer lauter, es klang eher wie ein Gekreische, und ich wusste nicht, ob es Wut- oder Freudenschreie waren. Ich war erschöpft und geängstigt zugleich. Vielleicht täuschte ich mich über mein Land. Vielleicht hatte mich mein Leben in der Blase etwas glauben lassen, das gar nicht so war oder nicht in dem Maße so war, um den Sieg zu erringen. Welche Bedeutung hätte alles, wenn das Schlimmste geschehen sollte, wenn die Helligkeit aus der Luft fiele, wenn die Lügen, die Verleumdungen, die Hässlichkeit, die Hässlichkeit zum Gesicht Amerikas würden. Welche Bedeutung hätte meine Geschichte, mein Leben, meine Arbeit, die Geschichten der Amerikaner, alter und neuer, der *Mayflower*-Familien und der Amerikaner, die gerade zur rechten Zeit stolz den Eid ablegten, um die Demaskierung Amerikas mitzuerleben. Warum überhaupt versuchen, das Menschsein zu verstehen, wenn die Menschheit sich selbst als grotesk, als finster, als *nicht schätzenswert* erwies. Was war der Kernpunkt der Dichtung, des Kinos, der Kunst. Soll das Gute doch allmählich in Vergessenheit geraten. Soll das Paradies doch verloren sein. Das Amerika, das ich liebte, vom Winde verweht.

An diesem letzten Wochenende vor der Wahl schlief ich nicht gut, weil mir dauernd Gedanken wie diese durch den Kopf gingen. Als Riya mich um fünf Uhr morgens anrief, starrte ich mit weit offenen Augen an die Decke. Du musst kommen, sagte sie. Irgendetwas steht bevor, und ich weiß nicht, was es ist, aber ich kann hier nicht allein sein. Der alte Mann ist an seinem Schreibtisch eingeschlafen, ist in seinem Stuhl vornübergesunken und liegt mit der Stirn auf der Holzplatte. Ihre Nacht war ebenso schlaflos gewesen wie meine. Doch sie war kein katholischer Priester in einem Hitchcock-Film, und sie musste die Last dessen, was ihr erzählt worden war, mit jemandem teilen, die Last der Geheimnisse, die nun auch ihre waren. Ich fuhr zu ihr, und wir saßen vor der Morgendämmerung in den Gärten, und sie sprach. Was sie tun solle, fragte sie. Was gibt es da zu tun, entgegnete ich. Doch ich kannte bereits die Antwort, denn ich platzte geradezu vor kreativer Aufregung; die Geschichte hatte mich aus meiner tiefen nächtlichen Verzweiflung gerettet. Sie war das fehlende Stück, das ich unbedingt brauchte, und sie lieferte mir den dunklen Kern für meinen Film, die große Enthüllung, den Sinn des Ganzen. Die Kunst ist, was sie ist, und Künstler sind Diebe und Huren, doch wir wissen, wann die Säfte fließen, wann die unbekannte Muse uns rasch ins Ohr flüstert, schreib es nieder, ich sage es nur einmal; und dann kennen wir die Antwort auf alle zweifelnden Warums, die uns in unserem nächtlichen Terror plagen. Ich dachte an Joseph Fiennes als junger Barde in *Shakespeare in Love*, der von seinem Schreibtisch aufspringt, an dem er gerade – was? – *Romeo und Julia*? – schreibt, eine kleine Pirouette dreht und sich selbst ohne Eitelkeit oder Scham sagt: »Gott, bin ich gut.«

(Das wirft eine interessante Frage auf: Wusste Shakespeare, dass er Shakespeare war? Aber das verschieben wir auf ein anderes Mal.)

(Es gibt keine Muse des Films, auch keine der Fiktion. In diesem Fall wäre die nächstähnliche Muse wahrscheinlich Kalliope – wenn man das, was ich tue, als Epos ansehen könnte – oder Thalia, wenn es eine Komödie wäre, oder Melpomene, wenn ich mich auf die Höhen schwingen könnte, die für eine Tragödie erforderlich sind. Nicht sehr wichtig. Egal.)

Sollen die Dinge ihren Lauf nehmen, sagte ich. Warten wir ab, was der pensionierte Polizist zu sagen hat.

Das Drama weiß dem Dramatiker aufzulauern. Irgendetwas steht bevor, und ich weiß nicht was, hatte Riya gesagt und mich zu Hilfe gerufen, doch keiner von uns beiden ahnte, dass das, was bevorstand, ich war.

◇

Wir gingen zurück ins Haus der Goldens und sahen uns in dem großen Wohnraum, der zu den Gärten hinausging, Vasilisa gegenüber, an der einen Hand hielt sie ihren kleinen Sohn – meinen kleinen Sohn – meinen Sohn! – und in der anderen eine Waffe. Klein, Perlmuttgriff, goldene Trommel. Das Mädchen mit der goldenen Waffe. In ihrem rosafarbenen Seidennachthemd, über dem ein bodenlanger Spitzenmorgenrock wallte, erinnerte sie mich an einen italienischen Filmstar – an Monica Vitti oder Virna Lisi, ich war mir nicht ganz sicher, an welche von beiden. Die Waffe allerdings hatte eindeutig etwas von Godard. Ich dachte an seine mörderische Heldin in *Elf Uhr nachts*, die den Zwerg mit ihrer Schere im Nacken tot zurücklässt. Ich hatte nicht den Wunsch, eine Version dieses Zwergs zu werden. Ich hob sofort die Hände. Spiel die Szene, dachte ich. Riya sah mich an, als hätte ich den Verstand verloren.

Guten Morgen, Vasilisa, sagte Riya in normalem, gar nicht filmgerechtem Tonfall. Leg das Ding weg, bitte.

Was macht ihr beiden hier in meinem Haus?, fragte Vasilisa

und zielte noch immer auf uns. (Zumindest sie hielt sich an das Skript.)

Nero hat mich angerufen, sagte Riya. Er wollte reden.

Er wollte mit *dir* reden?

Er hat lange gesprochen. Gleich kommt ihn ein Mann besuchen.

Wer kommt zu Besuch? Warum weiß ich nichts davon?

Ich bin gekommen, weil Riya sich Sorgen macht, sagte ich. Wegen des Manns.

Wir werden alle gemeinsam diesen Mann treffen, sagte Vasilisa. Dieses Geheimnis wird sich auflösen. Sie steckte die Pistole zurück in ihre Handtasche, wo sie lebte.

Schnitt. Dann eine Abfolge rascher Szenen, die die Zeit überbrücken, in der Absicht, Neros erbärmlichen Zustand zu zeigen. Er ist unsicher auf den Beinen, auch in der Sprache und in den Gesten.

Als sie ihren Ehemann weckte, war er nicht in guter Verfassung. Die Klarheit der Beredsamkeit in der langen Nacht war verschwunden. Er war benommen und verwirrt. Vasilisa half ihm ins Badezimmer und sagte: »Duschen.« Nachdem er geduscht hatte, sagte sie: »Anziehen.« Nachdem er sich angezogen hatte, sagte sie: »Schuhe.« Er guckte kläglich. »Ich kann sie nicht zubinden«, sagte er. »Es sind Mokassins«, sagte sie ihm. »Schuhe.« Nachdem er die Schuhe an den Füßen hatte, hielt sie ihm eine Handvoll Pillen hin. »Schlucken«, sagte sie. Nachdem er sie geschluckt hatte, befahl sie ihm: »Erzähl es mir.« Er schüttelte den Kopf. »Ein Mann aus der Vergangenheit«, sagte er.

Der einzige Grund, warum ich etwas über Borsalinos weiß, ist, dass meine Eltern sich oft auf ihre wohlwollende Art darüber gestritten haben – das Streiten erfreute sie mehr als das Rechthaben –, ob die bewunderten Filzhüte in ihre Sammlung berühmter Belgier gehörten oder nicht. Die Borsalino-Hutfabrik befindet sich nicht innerhalb der belgischen Grenzen. Sie gehört in die Stadt Alessandria im italienischen Piemont, die auf der Schwemmebene zwischen den Flüssen Tanaro und Bormida liegt, etwa siebzig Kilometer von Turin entfernt. Ich weiß drei Dinge über Borsalinos: Sie sind sehr beliebt bei orthodoxen Juden; sie wurden cool, als Alain Delon und Jean-Paul Belmondo sie in dem gleichnamigen französischen Gangsterfilm aus dem Jahr 1970 trugen; und es sind Filzhüte, und der Filz wird aus belgischem (aha!) Hasenfell hergestellt.

Der Mann Mastan, der Polizeibeamte im Ruhestand, saß auf demselben geraden Stuhl im Wohnzimmer des Hauses Golden, auf dem auch schon der Mörder Kinski gesessen hatte, er wirkte ein bisschen beunruhigt, als er sich einer grimmigen Vasilisa, Riya, mir und Nero gegenübersah. Da es Wochenende war, hatte ein Großteil des Personals frei. Keine Blather, keine Fuss. Gonzales, der Alleskönner, war nicht da, ebenso wenig der Majordomus Michael McNally und Sandro »Cookie« Cucchi, der Küchenchef. Ich selbst hatte dem Inspektor die Tür geöffnet und ihn hereingeführt. Ein gut aussehender Mann! Silberhaarig, in den Siebzigern wie Nero, vielleicht nicht ganz so hoch in den Siebzigern, und im Profil sah er aus, als wäre er das Vorbild für das Crazy Horse Memorial in Süd-Dakota gewesen. Außer dass sein cremefarbener Anzug direkt einem Peter-O'Toole-Film entsprungen zu sein schien und seine Krawatte mit den roten und goldenen Schrägstreifen eine Krawatte war, die jeder britische Gentleman mit Stolz getragen hätte. (Erst später habe ich durch Recherche herausgefunden, mit wie viel Stolz. Die Krawatte des Marylebone Cricket Club war in Kreisen von Cricketspielern höchst begehrt.) Er saß sehr gerade, sehr aufrecht, aber auch sehr unbehaglich da und spielte mit dem Borsalino auf seinen Knien. Dann sprach er.

Ich bin aus drei Gründen in die USA gekommen, sagte er. Vor allem um meine Schwester in Philadelphia zu besuchen. Ihr Mann recycelt sehr erfolgreich Plastikflaschen. So macht man sein Glück in Amerika. Habe eine gute Idee und bleibe dran. Professor Einstein sagte immer, er habe nur eine gute Idee gehabt. Doch in seinem Fall betraf sie die Natur des Universums.

Nero war äußerst kraftlos und zerstreut, seine Blicke irrten umher, und er summte eine kleine Melodie.

Der zweite Grund war ein Besuch des Grabes von P. G. Wodehouse, sagte er. (Das weckte meine Aufmerksamkeit. Wodehouse, den meine Eltern und ich so mochten. Wodehouse, der mir auch in den Sinn gekommen war, als Kinski auf jenem Stuhl saß.) Mr. Wodehouse ist in meiner Heimat sehr populär, erklärte Mastan. Sein Grabstein ist ein Marmorblock, in den die Namen seiner Figuren eingraviert sind. Doch meine liebste Figur fehlt. Miss Madeline Bassett, die meint, die Sterne seien die Gänseblümchenkette des lieben Gottes. Doch sie ist nur eine Nebenfigur. Ich auch. Genauso. Ich spielte immer nur eine reine Nebenrolle.

Meinem Mann geht es nicht gut, sagte Vasilisa steif. Wenn Ihr Besuch einen speziellen Punkt zum Anlass hat, möchte ich Sie bitten, unverzüglich darauf zu sprechen zu kommen.

Oh, der Punkt, Madam. Haben Sie Geduld mit mir. Es gibt den Punkt Augenscheinliches und den Punkt Aktuelles. Den Punkt Augenscheinliches habe ich ihm bereits gestern am Telefon mitgeteilt. Eine Warnung. Doch der Gentleman war ja schon immer ein Mann von Welt. Womöglich ist es nicht nötig, ihn vor etwas zu warnen, das er bereits weiß. Die Gemeinschaft unserer Leute hier in Amerika ist gewachsen, Madam, sie hat unterdessen Plastikrecycler hervorgebracht, Technologiegenies, mit Girlanden geschmückte Schauspieler, am Wahlkampf beteiligte Anwälte, Politiker aller Couleurs, Modedesigner und auch, Madam, Verbrecherbanden. Es tut mir leid, es sagen zu müssen. In Amerika hat das Wort *Mafia* einen typisch italienischen Beiklang, darum sollte man es besser meiden und die Banden unserer Leute anders bezeichnen. Gut, ich räume ein, sie sind noch klein, sie stehen erst am Anfang von dem, was die Italiener Familie und die Inder *gharaney* nennen, einen Haushalt oder eine Gesellschaft, ein Begriff, der heute im Mutterland äußerst beliebt ist. Diese Gesellschaften, diese neuen Haushalte, zeichnen sich in Amerika durch einen ungeheuren Elan aus, ihr Potenzial für rasches Wachstum ist groß. Es gibt auch ein gewisses Maß an Kontakt zum Mutterland, ein Interesse an Globalisierung, an gemeinsamen Aktivitäten. Unsere Leute in den USA haben die Absicht, die Leute im Mutterland zu unterstützen, sie wollen ihnen Aktionen hier erleichtern – im Gegenzug für vergleichbare Erleichterungen zu Hause. Dinge ändern sich, Madam. Zeit vergeht. Dinge, die früher unmöglich waren, werden möglich. Ich wollte diese Themen mit dem Gentleman diskutieren, aber nun, da ich ihm gegenübersitze, halte ich es für überflüssig. Vielleicht ist er sich der Dinge bewusst, vielleicht auch nicht. Es mag ihn beunruhigen oder auch nicht. Seine Intelligenz mag sich die Fähigkeit bewahrt haben, Bedrohungen und Risiken zu analysieren, oder aber sie hat diese Fähigkeit verloren. Es geht mich nichts an. Das begreife ich jetzt.

Kommen wir also zu dem Punkt Aktuelles, Madam, danke für Ihre Geduld. Der Punkt Aktuelles bestand für mich darin, einen Blick auf den Gentleman zu werfen und zu beobachten, zu was dieser Blick mich inspiriert. Er ist ein Mann, der sich dem Urteil für viele Delikte entzogen hat. Für seinen Anteil an Verzweiflungstaten, Madam. Er ist ein Mann, der höchst geschickt seine Spuren verwischt hat, der Spionage und Geld eingesetzt hat, um alle Verbindungen zwischen sich und vielem, was man nicht in Worte fassen kann, auszulöschen. Ich habe ihm versprochen, ihm die Namen der Mörder seines Sohns zu nennen, aber selbstverständlich sind sie ihm bereits bekannt, er war ihnen jahrelang freundschaftlich verbunden, bis sie sich gegen ihn stellten. Möglicherweise wären die Sicherheitskräfte dieses großen Landes an diesen Dingen interessiert gewesen, und vielleicht hätte ich ihr Interesse wecken können, aber ich fürchte, ohne Beweise erscheine ich ihnen wie ein schwacher und kindischer Mann, auch wenn ich einst ihr Kollege in einem fernen Land war. Möglicherweise hätte ich mir nach dem Blick auf diesen Mann gewünscht, die Angelegenheit selbst in die Hand zu nehmen, obwohl wir beide alte Männer sind. Möglicherweise hätte ich den Wunsch verspürt, diesem Mann ins Gesicht zu schlagen, so absurd ein Faustkampf zwischen zwei alten Trotteln auch sein mag. Es ist nicht außerhalb der Grenzen des Möglichen, dass ich ihn hätte erschießen wollen. Ich bin noch immer ein Meisterschütze, Madam, und in Amerika ist eine Waffe leicht aufzutreiben. Aber nun, da ich diesen Mann ansehe, einen Mann, den ich ein Großteil meines Lebens gehasst habe, diesen Mann, der ein starker Mann war, erkenne ich, dass ich ihn im Zustand der Schwäche angetroffen habe und er meiner Kugel nicht wert ist. Soll er seinem Gott gegenübertreten. Soll er das Urteil entgegennehmen, wenn er vor dem Richterstuhl steht. Soll die Hölle ihn aufnehmen, soll er für alle Ewigkeit im Höllenfeuer brennen. Dieser Punkt ist hiermit abgeschlossen, und ich verabschiede mich.

Warnend lag Riyas Hand auf Vasilisas Schulter, lass deine Pistole, wo sie ist.

Mr. Mastan stand auf und verneigte sich. Als er zur Tür ging, hievte Nero sich aus den Tiefen seines Sofas und brüllte entsetzlich, schrecklich mit voller Lautstärke:

Sie kommen in mein Haus und erlauben sich, so vor meiner Frau mit mir zu sprechen?

Der pensionierte Polizist blieb jäh stehen, mit dem Rücken zu Nero und dem Hut noch in der Hand.

Bastard!, schrie Nero. Hau ab! Du, du bist jetzt ein toter Mann.

33

Wenn der Kriminalbeamte ins Bild kommt, entspannt sich das Kinopublikum instinktiv, denn es erwartet, dass die Justiz das Verbrechen verfolgt und dem Recht zum Sieg verhilft. Doch es ist nicht zwingend, dass die Gerechtigkeit über die Ungerechtigkeit triumphiert. In einem anderen Hitchcock-Film, in *Psycho*, erwächst der Horror aus der Tatsache, dass die falschen Leute sterben. Janet Leigh ist der größte Star in diesem Film, aber nach nicht einmal der Hälfte der Laufzeit, aah!, liegt sie tot in der Dusche. Dann kommt der Privatdetektiv, Martin Balsam, der freundliche, angenehme, zuverlässige Martin Balsam, so professionell, so beruhigend, und unsere Spannung legt sich. Nun kommt alles in Ordnung. Und dann, aah!, ist auch er tot. Nicht vergessen: Es ist besonders beängstigend, wenn die falschen Leute sterben.

Der pensionierte Kriminalbeamte, Inspektor Mastan, früher beim Bombay CID, Criminal Investigation Department. Müssen wir uns darauf gefasst machen, dass ihm etwas Schreckliches zustößt?

Ein Letztes über Mr. Hitchcock. Ja, er liebte seine Cameo-Auftritte in seinen Filmen, er sagte, die Leute würden die Filme dadurch aufmerksamer verfolgen, denn sie wollten sehen, wann und wie es geschehen würde, aber oft erledigte er den Cameo auch ziemlich zu Anfang, damit die Suche danach nicht zu Ablenkung führte. Ich sage dies, weil ich nun als der *Autor* der vorliegenden, sich im Entstehen befindlichen Arbeit berichten muss (um es viel zu erhaben auszudrücken, angesichts dessen, dass dies doch eher das Projekt eines Neulings ist), dass ich, als ich die soeben beschriebene Szene beobachtete – und wortlos an ihr teilhatte –, etwas Unkontrollierbares in meinem Innern aufsteigen spürte. In dieser Zeit der sprudelnden Geheimnisse sprudelte auch mein Geheimnis aus mir heraus.

Ja, bezeichnenderweise verberge ich meine Gefühle. Ich schließe sie weg oder hebe sie auf eine andere Ebene, indem ich Anspielungen auf Filme mache. Selbst in diesem entscheidenden Moment meines Erzählens, da ich aus dem Schatten in das Scheinwerferlicht der Bühnenmitte trete, versuche ich zu widerstehen (und scheitere), Akira Kurosawas letztes Meisterwerk *Ran* zu erwähnen, in dem gewissermaßen König Lear mit Lady Macbeth verheiratet ist. Der Gedanke wurde in mir durch die Worte des Inspektors Mastan ausgelöst. Er hatte sich selbst einen *schwachen und kindischen* Mann genannt, und ob er es nun wusste oder nicht, er hatte hier beinahe Shakespeares gebrochenen König zitiert. Spottet meiner nicht, bittet Lear. Ich bin ein schwacher, kind'scher, alter Mann … Ich fürchte fast, ich bin nicht recht bei Sinnen. Da saß er auf seinem Sofa, auf seinem letzten Thron, und brüllt senilen Hass heraus. Der Alte der Tage, der das Leben seiner drei Söhne zerrüttet hatte und nicht wie König Lear durch ihre Feindseligkeiten, sondern durch ihre Vernichtung zerstört war. Und hier vor ihm stand – in meinen Augen ebenso monströs wie Lady Kaede in *Ran*, Kurosawas Lady Macbeth – Vasilisa Golden, Mutter seines vermeintlich vierten und einzig überlebenden Kindes, mit einer Pistole in ihrer Handtasche und mit feuersprühenden

Augen. Und ich, der Narr, begann meinen Monolog, der die Wahrheit enthüllen sollte. Als würde ich nicht begreifen, dass ich nur eine Nebenrolle hatte. Als könnte ich wie Inspektor Mastan zumindest für diese eine Szene der Star sein.

Mittlerweile verachtete ich die zweite Mrs. Golden für ihr Gehabe, für die Art und Weise, wie sie mich wie einen alten Lappen wegwarf, nachdem ich ihren Zwecken gedient hatte, für die Waffe in ihrer Tasche, für die frömmelnde Anbetung einer kopierten Ikone, für ihre gefakte Babuschka-Mutter, für die nicht zu leugnende Wahrheit, dass alles, was sie tat, jede Geste, jede Nuance ihres Tonfalls, jede Umarmung, nicht aufrichtigem Gefühl, sondern kaltblütiger Berechnung entsprang. Die Weisheit der Spinne, die Weisheit des Hais. Sie war abscheulich. Ich verabscheute sie und wollte ihr Schaden zufügen.

In der britisch-indischen Redeweise des pensionierten Polizeiinspektors, in seiner strikten Selbstbeherrschung, in seiner Stimme, die er nie erhob, auch als er Nero Golden die ewige Verdammnis wünschte, erkannte ich etwas von mir selbst. Suchitra hatte womöglich recht gehabt, als sie sagte, jede Person in meiner Geschichte spiegele einen Aspekt meines eigenen Charakters. Tatsächlich fand ich mich nicht nur in Mr. Mastans unterdrückten Gefühlen wieder, sondern auch in dem ohnmächtigen Gekreische des senilen Nero. Ich war zwar nicht senil, noch nicht, aber mit Machtlosigkeit kannte ich mich aus. Selbst jetzt, da ich entschied, die Ketten, mit denen Vasilisa meinen Mund verschloss, abzuschütteln, verstand ich, dass die Wahrheit vornehmlich mich verletzen würde. Doch ich wollte sie aussprechen. Als Riya mich angerufen und gebeten hatte, ins Haus Golden zu kommen, *irgendetwas steht bevor*, hatte Riya in ihrem leidvollen, verwirrten Zustand, in dem sich nun Trauer mit furchtbarem Wissen mischte, in mir eine Flut an

Gefühlen ausgelöst, die ich zunächst nicht begriff, aber deren Bedeutung mir nun plötzlich klar wurde.

Die Wahl lastete auf uns, und Suchitra hatte in ihrer üblichen unermüdlichen Art freiwillig die Arbeit am Telefon übernommen und dann am Dienstag die Lauferei, um für die Wahl noch etwas herauszuholen. Sie hätte die Erste sein müssen, mit der ich mich hätte hinsetzen sollen, in aller Ruhe, um zu beichten, um zu erklären, ihr meine Liebe zu bekunden und um Vergebung zu bitten. Zumindest das schuldete ich ihr, und stattdessen stand ich hier im Wohnzimmer der Goldens und machte den Mund auf, aus dem mir die verhängnisvollen Worte über die bebenden Lippen kamen.

Nein, es ist nicht notwendig, die Worte niederzuschreiben.

Gegen Ende von Satyajits Rays überragendem Film *Pather Panchali (Apus Weg ins Leben: Auf der Straße)* gibt es eine Szene, die ich als die großartigste in der ganzen Filmgeschichte betrachte. Harihar, der Vater des kleinen Apu und dessen älterer Schwester Durga, der sie in ihrem Dorf mit ihrer Mutter Sarbajaya zurückließ, weil er versuchen wollte, in der Stadt Geld zu verdienen, kehrt – nachdem er Erfolg gehabt hat – mit Geschenken für die Kinder zurück und weiß nicht, dass in der Zwischenzeit Durga krank wurde und starb. Er findet Sarbajaya auf der *pyol*, der kleinen Veranda des Hauses, durch die Tragödie verstummt vor, sie ist nicht fähig, ihn zu begrüßen oder auf das zu reagieren, was er ihr erzählt. Da er die Situation nicht begreift, zeigt er ihr die Geschenke für die Kinder. Dann sehen wir in einem außerordentlichen Moment, wie sich sein Gesicht verändert, als Sarbajaya, die der Kamera den Rücken zukehrt, ihm von Durgas Tod erzählt. In diesem Augenblick lässt Ray, von der Unzulänglichkeit eines Dialogs überzeugt, die Musik anschwellen, bis sie die ganze Szene erfüllt, und die hohen schrillen Töne des *tar-shehnai* schreien den

Schmerz der Eltern ausdrucksvoller heraus, als es Worte je könnten.

Ich habe keine Musik zu bieten. Ich biete stattdessen nur Schweigen.

Nachdem ich gesagt hatte, was zu sagen war, ging Riya durch den Raum, bis sie vor mir stand. Sie hob die rechte Hand und schlug mir mit aller Kraft auf die linke Wange. Das ist für Suchitra, sagte sie. Dann schlug sie mir noch fester mit dem Handrücken auf die rechte Wange und sagte: Das ist für dich. Ich stand erstarrt da, rührte mich nicht.

Was hat er gesagt?, wollte Nero in morgendlicher Verwirrtheit wissen. Wovon spricht er?

Ich ging hinüber zu ihm, hockte mich vor ihn, sah ihm in die Augen und sagte es noch einmal.

Ich bin der Vater deines Sohns. Klein Vespa. Dein einzig überlebendes Kind ist nicht deines. Es ist meines.

Vasilisa wollte sich mit Byron'schem Zorn auf mich stürzen, wollte wie der Wolf im Schafpferch über mich herfallen, doch plötzlich sah ich in den Augen des alten Mannes ein Licht aufblitzen, da war er wieder, ganz gegenwärtig, ganz klar, der Machtmensch war aus seinem wolkigen Exil heimgekehrt und wieder in seine Haut geschlüpft.

Bring den Jungen her, befahl er seiner Frau. Sie schüttelte den Kopf. Nein, er sollte nicht dabei sein, sagte sie.

Bring ihn her, sofort.

Und als der Junge gebracht worden war – Vasilisa hielt ihn auf dem Arm, die Babuschka-Mutter stand neben ihr, beide Frauen hatten sich halb vom Herrn des Hauses abgewandt, um das Kind zwischen ihnen zu schützen –, sah Nero den Jungen scharf an, als wäre es zum ersten Mal, dann mich, dann wieder ihn, wieder mich und viele Male mehr; bis das Kind ohne äußeren Anlass – aber es nahm, wie Kinder es können, die

Spannungen wahr – laut in Tränen ausbrach. Vasilisa machte der älteren Frau Zeichen, *genug*. Der Junge wurde aus dem Einflussbereich seines Vaters fortgebracht. Er hatte nicht ein Mal in meine Richtung geschaut.

Ja, sagte Nero. Ich verstehe. Mehr sagte er nicht, aber ich meinte über seinem Kopf die schrecklichen Worte in der Luft schweben zu sehen, die Emma Bovary über ihre Tochter Berthe denkt. *Merkwürdig, wie hässlich dieses Kind ist.*

Du verstehst gar nichts, sagte Vasilisa, als sie auf ihn zuging.

Nero Golden hob die Hand, damit sie stehen blieb. Als er sie wieder sinken ließ, spuckte er auf seinen Handrücken.

Erzähl mir alles, sagte er zu mir.

Ich erzählte es ihm.

◇

Das muss ich mir nicht anhören, sagte Riya und verließ das Haus. Ich weigere mich, das anzuhören, sagte Vasilisa, blieb im Raum und hörte es an.

Als ich geendet hatte, dachte er eine lange Weile nach. Dann sagte er mit fester, leiser Stimme: Nun müssen meine Frau und ich allein sprechen.

Ich wandte mich zur Tür, doch ehe ich den Raum verlassen hatte, sagte er etwas Sonderbares.

Für den Fall, dass uns beiden etwas zustoßen sollte, setze ich dich zum Vormund des Jungen ein. Ich lasse noch heute die Anwälte die Unterlagen ausfertigen.

Uns beiden wird nichts zustoßen, sagte Vasilisa. Außerdem ist es Wochenende.

Wir sprechen jetzt unter vier Augen, entgegnete Nero ihr. Führ bitte René hinaus.

Als ich über die Macdougal Richtung Houston Street ging, schwand das Adrenalin aus meinem Körper, und Zukunftsangst überfiel mich. Ich wusste, was zu tun war, dem konnte ich mich nicht entziehen. Ich versuchte, Suchitra anzurufen. Sprachbox. Ich schickte ihr eine SMS, *wir müssen reden*. Auf dem Nachhauseweg streifte ich blind für das Geschehen auf den Straßen durch die Stadt, über die Sixth Avenue und hinüber nach Tribeca. An der Ecke der North Moore und Greenwich bekam ich ihre Antwort. *Spät zu Hause was*. Darauf konnte ich nichts erwidern. *Kein Prob sehe dich wann immer*. Ich bog rechts in die Chambers ein und ging an der Stuyvesant High School vorbei. Ich machte mich auf das Schlimmste gefasst. Was sollte denn sonst geschehen? Was sollte sie von mir, von dem, was ich ihr zu sagen hatte, denken? Nur das Schlimmste.

Aber wäre die Natur des Menschen nicht ein Mysterium, bräuchten wir keine Dichter.

34

Später. Sagen wir mal, eine ganze Weile später. Ein kluger Mann legte einmal nahe, Manhattan unterhalb der 14. Straße sei am 28. November um drei Uhr morgens Batmans Gotham City; Manhattan zwischen der 14. und der 110. Straße am strahlendsten, sonnigsten Tag im Juli sei Supermans Metropolis. Und Spiderman, der Neuankömmling, der kopfüber in Queens hing, denke über Macht und Verantwortung nach. All diese Städte, diese unsichtbaren, fiktiven Städte, überlagerten sich und waren mit der echten Stadt verwoben: alle noch intakt, obwohl sie nun nach der Wahl der Joker regierte – sein grünes Haar triumphal leuchtend, seine Haut so weiß wie die Haube eines Ku-Klux-Klan-Mannes und seine Lippen vor anonymem Blut triefend. Der Joker war tatsächlich König geworden und lebte in einem goldenen Haus im Himmel. Die Bürger griffen nach Klischees und erinnerten sich daran, dass noch immer Vögel in den Bäumen saßen und der Himmel nicht eingestürzt, sondern oft blau war. Die Stadt stand noch. Und im Radio und in den Musik-Apps wummerte der Beat weiter, den unbekümmerte Jugendliche in ihren Bluetooth-Kopfhörern hörten. Die Yankees machten sich noch immer Sorgen um die Drehung beim Pitchen, die Mets blieben noch immer hinter den Erwartungen zurück, und die Knicks litten noch immer unter dem Fluch, die Knicks zu sein. Das Internet war noch immer voller Lügen, und die Wahrheit hatte nichts mehr zu melden. Die Besten hatten jede Überzeugung verloren, die Schlechtesten waren von leidenschaftlicher Stärke erfüllt, und die Schwäche der Gerechten offenbarte sich durch den Zorn der Ungerechten. Doch die Republik blieb mehr oder weniger intakt. Lass mich das rasch aufschreiben, denn dieses Statement wurde oft abgegeben, um die unter uns zu trösten, die sich nicht leicht trösten ließen. Es ist gewissermaßen eine Fiktion, aber ich wiederhole sie dennoch. Ich weiß, nach dem Sturm kommt noch ein Sturm und dann noch einer. Ich weiß, dass die Wettervorhersage für alle Zeiten stürmisches Wetter ansagt, dass glückliche Tage nicht wiederkehren, Intoleranz dem letzten Schrei entspricht und das System wirklich manipuliert ist, nur nicht in der Weise, wie es uns der üble Clown hat glauben lassen wollen. Manchmal gewinnen die bösen Jungs, und was tut man, wenn die Welt, an die man glaubt, sich als Papiermond herausstellt und ein dunkler Planet aufsteigt und behauptet: Nein, ich bin die Welt. Wie lebst du unter deinen Mitbürgern und Mitbürgerinnen, wenn du nicht weißt, wer von ihnen zu den über sechzig Millionen gehört, die den Schrecken an die Macht gebracht haben, und wenn du nicht sagen kannst, wer zu den über neunzig Millionen gezählt werden muss, die mit den Schultern zuckten und zu Hause blieben, oder wenn dir deine amerikanischen Landsleute sagen, Wissen sei elitär und sie würden Eliten hassen, und alles, was du je gehabt hast, ist dein Verstand, und du wurdest in dem Glauben an die Schönheit des Wissens aufgezogen, nicht an den Unsinn von Wissen-ist-Macht, sondern *Wissen ist Schönheit*, und dann wird all das, Bildung, Kunst, Musik, Film, zu einem Grund, dass man verachtet wird, und die Kreatur aus dem Spiritus Mundi erhebt sich und geht nach Washington,

D.C., um geboren zu werden. Was ich tat war, mich in mein Privatleben zurückzuziehen – ich hielt an dem Leben fest, wie ich es kannte, an seiner Alltäglichkeit und Stärke, und beharrte auf den Fähigkeiten des moralischen Universums der Gärten, um selbst die schärfsten Angriffe zu überleben. Und darum soll nun meine kleine Geschichte ihre Schlussmomente inmitten des irgendwie gearteten Makromülls haben, der gerade ihr Umfeld ausmacht, wenn du dieses liest, inmitten welcher konstruierten Kontroverse, welchen Horrors oder Stumpfsinns, welcher Hässlichkeit oder Schändlichkeit auch immer. Lass mich den riesigen, siegreichen, grünhaarigen Cartoon-König und sein Milliarden-Dollar-Film-Franchisesystem einladen, auf einem Rücksitz Platz zu nehmen, und lass echte Leute den Bus fahren. Unser kleines Leben umfasst vielleicht genauso viel, wie wir fähig sind zu begreifen.

Ich erinnere mich, Apu Golden erzählt zu haben, dass ich in der Wahlnacht im November 2008 geweint hatte. Das waren gute Tränen. Die gleichen und gegensätzlichen Tränen von 2016 schwemmten das Gute weg.

In der Welt des Realen hatte ich harte Lektionen gelernt. Lügen können Tragödien heraufbeschwören, auf der persönlichen ebenso wie auf nationaler Ebene. Lügen können die Wahrheit besiegen. Aber auch die Wahrheit ist gefährlich. Wer die Wahrheit spricht, kann nicht nur vulgär und anstößig sein, wie ich es an jenem Tag im Haus Golden war. Die Wahrheit zu sagen, kann einen auch kosten, was man liebt.

Es gab keine große Diskussion, nachdem ich Suchitra von Vasilisa Goldens Kind erzählt hatte. Sie hatte mich schweigend ausreden lassen, entschuldigte sich dann, ging ins Bad und verschloss die Tür. Zehn Minuten später tauchte sie wieder auf, ohne Tränen, und in vollkommener Kontrolle über ihre Gefühle. »Ich denke, du solltest ausziehen«, sagte sie. »Und zwar auf der Stelle.« Ich zog wieder in mein altes Zimmer bei Mr. U Lnu Fnu. Was unsere gemeinsame Arbeit anging, erklärte sie sich bereit, mein Spielfilmprojekt weiterhin zu unterstützen, das nun nach so vielen Jahren kurz vor dem grünen Licht stand, aber abgesehen davon sollte in Zukunft jeder für sich arbeiten, was ich mehr als fair fand. Zu meiner Überraschung und großen Verwirrung stürzte sie sich sofort in eine Reihe von kurzen, aber offenbar leidenschaftlichen Liebesaffären mit prominenten Männern, und das alles postete sie ausführlich in den sozialen Netzwerken, was mich, wie ich zugeben muss, schockte. Wie viel hatte ich ihr bedeutet, wenn sie so rasch in die nächsten Beziehungen eintauchen konnte? Wie real war unsere gewesen? Solche Gedanken plagten mich, obwohl ich in meinem tiefsten Innern wusste, dass ich versuchte, die Schuld auf sie abzuwälzen, und dass die Schuld nicht abzuwälzen war, sie lastete fest auf meinen Schultern. – Es war also keine gute Zeit für mich, doch, ja, ich schaffte es, meinen Film *Golden House* zu drehen, mein Projekt, das mich fast ein Jahrzehnt wie eine Obsession beschäftigt hatte – letztendlich ein Drama, eine richtiggehende Fiktion, kein Spottumentarfilm, ich hatte das Drehbuch seit meiner Zeit in der Sundance Drehbuchwerkstatt völlig umgeschrieben – und, ja, den Leuten, deren Zustimmung ich brauchte, gefiel der Film offenbar, und, ja, mit der Hilfe eines italo-amerikanischen Freunds, eines Produzenten in Los Angeles, wurden die Vorführrechte für Nordamerika von den Inertia Pictures gekauft. Und schon lief das Geschäft, *Vorführungen in den Kinos und bei Nachfrage im besten Stadtviertel, hat* Variety *exklusiv in Erfahrung gebracht*, somit musste es wahr sein. *Der Film ist Unterlindens Debüt als Drehbuchautor und Regisseur*. In den harten Zeiten für Independent-Filme war das eine hervorragende Vereinbarung. Merkwürdig nur, als die gute Nachricht zu mir drang, fühlte ich gar nichts.

Was hätte ich fühlen müssen? Es ging doch nur um Arbeit. Der größte Vorteil war, dass ich es mir jetzt leisten konnte, eine eigene Wohnung zu mieten.

Aber hätte ich diese Wohnung, würde es bedeuten, dass ich meinen Zutritt zu den Gärten verlöre, und genau in diesen Gärten spielte jeden Tag mein Sohn, selbst wenn ich mich ihm nicht nähern durfte. Auch hatte ich Zuneigung zu Mr. U Lnu Fnu gefasst, der sich auf seine sanfte Art bemühte, mir über Suchitras verlorene Liebe hinwegzuhelfen. Er fragte mich, an welchem Wochentag ich und auch Suchitra geboren seien. Ich wusste es nicht, aber auf verschiedenen Webseiten konnte man das Datum eingeben und bekam den Wochentag mitgeteilt, und so erfuhr ich, dass es (für mich) ein Sonntag und (für sie) ein Mittwoch gewesen war. Als ich Mr. U Lnu Fnu davon erzählte, schnalzte er sofort mit der Zunge und schüttelte den Kopf. »Siehst du, siehst du. In Myanmar ist diese Kombination als unglückselig bekannt.« Samstag und Donnerstag, Freitag und Montag, Sonntag und Mittwoch, Mittwochabend und Dienstag: das seien verhexte Paarungen. »Suche dir besser jemand mit einem komplementären Tag«, sagte er. »Für dich als Sonntagskind ist jeder andere Tag gut. Aber nicht der Mittwoch! Warum diesen einen Tag herauspicken, auf dem Unheil liegt? Damit ist ein unglückliches Leben garantiert!« Seltsamerweise tröstete mich dieser Aberglaube von der anderen Seite der Welt. Aber in jenen Zeiten, als ich meine Liebste und mein Kind verloren hatte, ging ich unter und klammerte mich an jeden Strohhalm.

Die Arbeit läuft gut, wenn das Leben schrecklich ist. Ist das eine Regel? Einsamkeit und Liebeskummer: Sind das die Namen der Gates of Eden?

◇

Meine Geschichte geht mittlerweile über den Film hinaus, und die Abweichungen sind deutlich. Im Film kommt der pensionierte indische Polizeiinspektor in mörderischer Absicht zu dem alten Bastard, er zieht tatsächlich eine Waffe und erschießt ihn, um dann selbst mit der Pistole getötet zu werden, die in der Handtasche der russischen Ehefrau des alten Mannes wartet.

In dem, was ich das reale Leben nennen muss, starb Mr. Mastan innerhalb von vierundzwanzig Stunden nach dem Verlassen des Hauses an der Macdougal Street, er wurde von einem Subway-Bahnsteig vor einen Zug gestoßen, als er auf dem Weg zur Penn Station war, um zu seiner Schwester nach Philadelphia zurückzukehren. Die Angreiferin war eine dreißigjährige Frau aus Queens mit südasiatischen Wurzeln, die fast unmittelbar darauf verhaftet und wegen Mordes mit bedingtem Vorsatz angeklagt wurde. Bei der Verhaftung sagte sie: »Das war ein alter Wichtigtuer. Er hat sich in eine Familienangelegenheit eingemischt.« Im Bericht der *Times* hieß es: »Die Polizei beschrieb sie als emotional verstört und erklärte, sie habe bereits einen Monat zuvor eine Geschichte erfunden, bei der sie jemandem auf die Gleise gestoßen haben wollte.« Rasch hatte man herausgefunden, dass diese frühere Äußerung eine Lüge gewesen war. Doch dieses Mal hatte sie es wirklich getan. Entgegen ihrer Behauptung konnte keinerlei Verbindung zwischen ihr und dem Toten festgestellt werden, und der ermittelnde Beamte kam zu dem Schluss, dass es keine gab. Eine emotional verstörte Frau hatte einen Mann in den Tod gestoßen. Es schienen keine weiteren Untersuchungen notwendig.

Selbst mein kleines Leben kam mir mit jedem Tag weniger verständlich vor. Ich verstand nichts. Ich war geworden, was ich mir immer erhofft hatte, doch ohne Liebe lag alles in Trümmern. Jeden Tag dachte ich daran, auf Suchitra zuzugehen, doch dann posaunte sie auf Instagram ihre neuen Liebesaffären in die Welt hinaus, was mir wie ein Messer ins Herz stach. Und mein Verbrechen, mein einziger Sohn, wuchs draußen vor dem Fenster unmittelbar vor meinen Augen auf, lernte Sprechen, entwickelte einen Charakter, und ich hatte nicht daran teil. Vasilisa hatte mir eindeutig zu verstehen gegeben, sollte ich ihm näher kommen als fünf Meter, würde sie bei Gericht ein Kontaktverbot erwirken. Darum stand ich zögerlich hinter dem Fenster meines burmesischen Mentors und betrachtete trübselig mein mir untersagtes Fleisch und Blut, das seinem dritten Geburtstag entgegensah. Vielleicht wäre es besser, ich würde die Gärten verlassen und irgendwo anders ein neues Leben beginnen, in Greenpoint zum Beispiel oder auf Madagaskar oder in Sichuan oder in Nischni Nowgorod oder Timbuktu. Manchmal träumte ich, ich wäre gehäutet und ginge nackt und ohne Haut durch eine unbekannte Stadt, die sich einen Dreck um meine Träume kümmerte. Ich träumte, eine Treppe in einem vertrauten Haus hinaufzugehen, und als ich das Zimmer oben am Treppenabsatz betrat, erkannte ich plötzlich, dass mich dort ein Mann mit einem Henkerstrick erwartete und mein Leben zu Ende war. All das nun, da ich nach mehr als einem Jahrzehnt schlagartig Erfolg hatte und sich mir so lukrative Angebote boten, wie Hip-Hop-Videos, Auto-Werbespots, sechzigminütige Episoden von erfolgreichen Fernsehserien und sogar einen zweiten Spielfilm zu drehen. Nichts davon erschien mir sinnvoll. Ich hatte die Orientierung verloren, und da saß ich in meiner Blechdose und wirbelte in der Leere umher.

Can you hear me. Can you hear me. Can you hear me.

Riya war es – Riya, die mich so kräftig geohrfeigt hatte, dass mir tagelang die Ohren dröhnten –, sie half mir, die ersten unsicheren Schritte auf dem Weg in ein funktionierendes Erwachsenenleben zu machen. Wir trafen uns etwa einmal die Woche, immer im selben Lokal an der Bowery in der Nähe des Identitätsmuseums, sie erzählte mir von ihrer Entscheidung, wieder in ihrem Job zu arbeiten, den ihr Chef Orlando Wolf ihr mit außerordentlichem Feingefühl frei gehalten hatte. Sie beschrieb es als eine Beziehung, in der die Liebe gestorben sei, aber doch ausreichend Gemeinsamkeiten übrig blieben, sodass es sich lohne, die Arbeit fortzusetzen. Vielleicht würde mit viel gutem Bemühen so etwas wie Liebe wieder entstehen können.

Ähnlich empfahl sie mir, mit meiner zerbrochenen Liebe umzugehen. Gib Suchitra Zeit, sagte sie. Lass sie ausleben, was sie gerade macht, all diese zweitklassigen verwegenen Männer. Sie handelt aus Wut. Gib ihr Zeit, ich glaube, sie wird zu dir zurückkommen, um herauszufinden, ob es eine Lösung gibt.

Es fiel mir schwer, das zu glauben, aber ich fühlte mich besser. Es gefiel mir auch zu sehen, wie Riya sich erholte. Das Wahlergebnis schien ihr neue Energie verliehen und ihr viel von ihrer alten Geisteskraft und ihrem Scharfsinn zurückgegeben zu haben. Von der Gender-Politik hielt sie sich fern, denn sie war, so ihre eigenen Worte, auf diesem Gebiet noch immer »gebrochen«, doch sie arbeitete an neuen Räumen, in denen der Aufstieg der neuen, extrem rechten »identitären Bewegung« dargestellt werden sollte, das Ankommen der europäischen extremen Bewegung in Amerika, deren Geburtsort eine französische Jugendbewegung war, die Nouvelle Droite Génération Identitaire; und sie organisierte Veranstaltungen zur ethnischen und nationalen Identität, eine Reihe, die sie *Identitätskrisen* nannte, bei der es allgemein um ethnische und religiöse Themen ging, die sich aber vor allem auf die erschütternde Spaltung konzentrierte, unter der Amerika nach dem Triumph des gackernden Cartoon-Narzissten litt, Amerika zweigeteilt, sein entscheidender Mythos vom Exzeptionalismus der Stadtauf-einem-Hügel zertrampelt in der Gosse der Bigotterie und der ethnischen und männlichen Vormachtstellung: die Masken der Amerikaner weggerissen, sodass die Joker-Gesichter darunter zum Vorschein kamen. Sechzig Millionen. Sechzig Millionen. Sechzig Millionen. Und über neunzig Millionen, die zu gleichgültig gewesen waren, um zur Wahl zu gehen.

Einst haben uns die Franzosen die Statue für den Hafen geschickt, sagte sie. Heute schicken sie uns so was.

Identität war nun ein neofaschistisches Schlagwort geworden, und das Museum musste etwas ändern, und Riya machte sich zur Bannerträgerin dieses Wandels. Wir waren träge geworden, sagte sie. Acht Jahre lang haben wir uns eingebildet, Amerika sei genauso fortschrittlich geworden, so tolerant, so erwachsen, wie es der Präsident verkörperte, und es würde so bleiben. Und dieses Amerika ist noch da, aber die dunkle Seite war auch immer da, und sie brüllte aus ihrem Käfig heraus und verschlang uns. Amerikas geheime Identität war nicht ein Superheld. Es stellt sich heraus, dass es ein Superbösewicht war. Wir befinden uns in einem Bizarro-Universum, und wir müssen uns auf das Bizarro-Amerika einlassen, um sein Wesen zu begreifen und zu lernen, wie wir es vernichten. Wir müssen lernen, wie wir Mr. Mxyztplk dazu bringen, seinen Namen rückwärts zu sagen, damit er wieder in die fünfte Dimension verschwindet und die Welt sich wieder normal fühlt. Und wir müssen uns auf uns selbst einlassen und verstehen, wie wir nur so verdammt schwach und apathisch werden konnten und wie wir uns erneut rüsten und wieder in den Kampf eingreifen können. Wer sind wir jetzt? Wer verdammt noch mal weiß das überhaupt.

Okay, okay, dachte ich und verlor die Geduld (aber nur innerlich) bei ihrem Wortschwall. Schön für dich. Ich bin froh, dass es dir gut geht und es für dich wieder läuft, und du machst das, all das, nichts wie ran. Ich aber wollte nichts anderes, als mir die Finger in die Ohren stecken und la la la la schreien. Ich wollte nichts anderes, als dass es keine Nachrichten im Fernsehen mehr gebe und das Internet für alle Zeiten zusammenbreche, dass meine Freunde meine Freunde blieben, ich wollte gut zu Abend essen, gute Musik hören, und die Liebe sollte alles besiegen und Suchitra durch einen Zauber zu mir zurückkehren.

Als ich eines Nachts allein in meinem schmerzlichen Bett lag, erinnerte ich mich, was Nero Golden mir nach dem Tod meiner Eltern gesagt hatte. Werde klug. Lerne, ein Mann zu sein.

Am nächsten Nachmittag erschien ich im Schneideraum, wo Suchitra hart arbeitete. Als sie mich sah, erstarrte sie. Ich habe wirklich viel zu tun, sagte sie. Ich warte, sagte ich. Es wird wirklich spät werden, sagte sie. Ist es okay, wenn ich warte, fragte ich. Sie überlegte. Du kannst warten, wenn du willst, sagte sie. Dann will ich, sagte ich. Sie wandte sich ab und sah in fünf Stunden und dreiundvierzig Minuten nicht einmal zu mir, ruhig und schweigend stand ich in der Ecke und störte sie nicht. Als sie die Arbeit des Tages schließlich beendete, war es Viertel vor elf nachts. Sie schwang auf ihrem Stuhl herum, um mich anzusehen.

Du hast sehr geduldig gewartet, sagte sie nicht unfreundlich. Es muss wichtig sein.

Ich liebe dich, sagte ich und sah ihre Barrikaden hochgehen. Sie entgegnete nichts. Der Computerbildschirm gab einen Klingelton von sich und zeigte ein Dialogfenster, das ihr mitteilte, eines der offenen Programme verhindere das Herunterfahren. Sie seufzte müde gereizt auf, schloss das Programm und startete das Herunterfahren erneut. Dieses Mal klappte es.

Manchmal erhalten Menschen *in extremis* von einer inneren

oder höheren Macht – das hängt von der Weltanschauung ab – die Gabe der Rede, der rechten Worte zur rechten Zeit, der Sprache, die ein verletztes und misstrauisches Herz öffnen und heilen kann. Und so geschah es zu dieser späten Stunde zwischen den dunkel gewordenen Computerbildschirmen. Nicht nur die Sprache, sondern auch die Blöße hinter den Worten. Und hinter der Blöße die Musik. Die ersten Worte, die mir von den Lippen tröpfelten, waren nicht meine. Und was sie ihre Wirkung entfalten ließ war, dass ich, der ich nie eine Melodie halten konnte, einfach versuchte zu singen, anfangs scheu und dann mit ungebetenen Tränen, die mir übers Gesicht liefen: »Bird on the Wire«, mit den Worten des Songs schwor ich die Treue des Verräters und versprach tiefgreifende Besserung. Ehe ich fertig gesungen hatte, lachte sie mich an, und dann lachten wir gemeinsam, weinten und lachten, und es war gut, alles würde gut werden, mit unseren beiden sich überschlagenden Stimmen waren wir Betrunkene in unserem mitternächtlichen Chor, und wir würden auf unsere Weise versuchen, frei zu sein.

Als wir später gemeinsam im Bett lagen, fügte ich der Magie des Songs noch prosaischere Gedanken hinzu. Es sei über ein Jahr vergangen, seit der Joker Amerika erobert habe, und wir befänden uns noch immer im Schockzustand und durchliefen Phasen des Schmerzes, aber wir müssten uns jetzt zusammentun und den monströsen Kräften Liebe, Schönheit, Solidarität und Freundschaft entgegensetzen. Menschlichkeit sei die einzige Antwort auf den Cartoon. Liebe sei mein einziger Plan. Ich würde hoffen, es tue sich rechtzeitig noch ein anderer Plan auf, aber für den Augenblick gehe es nur darum, sich fest in den Armen zu halten und einander Kraft zu geben, von Körper zu Körper, von Mund zu Mund, von Geist zu Geist, von mir zu dir. Es gehe nur darum, sich an den Händen zu halten und allmählich zu lernen, keine Angst vor der Dunkelheit zu haben.

Sei still, sagte sie und zog mich an sich.

◇

Wir sind an einem Sonntag und an einem Mittwoch geboren, erzählte ich ihr. Laut meiner Information aus Myanmar sind wir mit dieser Kombination verhext.

Ich verrate dir ein Geheimnis, sagte sie. Burmesischen Unheilsbringern ist es verboten, in die Vereinigten Staaten einzureisen. Es gibt da eine Liste mit Ländern, deren Hexen nicht hereingelassen werden. Natürlich sind die meisten islamisch, aber Myanmar steht auch drauf.

So lange wir in den USA sind, kann uns also nichts passieren?

Wir müssen uns nur etwas überlegen, wenn wir Ferien im Ausland machen wollen, sagte sie.

35

Feuer züngelt an den Rändern meiner Geschichte, nun da sie bald zu Ende geht, und Feuer ist heiß und unerbittlich, seine Zeit wird kommen.

Das Haus Golden erinnerte in diesen letzten Monaten an eine belagerte Festung. Die Belagerungsmächte waren nicht zu sehen, aber alle im Haus nahmen sie wahr, die unsichtbaren Engel oder Teufel des bevorstehenden Verhängnisses. Und die Angestellten verließen nach und nach das Haus.

Der Film, der hier widerhallt, ist das größte Meisterwerk des großen Luis Buñuel. Der ursprünglicher Titel *Die Schiffbrüchigen von der Straße der Vorsehung* ist nicht ausdrücklich religiös – »Vorsehung« ist nicht zwingend göttlich gemeint, es kann auch nur eine Metapher sein wie die ähnlichen Begriffe Karma, Kismet oder Heimsuchung –, und die, die das Schicksal Schiffbruch erleiden lässt, können also ebenso gut nur unglückliche Verlierer in der Lotterie des Lebens sein –, doch als der Film als *Der Würgeengel* in die Kinos kam, hatte Buñuel zweifellos die Bedeutung abgeklärt. Als ich den Film im IFC-Center zum ersten Mal sah, war ich womöglich zu jung, um ihn zu verstehen. Während ein großes Fest in einem großzügigen Herrenhaus gegeben wird, finden alle Bediensteten einen fadenscheinigen Vorwand, um ihren Posten und ihre Pflichten aufzugeben und das Haus zu verlassen, sodass nur der zurückbleibende Butler und die Gäste dem ausgesetzt sind, was auch immer ihnen bevorsteht. Ich verstand das damals einfach als surreale Gesellschaftskomödie. Das war noch, ehe ich lernte, dass es Leute gibt, die bevorstehendes Unheil erspüren können, so wie Vieh ein Erdbeben ankündigt, und dass die Erklärung für ihr scheinbar irrationales Handeln die Selbsterhaltung ist.

Im Haus Golden wurde kein Fest gegeben, und das Personal verließ das Haus nicht an einem Abend. Das Leben ahmt die Kunst nicht sklavisch nach. Aber allmählich, über eine Zeitspanne von Wochen, und zur zunehmenden Bestürzung der Herrin des Hauses quittierten die Leute den Dienst. Gonzalo, der Alleskönner, ging als Erster, er kam ganz einfach eines Montags nicht zur Arbeit und wurde nie mehr gesehen. In einem großen Haus musste immer irgendetwas repariert werden, eine verstopfte Toilette, ein Kronleuchter mit kaputten Glühbirnen, eine Tür oder ein Fenster musste gängig gemacht werden. Vasilisa reagierte auf Gonzalos Verschwinden mit ungestümem Ärger und einigen Bemerkungen über die Unzuverlässigkeit von Mexikanern, die beim Personal nicht gut ankamen. Da McNally, der Butler/der Majordomus, fähig war, die meisten von Gonzalos Gelegenheitsarbeiten zu übernehmen, und wusste, wen er anrufen musste, wenn ihm die Reparatur nicht gelang, bescherte Gonzalos Abwesenheit dem Herrn oder der Herrin des Hauses keine ernsthaften Unannehmlichkeiten. Doch die nächsten Abgänge waren für die alltäglichen Abläufe im Haus schon einschneidender. Vasilisa ging mit den Dienstmädchen immer grob um und brachte sie mit ihren rüden Zurechtweisungen für ihre sonst gewissenhafte Arbeit oft zum Weinen, sodass es während ihrer Herrschaft einen steten Wechsel beim Putz- und Bettenmachpersonal gab, somit war es keine Überraschung, dass das letzte junge irische Mädchen aus Boston fliehen sollte mit den Worten, nein, sie wolle keine Lohnerhöhung, sie wolle einfach nur weg. In der Küche kam es zu einer Entlassung. Cucchi, der Koch, feuerte seinen Helfer Gilberto wegen einer Epidemie belangloser Stibitzereien. Als die guten Küchenmesser verschwanden, stellte Cucchi den jungen Argentinier zur Rede, doch der stritt alles ab und stürmte erregt davon. Du kannst nicht gehen, brüllte ihm Cucchi hinterher, denn ich bin es, der dich feuert. McNally bemühte sich, die Lücken durch Zeitarbeitskräfte zu füllen, und bat seine Berufskollegen in anderen großen Häusern, ihm Personal zu leihen, falls sie ungenutzte Kapazitäten hätten. Und so dümpelte der Haushalt dahin. Doch weitere Ratten verließen das Schiff.

◇

Vasilisas rasche und wirksame Schadensbegrenzung in den Tagen nach meinem Geheimnisverrat in ihrem Wohnzimmer hatte mich wider Willen beeindruckt, Nero Golden war öffentlich gedemütigt worden, und er war kein Mann, der Demütigungen freundlich aufnahm. Aber Vasilisa rettete nicht nur ihre Ehe, sondern überzeugte Nero zudem, Klein Vespa weiterhin als seinen Sohn und Erben anzuerkennen. Das waren, so sagte ich mir, raffinierte Schachzüge. Schachzüge, die ihr einen Rekordplatz im Pantheon intriganter Frauen einbrachten. Sie wusste, wie sie ihren Mann festhalten musste.

Es ist nicht an mir zu spekulieren, was sich womöglich zwischen ihnen hinter der Schlafzimmertür abspielte und was nicht. Ich möchte solche Schlüpfrigkeiten vermeiden, so verführerisch es auch ist, sich das Schauspiel einer Vasilisa bei der Arbeit vorzustellen. Verzweifelte Zeiten, verzweifelte Maßnahmen, aber in Ermangelung eines Sexvideos erübrigt sich alles Weitere. Und um aufrichtig zu sein, es ist nicht sicher, ob das Schlafzimmer die Basis ihrer Verteidigung war. Viel plausibler ist, könnte man annehmen, dass sie Neros geistigen Verfall für sich nutzte. Er war ein alter Mann, zunehmend krank und vergesslich, dessen Geist sehr oft einem mäandernden Rinnsal glich und nur in flüchtigen Augenblicken zu seinem früheren beeindruckenden Fließen zurückfand. Vasilisa übernahm nun selbst die Aufgabe, ihn zu pflegen, sie entließ die Tages- und Nachtschwestern, die eingestellt worden waren, um ihr die schwierige Arbeit abzunehmen. Also ein weiterer Weggang von Personal, und Vasilisa führte ohne Klagen die Pflichten einer erstklassigen Pflegekraft aus. Sie und nur sie allein war jetzt für seine Medikamente verantwortlich. Fuss und Blather wurden immer weiter aus der Nähe ihres Chefs gedrängt, bis Vasilisa ihnen eines Tages mit brutaler Freundlichkeit erklärte, ich bin mit all seinen Geschäftsangelegenheiten vertraut und bestens in der Lage, ihm als seine persönliche Assistentin zur Seite zu stehen, darum danke für Ihre Dienste, und lassen Sie uns über eine Abfindung sprechen. Das große Haus hallte vor Leere wider. Vasilisa spielte all ihre Trümpfe aus.

Das Ass unter den Trümpfen war Klein Vespa. Nicht nur wuchs mein Sohn kurz vor seinem vierten Geburtstag zu einem äußerst charmanten Kerlchen heran, er war außerdem in Neros milchigen Augen der einzige Überlebende einer Katastrophe. Ein Mann, der drei Söhne verloren hat, wird seinen vierten nicht so leicht hergeben, und während Neros Verfall sich beschleunigte und sein Gedächtnis flackerte und schwand und das Kind auf seinem Schoß saß und ihn Papa nannte, war es leicht für den alten Mann, die Einzelheiten zu vergessen und an seinem einzig lebenden Kind festzuhalten, als wäre es nicht nur es selbst, sondern auch die Reinkarnation seiner toten Brüder, als wäre es die Schatztruhe, die alles in sich barg, was der Vater verloren hatte.

Wer blieb noch übrig? Die Babuschka-Mutter, die vielleicht oder vielleicht auch nicht von einer sibirischen Zentralen Casting-Agentur kam. McNally, der Butler, und Cucchi, der Küchenchef. Putztrupps von professionellen Reinigungsdiensten kamen und gingen und kosteten jedes Mal fünfhundert Dollar. Keine Gäste. Und Nero unsichtbar, keiner der Nachbarn sah ihn mehr. Ich begann, an Vito Tagliabues Theorie zu glauben. Sie muss gewusst haben, dass ihm nicht mehr viel Zeit blieb, und sollte sie tatsächlich mit seinen Medikamenten herumpfuschen, galt, je weniger Augen desto besser. Sie muss gewusst haben, dass dies eine absehbare Situation war. Was sagten seine Ärzte zu ihr? Gab es einen Zustand im Endstadium, der nicht bekannt gemacht wurde? Oder war Vasilisa selbst dieser Zustand? Ich sehe sie vor meinem geistigen Auge jeden Tag im Wohnzimmer des Hauses Golden, im »großen Salon«, wie sie es nannte, vor der Kopie der Feodorowskaja-Ikone der Muttergottes von der Zarin Alexandra Romanowa knien und beten. Lass es heute sein. Lass es jetzt geschehen.

Baba Jaga, töte deinen Mann, aber bitte verschlinge nicht mein Kind.

Der Küchenchef und der Butler gingen sich schon lange auf die Nerven, und es war »Cookie«, der einbrach. Der Standardmodus des Küchenchefs stand ohnehin auf Klage, er war der Maestro des Stöhnens, endlos unterschätzt und missverstanden, mit der Sehnsucht, Bankette in seinem geliebten extremen Stil aufzufahren, der sich von den Arbeiten der Großmeister Adrià und Redzepi ableitete, Essen als Performance, Teller, auf denen sich Meere aus Schaum blähten, und Toasts, auf denen noch lebende schwarze Ameisen in schmale Streifen des seltenen Wagyū-Rindfleischs gebacken wurden. Stattdessen wurde er gebeten, Kindermahlzeiten für Klein Vespa zuzubereiten, Burger und noch mehr Burger, und vegane Speisen für Vasilisa. Nero Golden war es egal, was er aß, Hauptsache es war viel Fleisch dabei. »Cookie« Cucchis Lamentos trafen auf taube Ohren. Er hatte fast jede Woche damit gedroht zu kündigen, blieb aber des Geldes wegen. Doch nun waren in dem personell unterbesetzten Haus die Gemüter gereizt, und schließlich herrschte McNally den Möchtegerngastronomen an, er solle die Klappe halten und kochen. Der Küchenchef riss sich die weiße Mütze und die Schürze vom Leib und schwenkte ein Fleischbeil in die Richtung des Majordomus. Dann versenkte er die Klinge des Beils mit einem heftigen Schlag in ein hölzernes Hackbrett, wo er es wie Excalibur im Stein zurückließ, und stürmte aus dem Haus.

Nero war schläfrig und zerstreut. (Diese Beschreibung stammt aus der Zeugenaussage, die Michael McNally später bei der Polizei machte.) Die meiste Zeit verbrachte er im Dämmerzustand in seinem Zimmer, doch manchmal sah man ihn auch wie einen Schlafwandler unten umherstreifen. Aber er konnte ganz plötzlich zu erschreckendem Leben erwachen. Einmal packte er McNally bei den Schultern und brüllte ihm ins Gesicht: *Weißt du nicht, wer ich bin, du Arschloch? Ich habe Städte gebaut. Ich habe Königreiche erobert. Ich bin einer der Herrscher der Welt.* Ich weiß nicht, mit wem er zu sprechen glaubte, sagte McNally. Mit mir jedenfalls nicht. Er sah mir zwar in die Augen, aber wer weiß, wen er in mir sah. Vielleicht sah er sich selbst als den einstigen Kaiser, dessen Namen er trug. Vielleicht glaubte er, er sei in Rom. Ich kann das nicht mit Sicherheit sagen, dazu fehlt mir die Bildung.

Er wird vergiftet, sagte mir Vito Tagliabue ein weiteres Mal am Telefon. Keine Frage, meiner Ansicht nach.

Zwei Tage vor dem Feuer kam es zu einer merkwürdigen Begebenheit. Als das Haus Golden erwachte, fand man einen riesigen Jutesack mit schmutziger Wäsche auf der Türschwelle zur Macdougal Street. Es lag kein Zettel dabei. Als man den Sack öffnete, war er laut McNally voller *ausländischer Kleidungsstücke*. Konnte er Genaueres dazu sagen? Seinen Versuchen, sie zu beschreiben, entnahm ich, dass es indische Kleider waren. Kurtas, Pyjamas, Lehngas, Veshtis, Sariblusen und Unterröcke. Jegliche Anweisung fehlte, und der Absender war unbekannt. Vasilisa, die über diesen Fehler verärgert war, ordnete an, der Sack solle draußen zum Müll gelegt werden. Es bestand kein Anlass, den Herrn des Hauses davon zu informieren. Das Haus war keine Wäscherei. Ein ignoranter Fremder hatte den Fehler eines ignoranten Fremden begangen.

◇

Bauarbeiter gruben die Straße auf. Es hatte wohl etwas mit grundlegenden Reparaturen an der Infrastruktur der Nachbarschaft zu tun. Als McNally von Vasilisa hinausgeschickt wurde, er solle fragen, wie lange diese Störung dauere, hieß es, drei Monate, vielleicht, Schulterzucken. Was sechs, neun oder auch zwölf Monate bedeuten konnte. Es bedeutete nichts weiter, als dass die Arbeiter sich auf eine beträchtliche Zeitspanne einrichteten. Bauarbeiten waren die neue brutalistische Kunstform der Stadt, wohin immer man sah, reckten sich Installationen in die Höhe. Hohe Gebäude wurden abgerissen, und Baugelände entstanden. Rohre und Kabel reckten sich aus verborgenen Tiefen empor und senkten sich in sie hinein. Festnetztelefone funktionierten nicht mehr, und Wasser-, Strom- und Gasversorgung wurden wahllos gesperrt. Bauarbeiten waren die Kunst, der Stadt bewusst zu machen, welch fragiler Organismus sie war und dass sie Kräften ausgeliefert war, gegen die es keinen Einspruch gab. Bauarbeiten waren Lektionen in Verwundbarkeit und Hilflosigkeit, die man der mächtigen Metropole erteilte. Bauarbeiter waren die großen

Konzeptkünstler unserer Zeit, und ihre Installationen, ihre wilden Löcher im Boden, flößten nicht nur Hass ein – denn den meisten Leuten missfiel moderne Kunst –, sondern auch Ehrfurcht. Die Helme, die orangefarbenen Jacken, die Pfiffe, die Kraft. Das war wirklich die Trans-Avantgarde bei der Arbeit.

Parken war zeitweilig unmöglich, und das Lied des Presslufthammers, radikal, atonal, erfüllte die Luft, eine Art urbane Percussion, die, angetrieben vom mächtigen Schweiß kräftiger, gleichgültiger Männer, Walt Whitmann sehr gefallen hätte.

Von der aschebestreuten Schwelle aus folge ich ihren Bewegungen,
Dem Zusammenspiel ihrer geschmeidigen Rümpfe und nervigen Arme,
Die Hämmer fallen im Schwunge herab, so langsam herab, so sicher herab,
Sie hasten nicht, ein jeder trifft auf seine Stelle.

So war das an den beiden Tagen nach dem Zwischenfall mit der Wäsche.

Dann ereignete sich die Explosion.

Es hatte wohl etwas mit der Gasleitung zu tun gehabt. Die Schuld wurde zwischen den Behörden hin und her geschoben, dieser nicht durchgeführte Sicherheitscheck, jener menschliche Fehler, ein Leck, ein Funke, kabumm. Oder es könnte auch ein zynischer Hauseigentümer gewesen sein, der unter der Erde gesetzeswidrig Leitungen miteinander verbunden hatte, ein Leck, ein Funke. Womöglich ein Verbrechen, ein illegaler Gasanschluss, den man vor den Kontrolleuren der ConEd verborgen hatte, womöglich eine Anklage wegen fahrlässiger Tötung, der Hauseigentümer reagierte nicht auf

Anrufe und war unter seiner eingetragenen Adresse nicht zu erreichen. Wer entzündete den Funken? Unbekannt. Untersuchungen standen bevor, der Bericht würde zu gegebener Zeit folgen. Terrorismus ausgeschlossen. Keine Arbeiter verletzt, zum Glück. Die Druckwelle ließ Fenster splittern und Mauern erbeben, und ein Feuerball quoll hervor, und ein Haus, das von Mr. Nero Golden, fing Feuer. Zu der Zeit vier Erwachsene und ein Kind im Gebäude: der Eigentümer und seine Frau, ihre Mutter, ihr kleiner Sohn und ein Angestellter, Mr. Michael McNally. Es stellte sich heraus, dass das Gebäude nicht korrekt instandgehalten war, die Sprinkleranlage im Inneren des Hauses war seit geraumer Zeit nicht gewartet worden und funktionierte nicht. Mr. McNally befand sich in der Küche, wo er Olivenöl in einer Pfanne erhitzte, um für die Familie das Mittagessen zu kochen. Laut seiner ersten Äußerung sprengte die Explosion die Küchenfenster heraus, warf ihn um und lähmte ihn. Er glaubt, er sei ohnmächtig geworden, dann kam er zu sich und kroch durch die Tür hinaus in die Gärten zwischen der Macdougal und der Sullivan Street. Dort verlor er erneut das Bewusstsein. Als er wieder wach wurde, brannte die Küche, Flammen loderten aus der brennenden Pfanne und breiteten sich rasch im ganzen Erdgeschoss aus. Die anderen Bewohner befanden sich in den oberen Räumen. Sie hatten keine Möglichkeit zu entkommen. Die Feuerwehr reagierte in ihrer üblichen Schnelligkeit. Wegen der Bauarbeiten bestanden Zufahrtsprobleme. Doch das Feuer wurde rasch unter Kontrolle gebracht, sodass es sich auf ein einziges Haus beschränkte. Alle anderen Häuser in der Nachbarschaft blieben unbeschadet.

Im Zeitalter von Smartphones war es nur natürlich, dass etliche Fotos und Videos gemacht wurden. Viele davon lagen später der New Yorker Polizeibehörde vor, wo sie in allen Einzelheiten auf weiteren möglichen Informationsgehalt geprüft wurden.

Aber im Haus Golden waren an jenem Tag Menschen im Feuer gefangen. Das hoch dramatische Ereignis nahm seinen Lauf und endete mit einer dreifachen Tragödie und einem Wunder.

In unbestätigten Berichten hieß es, verschiedene Leute hätten aus dem oberen Stockwerk des Hauses Violinenklänge dringen hören.

◇

Wenn ich vor meinem geistigen Auge die Flammen höher und höher schlagen sehe, bis sie am Himmel zu lecken scheinen, Höllenfeuerflammen, die von Hieronymus Bosch sein könnten, fällt es mir schwer, an diesem Glauben an das Gute festzuhalten, dem ich mich verschrieben habe, und nicht die glühende Verzweiflung zu spüren. Mir scheint, dass sie, die Flammen, die ganze Welt verbrannten, die ich kannte, dass sie mit ihrer orangefarbenen Hitze all das, was mir wichtig war, verschlangen, all das, was man mir beigebracht hatte zu verteidigen, für es zu kämpfen und zu lieben. Die Kultur selbst schien in diesem Feuer zu verbrennen, meine Hoffnungen, die Hoffnungen von Frauen, unsere Hoffnungen für unseren Planeten und auf Frieden. Ich dachte an all die Denker, die auf Scheiterhaufen verbrannt worden waren, an all die, die sich den Kräften und Orthodoxien ihrer Zeit entgegengestellt hatten, und ich fühlte mich und meine ganze entrechtete Art nun in schwere Ketten gelegt und vom entsetzlichen Lodern verschlungen, der Westen selbst in Flammen, Rom in Flammen, die Barbaren nicht vor den Toren, sondern innerhalb der Stadtmauern, unsere eigenen Barbaren, von uns genährt, von uns gehätschelt und glorifiziert, von uns dazu in die Lage versetzt, ebenso sehr unser wie unsere Kinder, wie wilde Kinder erhoben sie sich, um die Welt zu verbrennen, die sie hervorgebracht hatte, sie behaupteten, sie zu retten, selbst als sie sie in Brand setzten. Es war das Feuer unseres Untergangs, und es würde ein halbes Jahrhundert dauern oder länger, um wieder aufzubauen, was es zerstört hatte.

Ja, ich kranke an Übertreibungen, es ist der vorherrschende Zustand, für den ich eine Behandlung brauche, aber manchmal wird ein Paranoiker tatsächlich verfolgt, aber manchmal ist die Welt viel stärker, überhöhter, übertriebener infernalisch, als es sich je ein Übertreiber-Infernalist in seinen wildesten Träumen hat ausmalen können.

Ich sah also die dunklen Flammen, die schwarzen Flammen des Infernos, am heiligen Ort meiner Kindheit lecken, an dem einen Ort auf der ganzen Welt, an dem ich mich stets sicher gefühlt hatte, stets getröstet, niemals bedroht, die verwunschenen Gärten, und ich lernte die letzte Lektion, lernte, was uns von der Unschuld trennt. Dass es keinen sicheren Ort gab, dass das Monster immer an den Toren stand und auch in uns selbst ein wenig von dem Monster lauerte, wir waren die Monster, die wir immer gefürchtet hatten, und egal, welche Schönheit uns umhüllte, egal, wie glücklich wir im Leben, mit Geld, mit der Familie, mit Talenten oder der Liebe waren, am Ende des Weges brannte das Feuer, und es würde uns alle verschlingen.

◇

Im *Würgeengel* fanden sich die Festgäste im Salon des großen mexikanischen Herrenhauses ihres Gastgebers Señor Edmundo Nóbile durch eine unsichtbare Macht gefangen. Der Surrealismus gestattet seinen Anhängern die Umwege und Fremdartigkeiten der Poesie. Das reale Leben in den Gärten war viel prosaischer. Nero, Vasilisa, ihre Babuschka und mein Sohn waren im Haus Golden von der Banalität, der todbringenden Herkömmlichkeit, dem tödlichen Realismus eines Feuers eingesperrt.

◇

Wäre das Leben ein Film, hätte ich von dem Feuer erfahren, wäre wie ein Superheld dorthin gespurtet, hätte die Hände, die nach mir greifen wollten, abgeschüttelt und wäre in die Flammen gestürmt, ich würde zurückkehren, wenn brennende Balken um mich herum einstürzen, und hielte mein Kind wohlbehütet in den Armen. Wäre das Leben ein Film, hätte es seinen Kopf an meine Schulter geschmiegt und gemurmelt, Papa, ich wusste, dass du kommst. Wäre das Leben ein Film, würde es mit einer Weitwinkeleinstellung auf das Village enden, wo die Asche des Hauses Golden in der Bildmitte schwelt, während ich mit dem Kind davonginge und ein berühmter Song erklänge, »Beautiful Boy« von John Lennon vielleicht, und die Schlusstitel würden anfangen zu laufen.

Das geschah nicht.

Als Suchitra und ich zur Macdougal Street kamen, war bereits alles vorbei. Michael McNally wurde im Mount Sinai Beth Israel behandelt und sollte anschließend von den Beamten des NYPD befragt werden, die ihm keinerlei Schuld am Feuer gaben. Die anderen Erwachsenen waren gestorben, ehe eine Leitercrew zu ihnen vordringen konnte, Nero und die Babuschka waren rasch vom Rauch überwältigt und bewusstlos geworden, sie wachten nie wieder auf. Es hatte einen Augenblick von opernhafter Gewühlswallung gegeben. Die schöne Mrs. Golden, Vasilisa, war mit ihrem fast vierjährigen Kind auf dem Arm an einem der oberen Fenster erschienen und hatte geschrien: »Gott, bitte rette meinen Sohn.« Und ehe jemand zu ihr vorrücken konnte, hatte sie das Kind aus dem Fenster geworfen. Einer der anwesenden Feuerwehrmänner, Mariano »Mo« Vasquez, neununddreißig, der zufällig der Catcher seiner örtlichen Baseballmannschaft auf Staten Island war, war nach vorn gehechtet und hatte das rußverschmierte Kind gerade im rechten Augenblick aufgefangen, »wie einen Football«, sagte er später in die Fernsehkameras, und dem Jungen Luft in die Lungen geblasen, sodass er wieder atmete. »Er hat mehrmals gehustet und fing dann an, zu schreien und zu weinen. Es war großartig, Mann. Ein Wunder, Mann, ein richtiges Wunder, und nun erfahre ich, dass er morgen seinen vierten Geburtstag feiert, dieser Junge hatte mit Sicherheit einen Schutzengel, der auf ihn geachtet hat. Es ist wundervoll, und ich danke dem allmächtigen Gott, dass ich zur rechten Zeit am rechten Ort sein konnte.«

Anschließend fiel Vasilisa vom Fenster nach hinten, und all ihre Hoffnungen, all ihre Bestrebungen, all ihre Strategien fielen mit ihr, niemand verdiente so ein Ende, gleichgültig, was er im Leben getan hatte, und wenige Augenblicke nachdem sie aus dem Blickfeld verschwunden war, loderte das Feuer tosend zum offenen Fenster hinaus, es bestand keine Möglichkeit mehr, sie zu retten. Später gelang es natürlich, das Feuer zu löschen, und die verkohlten Leichen und so weiter, nicht nötig, Einzelheiten zu erzählen. Das Haus müsste abgerissen werden, und ein neues Gebäude würde an seiner Stelle entstehen. Kein anderes Haus wurde durch das Feuer beschädigt.

◇

So endete die Geschichte des Hauses Golden. Sie hielten sich für Römer, doch das war reine Fantasie. Ihre römischen Spiele, die ihre römischen Namen hervorbrachten: eben nur Spiele. Sie hielten sich für einen König und seine Prinzen, doch sie waren keine Caesaren. Ein Caesar war tatsächlich in

Amerika aufgestiegen, seine Regierungszeit war im Gange, Vorsicht, Caesar, dachte ich, die Leute heben dich in die Höhe und tragen deinen Thron durch die rauschhaft begeisterten Straßen, und dann kehren sie sich gegen dich, reißen dein Gewand in Stücke und stürzen dich in dein Schwert. Heil dir, Caesar. Hüte dich vor den Iden des März. Heil dir, Caesar. Hüte dich vor dem S. P. Q. R. dem *senatus populusque romanus*, dem Senat und dem Volk von Rom. Heil dir, Caesar. Erinnere dich an Nero als den Letzten seiner Linie, der am Ende in Phaons Villa außerhalb der Stadt floh und befahl, man möge ihm ein Grab ausheben; Nero, zu feige, sich das Schwert in den Körper zu stoßen, zwang seinen Sekretär, es zu tun. Epaphroditus, der Mörder des Königs. Tatsächlich gab es einst Caesaren auf der Welt, und nun sitzt in Amerika eine neue Inkarnation auf dem Thron. Aber Nero Golden war kein König und starb auch nicht den Tod eines gestürzten Caesaren. Nur ein Feuer, nur zufällige Flammen ohne Bedeutung. Wie hatten ihn noch seine Unterweltfreunde in Bombay genannt? Den Wäscher, ja. Den *dhobi*. Hier ist die schmutzige Wäsche, *dhobi*. Mach sie sauber. Kein König auf dem Thron. Er war nur der Wäscher.

Der Wäscher.

Die Schmutzwäsche auf der Türschwelle. Der Jutesack voll indischer Kleidung.

Fieberhaft suchte ich im Netz nach Fotos von dem Feuer, nach iPhone-Videos, nach allem, überall, wo immer ich etwas finden konnte, was professionell aufgenommen oder von der breiten Öffentlichkeit gepostet worden war. Die gaffende Menschenmenge hinter der Absperrung. Gesichter hinter Rauch und Wasser. Nichts. Wieder nichts. Und dann etwas.

Auf einem Foto zwei Südasiaten, die das Feuer betrachten, einer von ihnen ein Zwerg. Es war nicht möglich, die Füße seines Gefährten zu sehen, aber ich vermutete, dass sie ungewöhnlich groß waren.

Die Zeit vergeht. Große Männer schrumpfen, kleine Männer wachsen. Dieser Mann schwindet im Alter, die Reichweite jener Männer wird größer. Sie können die Arme ausstrecken und Orte und Menschen berühren, die sie zuvor nicht erreichen konnten. Es gibt Gesellschaften hier, die Gesellschaften dort zu Hilfe kommen, um Reisen zu erleichtern, um Strategien auszuführen. Clowns werden Könige, alte Kronen liegen in der Gosse. Dinge ändern sich. Das ist der Lauf der Welt.

◇

Die Berichte in den Nachrichten am nächsten Tag waren einmütig. Anklage gegen den betrügerischen Hauseigentümer wegen fahrlässiger Tötung. Eine Tragödie. Und ein Wunder, dass der kleine Junge überlebt habe. Fall abgeschlossen.

Und ich fand im Netz zufällig noch eine andere Geschichte, die für die amerikanischen Medien nicht von Interesse war. Der Tod eines einstmals gefürchteten, südasiatischen Mafia-Don in einem fernen Land. Mr. Zamzama Alankar, der ehemalige Pate einer Verbrecherfamilie, der mächtigen Z-Gesellschaft, war gestorben und stand vor seinem letzten Richterstuhl. Ein unbestätigter Bericht.

36

Im Morgennebel über dem Fluss kreuzt eine chinesische Dschunke mit ihren schön gesetzten, braunen Segeln durch den Hafen, die Sonne noch tief und silbrig, und das Sonnenlicht hüpft über das Wasser wie ein Stein. An dem Glastisch in der Glasecke, wo zwei Fenster aneinanderstoßen, sitzen wir mit Glastränen in den Augen und wissen nicht, wo wir hinschauen oder wie wir etwas sehen sollen. Unter uns rennt durch den weißlichen Dunst eine Frau mit wilden roten Haaren und einem Diadem auf dem Kopf, als wäre sie eine Königin, die vor ihren Entführern flieht und um ihr Leben rennt. Suchitra und ich sitzen uns gegenüber, und der Dampf, der von den Kaffeetassen aufsteigt, und der Rauch ihrer Zigarette bilden drei aufstrebende Säulen in der Luft.

Stell dir einen Würfel aus Luft vor, vielleicht dreißig mal dreißig mal dreißig Zentimeter groß, der sich durch die weiten offenen Räume der Welt bewegt. Das oder etwas Ähnliches hörte ich einmal den kanadischen Filmemacher David Cronenberg sagen. Der Würfel ist das, was die Kamera sieht, und die Art, wie sich der Würfel bewegt, zeigt seine Bedeutung. Einen Film zu machen ist genau das, diesen Würfel durch die Welt zu bewegen und zu sehen, was er einfängt und welchen Sinn er dem Ganzen gibt. Das ist die Kunst des Films.

Sieh, wie wir uns gegenübersitzen, beide im Profil, im Breitwandformat und in ungesättigten Farben. Sieh die Kamera, die sich zwischen uns bewegt, auf den Mittelpunkt zwischen uns zu, und sich dann um die eigene Achse dreht, in ganzen Kreisen, langsam, viele Male, sodass unsere Gesichter eines nach dem anderen vorübergleiten und zwischen unseren Gesichtern der Fluss der Stadt, der sich allmählich hebende Nebel und das heller werdende Tageslicht. In ihrer Hand ein Blatt Papier. Das ist das Thema. Das ist die Bedeutung der Szene.

Szenen, die es nicht in die Endfassung dieses Texts geschafft haben: Ich versuche auf dem Polizeirevier herauszufinden, was mit Klein Vespa geschehen ist, bei wem er sich befindet, wo man ihn hingebracht hat, wer sich um ihn kümmert. Ich wandere untröstlich die Fourth Street entlang, kicke gegen einen Kieselstein, die Hände tief in den Taschen, den Kopf gesenkt. Und schließlich ich in der Kanzlei eines Anwalts in Midtown, der mir ein Dokument vorliest, dann reicht er es mir, und ich nicke, ich lass es Sie wissen, und gehe. Zu viel Exposition. Die Szene, auf die es ankommt, ist diese eine, wir beide und das Blatt Papier bei erstem Tageslicht.

Ich hätte nie gedacht, dass er es tun würde, sage ich. Und wenn er es täte, würde sie sich dagegen gesträubt und ihm gesagt haben, er sei nicht mehr bei klarem Verstand.

Die Mutter.

Ja. Die Mutter, seine Frau. Aber jetzt gibt es keine nahen Verwandten mehr. Es gibt nur dieses Dokument. Sollte uns beiden etwas zustoßen, bestimme ich Mr. René Unterlinden zum Vormund des Jungen.

Du weißt, um was du mich da bittest, sagt sie.

Ja.

Erst hat sie ihn überzeugt, das Kind eines anderen Mannes als sein eigenes anzuerkennen. Und nun willst du, dass ich dasselbe Kind, das Kind einer anderen Frau, als meines akzeptiere. Und du weißt, dass Kinder nicht zu meinem Plan gehören.

Die rennende Frau mit den roten Haaren und der Tiara hat unter uns eine Pause eingelegt. Sie steht da, Hände in die Hüften gestemmt, tief atmend, den Kopf nach oben gerichtet. Als wartete auch sie auf eine Antwort. Aber natürlich sieht sie Suchitra und mich nicht und weiß von nichts. Wir sind oben im einundzwanzigsten Stock.

Möchtest du darüber nachdenken, sage ich, als die Kamera an meinem Gesicht vorbeistreift.

Sie schließt die Augen, die Kamera bleibt stehen, wartet und rückt näher heran. Dann schlägt Suchitra die Augen auf, nur ihre Augen füllen jetzt das Bild.

Ich glaube, wir schaffen das, sagt sie.

Dann ein Bildsprung. Ein anderes Augenpaar füllt jetzt das Bild. Sehr langsam zieht die Kamera zurück, um zu zeigen, dass es die Augen von Klein Vespa sind. Er guckt ohne jede Regung in die Kamera. Auf der Tonspur hören wir im Voice-Over den Anwalt. Der Nachlass wird von Anwälten beider Länder geprüft, es gibt viele Unregelmäßigkeiten. Aber letztendlich ist es ein sehr umfangreicher Nachlass, und es gibt keine anderen Erben, und er ist erst vier Jahre alt.

Wir drei, klein Vespa, Suchitra und ich, befinden uns jetzt in einem nicht näher beschriebenen Zimmer, einem Zimmer eines Hauses in Brooklyn, bei der Pflegefamilie, zu der er in vorübergehende Obhut gebracht wurde. Die Kamera bewegt sich zu dem Mittelpunkt des Dreiecks und beginnt sehr langsam, sich um die eigene Achse zu drehen, sodass unsere Gesichter nacheinander vorüberziehen. All unsere Gesichter sind ohne Regung. Die Kamera dreht sich schneller, dann noch schneller. Unsere Gesichter verschwimmen ineinander, und dann dreht die Kamera sich so schnell, dass die Gesichter verschwinden, nur noch Verschwommenes, Geschwindigkeitsstreifen, Bewegung. Die Leute – der Mann, die Frau, das Kind – sind zweitrangig. Da ist nur das wirbelnde Leben.